SUITE HISP

PATAGONIE ROUTE 203

Eduardo Fernando VARELA

PATAGONIE ROUTE 203

Traduit de l'espagnol (Argentine)
par François Gaudry

Éditions Métailié
20, rue des Grands Augustins, 75006 Paris
www.editions-metailie.com
2022

Retrouvez-nous sur les réseaux sociaux :

Les éditeurs remercient J.-P. Métailié et le laboratoire Géode de l'Université de Toulouse-Le Mirail pour la carte.

Titre original : *La marca del viento*

1re publication : La Havane, 2020

ISBN : 979-10-226-1193-0
ISSN : 1281-5667

Eduardo Fernando VARELA *a 60 ans. Il vit entre Buenos Aires, où il écrit des scénarios pour le cinéma et la télévision, et Venise, où il vend des cartes anciennes.* Patagonie route 203 *est son premier roman. Il a remporté le prix Casa de las Américas 2019 ainsi que le prix Transfuge du meilleur roman hispanophone 2020.*

À l'inquiète Laura
À la lumineuse Persia

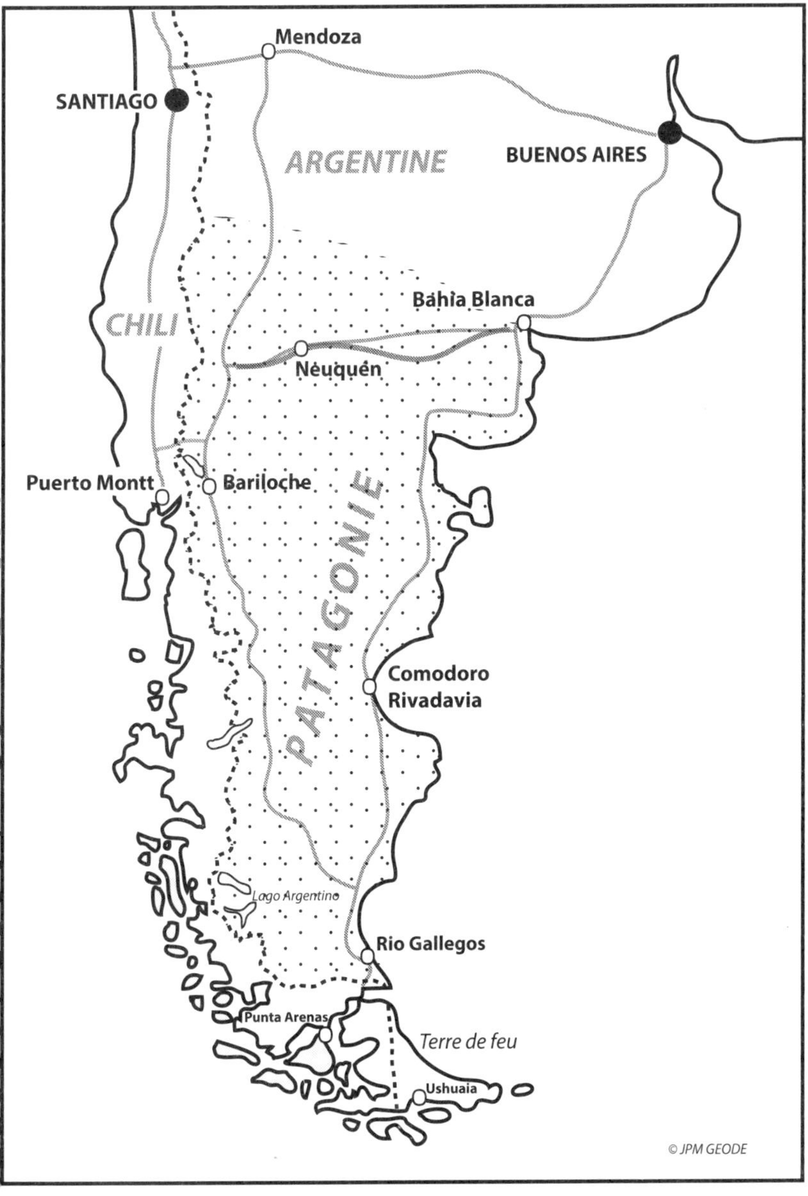

Mendoza
SANTIAGO
ARGENTINE
BUENOS AIRES
CHILI
Bahia Blanca
Neuquén
Puerto Montt
Bariloche
PATAGONIE
Comodoro
Rivadavia
Lago Argentino
Rio Gallegos
Punta Arenas
Terre de feu
Ushuaia
© JPM GEODE

La route traversait la steppe et s'étendait comme un trait sinueux entre collines et vallées, puis montait et descendait par les flancs, si bien que la ligne de l'horizon s'inclinait, restant dans cette position pendant des kilomètres comme si elle flottait en l'air. Vers la cordillère, le continent courbait l'échine comme un félin prêt à bondir ; vers l'océan, le ciel et l'horizon se disputaient une immense plaine. Le vent qui descendait des glaces éternelles agitait les herbages d'une caresse nerveuse comme s'il dépeignait la terre. Quand les rafales se mêlaient à la brise de mer, d'énormes tourbillons de poussière grimpaient au ciel en lentes spirales. Au loin, confondu avec le paysage, le camion roulait en oscillant à un rythme qui semblait sourdre des profondeurs de la planète. Les courbes molles du terrain lui donnaient des allures de serpent paresseux et, plus qu'un déplacement, c'était un glissement, une reptation liquide sur la surface inclinée.

Parker conduisait le regard fixé sur la route, sans ciller, une main appuyée sur le volant et l'autre sur le dossier du siège, comme s'il étreignait un invisible passager. Après des heures de solitude et de vide, il voyageait hypnotisé par le mouvement lent et régulier, l'esprit dans le vague, bercé par le roulis. Rien d'autre autour de lui qu'un immense désert limitant le reste de la planète et ses conventions, mais ici, dans la solitude amplifiée par l'espace, le conducteur n'était limité que par ses propres règles et ses caprices.

Parker transportait pour le compte d'une mystérieuse entreprise un chargement de fruits depuis les vallées fertiles jusqu'aux ports lointains de l'océan Atlantique, où arrivaient les ultimes routes maritimes de l'hémisphère Sud qui communiquaient avec l'Est. Là, des navires battant des pavillons lointains qui paraissaient étrangers à la géographie déchargeaient des marchandises de pacotille et repartaient, leurs cales remplies de fruits et de viande congelée. Parker traversait les heures et les monotones journées de route immobilisé sur son siège et conduisait le véhicule en s'imaginant dans une capsule spatiale. Il était enfermé dans la cabine encombrée de vêtements éparpillés, livres, bouteilles de bière, thermos de café, cassettes de musique, bouts de cartes déchirées qu'il devait assembler comme les pièces d'un puzzle pour consulter l'itinéraire, photographies personnelles collées sur la paroi de la cabine et objets d'artisanat en bois peint qui pendaient du plafond comme privés de la force de gravité. Posé et silencieux sur le siège voisin, l'étui noir de son rutilant saxophone, un des rares vestiges qu'il avait pu sauver de sa vie d'avant, unique compagnie de ces trajets solitaires, même s'il ne parvenait plus à en tirer un seul accord. De temps à autre il se redressait sur son siège et scrutait le paysage pour y découvrir les moindres changements d'un kilomètre à l'autre : les tons variables de la plaine, l'ombre d'un nuage appuyé contre un coteau, ou le passage fugace d'un animal s'enfuyant dans les herbages. Parker naviguait plutôt qu'il ne conduisait et, lorsqu'une ligne droite le permettait, il fermait les yeux et se laissait emporter ainsi pendant quelques secondes, comme un défi à son sens de l'orientation. Il arrivait alors que le ronflement poussif du moteur s'estompe jusqu'à devenir une vibration lointaine, puis plus rien : un silence absolu à peine troublé par le murmure du vent glissant sur la cabine. Une bande de nandous apparaissait tout à coup, courant un moment à côté du camion comme si elle l'escortait, pour s'égailler ensuite et disparaître dans les taillis. Quand cette sensation de vide l'enveloppait, il avait l'impression que les roues décollaient doucement de l'asphalte et qu'il s'élevait au-dessus des reliefs ocrés du désert patagonien. L'air devenait plus dense, le poids se dissolvait dans l'atmosphère et la route n'était plus qu'une ligne incertaine qui se perdait au loin. À mesure que Parker s'élevait et que le ciel prenait un bleu plus vif, les cours d'eau asséchés apparaissaient telles des cicatrices sur la surface rugueuse de la terre. Les détails se perdaient, le passé s'assombrissait, le futur devenait un halo transparent, il ne restait d'un présent gazeux, plein de mystères, peuplé de suggestions, une douce léthargie permettant à son esprit de vaguer sans limites dans l'espace et le temps. Il pouvait voyager ainsi des heures durant dans cet état erratique, de jour ou de nuit, il n'avait plus d'horaire, juste des rendez-vous qui dépendaient de l'imprévisible départ ou arrivée des navires dont il transportait la cargaison. C'étaient parfois de longues journées mortes avant d'atteindre la destination, d'autres où il devait rouler en ne s'arrêtant que pour faire le plein de carburant ou prendre une douche dans les toilettes de quelque station-service perdue. Lorsque le coucher de soleil indiquait la fin de la journée, Parker préparait l'atterrissage de son vaisseau au bord de la route, il ralentissait et cherchait l'endroit idéal pour installer le campement, sur un terrain plat sans creux ni bosses. Le camion s'immobilisait lourdement dans un nuage de poussière, Parker sautait de la cabine comme s'il touchait terre après des mois de navigation et s'assurait que l'endroit convenait et qu'il y avait du bois à ramasser. Au moyen d'un palan giratoire terminé par une poulie fixée au véhicule, Parker déchargeait lentement ce qui un jour avait été sa maison. Peu à peu étaient extraits de la remorque une table en bois, des chaises, un canapé au cuir râpé, un vieux frigo, un lampadaire, un grand tapis, un placard, un lit avec son matelas et une table de nuit avec sa lampe de chevet. En moins d'une heure il déroulait le tapis et y déposait les meubles jusqu'à aménager un parfait salon familial sous le ciel immense de la steppe, éclairé la nuit par des câbles connectés à la batterie. De loin, le campement de Parker évoquait les contours d'un village miniature découpé sur le rouge furieux des nuages, dont les lueurs paraissaient défier la Voie lactée. La steppe désolée était son habitat préféré, la dernière patrie qui lui restait des nombreuses qu'il avait perdues au long de sa vie, seul et unique lieu au monde où il se sentait bien et en sécurité. Il éprouvait dans ces paysages une félicité profonde, comme s'il vivait un exil intérieur qui le préservait de tous les maux de la terre, et il passait des journées entières installé dans ces vastes étendues anonymes. Parfois, il allongeait ses trajets en prenant sciemment des routes secondaires qui distendaient au maximum cet espace de temps magique, comme un état de grâce, entre le départ et l'arrivée. Ces retards faisaient enrager son patron, le vieux Constanzo, propriétaire de plusieurs camions et d'une petite entreprise de transport qui opérait entre les ports et la cordillère, pour lequel Parker travaillait plus par commodité que par nécessité. Ils avaient fait connaissance quelques années plus tôt dans un des premiers relais de la Patagonie, où commençait une immense steppe qui se terminait dans les fjords du détroit de Magellan et de la Terre de Feu. Parker venait de la capitale, fuyant son passé turbulent, à la recherche de la solitude et de l'anonymat dans l'extrême sud du continent. Le chauffeur du petit camion de déménagement qui l'emmenait l'avait abandonné, faute d'être payé, dans ce relais où Parker était resté en rade avec les maigres biens qu'il avait réussi à sauver de son dernier naufrage, entassés au bord de la route. Le vieux Constanzo et Parker avaient fait connaissance à la table du restaurant, alors que ce dernier cherchait le moyen de poursuivre son voyage vers le sud. Après une brève conversation, son futur patron, fin connaisseur de la faune humaine, comprit qu'il pouvait se fier au caractère rude, réservé et misanthrope de Parker et l'engagea pour l'aider à charger et décharger la marchandise dans les ports. En échange, il lui donnait de quoi manger, quelques pesos et un espace où loger dans la remorque du camion, celui-là même qu'il conduisait maintenant. Quelques semaines suffirent à Constanzo, trop âgé et usé pour continuer à mener cette existence, pour confier le véhicule à son nouvel employé, apparemment honnête et sérieux, et revenir à une vie sédentaire après de longues années à affronter les rigueurs de la route. Parker était l'employé idéal : il ne posait pas de questions, ou si peu, il ne lui coûtait pas cher, et tout ce qu'il souhaitait c'était vivre en paix une existence errante. Les premiers temps, leur relation fut sans nuages, mais la dernière année Constanzo s'était mis à boire et à jouer, négligeant le bon fonctionnement de l'entreprise. Parker, de son côté, savait qu'il pouvait compter jusqu'à un certain point sur cet homme, capable de se lancer dans tout type d'affaires, mais il n'avait pas pleinement confiance en son honnêteté. Il avait découvert que Constanzo était associé à des gens qui contrôlaient le trafic clandestin des ports et que la marchandise transportée provenait en grande partie de la contrebande. C'est pourquoi Constanzo exigeait que son employé emprunte les routes secondaires, surveillées par les polices locales, plus faciles à corrompre, et évite les grands axes placés sous la juridiction de la gendarmerie. Parfois, Parker devait charger et décharger à l'aube dans des hangars abandonnés des caisses mystérieuses supposées contenir de la camelote et des babioles en plastique. Il savait qu'à tout moment des problèmes pouvaient surgir, mais insouciant du risque il jouissait de cette vie incertaine et anonyme, au bord de l'illégalité. Il flottait au-dessus des vastes étendues désertes qui dissolvaient son existence, mêlant son passé à la poussière et au vent, effaçant jusqu'à son nom. Lorsqu'il devait conduire des journées entières le long de routes inhospitalières semblables à des flèches lancées dans l'immensité de la steppe, Parker s'arrêtait dans les dernières bourgades pour faire d'abondantes réserves de nourriture et de carburant, comme si lui aussi appareillait d'un port lointain. Il échangeait quelques mots avec les employés des stations-services, puis se laissait lentement emporter par la route. Il roulait ainsi pendant des journées, en parlant seul, en écoutant de la musique ou s'inventant des distractions solitaires qui l'aidaient à alléger le temps. Son jeu préféré était une espèce de loterie consistant à cocher sur un carton les derniers numéros de la plaque des véhicules qu'il croisait, activité qui pouvait durer des semaines sur des routes où n'en passaient que deux ou trois par jour, dont le sien.

Après quelques années vécues dans ces confins, Parker avait appris à distinguer les nuances du paysage. Il suffisait parfois d'un virage pour que la couleur de la terre prenne une autre teinte, ou d'une côte pour que la direction du vent modifie l'inclinaison des arbustes. Ou c'était un changement de végétation, comme maintenant, quand subitement, par un caprice de la nature, venaient d'apparaître des buissons d'épineux jaunes, qu'il n'avait jamais vus jusque-là. "Vous continuez tout droit, le jeudi vous tournez à gauche et à la tombée de la nuit tournez encore à gauche, tôt ou tard vous allez arriver à la mer", lui avaient dit des ouvriers chargés de l'entretien des routes, mais c'était déjà vendredi, le soleil se couchait au milieu d'épais nuages et le chemin qu'il suivait se déroulait invariablement entre de molles courbes et des collines. La chaude lumière du crépuscule allongeait l'ombre du camion sur les reliefs, et il n'avait pas rencontré une seule bifurcation, le moindre changement de direction, un indice présageant la proximité de l'océan. Et c'était presque samedi. Assis sur son siège, le regard vissé sur l'asphalte, Parker prit une cigarette. En pianotant sur le volant au rythme de la musique, il observa par la fenêtre le coucher de soleil, aspira profondément une bouffée de tabac et, les yeux mi-clos, se mit à fredonner. Une bande de guanacos sauvages avec leurs petits traversa la route, l'obligeant à ralentir. Ils couraient tête droite, avec une certaine grâce, et s'arrêtaient de temps à autre sur un monticule pour observer avec curiosité l'intrus qui envahissait leur territoire, puis sautaient avec une élégance antique les clôtures qui bordaient la route avant de se perdre au loin. Parker ralentit au maximum pour les suivre des yeux avec un sentiment mêlé de plaisir et d'inquiétude : il savait très bien ce qui pouvait arriver si un petit guanaco maladroit ratait son saut, il l'avait vu des dizaines de fois. Il fixa son regard sur un des derniers animaux qui courait à l'écart des autres vers un endroit qui n'était pas propice au saut, et il éprouva un sombre pressentiment. Le guanaco s'élança pour sauter, mais au dernier moment hésita et s'arrêta net. Il recula, comme désemparé, tandis que le reste de la bande s'éloignait dans la steppe, et il reprit son élan. Parker sut que l'animal allait commettre une erreur fatale, et il ferma les yeux. Le guanaco tenta un nouveau saut, une partie de son corps passa aisément, mais les pattes de derrière s'accrochèrent aux barbelés, le poteau de la clôture se coinça sous la croupe et l'animal resta suspendu comme un pantin. Voyant qu'il tentait de se libérer en s'agitant et battant des pattes dans le vide, Parker arrêta le camion sur le bas-côté, mais il ne pouvait pas faire grand-chose : le guanaco allait agoniser lentement, pendant des heures, et bientôt les vautours le survoleraient en décrivant des cercles de plus en plus bas jusqu'au moment d'entamer le banquet. Les clôtures de ces routes étaient jonchées d'ossements et de carcasses desséchées, curées par les oiseaux et les renards, qui laissaient les pelages et les os intacts, blanchis par le soleil patagonien. Mais au dernier moment, par miracle, le guanaco parvint à se libérer par une violente et ultime secousse, il passa de l'autre côté de la clôture et rejoignit au trot ses congénères comme s'il ne s'était rien passé. Parker soupira, soulagé par ce dénouement qu'il vit comme un bon présage, et reprit la route, mais un moment plus tard, son soulagement vira à la tristesse : la lumière blafarde qui succédait au crépuscule, lorsque la nuit lançait son dernier coup de griffe, avait toujours éveillé en lui une obscure mélancolie qui s'installait dans son corps et lui serrait les entrailles. La ligne d'horizon, qui marquait peu avant un immense espace plein de promesses, s'inclinait maintenant vers le bas comme épousant la courbe de la planète : ainsi s'annonçaient les ténèbres sous ces latitudes. La fumée de la cigarette tournoya un instant dans la cabine et fut aspirée par la fenêtre ouverte. Parker se demanda si c'était ce moment de la journée, le rythme lent de la musique ou la nature instable de son esprit qui créait en lui certains états d'âme. Il connaissait la réponse, mais la situation était irréversible : les aiguilles de sa montre clouées sur le cadran cosmique le rivaient au présent et au paysage. Il n'avait pas d'autre remède que de changer de musique, il savait très bien, il l'avait appris après des heures et des kilomètres de route, que son état d'esprit changeant lui imposait de ne pas se laisser aller. Il tendit la main vers le siège voisin encombré d'objets de toutes sortes et farfouilla à l'aveugle dans les vieilles cassettes, cédant au hasard le privilège de choisir une autre musique. Il prit une cassette, dont le titre était à moitié effacé, l'inséra dans le lecteur et attendit les premières notes : à mesure que la musique se répandait dans la cabine, ses pensées se remirent en ordre et il sentit quelque chose renaître en lui. Une joie lointaine qui gisait dans les replis de sa mémoire envahit son regard, comme une caresse intérieure, et se mêla à la musique, arrachant le pieu qui le maintenait prisonnier dans le cadran du temps et le paysage. C'étaient des bouffées de joie inexplicables qui surgissaient soudain, sans rime ni raison, mais qui éveillaient en lui un sentiment ressemblant au bonheur. Il sourit, sentant qu'il était sur le point de contrôler les mauvais tours que son esprit capricieux lui jouait aux heures troubles de la tombée de la nuit, entre la fin du jour et l'obscurité du désert. Il allait bientôt se sentir mieux, et plus tard encore mieux. Ce moment était une borne temporelle qui marquait un pli de la journée, une fracture sur la surface figée des heures qu'il fallait fêter en buvant quelque chose. Il sortit une bouteille de bière de la glacière portative qu'il avait dans la cabine, mais à l'instant où il allait se servir du décapsuleur fixé au tableau de bord, un hurlement infernal jailli du lecteur de cassettes le fit tressaillir. Le coup de volant qu'il donna se transmit au camion comme un frisson et le fit légèrement dévier. Alarmé, Parker jeta sa cigarette par la fenêtre et voulut extraire la cassette, mais il en fut empêché par la bande magnétique qui pendait du lecteur comme une grappe de viscères. Il tira doucement, l'écheveau s'enroula dans ses doigts mais finit par céder, alors il rembobina la bande avec un crayon et remit la cassette dans le lecteur. Les accords s'élevèrent pendant quelques secondes, limpides, mais s'étouffèrent de nouveau dans les méandres de l'appareil, en émettant une plainte d'agonie qui présageait des désastres. Parker jura à voix basse et jeta par la fenêtre la cassette étripée. Le vent déroula aussitôt le ruban marron qui s'emmêla en quelques secondes dans les broussailles, mais l'humeur de Parker resta elle aussi emmêlée dans ses broussailles intérieures et il comprit qu'il ne pourrait pas la rembobiner de sitôt. Ainsi étaient ses journées, exposées à d'innombrables avatars à l'affût. Il aurait aimé croire en quelque divinité espiègle de la route, accroupie dans le désert pour lui faire des farces, mais il n'y arrivait pas. Il avait essayé de céder aux mythes et aux légendes populaires éparpillés le long des routes patagoniennes, de s'en remettre aux croyances magiques et ingénues de ce bout du monde, comme une manière de s'intégrer au paysage, mais son rationalisme absolu s'était interposé. Dans ses rencontres avec des collègues ou des habitants, il avait entendu parler de créatures fantastiques et d'étranges phénomènes qui survenaient dans ces contrées désertiques, autant d'affabulations qui servaient à épicer une nature stérile et sauvage. Ces histoires se racontaient la nuit, autour des feux, au bord de la route, ponctuées de chants, d'accords de guitare et d'alcool. Parker avait ainsi appris l'histoire de cannibales qui vivaient cachés dans les marais salants, de sous-marins fantômes qui apparaissaient sur les côtes atlantiques, de vaisseaux spatiaux qui avaient leurs bases dans les cratères de la cordillère, de spectres dans des mines abandonnées. Mais des nuits et des nuits de route dans les solitudes obscures sans apparitions, extraterrestres ou autres cannibales trinitaires, n'avaient fait que confirmer son scepticisme. La fable des trinitaires était sa préférée : on racontait qu'à l'époque de la conquête, un galion espagnol avait fait naufrage sur ces côtes, poussé par les tempêtes de l'Atlantique Sud. Les rares survivants qui avaient réussi à atteindre le rivage furent dévorés par les Indiens, plus par faim que par cruauté. Une malédiction s'abattit sur les descendants de ces sauvages, lesquels naissaient avec des traits asturiens ou estrémègnes et employaient des mots bizarres prononcés avec un accent dans lequel très peu pouvaient reconnaître le vieil espagnol. Ils avaient en plus des souvenirs et des coutumes de la péninsule ibérique, le goût des festins, des danses et des chants étrangers à leurs rituels et une insolite nostalgie du pays des marins dévorés dont ils ignoraient tout. On disait que les Indiens eux-mêmes, attribuant ces extravagances à un châtiment divin et craignant la contagion, confinaient depuis lors les possédés et leur progéniture dans les obscures galeries des mines, bien que certains affirment qu'ils l'avaient été dans les blanches étendues des salines, pour les isoler du reste de la communauté. Après plusieurs siècles, un petit nombre de ces Espagnols réincarnés en Indiens, ou d'Indiens possédés par les Espagnols, subsistaient, assimilés par le désert, mourant de faim et de maladie, mais encore animés par leur sauvage inclination pour la chair humaine.

Par la faute de Dieu sait qui, il n'y aurait plus de musique ce soir-là, et Parker décida de parler tout seul. Entendre sa propre voix après plusieurs jours sans parler à personne produisait en lui une étrange sensation de compagnie, comme s'il retrouvait un vieil ami d'enfance. Au début, il n'avait pas grand-chose à dire, mais bientôt, à mesure qu'il prenait confiance, les mots isolés devenaient des phrases, puis de longs discours. Le chant ou le soliloque étaient le point maximal de proximité avec lui-même, une forme d'intimité, d'ouverture du cœur. Cette fois, il ne fut pas très loquace et après un bref monologue il changea d'idée et préféra chanter. Il ferma les yeux pour parcourir son répertoire mental de chansons et en entonna quelques-unes jusqu'à trouver celle qui correspondait le mieux au moment qu'il vivait et à son état d'esprit. Rythmes et refrains lui passèrent par la tête, depuis les chansons de l'enfance jusqu'à celles qui avaient été le fond musical des années suivantes, mais il n'en choisit aucune : elles étaient trop tristes, ou lourdes de sombres présages. Il laissa alors la radio décider, après tout elle était faite pour ça. L'appareil commença à chercher automatiquement les rares stations accessibles qui parvenaient à se traîner jusqu'à ces confins de la terre. Il y eut d'abord un bourdonnement d'ondes longues et courtes qui se disputaient dans l'éther, puis des rumeurs métalliques qui s'interrompaient brusquement comme si elles se heurtaient à un obstacle. Lassé, Parker constata que tout, son humeur comme les fréquences radiophoniques, restait accroché aux arbustes de la route, avec les bouts de papier et les sacs en plastique que le vent arrachait aux bourgades. Parker détestait ces taillis, trompeurs, sournois, mais s'il ne croyait pas aux esprits malins de la route, il n'avait aucun doute sur la malignité des arbustes, dont il prenait plaisir à faire des foyers de hautes flammes qui éclaboussaient la pénombre d'étincelles crépitantes. Après l'échec de tous les moyens dont il disposait, il dut recourir à la technologie : il bloqua le volant avec les genoux et se pencha par la fenêtre pour connecter la radio à une antenne en fil de fer fixée sur le toit de la cabine. L'appareil cessa de grésiller et les stations de radio commencèrent à se succéder, annonçant l'horoscope du jour et les avantages de croire en Dieu, débitant messages et saluts, offres d'achat, musique folklorique, conversations et dialogues insignifiants. Des stations de pays limitrophes émettaient également jusque-là, qui sait par quel miracle : musique anonyme, sports, prévisions météorologiques.

Parker laissa défiler cet univers sonore, mais ne s'arrêta sur aucune station. Quand l'appareil terminait sa recherche, les voix disparaissaient au bout du cadran, comme si elles faisaient demi-tour pour réapparaître à l'autre extrémité, selon le même ordre. Il laissa les stations défiler à deux reprises, puis, agacé, il éteignit la radio et consulta l'oracle : le rétroviseur de la cabine, auquel il avait recours dans les moments difficiles. Il n'en abusait pas, il n'aimait pas le convoquer à tout propos, mais cette fois il en avait besoin.

"Miroir, petit miroir", dit-il en se regardant du coin de l'œil, et il découvrit sa barbe de plusieurs jours, ses cheveux clairsemés, longs et ternes, dont les mèches tombaient sur son visage sillonné de rides prématurées, ses yeux irrités après tant d'heures de route. Il répéta son appel, mais l'oracle ne répondait pas, peut-être occupé à des tâches plus importantes, aussi préféra-t-il ne pas le déranger. Il récupéra sa bouteille de bière, coupa des morceaux de fromage et de salami sur le tableau de bord et poursuivit son chemin en bâillant, jusqu'à ce que la steppe interminable soit engloutie sous le ciel lourd de minuit.

"J'ai l'impression qu'on s'est perdus", lui dit soudain la voix du miroir. Parker ralentit et s'arrêta sur le bas-côté en actionnant ses feux de position qui clignotèrent dans la nuit en l'éclaboussant de couleurs. Il prit ses instruments de navigation et sauta d'un bond hors de la cabine. Il remarqua aussitôt le silence : pour la première fois depuis des semaines le vent se réduisait à deux-trois rafales croisées, et cette absence créait une quiétude donnant l'impression de percevoir le tintement des étoiles. Il chercha les constellations sur la voûte nocturne, comme piquetée de verroteries, lui permettant de repérer la solitaire Bételgeuse, l'immanquable Croix du Sud, la Voie lactée qui caressait les deux hémisphères de ses doigts d'argent, la ceinture d'Orion qui touchait Aldébaran. Mais, dans cette nuit noire, l'horizon était caché par de gros nuages et les astres ne lui étaient pas propices. Il dut consulter sa boussole et tourner autour du camion en cherchant un axe où centrer son existence, mais les points cardinaux ne lui étaient pas non plus propices, et tout ce qu'il put faire pour savoir où se situait l'océan dans cette nuit de tous les diables fut de se fier à l'instinct et aux sens. Debout au milieu de la route, il leva légèrement la tête et chercha à l'odorat la brise qui venait des montagnes, cristalline comme le fond des lacs, fleurant l'odeur des bois et la fraîcheur pure des glaciers. Cela suffit pour lui indiquer la direction à prendre : tant que la cordillère était de ce côté, il pouvait poursuivre sa route plusieurs jours sans inquiétude, jusqu'à ce qu'il rencontre l'odeur lourde et pénétrante du sel.

Parker atteignit le port de destination avec plusieurs jours de retard, quelques heures seulement avant que le capitaine du navire, qui l'avait attendu avec impatience, décide d'appareiller. Il livra le chargement de fruits et reprit la route en direction du nord-ouest, vers sa base dans les vallées centrales. Le vieux Constanzo l'attendait avec un autre chargement et une avance sur salaire, qui correspondait en réalité à un retard de quatre mois. Quelques jours plus tard, son camion rempli, Parker roulait de nouveau dans les steppes désolées vers la côte orientale du Cône Sud, mais avant de traverser ces confins de l'Amérique une rencontre importante l'attendait, une des rares obligations qu'il respectait, comme se pliant à un cycle de la nature, quelque chose d'aussi inexorable qu'impossible à prévoir, qui survenait avec une certaine fréquence. Un rendez-vous imprécis, que Parker pressentait de manière énigmatique, devait avoir lieu ces jours-là dans ces parages. Il devait juste attendre, aussi s'arrêta-t-il sur le bas-côté, puis il observa les alentours en se préparant à une longue halte et commença l'opération compliquée d'installation de son campement avant la tombée de la nuit. Grâce au système de poulies qu'il avait lui-même conçu, le palan articulé sortit un à un les meubles de la remorque pour les déposer par terre. Parker les disposa en cercle, contre la masse du camion qui les protégeait des intempéries, puis il installa le reste des objets avec l'empressement d'une femme au foyer : un petit buffet à côté d'un meuble de cuisine, puis des étagères avec quelques livres et divers objets, suivis du grand lit, avec draps et couvertures sans le moindre pli, et la table de chevet. Il déroula ensuite le tapis, sur lequel il plaça des chaises et une table qu'il couvrit d'une nappe, ajoutant un vase de fleurs en plastique et un cendrier. Enfin, quelques lampes branchées sur la batterie. Si les rigueurs du climat l'exigeaient, il couvrait son campement de bâches et de plastiques, sinon il n'avait au-dessus de sa tête que la nuit immense et insondable de la steppe. Parker menait cette existence une partie de l'année, lorsque la saison clémente et lumineuse permettait la vie à l'air libre. L'autre partie de l'année, rude et ténébreuse, quand tout devenait menaçant et glacé, Parker faisait ce que la nature même suggérait : il s'enfermait dans la cabine et hibernait comme un mammifère dans sa grotte, il dormait des journées entières et ne se levait que pour préparer un repas chaud. Il profitait des quelques heures de lumière pour marcher, enveloppé dans son poncho en peau de mouton qui lui donnait une allure d'homme des cavernes, il observait le ciel et s'assurait que le camion n'avait pas été englouti sous une épaisse couche de neige ou une pluie de cendres crachées par un volcan. Une fois constaté que le monde et l'univers poursuivaient leur existence sans changement, il replongeait dans le sommeil des jours durant. Outre son corps, son esprit s'enfonçait aussi dans la léthargie, et ses pensées restaient figées pendant des heures, même dans les moments de veille, sur une image fixe qu'une main mystérieuse et lasse changeait comme s'il s'agissait de diapositives.

Lorsqu'il eut terminé d'installer le campement, après avoir ramassé du bois et allumé un foyer, Parker posa des morceaux de viande sur une grille qu'il laissa cuire lentement pendant qu'il dressait la table pour deux personnes. Il était assis dans le fauteuil, feuilletant un journal jauni, lorsqu'il entendit une rumeur lointaine provenant de la route. Il leva aussitôt la tête et, tel un limier, la tourna de côté pour affiner l'ouïe. Quelque chose se déplaçait dans le désert, la brise râpait le silence épais du crépuscule et un bourdonnement de moteur s'approchait par l'ouest. Il se leva et alla sur la route, le journal encore à la main, comme on ouvre la porte d'entrée d'une maison. Il s'immobilisa sur la bande d'asphalte et fixa son regard sur l'horizon, où deux lumières au loin paraissaient arrêtées : dans ces immenses espaces vides le déplacement des objets se diluait jusqu'à devenir imperceptible. Lorsque les lumières arrivèrent près de lui, un véhicule passa devant ses yeux comme un éclair, fendant l'air avec une plainte sourde. Il regarda la voiture s'éloigner, dont le bruit se changea en murmure, et, machinalement, il consulta sa montre dont les aiguilles capricieuses ne lui servaient guère. Il allait devoir attendre cette nuit et beaucoup d'autres, avant qu'arrive celui qui devait arriver. Il se mit à table, ouvrit une bouteille de vin et alluma les bougies d'un chandelier, malgré les dernières lueurs du couchant, et commença à manger en silence un morceau de viande froide et sèche. Sa dernière rencontre avec un être humain avait eu lieu quatre jours avant, ou six, ou une semaine, et il ne se rappelait même plus qui c'était. Plus tard, il sortit le saxophone de son étui, s'assit dans le fauteuil et tenta de jouer quelques accords, mais il n'obtint guère plus qu'une série de notes discordantes qui flottèrent un instant dans l'air. Il les chassa d'un geste de la main, comme si c'étaient des mouches, tandis que l'ombre du camion, allongée par les derniers rayons de soleil, enveloppait le campement comme un voile léger et poursuivait sa lente progression dans le désert pour finir par disparaître. La nuit tomba, ponctuelle, comme une tache noire sur un ciel sans le moindre nuage, et Parker prit alors son carnet et écrivit quelques phrases à la lueur des bougies. Il ne savait pas pourquoi, mais quelque chose ne tournait pas rond ces derniers jours, il percevait un subtil dérangement dans l'ordre des choses qui l'entouraient, le mécanisme qui mettait en marche chaque minute et chaque heure paraissait grippé, comme si les pièces et les engrenages forçaient avec des craquements étouffés. Il se leva, s'éloigna du camion qui dormait d'un sommeil paresseux, allongé comme un animal domestique, et chercha une explication dans le firmament. Son regard se perdit dans l'ouverture noire de l'univers où les nuages s'étaient retirés, mais tout paraissait tranquille là-haut : Pégase reposait indifférent, enveloppé dans sa constellation, avec sa longue queue appuyée sur Andromède, tandis que Bellatrix cherchait refuge dans les bras des Perséides. Parker revint dans son fauteuil et s'emmitoufla dans les couvertures, comme un gros épouvantail. Il essaya de s'endormir et de rêver, mais les rêves dans ces confins du continent n'étaient pas ponctuels, il fallait les convoquer par des stratagèmes. Ceux qui se produisaient dans ces terres lointaines se cachaient dans leur terrier aux premiers rayons du soleil, comme des animaux nocturnes, jusqu'à ce que la lumière du jour les arrache à leur cachette et les dissolve. Sous le 40e parallèle c'étaient des rêves mesquins et élémentaires à l'image du territoire, ils naissaient tordus par les rafales de vent, comme les arbustes de la steppe, évoluaient parallèles à la réalité et parfois la touchaient de la pointe de leurs branches : sur cette terre stérile, où même la charogne était rare, les rêves ne pouvaient pas se nourrir de désirs ou de restes diurnes, à moins de trouver dans les barbelés des clôtures quelque souvenir oublié, coincé comme un animal agonisant, et se réduisaient à de pauvres rêveries. Le paysage était un tourbillon parcimonieux qui avalait tout et vidait la conscience de ceux qui le traversaient, et Parker se débattait la nuit, se cramponnant à n'importe quoi pour ne pas disparaître. Stérilisée, sa mémoire était une barrière qui l'empêchait de voir au-delà de ce jour lointain où il avait pris le peu d'argent dont il disposait et s'était éloigné de la capitale pour ne jamais y revenir. Derrière s'ouvrait un abîme obscur, où se mouvaient comme des spectres une femme et un enfant, une zone où il était un intrus, un individu que Parker avait cessé d'être depuis très longtemps.

La semaine suivante, un matin où les premiers rayons de soleil éclairaient le camion, une lumière dorée se déposa sur le campement, la table dressée et le foyer fumant. Emmitouflé dans les couvertures, une tasse à la main, Parker était en train de lire lorsqu'il leva la tête et tendit l'oreille: une nouvelle rumeur étouffée s'approchait du sud-est. Il regarda l'heure, machinalement, se leva et se dirigea promptement vers la double ligne jaune de la route où il se planta avec une allure de cacique. Une forme floue et flottante, comme un mirage, se changea peu à peu en une voiture chargée de bagages, couverte de terre et de boue, soulevant derrière elle un nuage de poussière. Le véhicule ralentit et arriva quasiment au pas jusqu'à Parker. Sur le point de s'arrêter à l'endroit précis où s'amorçait une pente légère, il reprit de la vitesse et continua sur son élan. À cet instant, un homme grand et maigre, aux cheveux grisonnants en broussaille, portant un long manteau et une écharpe fanée, sortit promptement de la voiture encore en mouvement et courut pour se placer devant et tenter de l'arrêter.

– Qu'est-ce que vous attendez pour m'aider ? s'écria le nouveau venu.

Parker, qui observait la scène comme une hallucination, ramassa une pierre sur le bas-côté et courut la caler sous une roue. L'auto s'immobilisa avec une secousse, l'homme cala les autres roues avec des pierres et, souriant, s'avança bras ouverts vers Parker. L'accolade dura le temps que prit le nuage de poussière pour se dissiper.

– Et alors, espèce de journaliste, qu'est-ce qui vous est arrivé ?

– Les freins, je dois caler la voiture chaque fois que je m'arrête. Ils ont lâché du jour au lendemain.

– C'est pas ce que je voulais dire. On devait se retrouver la semaine dernière, si je ne me trompe pas, dit Parker irrité.

– J'ai dû m'arrêter pour dormir, je roule depuis trois jours et trois nuits. Vous savez bien comment sont ces routes, répondit le journaliste. Il n'y a rien de tel que de dormir en plein air, ajouta-t-il ensuite, assis à la table en s'étirant, les yeux levés vers le ciel limpide du matin.

– Je ne vous le fais pas dire, répondit Parker qui servit du café dans deux tasses et en tendit une au nouveau venu.

– Eh, mais toutes ces nouvelles sont de l'an dernier ! dit le journaliste lorsqu'il prit le journal et remarqua la date.

– Je l'ai acheté la dernière fois que j'étais dans une ville, je n'ai pas encore fini de lire.

– Vous êtes fou, Parker. Vous vivez dans quel monde ?

Parker jeta un regard circulaire au paysage vide, puis pointa son index vers le haut.

– Ici le temps n'existe pas, ni les dates, c'est pour ça qu'on dort si bien.

– Moi j'ai besoin des dates, c'est mon travail.

– Où en est votre enquête, vous avez du nouveau ?

– J'ai découvert l'endroit où ils débarquaient.

– Qui ?

– Comment ça, qui ? Vous ne vous rappelez pas ce que je vous ai raconté la dernière fois ?

– Plus ou moins. C'était au sujet de la guerre, non ?

Le journaliste alla à sa voiture et revint avec un sac en cuir couvert de poussière. Il en sortit une carte qu'il déplia sur la table et indiqua un point en tapotant avec l'index.

– Là, cette baie. C'est là que se faisaient les débarquements.

Parker se pencha sur la carte et regarda le point avec un intérêt feint.

– Comment vous l'avez su ? C'était des opérations secrètes, non ?

– Très secrètes, mais il y a soixante ans. J'ai parlé avec des témoins, consulté des livres et des documents, expliqua le journaliste en indiquant d'autres points sur la carte. C'est là que plusieurs sous-marins ont été repérés. Certains se sont rendus, d'autres perdus pour toujours, on n'en sait pas plus.

– Pourquoi ils venaient là, alors qu'il n'y avait rien ?

– Précisément pour ça, parce qu'il n'y avait rien ni personne pour les voir. Ils déchargeaient de l'or et des documents qu'ils emportaient dans leurs refuges de la cordillère. Mon prochain livre est prêt, regardez.

Il sortit du sac une chemise gonflée de pages manuscrites qu'il posa sur la table.

– Un gros volume, si ça se trouve je décroche le prix Pulitzer.

Parker prit la chemise et la soupesa des deux mains.

– Pour le poids, vous aurez peut-être le Nobel. Donc, le butin des nazis arrivait par là ?

– Eh oui ! On dit même qu'Hitler y a débarqué, je suis en train de chercher des preuves.

– Et vous pensez qu'un éditeur va publier un délire pareil ?

– Qu'est-ce que vous en savez ? Vous vivez hors du monde.

– Vous n'en êtes pas non plus tout près.

Le journaliste ignora la remarque et revint à la carte.

– Il pourrait y avoir au fond de cette baie les restes d'un naufrage, peut-être celui de l'U-745, ça fait des années que je le cherche.

– U-745 ? C'est quoi ? Une ligne de bus ?

– Jouez pas les idiots. U signifie *unterseeboot*, c'est-à-dire “sous-marin”.

– Alors Hitler serait venu dans un de ces U quelque chose ?

– C'est possible. C'étaient des missions secrètes pour débarquer des fugitifs, de l'argent, des documents. Après, ils coulaient les sous-marins pour faire disparaître les preuves.

– Au lieu de les faire disparaître, ils les laissaient sur place. Pas très malins les types, c'est pour ça qu'ils ont perdu.

– À la fin de la guerre, devant le port de Mar de los Lobos, Mer des Loups, le U-530 et le U-977 ont fait surface pour se rendre aux autorités, mais d'autres ont été repérés. L'un d'eux était peut-être le U-1206, considéré comme perdu dans la mer du Nord en avril 1945.

Parker se mit à bâiller et son attention se dispersa dans le paysage. Pendant que l'autre parlait, il calculait les journées de route, les prochains trajets et la manière de récupérer la semaine d'attente qu'il avait perdue, mais le journaliste poursuivait, de plus en plus exalté, en ajoutant des détails.

– … devant San Alfonso les gens ont vu des périscopes et des tourelles pendant plusieurs jours, peut-être le U-326, ou le U-398, qu'on croyait disparu au large de l'Écosse. Mais celui que je cherche est le U-745, vu pour la dernière fois en février 1945 dans le golfe de Finlande, il a pu refaire surface ici, à Puerto Médanos, quelques mois plus tard, conclut-il, agité. Il se tut un instant pour reprendre son souffle, puis regarda Parker droit dans les yeux.

– Alors, c'est pas passionnant ?

Parker but une gorgée de café et hocha la tête, incrédule.

– Vous êtes trop vieux pour jouer à la bataille navale, jouez plutôt le 745 à la loterie, ça pourrait vous rapporter plus.

– Idiot et en plus sceptique. Sachez qu'on fait beaucoup de recherches sur ce sujet.

– Il faut de tout pour faire un monde.

– Vous avez raison, dit le journaliste qui parcourut des yeux le campement et le camion, et regarda de nouveau Parker, qui ne se sentit pas concerné. Ils restèrent un moment silencieux, en buvant du café et fumant, au milieu de la plaine que le ciel rejoignait à l'horizon.

– Quel drôle de type vous faites, vous n'êtes pas d'ici, hein ? demanda le journaliste.

Le regard de Parker, hautain, se perdit au loin, tandis que l'autre montrait du doigt l'étui de saxophone et attendait une réponse.

– Ici personne n'est d'ici, ils viennent tous d'ailleurs. Ceux qui étaient d'ici n'existent plus.

– Et vous êtes camionneur comme ma grand-mère, les vrais camionneurs ne jouent pas de la trompette.

– C'est un saxo, pas une trompette.

– C'est pire.

Le journaliste réfléchit quelques secondes.

– On vous appelle Parker parce que vous jouez du saxo ?

– Non, à cause du stylo que j'avais gagné à une tombola de l'école, j'ai eu mon quart d'heure de célébrité.

– Et vous allez où comme ça ?

– Je transporte des fruits depuis les vallées jusqu'au port, en évitant l'espèce humaine, je vous l'ai déjà dit mille fois.

– Alors je ne dois pas faire partie de l'espèce humaine. Je suis flatté.

– Vous êtes une exception, je ne comprends pas encore pourquoi. Quand vous devenez lourd, vous êtes imbattable.

– Ne vous fiez pas aux apparences, je suis bien pire que je n'en ai l'air.

Le journaliste chercha des yeux le regard fuyant de Parker qui continuait de scruter l'horizon, puis il reposa la tasse de café sur la table et se tourna vers lui.

– Vous ne seriez pas en train de fuir quelque chose ?

Parker indiqua de la tête le gros manuscrit.

– Vous n'avez qu'à écrire que je suis un petit-fils d'Hitler et on fait moitié-moitié quand vous aurez publié le bouquin.

Le journaliste observa Parker, qui fumait, indifférent, comme emmitouflé dans sa barbe de plusieurs semaines, le ventre proéminent à peine masqué par les couvertures qui l'enveloppaient.

– Si votre grand-père Adolf vous voyait, il penserait que tout a été inutile.

Parker lui adressa un regard inquisiteur, puis s'observa lui-même.

– Qu'est-ce que vous voulez dire ?

– Ce truc de la race supérieure.

Parker s'observa de nouveau sans comprendre.

– C'est quoi le problème avec ma race ?

– Rien, rien, je disais ça comme ça...

– Ne vous fiez pas aux apparences.

– Vous avez raison, vous aussi vous devez être pire que vous ne le paraissez.

Leurs regards se croisèrent comme si un fil invisible les reliait.

– On doit avoir quelque chose en commun.

– Je ne sais pas si je dois me réjouir ou crier au secours.

– Plutôt vous réjouir, ici personne ne viendra vous aider.

Ils restèrent un autre long moment en silence, puis se levèrent paresseusement et marchèrent d'un pas lent aux alentours comme s'ils étaient les propriétaires du lieu.

– Parfois je vous envie, seul au milieu de ces plaines on apprécie la véritable liberté, dit le journaliste, les yeux tournés vers l'horizon.

Parker tarda à répondre.

– Oui, c'est pas mal.

– Vous n'avez pas l'air très convaincu.

– À ce moment de ma vie, rien n'arrive à me convaincre vraiment.

– On n'a pas l'impression que vous souffrez beaucoup ici.

– Non, mais je suis mal payé et au noir, la boîte est un désastre, mon patron en vadrouille, mes papiers ne sont pas en règle et je ne sais pas combien de temps encore ce camion peut tenir le coup.

– Tout ça, c'est des détails. Vous venez de la ville, ça se voit. Comment vous faites pour vivre ici ?

– Je me suis habitué à l'air libre, je ne pourrais plus vivre au milieu de toutes ces bagnoles, tout ce bruit, ni avoir une routine, une maison, voir la gueule des voisins tous les jours. Je vivrais enfermé.

– Vous avez l'intention de vivre comme ça jusqu'à la fin de vos jours ? Méfiez-vous, cela peut être pire qu'un enfermement.

– Pourquoi pas ? C'est une vie comme une autre. Je peux trouver une autre entreprise, un autre camion et…

Le journaliste l'interrompit d'un léger coup de coude qui s'enfonça dans les couches de vêtements qui couvraient Parker.

– … et une autre identité.

Parker s'arrêta soudain, puis reprit sa marche.

– Ça vous plaît d'inventer des histoires, pas vrai ? J'espère qu'on vous les paie bien.

– Ça s'appelle le flair, vous, vous devez avoir un petit problème avec la loi.

Parker s'arrêta de nouveau, cette fois énervé.

– Mais qu'est-ce que ça peut bien vous faire ?

– Vous me comprenez mal : si vous avez besoin de nouveaux papiers d'identité, je peux vous les obtenir à un bon prix. C'est comme ça que je finance mes enquêtes.

– J'ai des problèmes avec la pègre plus qu'avec la loi.

– Alors, c'est du sérieux : il est plus difficile de corrompre un mafieux qu'un juge.

Quand ils revinrent à table, le journaliste fouilla dans son sac d'où il sortit une poignée de papiers d'identité qu'il déplia dans sa main comme un jeu de cartes.

– Regardez toutes ces personnalités que j'ai, je dois être à moitié schizophrène.

– Ne vous servez pas de toutes en même temps.

– Vous voulez que je vous en prête une ?

– J'aime bien celle de chasseur de nazis, mais elle est prise.

– Oui, trop tard, choisissez-en une autre.

– Vous avez toujours cherché des sous-marins ?

– Non, avant je cherchais des extraterrestres.

– Bon, pourquoi pas cette identité, si vous me la prêtez ?

– Je ne vous la conseille pas, il n'y en a plus autant qu'avant. Aujourd'hui, les soucoupes volantes atterrissent en Sibérie.

– Oui, ici, c'est trop compliqué, loin de tout, ça ne mène nulle part, à moins d'aller en Antarctique, dit Parker d'un ton désabusé.

– Avec la géographie on ne plaisante pas, conclut le journaliste comme s'il prononçait une grande vérité, et il continua à fouiller dans son sac.

Parker le regarda en fronçant les sourcils, pendant que l'autre étalait les documents comme des cartes à jouer.

– Vous n'arrêtez jamais de délirer.

– Heureusement pas, un délire après l'autre, comme les maillons d'une chaîne.

Après le repas, Parker s'installa sur le lit pour faire la sieste et le journaliste s'assit dans le fauteuil. Lorsque l'ombre du camion menaça de s'allonger de nouveau, il se leva prestement, ramassa ses papiers sur la table et sortit un calendrier de son manteau qu'il posa à côté d'une carte.

– Je dois partir. On se revoit dans trente jours, au kilomètre 207 de la route 26, à cet endroit : Cuesta del Huemul.

Parker se tourna sur le lit et parla sans ouvrir les yeux.

– D'accord, mais cette fois ne me faites pas attendre.

– Je serai ponctuel, mais vous, ne vous trompez pas encore de route.

Le journaliste sortit de son sac une boîte doublée de velours rouge et y prit un vieil instrument, doré et brillant.

– Un astrolabe ?

– Faites pas l'ignorant, c'est un sextant.

– C'est pas aussi grave que de confondre un saxo avec une trompette.

– Le sextant peut vous sauver la vie, pas une trompette. Je vous le prête pour que vous ne vous perdiez pas dans cette steppe, et pour que vous puissiez vous repérer dans la vie.

– J'ai déjà une boussole.

– On ne peut pas comparer une boussole avec un sextant, qui permet de se situer dans l'espace, pas seulement en surface.

Parker prit l'instrument et l'observa, l'air ravi.

– J'ai toujours voulu avoir un de ces trucs.

– Servez-vous-en. On se revoit dans trente jours à la Cuesta del Huemul. Préparez le feu, j'apporte la viande et le vin.

Ils se regardèrent un instant, échangeant un léger sourire complice. Leurs silhouettes au soleil se découpaient sur les nuages noirs de l'horizon et ils se donnèrent l'accolade sur la double ligne jaune de la route déserte. Le journaliste retira les pierres qui calaient la voiture et se mit au volant.

– Le sous-marin c'est un secret, n'en parlez à personne, et si vous trouvez quelque chose de bizarre, prévenez-moi, dit-il par la fenêtre ouverte.

– Si je tombe sur un nazi, je vous préviens.

Le journaliste démarra dans un nuage de poussière, Parker suivit des yeux la voiture jusqu'à ce qu'elle se perde au loin et regagna son campement. Il éteignit le feu et chargea de nouveau ses affaires et ses meubles dans la remorque. Un moment plus tard, le camion repartit en faisant craquer sous ses roues les cailloux du terrain et il s'éloigna lentement sur la route comme un serpent qui s'enroule sur la branche d'un arbre.

Parker conduisait, une bouteille de bière à la main et une cigarette à la bouche, tandis qu'au-delà des vitres de la cabine le désert s'étendait, calme et limpide. Une musique sobre et élémentaire, de quelques notes, accompagnait le paysage qui lui ressemblait, comme si c'était sa partition idéale. Les accords paresseux d'un violoncelle semblaient se traîner sur la steppe, imprimant au camion le rythme adéquat, une cadence sensuelle qui parcourait les cordes les plus intimes de Parker, lui procurant un sentiment de tranquillité. Il disposait de deux semaines pour arriver au port avec son nouveau chargement, plus qu'il n'en fallait pour se laisser emporter par ces courants occultes, comme les rivières à sec qui marquaient cette partie du continent, telles des cicatrices. Il imagina tous les levers de soleil qui l'attendaient sur la route, ceux qui avaient lieu, loin de lui, entre les vagues de l'océan, les cimes de la cordillère, et sentit qu'ils lui étaient destinés, comme un événement cosmique en son honneur, une offrande déployée devant ses yeux. Il se représentait l'univers à son échelle, s'étendant de la cabine du camion jusqu'à la ligne d'horizon pour se transformer en aube ou en crépuscule, puis en ciel étoilé. Telle était la limite de sa vision, de son penchant mystique, une limite impossible à franchir, et tout ce qui existait au-delà ou en deçà ne l'intéressait pas. Il y avait cependant un autre univers, plus proche et familier, également peuplé d'énigmes et de mystères : un système d'écrous qui tournaient comme des planètes sur leur orbite, engrenages, bielles, câbles, vis et boulons qui fonctionnaient selon le système mécanique du moteur. Ouvrir le capot signifiait un affront audacieux à Pandore, un défi aux pouvoirs de la création, aussi sursauta-t-il lorsque, en changeant de vitesse, il entendit un bruit inhabituel provenant de ce système caché, comme un avertissement de l'au-delà. Quelque chose avait craqué dans le petit univers qui existait sous ses pieds, quelque chose d'alarmant vibrait tellement que ses mains le percevaient dans le levier de vitesses. Tous ses sens se raidirent en une réaction de défense, il éteignit sa cigarette et jeta par la fenêtre la bouteille de bière qui roula en rebondissant sans se briser sur le bas-côté de la route. Il débraya plusieurs fois, mais le craquement persistait, comme un murmure inquiétant qui grandissait, la vibration se transmettait à son corps. Il continua à actionner le levier de vitesses jusqu'à ce que le moteur émette un bruit affolant et commence à avoir des spasmes. Tel un cavalier sur une bête irascible, son corps bougeait au rythme des secousses. Parker passa des paroles aimables à la menace de mettre le feu au camion, qui ne voulait pas entendre raison. Les convulsions et les plaintes des engrenages qui se mordaient se muèrent en une longue lamentation qui atteignait les confins du désert.

Quelques heures plus tard, Parker et son camion agonisant arrivèrent dans une bourgade qui, selon la carte, devait être Jardín Espinoso, Jardin Épineux, au bord de la rivière du même nom. En l'absence de panneau indicateur, il dut interroger un homme âgé qui fumait, assis sur une pierre, les yeux fixés sur l'horizon, à l'entrée du bourg. Parker le salua aimablement.

– C'est Jardín Espinoso ici ?

– Non, monsieur, ici c'est El Suculento, Le Succulent.

– Vous pouvez me dire où est Jardín Espinoso ?

– Oui, monsieur, c'était ici même.

Parker lui demanda de répéter, mais il ne comprenait pas ce que l'homme voulait dire.

– Avant, c'était Jardín Espinoso ici, mais plus maintenant. Maintenant c'est El Suculento.

Parker observa les alentours à la recherche de quelqu'un de sensé à qui poser la question, même s'il ne cherchait plus à comprendre. Ne voyant personne, il insista par pure curiosité.

– Comment on fait, alors, pour aller à Jardín Espinoso ?

– C'est impossible, monsieur. Personne ne peut plus jamais aller à Jardín Espinoso, pas même nous, et pourtant nous y sommes nés.

Il y eut un long silence où tous deux se regardèrent avec un mélange de curiosité et de condescendance. Parker comprit qu'il devait suivre la logique du bonhomme s'il voulait tirer la chose au clair.

– Mais alors, qu'est devenu Jardín Espinoso ? Qu'est-ce qui s'est passé ?

L'air grave et solennel, l'homme détourna son regard vers le paysage qui s'étendait devant eux.

– Il s'est passé qu'on a changé le nom. Maintenant, c'est El Suculento.

Il y eut un autre instant de silence et l'homme poursuivit avec une certaine fierté.

– C'était une promesse électorale de notre maire et il l'a tenue. Maintenant nous sommes un village prospère et fertile. Jardín Espinoso était pauvre et sec.

Parker le remercia et entra dans le bourg. Il s'arrêta à la première station-service. Méfiant, comme s'il craignait de mettre pied à terre avant de reconnaître les lieux, il sortit de la cabine et grimpa sur le toit pour observer l'île solitaire où il venait de faire naufrage comme s'il devait y vivre le restant de ses jours. Il était passé plusieurs fois par cette localité mais ne s'y était jamais arrêté. Il en détestait l'ambiance typique de relais routier, semblable à une salle des fêtes où se tiennent des événements sociaux. Ici se retrouvait la faune des routes, avant ou après de longues journées de voyage : camionneurs, touristes, chauffeurs de bus, passagers et représentants de commerce fêtaient départs et retrouvailles. Il se dit qu'il devrait se mêler à eux et saluer ceux qu'il connaissait, expliquer sa situation, demander de l'aide et répondre aux questions des curieux. C'était trop. Après un coup d'œil circulaire, il sentit l'angoisse monter en lui et repensa à la possibilité, de plus en plus lointaine, d'une mort solitaire dans un coin perdu du désert. Plusieurs camions stationnaient sur une immense esplanade au bord de la plaine, disposés en carré pour se protéger des intempéries, comme les caravanes de chariots des premiers colons. Les conducteurs mangeaient et buvaient autour d'un feu, faisaient griller de la viande, parlaient femmes, football, ou échangeaient des anecdotes et des blagues, qui allaient se poursuivre jusqu'au lever du jour. Parker n'aimait pas cette façon qu'avaient les gens de passage de chercher le contact humain par des conversations inutiles et des blagues éculées qu'ils ponctuaient de rires forcés comme s'ils les entendaient pour la première fois. Cette confraternité de l'errance pratiquait avec zèle une sorte de liturgie, exigeant de chacun la soumission au groupe sous peine de mise à l'index. Il avait été plusieurs fois impliqué dans ces rencontres où ne variaient que les participants et les lieux, jamais le rituel. Parker fuyait comme la peste ce genre de compagnie, il cultivait avec art sa propre solitude, le seul espace où il se sentait à l'abri du tapage, mais il savait éviter ces réunions sans blesser les susceptibilités : il avait appris que, dans la vie hasardeuse de la route, personne ne pouvait être autonome. Il eut envie de s'éclipser avant qu'on le découvre et qu'il ne puisse pas refuser l'invitation, mais il avait besoin d'aide, ce qui signifiait un plus grand risque. Un ennui mécanique déclenchait une implacable solidarité entre collègues, imposant d'aider celui qui en avait besoin, et était souvent un prétexte pour se mêler de sa vie. Il les imaginait déjà se frottant les mains, le plaignant faussement pour sa malchance et en profitant pour donner des conseils, se lier d'amitié, faire des commentaires et poser des questions indiscrètes. Ils les voyaient déjà entourer le camion, l'un d'eux apporterait des outils, un autre débiterait des propos d'une sagesse fumeuse, un troisième ferait semblant de témoigner de l'intérêt à l'affaire. Parker avait besoin d'un mécanicien, pas d'amis ni de collègues souriants qui l'accableraient d'une sympathie qu'il n'était pas en mesure de leur rendre.

Il descendit du toit et retourna dans la cabine en se glissant par la fenêtre, puis il déplaça le camion jusqu'à le mettre hors de vue, mais les convulsions du moteur claquaient comme une bruyante boîte de conserve. Il put se garer à l'écart de l'esplanade, sur un terrain occupé par des carcasses de voitures, des pneus, des pièces détachées éparpillées qui évoquaient un gigantesque musée à l'air libre. Il traversa ce champ de bataille jusqu'à atteindre ce qu'il vit comme une planche de salut : une vieille roulotte, perdue dans ce cimetière de voitures, avec un panneau lumineux sale et éteint qui annonçait "Mécanicien". Impatient, il frappa d'abord dans ses mains, puis à la porte, plusieurs fois sans obtenir de réponse. Par l'ouverture de cabinets, faits de tôles et de cartons, jouxtant la roulotte, il aperçut un individu d'âge moyen à la barbe de plusieurs jours, l'air mal réveillé, qui s'essuyait les mains avec un chiffon et rajustait son pantalon graisseux. Les deux hommes restèrent face à face, séparés par un lourd silence, chacun attendant que l'autre parle. Il y avait du défi dans cette attente et Parker comprit qu'à cet instant s'établissaient les règles de l'accord qui allait les lier peu après : si Parker n'arrivait pas à s'imposer, cet individu gagnerait la partie et dicterait les règles du jeu. Ainsi étaient les relations humaines dans ces contrées peuplées de gens rudes, peu enclins à la courtoisie. Tous deux se jaugèrent pendant un instant tendu, en un duel de regards, jusqu'à ce que l'autre frappe le premier :

– Vous me cherchiez ?

Surpris, Parker jeta un coup d'œil alentour et attendit deux secondes avant de répondre. De gros nuages traversèrent rapidement le ciel, la force soudaine du vent couvrit de poussière le paysage et l'obscurcit un instant. Une violente rafale fit vaciller Parker et il sentit du sable monter sur sa jambe. Les assauts du vent paraissaient ne s'acharner que sur lui, car les cheveux de l'homme remuaient à peine. Il tenta en vain de se protéger.

– Vous faites atelier mécanique ?

– Non, coiffure pour chiens.

Parker comprit qu'il avait perdu le round.

– Ah, vous êtes des marrants ici…

– Je sais pas, moi je suis pas d'ici, répliqua le mécanicien en haussant les épaules, toujours épargné par le souffle du vent, puis il indiqua un point dans le lointain : Moi, je suis de là-bas, du village de Mula Muerta, Mule Morte.

Parker regarda dans cette direction, une main en visière pour se protéger du soleil, et aperçut un groupe de cinq maisons basses, aux murs d'adobe et aux toits de tôle, qui émergeaient de la plaine. Une multitude de sacs en plastique ondoyaient sous les rafales, accrochées aux barbelés d'une clôture rachitique qui évoquait une couronne d'épines autour des maisons.

– Ces maisons là-bas, c'est le célèbre Mula Muerta ? Aujourd'hui c'est mon jour de chance, riposta Parker.

Le mécanicien fit une grimace de dégoût.

– Vous vous trompez, ça c'est Mula Vieja, Vieille Mule. Mula Muerta c'est après, on ne le voit pas d'ici.

– Tout se ressemble par ici, comment vous voulez que je me rende compte ?

– Il ne s'agit pas de voir, mais de raisonner. Qu'est-ce qu'il y a en premier, Mula Muerta ou Mula Vieja ? Alors, vous qui venez de la ville, vous répondez quoi ?

Décontenancé, Parker regardait l'homme en pensant qu'il parlait une autre langue et fut incapable de répondre.

– D'abord Vieja et juste après Muerta. Ou à Buenos Aires c'est le contraire ? poursuivit l'autre.

Parker fit appel à la patience des astres et jeta un regard circulaire. Il se tourna vers l'homme et l'observa un instant avec défi. Il ne savait pas quoi dire, et quand il le sut, ce fut pire.

– Ça dépend d'où on vient, dit-il sur un ton triomphant.

– On arrive toujours d'ici, parce que après Mula Muerta il n'y a plus rien, ni villages, ni chemins, ni mules. Tout s'arrête là-bas, expliqua le mécanicien avec une résignation métaphysique.

– Tout s'arrête et le néant commence, ajouta Parker avec gravité pour suivre le fil du propos, contaminé par cette sagesse élémentaire et spontanée.

Un peu déconcerté, le mécanicien abandonna ses cogitations et se tourna vers Parker qui continuait à se protéger des rafales de vent avec les mains.

– C'est quoi ces idioties ? réagit-il agacé, en se demandant s'il parlait avec un fou. Et, avec un petit sourire mordant, il ajouta : Vous êtes bourré ou c'est le vent qui vous déglingue le cerveau ?

Parker ignora la réplique et se plaça de côté, mais c'était pire, alors il reprit sa position. C'était à lui de répondre au plus vite, mais il était en train de perdre la partie. Il préféra aller droit au but.

– Est-ce que vous pourriez vérifier la boîte de vitesses ? Elle fait un bruit bizarre…

Le mécanicien l'interrompit.

– Désolé, mais c'est fermé, on est en vacances.

Parker prit un air sérieux et haussa un peu le ton.

– Et les vacances, elles se terminent quand, ici ?

L'homme regarda sa montre un instant interminable, l'air très concentré.

– Ça dépend pour quoi.
– Vous vous moquez de moi ?
– Si je me moque de vous ? Je travaille toute l'année et en plus je devrais interrompre mes vacances pour vous ?
Alors Parker déposa les armes, il tapota l'épaule du mécanicien avec un sourire forcé et tenta de signer une reddition honorable.
– Tous les gens de Buenos Aires sont pareils, ils se prennent pour le centre du monde, poursuivit le mécanicien avec dédain.
– Je ne suis pas de Buenos Aires.
– Et d'où, alors ?
Parker indiqua de la main un point indéfini de l'horizon.
– Je suis de là-bas… d'Indio Malo, Indien Méchant, mentit-il sur un ton menaçant en bombant le torse.
Le mécanicien regarda vers l'endroit signalé mais il n'aperçut aucun village. Il était tombé dans le piège, Indio Malo n'existait pas. Alors il regarda Parker en souriant et lui serra la main. Il avait gagné son respect.
– Bienvenue. On va voir ce qu'il y a dans ce moteur. À votre tête, j'ai l'impression que c'est sérieux, dit-il en se retroussant les manches.
Les deux hommes examinèrent un moment le moteur du camion, le corps à moitié enfoui sous le capot, jusqu'à ce que le mécanicien se redresse, s'essuie les mains avec un chiffon et annonce à Parker :
– Il faut changer des engrenages, avec un peu de chance, ce sera réparé dans quelques jours.
Parker marcha nerveusement entre le camion et le mécanicien en parlant tout seul et invoquant le ciel.
– Et si je n'ai pas de chance, qu'est-ce qui va se passer ?
– Je vais pas trouver la pièce, il faudra la commander à la capitale et attendre une semaine.

– Vous continuez à plaisanter ?

– Il est possible aussi que les routes soient inondées et là, ce sera deux semaines.

– Si vous réparez aujourd'hui même, je vous paie le double, proposa Parker, fébrile.

– Vous croyez que je vivrais dans cet endroit de merde si je pouvais faire des miracles ?

– Essayez sur mon moteur, vous ferez peut-être un petit miracle.

– Je pense que ce sera pas suffisant pour que je me tire d'ici, dit l'homme résigné.

– Qu'est-ce que je vais faire dans ce bled pendant deux jours ?

– Et qu'est-ce que vous croyez que j'ai fait pendant trente ans ?

– Ça, c'est votre problème, pas le mien.

– C'est aussi ce que je pense.

Le mécanicien remarqua le dépit de Parker et eut un instant de commisération.

– Allez faire un tour à la fête foraine, vous pourrez vous détendre un peu, vous en avez besoin.

– Vous pensez que je suis du genre à faire un tour de manège, ou quoi ? demanda Parker, irrité.

– Suivez mon conseil, ça va vous détendre, assura le mécanicien qui tourna les talons et regagna sa roulotte. Ces types de Buenos Aires ! fit-il en hochant la tête.

– Et ces provinciaux ! répondit Parker du tac au tac.

Le mécanicien entra dans sa roulotte, tandis que Parker se prenait la tête à deux mains et marchait en rond en maudissant sa poisse. Peu après, la tête de l'homme apparut à une fenêtre de la roulotte.

– Vous savez où dormir ?

Parker acquiesça d'un geste et se dirigea vers l'auberge en jurant à voix basse. Sur le parking il remarqua un groupe de camionneurs qui chantaient et riaient au son d'une guitare et il se cacha derrière un poteau pour les observer. Une heure plus tard, sa silhouette courbée parcourait les rues du bourg, les mains sur son visage pour se protéger des rafales de vent qui entraînaient branches et papiers. Il s'arrêta pour allumer une cigarette, mais n'y arrivant pas il fit un bouclier de son corps, de nouveau en vain, alors il s'appuya contre un mur et fit une nouvelle tentative, jusqu'à ce qu'il finisse par renoncer. Une rafale moqueuse lui arracha la cigarette des lèvres et une autre l'emporta au loin. Furieux, il lança le briquet en l'air, lui donna un coup de pied au vol et continua de marcher le long des maisons au milieu des tourbillons de sable qui lui entrait dans les yeux. Il atteignit les limites du bourg, où les rues désertes et terreuses débouchaient sur la plaine. Cette agglomération, comme tant d'autres, n'avait pas une forme définie, c'était une succession désordonnée de maisons et de terrains vagues, où l'on pouvait se perdre comme dans une grande ville. Pas de centre, ni de place, ni de carrefour de rues principales, et sans s'en rendre compte il l'avait traversée d'un bout à l'autre. Il ne cessait de regarder sa montre, comme pour hâter les heures qui paraissaient bloquées sur le cadran par une substance collante : le temps avait cette consistance dans ces localités. L'incident mécanique, l'individu détestable dont dépendait son sort, outre la proximité des camionneurs, l'avaient mis d'une humeur exécrable. Et, pour couronner le tout, ces maudites rafales bouleversaient tout ce qu'il avait aménagé avec effort, heure après heure, jour après jour. Le vent violent provoquait toujours chez lui un dérèglement intérieur, la sensation que plus rien n'était à sa place, que toutes les choses de la vie étaient précaires ou inutiles et qu'il ne lui restait plus qu'à trouver un endroit où s'abriter. Il y avait une forme de solitude qui prenait la consistance d'une mousse végétale, elle adhérait aux choses et aux personnes avec la ténacité d'une tache, elle s'étendait dans les endroits peuplés, parmi les maisons basses et les ruelles parsemées de flaques, mais la solitude c'était aussi le vent déchaîné qui balayait les vastes espaces au mépris de la présence humaine. L'une avait d'infinis visages et plongeait Parker dans une mélancolie stérile où nulle émotion n'avait plus place ; l'autre, en revanche, tenait de la nature à l'état pur, chargée de sensations, d'images, de notes musicales qui laissaient une marque profonde, finissant par nicher dans un recoin du corps.

Parker se sentit soulagé en découvrant dans une rue un groupe d'enfants qui venaient vers lui en riant et se bousculant. Il eut envie de les aborder et d'échanger avec eux quelques mots pour s'ôter de la bouche le goût amer que lui avait laissé la conversation avec le mécanicien. C'étaient des gamins, des vies fraîches et intactes, préservées des adultes et de leurs lieux communs, avec eux il pensait pouvoir communiquer de façon sincère et spontanée. Appuyé contre un mur, il attendit qu'ils se rapprochent. Ils étaient cinq ou six, d'une dizaine d'années tout au plus, ils léchaient de grandes sucettes rondes de couleurs vives qui paraissaient des masques couvrant leurs visages. Ils tenaient dans leurs mains des grappes de ballons dessinés de visages, que le vent ployait presque jusqu'au sol, comme une marque de respect. Ils passèrent devant lui sans lui accorder le moindre regard et Parker imagina que c'étaient des soldats qui défilaient pour une fête patriotique. Il s'approcha de celui qui paraissait le plus âgé et lui adressa la parole. Le groupe s'arrêta et sembla alors découvrir sa présence. Parker les salua, mais le vent emporta ses paroles et ils restèrent un instant silencieux, comme dans l'attente qu'une autre rafale rapporte ces mots qui venaient de se perdre pour toujours. Puis, sans se séparer, les gamins traversèrent la rue et s'abritèrent contre un mur, où les ballons cessèrent de s'agiter dans tous les sens et reprirent leur position verticale. Profitant de l'accalmie, Parker les rejoignit et les salua de nouveau, mais les enfants l'observèrent un instant avec indifférence, abouliques. L'expérience d'une rencontre avec un adulte ne les intéressait pas et ils étaient pressés d'échapper à l'intrus pour retourner à leurs affaires.

– Eh, petit, tu peux me dire où est le cirque ? demanda Parker à celui qui paraissait plus éveillé. Mais ses paroles furent de nouveau emportées par le vent.

L'enfant le regarda d'un air absent, mit la sucette dans sa poche et commença à manger les grains de pop-corn qu'il tenait dans le creux de la main pour qu'ils ne s'envolent pas, ce qui irrita encore plus Parker. Il observa fixement les ballons immobiles au-dessus de leurs têtes, tout en cherchant en vain à se protéger du vent et se demandant comment il était possible que le climat n'affecte que lui. Il se dit que l'air ne pouvait agir que sur une surface opposant une résistance et qu'il était le seul fait de matière concrète, sur cette terre d'êtres inconsistants. Rien ne pouvait éroder ces individus sans substance, identiques à eux-mêmes, sans traits distinctifs, figurines découpées par un même ciseau : vêtements, gestes, cette façon de lécher la sucette d'une main et de tenir le fil des ballons de l'autre, les dents rongées par le colorant qui teintait leurs langues de pigments artificiels.

Le gamin lui fit signe d'un geste indolent de se déplacer sur le côté, mais Parker ne comprit pas pourquoi et continua de parler en vain.

– Je te demande où est le cirque, petit. Tu es sourd, ou quoi ?

L'enfant le regardait, hypnotisé, légèrement bigleux et l'esprit vide.

– Quel cirque? dit-il subitement, comme s'il avait passé tout ce temps à méditer la réponse.

– Où tu as acheté ça? insista Parker en indiquant le ballon.

– Je l'ai pas acheté, répondit le gamin sans cesser de lécher la sucette.

– Où est-ce qu'on te l'a donné ?

– On me l'a pas donné.

Parker n'était plus agacé, mais il ressentait une gêne logée dans ses mots, qui commençait à se déplacer vers la paume de sa main ouverte en position de gifle.

– Où l'as-tu trouvé, alors ?

– Je l'ai pas trouvé.

Parker haussa le ton mais aucun des autres enfants, qui paraissaient peints dans le paysage, ne broncha.

– Petit, je te demande qui t'a donné ce ballon.

– Personne me l'a donné…

Parker ferma les yeux en pensant au moment où il allait partir d'ici, pour toujours.

– … je l'ai gagné à la foire, concéda enfin le gamin, entre deux coups de langue à sa sucette. C'est par là-bas, ajouta-t-il en indiquant une vague direction entre les maisons et la plaine.

Parker mit les mains sur ses hanches.

– Tu fais le malin ? Toi aussi, tu dois être de Mula Muerta.

– Non, monsieur, moi je suis né ici.

Les visages dessinés sur les ballons s'agitaient légèrement, comme approuvant la réponse.

– C'est pas demain la veille que je vais partir d'El Suculento ! soupira Parker en battant en retraite.

Les gamins partirent d'un éclat de rire dont l'écho serpenta entre les maisons.

– Ici, ça s'appelle Jardín Espinoso, monsieur, pas El Suculento. Qui vous a dit ça ? demanda l'un d'eux.

– Un homme assis sur une pierre à l'entrée du village.

Les enfants éclatèrent encore de rire, cette fois plus fort.

– Oui, c'est Bermúdez le dingue. Il voulait être maire aux dernières élections, mais personne n'a voté pour lui.

Parker fit un geste de dépit et s'éloigna vers l'endroit indiqué en grommelant une litanie de jurons qui se bousculaient. À chaque carrefour, il regardait derrière lui et voyait le groupe d'enfants dans la même position, avec les ballons immobiles dont les visages dessinés étaient tournés vers lui comme un prolongement de leurs corps.

Parker traversa de nouveau le bourg sans trouver ce qu'il cherchait. Il eut envie de retourner sur ses pas et de flanquer au gamin la gifle qu'il s'était retenu de lui donner, mais traversant un des nombreux croisements identiques, il aperçut, comme une apparition, ce qui ressemblait à une place. Il se demanda pourquoi il ne l'avait pas vue plus tôt, après avoir traversé le village deux ou trois fois. Cette place anonyme était entourée des mêmes maisons basses, d'une église, d'une épicerie, d'une banque, de terrains vagues et d'un magasin d'articles divers. À chaque angle s'entassaient des déchets que le vent emportait, selon l'heure de la journée : le matin, les ordures étaient déposées contre les maisons du côté nord, l'après-midi elles tourbillonnaient au milieu de la place, autour du mât du drapeau national, et le soir elles s'accumulaient du côté sud, bien que parfois cette logique s'inverse, selon les saisons. Ces derniers jours s'était installée sur la place une fête foraine, entourée par une muraille de caravanes, de camionnettes et de camions décorés de scènes de cirque. L'entrée se trouvait sous une arche en métal avec un panneau de bienvenue. La foire logeait sur la place comme un embryon dans son utérus, comme cette place elle-même l'était dans le bourg et le bourg dans la plaine, tel un jeu de poupées russes. Parker longea cette muraille de véhicules, puis franchit l'entrée principale et se dirigea vers le centre, où se tenaient de nombreux stands, jeux de massacre, loteries de tous types, couleurs et tailles. Il était tellement étonné qu'il ne s'était pas rendu compte que les rafales capricieuses avaient cessé, non seulement pour les gens mais aussi pour lui. Il passa devant le marteau géant, la chenille puis une grande roue immobile qui donnait l'impression d'une horloge attendant le passage des heures. Plus loin, c'étaient les chaises volantes et un manège de camions de pompiers, de tanks, d'ambulances, de jeeps, de soucoupes volantes, un char romain, une fusée, et il arriva devant une piste d'autos tamponneuses, où les voitures tournoyaient comme si elles étaient ivres. Derrière les baraques foraines et le stand de tir se dressait le Train fantôme, une vaste structure métallique couverte de dessins de spectres, de squelettes et d'un panneau annonçant en lettres rouges dégoulinantes de sang : "Bienvenue dans le Train fantôme." Deux grandes ouvertures surmontées de crocs monstrueux formaient l'entrée et la sortie d'un obscur labyrinthe de tunnels et de boyaux où circulaient des wagonnets décorés de crânes, de vampires et de loups-garous. À l'entrée, un bourreau cagoulé tenant d'une main une hache ensanglantée et de l'autre une tête tranchée souhaitait la bienvenue aux intrépides passagers qui s'aventuraient dans ce Dixième Cercle de l'enfer en échange de quelques pièces de monnaie.

Parker, enchanté, s'assit à une table du bar voisin, où un employé aux traits andins balayait et rangeait les chaises et les caisses de bière. D'autres employés et des forains se préparaient à accueillir les clients. Il se mit à observer les détails de cette foire qui, plus que festive, lui parut empreinte de tristesse, et remarqua des espaces inoccupés, indiquant que de nombreux stands n'étaient pas encore installés ou avaient déserté. Parker décida que la meilleure façon de terminer cette journée pénible était de faire un tour sur la grande roue ; vu d'en haut, le spectacle du coucher de soleil était une manière de ruser avec la plaine : quelques mètres de hauteur suffisaient pour gagner des centaines de kilomètres sur l'horizon. Il acheta un billet, tandis que des groupes surgissaient du néant et déambulaient à pas lents parmi les attractions. Il observa le visage dur des mineurs des gisements de charbon, les péons des grands domaines, les cantonniers, les ouvriers des puits de pétrole qui venaient se divertir en famille après leur travail aux quatre coins de la région. La fête foraine s'anima peu à peu, lampions et panneaux lumineux, qui scintillaient contre le dernier ciel de la journée, s'allumaient comme par magie. Parker montait et descendait, bien calé sur son siège, balancé par le mouvement inconstant de la roue, au sommet de laquelle on pouvait apercevoir, encore timides, les premières étoiles. En bas, la fête était une tache de lumière écrasée sur la plaine, les toitures carrées et les rues se perdaient aux limites du bourg. Au-delà, on distinguait le relais, où le camion ressemblait à un gros animal assoupi dans un coin. Chaque tour de roue l'arrachait au silence des hauteurs et le ramenait au niveau des mortels, où l'assaillait un chœur brouillon de voix et de rires, entre la fumée des barbecues et l'odeur de viande grillée. Il éprouvait de l'euphorie sur cette orbite qui en quelques secondes l'éloignait des détails particuliers pour l'emporter vers la plaine à perte de vue, une séquence bien rodée qui se répétait à chaque tour. Soudain, alors que la roue passait au-dessus du stand de Jeu de massacre, où les clients visaient des ours en peluche avec des balles de chiffon, Parker découvrit quelque chose qui retint toute son attention : sur le côté, mêlée aux lots à gagner suspendus au plafond, vêtue d'un chemisier moulant qui épousait ses formes, la jeune femme qui s'occupait du stand eut à ses yeux la force implacable d'une apparition, qui s'évanouit dès que la roue emporta de nouveau Parker dans la solitude des hauteurs. À chaque passage au-dessus du stand, il se penchait pour observer cette femme qui replaçait les cibles sur les étagères et ramassait les balles. Un moment plus tard, peu habitué à de tels va-et-vient, il sentit son estomac résister au sens contraire de la rotation, provoquant un tourbillon intérieur. Lorsque la roue s'arrêta enfin, il se dirigea vers le stand, poussé par une force insolite qui allégeait un peu le chaos désagréable de ses entrailles. Il frissonna en revoyant la jeune femme de près, au niveau du sol, dans ses vêtements qui moulaient son corps svelte, entourée de poupées en plastique, bouquets de fleurs artificielles, masques de carnaval, ballons de football, statues de la Vierge, vases, porte-photos avec paysages de montagne, bagues, colliers, bracelets fluorescents qui faisaient d'elle une déesse orientale vénérée sur son autel. Il y avait un contraste entre le visage pâle et son abondante chevelure ébène, comme deux forces se disputant le regard intense de ses yeux noirs, un conflit dans cette physionomie mêlant des traces autochtones à des traits venus de l'au-delà de l'océan. Fasciné, Parker l'observa un moment et se fraya un passage parmi les gens pour se rapprocher tandis qu'elle remettait des lots avec un grand sourire et invitait les passants à tenter leur chance. Une sensation, qui gisait apaisée depuis longtemps, s'éveillait en lui chaque fois qu'elle ramassait une balle et que son décolleté s'entrouvrait, prometteur de délices. Parker resta au premier rang sans la quitter des yeux, craignant que cette vision disparaisse à tout instant, jusqu'à que les gens s'éloignent vers d'autres stands.

– Vous voulez essayer, monsieur? lui dit soudain la jeune femme. D'une voix qui éclipsait le brouhaha de la foire, elle lui offrit trois balles et un sourire que Parker fut incapable de lui rendre.

– Ça n'a pas l'air très facile, dit-il en prenant les balles.

Il visa en fermant un œil et tira plusieurs fois, sans succès.

– Je vais vous montrer, répondit-elle.

Elle abandonna son autel, vint se placer à côté de lui et lança trois balles avec une telle précision que cinq ours en peluche blessés à mort tombèrent l'un après l'autre, abattus par une force magique.

– Alors, qu'est-ce que vous en dites ?

– Je vous félicite, on voit que vous êtes une experte dans le massacre de…

Parker s'interrompit avant de dire “pantins”. Il bredouilla à la recherche d'un mot qui le sorte de cette phrase malheureuse, mais il continua à tâtonner dans le vide. La femme lui adressa un regard qui désarma ses ultimes défenses, elle eut un sourire narquois et le sauva à l'instant où, honteux, les entrailles encore chamboulées par la grande roue, il allait battre en retraite.

– Experte dans le massacre de pantins ? dit-elle en se remettant en position et, de trois autres tirs ajustés, elle renversa une nouvelle rangée de peluches qui tombèrent comme obéissant à un ordre.

– Avec une femme comme vous, il faut faire attention, dit Parker qui ne trouva pas d'autre réponse.

Elle acquiesça d'un geste espiègle et d'un sourire timide, puis regagna son autel pour s'occuper d'autres clients et ne s'intéressa plus à lui.

– Combien je vous dois ? demanda Parker en mettant la main à la poche.

– C'est la maison qui invite, répondit-elle en lui jetant un regard en coin sans interrompre sa tâche.

Ravi, Parker la remercia et s'éloigna tête basse, pensif. De temps en temps il se retournait vers la jeune femme, qui devenait plus petite sur son retable, jusqu'à ce qu'il se retrouve devant la piste d'autos tamponneuses, où les voitures avaient l'air d'animaux fatigués tournant en rond, se poussant, s'entrechoquant. C'était le poste d'observation idéal pour fixer sur sa rétine la vision qu'il venait d'avoir. Il acheta un jeton, s'installa dans une voiture et s'élança sur la piste en décrivant un huit parfait sans jamais perdre de vue la jeune femme du Jeu de massacre. Peu à peu, il se prit au jeu, conduisant avec une étrange euphorie, et chaque virage était comme une caresse de sa main sur ce corps. Il décrivit des boucles, des cercles, prenait doucement les virages, saisi d'un léger vertige, jusqu'à ce qu'un choc brutal l'arrache à ses rêveries : sa tête fut projetée en avant sous l'effet de la collision avec une voiture qui venait d'envahir son orbite. Étourdi, il se massa la nuque des deux mains et regarda autour de lui à la recherche de l'intrus, mais un autre impact, cette fois dans son dos et plus violent, lui envoya la tête en arrière. Deux secondes après il découvrit la voiture qui venait de le heurter, conduite par le gamin qui le regardait de ses yeux bigleux en léchant sa sucette couleur fuchsia. Attaché au volant, le ballon à visage humain tanguait en cachant son sourire.

– Encore toi, murmura Parker entre ses dents, en serrant le poing, furieux. Il tourna le volant pour prendre de l'élan en marche arrière et fonça sur la voiture du gamin qui, indifférent, était concentré sur sa sucette. Il serra le volant des deux mains, accéléra en se courbant, prêt à la collision définitive qui supprimerait de la face de la terre cet énergumène qui lui pourrissait la journée, mais une seconde avant l'impact, un autre gamin le heurta violemment sur le côté, projetant la voiture de Parker vers le bord de la piste où elle s'immobilisa. Les gamins s'alignèrent et s'élancèrent sur lui et se reformèrent avec une discipline militaire pour repartir à l'attaque. Parker ressemblait à un boxeur renvoyé dans les cordes et il se dit un instant que le journaliste avait raison, ces petits démons devaient être des descendants d'un hiérarque nazi. Il se prépara à la contre-attaque, mais le tour de piste était terminé et les petites voitures s'immobilisèrent comme en panne de carburant. L'employé bolivien du bar traversa la piste et lui demanda s'il allait bien.

– La prochaine fois, il faut avoir l'œil, t'étais trop distrait, lui dit-il avec un fort accent andin, tandis que Parker se massait les tempes.

– Donnez-moi un autre jeton, que je les écrabouille, menaça Parker en lui tendant un billet et regardant d'un air furieux les gamins qui attendaient le redémarrage, avec leur sucette à la main et les ballons attachés au volant. Le Bolivien lui adressa un regard méfiant.

– Non, monsieur, ça c'est fait pour s'amuser, pas pour faire de mal, il vaut mieux que vous descendiez.

Parker s'extirpa avec difficulté de la voiture et se dirigea vers le groupe en murmurant des insultes, mais à cet instant les voitures se remirent en mouvement et il dut quitter la piste en courant. Décidé malgré tout à passer un bon moment, il chercha un prétexte pour entamer une conversation avec la jeune femme, mais en arrivant au stand il découvrit, à sa place, un homme musclé couvert de tatouages et à l'air renfrogné. Il avait besoin de boire un verre pour se remettre de ses émotions et, en plus, de dire deux mots bien sentis à ce Bolivien qui s'était permis de lui faire la leçon. Il s'assit à une table et l'attendit, mais au lieu du Bolivien, ce fut le bourreau cagoulé du Train fantôme qui vint s'asseoir à côté de lui, posa sur la table la tête tranchée et la hache, et l'observa en silence.

– Qu'est-ce qu'il y a ? finit par demander Parker mal à l'aise.

– Mais rien du tout, se récria le bourreau qui le regardait par les orifices de sa cagoule.

– Alors pourquoi tu t'assois à ma table ? réagit Parker, surpris par ce sans-gêne.

– Tu l'as réservée ? Tant que t'as rien commandé, c'est pas ta table. En plus, je travaille, tu vois pas ? répondit le bourreau en montrant la hache. Puis il lui tendit la main pour le saluer : Fredy Mamani Camacho, à votre service, ajouta-t-il en ôtant la cagoule, dévoilant un autre visage andin ressemblant au précédent. Mais Parker, à bout de nerfs, n'avait aucune envie de se présenter et préféra regagner son camion. Il sortit de la fête foraine et parcourut les rues obscures alors que tombaient les premières gouttes de pluie. Un orage, quelle que soit la saison, était une occasion qu'on ne pouvait pas négliger dans l'aride paysage de la steppe, aussi décida-t-il de dormir cette nuit-là en plein air. Il installa son campement selon son imperturbable routine, y ajoutant une structure métallique couverte d'une bâche en plastique. Puis il se carra dans le fauteuil avec une bonne provision de bière et de cigarettes, et se mit à observer les rares véhicules qui passaient sur la route en soulevant des gerbes d'eau, mais les événements de cette journée, intense dès les premières heures, s'imposaient dans ses pensées. D'abord les problèmes du camion échoué dans cet horrible bled, puis la conversation avec ce détestable mécanicien, le groupe de gamins diaboliques et les insolents Boliviens, mais ce qui l'obsédait le plus était l'image de cette divinité entourée d'offrandes dans son stand, pendant qu'il montait et descendait de la grande roue. Quelque chose en elle l'attirait avec une force inédite, ce n'était pas seulement son charme physique, mais l'aura de sensualité qu'elle dégageait, suggérée par ses mouvements, son regard, sa manière de s'adresser aux autres. À la tombée de la nuit, il alluma la lampe, écrivit un peu, brancha la radio et s'endormit dans le fauteuil, le cou endolori. Dans son sommeil l'image de la femme se fit plus nette et plus proche, comme une créature nocturne, il rêva d'elle dans différentes situations où elle était toujours présente.

Parker se tournait dans son fauteuil à la recherche d'une position confortable, son visage était éclairé par les faisceaux lumineux et les reflets colorés des enseignes au néon de la station-service. Le bruit des voitures sur l'asphalte mouillé se mêlait aux interférences de la radio qui passait sans fin d'une station à l'autre, jusqu'à ce que les premières lueurs de l'aube, lavée par la pluie de la nuit, projette de longues ombres alentour. Parker se réveilla lentement, en entendant des coups de marteau rythmés qui résonnaient au fond de son cerveau, où ils touchaient encore les rêves, et s'étira en bâillant. Les yeux encore fermés, il remua la tête pour se libérer de la pression de son cou douloureux et commença à se masser en respirant profondément. Il comprit alors que ces coups de marteau provenaient de son camion, où le mécanicien, à moitié plongé sous le capot du moteur, démontait un coup après l'autre le bloc en métal. Parker le rejoignit et l'homme émergea à la lumière en tenant une paire d'engrenages dans ses mains noires de cambouis.

– Alors, ça vous a plu, El Suculento ?

Parker faillit répondre que oui, mais il se rappela sa rencontre avec les enfants.

– Pourquoi Suculento, ce village s'appelle Jardín Espinoso, non ?

Le mécanicien le regarda avec défi.

– C'est vous qui allez me dire comment s'appelle ce village ?

Parker alla prendre une carte dans la cabine, qu'il déplia sous le nez de l'autre.

– Qu'est-ce qui est marqué ici, si vous savez lire ? dit Parker.

Le mécanicien regarda le point indiqué.

– Ah oui, Jardín Espinoso, reconnut-il l'air distrait.

– Alors, j'ai raison ou pas ?

– Non, parce que Jardín Espinoso, c'est un autre village à six cents kilomètres plus à l'ouest. Ici, c'est El Suculento, que ça vous plaise ou non. Soit votre carte se trompe, soit c'est vous, ce qui est le plus probable.

Perturbé, Parker se mit à examiner la carte sans comprendre où était l'erreur et, avant de déclencher un ulcère, il la jeta en l'air, mais une rafale de vent la lui retourna, plaquée en plein visage. Il s'en débarrassa et la carte poursuivit sa trajectoire pour finir accrochée sur des barbelés.

– Et la fête foraine, ça vous a plu ? demanda le mécanicien en changeant de sujet avec un sourire complice, mais Parker n'avait pas envie de parler, juste de savoir quand il allait pouvoir repartir.

– Vous avez fini de réparer ?

– Vous voyez pas que je viens à peine de commencer ? Mais c'est l'heure de casser la croûte. Vous pourriez m'inviter à manger, non ?

Et sur ce, il se dirigea vers le campement, s'assit dans le fauteuil et se mit à lire le journal.

Parker prépara du café dans sa cuisine de campagne et une omelette qu'il servit dans deux assiettes. Ils mangèrent en silence.

– Vous n'avez pas un journal plus récent ? Ces nouvelles, je les connais déjà.

– Relisez-les, dans quelques jours elles seront de nouveau d'actualité.

– Elles ne sont pas plus fraîches que ces œufs, dit le mécanicien en savourant une bouchée avec une expression d'étonnement. Mais c'est bon quand même. Et puis, j'ai une bonne nouvelle, c'est pas la peine de commander un autre engrenage, je dois en avoir un du même type par là.

– Et c'est où *par là* ?

L'homme indiqua avec sa fourchette des piles de pièces rouillées et une montagne de vieux moteurs à côté de la roulotte.

– Il me semble avoir vu un engrenage pareil l'an dernier, il doit y être encore.

– Il vous *semble*. Vous n'en êtes même pas sûr !

Le mécanicien plissa les yeux et fit un effort de mémoire.

– Vous avez raison, c'était pas l'an dernier, c'était il y a deux ans.

– Et vous allez le chercher dans ce chaos ?

– Nous allons. Si ça ne dérange pas Monsieur de m'aider, peut-être qu'il pourra partir plus vite.

– Mais il doit y avoir plus de cent cadavres de moteurs *par là*.

– Si vous préférez chercher ailleurs, libre à vous, mais il y a plus de possibilités ici.

Parker et le mécanicien passèrent le reste de la matinée à chercher parmi les tas de pièces détachées éparpillées en plein air ce qui ressemblait le plus à l'engrenage à changer. Parker parcourait d'un pas fantomatique ce cimetière abandonné en tenant à la main la pièce d'origine comme une amulette, mais son esprit revenait sans cesse à l'autel où la déesse entourée de poupées et de babioles en plastique célébrait son rituel. Tête baissée, le regard perdu dans les piles de métal rouillé et de carcasses, il se répétait mot à mot chaque phrase échangée avec la jeune femme pour s'assurer qu'il n'avait pas été ridicule. Il ressentait le besoin de se voir à travers ses yeux à elle, de découvrir l'image qu'il avait projetée dans le miroir de son regard, même s'il ne s'y voyait pas à son avantage. Au crépuscule, lorsque la lumière du jour commençait à allonger les ombres, ils avaient trouvé une vingtaine de pièces similaires à l'original. Épuisés, ils regagnèrent la roulotte, comme deux paysans après une maigre récolte. À force de se déplacer courbé, Parker n'avait plus seulement mal au cou, mais aussi au dos dont les muscles lombaires étaient en feu.

– Ça suffit pour aujourd'hui. Demain on vérifiera si on peut s'en servir, dit le mécanicien d'un air satisfait.

– Vous ne pouvez pas travailler un petit peu plus ?

– Non, ce soir j'ai des invités et je voudrais préparer le repas, répondit l'homme en se lavant les mains.

– Ah bon, j'ai pensé un moment que vous deviez assister à un concert.

Le mécanicien le regarda, incrédule et offusqué.

– J'ai interrompu mes vacances pour vous et vous voulez maintenant que je me fâche avec mes amis ?

Parker n'eut pas le courage de répliquer, il s'éloigna en marmonnant vers son campement, il n'avait plus qu'une seule envie : se reposer un peu.

– Attendez ! D'accord, mais c'est juste parce que c'est vous et que je vous trouve sympathique. Allez vous reposer, je vous préviendrai.

Parker s'arrêta et le regarda sans savoir s'il devait le remercier ou l'envoyer au diable, il haussa les épaules et poursuivit son chemin.

– Ces mecs de Buenos Aires ! murmura l'autre en cherchant un outil.

Accablé, Parker se laissa choir dans son fauteuil. Une autre journée avait passé et il restait enlisé dans ce bled misérable. Il se servit un verre et en repensant à la femme il fut pris d'un élan soudain, il décida de se reposer quelques heures, de se laver, de changer de vêtements et de retourner la voir à la fête foraine. En réfléchissait à la meilleure façon de l'aborder, ses yeux se fermèrent peu à peu, la réalité se mêlait aux songes et il dormit profondément jusqu'à ce que la voix du mécanicien le réveille. Mais un autre jour venait de se lever.

Debout devant le campement, le mécanicien frappa dans ses mains en appelant Parker, qui se leva aussitôt, anxieux d'avoir des nouvelles de son moteur, bonnes ou mauvaises, peu importait : il se disait que, suivant la tendance des derniers jours, elles seraient mauvaises et ne fut donc pas surpris.

– Je regrette de vous dire qu'on n'a pas eu de chance, déclara le mécanicien en s'asseyant à la table, comme quêtant la perspective d'un petit-déjeuner. Aujourd'hui aussi, omelette ? fit-il.

– Vous voulez voir le menu ?

– Non, étonnez-moi plutôt.

– C'était comment ce repas avec vos amis ? demanda Parker qui doutait que ce type puisse avoir des amis, et encore plus qu'ils viennent dîner dans cet endroit minable. Mais l'autre ignora la question.

– Je vous conseille d'aller au garage d'un ami à moi et de lui demander s'il aurait la pièce. Il s'appelle Iribarne, Goyo pour les intimes. Appelez-le comme vous voudrez, mais ne le prenez pas de haut, le bonhomme a un caractère de cochon.

– Et où je dois aller ? demanda Parker, alarmé.

Le mécanicien tendit le bras vers un point de l'horizon. Parker se plaça près de lui pour repérer la direction, mais la distance avait avalé le point et le mécanicien dut refaire son geste.

– Là-bas, là-bas ! indiquait-il en remuant le bras avec insistance.

– Je ne vois rien qui ressemble à un garage ni rien de ce genre.

– Je ne vous indique pas un garage, mais un chemin. C'est par là que vous devez aller.

Parker finit par repérer au loin une vague trace grisâtre qui se perdait dans les arbustes.

– Il n'y a jamais personne sur ce chemin, prenez mon vélo et dépêchez-vous. Vous allez tout droit, toujours vers l'est, jusqu'à ce que vous trouviez un renard mort sur le bord, le garage de mon ami est là, vous en avez pour deux ou trois heures, pas plus. Mais dépêchez-vous avant que le temps change.

– Trois heures ! Plus le retour, ça fait six ! protesta Parker.

– On voit que vous êtes bon en calcul.

Parker abandonna l'idée de déjeuner, il s'éloigna du campement et se mit à réfléchir en marchant en rond. L'idée de faire six heures de bicyclette ne lui plaisait pas du tout, pour lui la bicyclette, c'était un truc de l'enfance, dépassée depuis des siècles, l'enfance avec sa timidité maladive et les nombreux complexes dont il avait oublié le nom. Mais il n'avait pas besoin de réfléchir longtemps : comme tout ce qui lui était arrivé les dernières années, ses décisions avaient toujours été superflues, il n'avait jamais eu le choix. Il avait envie de revenir à la fête foraine, mais il dut se résigner et se consola à l'idée d'être de retour à temps pour y aller le soir. L'image de la jeune femme l'encouragea, après tout c'était le destin qui l'avait conduit jusqu'à cet endroit et qui l'empêchait maintenant de repartir. C'était peut-être de bon augure, qui pouvait savoir ce que lui réservait l'avenir. Si son camion avait été réparé le premier jour, il n'aurait pas rencontré cette femme, pensa-t-il en enfilant un manteau, après quoi il enfourcha le vélo déglingué.

– Si Iribarne n'est pas là, ne perdez pas de temps à le chercher, c'est qu'il est mort. Et, dans ce cas, écoutez-moi bien, allez jusqu'à la ravine, près de la clôture, sous des bâches à moitié pourries vous trouverez un bidon d'huile et un moteur démonté. Il y a quelques années, il y avait un engrenage comme le vôtre, ça m'étonnerait que quelqu'un l'ait pris, lui dit le mécanicien à la porte de sa roulotte.

Parker le regarda un instant, cherchant un sens caché à ses paroles, mais ne le trouva pas.

– Et pourquoi vous n'y allez pas vous-même ?

– Je vous jure que je le ferais, mais j'ai réservé des places pour le théâtre.

– Allez vous faire foutre.

– Soyez pas rancunier comme ça. En plus, un peu d'exercice ne vous fera pas de mal.

– Un de ces jours, vous me le paierez, menaça Parker avant de s'éloigner.

Quelques coups de pédales lui suffirent pour prendre de l'élan, le vent le poussait comme une force surnaturelle et il fila sur la steppe sans effort, sans même être dépeigné. Il roulait si facilement qu'il retrouva vite son calme : un simple calcul lui fit conclure que s'il trouvait rapidement ce maudit engrenage, il serait de retour à temps à la fête foraine pour revoir la jeune femme. L'idée de s'asseoir au bar en buvant une bière et de l'observer sans que personne ne le dérange lui procurait un grand plaisir. L'allure régulière et silencieuse avec laquelle il traversait la steppe lui inspira un optimisme renaissant, il imaginait que tout allait maintenant bien se passer.

Une heure plus tard il arriva à destination, du moins le crut-il ; à un croisement de routes secondaires, ou peut-être tertiaires, ou pire, il trouva une masure abandonnée, entourée de piles de vieux pneus qui évoquaient des parapets de tranchée. Le toit en plaques de tôle déclouées produisait un battement constant qui lui donnait une vie propre. On avait du mal à penser que cela avait été un jour un garage et il était impossible de comprendre de quoi il s'agissait maintenant. Parker freina pour s'en assurer et sentit alors l'effet du vent qui l'avait fidèlement poussé. Le dénommé Iribarne était invisible, et il n'y avait aucune trace de vie dans cet endroit perdu en plein désert, pourtant une certaine forme d'intelligence avait existé ici, peu avant : à deux cents mètres environ se dressaient les restes squelettiques de ce qui avait été un hangar. Consterné, Parker imagina une civilisation détruite par quelque catastrophe. Il se mit à rechercher son trésor en parcourant chaque empan de cette étendue d'herbe desséchée jonchée d'ossements d'animaux, de carcasses de voitures et de pièces mécaniques rouillées. Aucune trace de ravine et de clôture, ni de bidon d'huile couvert de bâches pourries. Il s'assit sur le cadavre d'un moteur, alluma une cigarette et commença à chercher désespérément un souvenir agréable pour lui tenir compagnie. Les bons augures s'évanouissaient à mesure que la journée s'écoulait et que l'envahissait un malaise bien connu, qui virait à l'angoisse. Quant à la solitude absolue s'ajoutait l'absence d'un abri confortable, Parker devenait un être désemparé, un paria sans feu ni lieu qui errait à la surface de la terre comme une âme en peine. Cela lui arrivait sans prévenir, en traître, lorsque le climat, les pensées et certains paysages se mêlaient à son état esprit. Il pensa à la vie confortable de son camion, à sa chaleur accueillante. Il observa l'horizon, les souvenirs de ces derniers jours prenaient les nuances pastel des nuages, touchant ses fibres les plus intimes et lui laissant un arrière-goût de tristesse. Il vit comme une farce du destin sa présence dans cet endroit déprimant, en train de fumer sur une carcasse mécanique, tandis que la jeune femme entourée de lumières et de gens, animait le stand du Jeu de massacre. Son image se présentait différemment et il sentit que quelque chose avait mûri depuis la dernière fois. À présent, loin d'elle, il pressentait une forme d'innocence masquée par son comportement résolu, une fragilité naïve dans ce regard limpide qui contrastait avec son assurance.

Le martèlement des tôles se mua en voix, en musique, en joyeux brouhaha. Lui qui avait construit sa demeure sur les hauteurs de sa solitude, où il vivait à son aise, loin des autres, avait soudain envie de la foule et de l'agitation. C'était la pire farce du destin pour un homme de la steppe, bien que ces symptômes annoncent les changements en gestation au fond de son être. Mais pour l'instant sa tâche était autre, aussi abandonna-t-il ses cogitations et entreprit de chercher l'engrenage parmi les tas de pièces détachées.

Quelques heures plus tard, après une recherche harassante qui n'avait rien donné, il se reposait assis sur la même carcasse de moteur et son état d'esprit s'apparentait à une girouette tournant au gré du vent et de l'obscurité. Inquiet, il fumait une cigarette en soufflant de longues bouffées dont la fumée était emportée par le vent encore supportable. Après une brève réflexion, il changea d'idée et conclut que la seule coupable de sa situation était l'apparition de cette femme qui lui compliquait la vie. Elle avait déplacé l'axe de son orbite, altéré la précision de ses instruments de navigation, dévié sa trajectoire. Il se répéta qu'il vaudrait mieux l'oublier, se concentrer sur le meilleur moyen de reprendre la route et de se simplifier l'existence. Il s'efforça d'oublier ces seins frais sous le chemisier moulant, ces cheveux noirs tombant sur les épaules et ces jambes sur l'estrade quand elle se penchait pour ramasser un pantin ; d'effacer pour toujours cette apparition maléfique et de reprendre la route dès que le camion serait réparé. À cet instant, un objet familier se présenta sous ses yeux qui parcouraient l'essaim de pièces détachées dispersées sur le sol : à l'endroit où s'était posé son regard mélancolique, entre les touffes d'herbe sèches, venait de surgir du néant un engrenage semblable à celui qu'il cherchait. Parker se leva d'un bond, comme craignant que la pièce ne s'échappe, et la bloqua avec son pied. Fasciné par ce prodige, il l'observa de chaque côté, en ôta la poussière et la rouille et la compara à l'original qu'il avait emporté. Par moments, les deux pièces paraissaient identiques, à d'autres moments non, lorsqu'il les retournait et les examinait soigneusement. On ne pouvait être sûr de rien dans ce désert où les certitudes tenaient de ces nuages qui arrivaient subitement en annonçant la pluie et l'instant d'après se décomposaient en volutes derrière une colline. Il plaça les deux engrenages l'un sur l'autre et les examina un bon moment pour lever tout doute, il savait que le mécanicien était un expert en contretemps et que la conformité de la pièce allait dépendre de sa propre conviction. Il conclut très vite qu'elles étaient identiques et regagna la masure abandonnée où il avait laissé la bicyclette. Il l'enfourcha comme il l'eût fait d'un cheval sauvage et attendit la poussée du vent dans son dos. Il devait se presser avant que le temps change, ou pire, avant d'être avalé par la lourde nuit du désert. Il voulait revenir à temps pour faire changer la pièce, reprendre la route le soir même et s'éloigner pour toujours de la fête foraine et de l'esprit malicieux qui altérait ses habitudes et le plongeait dans l'inquiétude. Il déboutonna son manteau et l'ouvrit en grand avec les mains, à la manière d'une voile, jusqu'à ce que le vent la gonfle en lui épargnant le pédalage. Il avança ainsi de quelques mètres, mais soudain il eut l'impression que les roues s'enfonçaient dans du sable, que la route était devenue une énorme montée et que le vélo pesait des tonnes. Il se hissa sur les pédales qu'il actionna de toutes ses forces et progressa encore de quelques mètres, mais il dut s'arrêter à bout de souffle. Un moment plus tard, après quelques kilomètres le torse collé au guidon pour offrir moins de résistance à l'air, il s'arrêta de nouveau, épuisé, et comprit qu'il n'arriverait jamais à destination. Il avait perdu l'assistance du vent, maintenant il luttait au corps à corps avec un autre qui le repoussait. Nul n'aurait pu prédire quand le vent tournerait en sa faveur. Il regarda sa montre et chercha autour de lui la trace de poussière d'un véhicule passant dans les parages, mais seul le paysage bougeait, agité par les rafales. À quelle heure allait changer ce maudit climat dans cet endroit ? se demanda Parker. Ce mécanicien sournois devait le savoir, il l'avait sûrement envoyé là pour lui compliquer encore plus la vie, les gens ici connaissaient bien les caprices nombreux et pénibles de la nature comme si c'étaient les leurs. Chaque regard sur le paysage lui faisait entrevoir les ténèbres comme un oiseau de proie prêt à fondre sur lui et, pour couronner le tout, le vent océanique s'était mué en rafales glacées qui l'attaquaient de face. Le froid commença à se glisser sous ses vêtements, fouillant son corps de ses doigts glacés, et il dut s'allonger par terre pour fumer une cigarette en regardant le ciel. Avant de l'avoir terminée, Parker avait déjà pris une autre décision : il releva le col de son manteau, grimpa sur sa bicyclette et, faisant demi-tour, se laissa emporter vers la masure abandonnée, le seul abri où il pourrait passer la nuit, en compagnie du fantôme du vieil Iribarne. À mesure qu'il prenait de la vitesse, il ne sentait plus l'effet du vent dans son dos, son sifflement constant, son contact sur les yeux et le visage, et il avait une sensation de calme apparent. Il aurait pu se laisser conduire ainsi le reste de la journée et même la nuit, pour prolonger cette impression de confort, mais comment savoir jusqu'où le vent l'entraînerait et comment il ferait pour revenir ? Il avait l'impression d'être porté par le courant placide d'une rivière débouchant sur la mer, au risque de se fracasser contre les premiers écueils de la cordillère, ou pire, emporté dans les eaux inclémentes qui descendaient des glaciers. Il atteignit la vieille baraque de l'ancien garage et chercha le meilleur endroit pour passer la nuit. À l'intérieur, il trouva un lit de camp bancal, des peaux de mouton pleines de poussière et quelques cartons avec lesquels colmater les fentes où l'air s'infiltrait en sifflant comme un acier tranchant. Parker s'installa du mieux qu'il put et fit le vide dans sa tête afin qu'aucune pensée ne vienne parasiter sa conscience jusqu'à ce que le vent change de direction. Malgré la fatigue, il tarda à s'endormir et ses rêves se déchiraient au rythme incessant du claquement des tôles et des planches disjointes de la cabane. Mais renoncer à la vision de la jeune femme lui fut impossible, elle était à ce moment-là la seule créature de l'univers capable de lui procurer un abri mental et il dut lui céder. L'absurde situation où il se trouvait altérait la perception des événements : il se rappela avoir trouvé la pièce par hasard, à l'instant précis où il avait décidé de renoncer. Était-ce un message ? Il se dit que seul un esprit obtus pouvait nier le lien entre ces deux faits. Dans d'autres régions de la planète ce raisonnement pouvait passer pour ridicule, mais pas ici, dans ce vide primordial obéissant à ses propres règles qui modifiaient les causes et les effets. Tout ce qui arrivait dans ces lieux sans limite tenait à une logique que les hommes ne pouvaient pas aisément déchiffrer. Pour Parker, il était très clair que l'évocation de cette femme au milieu de la steppe déserte et la découverte de la pièce de rechange étaient les deux faces de la même médaille. Alors, changeant d'idée pour la troisième fois de la journée et en contradiction avec son raisonnement jusqu'à cet instant, il décida de retourner à la fête foraine. Cette décision prise, il put oublier le claquement incessant des tôles et s'endormir la conscience en paix.

Le lendemain, la direction du vent n'avait pas changé : Parker tenta de reprendre le chemin du retour, mais il ne put franchir la barrière invisible qui l'arrêtait. Il attendit toute la matinée le passage éventuel d'un véhicule, assis sur la même carcasse de moteur, en fumant une cigarette après l'autre, accablé, à jeun, jusqu'à ce qu'une équipe de péons à cheval passe devant lui. Il ne prit pas la peine de leur parler ni eux de s'arrêter, chacun se contentant d'un salut machinal de la tête. Qu'aurait-il pu leur demander qu'il ne sache déjà ? Ils lui auraient répondu de cette manière retorse et indirecte, typique de la région, qui donnait l'impression d'une autre langue. Il ne s'y résolvait pas, mais il ne savait pas s'il résisterait longtemps et ces gens risquaient de le mettre hors de lui, aussi détourna-t-il les yeux et les laissa-t-il s'éloigner. Un des cavaliers, au visage buriné et au chapeau attaché par une cordelette, s'arrêta, fit demi-tour et s'approcha de Parker.

– Vous voulez aller au village ? demanda-t-il en indiquant le chemin d'un hochement de tête.

Parker ne s'y attendait pas, il envisagea sérieusement cette possibilité et accepta d'un geste la proposition. Il se leva et prit le vélo pour le cacher dans la cabane et s'apprêta à grimper en croupe du cheval. Le cavalier le regardait étonné, ne comprenant pas ce qu'il faisait.

– Qu'est-ce que vous faites ? Nous, on va de l'autre côté, vers Loma Chata, Colline Plate. Si vous voulez aller au village, attendez un peu, vers midi le vent tourne, dit-il en consultant sa montre et en regardant l'horizon. Sauf s'il a du retard, mais je ne crois pas.

Parker le remercia et, dépité, se rassit sur la carcasse du moteur, où il alluma une cigarette. L'homme haussa les épaules, étonné, et rejoignit ses compagnons sans le saluer. Peu après ils disparurent dans les collines.

– Loma Chata, Loma Chata, répétait Parker incrédule, en hochant la tête. Jamais il ne s'habituerait à la toponymie de ces lieux.

La brise de la mi-journée qui devait le ramener à son camion arriva, ponctuelle. Les arbustes cessèrent leur balancement nerveux, des oiseaux dans le ciel changèrent de direction, l'odeur de l'air vira soudainement et le flanc occidental des rochers se colora légèrement d'une teinte chaude. Il y eut d'abord une bourrasque tiède comme une caresse, suivie d'un vent puissant qui emporta

Parker sans escales, comme à l'aller, sur le chemin désert au bout duquel son camion attendait d'être réparé. Il fit un grand détour pour éviter les camionneurs stationnés dans les environs. Le mécanicien l'attendait assis dans le fauteuil du campement, en train de lire une revue.

– Je sais ce qui vous est arrivé, pas besoin de me le dire. Parfois c'est comme ça dans ces parages. Vous avez trouvé ?

Parker lui tendit la pièce sans prononcer un mot. Affamé, il alla directement à la cuisine pour se préparer quelque chose. Puis il se regarda dans le miroir et remarqua les traces de sa mauvaise nuit aux poches qui s'étaient formées sous ses yeux.

– Vous êtes sûr que c'est la même ? demanda l'homme en soupesant les deux engrenages dans chaque main et les examinant d'un œil puis de l'autre.

– Et vous ? répondit Parker d'un ton ferme.

– C'est possible, mais il ne faut pas se fier aux apparences.

D'un geste vif, Parker lui reprit les pièces et les superposa de manière à les faire coïncider parfaitement.

– Faites pas le malin, dit-il en les lui collant sous le nez.

– Vous avez compté les dents ? Elles doivent en avoir le même nombre.

Parker compta nerveusement les dents de chaque engrenage, mais se perdit dans ses calculs et renonça.

– Vous pouvez dire ce que vous voulez, elles sont identiques. Alors changez-moi cette pièce avant que les dents à compter soient les vôtres.

– Bon, bon, mais ne criez pas victoire, parce que ce n'est ni vous ni moi qui aurons le dernier mot, c'est le camion. Si la pièce correspond ou non, c'est lui qui décide, conclut le mécanicien.

Parker termina de manger, chercha des vêtements propres et gagna furtivement les douches de la station-service, en se cachant pour éviter les rencontres. Un moment plus tard, peigné et habillé avec ce qu'il avait de mieux, il revint au campement.

– Ne me dites pas que vous retournez à la fête foraine… insinua le mécanicien en sortant la tête de sous le camion, sur un ton ironique et le regard complice.

– Mêlez-vous de vos oignons, je ne vous paie pas pour que vous me donniez des conseils, répondit Parker énervé. Et il se dirigea vers le village.

Il parcourut les rues boueuses jusqu'à la grande place et, à un croisement, il s'arrêta subitement. Son cœur bondit en même temps qu'il sentait quelque chose se creuser dans sa poitrine : la place déserte, jonchée de sacs d'ordures, de caisses en carton vides, de chaises en plastique cassées et de papiers sales s'étendait à l'endroit où s'était installée la fête foraine. Quelques stands survivaient à moitié démontés, donnant l'impression que l'endroit avait été dévasté par une tornade, au milieu de panneaux avec des têtes de clowns éclaboussés de boue, d'armatures métalliques et de caravanes qui attendaient d'être remorquées. Les deux Boliviens apparurent en traînant des rouleaux de câbles et des caisses en bois qu'ils chargèrent sur une camionnette au centre de la place. Consterné, Parker observait la scène et déambulait tristement au milieu de ces ruines en essayant de retrouver l'endroit où se tenait le stand du Jeu de massacre. Il ramassa d'un geste lent une peluche tachée de boue qui ressemblait à un animal blessé demandant de l'aide, puis il se dirigea vers un Bolivien, celui qu'il avait connu déguisé en bourreau et maintenant vêtu normalement, bien que la différence ne fût guère notable.

– Où est partie la foire ? lui demanda-t-il sans que l'autre semble remarquer sa présence. Il dut reposer la question d'une voix plus forte, pensant qu'il ne l'avait pas entendu.

– Par là-bas, répondit le Bolivien l'air maussade, sans le regarder en face, en indiquant une rue qui sortait de la place vers la plaine.

– Ça veut dire quoi *par là-bas* ? demanda de nouveau Parker en brandissant la peluche boueuse. L'homme s'immobilisa et l'observa un instant avec un sourire narquois.

– Par là-bas, je vous dis. Par où vous voulez qu'elle s'en aille si l'entrée et la sortie de ce village c'est la même chose ?

– Je ne te demande pas par où, mais où elle est partie.

– Y a pas très longtemps qu'ils sont partis.

– Je t'ai pas non plus demandé quand, mais où, à quel endroit, insista Parker en singeant l'accent de l'autre.

– Ah, tu veux savoir où ils sont partis, il faut que tu sois plus clair alors. Dans le Sud ils sont partis, en profitant du vent qui est tombé.

L'autre Bolivien intervint et se planta devant Parker tout en enroulant un écheveau de câbles sur son bras.

– Certains sont partis pour Lago Negro, Lac Noir, d'autres pour La Trocha, Le Sentier. Plus personne ne veut continuer, il y en a très peu qui restent, chacun se tire de son côté.

– Et qu'est-ce qu'on va faire nous, monsieur, qu'est-ce qu'on va faire si la foire s'arrête, où on va aller, monsieur ? se lamentait le premier sans relever la tête.

– Où est parti le Jeu de massacre, Lago Negro ou La Trocha ?

– On va se retrouver sans travail si les gens continuent à partir, continua à gémir l'ex-bourreau.

– Ni l'un ni l'autre, répondit l'autre Bolivien, mais Teniente López, Lieutenant López, c'est là-bas qu'est parti le chef avec le camion, la caravane et la patronne. Et on va y aller aussi quand on aura fini de tout démonter.

Parker réfléchit un moment, tandis que les deux hommes l'épiaient du coin de l'œil.

– Elle vous plaît bien, la patronne, pas vrai ? dit l'un d'eux.

Parker les regarda, perplexe.

– Allez, faites pas l'innocent. Elle vous a plu, la Maytén, non ? Mais, vous savez, c'est la femme de Bruno, le petit chef, dangereux le type, vraiment pas commode.

Parker chercha une réponse, il avait l'impression d'être pris la main dans le sac et il se sentit rougir. Cette humiliation augmentait son dépit, mais il avait besoin d'en savoir un peu plus sur elle. De toute façon, il avait déjà deux informations utiles : son prénom, Maytén, et le prochain village où ils allaient. Et une troisième : Bruno, le mari dangereux. Il laissa les deux hommes poursuivre leur besogne et retraversa le village avec le prénom de la femme devenu une autre de ses idées fixes. "Maytén", se répétait-il à voix basse, pour que ce prénom si évocateur lui soit de plus en plus familier. Ou retombe pour toujours dans l'oubli. Son expérience des relations avec les femmes était maigre : deux petites amies dont il avait oublié le nom et celui de son ex-femme qu'il n'arrivait pas à oublier. La rencontre de cette jeune femme, qu'il pouvait maintenant nommer en ayant l'impression de la connaître depuis longtemps, l'avait étrangement perturbé. Il n'en dormait plus et pendant la journée il ne cessait de prononcer son nom. Il savait qu'il devait l'oublier avant qu'il ne soit trop tard et que les problèmes commencent, il n'avait pas besoin de se créer des obsessions supplémentaires, il en avait déjà suffisamment. Il risquait de perdre la tête et de suivre cette femme jusqu'aux confins de la steppe pour lui déclarer son amour, en négligeant son travail et plongeant sa vie dans un nouveau chaos, et à la fin d'en venir aux mains avec le dénommé Bruno. Un des deux en sortirait grièvement blessé, probablement lui-même, car sa nature pacifique n'était pas une qualité dans ce genre d'affrontements. Il allait lui falloir du temps pour dissoudre son souvenir dans les routes infinies qu'il parcourait, il se soûlerait souvent en pensant à elle pendant les soirées vides, il pourrait aussi tirer quelques notes tristes du saxophone, le désert prendrait une teinte jaunâtre et tout se déroulerait plus lentement. C'est mieux comme ça, se répéta-t-il, comme s'il venait de rompre une relation de plusieurs années, ou que cette femme avait partagé quelque chose avec lui. Il n'est pas de désir plus tenace que celui qui reste à mi-chemin, ni nostalgie plus puissante que celle qui tient à ce qui n'est jamais arrivé. Mais dans quelques jours, sans qu'il s'en rende compte, la blessure se refermerait, comme tant d'autres, il retrouverait le calme et le sommeil, tout reprendrait son cours normal, et cette femme ne laisserait pas d'autre trace qu'un ours en peluche taché de boue. Mais Parker ne savait pas encore que Maytén, avec laquelle il n'avait pas échangé plus de vingt mots, n'était plus une simple femme croisée en chemin, car elle avait maintenant installé un nom dans sa mémoire et un écho dans son esprit. Il avait malgré lui commencé à tisser une histoire qui avait déjà une intrigue, des personnages et de multiples dénouements.

Plus tard, dans le camion, il se retrouva dans un tel état d'excitation, comme s'il manquait de courage pour prendre une décision importante, qu'il pouvait entendre les battements de son cœur. Après une longue lutte avec ses émotions, il changea d'idée pour la quatrième fois : dès que son véhicule serait réparé, il poursuivrait son voyage vers la côte, jusqu'à oublier cette histoire qui n'avait eu de commencement que dans son imagination de névrosé. Alors il déplia la carte pour retrouver la route abandonnée depuis la panne de moteur, puis il alla chercher le mécanicien. Il frappa du plat de la main à la porte de sa caravane et attendit. Un moment plus tard, il découvrit par hasard que l'homme l'observait par la fenêtre.

– Vous me cherchiez ?

– Vous pensiez que je vous applaudissais ou quoi ?

L'homme sortit et se campa devant Parker.

– Je mérite d'être applaudi, votre bahut est prêt et il marche mieux qu'avant.

– Pourquoi vous ne m'avez pas dit que la foire était partie ? demanda Parker.

– J'allais le faire, mais vous m'avez demandé de m'occuper de mes oignons, alors ne venez pas vous plaindre, maintenant.

– Où sont partis les camions des forains ?

– Je sais pas, certains d'un côté, les autres ailleurs.

– Où c'est, Teniente López ?

L'homme le regarda avec un petit sourire, l'air de dire qu'il avait compris.

– La fille vous a tapé dans l'œil, hein ? Faites gaffe, la Patagonie, c'est pas pour n'importe qui, ça peut coûter très cher aux imbéciles.

– Merci du conseil. Alors, vous connaissez Teniente López ?

– Il n'y a aucun bled appelé Teniente López, par ici. Qui vous a dit ça ?

– Un des Boliviens qui…

Le mécanicien l'interrompit en ricanant.

– Ceux qui travaillent au Train fantôme ? Faut pas les écouter, ces deux-là sont pires que vous.

– Gardez vos opinions pour vous, répliqua Parker sur un ton tranchant en sortant son portefeuille. Il tendit une poignée de billets au mécanicien.

– Ça peut coûter cher aux imbéciles, mais pour vous c'est pas cher, je vous ai fait un bon prix, vous pouvez pas vous plaindre, murmura le bonhomme en comptant l'argent qu'il enfouit dans une poche.

Parker réprima son envie de l'insulter, un mécanicien, même insolent comme celui-là, était toujours utile sur les routes du Sud, qui réservaient parfois de mauvaises surprises. À tout moment il pouvait avoir de nouveau besoin de lui, et il le salua par une poignée de main.

– Je n'ai pas l'intention de me lancer à la poursuite des forains, c'était juste par curiosité, se crut-il obligé de préciser.

– Eh bien, bon vent ! Je suis sûr qu'on ne se reverra pas.

– J'espère bien que non.

– Ne soyez pas si optimiste, répondit l'autre en regagnant sa baraque.

Parker leva le campement, changea de vêtements et consulta de nouveau sa carte, cette fois plus attentivement. Il découvrit que l'endroit indiqué par les Boliviens existait bel et bien, beaucoup plus loin au sud, et il en déduisit que le mécanicien lui avait menti, pour un motif mystérieux, afin qu'il ne rejoigne pas la foire. Il n'avait plus envie de l'insulter, mais de le frapper. Il pouvait supporter des blagues humiliantes, qui faisaient partie du folklore de la région, mais pas qu'on le trompe à ce point, alors il décida de lui demander des explications. La carte à la main, il se dirigea vers la caravane et interpella le mécanicien qui rangeait ses outils.

– Alors comme ça, Teniente López n'existe pas ?

L'autre le regarda, perplexe, et répondit avec un calme surprenant.

– Non, ça n'existe pas, je vous le jure sur ma mère.

Parker lui colla la carte sous le nez avec un regard de défi.

– Ah non ? Regardez bien ! Lisez !

Le mécanicien prit la carte et l'examina un instant.

– Là il y a marqué Teniente Primero López, Sous-Lieutenant López, ce village, oui, il existe, c'est par là-bas, dans cette direction, répondit-il d'un mouvement de tête, et il continua de ranger ses outils.

– Et c'est pas le même ? s'exclama Parker.

– Non, c'est pas le même. Teniente Primero, c'est pas pareil ! Appelez lieutenant un sous-lieutenant et vous verrez sa réaction.

– J'en ai marre de vous tous ici ! s'écria Parker sur le point d'empoigner le mécanicien par le col. Il suspendit son geste à l'instant où un camion qui passait devant eux le salua d'un coup de klaxon.

– Pourquoi vous vous mettez en pétard comme ça? J'ai l'impression que vous êtes en colère contre vous-même.

– Je me fous en colère contre qui ça me chante, dit Parker en baissant le ton. Puis il pensa que l'homme avait peut-être raison, ce qui l'énerva encore plus.

Quelques heures plus tard, le camion filait, sans bruit anormal, sur une ligne droite et poussiéreuse qui traversait un vaste champ de puits de pétrole. Les foreuses des derricks disséminés dans la plaine montaient et descendaient à un rythme régulier, tels des oiseaux picorant le cadavre d'un animal. Après les puits de pétrole, Parker passa devant des fermes et des hameaux de maisons en brique nue, inachevées, entourées de décombres et de plastiques que les rafales de vent accrochaient aux saillies du terrain.

"Je me fous en colère quand ça me chante, et personne ne va me dire contre qui je dois le faire, encore moins un mécanicien", lança Parker énervé à son reflet dans le rétroviseur de la cabine, indispensable pour s'assurer de temps à autre de son existence et retrouver sa pleine conscience, qui s'égarait parfois dans l'immensité du paysage. Il savait très bien que son irritation tenait aux événements des derniers jours, et surtout à Maytén. Ils n'avaient échangé que quelques mots, mais intenses et chargés de signification. Parker et son reflet dans le miroir se regardèrent dans les yeux et convinrent, sans dire un mot, que pour faire la paix avec soi et retrouver l'harmonie, il devait prendre immédiatement la direction de Teniente Primero López et en assumer les risques. "Qu'est-ce que je fais? J'y vais ou j'y vais pas?" demanda-t-il au miroir, et il attendit une réponse. Le miroir le regarda fixement dans les yeux, sans savoir quoi répondre, puis Parker se tourna vers la plaine qui s'étendait au loin en y cherchant une réponse.

Après quelques heures de route, le camion passa devant un groupe de caravanes des ouvriers chargés de l'entretien des routes, entre des engins de chantier et des fûts de carburant qui laissaient des traces indélébiles sur la terre claire du désert. À l'horizon et à contre-jour, les derricks continuaient de forer le sol à la recherche de la sève noirâtre qui circulait dans les rivières souterraines. Quelques kilomètres plus loin, Parker réduisit la vitesse et traversa, quasiment au pas, un campement de Gitans, dont les grandes tentes étaient entourées de voitures, de caravanes et de camionnettes. Aux détours les plus inattendus de ces routes, on pouvait croiser des tribus qui se déplaçaient en suivant les vieux itinéraires de leurs terres natales, inscrits dans leur sang. Les tempêtes de la steppe étaient l'habitat naturel du peuple du vent et de ses clans.

Des hommes reconnurent le camion et le saluèrent par des cris lancés depuis les tentes. Parker sortit la main par la fenêtre et leur répondit par des coups de klaxon. Les enfants qui jouaient au foot au milieu de la route se mirent à courir à côté du camion en riant et criant, tout près des roues, enveloppés par des nuages de poussière. Parker s'arrêta et sortit de la cabine avec des sachets de bonbons qu'il eut à peine le temps de distribuer avant qu'ils lui soient arrachés des mains. C'était là un des rares moments où il descendait volontairement de sa tour d'ivoire, pour renouer avec cette faune humaine dispersée sur les routes en laquelle il voyait ses prochains.

– Vous avez vu passer une fête foraine par ici ? demanda-t-il aux gamins, qui, occupés à se répartir le butin, firent à peine attention à lui : certains indiquèrent une vague direction, d'autres la direction opposée, tandis que la plupart haussaient les épaules avec indifférence.

Parker en profita pour se dégourdir les jambes et jouer un moment au foot, mais cette fois la hâte et l'incertitude lui firent quitter rapidement la partie avant la fin et il reprit la route. Quelques heures plus tard, il s'arrêta devant une gare abandonnée, où une dizaine de wagons désaffectés s'alignaient sur les voies que le désert avait recouvertes de sable et de broussailles, jusqu'à les effacer du paysage. Les familles des ouvriers des puits de pétrole avaient transformé les wagons en logements et, avec le temps, s'était formé un village avec ses rues et sa place, où l'ancienne citerne d'eau se dressait comme une espèce de monument central. Au bout du village reposaient les vieilles locomotives hors d'usage. Les enfants jouaient à cache-cache derrière les portes rouillées des chaudières et couraient sur les toits entre les cheminées. À l'autre extrémité gisaient des wagons encore chargés de minerais extraits, depuis des lustres, des mines de Sierra Vieja, Vieille Montagne, et de La Conquistada, La Conquise.

Parker s'approcha d'un groupe de wagons aménagés en corrals et poulaillers où s'était installée une boucherie et acheta de la viande. Puis c'était le wagon-boulangerie, où il choisit des pains, dont une grand-mère pétrissait la pâte de ses mains calleuses et ridées.

– Doña Encarnación !

– Parkercito, tu es de retour ! Quel bon vent t'amène ? le salua la vieille en souriant des rares dents qui lui restaient.

Chaque fois que Parker passait par là, il s'arrêtait pour faire des provisions, même s'il n'en avait pas besoin, mais le plaisir d'échanger quelques mots avec cette vieille femme justifiait un détour et un achat qu'il offrirait le lendemain à quelqu'un.

– Je vais, je viens, comme le vent. Je cherche une fête foraine. Elle est passée par ici ?

– Quelques camions, hier, c'est sûrement ça. Ils allaient vers le sud, dit la vieille en indiquant la route.

– C'est loin, Teniente Primero López ?

– Deux jours, s'il n'y a pas de vent. Tu files tout droit et demain tu tournes à gauche, tu traverses la colline, puis encore à gauche pendant une demi-journée, plus ou moins.

Le lendemain, après un bref petit-déjeuner, il reprit la route, résolu à combler son retard sur les camions des forains. Il conduisait bien calé sur son siège, une cigarette à la main, le pouls et les pensées perturbés par l'anxiété. Le soir même, alors que le soleil disparaissait derrière les nuages de l'horizon, il rencontra un convoi de camions arrêtés sur le bas-côté et des hommes qui faisaient cuire sur les braises un agneau crucifié. Ils lui semblèrent plutôt aimables et, de la cabine, sans descendre, il demanda s'ils avaient vu un convoi de forains qui se dirigeait vers le sud.

– Oui, ils sont passés hier, mais je ne crois pas qu'ils allaient à Teniente Primero, répondit un camionneur, un gros d'allure mapuche, couvert d'un poncho de couleurs sombres. Comme c'étaient des gens réputés discrets, Parker descendit du camion.

– Ah bon ? Et pourquoi ?

C'était pourtant ce que lui avaient dit les deux Boliviens, ils n'avaient pas de raison de lui mentir, du moins le pensait-il.

– Parce que là-bas il n'y a rien. Moi, j'irais plutôt à Capitán Sosa, Capitaine Sosa, vers l'ouest, en passant par Río Manso, Fleuve Tranquille, c'est là qu'ils doivent être, répondit le gros, les mains sous son poncho.

Parker hésita.

– Vous pensez qu'il y a quelque chose à Capitán Sosa ?

– Sûr. C'est là que vit un cousin de ma femme !

“Ça recommence”, pensa Parker en se préparant à être patient.

– Il y a des années qu'il ne travaillait pas et il a enfin trouvé un boulot, ajouta le gros l'air sérieux.

– Ah… fit Parker en feignant l'intérêt.

– Mais il est pas très bien payé, poursuivit l'autre, résigné.

– Ah… répéta Parker, déjà lassé et regrettant sa question.

L'homme s'adressa à ses compagnons et demanda si quelqu'un était au courant. Aussitôt, comme s'ils n'attendaient que ça, ils se lancèrent dans une discussion animée sur les meilleurs endroits pour installer une fête foraine.

– Dans la Patagonie andine, le climat n'est pas bon pour une fête foraine, ça marche mieux pour les supermarchés, déclara l'un d'eux avec un accent nébuleux, tout en badigeonnant au pinceau la grillade d'une marinade indéfinissable.

– À Capitán Sosa, c'est tous des radins et des aigris, on parle d'ouvrir un bordel à Puerto Hondo, Port Profond, dit un autre, un grand maigre voûté avec un maté à la main, en indiquant un point indéfini de l'horizon.

Parker soupçonna que quelque chose couvait et qu'il valait mieux s'arrêter à temps, il savait comment commençaient les discussions et les querelles. Il voulut expliquer que ça n'avait pas d'importance, mais c'était trop tard : ils avaient mis une chaise pour lui à la table et cherchaient déjà une assiette et un verre. Vexé, le premier camionneur ne le laissa pas placer un mot et dit à voix haute pour que ce soit bien clair pour tous :

– Le cousin de ma femme vit à Capitán Sosa et c'est un type joyeux et généreux, et à Puerto Hondo y a pas besoin de bordel parce que toutes les femmes sont des putes.

Un autre, qui jusque-là attisait les braises avec un carton, s'approcha et exigea, en pointant un doigt noir de charbon, qu'il retire ce qu'il avait dit.

– Ma sœur vit à Puerto Hondo et c'est une femme honnête, je ne laisserai personne la traiter de pute, parce que les putes, les vraies putes, sont celles de Punta Norte, Pointe Nord.

Celui qui assaisonnait l'agneau brandit son pinceau dégoulinant d'huile et déclara :

– C'est vrai ! Les meilleures femmes, putes ou non, sont à Punta Norte, là-bas les gens savent vivre, qu'il y ait un bordel, un cirque ou un magasin !

Les esprits ne tardèrent pas à s'échauffer, les camionneurs se lancèrent dans une discussion qui n'avait plus aucun lien avec la question de Parker, et très vite remontèrent à la surface de vieilles rancœurs et des questions d'argent. Parker fit un dernier effort pour les calmer, mais personne ne l'écoutait. Au milieu des cris, le gros Mapuche souleva son poncho et en sortit un paquet que tous prirent pour une arme. Il y eut un silence soudain et le groupe, imité par Parker, recula de quelques pas. Le Mapuche marcha à grands pas vers l'homme au pinceau. Rouge de colère, il l'interpella tout en sortant du paquet une liasse de billets, qu'il lui colla sous le nez avant de les jeter à ses pieds.

– Tiens, le voilà le fric que je te dois ! Tu sais où tu peux te le mettre ! s'écria-t-il.

– Fils de pute, réagit l'autre en lui décochant un coup de poing si maladroit qu'il tomba par terre. Aussitôt, ils s'empoignèrent par les épaules et les manches, prélude à la baffe qui pouvait claquer à tout moment. Pendant ce temps, l'homme qui attisait les braises, indifférent à tout sauf à sa tâche, s'approcha de Parker et lui dit sur un ton confidentiel :

– C'est pas vrai ce qu'on raconte de Capitán Sosa, c'est des braves gens. J'avais une petite amie là-bas, très mignonne, qui s'appelait…

– Moi, je veux aller à Teniente Primero López ! l'interrompit Parker.

– Alors tu continues vers l'est et tu prends la nationale.

– Je préfère les routes secondaires. S'il y a des contrôles, je n'ai pas les papiers du chargement.

– Dans ce cas, tu prends la 74 jusqu'à Montefeo, Montlaid, et là tu tournes. Tu mets deux jours de plus, mais c'est plus sûr, indiqua l'homme en faisant un clin d'œil, indifférent à ses collègues qui le bousculaient de temps à autre.

– Je tourne à droite ou à gauche ?

– Peu importe, ou on tourne, ou on continue tout droit. Toi, tu tournes et, tôt ou tard, tu trouveras le village.

Parker s'éloigna à reculons de la mêlée, prévoyant qu'à tout moment pouvaient voler chaises et bouteilles, et dès qu'il fut à une distance prudente, il grimpa dans son camion et démarra. Il prit la direction indiquée, jusqu'à ce que l'immense vide de la plaine s'impose de nouveau sur la route.

Cette nuit-là, Parker dormit dans la cabine pour gagner du temps, une sensation de hâte le dominait depuis le moment où il avait décidé de revoir cette femme. "Maytén", répétait-il dans sa tête. Le son de ce prénom évoquait la terre et le paysage, les lacs bleutés de la cordillère, la brise tiède du printemps qui caressait les corps ; il produisait un écho fragile et cristallin, un accent, un final sans voyelle, ce qui ajoutait une grâce subtile, vaporeuse. Plus Parker se répétait ce prénom dans la pénombre du camion immobile sous les étoiles, plus il prenait de significations, jusqu'à devenir magique et parfumer l'aube. Il alluma l'éclairage de la cabine et l'écrivit sur une feuille blanche qu'il posa sur le tableau de bord. Le voir écrit en dévoilait les détails : au début ce n'était qu'un simple prénom, qui ne promettait pas grand-chose, mais bientôt venait un doute ou une ombre, quelque chose qui pouvait être un *i* ou un *y*, ce qui annonçait quelque chose de spécial, puis ce final accentué qui suggérait le son d'une clochette. Que signifiait ce prénom ? Était-ce vraiment le sien ? Et si elle s'appelait autrement et que les Boliviens lui avaient fait une blague ? Ces deux-là étaient des tordus, ils devaient avoir l'habitude de faire les malins, comme tant d'autres qu'il avait croisés en route. Peut-être même qu'ils faisaient partie d'un vaste complot contre lui, dans lequel étaient impliqués tous ceux qu'il avait rencontrés ce jour-là. Peut-être qu'elle s'appelait Juana, ou María, et qu'à cause de ces deux types il perdait son temps à donner forme à un son rebelle, difficile et peut-être faux. "Maytén", continua-t-il de murmurer un moment, mais cette incertitude sur l'orthographe faisait que ça ne donnait rien, son rêve ne prenait pas forme : c'était de la neige fondue, puis de l'eau, puis plus rien. Son dernier recours, dans cette nuit fantomatique où l'univers avait perdu ses limites, fut les nombres, la logique infaillible qui donnait aux choses un ordre et une place déterminée. Il avait besoin de compter quelque chose, n'importe quoi, d'imaginer des moutons qui sautaient une clôture, comme on le lui avait appris enfant pour combattre l'insomnie. Des moutons, des guanacos ou des étoiles, peu importait, un groupe de choses concrètes qui se réduisaient à un chiffre rond : c'était la seule façon permettant à l'univers de reprendre ses formes perdues. Et si un de ces animaux imaginaires qu'il comptait se coinçait dans les barbelés en sautant ? Un tel incident pouvait lui gâcher encore plus la nuit, alors il renonça. Ainsi étaient souvent ses insomnies, peuplées de l'inquiétant vertige de flotter entre ciel et terre à d'étranges moments, de sentir le poids de l'univers nocturne traversé par les lignes des méridiens, des tropiques, des parallèles. Parker allait et venait sur ces lignes, il les franchissait avec des mouvements de funambule sur une corde raide.

Pendant la journée, les mains sur le volant et le regard fixé sur la route, son esprit était concentré sur la conduite et la responsabilité de faire tourner harmonieusement un nombre indéfini de pièces, de valves, de leviers, de dispositifs ; il devenait une partie du moteur, la tour de contrôle des tonnes de métal que ses mains guidaient.

La nuit, quand l'esprit se libérait de cette tâche, il avait peur de perdre le contrôle de sa vie et par moments cette dérive existentielle lui paraissait soudain absurde. C'était ridicule de vivre de cette manière depuis tant d'années, entre le ciel et l'horizon, prisonnier dans le décor d'un mauvais western, mais il n'avait pas d'autre choix.

"Maytén", répéta-t-il pour la énième fois, et il comprit enfin qu'il avait trouvé ce qu'il cherchait. Maintenant le prénom sonnait différemment et l'écho qui, au début, paraissait forcé et lointain perdait son étrangeté pour devenir familier. Cette femme n'aurait pas pu s'appeler autrement, une confiance particulière s'était installée entre eux, comme s'ils étaient deux amants qui se retrouvaient après des années d'absence. Les jours à venir ne seraient plus une poursuite aveugle, mais simplement du temps vers une rencontre programmée de longue date, se disait Parker tandis qu'un voile noir tombait doucement sur sa conscience, l'unissant à tout ce qui dormait autour de lui.

Après quelques jours de route, les frères Eber et Fredy, les aides boliviens de Bruno, arrivèrent à Teniente Primero López, la nouvelle destination de la fête foraine, avec le matériel resté au village précédent. Leur chef les attendait pour terminer le montage des stands. Comme ils avaient pris la nationale, ils arrivèrent bien avant Parker, qui avait perdu de précieuses journées sur les routes secondaires. En quelques heures de travail intense sous les ordres de Bruno, les structures du Train fantôme et du Jeu de massacre étaient installées.

Bruno parcourait la place pour régler les derniers détails, pendant que Maytén, reléguée dans la caravane, s'occupait des tâches domestiques. Elle avait terminé la vaisselle de la veille et lavé le linge sale dans une cuvette. Un foulard sur la tête et protégée d'un tablier de cuisine, elle surveillait la cuisson d'un ragoût dans une casserole noircie sur un réchaud de campagne et s'apprêtait à balayer la caravane et à aérer draps et couvertures. Après avoir essoré le linge à la force de ses jeunes bras, elle l'étendit sur une corde entre deux poteaux et le fixa par des pinces pour que les bourrasques ne l'emportent pas. Mais un des poteaux s'inclina lentement et finit par tomber, répandant le linge propre sur le sol terreux. Maytén observa impuissante la scène, avec une expression chagrinée qui se fit peu à peu plus dure et aiguë. Elle resta un instant muette, jeta un regard furieux autour d'elle et interpella le premier employé qu'elle vit. Quelque chose dans sa colère accentuait la beauté farouche de son visage.

– Tu étais chargé de fixer ce poteau, c'était quand même pas très difficile ! J'en ai marre de vous tous !

s'écria-t-elle les mains sur les hanches en s'adressant à Eber qui balayait devant la caravane qu'il partageait avec son frère.

– Moi, tu m'as rien dit, *mamita*, t'as dû demander à l'autre, je te le jure, mais je t'arrange ça tout de suite, répondit Eber, les yeux somnolents, en ramassant le linge sali qu'il remit dans la cuvette. Maytén le repoussa d'un geste, empoigna la pelle et entreprit elle-même de replanter le poteau. Elle fut interrompue par la voix rauque de son mari, à moitié rasé, en tee-shirt sans manches, une cigarette à la bouche, émergeant d'une fenêtre de la caravane.

– Quand c'est qu'on mange ?

Exaspérée, Maytén jeta la pelle vers Eber. Elle ne savait pas si elle était en colère contre l'un ou l'autre, ce qui l'énervait encore plus, elle était sûre que les Boliviens se renvoyaient la balle pour éviter les reproches.

– Vous pensez que je suis la bonne à tout faire, ou quoi ? dit-elle en regagnant la caravane pour mettre le couvert.

Bruno fumait et buvait du vin, concentré sur les pièces d'un plateau d'échecs. Les coudes appuyés sur la table, la tête entre les mains, il observait le jeu, l'air sérieux, avec défi. Par moments, il tournait le plateau d'un côté et de l'autre, comme s'il voulait s'orienter avec une boussole, à d'autres, c'était un tour complet, et il scrutait de nouveau les pièces en s'imaginant que dans ces quelques secondes elles avaient bougé toutes seules. Maytén le regardait du coin de l'œil, avec la même curiosité qu'il affichait en observant les pièces, dans l'attente du meilleur moment pour lui dire ce qu'elle pensait.

– J'en peux plus de tout ce travail, il faut qu'on embauche quelqu'un d'autre, ces deux-là ne font même pas le boulot d'un seul, dit-elle tout à coup, mais Bruno garda les yeux rivés sur le plateau, alternant bouffées de cigarette et gorgées de vin.

– Silence ! je n'arrive pas à me concentrer sur les fiches, c'est pour ça que tu gagnes tout le temps. Les femmes sont douées pour nous piéger.

– On dit pièces, pas fiches. Les pièces ! insista-t-elle en servant deux assiettes de ragoût. Elle s'assit à table avec une expression d'ennui profond et se mit à feuilleter un magazine devant son mari hypnotisé, qui n'avait pas quitté des yeux le plateau d'échecs. Subitement, avec l'air de celui qui vient de recevoir un message de l'au-delà, Bruno joua en éliminant une dame avec un pion posé sur la case voisine et adressa à sa femme un regard de défi.

– Qu'est-ce que t'en dis ? J'ai bouffé ta dame… fit-il avec fierté, satisfait d'un coup qu'il trouvait génial. Maytén préféra l'ignorer et poursuivre sa lecture, mais quelque chose en elle la fit réagir.

– Quand est-ce que tu vas apprendre ? On ne se déplace pas comme ça aux échecs, dit-elle sans cesser de feuilleter son magazine, en feignant une parfaite indifférence.

Bruno observa le plateau pour tenter de découvrir en quoi il s'était trompé. Il pensait que les femmes n'étaient jamais contentes, il y avait toujours un problème, un motif de se plaindre. On ne bouge pas comme ça aux échecs ? Et pourquoi donc ? Qui l'a dit ? Sûrement une femme encore, celle qui avait inventé ce jeu. Mais il n'allait pas se laisser dominer par Maytén, le simple fait qu'elle n'en fasse qu'à sa tête et lui impose ses caprices le mettait hors de lui. Il tenta de se montrer réfléchi et de faire en sorte que son épouse comprenne bon gré mal gré.

– Avec ces pions qui bougent de tous les côtés, c'est plus difficile. Moi, je préfère comme ça.

Maytén tendit la main, déplaça une tour selon les règles du jeu et prit le cavalier. Bruno observa lle coup et, avant que Maytén retire le cavalier du plateau, il remit les pièces à leur place.

– Moi je triche pas, dit Maytén. C'est toi qui veux toujours gagner.

Elle abandonna son magazine et refit exactement la même manœuvre, avec défi, mais Bruno avait faim et ne voulait pas perdre du temps à argumenter. Il écarta le plateau en faisant la moue et se noua une serviette autour du cou.

– T'as qu'à jouer comme ça te chante, moi j'ai assez de problèmes pour me mettre à discutailler avec une femme capricieuse et mal élevée.

Ils mangèrent dans un lourd silence qui n'était brisé que par le cliquetis monotone des couverts qui allaient et venaient de l'assiette à la bouche. Quand ils eurent terminé, Maytén entassa la vaisselle dans la cuisine pour la laver, tandis que Bruno, pensif, se servait un verre de vin d'une bonbonne. Il en but plusieurs avant de répondre à la question qui était restée en suspens.

– On ne peut pas embaucher quelqu'un d'autre, il n'y a presque plus de travail, on est de moins en moins nombreux à la fête foraine. Le mois dernier, les Vaisseaux spatiaux ont disparu et il y a deux semaines la Formule 1 est tombée en panne, il n'y a personne pour la réparer, ils vont devoir la vendre au prix de la ferraille.

Maytén essuya la vaisselle sans dire un mot, le regard fuyant à travers la fenêtre de la caravane. Bruno attendit qu'elle fasse une remarque, mais devant son mutisme il reprit ses explications.

– Le Turc m'a dit qu'il partait sur la côte avec ses barbecues, il a trouvé une foire fixe. Chaque semaine on est un peu moins, et toi tu voudrais que j'embauche quelqu'un. Il faut se débrouiller avec Eber et Fredy, ils en foutent pas lourd, mais ils ne sont pas chers et ne mangent pas beaucoup.

Bruno se leva en titubant et s'appuya des deux mains sur le plafond de la caravane pour ne pas perdre l'équilibre. Maytén se rappela soudain la présence des deux employés et les observa par la fenêtre en train de creuser, avec effort et peu de succès, un trou dans la terre caillouteuse.

– Ces deux-là ne font même pas le boulot d'un seul. On doit en faire plus que s'ils n'étaient pas là.

– Oui, mais sans eux, nous aussi on aurait dû laisser tomber ! répondit Bruno en haussant le ton. Dans chaque village on perd un manège et, si ça continue, tu vas devoir danser nue, conclut-il en éclatant de rire.

Maytén s'empara d'un torchon de la cuisine et en fit une boule qu'elle lança sur son mari, qui l'esquiva en un prompt réflexe et rit de plus belle, pour finir par une quinte de toux. Elle le foudroya du regard.

– Et pourquoi on n'irait pas ailleurs ? On va toujours vers le sud où il fait de plus en plus froid et où les gens sont de plus en plus tristes et fauchés. On ne pourrait pas essayer une grande ville, où c'est plus vivant ?

– La tonte des moutons va bientôt commencer et il y aura du travail pour tous. En fin de semaine les péons sont payés et vont se distraire en famille. C'est là qu'il faut aller, encore plus au sud, dit Bruno en examinant le plateau d'échecs pour calculer son prochain coup. Et d'un geste triomphal, il s'empara de la dame blanche avec un pion noir.

– Échec ! s'exclama-t-il enthousiaste, en tapant brusquement le bras de sa femme. Elle le regarda avec mépris.

– L'an dernier, tu as dit la même chose et il ne s'est rien passé. Les péons ne sont pas venus, ni les familles.

– Je pouvais pas savoir qu'un volcan allait cracher des cendres.

– Maintenant c'est la faute au volcan ! Et cette année ce sera une éclipse ? répliqua Maytén pour le provoquer.

Bruno commençait à perdre patience.

– Plein de bêtes sont mortes, les gens se sont retrouvés sans travail. Mais, cette année, on va se remplir les poches. Après, on ira sur la côte, au retour de la flotte les pêcheurs débarquent avec toute leur paie. Là, ce sera bon pour nous.

Maytén lui tourna le dos.

– Sur la côte ? Encore plus au sud ? Tu m'avais promis qu'on remonterait quand la tonte serait terminée ! réagit-elle, de nouveau en colère.

Bruno se leva et la suivit dans l'espace étroit de la caravane, il se colla derrière elle en ondulant des hanches et commença à l'embrasser dans le cou.

– Et si on changeait de jeu ? À savoir qui gagne maintenant. Ce pion va manger la dame, dit-il en lui pressant les seins. Maytén le repoussa et fit volte-face avec défi.

– À ce petit jeu, c'est moi qui dicte les règles. Pas question de me toucher avant qu'on ait embauché quelqu'un. Moi, je dois bosser à la fête, cuisiner, laver.

– Je t'ai dit que c'était pas possible, mais je vais t'aider à tenir le stand, concéda-t-il radouci, sirupeux, en se pressant de nouveau contre elle. Mais pour ça, pas besoin d'un autre, je suis plus que suffisant, mon amour.

– C'est ça, maintenant je suis ton amour, à ta disposition toute la journée. Je savais que cette foire ambulante allait être un échec, il aurait mieux valu rester dans ce village, réagit-elle en le repoussant des deux mains.

Il y avait longtemps qu'elle avait cessé de craindre son mari et de se soumettre à sa volonté, et de jour en jour sa patience diminuait, mais elle connaissait les explosions de colère de Bruno et elle ne voulait pas provoquer une nouvelle dispute. Elle s'était promis de faire des efforts pour sauver son couple, même s'il ne restait rien de leur amour des premiers temps. Consciente de leur relation précaire, il ne lui restait plus qu'à décider de la manière d'en sortir. Pour le moment, elle ne pouvait rien faire, il lui manquait non seulement les moyens, mais la force intérieure qui lui permettrait d'abandonner le refuge de la foire et la sécurité que lui procurait une maison, du moins cette maison roulante, son seul et unique lieu dans le monde. Là-bas, dehors, il y avait des volcans qui assombrissaient la steppe des semaines durant, des rivières qui débordaient et coupaient les routes, des tempêtes, des sécheresses et des inondations qui emportaient les troupeaux aux quatre coins de la plaine, il y avait de fortes chutes de neige, des hivers cruels et des étés mesquins, et elle faisait partie de cet univers. Des hauteurs occidentales, accompagnant la lente descente des glaciers, les eaux se déversaient, les vents soufflaient ; à l'est l'océan dominait, avec ses saisons de pêche et les marées capricieuses, les plages désertes jonchées d'ossements de baleines et de lions de mer. Où que l'on se tourne, le regard revenait sur les vagues et les quarantièmes rugissants, sans toucher un seul empan de terre. Ainsi se présentait la planète dans ces latitudes extrêmes que ses habitants se plaisaient à appeler "le monde du bout du monde", comme si c'était un motif de fierté. Maytén savait confusément qu'elle était un être humain parmi ceux qui peuplaient ce monde, où elle était née et où elle avait grandi. Elle était soumise aux mêmes règles que la faune et la flore, mais elle ne voulait pas se résigner à ce destin. Elle se sentait écrasée par la plaine illimitée, où elle avait l'impression que son âme se dissolvait. Elle pouvait imaginer une autre existence, du moins d'autres lieux pour vivre la même vie, mais elle avait besoin que quelque chose fasse bouger sa pièce sur le plateau, une poussée extérieure qui l'éloignerait de la fête foraine et de Bruno. Elle se consolait en pensant que ce moment viendrait, même si ce triste jour devait annoncer un nouvel accès de violence de Bruno.

– Tu aurais préféré qu'on reste dans ce bled ? Depuis la fermeture de la salle de sport, on crevait de faim ! À qui j'allais apprendre la boxe ? Je donnais des coups de poing dans le vide !

– Tu passais tes journées à te soûler, à te plaindre, à te foutre en rogne. Et tes coups de poing, c'est pas toujours dans le vide, répliqua Maytén en relevant une manche pour montrer un bleu à l'épaule.

– Je travaille tous les jours, du matin au soir. J'ai bien le droit de boire un verre.

– J'en ai marre de cette vie, Bruno. C'est même pas une vie, on gagne juste assez pour acheter de quoi manger.

Il poussa un profond soupir, se prit la tête dans les mains et se mit à crier.

– Et tu t'imagines qu'à Buenos Aires ça aurait été mieux ?! Qu'est-ce que tu aurais fait de plus que laver la vaisselle et faire les lits ?

– N'importe quoi serait mieux que ça.

Bruno grogna et brisa d'un coup de poing la porte d'un placard qui vola en éclats. Maytén se protégea avec les bras, elle savait qu'après le placard son tour venait. Elle passa à côté de son mari, quitta la caravane en jetant le tablier de cuisine à ses pieds et traversa la foire d'un pas décidé en direction de la sortie. Eber et Fredy, qui travaillaient au montage du Train fantôme, avaient sorti les monstres pour leur faire prendre l'air. Maytén passa devant les vampires, les momies et les loups-garous alignés comme des soldats au garde-à-vous, dont les deux hommes dépoussiéraient les tenues. Bruno avait lui-même confectionné ces monstres pour augmenter l'aspect terrifiant du Train fantôme, en se servant de vieux mannequins, de chiffons, de masques et de restes de matériaux du gymnase, c'étaient ses créatures. Maytén s'éloigna de la place et traversa le village, mais peu après elle s'arrêta devant les vastes étendues de la plaine et quelque chose en elle la bouleversa. Prise d'un vertige, elle dut chercher un appui pour ne pas tomber. Elle se sentait envahie d'une ombre qui contrastait avec la luminosité de la steppe, et lui revinrent alors en mémoire des images lointaines de son enfance, quand elle jouait avec ses sœurs dans l'arrière-cour de sa maison natale, un cube de briques dans un hameau perdu, dont le nom ne suggérait rien. Elle y avait vécu à la dure avec sa mère et ses sœurs pendant des années, jusqu'à ce que la plaine les avale une par une. Elle se rappela le vent incessant et le froid, le sable dans les yeux, les mains sèches avec lesquelles elles faisaient tourner la corde à sauter, en chantant et riant.

Elle tenta de détourner ces souvenirs vers d'autres zones de sa mémoire et elle dut réprimer l'impulsion de regagner la caravane pour se protéger de cette sensation de désarroi qui l'avait tourmentée depuis l'enfance. Elle voulut conjurer les fantômes par un défi : elle reprit sa marche, tout droit, en tremblant, vers la plaine qui commençait quelques rues plus loin, jusqu'à laisser le village derrière elle, et elle s'avança sur la terre desséchée, en se prenant les épaules dans les mains pour obtenir une infime sensation de sécurité. En observant l'espace qui l'entourait, elle se dit que la cage qui l'emprisonnait était vaste, sans barreaux, ni portes, ni fenêtres, infinie. Une cellule où elle pouvait se mouvoir à volonté, mais d'où elle ne pourrait jamais s'échapper. C'était la plus terrible des prisons, dont les murs s'étendaient à perte de vue et au-delà. Elle se demanda ce qu'étaient devenus ses rêves et ses espoirs, son ambition de quitter pour toujours ces solitudes et de vivre dans une ville avec de vraies rues et des immeubles, des gens marchant sur les trottoirs sans devoir se protéger des bourrasques et toujours chercher un abri. Ses sœurs étaient parties l'une après l'autre à la recherche de nouveaux horizons et elle était restée dans l'attente d'une occasion pour les imiter. Quand elle avait fait la connaissance de Bruno, elle avait pensé que le moment était venu d'abandonner pour avait pensé cette existence médiocre, mais elle comprit vite son erreur. L'éclat attirant de la ville devint de plus en plus lointain et la solitude l'avait de nouveau engloutie.

Elle se toucha le visage et les joues, mais ses doigts restaient secs, comme la terre qu'elle foulait. Debout devant l'immensité du paysage, les mains pressées sur ses épaules, elle scrutait le lointain et remontait dans le temps. Une obscure intuition lui suggérait que l'origine de ses privations tenait à l'arrivée de ses ancêtres sur ces terres. Elle se demandait pourquoi ils n'étaient pas restés en Europe plutôt que de venir s'échouer dans ces contrées misérables. Elle ne savait rien de ce continent, ni de la faim qui les avait poussés à chercher fortune n'importe où dans le monde, et surtout ici. Elle savait par des récits familiaux que Ciro, son grand-père paternel, était parti de Naples au début du XXe siècle et avait partagé les aventures d'un célèbre bandit navigateur de son village natal, Pasquale le Pirate, contrebandier de marchandises et d'êtres humains le long du détroit de Magellan, dans les confins australs du Chili et de l'Argentine. Il avait fait partie de ces bandes pendant des années, jusqu'à ce que les gouvernements des deux pays décident d'en finir avec tous ces trafics. Après quelques années de prison, Ciro était devenu chercheur d'or en Terre de Feu, emmenant avec lui son jeune fils Pasquale, futur père de Maytén, prénommé ainsi en l'honneur de son ami pirate. Ciro sombra rapidement dans la folie, rongé par les rigueurs du climat, ses délires de richesse, la syphilis, l'alcool, et succomba à sa chimère en se mêlant aux tribus d'Indiens qui survivaient sur les rives du détroit. On n'eut plus jamais de nouvelles de Ciro, peut-être assassiné par un cacique qui avait découvert sa complicité dans les massacres d'Indiens perpétrés par les grands propriétaires terriens. Le petit Pasquale fut pris en otage dans un campement perdu et y resta captif des années durant, jusqu'à ce qu'il soit racheté par des missionnaires italiens, qui l'éduquèrent et le nourrirent. À sa majorité, Pasquale passa une grande partie de sa vie à parcourir les fermes et les hameaux de pionniers avec un chariot tiré par des bœufs, avec lequel il colportait des vivres, des ustensiles et toutes sortes de marchandises. Ses périples le conduisaient d'un bout à l'autre de la Patagonie, et c'est dans un village oublié qu'il fit la connaissance de la mère de Maytén, une jeune Indienne métisse qui faisait la cuisine dans un campement de mineurs. C'était là qu'elle était née et avait grandi avec deux sœurs aînées, partageant leur temps entre des fermes et des hameaux où elles se louaient comme domestiques. Ses sœurs purent se marier et abandonner cette vie, tandis que Maytén terminait sa scolarité dans une école rurale. Quand elle rencontra Bruno, un homme jeune et aimable, ouvrier exemplaire et boxeur prometteur, elle crut enfin pouvoir se libérer de la malédiction du sang. Bruno lui faisait miroiter une vie meilleure et représentait la possibilité de s'arracher à cette existence marécageuse où sa famille s'était enlisée, de briser enfin cette chaîne de vies misérables, minées par l'adversité. Mais cette aspiration avait été un nouvel échec, les eaux du destin avaient repris leur cours rebelle, emportant ceux qui s'y opposaient. Les espoirs de Maytén se muèrent en nouvelles chimères et utopies : les fabriques furent transférées dans d'autres régions, Bruno perdit son travail et, avec ses indemnités, construisit une salle de sport dans un port de pêche prospère de l'Atlantique Sud. Les leçons de boxe qu'il proposait n'étaient guère appréciées des habitants, pour qui imposer des règles dans un combat signifiait lui ôter tout intérêt. De plus, pourquoi payer pour faire de l'exercice, alors que leur quotidien consistait à porter des sacs et des caisses sur les quais, ou à tondre les moutons, ce qui était aussi une lutte au corps à corps, semblable aux bagarres dans les tavernes. L'affaire de Bruno périclita rapidement et, avec elle, sa passion pour la boxe et la lutte libre : il finit par s'enfoncer dans les sables traîtres de la steppe, entraînant Maytén avec lui. Les maigres économies qu'ils avaient pu sauver furent investies dans l'achat d'une partie des stands et des manèges, dont le Jeu de massacre et le Train fantôme, qu'ils trimballaient sur les routes entre la côte et les bourgades de la steppe. Quelques mois plus tôt la fête foraine avait commencé à faire eau de toutes parts, mais aveuglé par la frustration et la boisson Bruno ne voulait pas l'admettre. Les avertissements de Maytén pour qu'ils abandonnent le navire avant qu'il ne coule, cette fois sans chaloupe de sauvetage, étaient des insultes pour l'orgueilleux Bruno : les propos tranchants de Maytén blessaient sa fierté, lui jetaient son échec à la face, provoquant une violence mal contenue et aggravée par l'alcool. Bruno baissa les bras, vaincu, prêt à couler avec son bateau, comme le lui dictait son sens primitif de l'honneur masculin. Mais il n'avait pas le courage de le faire seul, il avait même perdu cette force, et il avait besoin de Maytén, le seul amour de sa vie, à qui il devait les quelques caresses et paroles gentilles qu'il avait reçues dans toute son amère existence, besoin d'elle pour l'accompagner dans sa chute.

Immobile devant la vaste plaine, serrant ses bras autour d'elle, Maytén scrutait le vide qui l'entourait. Les menaces de Bruno, ses plaintes et ses malédictions lancées aux quatre vents, s'entendaient de loin. Elle attendit un instant et revint sur ses pas pour regagner la fête foraine, où Fredy et Eber s'étaient joints aux mannequins alignés comme à la parade, les bras collés au corps. Maytén observa Bruno, général pitoyable donnant des ordres à sa troupe figée et silencieuse. Tête baissée, les Boliviens se regardaient de temps à autre du coin de l'œil, attendant que le chef termine sa harangue et en vienne aux faits.

– Bande d'incapables ! À cause de vous on est en train de couler, vous allez finir à la rue ! s'écriait Bruno en passant la troupe en revue.

– C'est peut-être la volonté de Dieu, patron, suggéra Eber avec humilité.

– … Dieu qui éclaire chacun de nos pas, ajouta Fredy sans relever la tête.

– Ici, la seule volonté qui compte, c'est la mienne ! rugit Bruno. Et mes pas, je les éclaire tout seul, sans l'aide de personne.

– Venez à l'église avec nous, patron, pour Le voir et connaître Sa lumière, insista Eber en pleine crise mystique.

Bruno reprit de plus belle ses imprécations, menaçant de mort ses employés s'ils persistaient avec leurs foutaises de bigots. S'il y avait quelque chose qui le mettait de mauvaise humeur, c'était les tentatives des Boliviens de l'évangéliser. Quand il eut fini de vociférer, Eber et Fredy, qui connaissaient la suite, s'écartèrent prudemment. Bruno se mit alors à donner de furieux coups de pied et de poing aux mannequins, dont les têtes voltigeaient et qui tombaient désarticulés : le squelette secoué produisait des bruits secs, la cape de Dracula ondoyait à chaque assaut et le corps mutilé de Frankenstein oscillait d'avant en arrière à chaque coup.

– Vous m'avez pourri la vie, saletés ! Vous ne faites peur à personne, les gens rigolent de nous ! criait Bruno dans son délire, le visage empourpré, en tombant à genoux et se relevant.

Habituée à ces scènes, Maytén rejoignit l'arrière de la caravane, retroussa les manches de son manteau et se mit à laver en silence le linge souillé de boue. Eber et Fredy, raides comme des piquets, la virent de loin, ils se regardèrent, se félicitant de ne pas avoir à affronter une femme aussi insolente, et plaignirent leur patron.

"Maytén", se répétait Parker en conduisant d'une main experte les tonnes d'acier de son camion. Depuis le jour où il avait entendu ce prénom, il ne cessait de le prononcer pour en extraire toutes les significations possibles, les formes, les inflexions. Son visage, dont il ne gardait pas une image très nette, prenait ainsi de nouvelles expressions, lui inspirait d'autres perspectives.

Cette litanie s'interrompit lorsqu'il passa devant une station-service. Il pensa qu'il aurait dû depuis longtemps appeler le vieux Constanzo, pour le prévenir des retards accumulés, mais surtout de ceux à venir. Il lui fallait justifier son détour, qui lui avait fait perdre plusieurs jours de route. Il s'arrêta et appela le bureau depuis une cabine téléphonique, il était tard mais Constanzo travaillait, mangeait et dormait toujours sur place. Après plusieurs sonneries, le vieux répondit sur un ton renfrogné, craignant l'annonce de quelque problème alors qu'il se préparait à regarder un match de foot à la télévision en mangeant ses empanadas habituelles.

– Mon camion est en rade à Teniente Primero López, je n'ai pas encore reçu la pièce de rechange, je suis obligé d'attendre, mentit Parker sur un ton soucieux.

Constanzo répondit par une bordée de récriminations qui obligèrent Parker à écarter le téléphone et à répéter ses explications. La voix du vieux était déformée par l'alcool, comme s'il parlait à travers un sac en plastique.

– Ce camion doit arriver au port avant la fin de la semaine, le bateau appareille lundi ! hurlait Constanzo. Parker le laissa parler, mais pour lui cela signifiait partir le soir même et renoncer à Maytén, au risque de perdre sa trace. Plusieurs minutes de reproches s'écoulèrent ainsi sans que ni l'un ni l'autre ne puissent placer une phrase entière. Puis leurs conflits remontèrent à la surface, paiements en retard, promesses non tenues.

– Tu dois attendre combien de jours encore ? demanda le vieux en mastiquant une empanada.

– Vous pensez que si j'étais devin, je conduirais un camion dans ce cul du monde ? répondit Parker en reprenant les mots du mécanicien.

– Fais pas le malin, le chargement doit être livré à temps, si la pièce n'arrive pas, fabrique-la.

– Vous voulez me l'apporter ? demanda Parker, sachant que le vieux ne sortait de son bureau qu'en cas de tremblement de terre, et l'endroit où il se trouvait n'était pas, en général, une zone sismique.

– On dirait que tu as oublié que c'est moi qui paie, dit Constanzo d'une voix pâteuse.

Parker profita de l'occasion :

– Si j'ai oublié c'est parce que vous ne m'avez pas payé depuis quatre mois.

Constanzo s'essuya la bouche avec un bout de papier et réfléchit un instant en continuant à mastiquer.

– Quatre mois, déjà ? Comme le temps passe !

Et il éclata d'un rire entrecoupé de toux.

– Puisque ça vous fait marrer, moi je vais foutre le camion dans le premier ravin, menaça Parker.

Constanzo cessa de rire, but une gorgée de vin et changea de ton. Il savait Parker incapable de mettre sa menace à exécution, mais il était son seul et unique employé et il devait le garder.

– Je blaguais, mec, t'as aucun sens de l'humour. Le mois prochain je te règle tout.

Parker ne croyait pas à cette promesse et Constanzo ne croyait pas non plus à l'histoire de Parker. Il soupçonnait que son retard était volontaire. En vieux routier il savait que dans ces cas-là il y avait toujours une femme pas loin.

– T'aurais pas par hasard embarqué une bestiole de la route ? insinua-t-il d'une voix mielleuse en suçant ses doigts graisseux.

Parker était tellement convaincu de ses propres mensonges que les soupçons voilés de son patron le blessaient profondément. Il put enfin lui dire tout ce qu'il pensait de lui et de son entreprise, et peu après il se retrouva avec le téléphone muet à la main, en le regardant comme si quelques phrases du vieux n'en étaient pas encore sorties. Constanzo ne l'écoutait plus depuis un bon moment. Exaspéré, Parker raccrocha et, après avoir payé l'appel, il regagna son camion, résolu à atteindre la fête foraine le lendemain. Il décida d'y rester autant de jours qu'il voudrait, même si le bateau devait appareiller à vide. Il s'en moquait complètement.

Le lendemain, il atteignit sur la route une déviation indiquant la direction du 48e parallèle et, quelques heures plus tard, il arriva enfin à destination. Il passa sous une arche métallique rouillée portant le nom du village, pavoisée de drapeaux ondoyants et d'oriflammes rouges. De chaque côté de la route se dressaient des chapelles improvisées, des cabanons de planches, de tôle et de briques, consacrées aux divinités païennes éparpillées par les camionneurs sur tout le territoire : gauchos miraculeux, figurines et images de la Santa Muerte, Sainte Morte, fugitifs justiciers, bandits des campagnes et saints déserteurs qui avaient trouvé refuge dans les croyances populaires. Des bouteilles d'eau et toutes sortes d'offrandes s'entassaient pour vénérer tel martyr mort de soif dans le désert, qui accordait des guérisons miraculeuses depuis l'au-delà. À l'intérieur de ces cabanons secoués par le vent s'accumulaient des statuettes et des bougies rouges dont la cire fondue coulait sur la terre sèche en formant d'épaisses taches sanglantes. Les parois étaient couvertes de plaquettes et d'ex-voto, de photos, de noms écrits à la bombe de peinture, de fleurs en plastique et de lettres manuscrites de vœux et de remerciements. Ces chapelles étaient entourées d'offrandes, de bouteilles, de piles de pneus, de bidons d'huile convertis en barbecue, de croix et de sculptures en bois. Sur les espaces disponibles étaient clouées côte à côte de vieilles plaques minéralogiques dont les numéros formaient un chiffre unique et énorme, un nombre infini qui paraissait contenir les mystères de la kabbale. Ce panthéon improvisé rassemblait de nombreux fidèles qui arrivaient du néant, en charrette, à cheval ou à pied, pour vénérer leurs divinités, et retournaient au néant à la tombée de la nuit, avalés par la plaine. Les véhicules qui passaient par là s'arrêtaient pour faire leurs dévotions, les gens déambulaient en touchant les images avec ferveur, ils se signaient, allumaient des torches. Des familles entières témoignaient d'une curiosité mystique, déposant des offrandes, nettoyant les chapelles et les décorant, puis s'asseyaient pour boire le maté et préparer le feu pour faire des grillades. Ceux qui ne s'arrêtaient pas saluaient le saint de leur choix et s'excusaient de leur négligence par de brefs coups de klaxon.

Entre l'arche de l'entrée et le lieu de dévotion, un panneau municipal solidement attaché par du fil de fer annonçait "Bienvenue à Teniente Primero López-Hôtel-Infirmerie-Téléphone-Police-Carburant-Obsèques-Pneus". Sur le côté du panneau, quelqu'un avait écrit en grosses lettres au pinceau "l'hôtel est une porcherie", et dessous, en plus petit, un autre avait ajouté "c'est pas vrai". Parker se dirigea vers le centre du bourg sans saluer les divinités, il remonta une longue avenue déserte et se gara près d'une placette au centre de laquelle se dressaient le mât du drapeau national et une fontaine à sec, pleine de terre, au pied d'une statue équestre du lieutenant homonyme, couvert d'un poncho et armé d'un fusil : un obscur héros de la conquête du désert, qui devait sa célébrité aux massacres d'Indiens, présentés comme des batailles pour le progrès, tué à son tour par ceux-ci au cours d'un raid. Une plaque commémorait ses hauts faits et incitait les générations futures à suivre l'exemple de cet illustre soldat, mais aux pieds du cheval les autorités locales, dans un geste de réconciliation nationale, avaient ajouté la statue d'un Indien aux cheveux longs et en pagne qui, soumis et penaud, marchait à ses côtés comme un fidèle écuyer.

Parker parcourut les rues d'un pas agile et arriva à proximité du terrain vague où s'était installée la fête foraine. De loin, à l'aide de jumelles, il se mit à épier les mouvements, à la recherche de Maytén. Tout paraissait tranquille, la foire était plus petite que la dernière fois, des manèges et des stands avaient déserté, entre autres celui du Marteau et du barbecue. Des gens finissaient de monter les quelques attractions qui donnaient encore vie à la foire, tandis que Bruno réglait les derniers détails de l'ouverture imminente. Devant l'entrée du Train fantôme, les deux Boliviens rafistolaient les corps mutilés des mannequins, soulignaient par des retouches de peinture les expressions d'horreur sur les visages décharnés et les replaçaient dans les virages labyrinthiques du tunnel. Avec ses jumelles, Parker avait l'air d'un stratège étudiant les mouvements de l'ennemi avant l'attaque, à la recherche de son objectif entre les baraques et les manèges. Enfin, il découvrit une silhouette floue qui sortait d'une caravane, il ajusta la mise au point des jumelles et, l'instant d'après, il reconnut Maytén qui traînait un caddie pour aller faire des courses.

Il se mit à la suivre à bonne distance dans les rues, entre les maisons blanches et basses, jusqu'à un marchand de fruits et légumes. Il en profita pour étudier la déesse hors de son temple, privée des offrandes qui décoraient son autel dans le stand de Jeu de massacre, et put ainsi découvrir une autre facette de cette femme, plus banale et quotidienne. Lorsqu'elle se plaça dans la file d'attente avec les autres clientes, il la rejoignit et la salua avec une expression de surprise. Cette Maytén, maintenant en chair et en os, paraissait une femme au foyer comme une autre en train de faire des achats, mais la proximité renforçait son image au lieu de la dévaloriser. Laquelle des deux préférait-il, entre la femme réelle et celle de son imagination ? Il ne le savait pas encore, ni ne le saurait les jours suivants, mais il n'aurait accès qu'à une seule.

Ils se regardèrent un instant sans savoir quoi dire. Maytén n'avait pas besoin de feindre la surprise, car cette rencontre ne signifiait rien. Il lui fallut quelques secondes pour reconnaître Parker, mais elle ne sut pas avec quoi l'associer. Elle lui rendit un sourire de circonstance et chercha du regard un détail lui permettant de se rappeler, sans cesser de sourire. Parker tarda quelques secondes à réagir.

– On s'est rencontrés à El Suculento, dit-il.

– Où ça ? Jamais entendu ce nom, répondit-elle, maintenant surprise.

– Avant, ça s'appelait Jardín Espinoso, le dernier village où il y avait la fête.

Elle fronça les sourcils.

– Vous êtes sûr ? J'ai jamais entendu ce nom.

Parker ne sut quoi dire, mais ses nerfs se réveillèrent à l'idée que, avec elle aussi, il allait avoir une de ces conversations absurdes. Maytén réfléchit un instant, une idée vague lui venait et enfin elle se rappela. "Ce type, au stand", pensa-t-elle. Et elle ne put s'empêcher de rougir.

– Ah, oui, réagit-elle en feignant l'indifférence.

Qui était donc cet homme qu'elle ne connaissait pas et qui réapparaissait, venu de Dieu sait où ? Sa première impression, qui se confirmait maintenant, était celle d'un personnage étrange et intriguant.

– Je viens moi aussi acheter du pain, expliqua Parker pour rompre le silence alors que personne ne lui demandait rien, tandis que le vent lui ébouriffait les cheveux.

– Ici on ne vend pas de pain, juste des légumes, répondit-elle, pensant à une plaisanterie qu'elle n'avait pas comprise.

C'était probablement un de ces nombreux routiers qui traversaient la région, mais il ne ressemblait pas à ceux qu'elle connaissait : des types sombres, taciturnes, aux manières rudes. Et vulgaires.

"Quel imbécile", pensa Parker sans cesser de sourire, en se protégeant du vent du dos de la main, convaincu de masquer ainsi son comportement ridicule. Il observa la silhouette immobile de Maytén. Elle paraissait immunisée contre les rafales de vent, comme tous ceux qu'il rencontrait en chemin. Il changea plusieurs fois de position à la recherche d'un impossible abri, en vain. Malgré l'inconfort, il surmonta sa gaucherie avec à-propos.

– Ce climat déforme les paroles, tout est perturbé, dit-il. Alors elle lui prit le bras pour l'entraîner quelques pas à l'écart où le vent faisait une trêve.

Elle se demanda si cette nouvelle rencontre était le fruit du hasard, ce genre de situation arrivait souvent aux gens qui se déplaçaient dans ces régions, mais cette fois il y avait quelque chose d'inhabituel. De toutes les rencontres qu'elle avait faites dans sa vie itinérante le long des routes et des villages, il lui sembla que c'était la plus intéressante, alors que ce type était un parfait inconnu. Elle chercha à se faire une idée du personnage avec les rares éléments dont elle disposait. Était-ce un fugitif, un être tombé du ciel, un parachutiste, une distorsion de ses sens, une apparition, une inexplicable aberration du paysage humain de la plaine ? Cela ne cadrait avec rien de ce qu'elle connaissait, et encore moins de ce qu'elle pouvait imaginer, habituée comme elle l'était à une perception élémentaire du quotidien et du prévisible. Elle était intriguée par sa politesse et ses manières d'un autre temps, sa façon de parler et de se mouvoir, typique de quelqu'un qui ne sait pas très bien où il est et pourquoi. Sous une assurance de façade, elle entrevoyait une fragilité qu'elle aussi éprouvait, ce qui la lui rendait perceptible chez les autres. Cet homme, qui ne correspondait à aucune de ses représentations, marquait un point de rupture dans le cours de son existence monotone, dépourvue de surprises.

Un moment plus tard, Maytén et Parker s'éloignaient du commerce et marchaient dans les rues en conversant aimablement, jusqu'à un carrefour où ils s'arrêtèrent. Un nouveau silence indiqua à Parker que le moment était venu d'accrocher un nouveau maillon à la chaîne avant qu'elle ne se brise. Il chercha des phrases et des mots, mais de nouveau le vent tourbillonnait entre ses pieds pour le faire trébucher. Maytén, les cheveux coiffés et les vêtements dociles, lui posa une main sur l'épaule et le fit tourner légèrement vers la droite. La chemise de Parker et ses cheveux se dégonflèrent aussitôt.

– On voit que tu n'es pas d'ici, dit-elle en souriant et, sans lui donner le temps de répondre, elle soupira en indiquant une direction derrière Parker.

– Bon, moi je vais par là.

"Maintenant", pensa-t-il en se mordant une lèvre.

– Et si on allait boire un verre ? lança-t-il.

– Non, merci, je n'ai pas soif, répondit-elle poliment.

Mais comprenant aussitôt le sens de l'invitation, elle ne put s'empêcher de rire brièvement. Jamais dans sa vie il ne lui était arrivé quelque chose comme ça.

– Boire un verre ? Il n'y a pas de bars ici, on n'est pas à Buenos Aires.

Parker comprit qu'elle était vraiment de la région, c'est-à-dire d'un point quelconque dans un rayon de deux ou trois mille kilomètres.

– Je connais un endroit où on vend le meilleur Coca-Cola du Sud, le plus pétillant.

Maytén réfléchit un instant et sourit. Puis elle sourit un peu plus.

– On va boire un Coca assis au bord du trottoir ?
– On peut aussi demander des chips.
– Avec plein de sel, j'imagine.
– Oui, bien que du sel, tu n'en manques pas.

Son sourire s'effaça. Elle ne comprenait pas et regarda Parker dans l'attente d'une explication.

– C'était juste un compliment, même si ça n'y ressemblait pas.

– Salée, un compliment ? On ne m'avait jamais dit ça. Merci beaucoup, mais je dois m'en aller.

Parker commençait à transpirer et, pour la première fois, il regretta le vent.

– C'est le contraire d'insipide.

– J'ai compris, je suis pas idiote, répliqua-t-elle en lui tendant la main.

– On pourrait se revoir ?

– Je t'ai déjà dit que je dois retourner à mon Jeu de massacre.

– Maintenant je vise bien.
– Je ne crois pas que ce soit suffisant.
– J'ai d'autres qualités.

Maytén s'éloigna de Parker et, au moment de franchir la barrière du temps qui sépare le passé du présent, cet instant où elle allait disparaître pour toujours, elle le regarda par-dessus son épaule avec une lueur de malice.

– On se voit à la foire, plus tard ?

– Je ne sais pas, il faut que je consulte mon agenda, plaisanta-t-il.

Maytén le regarda déconcertée, ils parlaient sur des registres différents.

– Je veux dire que oui, ajouta Parker, craignant un malentendu, mais elle avait déjà traversé la rue et prenait la direction de la foire en tirant son caddie. Il la suivit longuement du regard, puis il chercha un kiosque à boissons où il acheta un soda et s'assit sur le bord du trottoir pour savourer la rencontre.

Maytén traversa le village, contente, quasi euphorique, le simple fait d'avoir échangé quelques paroles anodines avec un homme qui n'était pas son mari produisait en elle une bouffée d'optimisme qu'elle n'avait pas éprouvée depuis très longtemps. Elle se sentait différente, regardée par d'autres yeux, désirée et séduite, vivante, plus attirante que l'image dégradée qu'elle avait d'elle-même : celle d'une femme fanée et triste qui gâchait chaque jour sa jeunesse et les meilleures années de sa vie en disputes et besognes domestiques. En arrivant sur la place où elle retrouva le campement multicolore de caravanes et de camions décorés, elle eut un pincement au cœur. Jamais la fête foraine ne lui avait inspiré un tel rejet. Elle aperçut Eber et Fredy qui montaient les stands et balayaient le terrain avec des branches de palmier, puis s'asseyaient pour commenter des pages de la Bible. Elle fit alors demi-tour vers le centre du village en feignant d'avoir oublié d'acheter quelque chose et remonta plusieurs rues avec le secret espoir de retrouver Parker, mais l'idée lui parut vite absurde. Elle se sentit stupide, une adolescente sans jugeote et, comme sous l'effet d'une pensée interdite, ses joues s'empourprèrent. Que pouvait lui offrir cet homme, si ce n'est compliquer davantage son triste destin et le changer en enfer ? Elle hésita un instant et décida de ne pas le revoir. Mais après avoir parcouru quelques rues, elle découvrit Parker, encore assis au bord du trottoir, le regard dans le vague. Elle fut amusée de le voir ainsi et voulut le rejoindre, mais elle se ravisa et reprit le chemin de la fête foraine qui avait été sa maison des années durant.

Elle traversa les stands vides en traînant son caddie rempli d'achats. Une seule chose la déprimait encore plus que ce qu'elle voyait : la fête foraine déserte aux heures de fermeture, c'était comme traverser un cimetière. Dans ces allées de pierres tombales et de caveaux, Fredy et Eber lui faisaient penser à des fossoyeurs armés de pelles et de balais.

– Bonjour, patronne, on a monté le stand, vous pouvez accrocher tout ce que vous voulez, lui dit Fredy devant une pile de casiers de bouteilles vides.

Plus sérieuse que jamais, Maytén le remercia d'un hochement de tête et une moue amère. Elle regagna la caravane où Bruno l'attendait probablement avec une bouteille, avachi devant la table, concentré sur cet absurde jeu d'échecs auquel il s'obstinait à jouer au mépris des règles, comme s'il s'agissait d'un jeu de dames.

Parker traversa la place sur les traces de son idole et arriva devant l'enceinte sacrée, le stand du Jeu de massacre où Eber, ou Fredy, comment savoir, installait les cibles. Il portait la tenue réservée aux grandes occasions, un ample pantalon foncé et une chemise froissée, à peine cachée par une veste à rayures. La billetterie était encore inoccupée, et à côté un homme, le dénommé Bruno, préparait des barbes à papa pour les clients. Parker poursuivit son chemin pour ne pas éveiller de soupçons.

– Vous voulez essayer ? lui demanda d'un stand voisin une vieille au teint cuivré et aux yeux larmoyants, enveloppée dans un poncho, en lui tendant une canne à pêche et lui indiquant un bassin où flottaient des poissons en plastique de différentes couleurs et tailles. Parker pensa que ce pouvait être une bonne manière de passer le temps jusqu'à ce qu'arrive Maytén, il prit la canne et, appuyé sur le comptoir, il tenta d'attraper sans succès le plus gros poisson. Il essaya avec d'autres, mais en vain : ils s'enfuyaient sur les bords du bassin comme s'ils étaient vivants et il relevait sa canne, bredouille. De temps en temps il jetait un coup d'œil pour observer ce qui se passait à côté : la billetterie restait inoccupée, le gardien du temple dans son stand transformait les grains de sucre en filaments blancs, tandis qu'un employé installait les passagers dans le Train fantôme. Maytén apparut subitement, sans trahir sa nature céleste, elle s'assit derrière le guichet et commença à vendre des billets d'un air absent et mélancolique. Parker chercha son regard, mais elle restait concentrée sur sa tâche et ne levait pas la tête. Contrarié, il continua à tenter sa chance avec la pêche jusqu'à ce que les conditions lui permettent de se rapprocher. De plus en plus habile dans le maniement de la canne à pêche, il parvint à capturer des poissons et gagna les félicitations de la vieille, qui applaudissait et l'encourageait à poursuivre. Il calcula les points gagnés et comprit qu'il n'en avait pas suffisamment pour le premier lot : il devait capturer le plus gros poisson, le plus insaisissable. Profitant d'un instant de distraction de la vieille, Parker se pencha sur le comptoir, attrapa le poisson avec la main, l'accrocha à l'hameçon et releva la canne avec un cri de joie. La vieille se retourna aussitôt, soupçonnant la tricherie, et vit Parker qui exhibait son trophée d'un geste triomphal.

– Vous n'auriez pas triché, jeune homme ? Ils ne sont pas nombreux ceux qui ont réussi à attraper ce poisson dans toutes mes années de foire, affirma-t-elle en plissant ses yeux larmoyants.

Parker ne répondit pas.

– Vous n'êtes pas d'ici, hein ? Vous devez être d'Indio Maligno, Indien Mauvais.

Maytén entendit une partie de l'échange et, levant les yeux de ses carnets à souche, elle découvrit la présence de Parker. Elle avait l'air triste, les yeux rougis et le maquillage légèrement défait. Elle rajusta ses cheveux et tenta un sourire pour effacer cette expression qui assombrissait son visage.

– Comment vous pouvez dire ça, madame ? réagit Parker avec un sourire mal dissimulé.

– Vous, à Buenos Aires, vous vous croyez très malins.

– Je ne suis pas de Buenos Aires.

– Vous dites tous la même chose, allez, faites pas l'innocent.

Après quelques secondes de silence, le visage de la femme passa de la sévérité à la complicité.

– Mais vous devez être un type bien, même de Buenos Aires. Allez, on va dire que vous avez capturé le poisson sans tricher.

– Je peux choisir la récompense ?

– Oui, mais réfléchissez bien, répondit-elle en lui faisant un clin d'œil.

Parker la regarda sans bien saisir le sous-entendu de sa réponse, puis choisit un robinet suspendu en l'air d'où un jet d'eau sortait du néant. La vieille lui adressa un regard chagriné et hocha la tête.

– Vous ne m'avez pas compris, choisissez mieux.

Parker chercha une explication sur le visage de la femme, qui persistait à lui sourire avec complicité. Il observa les autres lots qui pendaient du plafond et se décida pour une épée en plastique dont des ampoules multicolores ornaient la lame et la poignée.

– Soyez pas bête comme ça, vous pouvez trouver mieux.

Parker continua d'examiner les lots, incapable d'en choisir un.

– Je suppose que vous voulez faire un cadeau à une personne spéciale, non ?

Parker fut alors sur le point de choisir un vase avec des fleurs lumineuses, mais la vieille soupira et prit sur une étagère une trousse de maquillage qu'elle lui mit d'un geste brusque dans les mains.

– Que les hommes sont bêtes ! Prenez ça, ce sera très bien.

Parker observa la trousse et, d'un baiser, remercia la vieille qui en profita pour lui glisser à l'oreille :

– Prenez garde, ces endroits ne sont pas très bons pour les nigauds, lui murmura-t-elle.

Perplexe, la trousse à la main, Parker finit par comprendre les insinuations de la vieille et s'éloigna en observant le guichet voisin du coin de l'œil. La voie était libre : le mari n'était pas là et les deux Boliviens poursuivaient leur besogne d'un air absent. Il s'approcha avec l'objet sous le bras, Maytén le vit venir et baissa les yeux.

– On peut faire un tour dans le Train fantôme ? demanda-t-il de but en blanc.

– Vous voulez combien d'entrées ?

– Dix mille, s'il vous plaît.

– Pour dix mille pesos ?

– Non, dix mille entrées.

Maytén laissa échapper un sourire qui éclaira un instant son visage, mais elle reprit aussitôt son air grave.

– Je n'en ai pas autant. Vous savez, le Train fantôme procure des émotions fortes.

Parker jeta un nouveau coup d'œil alentour et constata que, à part la vieille du stand de pêche, qui l'observait avec un étrange sourire, la voie était libre.

– J'aime bien les émotions fortes, donnez-moi toutes celles que vous avez.

Maytén détacha un billet du carnet et le lui tendit.

– Vous voulez dire les émotions ou les entrées ?

– Les deux, répondit-il en glissant la trousse de maquillage sous la vitre du guichet. J'ai un cadeau pour toi, même si tu n'en as pas besoin.

Elle regarda l'objet, nerveuse, et observa la fête foraine. Personne ne pouvait les entendre, sauf la vieille du stand voisin, mais ça lui était égal. Elle se sentit flattée et le remercia dans un filet de voix.

– Je ne peux pas accepter, dit-elle en faisant semblant de compter l'argent et de ranger les carnets. Elle lui rendit la trousse et, comme si elle venait de prendre une décision importante, elle ajouta :

– Dans une demi-heure, à l'entrée du train.

Parker rangea prestement la trousse et le billet. Comprenant son erreur, il s'excusa et se mêla aux visiteurs qui arrivaient. Il laissa passer le temps et, la demi-heure écoulée, il rejoignit l'entrée de la petite gare des horreurs, décorée de momies, de squelettes, de toiles d'araignée et d'inscriptions dégoulinantes de peinture rouge. Un des Boliviens, dans un vieil uniforme taché de sang et crocs de vampire en bouche, annonçait dans un porte-voix le départ imminent du train. Seul passager, Parker espérait ne pas être reconnu, mais l'autre l'avait tout de suite identifié. Il prit le billet et, sans un mot, l'observa avec l'attitude d'un policier des frontières contrôlant des papiers d'identité.

– Le train démarre quand ? demanda Parker mal à l'aise.

– Il part d'ici, répondit Fredy, ou Eber.

– Je t'ai pas demandé d'où, mais quand, à quelle heure, précisa Parker, se rappelant un échange semblable.

– Tout de suite, ou plus tard, ça dépend, répondit le Bolivien très sûr de lui.

Parker médita la réponse, sentant que le Bolivien le scrutait.

– Par où tu es arrivé ? demanda-t-il avec curiosité.

– D'où je viens ? dit Parker, étonné.

– Non, par où tu es arrivé.

Parker l'observa un instant sans comprendre, mais même s'il avait compris, il n'aurait pas répondu, estimant la question indiscrète. Seule l'étrange façon de parler du Bolivien l'incitait à poursuivre cet échange absurde.

– Par où tu es arrivé, je te demande, tu comprends pas, ou quoi ? insista le type en soupirant et modifiant la question : Tu es arrivé facilement jusqu'à Teniente López, ou tu as eu du mal à trouver le chemin ?

Parker resta de nouveau perplexe, en se demandant ce que cela signifiait.

– Teniente Primero López, c'est pas pareil. Appelle sous-lieutenant un lieutenant et tu verras sa réaction, corrigea-t-il en reprenant les mots du mécanicien.

– Sous-lieutenant ou lieutenant tout court, c'est toujours un lieutenant, répondit l'autre sur un ton sentencieux. Bon, allez, monte, tu es le seul passager, et ne complique pas les choses, dit le Bolivien en indiquant un wagonnet.

Parker s'installa d'un bond agile dans un wagonnet à tête de Frankenstein, dessiné de telle façon qu'on ne pouvait pas savoir si c'était pour effrayer ou pour amuser. Il saisit la barre des deux mains, prêt pour ce qui allait arriver, et se laissa emporter vers son destin. "Bienvenue dans le train de la mort", déclara une voix caverneuse, dont l'écho se termina en un éclat de rire jailli des profondeurs. Parker tressaillit, non pas à cause de cette voix, incapable d'effrayer un enfant, mais du pressentiment que quelque chose d'inconnu l'attendait. Le Bolivien le regarda, espérant une réaction, mais Parker restait indifférent.

– Tu le veux comment, petit père ? Impressionnant ou pour demoiselles ? Tu es le seul passager, alors tu peux choisir.

Parker le regarda avec méfiance, sans lâcher la barre.

– Moyen, ni trop ni trop peu. C'est clair ? dit-il d'un ton autoritaire, en se tournant vers l'énorme bouche noire qui s'ouvrait devant lui.

Le Bolivien le regarda avec mépris, une main posée sur la manette qui réglait la vitesse et l'autre sur un levier en métal usé à force d'être manipulé.

– Ni trop ni trop peu ? Ça, c'est pas une réponse de mec, pas étonnant que tu te contentais de décaniller les pantins.

– Mets-moi ce truc en marche et arrête de faire le malin, j'aime pas les surprises, dit-il en serrant les dents. Il avait envie de cogner cet insolent, et son collègue tant qu'il y était, puisqu'il ne cessait de les confondre.

– Et pourquoi tu montes dans le train de l'horreur si t'aimes pas les surprises ? On a des hamacs, si tu as tellement la trouille.

Parker émit une claire menace de mort et l'autre haussa les épaules sans en comprendre la raison, il tourna la manette au maximum de sa puissance et actionna le levier.

– Voilà ce que c'est de pas faire confiance au Sauveur.

Le wagonnet démarra brusquement et la tête de Parker partit en arrière. Il traversa aussitôt une espèce de grande serpillière effilochée et s'enfonça dans les entrailles du tunnel, secoué dans son wagonnet le long d'un labyrinthe obscur résonnant de cris et de hurlements effrayants. Parker perdit la notion de l'espace et la sensation d'enfermement lui serra la gorge. Sa respiration se fit plus courte et il se mit à trembler comme s'il descendait dans le pire des enfers. Une secousse à chaque virage l'obligeait à serrer la barre pour ne pas être éjecté et, en moins d'une minute, il ressortit à la lumière, vomi par le monstre. Le rideau s'ouvrit brusquement et le wagonnet réapparut, dans un vacarme métallique, entre les crocs dessinés sur l'ouverture. Il chercha le Bolivien pour qu'il arrête cet enfer, mais il était invisible. Il voulut savoir si Maytén était retournée au guichet, mais aveuglé par la lumière soudaine et désorienté par le trajet chaotique du train, il ne put l'apercevoir. Quelques secondes plus tard, il était de nouveau avalé par la bouche du tunnel, le wagonnet s'enfonça dans le labyrinthe et, à chaque virage, la tête de Parker et ses membres paraissaient ceux d'un pantin désarticulé. Moins d'une minute après, entre secousses et hurlements, Parker émergea de nouveau, encore plus étourdi. Maytén était la seule personne à pouvoir faire cesser ce tourment, mais elle n'était pas là. Il chercha du regard l'aimable vieille, sa seule alternative, mais en quelques secondes il fut de nouveau emporté par le train fou. La place était maintenant déserte, une surface désolée et hostile, un décor vide. Le wagonnet poursuivit sa course, mais Parker remarqua qu'une main miséricordieuse avait réduit la vitesse. Il s'arrêta brusquement à mi-parcours et s'immobilisa dans la pénombre. Parker observa les ombres et les silhouettes à contre-jour armées de faux, de haches et de couteaux. Dans un lourd silence on n'entendait que le grincement de la structure, comme une respiration profonde. Il eut un premier sursaut en découvrant à quelques pas de lui la figure cagoulée de la mort, puis un deuxième lorsqu'une forme humaine apparut tout près en lui faisant signe de descendre. Il voulut s'abriter sur le plancher du wagon, mais reconnut la silhouette de Maytén sous la lumière blafarde d'une lampe : l'apparition miraculeuse effaça aussitôt son angoisse. Mais que se passait-il ? Était-il tombé aux mains d'une folle, dont il était maintenant à la merci ? Il sauta hors du wagonnet et fit quelques pas le long des rails vers elle, qui l'attendait derrière une momie couverte d'un poncho. Parker s'approcha prudemment, elle actionna un levier et les wagonnets immobiles s'ébranlèrent lentement dans les entrailles du tunnel. Dès qu'il fut près d'elle, il la prit doucement par les épaules et elle le laissa faire jusqu'à ce que leurs corps se touchent. Alors ils s'embrassèrent avec une passion fiévreuse, au milieu des hurlements et du murmure métallique des wagonnets qui défilaient indifférents.

– Attention, ne t'approche pas des mannequins, dit-elle, haletante.

Parker la pressa contre lui et demanda d'un ton séducteur :

– Pourquoi, ils mordent comme toi ?

– Non, ils sont sales, les gens crachent dessus et leur jettent des trucs.

Ils reprirent baisers et caresses, jusqu'à ce que Maytén pose ses mains sur le visage de Parker en le regardant fixement.

– Tu te rends compte de ce qu'on est en train de faire ?

Parker ne sut quoi répondre, mais il allait dire quelque chose lorsqu'elle s'écarta de lui en sursautant, elle regarda à droite et à gauche et parla d'une voix nerveuse.

– Je dois partir, monte dans un wagonnet, vite. Le prochain village où on va, c'est Colonia Desesperación, Colonie Désespoir, je t'attends là-bas la semaine prochaine.

La seconde d'après, Maytén s'éclipsa entre les silhouettes du tunnel. Parker courut le long des rails en esquivant les têtes tranchées qui pendaient du plafond et sauta dans le premier wagonnet qui passa près de lui. Il parvint à saisir la barre à l'instant précis où le wagonnet accélérait et, après un autre aller-retour de sa tête, il continua à tourner dans le labyrinthe. Le rideau de serpillière s'ouvrit et, les yeux écarquillés, il retrouva le monde familier. Il fut surpris par la normalité qui régnait maintenant dans la foire : les Boliviens rassemblaient les wagonnets dispersés, Maytén était derrière son guichet et, au fond de la place, son mari marchait courbé entre les caravanes, le dos chargé de rouleaux de câbles.

Encore étourdi, Parker se demanda si ce qui venait de se passer était le fruit de son imagination, ou si ce tunnel de l'épouvante était peuplé de créatures maléfiques qui jouaient de sales tours aux passagers imprudents.

– La balade t'a plu ? demanda le Bolivien en l'aidant à débatquer.

Parker repoussa son bras et descendit d'un bond.

– Mais oui, Eber, formidable, merci, répondit-il machinalement sans savoir très bien ce qu'il disait.

– Eber, c'est l'autre, moi c'est Fredy.

Parker ne releva pas la précision, rien ne pouvait moins l'intéresser à cet instant que de savoir lequel des deux était Eber, l'un ou l'autre peu importait, la terre pouvait continuer de tourner. Il s'éloigna, légèrement titubant, envahi par un fourmillement de tout son corps. Il se moquait comme d'une guigne que les faits aient été le fruit de son imagination : dans l'un des pans insondables de la réalité, c'était bel et bien arrivé. Il se sentait euphorique et sa perception du monde changea en quelques minutes. Il s'achemina vers la sortie, avec la détermination de celui qui se dirige vers une nouvelle vie pleine de promesses, et c'est à peine s'il entendit l'éclat de rire provenant des méandres obscurs du tunnel.

Débraillé, Bruno buvait un verre de vin à la table de la caravane, devant un tas de factures et une calculette. Maytén percevait son odeur de sueur et d'alcool, ainsi que les relents du repas qu'elle avait préparé la veille, très épicé, avec le vain espoir que l'ardeur du piment dans sa bouche amollirait ses paroles et son humeur. Ses doigts pianotaient sur les touches à un rythme nerveux, il s'interrompait subitement et refaisait le même calcul pour la troisième ou quatrième fois, convaincu qu'il pouvait ainsi modifier le résultat. Mais il avait beau insister et compter de toutes les façons possibles, le chiffre ne changeait pas. Les mathématiques étaient infaillibles dans leur verdict et les énoncés ne se discutaient pas. Il en était là lorsque Maytén entra, posa son manteau sur une chaise, le salua d'un geste machinal et s'apprêta à mettre de l'ordre dans le chaos régnant dans les placards étroits de la caravane.

– Je t'attendais. Pourquoi tu as mis tout ce temps ? dit-il sans lever les yeux de ses calculs.

– J'ai dû attendre une heure avant qu'on s'occupe de moi à la banque, se plaignit-elle.

Bruno ne l'écouta même pas, il se tourna, tendit la main vers la chaise et prit le sac de sa femme d'où il sortit avec impatience une liasse de billets. Il les compta et en fit plusieurs tas qu'il plaça à côté des comptes. Il fit encore deux ou trois calculs, repoussa les billets et s'appuya sur le dossier de sa chaise en hochant la tête d'un air résigné.

– Pourquoi tu n'as pas retiré plus d'argent ? demanda-t-il en regardant par la fenêtre. Il connaissait très bien la réponse.

Elle termina d'arranger les objets qui décoraient les étagères, souvenirs de voyage, statuettes, poupées, fleurs en plastique, photos… et dit sèchement :

– Inutile que je te réponde, tu sais très bien pourquoi.

Bruno se resservit du vin, repoussa du bras les objets et tira vers lui le plateau des échecs dont les pièces restaient à leur place depuis la partie précédente. Il se prit la tête à deux mains, coudes appuyés sur la table, le regard et les pensées concentrés sur le jeu. Maytén était entrée dans la foire en observant prudemment les détails, et de loin elle avait perçu une ambiance différente, quelque chose de lourd planait sur les manèges immobiles et les stands déserts. La routine des forains obéissait apparemment à la même partition depuis des années, mais dans la caravane que Maytén partageait avec Bruno flottaient de mauvais présages. Elle pensa que quelque chose était arrivé en son absence, l'annonce du départ d'un forain, ou une nouvelle facture à payer, mais non, tout continuait comme avant, glissant chaque jour un peu plus vers l'abîme. Elle n'éprouvait pas de remords d'avoir trompé Bruno mais de la peur, la simple peur qu'il découvre son infidélité. Elle avait été longtemps fidèle à sa parole et à son compagnon, très longtemps, mais elle commençait à sentir que le moment était venu d'être fidèle à elle-même. Sacrifier sa jeunesse et sa vie entière en échange de rien était la pire trahison qu'elle puisse commettre. Elle n'était pas disposée à sombrer lentement dans le même bateau que Bruno et depuis un certain temps déjà elle avait décidé de le quitter dès qu'une possibilité de sauvetage se présenterait. En voyant son mari plongé dans les chiffres, elle pensa que les comptes et les factures finiraient par le convaincre de ce qu'elle essayait de lui dire tous les jours : la nécessité d'un changement. S'il ne voulait pas l'écouter, les chiffres, eux, étaient parlants, et avec eux on ne pouvait ni discuter ni élever la voix.

Maytén observait son mari du coin de l'œil, dans l'attente d'une réaction, en dépoussiérant les meubles avec un chiffon humide, juste pour s'occuper l'esprit, faire en sorte que le temps passe de manière utile et ordonnée.

– Je t'ai demandé pourquoi tu n'as pas retiré plus d'argent à la banque, répéta Bruno.

Maytén allait lui faire la même réponse, mais elle comprit que c'était inutile, les questions de son mari étaient machinales, elles n'appelaient pas de réponses, qui lui entraient par une oreille et ressortaient par l'autre. Elle posa son chiffon et s'assit en face de Bruno.

– Je te l'ai déjà dit : parce qu'il n'y en a plus, répondit-elle avec assurance.

– Et l'argent que tu gardes dans la caravane ?

– Cet argent, c'est tout ce qu'il reste de mes économies, il ne doit servir qu'en cas d'urgence.

– Eh bien, c'est une urgence, tu pourrais m'en prêter jusqu'à ce que l'horizon s'éclaircisse.

– Cet argent, on n'y touche pas, j'ai déjà beaucoup dépensé pour la foire, il ne m'en reste que la moitié.

Bruno réfléchit un instant, d'un geste paresseux il déplaça une tour blanche sur la case voisine où se trouvait un cavalier noir et resta concentré sur cette position. Il voyait la disposition des pièces comme un mécanisme faisant fonctionner le monde, mais il avait besoin que Maytén, ou quelqu'un, les déplace pour que ce mécanisme soit validé et fonctionne correctement.

– C'est à toi de jouer, dit Bruno entre deux gorgées, tandis que Maytén préparait le repas.

– J'en ai marre de laver et de cuisiner toute la journée et en plus de travailler au stand, je te l'ai dit mille fois et tu ne fais rien.

– Joue et arrête de râler, qu'on termine enfin cette partie ! Ah ! Les bonnes femmes ! s'exclama Bruno en levant les yeux au plafond.

– Si on ne peut pas embaucher un autre employé, on n'a qu'à faire autre chose, je ne vais pas continuer à trimer comme une esclave !

C'était la première fois qu'elle lui parlait sur ce ton depuis qu'ils vivaient ensemble, ce que Bruno perçut nettement.

– "... je ne vais pas continuer à trimer comme une esclave..." répéta-t-il, moqueur, en imitant sa voix.

– Je parle sérieusement.

– Tu ne veux pas jouer parce que je suis en train de gagner, les femmes n'aiment pas perdre.

Maytén releva le défi et, d'un coup absurde, elle prit la dame blanche de son adversaire avec un pion égaré au bord du plateau. Bruno observa un instant la situation et, d'un geste triomphant, il poussa un cheval sur la case voisine.

– Échec ! s'exclama-t-il, persuadé d'avoir effectué une manœuvre brillante.

Maytén soupira, résignée, et après quelques secondes pour se calmer, elle jeta son tablier sur le lit et pointa un index sur le plateau.

– Tu n'as pas encore compris comment on joue aux échecs ?

– Je joue comme j'ai envie.

– Alors t'as qu'à jouer tout seul.

– Ici, c'est moi qui fixe les règles. Si ça te plaît pas...

Maytén explosa :

– J'en ai marre de ce jeu stupide ! Qu'est-ce que tu vas faire ? Me frapper encore ? dit-elle en croisant les bras.

Bruno releva la tête et observa sa femme, qu'il n'avait jamais vue dans cet état d'exaspération. Une pensée lugubre passa devant son front et se fixa entre les sourcils. Et si Maytén le quittait, qu'il reste seul avec cette foire à diriger et les Boliviens à nourrir ? Où irait-il sans elle, que deviendrait la caravane sans sa présence, pendant les longues nuits d'hiver ? Une tendresse oubliée revint en lui ; la possibilité de la perdre, à laquelle il n'avait jamais pensé, se présenta à son esprit et il sentit que sa vie prenait une direction et qu'il ne pourrait jamais revenir en arrière.

– Maytén, dit-il à voix basse, presque suppliante, on ne peut pas faire grand-chose. Il faut être patient jusqu'à ce que les choses s'améliorent. On ne peut embaucher personne d'autre, on a déjà ces deux-là, au moins on les paie au prix d'un seul.

– Même à deux ils ne font pas le boulot d'un seul, répliqua-t-elle, le regrettant aussitôt car le nœud du problème était la vie qu'ils menaient, pas le salaire des employés.

– Il faut continuer à descendre au sud, au moins jusqu'à l'arrivée de l'hiver. Après on verra.

– On verra quoi ?

– C'était une surprise, je ne voulais pas te le dire, mais puisque tu insistes.

Maytén ouvrit de grands yeux et retint sa respiration, jusque-là elle aurait considéré une surprise de Bruno comme quelque chose de positif, mais elle avait maintenant perdu tout espoir. Et s'il essayait de l'embobiner ? Il y avait des années qu'elle attendait le moment d'abandonner cette existence minable qui la trimballait d'une ville à l'autre, entre des spectres qui se mouvaient aux confins de la géographie. En un point lointain de ses espérances s'était allumée une petite flamme, mais elle connaissait bien son mari, ce n'était pas un amoureux des surprises, et dans leur situation une surprise ne pouvait être que mauvaise.

– Ne me dis pas qu'on va laisser tomber la foire ! s'exclama-t-elle, le prévenant que, s'il s'agissait de ça, il pouvait garder les surprises pour lui.

Bruno oublia complètement ses manières brusques et son ton rogue, il lui caressa le bras de ses gros doigts usés par le travail et sourit en inclinant la tête avec humilité.

– J'ai parlé à un ami qui travaille au port.

– On va ouvrir un restaurant quelque part ?

– Beaucoup mieux, on peut s'embarquer sur un bateau de pêche jusqu'à l'été, ils ont besoin d'un électricien et d'une cuisinière, pour nous c'est parfait. Quatre mois pour commencer et peut-être plus après.

Maytén laissa tomber les couverts sur la table, elle regarda Bruno pour voir s'il parlait sérieusement, même si elle ne se rappelait pas l'avoir un jour entendu plaisanter. Elle voulut lui répondre, mais le monde retomba de nouveau sur ses épaules, cette fois plus lourd que jamais. Avec un enthousiasme décuplé, Bruno ajouta :

– C'est tout bénéfice pour nous, à bord on ne dépense rien.

– Je vais devoir peler des patates sur un bateau pendant quatre mois, en pleine mer ?

– Tu voulais du changement, non ?

– Je voulais une vie meilleure, pas pire !

– De temps en temps on peut débarquer pour quelques heures, ça dépend du climat.

– Ah, oui, de temps en temps ? Et où ça ? En Antarctique ?

– T'es jamais satisfaite, il faut tout faire à ta manière, répondit Bruno en s'efforçant d'être humble.

Maytén s'assit à la table et se prit la tête dans les mains. Ils restèrent silencieux, chacun attendant une réaction de l'autre. Ils n'en étaient jamais arrivés là, les échanges de ce genre se terminaient toujours par une porte claquée, des cris, des coups, mais jamais par un silence lugubre comme celui qui les enveloppait maintenant. Tous deux sentaient le craquement de quelque chose qui se déchirait lentement, mais elle seule savait que rien ne serait plus comme avant, ce qui provoquait en elle à la fois une profonde incertitude et un secret espoir.

Maytén saisit un pion d'une main ferme, mangea une tour, un fou et deux cavaliers, sautant d'un bout à l'autre du plateau, et posa les pièces sur le côté. Bruno observa la manœuvre et replaça les pièces sur leurs cases.

– Tu as encore triché. Rejoue ! ordonna-t-il.

Maytén rejoua de manière identique.

– Je joue peut-être mal, mais au moins je ne triche pas, ajouta-t-il, menaçant.

– Tu vas pas m'imposer tes règles !

Bruno replaça une fois de plus les pièces, mais quand elle tendit la main pour recommencer sa manœuvre, il se leva brusquement comme un ressort. Les verres et les bouteilles tombèrent et toute la caravane bougea sur ses suspensions grinçantes. Maytén se protégea instinctivement le visage, mais la main de Bruno prit cette fois une autre direction et s'abattit violemment sur le plateau, projetant les pièces dans toute la caravane, qui se balançait sur ses ressorts rouillés.

– C'est pas possible, on ne peut pas continuer comme ça, se mit à sangloter Maytén, le visage crispé, les yeux baignés de larmes qu'elle essuyait du dos de la main.

– C'est ta faute ! s'écria Bruno.

Maytén se ressaisit et l'affronta avec un air de défi. D'une main il lui secouait l'épaule et elle balaya d'un geste les rares pièces restées sur le plateau. Un bras libre, Bruno se pencha en arrière pour prendre de l'élan, mais son coude heurta violemment un meuble en bois qui se brisa. Avec une grimace de douleur il regarda son bras un instant paralysé, avant de réussir à flanquer une gifle brutale à Maytén qui tentait de se dégager. Elle s'appuya sur l'évier pour ne pas tomber et s'empara d'un énorme couteau dont elle menaça Bruno qui s'apprêtait à la frapper de nouveau. Elle approcha le couteau du visage de son mari, mais elle le lâcha aussitôt comme s'il lui brûlait la main. Elle le vit tomber parmi les objets éparpillés sur le sol. Ils restèrent immobiles un moment en se regardant dans les yeux, puis elle sortit en courant et disparut au milieu des stands. Bruno la poursuivit en titubant et l'appela plusieurs fois, suppliant, mais sa voix resta sans réponse. En se frottant le bras et jurant, il marcha au hasard et finit par se retrouver à l'entrée du Train fantôme. Eber et Fredy, qui avaient entendu la dispute, avaient aligné les mannequins en rang pour que le général puisse passer sa rage sur eux.

– Et vous, qu'est-ce que vous foutez ? Je suis le seul à bosser dans cette foire.

– Non, patron, mais c'est que les bonhommes sont mouillés, ils puent, on les aère un peu, expliqua Eber, un chiffon à la main, qui nettoyait la cape de Dracula.

Bruno passa en revue chaque mannequin, comme s'il choisissait sa victime, et se mit à les frapper et les insulter. Lorsqu'il fut un peu calmé, il s'assit, hors d'haleine, sur un tonneau et ferma les yeux un instant. Puis il prit une cigarette, mais dut aspirer plusieurs fois pour l'allumer complètement.

– On ne peut pas continuer comme ça, les gars, la Maytén a raison.

– Ces zigues ne font plus peur à personne, mais c'est vous qui faites peur aux clients, patron, avec cette tête de fou furieux, dit Fredy en replaçant le bras désarticulé d'un bourreau.

Eber secoua le drap sale d'un fantôme couvrant un mannequin de taille normale.

– Vous aussi, patron, vous êtes un fantôme, mais sous le drap il y a un homme bon. Il est temps pour vous de revenir à la lumière et de laisser tomber le drap. Il faut apprendre à regarder Dieu, à le sentir, dit-il plein de conviction.

Fredy s'approcha avec des brochures à la main qu'il lui tendit.

– Dieu nous parle à l'oreille, là-dedans il y a sa parole.

– Lumière, mon cul ! s'écria Bruno en lançant les brochures en l'air.

Il s'appuya contre un arbre où une branche soutenait un pendu, la langue dehors, et prévint :

– Ça suffit les conneries, j'ai pas besoin de voir la lumière ou je ne sais quoi, alors arrêtez de m'emmerder…

Les trois hommes se turent, tête basse, dans l'attente de quelque chose.

– J'ai peur qu'elle s'en aille, qu'est-ce que je peux faire? Ça ne va plus entre nous, avoua Bruno d'une voix triste.

– Les femmes, toutes les mêmes, elles savent pas ce qu'elles veulent, elles causent, elles causent, mais elles ne font jamais rien. Il faut serrer la bride, bien court, comme Dieu l'exige, conseilla Fredy.

– Ouais, toutes les mêmes, approuva Eber, et tous trois restèrent un moment silencieux.

Ragaillardi par ces paroles, Bruno retrouva de l'énergie, sa foi dans la fête foraine et ses projets revint, et il eut envie de faire des choses, de prendre des initiatives. Pas question que Maytén mette un frein à ses aspirations. Il se leva et passa de nouveau sa troupe en revue. Cette fois, il arrangea leurs cheveux, remit de l'ordre dans les tenues et s'assura que les faces abîmées reprennent leur aspect terrifiant. Au bout du rang, Eber et Fredy, au garde-à-vous, attendaient les ordres de leur chef.

– Préparez-vous, on quitte ce bled!

– Mais on vient juste d'arriver! protestèrent les deux hommes à l'unisson.

– Maytén a raison. C'est absurde de descendre jusqu'à Colonia Desesperación, on va tenter le coup à Tambo Seco, Étable Sèche.

– Et si les autres manèges ne veulent pas suivre? demanda Fredy.

Bruno se tourna vers sa caravane et répondit:

– Je m'en fiche, on ira tout seuls.

Et il s'éloigna d'un pas décidé chercher sa femme parmi les stands.

– Maytén, j'ai du nouveau, je te promets qu'on ne va plus descendre vers le sud! cria-t-il, mais l'écho de sa voix se perdit dans la fête foraine déserte.

Au loin, vers les contreforts de cordillère, des nuages noirs défilaient furieusement en balayant les arbustes de la plaine.

Parker avait une méthode pour combattre le sommeil pendant les heures de route rectiligne, lente, monotone. “Fermer les yeux pour mieux voir”, avait-il lu quelque part, il défiait ainsi le sens de l'orientation et conduisait un instant à l'aveugle, en comptant les secondes pendant lesquelles il pouvait le faire sans perdre son calme ni s'écarter de la route. Son record était de treize secondes, au bout desquelles la tension devenait tellement insupportable qu'il devait rouvrir aussitôt les yeux, comme on émerge à la surface en cherchant désespérément une bouffée d'oxygène. Alors, le sang circulait plus rapidement et l'esprit s'imprégnait d'une lucidité inhabituelle qui effaçait la somnolence et favorisait la réflexion.

Il roulait sur les traces de la fête foraine, immergé dans la musique qui emplissait la cabine, il se laissait gagner par une douce léthargie qui l'aidait à tromper le temps et la conscience. Le ronflement du moteur n'était qu'un murmure lointain et le souffle léger du vent paraissait soulever les roues au-dessus des collines, jusqu'à se mêler avec l'air des hauteurs, tandis qu'en bas la route se perdait à l'horizon. À mesure que Parker avait l'impression de s'élever, les détails proches disparaissaient, la notion de temps se brouillait, le passé touchait le futur et le présent se limitait aux notes de musique, telles des caresses au plus profond de lui-même.

Cette fois, cependant, Parker sentit une mince brèche s'ouvrir, une fausse note ou un étrange accord résonnait dans la cabine, s'insinuant dans sa tête. Mais il avait aussi l'impression que d'autres notes, d'autres accords avaient envahi son espace. Ce fut d'abord une vague sensation qui grandissait en lui, comme un froissement de cellophane, devenait un malaise, un frisson qui le ramena de nouveau sur terre, au ras de son existence. Quelque chose rôdait autour de lui, menaçant d'altérer une routine suivie avec constance. Le pieu qui le soutenait sur ce quadrant cosmique céda et il sentit quelque chose mourir en lui et autre chose naître. Il eut alors l'impression que quelqu'un occupait sa place tout au long de la route, jusqu'à l'aube, où il s'arrêta dans une station-service qui ressemblait à un astronef avec ses lumières scintillantes dans l'obscurité. Des échoppes de nourriture et une boîte de nuit aux panneaux lumineux perçaient la pénombre de la steppe par leurs reflets métalliques. Parker voulut éviter la petite foule qui se pressait là et se gara un peu plus loin près des toilettes. Une des femmes qui s'exhibaient au bord de la route, dans des tenues et des maquillages voyants, accentués par les tons artificiels du néon, le reconnut.

– Quelle surprise ! Mon Parker est de retour ! s'exclama-t-elle, provoquant rires et réflexions parmi les autres femmes.

– On se voit ce soir, mon amour ? lui demanda-t-elle avec un clin d'œil.

C'était une jeune femme exubérante, avec un visage enfantin, qui, sans attendre de réponse, courut vers l'endroit où Parker avait garé son camion.

– Tu vas te préparer pour moi ? dit-elle, séductrice, tandis qu'il descendait en tenant à la main des vêtements propres et une trousse de toilette.

Parker la salua et l'embrassa.

– Pas aujourd'hui, ce sera pour la prochaine fois.

– Tu serais pas en train de me tromper avec une autre ? Tu m'avais promis de m'emmener, dit-elle avec une moue de déception.

– Moi, je t'ai promis ça ? répondit-il, lui qui avait cessé de faire des promesses depuis au moins dix ans.

– Bien sûr, promesses de camionneur, pires que celles d'un marin, dit-elle en tournant les talons.

Chaque fois que Parker rencontrait ces filles des bords de route, il s'arrêtait pour boire un verre et parler un moment, mais cette fois il ne pouvait pas perdre de temps, au risque de ne pas retrouver la fête foraine. Il leur adressa un bref salut, mais avant de s'éloigner, il pensa qu'elles pouvaient peut-être lui indiquer une piste.

– Tu aurais pas vu passer par ici une caravane de parc d'attractions ? demanda-t-il avec une indifférence feinte.

– Ici, les seules attractions, c'est nous, dit-elle en soulevant ses seins à deux mains et exhibant ses cuisses. Mate-moi ça, c'est mieux qu'un clown, non ?

– Bien mieux, mais je ne vais pas avec les clowns, répondit-il en observant le corps splendide de la femme.

– Alors quoi, tu me trompes avec une acrobate ?

– Je cherche une fête foraine, pas un cirque. Un Train fantôme, précisa Parker.

Le visage de la fille se rembrunit.

– Tu me trompes avec un fantôme ! s'exclama-t-elle.

Parker réfléchit un instant et acquiesça en hochant la tête.

– Un fantôme, oui, c'est bien ça…

– Tu sais, on finit tous par trouver sa moitié, conclut-elle sentencieusement avant de rejoindre ses amies.

Parker prit une douche dans les toilettes de la station-service, la première avec une eau abondante et chaude. Pendant qu'il se rasait devant un miroir, une serviette nouée à la taille, deux camionneurs passèrent près de lui et le regardèrent avec un sourire ironique.

– Eh, Parker ! Qu'est-ce qui t'arrive, tu te fais beau ? Une minette qui t'attend ? dit l'un, volumineux, en gilet de cuir à franges, chaînes, boucles d'oreilles et cheveux longs attachés dans le dos. C'était le gros Juan, qu'il croisait parfois sur la route, sans plaisir, lors des rares rencontres avec ses collègues. Il aurait voulu l'éviter, mais c'était impossible.

Le visage couvert de mousse, Parker regarda les deux types dans le miroir embué et n'eut ni le temps ni l'envie de répondre. L'autre poursuivit :

– Julio, je te présente mon ami Parker, routier et musicien, dit le gros Juan à son collègue, un maigre émacié, le visage barré d'une cicatrice et un tatouage autour du cou comme un foulard.

– Salut, collègue, on m'a déjà parlé de toi, dit Julio en cherchant à paraître sympathique, mais Parker continua à se raser sans lui adresser un regard. Il se rinça le visage et rangea ses affaires dans la trousse en ignorant les propos moqueurs des autres.

Le gros Juan, dont le gilet râpé sentait le vin et la friture rance, fit un clin d'œil et continua à parler en se forçant à rire.

– Routier, musicien, et Dieu sait quoi encore… Si ça se trouve, c'est pas une minette qui t'attend, mais un minet, ce type est du genre bizarre…

Parker le toisa avec mépris tout en séchant ses cheveux et lui répondit, imperturbable :

– Regarde-toi dans la glace et dis-moi lequel des deux est le plus bizarre.

Le gros Juan salua la répartie par un éclat de rire, pensant que c'était un compliment, et gratifia Parker de fortes tapes dans le dos.

– Ce Parker est génial, il sort de ces trucs, dit-il en s'adressant à Julio qui acquiesçait, amusé.

Parker jeta un regard par-dessus l'épaule aux deux types qui se dirigeaient vers les urinoirs et se mirent à pisser en riant et blaguant, le corps oscillant vers l'avant comme s'ils étaient devant le mur des Lamentations.

– Ami Parker, dit le gros Juan, on est en train de préparer un barbecue avec les gars. On t'attend, Julio connaît plein de bonnes blagues.

Parker accepta l'invitation avec un sourire feint, puis il rangea ses affaires et sortit, en promettant de les rejoindre. Il fit quelques pas et s'arrêta, comme saisi par une révélation, il observa la clé dans la serrure de la porte, réfléchit quelques secondes et la ferma à double tour. Intimement satisfait, il grimpa dans son camion, démarra et reprit la route et, après le premier virage, il jeta la clé par la fenêtre.

Quelques jours plus tard, Parker entrait dans Colonia Desesperación, mais il n'eut pas besoin d'aller jusqu'à la grand-place pour comprendre que la fête foraine n'y était pas. Il parcourut plusieurs fois les rues sans voir autre chose qu'un bourg endormi entre les coteaux pelés d'un contrefort montagneux qui glissait sur la steppe. L'énorme squelette métallique de ce qui avait été une sablière s'imposait au-dessus des maisons et sa structure brinquebalante menaçait de s'écrouler. Parker pensa que c'était l'effet du vent, mais il aperçut des hommes qui grimpaient et démontaient des poutres et des rails. En s'approchant, il découvrit une longue file de Gitans qui allaient et venaient les bras chargés, lentement, en serpentant entre la structure et les chariots. Un instant il oublia la foire et les observa, fasciné par ce minutieux travail de fourmis. Il demanda s'ils étaient au courant pour la fête foraine, mais aucun ne put lui fournir une information fiable. Il retourna au centre du bourg et posa la question à des habitants, qui n'en savaient guère plus : certains affirmèrent que la fête foraine était venue l'année précédente et se souvenaient très bien du Train fantôme, mais depuis ils n'avaient aucune nouvelle ; d'autres assuraient qu'elle pouvait arriver à tout moment, parce que c'était en général à cette période de l'année que les foires venaient. Les personnes qu'il interrogeait se montraient polies au début, cordiales après les premiers mots et enfin amicales. Un petit groupe se forma vite autour de lui et une discussion s'instaura sur la probable position de la foire et la date approximative de son arrivée. Une partie d'entre eux assuraient que le convoi devait être en train de traverser les montagnes de Quilquihue et mettrait plus d'une semaine à arriver ; d'autres supposaient que le mieux pour atteindre Colonia Desesperación était de longer la rivière jusqu'à l'embranchement de la route 245, mais selon un autre la 245 était fermée depuis des années et c'était une honte que les autorités ne l'aient pas réparée. Les conversations se poursuivirent ce soir-là au bar de la place. De nombreux noctambules et oisifs firent des conjectures, tracèrent des itinéraires, comme s'ils préparaient une manœuvre militaire complexe. Peu avant l'aube, la plupart décidèrent de remettre la discussion au lendemain, à l'arrivée du bus qui venait deux fois par semaine de la capitale de la province, dont les passagers pourraient les informer de l'état des routes et de l'éventuel passage du convoi.

Le lendemain, des habitants vinrent au bar, où s'arrêtait le bus, et se mirent à jouer aux cartes pour tuer le temps. Parker se joignit à eux. Comme le bus n'arrivait toujours pas, un groupe commença à chercher à la manière de sourciers l'endroit le plus abrité pour préparer dans la rue le feu d'un barbecue. D'autres personnes qui passaient par là se joignirent à l'initiative, apportant plus de viande et de boissons. Pendant toute la soirée on mangea, on but, entre anecdotes et éclats de rire qui se répandirent dans le bourg, jusqu'à ce que le brouhaha cède la place à la somnolence. Mais l'inquiétude s'était installée. Où était passé le bus ? S'était-il perdu dans quelque recoin du paysage, comme la caravane des forains ? La police fut prévenue, mais les rares agents du commissariat tentaient de combattre la somnolence et ne semblaient pas vraiment préoccupés par le mystère du bus disparu. Les conjectures allèrent bon train sur l'étrange événement, certains affirmaient avoir vu pendant la nuit de curieuses lumières sillonner le ciel, d'autres rappelaient des faits inhabituels qui, l'heure d'avant, étaient normaux. Parker comprenait que tout ce petit théâtre collectif, improvisé par les gens, dans un lieu où il ne se passait jamais rien, donnait à ces hommes la sensation d'être vivants, ou leur restituait le souvenir de l'avoir été un jour. La conclusion générale fut que le bus avait été enlevé par un vaisseau extraterrestre, mais lorsque enfin il apparut dans les rues du village, enveloppé d'un nuage de poussière, personne ne sembla s'en étonner et il fut plutôt accueilli avec indifférence. À part les parents des passagers, les autres regagnèrent lentement leurs maisons, comme déçus, sans commentaire. Pendant quelques heures la possibilité d'un événement exceptionnel avait plané sur leurs existences, qui reprenaient maintenant leur plate normalité quotidienne. Parker interrogea les passagers du bus, mais aucun n'avait entendu parler de cette caravane de forains, ils lui conseillèrent de rester sur place et d'attendre patiemment : si ce convoi circulait dans la région, tôt ou tard il arriverait ici. Il décida de camper dans un des chemins vicinaux qui partaient de Colonia Desesperación et marquaient la limite de l'univers. Il avait besoin d'un peu de repos pour réfléchir et prévoir la suite et, profitant d'un temps clément, il installa son campement avec tout le confort dont il disposait. Il descendit les fauteuils, la table, les chaises, le grand lit, le tapis et la table de chevet. Lorsqu'il eut terminé d'aménager ce qui allait être sa maison pendant quelques jours, la nuit était tombée et il se prépara un copieux dîner.

Il passa les premiers jours à des travaux d'entretien de son campement et à tenter de décrire dans son journal de voyage ce qu'il avait vécu avec Maytén, même si la certitude de cette histoire dans le tunnel ténébreux du Train fantôme diminuait de plus en plus. Ses souvenirs étaient nimbés d'une brume épaisse, où se mêlaient des ombres, des silhouettes, des figures mystérieuses.

Le quatrième jour, la patience de Parker atteignit ses limites, les heures creuses lui mettaient les nerfs à fleur de peau et perdre son temps dans le mauvais endroit lui était intolérable. Il avait besoin de bouger, de reprendre la route et de laisser son instinct de limier chercher les traces de sa proie. Un élan aveugle lui indiquait de suivre la ligne du parallèle où il se trouvait, vers les haciendas où allait commencer la tonte des moutons, ou vers la côte, mais la logique suggérait de changer de parallèle et de continuer vers le sud. Lassé des échecs de l'instinct, il préféra suivre la voix de la raison : il leva le camp et roula sans halte vers le port pour livrer la cargaison qu'il transportait depuis plusieurs semaines. Libéré de cette tâche, il pourrait s'aventurer jusqu'aux confins du continent. Il roula jour et nuit, ne s'arrêtant que pour se reposer deux ou trois heures dans la cabine, mais lorsqu'il atteignit enfin le port, son navire avait déjà appareillé et il dut attendre le prochain. Au bout d'une semaine, une nouvelle cargaison avait été arrimée dans le camion, avec une discrétion suspecte, en pleine nuit. Parker savait que les récépissés étaient souvent falsifiés pour cacher des marchandises illicites, mais il n'en était pas responsable. Des réseaux de contrebande contrôlaient les trafics illégaux de la région, certains ports échappaient au contrôle des autorités et de faux bateaux de pêche, absents des registres, accostaient. Parker avait cessé de s'inquiéter de toutes ces combines, il voulait juste vivre sans être dérangé ni déranger personne. Lorsque le camion fut chargé, il déplia sa carte et traça un itinéraire qui descendait tout droit vers le sud, cette étendue de ciels vastes et d'horizons océaniques que la caravane des forains sillonnerait probablement vers une destination inconnue. Il allait devoir emprunter la montée d'El Cangrejal, Le Bourbier à Crabes, jusqu'à la route 245 et franchir un méridien d'un pas de funambule avant de retoucher terre. Pour fêter sa décision il ouvrit une bouteille de vin et, pour la première fois de sa vie, il se sentit poussé par une force qu'il ne maîtrisait pas. Ce n'était pas seulement Maytén qui l'aimantait, il la connaissait à peine et ne pouvait attendre d'elle de grandes promesses, mais une force qui grandissait en lui. Il s'était résigné à passer les dernières années en solitaire dans ces plaines immenses, en croisant de temps à autre des fantômes qui suivaient comme lui des itinéraires incertains. Il aimait sa solitude plus que tout et n'éprouvait pas le besoin de la partager, mais quelque chose de différent était survenu, plus qu'un amour illusoire, c'était une obsession. Il voulait retrouver Maytén pour vérifier la réalité de cette scène dans le Train fantôme, absurde par moments, dont il ne se rappelait que quelques détails. Et si tout cela n'avait été qu'un de ces rêves hallucinés qu'il faisait souvent en dormant en plein air, sous une simple couverture et le poids du firmament entier? Plus le temps passait, plus les paroles et les regards qu'il avait échangés avec elle devenaient flous. Peu lui importait que cette femme n'ait été qu'une apparition, un mirage, un effet de son imagination déformée par la solitude, mais il était convaincu qu'autour d'elle se cachaient un jalon, une limite, un point de passage par lequel il pouvait accéder à une autre étape de sa vie. Maytén n'était que l'oracle, la prêtresse qui officiait dans un temple dont elle contrôlait les entrées et les sorties. Parker pensait que si le destin lui réservait un autre tournant dans sa vie, cette femme était désignée pour l'y conduire par la main. Il était impossible de savoir jusqu'où il devait descendre dans le Sud pour la retrouver. Il avait besoin d'un téléphone pour appeler le vieux Constanzo et inventer un prétexte encore plus crédible que le précédent pour justifier l'énorme retard qu'impliquait ce changement radical d'itinéraire.

Parker traversa les marais d'El Cangrejal, entraîné par une force qui l'empêchait de penser à autre chose qu'à cette femme. Dans une des dernières stations-services, où camionneurs et voyageurs s'arrêtaient pour se ravitailler et échanger quelques mots avant d'affronter la solitude, Parker fit des provisions de carburant, d'eau et de nourriture, et essaya de dormir un peu. Un périple de plusieurs jours dans un territoire rude l'attendait : il devait traverser les ravins ténébreux de Vallemustio, Valléefanée, grimper les hauteurs de Chuquipirén et descendre lentement de l'autre côté de la sierra, vers les marais d'Agua Sucia, Eau Sale, et de San Sepulcro, Saint Sépulcre. Au-delà se terminait le monde connu et commençaient les régions inhospitalières, où de rares hameaux surgissaient et disparaissaient d'une année à l'autre comme des visions ou des accidents de terrain, pour réapparaître en d'autres lieux sans que les gens s'en rendent compte.

Quelques heures plus tard il oscillait, entre veille et sommeil, dans les dernières pensées de la journée, lorsque un tumulte de voix le réveilla brusquement. Dehors, Julio et le gros Juan, les deux camionneurs qu'il avait enfermés dans les toilettes, se passaient des bouteilles de bière et s'esclaffaient avec deux femmes aux tenues criardes. Parker les observa à travers le rideau de la cabine et se prépara à les affronter, mais une bouteille se brisa sur le flanc du camion.

– Je sais que t'es là, gros malin, s'écria Julio en titubant, et il jeta une autre bouteille qui rata sa cible et éclata sur la chaussée.

Une des deux femmes réussit à le retenir à l'instant où, emporté par son élan, il allait tomber. Le gros Juan, avec son inévitable gilet et sa queue de cheval, dansait en ouvrant une bouteille de mousseux.

– Pour le moment on est occupés, mais t'inquiète, on va te choper, lança-t-il avant d'avaler la mousse qui sortait du goulot.

Parker l'écouta, le regard absent, convaincu que ça ne valait pas la peine de les affronter. Il attendit patiemment, jusqu'à ce qu'ils finissent par l'oublier. Il se carra sur son siège, se boucha les oreilles et essaya de dormir, mais en proie au vertige des lieux, porte d'entrée dans un monde où le ciel et la terre formaient un plan unique, il ne put trouver le sommeil. Lorsque les autres s'éloignèrent, il sortit du camion et se promena dans les environs, en évitant les groupes bruyants qui riaient et chantaient sous les enseignes lumineuses. Il longea la station-service éclairée qui évoquait une île au milieu de l'obscurité. De temps en temps il s'arrêtait pour observer la pénombre, la lumière et les ténèbres renforcées par le contraste. Il comprit que sa propre nature tenait à cette limite et qu'il avait besoin des deux pour se situer dans le monde. Puis il regagna son camion, démarra et se laissa emporter par la force de gravité de la route en pente.

Il avait traversé plusieurs fois cette ligne imaginaire, au-delà de laquelle s'ouvrait un monde propice aux visions fantastiques et aux aventures, le monde des régions australes, des falaises vertigineuses tombant à pic sur les vagues déferlantes, les fjords et les canaux traversés par le rugissement des vents et les courants furieux qui reliaient les deux océans. Il avait déjà parcouru ces côtes, infestées de légendes et de naufrages, où la voûte céleste s'inversait, le haut se plaçait en bas, et où le continent dessinait un animal préhistorique plongeant son échine dans l'océan pour réapparaître dans une autre géographie, avec d'autres noms et d'autres mythes. Il connaissait bien ces régions, pourtant il n'avait jamais éprouvé au plus profond de lui-même une telle sensation d'égarement.

Les premiers jours, le paysage défila aimable et tranquille, mais au bout d'une semaine, à mesure qu'il roulait, le climat rude et venteux qui soulevait des nuages de poussière commença à l'affecter. Pendant un jour et demi, il se dirigea vers le sud-ouest jusqu'au 68e méridien et se laissa descendre comme on glisse d'une corde, qu'il lâchait de temps à autre pour éviter les postes de gendarmerie, bien qu'à l'extrême du continent on ne rencontrât que de lointaines patrouilles militaires, des soldats indifférents qui paressaient dans la plaine à la recherche d'un sens à leur existence. Il se demandait plusieurs fois par jour ce qu'il faisait là et chaque fois la réponse était différente. Mais ces tentatives d'explication lui importaient peu, elles ne servaient qu'à combler le vide immense ouvert par l'incertitude et la solitude. Le seul sens de cette folie tenait à sa ferme volonté d'aller de l'avant. Il ne laissait derrière lui qu'une existence vaine, une routine qui l'éteignait, qu'il préférait oublier jusqu'à ce que le temps l'ensevelisse.

Pendant la journée il roulait lentement, à une allure régulière, sur des routes dont l'état empirait à chaque kilomètre et qui pouvaient s'interrompre abruptement, l'obligeant à faire demi-tour et à modifier l'itinéraire. Il traversait des plateaux et des dépressions, des chaînes de basses collines qui paraissaient caresser l'échine de cet étrange animal allongé sur la terre qu'était la Patagonie. Les nuits tombaient avec un poids insolite, dissolvant les longues ombres du crépuscule, mais Parker avait du mal à trouver le sommeil, affecté par un vertige qui filait dans ses veines, alors il se guidait avec les étoiles en ayant l'impression de suivre des lignes mystérieuses et d'être lui aussi un point de plus dans le firmament.

Les derniers groupes de Gitans qui s'aventuraient jusque-là, installés au bord des chemins, l'accueillaient comme un membre de la famille. Les gamins des campements fêtaient joyeusement l'arrivée de ce parent venu de loin. Ils ne restaient jamais au même endroit, les trouver était un défi qu'on relevait ou non. Ils se déplaçaient d'un bout à l'autre du continent, en transportant même les animaux de basse-cour. Parfois, ils disparaissaient pendant de longs mois : leurs caravanes allaient de la côte jusqu'à la cordillère et quand le vent redoublait de violence ils s'installaient un temps à quelque croisée des chemins où ils commerçaient avec d'autres groupes.

L'arrivée de Parker était un bon prétexte pour organiser ripailles et fêtes qui duraient toute la nuit. Cette fois-là, en apprenant le périple hasardeux de Parker à la recherche d'une fête foraine qui s'enfuyait comme l'eau, ils l'accueillirent par de grandes réjouissances mais ne purent lui fournir d'indications précises : soit personne n'avait entendu parler de ce convoi, soit on l'avait vu prendre des directions sur lesquelles nul n'était d'accord. Les jeunes allumèrent de grands feux à côté des tentes et firent griller des poulets et du porc, tandis que les adultes fumaient et buvaient de l'eau-de-vie, assis dans la grande tente qui servait de lieu de réunion. Sur des coussins et des tapis, ils parlaient affaires, tandis que les femmes conversaient à voix basse et servaient le repas sur de grands plateaux. Ils avaient toujours des invités, des membres d'autres clans ou des gens de passage qui vendaient toutes sortes de choses, voitures, pièces détachées, aliments, animaux.

Après deux jours de fête quasi ininterrompue, Parker fit quelques échanges avec eux et reprit la route avec la cabine pleine d'objets inutiles. Il traversa des villages et des hameaux, s'arrêta à quelques postes d'entretien des routes où travaillaient des hommes rudes venant de tous les coins du pays, contraints de subsister par des emplois précaires dans les haciendas et les usines. Mais il n'apprit rien de plus sur le convoi de la fête foraine.

Cinq jours plus tard, il s'arrêta dans un autre campement, cette fois de mineurs et d'ouvriers des puits de pétrole logés dans des caravanes alignées au bord de la route, couvertes de poussière et entourées d'énormes machines et de wagonnets sur les angles desquels le vent paraissait produire une mélodie. Il marchait entre les caravanes en observant ces hommes aux visages burinés et aux yeux minéraux qui se déplaçaient à pas lents, sans sourire, il serrait leurs mains rugueuses et ils l'invitaient à partager fritures et maté. Là non plus il n'apprit rien de nouveau et dut poursuivre son périple, guidé par des prémonitions. En prenant congé, ces hommes le saluèrent avec tant d'affection et de gratitude pour sa présence, pour eux le seul lien avec le monde, qu'il leur laissa tous les objets échangés avec les Gitans.

Plus Parker descendait vers le sud, plus sombres étaient les habitants et plus accusée leur résignation. Ces êtres contraints, qui dormaient dans leurs vêtements de travail, dont les visages tannés par le vent qui les mimétisait avec le paysage, l'accueillaient avec un fatalisme qui contrastait avec l'exubérance des Gitans. Deux semaines plus tard, après avoir franchi une colline, lui apparut comme une oasis en plein désert un casernement militaire, aux toitures rouges et à la place d'armes marquée par des pierres peintes en blanc. Parker se rendit au poste de garde et demanda à un officier si quelqu'un avait vu passer une caravane de forains. L'officier envoya un soldat se renseigner auprès de la troupe et, en attendant, Parker observa les bâtiments alignés dans la poussière du désert et le mât où ondoyait un drapeau effiloché. De jeunes recrues aux traits indiens venues du nord, en brodequins de cuir dur et uniformes trop grands pour eux, fumaient en silence en attendant l'heure du repas. Plongés dans un désœuvrement absolu, appuyés contre les murs, lézards immobiles au soleil, ils observaient paresseusement la présence de Parker. L'officier l'informa que rien ni personne n'était passé devant la caserne depuis un mois et Parker n'en fut pas étonné. Avant de partir, il remarqua que le militaire le regardait fixement, comme dans l'attente d'une réaction. Ils restèrent un moment face à face et cela leur suffit pour sceller l'accord, après quoi ils allèrent au poste de garde et parlèrent un moment tandis qu'un soldat leur servait du maté. À un moment, Parker posa des billets sur le bureau et le militaire donna aussitôt un ordre à un sous-officier, lequel, suivant la chaîne de commandement, le transmit à un subalterne. Peu après se présentèrent deux soldats avec un chariot et plusieurs bidons de carburant qu'ils chargèrent dans le camion. Têtu et obsédé, Parker interrogea chaque recrue qu'il croisait sur le convoi des forains, mais ce fut pire : l'un indiquait une direction, un autre la direction opposée, puis un troisième et un quatrième ajoutaient des informations inutiles. Ils n'essayaient pas de le tromper pour obtenir une récompense mais, remarquant sa curiosité insistante, trouvaient malpoli de dire qu'ils ne savaient rien. Parker les remercia chaleureusement. Il s'apprêtait à partir lorsque d'autres soldats vinrent vers lui avec des paquets et des lettres pour lui demander de les poster dès qu'il le pourrait, ou dans certains cas de les remettre en mains propres. Des militaires qui partaient en permission le supplièrent de les emmener jusqu'à la gare la plus proche. Ne supportant pas la présence d'étrangers dans sa cabine, Parker refusa plusieurs fois, mais au moment de partir il céda, emmenant une demi-section d'artillerie sur le toit de la remorque.

Après s'être libéré de la troupe, il continua pendant quelques jours à descendre vers le sud, mais son moral commença à baisser, à l'image de la température et des journées qui se faisaient plus courtes. Les animaux de la steppe étaient moins fréquents, finissant par disparaître du paysage, et il ne pouvait plus s'orienter en observant les mouvements des guanacos, des renards, des nandous.

Il devait maintenant se fier à son instinct et aux étoiles distantes de millions d'années-lumière. Il profita d'un arrêt nocturne pour observer le firmament et s'assurer que là-haut tout allait pour le mieux, mais il n'avait jamais vu la Croix du Sud si bas, presque posée sur l'horizon, et s'en méfia. La ceinture d'Orion était aplatie et regardait Aldébaran avec suspicion. Le sextant que lui avait prêté le journaliste lors de leur dernière rencontre ne lui servait plus à grand-chose : dans les nuits limpides de l'hémisphère austral, la position des étoiles changeait capricieusement, poussées par le vent, les constellations se cachaient dans les replis du ciel et l'univers se froissait comme un papier de bonbon.

Dans ces régions vertigineuses, les rêves nocturnes étaient tellement intenses et réalistes qu'on en était étourdi pendant plusieurs jours, en proie à un balancement intérieur qui altérait l'équilibre des sens. Mais de Maytén et de la fête foraine il n'y avait nulle trace sous ces latitudes, et le souvenir de leurs baisers et caresses furtives dans le Train fantôme s'estompait peu à peu. Maytén, avec ces épouvantails aux aguets dans la pénombre du tunnel, devenait de jour en jour une hallucination. Les cartes dépliées dans la cabine ne lui servaient guère : pour aller dans un endroit qu'il ignorait, il ne pouvait qu'improviser et se fier à l'instinct. S'il voulait trouver quelque chose dans ces contrées perdues au fond de l'hémisphère, il lui fallait, lui aussi, se perdre. Alors, il tournait au hasard à chaque déviation ou croisement, cédant à l'impulsion, ou à une timide palpitation de certitude. Sous l'effet de la distance, la réalité devint intermittente. Son passé lointain restait solide et compact, mais le passé récent était fait de lueurs qui scintillaient sur la ligne constante de la route.

Un soir, il se rappela soudain l'existence du vieux Constanzo. Il y avait plus de deux semaines – ou trois, il ne savait plus – qu'il n'avait pas donné signe de vie et il devait justifier d'une manière ou d'une autre sa disparition de la carte, mais cela non plus ne l'inquiétait pas beaucoup.

Un matin, Parker constata qu'il était passé plusieurs fois au même endroit et qu'il tournait en rond depuis quelques jours, ce qui éveilla en lui des pensées étranges. La veille, il avait rêvé qu'il se cramponnait à un filet fait de parallèles et de méridiens pour ne pas tomber de la sphère et partir à la dérive. Dans cet abîme l'attendaient deux géants qui soutenaient le monde au centre d'un tourbillon d'eaux furieuses qui l'entraînaient dans une chute sans fin. Il fut réveillé par un silence inhabituel, insolite, qui n'était pas une simple absence de bruit. Il se redressa vivement, il tourna la tête sans pouvoir distinguer le haut du bas et vit la lueur de la lune qui inondait la cabine d'une étrange clarté argentée, quasi phosphorescente. Parker se sentait comme un astronaute contemplant extasié la terre depuis son vaisseau en orbite. Dehors, tout paraissait figé par une substance magique détachée de la Voie lactée. Il se dit que ce paysage laiteux était dû aux premières neiges de la région, très précoces cette année. Lors d'une tempête, il arrivait qu'un véhicule soit enseveli dans la neige en moins d'une nuit. Il décida de chercher au plus vite un village pour se mettre à l'abri, car égaré comme il l'était dans ces solitudes, si la neige rendait les routes impraticables, on retrouverait son cadavre gelé au début du printemps, et adieu Maytén !

Il attendit les premières lueurs du jour, s'habilla avec ce qui lui tomba sous la main et fit un calcul rapide : il avait de quoi manger pour un mois et le carburant acheté aux militaires lui garantissait de pouvoir se chauffer. S'il ne bougeait pas, il pourrait hiberner tranquillement sous l'épaisse couche de neige qui se formait au-dessus de lui. Il passerait d'interminables heures dans le silence absolu des jours et des nuits glaciales, sous le manteau de givre, comme un Esquimau dans un igloo.

Il écouterait de la musique, lirait et n'aurait pas besoin d'appeler Constanzo et d'inventer des bobards. Il s'imagina encore plus hors du monde qu'il n'était déjà, ignoré de tous, tandis que les hélicoptères de sauvetage le survoleraient sans distinguer le véhicule de la blancheur infinie de la steppe. Cette possibilité de disparaître ainsi de l'existence des hommes, avalé par la terre, le séduisait, et il conclut que cette manière de prendre congé de l'univers entier ne serait pas mal du tout. À l'exception du vieux Constanzo, inquiet pour sa marchandise, personne ne se rendrait compte de sa disparition.

Parker ouvrit la porte de la cabine et sentit aussitôt une odeur de brûlé qui irrita ses narines. Il pensa à quelque bois en flammes mais, surpris par le silence surnaturel, il se dit qu'un événement exceptionnel s'était produit. L'étrange luminosité persistait, créée par la saleté des cristaux et la lueur de la lune sur la neige, et une phosphorescence épaisse adhérait maintenant aux souliers et au visage. Il ferma la porte de la cabine, saisi d'étonnement devant ce paysage apocalyptique, un nuage de poussière se détacha du toit et flotta au-dessus de sa tête comme une pensée. Il remarqua alors que le vent ne fouettait plus la plaine. Il ramassa une poignée de substance blanchâtre qui n'était pas de la neige mais une fine poussière qui lui laissa les doigts tachés de gris. Derrière lui, le camion ressemblait à un gâteau couvert de sucre glace, et les traces de ses pas à celles laissées par les premiers hommes sur la Lune : ciel et terre étaient saupoudrés d'une fine couche de talc. Comme poursuivi par un démon, Parker regagna le camion en courant et s'enferma dans la cabine. Il alluma la radio et attendit le moment des informations, mais c'était inutile, toutes les stations parlaient de la même chose. Le volcan Lonkomollo était entré en éruption la veille, libérant une haute colonne de fumée et de cendres qui s'étaient déposées sur le paysage pendant la nuit. Parker soupira soulagé, mais son inquiétude revint de plus belle : les archéologues des siècles futurs ne découvriraient pas son cadavre congelé, mais pétrifié dans sa fuite comme les habitants de Pompéi. Il sentait la poussière impalpable traverser les pores de sa peau et envahir sa gorge à chaque respiration. Il craignait que cette poudre soit toxique et de se tordre sous peu par terre, les poumons gonflés. Il enveloppa sa tête dans une serviette, improvisa des filtres qu'il plaça sur les prises d'air du moteur et se dit qu'il en avait assez. Ça n'avait plus de sens de poursuivre cette route qui débouchait sur des régions extrêmes et inhabitées, ou pire, habitées par des fantômes, des hommes et des femmes prisonniers de la géographie, confinés dans ce recoin de l'univers. Son obsession de retrouver Maytén ne l'empêchait pas de comprendre que, s'il continuait ainsi à rouler, il allait lui aussi devenir un de ces spectres, de ces êtres absents qui le regardaient passer sans un geste, sans lui rendre son salut, des êtres dont le lointain avait vidé le cerveau. Ils ressemblaient à des zombis et, si on repassait au même endroit quelques jours plus tard, ils étaient encore là, dans la même position, à observer le ciel, le regard perdu dans l'infini.

– Je crois que le moment est venu de rentrer, dit Parker à voix haute.

Pour son propre salut, il devait retrouver son chemin, mais il ne savait plus très bien où il l'avait laissé.

Parker suivit à la radio les nouvelles sur les cendres qui avaient recouvert une grande partie de la région et prit la direction du nord-ouest en empruntant les routes qui n'étaient pas fermées à la circulation. Les pluies des jours précédents avaient lavé l'atmosphère, laissant un ciel cristallin permettant de voir, au-delà des montagnes, le nuage de cendres qui s'élevait comme un champignon atomique. Mais si les hauteurs étaient cristallines, la terre était un marécage de cendres changées en boue collante. À mesure qu'il se rapprochait de la région des fermes d'élevage, des animaux morts gisaient dans les champs au bord de la route : la pluie tombée sur les cendres volcaniques accumulées dans la laine des moutons avait formé une pâte épaisse et lourde. Incapables de supporter longtemps le poids et privés en plus de nourriture, les bêtes s'effondraient par terre et agonisaient lentement. Les charognards tournoyaient autour des cadavres pendant des heures, attendant le moment propice pour commencer le festin. Les interminables barbelés qui démarquaient les propriétés avaient cédé sous la poussée des animaux effrayés qui mouraient coincés en tentant de sauter par-dessus pour chercher de la nourriture ou échapper aux cendres. Parker abandonna le plus vite qu'il put ce paysage désolé d'ossements et de pelages raidis, et remonta vers le nord pendant des jours, sans repos, jusqu'à retrouver ses routes familières. Dans les vallées fertiles il chargea un stock de fruits à embarquer à La Guakolda, un petit port situé sur le parallèle qu'il suivait, mais à un demi-méridien de distance.

Il n'avait aucune nouvelle de Maytén, mais il l'imaginait plongée dans ses pensées le plus clair de la journée, et il était sûr, comme rarement dans sa vie, qu'ils finiraient par se retrouver. Il continuait à interroger les gens rencontrés en chemin et apprit un jour que quelqu'un avait vu passer le convoi des forains en direction de Vinchucas, par l'aride plateau central, et qu'un autre avait croisé un convoi similaire entre La Trocha et Puesto Viejo, Vieux Poste.

Parker décida de tenter sa chance vers l'ouest, en forçant son itinéraire par de grandes ellipses, reliant deux points par un écheveau compliqué de virages et de routes secondaires.

– Allez jusqu'à Cabo Albarracín, tôt ou tard c'est là que vont toutes les fêtes foraines, lui conseilla un soir un vieil homme qu'il avait fait monter dans sa cabine. Il l'avait rencontré sur un chemin isolé, perdu dans le néant, loin de toute habitation, et s'était arrêté en pensant qu'il avait besoin d'aide.

– Qu'est-ce qui vous fait penser que j'ai besoin d'aide ? avait dit le vieux en grimpant péniblement dans le camion.

– C'est ce qu'il m'a semblé.

– Ah bon ? Moi, il me semble plutôt que c'est vous qui avez besoin d'aide.

– Où allez-vous ? demanda Parker pour changer de sujet, habitué aux bizarreries de la région et de ses habitants.

– Vous ne voyez pas que je ne vais nulle part ?

Parker haussa les épaules et retourna à ses pensées, mais l'homme insista :

– J'ai une tête à aller quelque part ?

– Non, vous avez une tête à être là, pas plus.

– Et si je voulais, bordel, où vous croyez que je pourrais aller ? ajouta-t-il irrité, en indiquant la plaine.

Ils restèrent quelques heures en silence, n'échangeant que deux ou trois monosyllabes. C'est alors que

Parker lui demanda s'il avait entendu parler de la fête foraine.

– Cabo Albarracín, c'est ce qui ressemble le plus à un cimetière d'éléphants, toutes les fêtes foraines de Patagonie vont mourir là-bas.

– Celle que je cherche est encore vivante.

– C'est ce que vous croyez, mais c'est pas pour rien si vous ne la trouvez pas.

– Et où elle est, alors ?

– Où elle est ? répéta l'homme en ricanant.

Il laissa passer un moment, le regard rivé sur la route, et reprit, de mauvaise humeur :

– Vous, à la capitale, vous êtes mal habitués, vous attendez que les autres règlent vos problèmes. Vous pensez que les choses sont si faciles ?

– Je ne suis pas de la capitale.

– Je ne suis pas de la capitale, répéta l'homme, cette fois sur ton efféminé. Vous dites tous pareil, vous ne voulez jamais le reconnaître.

– Moi, je suis né à…

– Ça ne m'intéresse pas de savoir où vous êtes né. Écoutez bien parce que je ne vais pas le répéter. Roulez vers la cordillère pendant une demi-semaine au-dessus du 46e parallèle, et vous allez tomber dessus.

– Cabo Albarracín, un cap, près de la cordillère ? Impossible, répondit Parker avec défi, juste pour irriter l'insupportable passager.

Le vieux s'agita sur son siège, énervé comme s'il venait de se faire insulter.

– Pourquoi impossible ? Expliquez-moi un peu ce que ça a d'impossible, demanda-t-il d'un ton sarcastique.

– Les caps sont sur la côte, avec les péninsules, les baies, les plages…

– J'ai compris, ça suffit. Vous me prenez pour un taré ou quoi ?

– Alors ? insista Parker, plus préoccupé par le moyen de se débarrasser du vieux, sans devenir le responsable de sa mort par inanition, après l'avoir abandonné au premier virage.

– Vérifiez vous-même puisque vous êtes si intelligent, moi je m'en fiche.

– J'y suis ! C'est un cap au bord d'un lac ! s'exclama Parker soudain illuminé.

– Non, il n'y a ni lac ni côte. N'y pensez plus, dit l'autre qui se mit à regarder fixement la route pour mettre fin à la conversation. Mais après une demi-heure de silence complet, Parker décida de prendre la responsabilité de la mort du vieux afin de s'en débarrasser au plus vite.

– Je vous dépose où ?

– Je vous ai demandé de m'emmener quelque part ? Non ! Vous m'avez dit de monter, alors débrouillez-vous, c'est pas mon problème.

– Bon, alors, descendez tout de suite, menaça Parker en freinant, espérant que l'autre cesserait d'être arrogant et s'excuserait avec humilité.

– Allez vous faire foutre ! s'exclama le vieux, qui descendit et claqua la portière.

– Et vous, apprenez ce qu'est un cap, vieil ignorant ! répondit Parker de la fenêtre, furieux, en démarrant. Il vit dans le rétroviseur le vieux qui lui faisait signe de s'arrêter, et il savoura sa victoire. Il arrêta le camion au milieu de la route et attendit que ce vieillard mal embouché le supplie de l'emmener quelque part.

– Un *cabo*, pour votre gouverne, c'est un caporal qui n'est pas encore sergent ! Ça n'a rien à voir avec l'eau, espèce d'arrogant Portègne ! expliqua le vieux en tapotant la vitre du camion avec sa canne. Après quoi il lui tourna le dos, franchit la clôture, et marcha droit devant lui jusqu'à ce que sa silhouette disparaisse dans la steppe déserte.

Parker resta un moment, moteur allumé, attendant il ne savait quoi, mais l'homme, avalé par le néant d'où il était venu, ne réapparut pas. Parker reprit la route avec une sensation de malaise qui persista le reste de la journée. Il décida d'ignorer le conseil délirant de ce fantôme des grands chemins, mais il n'était pas au bout de ses surprises. Le lendemain, alors qu'il conduisait bien calé sur son siège, une bière à la main, en écoutant la radio qui sautait d'une station à l'autre, il découvrit dans le rétroviseur une auto qui lui faisait des appels de phares. Elle arriva aussitôt à côté du camion et un individu vêtu d'un manteau tout râpé lui fit signe par la fenêtre de s'arrêter. Il tarda un peu à reconnaître son vieil ami journaliste et se rappela subitement qu'ils étaient convenus de se retrouver à Cuesta del Huemul. Maytén lui avait fait complètement oublier ce rendez-vous. Parker s'arrêta sur le bas-côté, mais la voiture continua de rouler lentement, jusqu'à ce que le journaliste puisse l'arrêter avec des pierres attachées à la carrosserie qu'il lança sur la route comme des ancres.

– Vous n'avez pas encore fait réparer les freins ? Un de ces jours vous allez vous tuer.

– J'en ai encore un peu, mais je ne veux pas les user, je les réserve en cas d'urgence, expliqua le journaliste après qu'ils se furent donné l'habituelle accolade. Une heure plus tard, ils avaient installé le campement, entre le camion et un long talus rocheux qui les abritait, et ils déjeunaient assis à la table.

– Je n'ai pas pu aller à Cuestal del Huemul, s'excusa Parker.

– Pas grave, moi non plus je n'y suis pas allé. J'avais des affaires plus importantes à régler. Je suis en train de parcourir la côte en profitant des marées basses.

– Vous cherchez des palourdes ?

– Non, plutôt des espèces rares. Je préfère les sous-marins, mais si c'est des palourdes, ça me va.

– Je vois que vous n'avez pas changé depuis la dernière fois.

– Et vous, d'où venez-vous ? On dirait que vous êtes tombé sur les cendres. Votre camion ressemble à un gâteau. C'est le Lonkomollo ?

– J'ai pu m'échapper par hasard. Et vous, alors ? Vous avez enfin trouvé vos nazis et le U quelque chose ?

– Je ne cherche plus le 745, maintenant je cherche le 518, qui a appareillé de nuit, le 5 avril 1945 du port de Kristiansand.

– Vous me raconterez une autre fois.

– Vous avez l'air tristounet, Parker. Il vous est arrivé quelque chose ?

– Qu'est-ce qui peut arriver dans ces régions paumées ? Rien.

Le journaliste continua de manger sans redresser la tête, puis il se leva brusquement, sortit de son sac un gros dossier débordant de pages et de cartes qu'il posa sur la table.

– Visez un peu le volume de mes recherches.

Parker soupesa le dossier d'une main.

– Combien on vous paie le kilo ? Plus que moi la tonne, c'est sûr.

Le journaliste cessa de mastiquer et regarda l'horizon les yeux brillants d'émotion. Lorsqu'il reprit la parole, sa voix était brisée et tremblotante.

– Combien vaut un kilo d'histoire authentique, Parker ? Ça n'a pas de prix, mais les gens ne comprennent pas. Et personne ne me paie, ça c'est mes économies, ma future retraite. En attendant, je dois me débrouiller, dit-il en sortant du sac une poignée de documents, cartes d'identité, faux papiers. Il les examina un par un, admiratif, et poursuivit : Ils sont parfaits, on ne voit pas la différence. Il y a quelques nouvelles identités, si ça vous intéresse. J'ai cette carte de médecin, une de juge et une autre de député, ça vous permet de passer n'importe quel contrôle de police. Allez, prenez-en une, je vous fais un bon prix.

Parker regarda les cartes d'identité et les lui rendit en faisant non de la tête.

– Merci, mais j'ai déjà la mienne, et elle est aussi bien faite.

– Parfois une fausse identité est plus convaincante qu'une vraie.

– Vous pensez que je suis en cavale, ou quoi ? Comme ces nazis que vous cherchez ?

– Vous jouez toujours un peu les fantômes, vous vous planquez, alors votre carte d'identité ne doit pas être très bien faite. Si vous voulez, je vous fais aussi des papiers pour le camion.

– Je ne sais pas qui est le plus fantôme des deux.

– C'est vous le plus fort, Parker.

– Ça me coûterait combien de blanchir le camion et d'avoir un bon permis de conduire ?

– Le permis, je vous l'offre, pour le camion je ne sais pas, il faudrait que j'en parle avec mes contacts.

– Je pourrais avoir de nouveaux papiers du camion, nickel, en règle et tout ?

– Et des papiers pour vous aussi, si vous voulez investir un peu plus... répondit le journaliste en observant l'aspect négligé de Parker. Et il prit son agenda et un crayon.

– Comment vous voulez vous appeler ?

– Choisissez un nom pour moi.

L'autre prit quelques notes et referma son agenda d'un geste ferme, comme qui scelle un pacte.

– Votre mère ne va pas vous reconnaître, conclut-il.

Ils gardèrent un moment le silence tandis que se déplaçaient les nuages qui les éclaboussaient de leurs ombres. Le journaliste réfléchissait, le regard tourné vers la route.

– Vous et moi, on se ressemble beaucoup.

– Il ne me manquait plus que ça.

– À une différence près : vous ne savez pas ce que vous cherchez. Moi, si.

– Oui, bien sûr, des extraterrestres, des sous-marins perdus, des chefs nazis…

– Ne riez pas, un jour je vais trouver les preuves et je serai célèbre.

– Si vous ne les trouvez pas, inventez-les, suggéra Parker en indiquant les faux papiers éparpillés comme des cartes à jouer, mais le journaliste ne l'écoutait pas. Ému, il leva son verre et porta un toast à l'amitié qui les unissait. Parker l'imita en silence et calcula le risque qu'il y avait à le suivre sur cette pente, sa seule amitié véritable dans ces confins du monde, même si le bonhomme ne lui inspirait pas une grande confiance. Mais ému lui aussi, il se garda bien de le montrer.

– On peut savoir ce que vous cherchez ? demanda le journaliste.

– Une fête foraine, depuis deux semaines. Mais j'ai perdu sa trace.

– Une fête foraine ? La malchance réunit les gens plus que la chance. Vous et moi sommes des âmes sœurs ! déclara le journaliste après un instant de réflexion.

Parker fronça les sourcils.

– Vous n'allez pas comparer un manège avec un sous-marin.

– Dans un sous-marin il peut y avoir un trésor.

– Dans cette fête foraine, aussi.

Étonné, le journaliste ouvrit de grands yeux, posa son verre sur la table et prit Parker par le revers du manteau.

– Vous parlez sérieusement ?

– Une femme, précisa Parker, imperturbable.

– Jouez pas les idiots, c'est dangereux d'inventer des synonymes, dit le journaliste déçu. Il le lâcha, ajoutant : Si vous voulez vous distraire, cherchez plutôt les femmes de la route, vous avez l'embarras du choix.

– Ça, c'est autre chose.

Le journaliste soupira et remplit son verre de vin.

– Il faut de tout pour faire un monde, c'est vous qui l'avez dit la dernière fois.

– Je suis allé jusqu'à Vallemustio, puis passé par Agua Sucia et San Sepulcro, c'est là que je suis tombé sur l'éruption du Lonkomollo, après j'ai préféré ne pas descendre plus loin, même les étoiles étaient bizarres, votre astrolabe ne m'a pas été très utile.

– Sextant, pas astrolabe.

Sans cesser de manger, le journaliste continua d'évoquer batailles navales et sous-marins pendant la guerre. Puis, intrigué, il interrogea Parker :

– Comment vous avez pu perdre la trace d'une fête foraine ? On ne perd pas la trace d'une tortue.

– J'ai pas fait attention, j'ai regardé ailleurs et elle avait disparu.

– Et il y avait une femme ! Vous êtes un irresponsable. Je comprends maintenant pourquoi vous êtes triste.

Les deux hommes restèrent un moment silencieux, visage grave, le regard dans le vague, traversés par des sentiments semblables.

– Attendez ! s'exclama soudain le journaliste, l'œil brillant. Il y a quatre semaines, j'ai croisé un convoi sur la 196 nord, avant le pont. Ils allaient vers le nord-est.

Parker sentit son rythme cardiaque augmenter dangereusement et cloua son regard sur son ami.

– Dites-moi ce que vous avez vu exactement, et sachez que je ne suis pas d'humeur à plaisanter.

– Eh bien, un camion avec des monstres dessinés sur la carrosserie, des camionnettes et des caravanes.

Parker se leva, déplia la carte sur la table et commença à étudier des itinéraires possibles.

– C'est eux, ils allaient sûrement à Tambo Seco pour la tonte. Maintenant ils doivent être à La Conquistada, calculait Parker. Si je prends par Río Minas, j'arrive en moins de trois jours, avant la fin de la tonte.

Il commença aussitôt à démonter le campement. Il se démenait frénétiquement, poussé par une force qui s'était approprié ses mouvements. Le journaliste, qui essayait de l'aider, comprit qu'il n'avait plus rien à faire ici. Il sortit de son manteau un calendrier qu'il posa près de sa propre carte.

– C'est pas plus rapide par Valle Alegre, Vallée Joyeuse ? La route est meilleure par la 124 ou par la 440 ? Il n'y a pas des crues à cette époque ? réfléchissait Parker à voix haute.

– Bon, on se revoit le mois prochain à Montechato, Montplat ?

– Je vais être occupé, je ne peux rien vous promettre.

– Là où il y a une femme, il y a souvent un mari. Vous voulez que je vous accompagne ?

Parker continua de ranger ses meubles sans lui répondre.

– En montant jusqu'à Punta Guanaco et en prenant la 86, on gagne une demi-journée, affirma-t-il.

Le journaliste l'observait, incrédule.

– Et là où il y a un mari, il y a aussi de la castagne.

Indifférent, Parker hissa le dernier meuble dans la remorque, puis il mit le moteur en marche et se prépara à partir.

– Et quand il y a de la castagne, il y a des blessés, insista l'autre.

– Ne vous en faites pas, je sais me défendre. On se retrouvera par là-bas, le monde est petit, mais la Patagonie est encore plus petite.

– Plus je vous écoute, plus je m'inquiète, il n'y a que les amoureux pour dire ce genre de bêtises.

Le journaliste alla à sa voiture et prit dans la boîte à gants un paquet enveloppé dans un chiffon, qu'il lui tendit. Parker l'ouvrit prudemment et découvrit un pistolet brillant.

– Je n'aime pas tuer les gens.

– Soyez pas bête, c’est pour que vous ne soyez pas tué.

– Merci, mais je ne me sers pas des armes.

– C’est pas une arme, c’est juste un pistolet d’alarme. Si vous avez besoin d’aide, ça tire une fusée éclairante en l’air. Encore mieux, la nuit, conseilla le journaliste, et priez pour que quelqu’un la voie.

Ils se serrèrent la main.

Cinq jours plus tard, Parker se gara dans une rue de La Conquistada et emprunta à pied l'avenue principale. Il sut avec certitude que Maytén était là avant même de voir les affiches qui annonçaient la fête foraine sur les murs et les vitrines des commerces. Il la découvrit sur un terrain jouxtant la place et fut étonné car il s'attendait à quelque chose de beaucoup plus grand, comme dans l'image qu'il en gardait. À mesure qu'il se rapprochait de l'entrée, il se rendait compte qu'il y avait moitié moins de stands et de manèges. L'enceinte était encore fermée au public, mais Parker ne pouvait pas attendre plus longtemps pour s'assurer que Maytén était bien là, aussi se glissa-t-il discrètement entre les stands déserts. Le cœur battant il atteignit le bar et se cacha derrière des piles de caisses de bière, d'où il pouvait observer ce qui se passait. De grands espaces vides entre les attractions accentuaient l'impression d'abandon et de déclin. Les Soucoupes volantes avaient probablement décidé de tenter leur chance dans d'autres galaxies et les autos tamponneuses, immobiles, ne tamponnaient plus personne. Manquaient aussi la Chenille, les Chaises volantes, et d'autres manèges moins importants, dont les propriétaires avaient peut-être préféré des régions plus prospères. La disposition différente des stands l'empêchait de se repérer, mais il ne tarda pas à apercevoir le Jeu de massacre, avec les lots suspendus au plafond, ainsi que les momies, vampires et autres squelettes qui décoraient le Train fantôme. Et, à côté, le stand de la petite vieille avec ses poissons en plastique. Plus loin, c'était le Tour du Monde, dont l'orbite s'était drastiquement réduite, et enfin le carrousel. Sous la grande bouche plantée de crocs sanglants, les deux Boliviens exécutaient les ordres de Bruno, qui lui parut maintenant plus grand et dangereux. Eber et Fredy poussaient les wagonnets et leurs silhouettes se mêlaient aux scènes d'épouvante qui décoraient les flancs. Maytén n'était visible nulle part et, à la pensée qu'elle aussi avait déserté, son visage s'assombrit. Courbé, il se déplaça prudemment vers une caravane et se hissa sur la pointe des pieds pour observer l'intérieur. Son cœur se mit à battre à tout rompre : le corps de la jeune femme, en sous-vêtements, lui apparut peu à peu. Sa chute de reins soulignait les courbes de ses hanches, ses cuisses fuselées et ses seins dressés frémissaient à chaque pas qu'elle faisait dans la caravane. Il continua de l'épier jusqu'à ce qu'elle finisse de s'habiller et soudain une espèce de dague se planta dans ses mollets. Une crampe violente le plia de douleur et il sentit ses pieds durs comme du marbre. Il attendit, paralysé, fasciné par la vision, jusqu'à ce que ses muscles se relâchent. Il se redressa et s'éloigna en boitant vers la sortie.

Il revint quelques heures plus tard, cette fois avec des lunettes de soleil, vêtu d'un pantalon propre, d'une jolie chemise, à laquelle le tissu un peu froissé donnait un côté négligé chic à la mode, et d'une veste en toile usée, sortie un moment plus tôt de la poussière de son armoire. Il traversa la foire en esquivant les enfants et les familles qui déambulaient tranquillement, passa d'un air absent devant le stand du Jeu de massacre, à présent occupé par Eber, et s'installa à la table du bar, avec dans la poitrine un poids qu'il n'avait jamais ressenti avant. Il prit une cigarette et, en cherchant en vain son briquet, il put voir Maytén, enfermée dans le guichet exigu, qui déchirait des tickets et rangeait les billets. Elle ne ressemblait plus à une déesse orientale, mais à une vierge exposée dans sa niche. Lorsqu'elle le reconnut, la cigarette éteinte aux lèvres, elle ne sembla pas très surprise.

Une expression imperceptible de résignation voilait ses yeux, mais en quelques secondes son visage s'éclaira et elle parut revenir à la vie. Elle lui adressa un sourire et une petite moue qui hypnotisèrent Parker, mais elle baissa aussitôt les yeux sous l'effet d'une honte subite. Parker faillit se lever de sa chaise, mais une main apparut devant son visage. La flamme d'un briquet se refléta sur le verre foncé de ses lunettes. Parker baissa les yeux et vit une paire de bottes, en relevant la tête il découvrit une bague dorée et une montre énorme qui ressemblait à un lot gagnant du Jeu de massacre. Puis apparurent deux bras musclés tatoués de cœurs, de couteaux et de crânes, et un crucifix doré qui dormait sur un épais coussin de poils. Parker approcha la cigarette de la flamme et aspira jusqu'à emplir sa bouche de fumée.

– Merci, dit-il en soufflant une bouffée que la brise emporta.

– Il vous faut autre chose ? demanda le mari de Maytén avec un des pires sourires que Parker ait vus dans sa vie.

– Une bière, répondit-il en le regardant droit dans les yeux.

– On ne s'est pas déjà vus ? Vous n'êtes pas d'ici, dit Bruno.

– Non, ni d'ici ni de la capitale.

– Tant mieux, un problème de moins, ajouta le mari avec une tape sur l'épaule et un rire qui découvrit ses dents cariées.

Il revint peu après avec une bouteille de bière.

– Bienvenue à la fête, c'est moi qui invite ! lança-t-il, hospitalier, en lui servant la bière, puis il regagna le bar, où il se mit à haranguer les gens qui arrivaient.

– Venez, messieurs dames, entrez, la fête est ouverte ! Venez tester votre adresse !

Parker but la bière, suivie de quelques autres, son attention concentrée sur la femme derrière la vitrine du guichet. Il s'efforçait d'être discret mais l'attirance qu'il ressentait pour elle supplantait toute autre pensée. Il y avait entre eux une complicité voilée : elle le regardait à la dérobée et à chacun de ses mouvements il sentait un fourmillement dans tout son corps.

Bruno était habitué à ce que sa femme éveille des regards admiratifs et des fantasmes qui attiraient les clients, mais il observait d'un œil soupçonneux tout ce qui se passait autour d'elle.

– Entrez ! Entrez ! Venez vous amuser ! s'écriait-il en tournant le bâtonnet sous une flamme bleutée, et les filaments de sucre qui flottaient en l'air s'agglutinaient jusqu'à former un nuage.

Lorsque Maytén sortit du guichet et lui remit la caisse avec l'argent, Bruno tenta de la caresser avec une tendresse grossière. Il cherchait à faire la paix avec elle après leur dernière dispute, mais il ne connaissait pas d'autre langage que celui des mains. Elle esquiva la caresse avec un sourire gêné et regagna le stand du Jeu de massacre. Elle passa près de Parker et lui jeta un coup d'œil fugitif. Parker observa sa silhouette qui se perdit dans la foule et il eut l'impression de vivre dans une autre dimension.

– Qu'est-ce qui se passe encore ! grogna Bruno en voyant Fredy venir vers lui d'un pas pressé.

– Le courant est de nouveau coupé, patron.

– Et vous ne pouvez pas le rétablir à vous deux qui voyez la lumière divine toute la sainte journée ?! s'exclama-t-il en riant, content de sa blague.

– Faut pas rigoler avec Dieu, patron, il pourrait vous arriver un truc moche, répliqua le Bolivien en se dirigeant vers la petite centrale électrique.

Parker sortit son portefeuille et déposa un billet dans un verre. Il regarda à droite et à gauche, se leva en faisant vaciller les bouteilles sur la table en tôle et se dirigea d'une démarche incertaine vers le Jeu de massacre. Maytén le vit arriver de loin avec un sourire qu'elle réprima aussitôt.

– Bonjour. Vous vous souvenez de moi ? demanda Parker au cas où elle l'aurait déjà oublié. Mais, juchée sur une estrade, Maytén pouvait à peine le voir. Il se mit sur la pointe des pieds pour ne pas se sentir comme un nain, mais il comprit que ce n'était pas une bonne idée. Il la salua de nouveau, au mépris du ridicule, car ses inhibitions s'étaient dissoutes dans l'alcool, maintenant il se sentait fort, excité, prêt à balayer tous les obstacles.

– Bien sûr que je me souviens. On s'est rencontrés à...

Maytén tenta de se rappeler le nom en fronçant les sourcils.

– J'ai oublié, ces villages se ressemblent tous.

Pendant quelques secondes le bruit de la fête s'imposa à eux.

– Bon, peu importe, dit-il.

Maytén le regarda fixement jusqu'à ce qu'un sourire de complicité scelle ce début de dialogue. À partir de cet instant, Parker ne sut pas quoi ajouter.

– C'est une sacrée foire, finit-il par articuler.

Elle sourit timidement et le regarda du coin de l'œil pour savoir jusqu'où il était capable d'aller. Il restait sur place, mal à l'aise. La dernière apparition de Maytén dans le Train fantôme avait été si souvent évoquée que sa réalité s'était épuisée et sa présence maintenant avait quelque chose d'irréel. Il n'eut pas le courage de faire allusion à ce moment. Il pouvait encore sentir le contact de ses lèvres, mais il n'était pas sûr qu'elle s'en souvienne. Il la regardait fixement comme pour dire "c'est moi", mais elle paraissait étrangère au souvenir de leur rencontre fugace parmi les ombres.

Parker sentit la sueur poisser son corps. Il ne savait pas combien de temps il avait passé à observer le guichet, mais il comprit qu'il ne lui restait plus en tête que deux phrases et quelques mots avant de battre en retraite pour noyer son échec dans la bière.

À cet instant, Maytén sortit de la cabine et lui fit signe de la suivre. Elle se dirigea vers le Jeu de massacre, moins fréquenté. Parker la rejoignit peu après.

– Vous voulez tester votre adresse ? proposa-t-elle avec un clin d'œil et un sourire complice, en lui tendant trois balles en chiffon. Parker les lança plusieurs fois sans succès, incapable de se concentrer sur la cible.

Eber, qui venait d'arriver, hochait la tête avec déception à chaque tir raté.

– Concentre-toi, c'est devant qu'il faut regarder ! disait-il sur un ton de reproche, provoquant chez Parker un début d'énervement.

– Je regarde où je veux, répliqua-t-il, les dents serrées, tandis que les balles rebondissaient sans avoir atteint leur cible.

– Si tu regardais vers Dieu, mon frère, tu verrais la lumière, poursuivit Eber.

Maytén intervint, ordonnant au Bolivien de s'occuper du guichet.

– Ce couillon regarde où il ne faut pas, ça doit être l'histoire de sa vie, murmura Eber en s'éloignant les mains dans les poches.

Parker fut sur le point de réagir, mais la douce voix de Maytén l'en dissuada.

– Je vais vous apprendre à viser, dit-elle en se plaçant près de lui et en lui prenant le bras. Parker frissonna et suivit minutieusement ses instructions. Il visa et lança plusieurs fois, en fermant un œil, et bientôt les ours en peluche s'accumulèrent sur le sol.

– Vous avez gagné un lot spécial, choisissez celui qui vous plaît le plus.

– Ce qui me plaît le plus, vraiment ?

Parker comprit que c'était un moment crucial, on lui offrait le plateau, il n'avait plus qu'à tendre la main et prendre le fruit. Il n'y avait qu'une seule combinaison de mots possible et il n'allait pas la gâcher. Tout autre phrase à ce moment eût été ridicule et il aurait dû passer le restant de ses jours, où que la vie l'entraîne, rongé de remords pour ne pas l'avoir prononcée. Il se fichait que quelqu'un l'entende.

– Même vous ?

Maytén fit la sourde oreille et reprit sa place dans le stand, avec une expression de défi qui révélait sa sensualité. Parker indiqua un objet sur la plus haute étagère.

– Pour le moment je me contenterai de ce lot.

Maytén monta sur le tabouret, se hissa sur la pointe des pieds pour décrocher l'objet et sa jupe se releva, découvrant ses jambes. Elle descendit une tête de cerf en plastique enveloppée dans de la cellophane et la remit à Parker.

– Ça fait des semaines que je te cherche, dit-il d'une voix basse et tremblante.

Elle resta un instant immobile, surprise.

– Je pensais que tu ne viendrais plus, murmura-t-elle avec un regard profond de ses yeux noirs, où brillait un éclat de reproche.

– Je t'ai cherchée à Colonia Desesperación et après j'ai dû parcourir la moitié de la planète.

– On a changé de route au dernier moment, je n'ai pas pu te prévenir, dit-elle, peinée.

Cette fois, Parker lui parut un homme différent de celui qu'il avait été quelques semaines avant dans le Train fantôme.

– Il faut qu'on arrête, c'est dangereux, conseilla-t-elle en déguisant son avertissement sous un sourire gêné et en regardant nerveusement à droite et à gauche. Mais c'était sans conviction, comme si elle espérait tout le contraire.

– C'est trop tard, on ne peut pas. Pars avec moi, murmura Parker, mais ses mots avaient le ton grave et solennel d'un verdict.

– C’est de la folie. Qu’est-ce qu’on va faire ?

– Où est-ce qu’on peut se parler tranquillement ? demanda-t-il en cherchant sa main, mais elle regarda autour d’elle et s’écarta. Son visage changea brusquement, sa tristesse céda la place à une expression lumineuse et elle adressa à Parker un regard innocent et effrayé qui lui coupa le souffle.

– Où est-ce qu’on pourrait parler tranquillement ? se demanda-t-elle, et tous deux surent qu’il n’y avait qu’un seul endroit au monde où ils pouvaient se retrouver sans être vus. Parker tenta une nouvelle caresse, non tant comme un geste de tendresse, mais pour s’assurer qu’il était en train de parler à un être de chair et d’os.

Au bout de la place Bruno et Eber étaient en train de réparer un panneau électrique qui les tenait très occupés. Maytén et Parker restaient au stand de Jeu de massacre, les yeux dans les yeux, indécis, dans l'attente qu'un événement décide de leur sort. En réalité, le sort de Parker était déjà arrêté depuis longtemps, il ne manquait plus que Maytén prenne l'initiative. Elle ne le regardait plus, ne guettait plus les environs, elle regardait en elle-même, passant sa vie en revue, celle qu'elle avait vécue comme celle qui s'ouvrait devant elle. Ses mains serraient fortement un carnet de tickets d'entrée craignant qu'une rafale de vent ne le lui arrache. Parker voulut parler, mais elle lui fit signe de se taire et elle ferma les yeux pendant quelques instants qui lui semblèrent interminables. En les rouvrant, un nouveau monde commença à prendre forme autour d'elle. Elle détacha un ticket du carnet, le donna à Parker et lui indiqua le Train fantôme. Parker s'éloigna, le ticket entre les doigts et la tête de cerf enveloppée sous le bras. Le Bolivien, dans son vieil uniforme et sa casquette de chef de gare, l'accueillit avec indifférence.

– Au moins, ici, tu n'auras pas à viser, compère.

– Eh, du calme, Eber. Pigé ? réagit Parker en pointant un doigt vers lui.

– Non.

Parker se retourna, excédé.

– Non quoi ?

– Pas Eber, moi c'est Fredy, répondit le Bolivien qui prit le ticket d'un geste machinal et lui en rendit la moitié. D'un bond agile Parker monta dans le wagonnet, s'assit et empoigna la barre des deux mains, anticipant la secousse brutale du départ.

Fredy actionna le levier de mise en marche et se retira, obéissant à un signe de Maytén, qui surveillait l'opération depuis le guichet, comme de la tour de contrôle d'un aéroport. La voix lugubre et caverneuse de bienvenue surgit du haut-parleur, suivie de ricanements moqueurs. Le wagonnet démarra avec une légère secousse et Parker, seul passager, disparut derrière les rideaux effilochés de l'entrée. Il se rappela aussitôt les virages du labyrinthe, les frôlements de monstres armés de haches et de gourdins. Des hurlements de terreur jaillissaient des tunnels, prolongés en échos. Secoué de tous côtés, Parker tenait fermement la barre pour ne pas perdre l'équilibre. Le wagonnet termina son parcours et émergea à travers les rideaux mais, aveuglé par la lumière, Parker n'eut le temps de rien voir. En quelques secondes le wagonnet s'enfonça de nouveau dans les ténèbres, mais maintenant à faible allure. Lorsque sa vue se fut accoutumée à l'obscurité, Parker se leva prudemment et sauta du wagonnet en mouvement. Guidé par l'instinct, il marcha le long des rails et s'arrêta près d'un squelette brandissant une faux. Il attendit, les poings fermés pour parer à toute éventualité, attentif au grincement des wagonnets qui défilaient lentement devant lui. Soudain, une silhouette surgit et se fraya un chemin dans la pénombre en esquivant fantômes et cagoulés. Il ne tarda pas à deviner les formes de son amoureuse qui le cherchait les bras tendus. Il la pressa doucement contre lui et leurs corps formèrent une nouvelle silhouette parmi les témoins immobiles. Ils s'embrassèrent à perdre haleine, se firent des promesses, se dirent des mots d'amour tandis que les wagonnets vides continuaient de défiler. Parker tenta de caresser Maytén sous sa blouse, mais elle repoussa sa main.

– Ça suffit de se cacher comme ça, pars avec moi, murmura-t-il.

– On ne se connaît même pas.

– On va avoir le temps. Il n'y a pas grand-chose à connaître, je suis ce que tu vois.

– Non, le ticket, c'est pour un seul voyage.

Jamais dans sa vie elle n'était revenue sur ses pas, mais maintenant, pour la première fois, elle voulut remonter dans le temps, ne fût-ce que quelques secondes, pour modifier la réponse, cette intransigeance aveugle, cet esclavage qui dans sa jeunesse avaient fait de cette fête foraine un mausolée absurde et grotesque. Si le passage du temps avait laissé un sillage, comme la queue d'une comète, pour qu'on puisse le capturer deux secondes plus tard, Maytén l'aurait fait. Mais si elle réfléchissait bien, c'était ridicule: s'enfuir avec cet inconnu risquait d'être la plus grande absurdité de son existence. Ce n'était même pas la peine de penser à ce qu'ils feraient et où ils iraient, ils étaient deux parfaits étrangers face à face dans l'obscurité d'un manège, qui tentaient de décider de leur vie, une des choses les plus incohérentes qu'on puisse imaginer. Tout ce qu'ils pouvaient faire c'était continuer à s'embrasser, avec une passion croissante.

Dehors, Bruno et Eber avaient fini de réparer le panneau électrique et se dirigeaient vers les caravanes. Devant le stand du Jeu de massacre, Fredy dormait sur une chaise, la tête en arrière, comme si on venait de l'égorger. Bruno donna un coup de pied sur la chaise et Fredy se redressa subitement alarmé, il jeta un regard perçant sur les installations. Il observa un moment les wagonnets vides qui sortaient et rentraient dans le tunnel et, sans trop savoir pourquoi, cela lui parut étrange. "Vides", pensa Bruno en posant ses outils avec le geste lent d'un chasseur qui craint d'effrayer sa proie.

Pendant ce temps, dans le tunnel, les amants désespérés s'étreignaient fébrilement. Maytén crut entendre un bruit et s'écarta de Parker pour tendre l'oreille, mais ce n'était qu'une vague rumeur dans sa tête.

– Il faut arrêter, ne viens plus, je t'en supplie.

Parker lui caressa les cheveux, lui prit doucement le menton et chercha ses yeux dans l'obscurité. Il ne lui restait que quelques secondes et presque aucun mot pour la convaincre de partir avec lui. Mais à trois virages de là, le rideau s'ouvrait lentement et une silhouette musclée se découpait à contre-jour. Tous deux savaient déjà, sans cesser de se toucher, qu'ils vivaient les derniers instants de leur éphémère histoire d'amour. Une ultime étreinte et chacun regagnerait son propre monde. Maytén allait disparaître dans l'obscurité d'où elle avait surgi, comme un rêve que l'aube dissout. Parker sauterait hors du wagonnet en pleine lumière et se perdrait dans les rues de La Conquistada. Ils en étaient là, l'âme en peine, la voix tremblante, lorsqu'un des monstres du labyrinthe sembla prendre vie. Une main boudinée et couverte de tatouages s'empara de la faux de la Mort et se dirigea lentement vers l'endroit d'où provenaient les murmures. Les amants étaient sur le point de se séparer, mais, percevant un mouvement inhabituel, Maytén s'immobilisa et attendit un instant. Elle distingua alors la faux dressée qui s'apprêtait à frapper. Inconscient du danger, le cœur en lambeaux, résigné à la perte de son amour, Parker cherchait un wagonnet qui le sortirait de là pour toujours.

– Au secours ! s'écria Maytén en sursautant.

Elle prit la main de Parker et l'entraîna en courant dans la galerie. Le violent coup de faux les rata, décapita un Dracula aux dents sanglantes et s'accrocha à une bande de chauve-souris qui pendaient du plafond. Il y eut aussitôt un court-circuit électrique et un écheveau de câbles, qui ressemblait à un nœud de serpents, crépita d'étincelles. Des haut-parleurs jaillirent des cris d'épouvante et des éclats de rire qui fusèrent dans le tunnel avec un écho maléfique. D'un bond, Parker et Maytén montèrent dans un des wagonnets, qui circulaient maintenant à toute allure comme des chevaux emballés. L'armature entière du Train fantôme tremblait comme sous l'effet d'un séisme, tandis que la faux aveugle du mari qui poursuivait les amants détruisait les mannequins et crevait les décors de tôle et de carton. Les tibias et les côtes des squelettes s'éparpillaient sur le sol comme un jeu de mikado et des crânes rebondissaient contre les parois. Les hurlements réveillèrent subitement Fredy qui courut vers l'entrée, où il trouva Eber, les yeux exorbités, qui le regardait avec terreur.

– Il se passe quelque chose de diabolique là-dedans, dit-il d'une voix angoissée en faisant le signe de la croix.

Ils observèrent avec crainte la sortie du tunnel où les rideaux de serpillière paraissaient agités par un souffle maléfique. Le wagonnet de Parker et de Maytén, décoré de jets de peinture rouge et d'un visage de vampire, émergea tout à coup, vomi par les entrailles du monstre. Parker était debout, tourné vers l'arrière, une main sur la barre, l'autre armée d'une hache qu'il avait arrachée au bourreau.

– Au secours! cria Maytén en pleine crise de nerfs, tenant son amoureux par la taille pour ne pas être éjectée au prochain virage.

Derrière eux apparut Bruno, l'air dément, brandissant une faux. En quelques secondes tous trois disparurent derrière les rideaux de l'entrée. Hallucinés, Eber et Fredy virent la scène qui se déroulait sous leurs yeux comme un événement biblique, sans savoir quoi faire. Les hurlements redoublèrent à l'intérieur, la structure vibrait de partout, les étincelles jaillissaient des câbles et soudain il y eut une explosion. Le courant fut coupé net et le vacarme cessa aussitôt. On n'entendit plus que le bourdonnement des wagonnets qui finissaient leur course entraînés par l'élan. Puis il y eut des coups secs, des insultes et des halètements, des bruits de pas, des sanglots, des objets qui tombaient, jusqu'à ce qu'un lourd silence envahisse les profondeurs du Train fantôme. Effrayés, les deux Boliviens s'approchèrent lentement de la sortie et virent réapparaître Maytén et Parker qui couraient main dans la main. Au lieu de la hache, Parker tenait maintenant la tête de cerf sous cellophane. Fredy et Eber s'écartèrent pour les laisser passer et les virent disparaître entre les caravanes. Un instant plus tard, les rideaux s'ouvrirent sur un wagonnet en fin de course, décoré d'un Frankenstein, qui transportait le corps de Bruno inconscient, la tête ensanglantée rejetée en arrière. Le wagonnet s'arrêta lentement devant les Boliviens qui, épouvantés, allèrent se réfugier dans la cabine du guichet.

– Il faut que tu ailles aider le patron, dit Fredy à son collègue.

– Il y a le diable là-dedans, il vaut mieux qu'on reste ici jusqu'à ce qu'il s'en aille, répondit Eber.

Maytén et Parker atteignirent la sortie, mais juste avant elle revint sur ses pas vers la caravane. Pendant qu'il l'attendait comme un soldat de garde, elle entra et fourra dans un sac quelques vêtements et objets, puis elle prit une boîte dans le placard d'où elle sortit une liasse de billets qu'elle divisa en deux sans les compter, elle remit une moitié dans la boîte et sortit de la caravane. Mais avant d'abandonner pour toujours ce qui avait été sa maison pendant des années, elle réfléchit un instant et retourna à l'intérieur pour replacer sa moitié dans la boîte. Pendant ce temps, à l'entrée du Train fantôme, Eber et Fredy s'approchaient prudemment du wagonnet où leur patron se prenait la tête dans les mains et vociférait des insultes.

Quelques heures plus tard le camion de Parker parcourait les ondulations de la plaine, sous les nuées flamboyantes du crépuscule. Parker conduisait, l'air sérieux et concentré, en surveillant fréquemment le rétroviseur.

Maytén sanglotait, son sac encore sur les genoux. Posée entre eux, la tête de cerf sous cellophane était le troisième passager, lui aussi silencieux, mais le seul qui semblait sourire. À ce moment-là, dans la fête foraine déserte, les deux Boliviens faisaient semblant de s'affairer, non tant pour tromper leur patron, qui pleurait dans le wagonnet et hurlait au ciel comme un animal blessé, que pour ne pas penser à l'avenir incertain qui les attendait. Des collègues des autres manèges venaient offrir leur aide, mais Bruno, surmontant son humiliation, les éloignait en agitant la faux.

Quelques heures plus tard, Eber et Fredy se reposaient, plongés dans d'obscurs présages. De temps à autre, ils s'approchaient du wagonnet où Bruno se remettait de ses blessures et constataient qu'il respirait encore. Le soleil s'enfonçait derrière les collines et des nuages bas survolèrent la fête foraine, qui gisait dans un silence de mausolée.

Le camion traçait en roulant une ligne qui séparait la plaine en deux : d'un côté, l'Occident, Parker et le passé, de l'autre, l'Orient, avec Maytén et l'avenir, mais il suffisait d'un léger virage pour que les moitiés se mêlent comme un jeu de cartes, alors il restait d'un côté Maytén, le passé et l'océan, et de l'autre les montagnes, Parker et l'avenir. Et ainsi, virage après virage, les deux parties se combinaient comme des ingrédients malaxés qui pouvaient se changer en pain, ou former une pâte immangeable.

Le camion épousait les courbes de la route avec la souplesse d'un serpent et se glissait entre les plis des collines. Depuis plusieurs jours, Parker conduisait en regardant alternativement le paysage qui s'ouvrait devant lui et les rétroviseurs latéraux qui lui offraient la perspective du chemin parcouru et l'assurance qu'ils n'étaient pas suivis. Maytén ne s'était pas séparée de son sac et tenait un mouchoir en papier dans la main, le regard perdu dans le décor monotone qui s'étendait à l'infini. La tête de cerf, maintenant posée sur le tableau de bord, évoquait la figure de proue d'un vaisseau fantôme et donnait l'impression qu'elle seule avait une idée claire du cap qu'ils avaient pris.

Le soleil de l'après-midi ne tarda pas à inonder la cabine et bientôt ils retrouvèrent la plaine. Le camion filait tout droit, vers l'horizon, comme une flèche poursuivant sa cible. Préoccupé par le visage affligé de Maytén, il lui caressa les cheveux, geste qu'elle accepta de manière machinale, distante, avant de fixer de nouveau son regard sur la route, jusqu'à ce qu'ils arrivent à un croisement. Parker hésita un moment, regarda des deux côtés, amorça un virage à droite, puis à gauche, et ce n'est qu'au dernier moment qu'il vit le panneau “Attention, route dangereuse. Roulez avec prudence”. Le camion s'engagea sur un chemin sinueux semé de nids-de-poule, tandis que les rayons du soleil filtraient entre les nuages en formant un éventail de couleurs. Parker observait sa compagne, craignant qu'à tout moment elle ne devienne une autre personne. Il lui prit doucement son mouchoir en papier, le jeta sur le plancher de la cabine et lui en tendit un propre.

– Quand elles sont sèches, les larmes ne servent plus à rien, dit-il, trouvant aussitôt la phrase plus banale qu'au moment où il l'avait pensée. Elle le regarda, étonnée. Lorsqu'elle comprit le sens de ces mots, elle ramassa les boules de papier disséminées dans la cabine et en fit une poignée qu'elle jeta par la fenêtre. Au lieu de les emporter, le vent de la plaine les rabattit à l'intérieur. Elle dut s'y reprendre à plusieurs fois jusqu'à ce qu'elle finisse par apercevoir dans le rétroviseur les petites boules blanches voltiger en l'air avant de tomber sur le bitume ou s'accrocher aux arbustes jaunâtres de la route. Ce n'est qu'à cet instant que Parker remarqua les bleus sur les bras de Maytén, mais il détourna les yeux, sentant qu'il blessait son intimité. Il tenta de lui redonner le moral par des paroles douces, elle esquissa un sourire et son visage parut se détendre, bien qu'elle continue à regarder par la fenêtre en silence. Quelques heures plus tard, ils étaient au cœur de la nuit, buvaient du café et parlaient dans la chaude obscurité de la cabine, propice aux câlins et aux confidences. Ils étaient interrompus un instant lorsque les phares des rares véhicules qui empruntaient cette route éclairaient la cabine et leurs visages fatigués par les heures de voyage. Ils traversèrent des hameaux endormis, passèrent devant une station-service et une boîte de nuit aux néons en forme de cœurs et de verres, à l'entrée de laquelle des hommes et des femmes riaient et buvaient sous les lumières multicolores des enseignes. Et peu après le jour se leva.

Ce matin-là, Parker sursauta en découvrant dans le rétroviseur les appels de phare d'un camion qui cherchait à les doubler en lançant des coups de klaxon brefs et répétés. Il tenta de se rappeler où il avait caché le pistolet du journaliste, mais ce ne fut pas nécessaire. "Le Turc", pensa-t-il en reconnaissant le camion de son vieux collègue qu'il n'avait pas vu depuis longtemps. Sa présence fit retomber l'inquiétude qui le saisissait chaque fois qu'il imaginait Bruno lancé à leur poursuite. Ils se placèrent côte à côte, sans s'arrêter, sur l'interminable ligne droite où ils roulaient, comme si elle leur appartenait, puis ralentirent et se mirent à parler en criant par les fenêtres. Lorsque le Turc remarqua la présence de Maytén, il la salua, tout étonné, et regarda son ami dans l'attente d'une explication. Parker fit les présentations, sans donner de détails, et attendit que l'autre le dépasse pour mettre un terme à la rencontre, mais le Turc proposa de fêter l'événement et lui lança une bouteille de bière par la fenêtre, que Parker attrapa avec habileté. À son tour, Parker prit un morceau de salami suspendu au toit de la cabine et le lui lança de la même manière, sous le regard stupéfait de Maytén. Ils roulèrent ainsi un bon moment, côte à côte, presque à se toucher, tout en mangeant, buvant et parlant avec animation.

– Pourquoi vous ne vous arrêtez pas ? demanda Maytén qui n'en croyait pas ses yeux.

– S'arrêter ? Pourquoi ? répondit Parker surpris par la question.

L'échange se poursuivit pendant une quinzaine de kilomètres, jusqu'à ce que la boisson et les sujets de conversation soient épuisés. Avant de se séparer, ils firent un dernier échange de bouteilles de vin, de fromage et de fruits, puis le camion du Turc accéléra, salua par des coups d'avertisseur et s'éloigna sur la route. Parker et Maytén continuèrent leur voyage en parlant dans l'intimité de la cabine, jusqu'à ce qu'elle s'appuie contre lui, sa chevelure noire répandue sur son épaule, et s'endorme. En l'observant, Parker ressentit un désir intense, comme cela ne lui était pas arrivé depuis longtemps, et il ne se soucia plus de savoir de quel côté du virage se situaient pour eux le passé et l'avenir, l'orient et l'occident, l'espoir et la désillusion. Il décida de rouler quelques heures de plus et, dans l'après-midi, profitant de la clémence du temps et estimant que le risque d'être poursuivi par Bruno était maintenant lointain, il décida de s'arrêter et de monter le campement, pour que Maytén, peu habituée à de si longs trajets, puisse descendre et toucher terre.

Il se gara sur le bas-côté et entreprit de décharger les meubles en s'efforçant de ne pas faire de bruit. Lorsqu'il eut terminé, il regagna la cabine où Maytén dormait encore, blottie sur son siège, et la porta jusqu'au lit tandis qu'elle murmurait des phrases incompréhensibles. Il fit un grand feu pour éloigner les animaux, éteignit la lampe de la table de nuit et se coucha à côté de Maytén. Avant de fermer les yeux, il observa le ciel étoilé qui s'étendait au-dessus du campement et resta un long moment le regard perdu dans les constellations. Quelque chose avait changé, le dessin de l'univers s'était légèrement modifié. Cette dernière pensée s'enroula dans sa conscience et le troubla mais, épuisé par trois jours entiers de route, il sombra dans le sommeil.

Le lendemain, aux premiers rayons du soleil, Maytén se réveilla lentement en sentant l'air froid sur son visage. Elle se retourna dans le lit en bâillant et ses yeux s'ouvrirent sur la teinte sépia du paysage, comme d'une vieille photographie. Elle vit d'abord en s'étirant les arbustes et les branches mortes que le vent avait accumulées, puis elle aperçut les ondulations des collines. Elle regarda autour d'elle, le camion, les braises fumantes et ces meubles installés sur le terrain, sans comprendre comment elle était arrivée dans cet endroit insolite. Incrédule, elle découvrit aussi Parker qui dormait près d'elle et comprit qu'elle venait de se réveiller. Un léger tressaillement parcourut tout son corps, c'était l'aube du premier jour d'une nouvelle vie, elle renaissait, son regard découvrait le monde. Les événements de la fête foraine et leur fuite lui revinrent en séquences brèves qui éclairaient sa situation, mais il lui restait à connaître quelque chose de très important. Où diable se trouvait-elle ? Et cette espèce de maison sans toit ? Elle se redressa et vit qu'elle était dans un lit posé sur un tapis en plein désert, à côté d'un camion, au bord de la route. Un hôtel sophistiqué ? Un mirage, un rêve ? Parker, le seul qui puisse lui répondre, continuait de dormir profondément. Du bout du doigt elle lui effleura l'épaule, non tant pour le réveiller que pour s'assurer qu'il était réel. Parker ouvrit les yeux et se tourna vers elle, mais il lui fallut aussi une ou deux secondes pour se rappeler ce qu'il faisait ici. Il voulut l'embrasser, mais elle restait éberluée.

– Mais où on est ? demanda-t-elle, encore incapable de croire qu'ils avaient dormi en plein air.

– Chez moi. Bienvenue ! répondit Parker en se levant, nu sous une grosse couverture.

Maytén l'observa en train de ranimer le feu et d'ouvrir une espèce de frigo qui ressemblait à un monolithe dans la steppe. Était-ce possible ? Il lui fallut quelques secondes avant de poser la question.

– C'est ici que tu vis ?

– Oui tant qu'on est en voyage, après non.

– Je ne comprends pas.

– Quand tu auras pris ton petit-déjeuner, tu comprendras mieux.

Maytén écarquilla les yeux.

– Petit-déjeuner ?

– Et en plus, petit-déjeuner au lit.

Elle regarda de nouveau autour d'elle, encore plus troublée.

– Il fait un peu froid chez toi, dit-elle en se couvrant jusqu'au cou.

Les traits de son visage se détendirent, l'air sombre qu'elle avait depuis des années s'effaça, mais son incrédulité subsistait.

– Je n'arrive pas à croire que je suis ici, dit-elle en riant, tandis que sa tristesse se diluait dans le paysage. La vue n'est pas mal, ajouta-t-elle.

Peu après, ils déjeunaient ensemble dans le lit, avec des tasses de café fumant à la main, dans l'air vif et cristallin du matin.

– Comment tu as eu cette idée de campement ?

– Je ne l'ai pas eue, elle est venue comme ça. C'est une longue histoire, je ne sais même plus quand elle a commencé.

– Jamais je n'avais imaginé que ça pourrait finir comme ça, dit-elle en baissant la tête.

Parker la regarda, l'air sérieux.

– Mais ça ne fait que commencer, dit-il, mais elle gardait la tête baissée.

– Je t'ai causé un sacré problème, murmura-t-elle.

– J'aimerais bien que tous mes problèmes soient comme ça.

– Tu me connais à peine.

– Dans le pire des cas, tu es peut-être un vampire échappé du Train fantôme.

– Peut-être pire encore, un chargement supplémentaire qu'on ne te paiera pas.

– Je pourrais te décharger dans le premier port.

Elle réfléchit un instant et ajouta :

– Tu as l'air d'être un type bien.

– Tu te trompes, j'étais sur le point de te kidnapper.

– Et où tu m'aurais emmenée ?

– Ici même.

– Je ne veux pas être un poids pour toi, dès que je peux, je m'en vais et je te laisse tranquille.

– À la foire, je t'ai demandé de partir avec moi, mais j'ai oublié de te dire où. Eh bien, c'était ici. Je me sens plus à l'aise loin du monde. Ici, tu peux oublier ton nom et ton histoire.

– Je veux bien oublier mon histoire, mais pas mon nom. Pourquoi il faudrait oublier son nom ?

– C'est une façon de parler, ici on n'est personne et tout le monde.

Maytén le regarda, étonnée, avec une certaine méfiance.

– Toi, tu es un peu bizarre, parfois je ne te comprends pas.

Parker se leva d'un bond pour aller chercher une bouteille de cognac dans le placard et revint avec deux verres.

– Pas à cette heure, dit-elle sèchement.

Parker l'observa perplexe, essayant de comprendre le lien entre l'heure et le cognac. Elle regarda ailleurs puis se tourna vers lui pour lui dire quelque chose, mais elle se ravisa. Alors il comprit et posa les verres sur la table de chevet.

– C'est pas un peu solitaire tout ça ? dit-elle en changeant de sujet.

– Ici, il ne peut rien t'arriver.

– On peut être kidnappé, tu as bien failli le faire, dit Maytén en riant. Moi, j'ai toujours vécu ici, le Sud c'est triste, les gens sont solitaires et mesquins, l'alcool est leur seule compagnie, poursuivit-elle en reprenant son air sombre.

– En ville, la solitude est bien pire.

– Tu te sens bien, ici ?

– Oui, enfin ça dépend, parfois oui, parfois non.

Maytén se redressa et le dévisagea avec curiosité.

– Tu as une maison, ou ce qui y ressemble, quelque part dans le monde ?

– J'avais une maison. Et une voiture, un chien et une femme.

– Dans cet ordre ?

– Non, c'est d'abord ma femme qui est partie, puis le chien m'a abandonné et enfin on m'a volé la voiture.

– Et la maison aussi on te l'a volée ?

– J'ai dû la vendre à ceux qui m'avaient volé la voiture. Des histoires de dettes.

– Et ta femme aussi, tu as dû la vendre ? demanda-t-elle amusée, le regrettant aussitôt. Mais la question fit sourire Parker.

– Elle est partie avant que je la vende.

– Elle était méchante ?

– Elle a bien fait, le méchant c'était moi.

Parker sortit du lit et ramassa du bois qu'il posa sur le feu et il regarda les braises tandis qu'elle observait l'étui du saxophone posé sur le fauteuil.

– Et j'ai eu aussi un petit orchestre, ajouta-t-il en revenant près d'elle.

– J'adore la musique, vous jouiez quoi ?

– Du jazz, du blues, un peu de country, mais ça n'a pas duré.

Maytén le regarda, attristée, sans comprendre de quel genre de chansons il parlait. Il poursuivit, concentré sur ses souvenirs.

– Je n'en ai jamais parlé à personne et les années ont passé. Si je commence, je ne vais pas arrêter.

– C'est pas le temps qui manque, regarde tout ce temps qu'il y a ici, dit-elle en indiquant de la main le paysage vide.

Parker réfléchit un moment. La réplique de Maytén lui avait plu : imaginer que l'immensité qui les entourait puisse être du temps au lieu d'être un espace. Il pensa qu'il allait pouvoir bien s'entendre avec cette femme et poursuivit :

– Le batteur et moi on était associés, on avait un local et on jouait tous les soirs, tu vois bien le genre de vie.

– Comment veux-tu que je sache, moi j'ai toujours vécu au milieu de nulle part.

– La vie nocturne, femmes, drogues. Ma femme était enceinte et je ne voulais pas que son enfant ait un père comme moi. Quand il est né, elle a obtenu la garde et elle est partie. Tu veux que je continue ?

– Je suis libre pour le reste de la journée, dit-elle en haussant les épaules.

Il l'observa de nouveau et sentit que quelque chose de plus en elle commençait à lui plaire.

– J'ai trop parlé, c'est ton tour maintenant.

– Il n'y a pas grand-chose à dire, j'ai toujours eu envie de vivre dans une grande ville et dans une maison, comme tout le monde, mais ça n'a pas été possible. Ma famille était horrible et je me suis mariée avec le premier venu. Je déteste ces régions, ce pays, ces gens. Tout est horrible ici, miteux, triste.

Parker l'écoutait, pensif, pendant qu'elle semblait parler dans le vague.

– Mon grand-père est venu d'Italie, je ne sais pas pourquoi il n'y est pas resté, il faut être fou pour venir ici. Il était contrebandier et chercheur d'or, et d'autres trucs encore que je n'ai jamais sus. Il a eu pas mal de gosses, mais il n'en a gardé qu'un seul, mon père. Il s'est réfugié chez les Indiens et a emmené mon père avec lui, dans les campements. Tu veux que je continue ?

– C'est pas le temps qui manque, répondit Parker en reprenant les mots de Maytén, tout en pensant que ce genre d'histoire pourrait intéresser le journaliste.

– Ce sac, c'est tout ce que j'ai. Ma mère est morte il y a quelques années et je n'ose pas imaginer ce que sont devenues mes sœurs, poursuivit-elle avec un sourire amer.

– Maintenant tu es avec moi, voilà ta maison, voulut la consoler Parker. Elle jeta un regard mélancolique autour d'elle et pensa qu'il plaisantait.

– Eh bien, merci, dit-elle, d'un ton morne, avant de poursuivre : Bruno travaillait dans une usine jusqu'à ce qu'il soit licencié. Ensuite il a ouvert une salle de sport et ça n'a pas marché. Après il a acheté une partie de la fête foraine. Il est devenu aigri, violent. Mais peut-être qu'il l'avait toujours été et que je ne m'en rendais pas compte.

Une larme coula sur la joue de Maytén qui dut demander un mouchoir en papier, mais il n'y en avait plus.

– Je suppose que les hommes ne pleurent pas.

– Je pleure en moi-même, des larmes sèches. C'est pas bon pour la santé, les larmes servent à lubrifier le regard, dit Parker qui alla dans la cabine et en revint avec un bidon en plastique qu'il montra à Maytén comme si c'était de l'eau bénite. Quand j'en ai besoin, je me sers de ces larmes, elles sont fraîches, je les recueille à la lagune du Salar, en plus c'est un désinfectant et un antibiotique naturel, expliqua-t-il avant d'en verser quelques gouttes dans une cuiller et de se les mettre dans les yeux. Maintenant on peut pleurer ensemble un moment. Tu en veux ? lui proposa-t-il, les yeux humides.

– Non, merci, j'ai les miennes, dit-elle en testant quelques gouttes sur la langue. On peut aussi s'en servir pour faire cuire des patates et des nouilles.

Un moment plus tard, Parker et Maytén s'embrassaient et se caressaient sous les couvertures et commençaient à faire l'amour.

– Et si quelqu'un vient ? dit-elle en regardant à droite et à gauche.

– La porte est fermée à clé, répondit Parker en continuant de caresser le corps brun et doux de Maytén.

Ils reprirent la route pendant plusieurs semaines, depuis les domaines agricoles des vallées fertiles jusqu'aux côtes solitaires de l'Atlantique, où les navires attendaient dans la rade le moment d'appareiller. Peu à peu, ils oubliaient Bruno et les événements qui les avaient poussés à vivre cette vie sur la route, entre les stations-services, les parcs de stationnement, les villages et les quais lointains. Maytén reléguait dans l'oubli son existence antérieure et une grande partie de ses années passées avec la fête foraine, bien que l'avenir fût un territoire incertain que tôt ou tard, selon les routes que prendrait Parker, ils devraient affronter. Elle vivait sur une espèce de nuage, loin de ses frustrations, mais aussi de ses espoirs et de ses désirs. Elle était comme suspendue dans le temps, perdue dans le lointain, anesthésiée par une étrange substance qui commençait à circuler dans son corps, et pour la première fois l'inconfort de la vie errante s'effaçait devant une forme de bonheur. Dans cette étape qu'elle commençait à vivre avec Parker elle éprouvait un immense plaisir et une sensation de bien-être, dépourvue d'urgences et de soucis, sa vie se limitait à un parcours agréable dans la solitude des lointains. Elle se demandait souvent comment elle pouvait supporter cette routine qu'elle avait toujours détestée, et pourtant elle se sentait bien. Elle n'avait pas de réponse, mais cela lui était égal : elle se laissait emporter, tout le reste devenait secondaire, et emmenée par Parker elle avait le sentiment de flotter hors du monde. Elle comprit lentement le choix de vie de son compagnon et ce qu'elle trouvait au début extravagant et absurde lui paraissait maintenant une manière originale de vivre, à laquelle elle prenait goût. Une espèce de calme général s'était installé sur les choses, une harmonie particulière dans les gestes quotidiens, qui suivaient un rythme inscrit dans le paysage dépouillé et vide. Peu importait à Maytén que cette quiétude fût ou non le bonheur, il lui suffisait que cela y ressemble. Elle ne s'inquiétait pas non plus d'être ainsi suspendue dans le temps pour obtenir un peu de calme, car elle n'avait rien à perdre. Une sorte de routine s'était établie entre eux, un accord de chaque moment, ce qui donnait à ses journées une continuité dans le temps. Leurs activités suivaient les cycles de la nature : après une longue journée de route, lorsque le soleil s'enfonçait dans les entrailles de la terre, ils cherchaient un espace protégé des rafales de vent et installaient le campement. Il y avait des espèces de corridors où l'air s'engouffrait violemment, mais quelques mètres plus loin il changeait de direction et d'intensité. Les rafales et les tourbillons furieux qui se disputaient le droit de passage se muaient en une brise molle et constante. Maytén avait grandi dans ces territoires et appris très jeune la manière d'esquiver les bourrasques. Il fallait pour cela se déplacer avec une intuition de sourcier, observer le type et la forme de végétation, l'accumulation de poussière, les traces subtiles que l'air laissait sur le sol. Chaque fois qu'ils s'arrêtaient ils cherchaient ces zones de calme et, grâce à elle, Parker apprenaient les secrets pour domestiquer les éléments que sa condition d'étranger lui refusait. Puis, pendant qu'elle préparait le repas, il réglait les derniers détails permettant d'avoir un campement plus confortable. Ils mangeaient près du feu, ou à la lueur des bougies, et parlaient jusqu'à la nuit tombée, alors ils se mettaient au lit, couverts jusqu'au menton, et se réchauffaient l'un contre l'autre. Quand il pleuvait, Parker protégeait le campement avec des bâches, mais si le temps devenait indomptable, ils se réfugiaient dans la cabine du camion. Parfois, selon son état d'esprit, il improvisait quelques accords au saxophone, mais jamais plus d'une demi-heure car les sons stridents et les harmonies bizarres de l'instrument irritaient Maytén et lui donnaient la migraine.

Parker continuait de suivre sa routine sans grandes différences et Maytén s'était adaptée à son rythme. S'ils n'avaient pas envie de reprendre la route, ils restaient au lit, à lire des livres ou de vieux magazines jusqu'à l'heure du déjeuner, et passaient le reste de la journée à faire de petits travaux d'entretien. Parfois aussi, Parker descendait du camion une baignoire en métal, achetée aux Gitans, la remplissait d'eau de la réserve, qu'il chauffait avec les braises, et ils passaient des heures dans l'eau tiède. Ainsi se déroulaient les journées, enfilées comme les perles d'un collier. De temps en temps ils s'arrêtaient dans un bourg pour acheter des provisions, de l'eau et du carburant. Elle était impatiente d'arriver dans ces localités, si pauvres et insignifiantes qu'elles fussent, de voir des maisons, des lumières et des personnes avec qui parler et partager un sourire. Alors que Parker avait envie de repartir le plus vite possible, Maytén appréciait ces moments de rencontre, même brefs, avec des personnes peu enclines à la conversation, mais échanger un salut, une information ou des impressions était pour elle un plaisir intime.

Un matin chaud et ensoleillé, après plusieurs jours de route et de mauvais temps, Parker terminait quelques réglages du camion pendant que Maytén se lavait les cheveux, plongée jusqu'à la poitrine dans l'eau mousseuse de la baignoire. Autour, les draps et les couvertures suspendus au soleil paraissaient des drapeaux ondoyant au vent. C'est alors que Parker entendit soudain le bruit d'un moteur, déclenchant un signal d'alarme dans sa tête : Bruno pouvait surgir de n'importe quel véhicule. Il arrivait parfois que quelqu'un s'arrête pour passer la nuit près de leur campement. Parker se levait alors sans alerter sa compagne, il prenait le pistolet que lui avait donné le journaliste et se postait dans un coin pour s'assurer qu'il n'y ait pas de mauvaise surprise. Cette fois, il attendit que le bruit du moteur se perde au loin, mais comprit aussitôt que la voiture ralentissait et s'arrêtait à quelques mètres derrière le camion. Il abandonna sa tâche, empoigna l'arme et se dirigea prudemment vers la voiture dont le moteur était éteint. Arrivé à l'arrière du camion, il jeta un coup d'œil mais ne vit pas la silhouette d'un homme qui en faisait le tour et s'approchait dans son dos. L'intrus découvrit Maytén qui, étrangère à la scène, continuait à se laver les cheveux, les yeux fermés. Il eut un instant d'hésitation et changea discrètement de direction. Les nerfs à vif, Parker perçut un craquement de gravier et fit brusquement volte-face. Il pointa son arme, mais ses mouvements se figèrent aussitôt dans cette position, le souffle court.

– Du calme, je voulais juste vous faire la surprise, dit l'intrus couvert d'un épais manteau poussiéreux, portant un sac de nourriture et des bouteilles sous le bras.

– C'est réussi ! s'exclama Parker qui baissa son arme en reconnaissant le journaliste. Vous êtes dingue, ou quoi ? J'ai failli vous tuer, poursuivit-il tandis que le journaliste déposait les vivres par terre et lui donnait une accolade plus longue que Parker ne pouvait le supporter d'un homme. Pour lui, une accolade était un léger contact du menton sur l'épaule de l'autre, accompagné de deux ou trois tapes brèves dans le dos. Il trouvait les embrassades prolongées gênantes et collantes, réservant l'effusion pour les moments intimes.

– Vous avez l'air tout chamboulé. Vous n'avez pas reconnu la voiture ?

– La voiture, si, mais pas la façon de freiner.

– Je réserve les freins pour les rencontres intéressantes. On avait prévu de se retrouver à Montechato, il y a une semaine.

– Je vous ai dit que je n'étais sûr de rien, j'ai été très occupé ces derniers jours.

Le journaliste l'écoutait, mais son attention était attirée par ce qu'il voyait derrière Parker : Maytén finissant de se rincer, et il avait besoin de vérifier que dans cette plaine de prodiges ce qu'il avait entraperçu n'était pas une hallucination. Maytén émergea nue de l'eau mousseuse, ignorant sa présence, et se dirigea insouciante vers une serviette suspendue à un fil. Le journaliste l'observa, abasourdi, définitivement convaincu que c'était bel et bien une hallucination, et lorsqu'elle découvrit sa présence, elle courut se cacher dans la cabine, en sautillant sur les gravillons comme sur des charbons ardents. Le journaliste regarda de nouveau la baignoire, qui se découpait sur la ligne d'horizon, en imaginant qu'à tout moment une autre femme allait en émerger.

– Inutile de rêver, il n'y en a pas d'autre, dit Parker.

– Je comprends maintenant pourquoi vous êtes dans cet état. Pour moi, ce serait pareil, ajouta-t-il en jetant un coup d'œil sur le campement, puis il suspendit son manteau et s'installa à la table en toute confiance.

– Qu'est-ce que vous faites par ici ? Vous ne deviez pas aller sur la côte chercher le U je ne sais combien ?

À cet instant, pimpante et bien habillée, Maytén sortit de la cabine et s'excusa pour le spectacle qu'elle avait donné.

– On ne voit pas beaucoup de fleurs dans ces parages, la flatta le journaliste sans la quitter des yeux.

– Les journalistes sont trop bavards, et celui-là encore plus. Et, pour couronner le tout, il passe son temps à pêcher des sous-marins, dit Parker en allumant le feu.

– C'est vrai, en ce moment je fais des recherches sur le U-986, donné officiellement disparu depuis novembre 1944, mais moi je pense qu'il a continué à opérer en secret dans l'Atlantique Sud.

Maytén l'observait avec curiosité, tandis que l'autre sortait des chemises de son sac. Parker regarda Maytén en faisant tourner son index sur la tempe, mais elle était intriguée, s'attendant à tout moment qu'il sorte de son sac, qu'elle voyait comme le coffre d'un magicien, quelque chose qu'elle n'avait jamais vu.

– C'est quoi votre travail, exactement ? demanda-t-elle, troublée.

– J'enquête sur des choses bizarres, je suis historien. À la fin de la guerre les sous-marins allemands débarquaient des trésors et des gens, peut-être même Hitler en personne.

Maytén était bouche bée. Devant les flammes, Parker soupirait en levant les yeux au ciel.

– C'est un secret très peu connu, n'en parlez à personne, ça peut être dangereux, prévint le journaliste en baissant la voix. Mademoiselle est d'ici ? poursuivit-il en feignant de découvrir sa présence. Mais avant qu'elle puisse répondre, Parker s'assit entre eux et interrompit la conversation.

– Non, cette demoiselle est de là-bas, dit-il en indiquant les alentours de manière vague. Et maintenant, poursuivit-il, qu'est-ce que vous avez en tête ?

Le journaliste le regarda, étonné :

– Continuer les recherches, comme toujours.

– Je vous demandais ce que vous pensez faire tout de suite.

– Il faut qu'on fête la publication de mon livre, j'ai apporté de la viande et du vin.

Un moment plus tard, pendant que Parker faisait griller la viande, le journaliste racontait à une Maytén captivée ses recherches insolites, la plupart desquelles avaient peu à voir avec la réalité.

– Vous savez plein de choses, quelle chance ! dit-elle en mettant le couvert.

– Et plus encore, mais ce sont des choses inutiles, qui ne servent à rien. Le savoir prend beaucoup de place, trop.

– Moi, j'aimerais bien savoir toutes ces choses même si elles ne servent à rien.

– Il faudrait avoir un océan de connaissances, mais un océan d'un centimètre de profondeur. Je sais, par exemple, comment s'appelle l'assassin de l'archiduc François-Ferdinand, mais il me serait plus utile de savoir comment on répare les freins d'une voiture.

– Arrêtez de faire le malin. Comme s'appelle l'assassin de ce duc ? le défia Parker.

– Je n'ai pas envie de vous le dire. Allez dans une bibliothèque, cherchez, vérifiez, en mangeant de la viande vous n'allez rien apprendre.

– Vos bobards sont une misérable flaque de mille mètres de profondeur.

– Je sais aussi comment s'appelait le gardien de but de Roumanie qui a joué au Mondial de 1930 en Uruguay, et je n'ai pas non plus envie de vous le dire.

– Je peux vivre très bien en ignorant tous ces trucs, mais vous aussi vous les ignorez.

Maytén se sentit mal à l'aise et fit un geste à Parker pour qu'il cesse de discutailler, mais ils continuèrent à se lancer des piques un bon moment, jusqu'à ce que la troisième bouteille de vin soit vide. Maytén écoutait en silence, ennuyée par ces échanges absurdes qui étaient en réalité une espèce de duel galant dont elle était l'objet. De temps en temps, l'un ou l'autre des adversaires s'adressait à elle pour qu'elle tranche, à la manière d'un juge. Elle devinait qu'elle était l'objet inavoué de leur dispute et en était flattée, mais elle ne tarda pas à se lasser de ce qui tournait à un bavardage d'ivrognes.

– Non, merci, répondit-elle avec une moue lorsqu'ils lui proposèrent de remplir son verre, et elle gagna la cabine sous un prétexte quelconque.

Parker regarda le journaliste droit dans les yeux et lui dit sur un ton cassant :

– Je ne crois pas que ça vous servira pour votre livre, elle est trop brune pour être une descendante d'Hitler, n'y pensez plus et arrêtez de la mater.

Le journaliste acquiesça et leva son verre.

– À votre santé, camionneur !

– À la vôtre, journaliste !

– Ou plutôt à la sienne, parce que votre santé, je m'en fiche un peu. Cette fille est une merveille, vous faites bien de la protéger, ces régions sont pleines de vautours, on ne peut avoir confiance en personne. Mais d'où vous l'avez sortie, je peux savoir ? C'est pas facile de trouver des femmes comme elle dans ces coins paumés.

– Si vous voulez le savoir, cherchez, enquêtez, on n'apprend rien en picolant, répliqua Parker.

– Je vais vous donner un conseil, emmenez-la, sortez-la de ces endroits merdiques, allez vous balader. Pas très loin d'ici, à Barranca Los Monos, Ravin des Singes, il y a fête au village.

– J'ai pas besoin de conseils.

– Il y a bal et tout et tout. Distrayez-la, sinon elle va vous larguer. Elle vous remerciera, et vous aussi vous me remercierez.

– Je vous dis que je n'ai pas besoin de vos conseils, répéta fermement Parker. Puis il réfléchit un instant. Barranca Los Monos ? Sur la côte ?

Le journaliste indiqua de la main un point de l'horizon et traça un cercle en l'air.

– Prenez la nationale tout droit, après-demain tournez à gauche, lundi vous tournez à droite et vous continuez jusqu'à l'Atlantique. C'est le seul océan, vous ne pouvez pas vous perdre.

– On peut y arriver autrement ?

– Vous préférez les routes secondaires ?

– Je ne les préfère pas, mais je suis obligé. Je vois que vous avez oublié de m'apporter ce que vous m'avez promis la dernière fois.

Le journaliste réfléchit et se frappa le front avec la paume de la main.

– Ça y est! Je devais vous apporter de nouveaux papiers d'identité! J'ai oublié! Promis, juré, je vous les apporte la prochaine fois. Bon, alors prenez la 210 jusqu'à trouver un arbre abattu. Si vous dépassez les trois jours, revenez en arrière, parce que vous serez allé trop loin. Au croisement, prenez à gauche, c'est l'affaire d'un jour et demi, deux s'il pleut, mais il n'y a pas de contrôles. À Barranca Los Monos, dites que vous venez de ma part, je suis connu là-bas.

Les deux hommes passèrent le reste de la nuit à boire et à marcher sous les étoiles, en parlant de sujets qu'ils oubliaient la minute suivante. Le lendemain, Maytén les trouva allongés par terre, au milieu de bouteilles vides, comme des soldats morts sur un champ de bataille. Et un moment plus tard tous les trois déjeunaient de galettes, d'œufs et de café sous le soleil timide du matin.

– Je peux vous poser une question? dit Maytén au journaliste, qui contemplait hébété le paysage, une tasse à la main.

– Seulement si c'est personnel, répondit-il avec un sourire pâteux.

– Vous allez où, maintenant?

– À Buenos Aires pour la publication de mon livre.

Elle soupira, le regard dans le vague, avec un rien de nostalgie.

– J'aimerais tellement connaître Buenos Aires! Les gens, les bars, les trottoirs, les boutiques, les voitures…

– Si vous voulez m'accompagner, je vous emmène, dit-il en se levant avec effort, titubant. Et il rassembla ses papiers éparpillés.

– Mais je veux y aller avec Parker, dit-elle. Vous croyez que vous pouvez conduire dans l'état où vous êtes?

– Ici, pas besoin de conduire, c'est la route qui vous conduit, comme un cheval fidèle, parvint-il à articuler.

Parker l'accompagna jusqu'à la voiture en traînant les pieds. De chaque côté, la route était une ligne droite infinie qui séparait la planète en deux. À peine purent-ils faire les gestes nécessaires pour l'accolade d'au revoir, qui fut cette fois plus brève. Le journaliste s'immobilisa au milieu de la chaussée, jeta un coup d'œil à droite et à gauche et, après une courte hésitation, choisit la droite. Parker le laissa s'éloigner et l'appela en sifflant.

– Vous oubliez quelque chose, dit-il en indiquant la voiture.

Le journaliste fit demi-tour et revint sur ses pas.

– Vous faites bien de me le rappeler, dit-il en levant le pouce, fermant un œil et visant. Puis il changea d'œil et refit le même geste.

– Si au moins je pouvais savoir laquelle de toutes ces routes est la bonne.

– Impossible, dit Parker.

– Celle-là est trop droite pour quelqu'un qui voit les choses toutes tordues, poursuivit l'autre sans cesser de viser avec l'œil droit puis le gauche. La vie, je voulais dire, pas la route, précisa-t-il.

Parker le suivit des yeux pendant quelques minutes, jusqu'à ce qu'il monte dans la voiture. Il le rejoignit et le journaliste baissa la vitre :

– Princip, Gavrilo Princip. Cadeau, dit-il, sérieux et solennel.

– Le gardien de but hongrois ?

– Non, l'assassin de l'archiduc.

Les phares du camion perforaient la nuit, laissant un sillage laiteux qui se dissolvait dans l'obscurité. De tous côtés, la nuit était un souffle noir qui balayait le paysage et les yeux phosphorescents des animaux nocturnes semblaient des étoiles tombées au milieu de la plaine. Dans la chaude pénombre de la cabine, Maytén et Parker flottaient dans un calme amniotique, leurs visages à peine éclairés par les voyants du tableau de bord. Ils avaient parlé toute la journée et à présent, lassés de tant de paroles, ils se laissaient bercer par le silence de la route et se retiraient chacun de leur côté. Ils ne partageaient que les sons de la radio et des quelques stations qu'elle parvenait à capter : voix et musiques lointaines, anciennes, usées, comme venant d'un autre temps, enroulées dans une pelote de grésillements électriques. Parker avait l'impression que le son de ces ondes capricieuses était comme des doigts laissant des traces argentées dans la cabine, mais il ne provoquait chez Maytén que de l'agacement. Elle entendit soudain une voix claire parlant d'horoscope et de signes du zodiaque, et avant que la station ne soit brouillée elle parvint à la stabiliser. Parker s'inquiéta, car pour lui une émission durablement audible indiquait une anomalie dans sa routine bien huilée. Il ne concevait pas d'écouter la radio autrement que perturbée par ces sauts constants de fréquence. Les sourcils froncés, il regarda l'appareil, pressa un bouton et aussitôt les émissions recommencèrent à sauter sur le cadran. Contrariée, Maytén croisa les bras et demanda pourquoi elle ne pouvait pas écouter normalement la radio comme tout le monde. Parker lui expliqua cette sensation unique de sauter d'une émission à l'autre, de passer des tangos aux cumbias et à la musique classique. Cinq secondes, puis c'était le sermon fanatique d'un pasteur évangélique et cinq secondes après les publicités, la météo, les recettes de cuisine, les informations, le bavardage d'auditeurs qui n'avaient rien à dire, les éclats de rire grotesques des humoristes, les feuilletons. L'ensemble de la condition humaine était contenu dans ces émissions de radio qui se disputaient l'éther et défilaient comme un manège de fête foraine. L'espèce humaine avec ses manies, ses vanités et sa prétentieuse vacuité. Cinq secondes, c'était tout ce que Parker pouvait lui concéder, au-delà c'était du temps gaspillé.

– Un océan radiophonique, mais cinq secondes de profondeur, ajouta-t-il en citant d'un air docte les paroles du journaliste.

– Et ça t'amuse ? demanda-t-elle sceptique, avant de se tourner vers le néant qui régnait à l'extérieur de la cabine.

Mais Parker continua à lui parler de son plaisir à traverser des villages et des hameaux où les gens étaient destinés à croupir jusqu'à la mort et à les abandonner à leur sort.

– Ils doivent penser la même chose quand ils te voient passer, rétorqua-t-elle.

Parker apprécia sa remarque et allait ajouter quelque chose à l'instant où une voix commença à transmettre des messages personnels. Il lui expliqua alors que c'étaient les seules émissions qui méritaient son attention : messages de la famille une telle de Palo Mocho, Bâton Coupé, pour qu'ils aillent chercher au commissariat un paquet déposé par les cousins ; message d'un tel à son beau-frère pour le prévenir que, ce dimanche, il ne pourrait pas venir ; invitations à la famille pour les quinze ans de la fille d'Evaristo Calfulén, à la salle des fêtes et pas à la paroisse, vu que le curé n'est pas d'accord, ou encore condoléances des habitants de Los Arbustos, Les Arbustes, pour la mort de don Panguilef.

Incrédule, Maytén écouta les propos de Parker et le regarda un instant pour s'assurer qu'il parlait sérieusement.

– Toi, tu dois pas être très bien de la tête, dit-elle en se tournant de nouveau vers la fenêtre.

Cette nuit-là, ils roulèrent en silence, bercés par les courbes du chemin. Mélancolique, elle regardait le monde extérieur, la tête appuyée contre la fenêtre. Cet immense espace hostile était une menace voilée qui augmentait le confort de la cabine et le sentiment de sécurité qu'elle ressentait à côté de Parker. Elle aimait ce refuge, à l'abri de l'adversité. C'était une autre des petites routines de cette existence sans but qu'elle avait appris à valoriser grâce à lui : s'arrêter quelque part, camper, partager la nuit avec lui et repartir le lendemain. Maytén se demanda si elle éprouvait un sentiment profond et durable pour cet homme étrange qui était entré dans sa vie. Quelque chose avait changé en elle depuis toutes ces semaines de tranquillité constante qui l'aidait à réfléchir. Bien que cette existence routinière fût loin de son idéal, une nouvelle façon de voir l'avenir s'était installée en elle au fil des heures et des kilomètres. Elle se sentit envahie par un immense optimisme tandis que les émissions de radio continuaient de hoqueter et que les choses autour d'elle prenaient une couleur lumineuse qui contrastait avec l'obscurité de la nuit. À un moment, la radio fit état de conditions climatiques et de vents inhabituels qui allaient provoquer de fortes marées basses les mois suivants, mais les détails de ces prévisions furent remplacés par une voix hystérique qui annonçait l'arrivée imminente de l'ange de l'apocalypse porteur de fléaux et de catastrophes.

"Même la mer veut partir d'ici", pensa-t-elle, tandis que jaillissait de la radio un rythme de musique populaire qui rompit la quiétude de la cabine. Saisi par cette soudaine vague de vie, le corps de Maytén suivait les accords avec grâce. Avant que cette musique disparaisse, elle parvint à stabiliser la station et à monter le volume. Parker sentit ces stridences lui percer les oreilles et il faillit changer de station pour retrouver son univers familier, mais le regard figé que Maytén lui adressa suspendit son geste. Il laissa passer un moment, la regarda dans les yeux et, malgré lui, un sourire fleurit sur ses traits. Leurs corps se mirent à bouger lentement, puis plus vite, ondulant des épaules et de la tête, pour épouser le rythme de la musique. Ils passèrent le reste de la nuit à chanter ensemble, à tue-tête, les chansons qu'elle sélectionnait à la radio. Quand ils commencèrent à avoir faim, elle trancha des morceaux de viande grillée la veille et il ouvrit des bières avec le décapsuleur accroché au tableau de bord. Ils mangèrent, envahis par un bien-être qui semblait entrer dans la cabine avec l'air nocturne de la steppe. Quelque chose entre eux venait de se débloquer, après toutes ces semaines écoulées depuis leur fuite. Plein d'optimisme, Parker se rappela le conseil du journaliste, il prit une carte qu'il déplia sur le siège et indiqua du doigt un endroit.

– Tu aimerais qu'on s'arrête dans une ville ? Et il poursuivit sans attendre la réponse : Il faut qu'on décharge ici, à Puerto Encarnación, Port Incarnation, un sale endroit, et là une semaine après, mais si on fait un détour de deux jours on pourrait passer par là.

Elle regarda les points qu'il indiquait, un peu troublée, sans comprendre où il voulait aller.

– Barranca Los Monos ? C'est quoi ce ravin des singes ?

– Une ville, répondit-il avec un enthousiasme inhabituel chez lui.

– Avec un nom pareil ? On dirait un zoo, je te préviens que je déteste les singes, dit-elle un peu inquiète.

– Il y a une fête en ce moment, et des bals.

Maytén sauta de joie sur son siège. Parker lui tendit un guide de voyage et elle se mit à chercher le nom de la ville.

– Barranca Los Monos, lut-elle à voix haute, ville côtière blablabla, située en blablabla, nombre d'habitants… cinq cents, dit-elle dépitée. Ça doit pas être très grand…

– C'est un vieux guide, aujourd'hui ils doivent être plus nombreux… Ils n'ont pas grand-chose à faire, les gens ont beaucoup d'enfants, la population augmente rapidement, improvisa-t-il, mal à l'aise.

Cette nuit-là, ils dormirent dans le camion, un vent violent soufflait, le temps était à l'orage. Quand ils se réveillèrent il tombait une pluie fine et le ciel était zébré d'éclairs. Ils écoutèrent un long moment les coups de tonnerre qui éclataient sans écho dans le vide du paysage. Quand le soleil apparut, Parker proposa une promenade. L'idée plut à Maytén, mais en observant les alentours elle se demanda si ce n'était pas une blague : son idée de la promenade ne collait pas avec celle de marcher dans la campagne sans rime ni raison.

– Pour aller où ?

Parker haussa les épaules et fit un ample geste circulaire du bras pour indiquer l'espace qui s'étendait autour d'eux.

– Je déteste aussi les renards et les nandous, crut-elle bon de préciser.

Ils préparèrent un panier de provision et les imperméables, au cas où, remplirent un thermos d'eau chaude et partirent, disposés à faire une longue balade. Ils marchèrent en ligne droite à travers la steppe, jusqu'à devenir deux petits points qui se confondaient avec le terrain, miroitant comme une flaque d'eau sous le soleil de midi.

– On va où comme ça ? voulut-elle savoir après une heure de marche en voyant que le paysage ne changeait pas et que le sol n'offrait que des épineux, des arbustes isolés, des cailloux, les seuls reliefs qui empêchaient le regard de se perdre dans l'immensité. Plongé dans une étrange méditation, Parker ne répondit pas. Le camion n'était plus qu'une tache sombre au loin.

– On a fait deux kilomètres, maintenant il faut changer de direction à quatre-vingt-dix degrés, finit-il par expliquer.

Maytén se demandait pourquoi de telles extravagances l'amusaient.

– On va quelque part ?

– Il faut marcher autour du camion en maintenant la même distance. C'est un truc du journaliste pour ne pas se perdre dans la plaine.

– Ah ! J'aurais dû y penser. Et on va marcher encore longtemps ?

– Deux kilomètres de rayon multipliés par pi, 3,1416, ça signifie un périmètre de seize kilomètres et quelques, si on maintient l'allure et le rayon, on peut revenir à ce point en deux heures, en traversant deux fois la route.

Maytén soupira, résignée, et ils continuèrent à marcher en cercle sur la ligne imaginaire autour du véhicule.

– La superficie totale du cercle que nous parcourons est le nombre pi multiplié par deux kilomètres au carré, ce qui fait à peu près douze kilomètres carrés, calcula Parker en se faisant la réflexion que cet espace définissait l'endroit exact qu'ils occupaient et le moment précis du temps : hors du cercle il y avait des pumas et des guanacos qui sautaient les clôtures pour se différencier, eux aussi, du néant cosmique où ils vivaient et mouraient.

– Des pumas ! s'exclama Maytén.

– C'est une métaphore.

Maytén ne savait pas si elle préférait le puma ou la métaphore, l'un lui faisait peur, l'autre l'inquiétait comme ces mots bizarres dont on ignore la signification. Ils continuèrent à marcher et, à un moment, Parker se mit à faire de petits sauts sur place pour repérer la route, comme s'il voulait regarder au-dessus d'un mur, et Maytén eut de nouveau peur du puma. Ils bouclèrent le demi-cercle et bientôt ils atteignirent la route qui évoquait de loin une rivière. Ils s'assirent sur une pierre et contemplèrent la lente coulée de bitume noir qui les séparait de l'autre rive. Parker proposa de casser la croûte sur place, ou de continuer à marcher et de le faire à l'antipode. Maytén préféra poursuivre, bien que le mot antipode lui donne des frissons.

– Prête à traverser ? demanda Parker, très sérieux.

– Je ne sais pas nager, dit-elle pour adopter l'univers de Parker, qui la porta dans ses bras pour traverser.

Deux heures plus tard, après leur circumnavigation autour du camion, ils arrivèrent épuisés au point de départ. Ce soir-là, pendant le repas, Maytén découvrit une personne différente de celle qu'elle avait connue dans le Train fantôme quelques mois auparavant, qui paraissaient maintenant des années. "Je suis passée d'un dingue à un autre dingue, c'est moi qui dois être le problème", pensa-t-elle tandis que son compagnon expliquait toutes les figures géométriques que l'on pouvait tracer sur la page blanche de la plaine, mais elle ne dit rien et l'écouta avec curiosité. Puis elle observa Parker qui sortait de l'étui cette espèce de trompette déformée dont les plaintes lui cassaient les oreilles. Elle se dit que c'était suffisant pour la journée et s'endormit recrue de fatigue. Parker la protégea d'une couverture et se mit à improviser sur son saxo, confiant qu'à présent, grâce à la compagnie de Maytén et à la pleine lune, il allait pouvoir enfin retrouver son inspiration d'autrefois et tirer quelques bons accords de son instrument. Il commença à jouer avec enthousiasme, mais après un démarrage virtuose la musique refusa de suivre et les quelques accords qui suivirent se traînèrent lamentablement et finirent avalés par l'obscurité.

Le camion de Parker fendait l'air de sa proue, secoué par le vent, et les bâches qui couvraient la remorque se gonflaient, fouettées par une main invisible. Après une demi-journée de route, la plaine céda la place à de hautes falaises d'où l'on apercevait l'immense tapis bleu de l'océan, décoré de lignes d'écume blanche. D'un côté, c'étaient des ravins caillouteux et des plages brumeuses à l'infini, de l'autre une succession de dunes qui ondulaient comme des vagues et se déplaçaient imperceptiblement.

Maytén et Parker sentaient l'assaut incessant des rafales de sable et le claquement des bâches. Ils s'arrêtèrent le long d'une falaise pour contempler la plaine liquide qui s'étendait devant eux. La température avait baissé et le vent du large qui avait lentement tourné les fouettait de face. Ils s'approchèrent du bord de la falaise et perçurent son souffle entre les rochers et les arbustes. Ces étendues infinies provoquaient chez Maytén un sentiment d'inquiétude, son regard se portait vers l'horizon sans que rien ne puisse l'arrêter, alors elle fermait les yeux, craignant obscurément d'être aspirée par l'immensité. Elle détestait cette dilatation du paysage, amplifiée par l'océan, et elle avait l'impression que tout son être se dissolvait dans l'air limpide. Elle eut envie de se réfugier dans les grottes et les rochers de la falaise, juste pour avoir un élément solide dans son dos, un relief d'où elle pourrait regarder. Ils marchèrent au bord enveloppés dans des couvertures, courbés pour offrir moins de résistance au vent, et c'est alors qu'ils découvrirent l'immense baie qui s'ouvrait à leurs pieds. Ils ne comprirent pas tout de suite qu'il se passait quelque chose d'étrange : les eaux s'étaient retirées du rivage et la plage s'étendait jusqu'au large comme à la poursuite de l'horizon. Des vents inhabituels en cette saison perturbaient le cycle des marées, provoquant des basses mers qui laissaient à découvert de grandes étendues de sable et d'écueils. Ils admirèrent un moment le spectacle de cet océan en fuite, puis regagnèrent la cabine pour reprendre la route.

Peu après, tandis que le camion descendait vers la plage, le temps s'apaisa et le vent violent se changea en une douce brise chargée d'odeurs marines. Pendant quelques heures ils longèrent la côte entre d'immenses blocs rocheux qui paraissaient tombés du ciel, la crête de la falaise s'abaissant peu à peu vers la plage. Une demi-heure plus tard apparurent les dunes qui se traînaient le long de l'asphalte et bientôt des baraques, certaines abandonnées, portes et fenêtres fermées par des briques, d'autres ouvertes, un magasin, une petite pompe à essence et des logements à louer. Des maisonnettes cubiques, en brique nue, reliées entre elles par des sentiers parsemés de flaques.

– On y va ? proposa Parker en garant le camion, excité par l'occasion, peu courante, de marcher sur un fond marin dont l'eau s'était retirée. Maytén regarda autour d'elle en cherchant un point de fuite qu'elle ne trouva pas, puis accepta en haussant les épaules, et tous deux s'élancèrent en courant, pieds nus, sur la vaste étendue de sable humide et noir. La rumeur des vagues, à des kilomètres de là, était un bourdonnement étranger au paysage. Parker leva un pouce, son instrument de navigation, pour évaluer la distance à laquelle l'océan avait dû se retirer, mais à mesure qu'ils s'éloignaient du rivage, ils perdaient de vue les repères du terrain et le sens de l'orientation. Ils n'étaient guidés que par le grondement étouffé des vagues et la silhouette de véhicules qui sillonnaient la plage à toute vitesse. Ils se retrouvèrent bientôt isolés, comme deux naufragés, et Maytén commença à avoir peur.

– Revenons, je t'en supplie!

Parker lui prit la main et chercha la direction du retour vers la côte, mais il comprit que ce ne serait pas simple: ils étaient perdus dans une espèce de labyrinthe plat. Des ruisseaux soudains d'eau profonde et torrentueuse les empêchait de faire simplement demi-tour, les obligeant à changer souvent de direction. La crainte que la marée monte et leur coupe la retraite, ou même les entraîne, se fit de plus en plus forte, bien que Parker sache qu'il manquait encore quelques heures avant la pleine mer. Un point noir qui indiquait un véhicule apparut soudain sur leur droite et poursuivit en direction de la mer sans percevoir leurs sauts et les cris qu'ils lançaient, et disparut au loin. Parker décida de suivre sa trace et après avoir marché en évitant les trous d'eau, ils atteignirent des rochers d'où ils purent avoir une vue d'ensemble. Vers le sud-ouest ils aperçurent les épaves et les mâts de bateaux échoués qui émergeaient du sable. Ils coururent vers cet endroit et découvrirent, soulagés, que parmi ces coques rouillées, poupes enlisées et proues pointant du nez, il y avait des véhicules et des familles qui mangeaient et prenaient le soleil. Maytén et Parker furent invités à se joindre à cet étrange pique-nique sur le sable.

– Il faut aller loin pour voir la mer! Je n'ai jamais vu quelque chose comme ça de ma vie, se plaignait un homme, le plus âgé de tous.

– C'est plus comme les marées d'autrefois, ajouta une femme qui devait être son épouse.

– C'est la faute des Arabes, de l'autre côté ils pompent l'océan pour faire de l'eau douce, dit l'un.

– Ils vont finir par assécher la mer, dit un autre en offrant des sodas aux nouveaux venus. Le plus vieux, très sûr de lui, approuvait en hochant la tête.

– Ces rochers sont un piège pour les bateaux de pêche, c'est pour ça qu'il y a eu tant de naufrages dans cette baie, expliqua-t-il à Maytén en indiquant les rochers tranchants qui émergeaient du sable. Avant, on ne voyait pas les épaves, mais maintenant elles apparaissent à marée basse, ça doit être la main du diable.

Non loin de là, des enfants et des adolescents jouaient au football sur un terrain délimité par des algues et des troncs. Les cages étaient faites de vieux tuyaux et de bouts de ferraille. Un groupe de gamins de huit ou neuf ans armés de pelles et de seaux en plastique se mirent à creuser autour des piquets qui marquaient les cages, jusqu'à ce que le gardien de but, énervé, les chasse par des cris et des menaces. La petite bande s'éloigna un peu, attendant que la partie se termine pour continuer à creuser, mais elle dut vite s'interrompre : de petits courants d'eau rampaient sur le sable, arrivant de toutes les directions et grossissant de plus en plus : la marée commençait à monter. Les adultes se mirent debout, alarmés, en donnant l'ordre de lever le camp. En un tournemain ils chargèrent les affaires dans les voitures et démarrèrent en s'assurant de n'oublier personne. Parker et Maytén montèrent dans la cabine d'une camionnette et se pressèrent contre d'autres passagers. Les véhicules prirent en convoi la direction de la terre ferme, en contournant les bras d'eau qui paraissaient des tentacules s'agitant sur le sable.

– C'est dangereux de s'aventurer aussi loin, la marée haute arrive rapidement de partout. Il y a quelques années une famille entière s'est retrouvée isolée et la voiture engloutie, raconta le conducteur d'une voix lugubre en esquivant les mares à grands coups de volant.

– Comment ils sont revenus ? demanda Maytén, inquiète.

– Ils ne sont pas revenus, ils sont toujours là, répondit l'homme en lui jetant un coup d'œil.

Parker voulut intervenir, mais l'homme poursuivit, les sourcils froncés :

– Les nuits de mer calme, on peut les entendre crier et appeler à l'aide.

Effrayée, Maytén chercha une confirmation sur le visage des autres passagers, mais tous regardaient droit devant, l'air grave, et ne semblaient pas avoir envie de parler. Parker lui dit à l'oreille de ne pas faire attention, mais elle, curieuse, voulut en savoir plus.

– La nuit on entend leurs voix ? insista-t-elle, ignorant les légers coups de coude de son compagnon.

Le conducteur attendit quelques secondes avant de répondre.

– Oui, leurs voix, et beaucoup d'autres choses.

Parker soupira, ces racontars absurdes le mettaient de mauvaise humeur. La vie monotone et ennuyeuse dans ces régions obligeait les gens à inventer des légendes pour avoir un sujet de conversation le soir. Il avait entendu toutes sortes d'histoires pendant ses voyages, elles faisaient partie du pauvre folklore local, des récits collectifs où chacun ajoutait des détails qui modifiaient la version originale. À force de les entendre, les gens avaient fini par y croire : naufrages de galions espagnols remplis de trésors, vaisseaux fantômes à la dérive depuis des siècles, voguant au gré des tempêtes.

– Vous avez entendu parler des Trinitaires ?

Étonnée, Maytén regarda l'homme, disposée à écouter son histoire, mais il s'interrompit.

– Votre ami n'a pas l'air très intéressé, il doit être portègne, ajouta-t-il avec méfiance.

Parker, irrité, voulut répliquer, mais elle l'en dissuada d'un coup de coude.

– Il a l'air portègne, mais il ne l'est pas. Et ça l'intéresse beaucoup, pas vrai ? dit-elle le regardant dans les yeux.

– Continuez, s'il vous plaît, l'invita Parker avec un intérêt mal feint.

L'autre laissa passer un moment et reprit :

– Le *Santísima Trinidad* était un navire espagnol qui a coulé devant ces côtes pendant une tempête.

Maytén semblait préoccupée par le sort des marins comme si le naufrage avait eu lieu la veille.

– Il y a eu des survivants ?

L'homme garda un instant le silence pour prolonger l'attente du récit et poursuivit sur un ton affligé :

– Ils ont pu gagner le rivage.

– Tant mieux !

– Et là les Indiens les ont bouffés.

Une moue de tristesse apparut sur le visage de Maytén.

– Au moins quelqu'un a eu de quoi manger, dit Parker sarcastique, mais personne ne fit attention à lui.

– Ces marins étaient déjà condamnés et leurs âmes maudites ont possédé les Indiens.

– Et après, qu'est-ce qui s'est passé ?

– Les descendants de ces Indiens sont nés avec la malédiction, ils ont les mêmes visages que les marins. Des Indiens à tête d'Espagnols, une horreur ! La Patagonie est pleine de ces créatures, ils se cachent dans les endroits les plus inattendus.

– Et qu'est-ce qu'ils font ?

– Ils font le mal et ils ont tout le temps faim. Ils chassent les bêtes sauvages, ils rôdent autour des fermes et volent du bétail pour le manger cru. On les appelle les Trinitaires, à cause du bateau.

Parker tenta de changer de sujet en demandant le temps qui était prévu, mais Maytén ne voulait pas être privée d'une des plus intéressantes conversations de ces dernières années.

– Même si on les tue, ils ressuscitent. Ils sont moitié humains, moitié spectres.

– Et vous en avez déjà vu un ?

– Un ? Un paquet ! Ils parlent en vieil espagnol, on ne les comprend pas. Mêmes les Indiens en ont peur, ils ont exclu les possédés de leurs tribus, ils les ont exilés. Ils ont dû se cacher dans les salines, dans des grottes ou des mines abandonnées, et ils y sont encore, planqués.

– Ne l'écoute pas, c'est des bobards, lui murmura Parker à l'oreille.

Mais l'autre poursuivit à voix basse, comme confiant un secret, si bien que Parker l'entendait à peine.

– Ils nous bouffent les moutons. Parfois on fait des descentes dans les mines et on les capture.

– Vous les tuez ?

– Je vous ai dit qu'ils ne meurent jamais. Il n'y a qu'une seule façon de les éliminer… répondit l'homme qui laissa sa phrase en suspens. Les autres passagers restaient silencieux, plongés dans leurs pensées.

– Pour qu'ils ne ressuscitent pas, il faut les manger, mais obligatoirement le dimanche de Pâques, sinon on est contaminé et on fait le mal comme eux.

Maytén écarquillait les yeux, les deux mains sur les joues. Elle resta dans cette position jusqu'à ce que la terre ferme et le hameau apparaissent. Tous les passagers étaient silencieux.

– Et les "débarqués", vous en avez entendu parler ? Pendant la Deuxième Guerre mondiale, ils arrivaient dans cette baie… reprit le conducteur.

Mais Parker prit Maytén par le bras et ils descendirent de la voiture sans même remercier.

– Pourquoi tu ne veux plus qu'on écoute ? demanda-t-elle fâchée en dégageant son bras.

– Je ne supporte pas ces histoires ridicules. En plus, ce soir c'est la fête à Barranca Los Monos et il est déjà tard.

Ils regagnèrent le camion et repartirent aussitôt. Contrariée, Maytén bouda le reste de l'après-midi pendant qu'ils traversaient les récifs et les baies qui conduisaient à Barranca Los Monos. Mais à l'approche du village elle retrouva sa bonne humeur. Avant d'arriver, ils passèrent devant un de ces sanctuaires décorés de guenilles et de drapeaux rouges fanés. Statuettes, chandeliers et foyers éteints entouraient des figures religieuses et, à l'intérieur des chapelles, des bougies rouges restaient miraculeusement allumées. Maytén voulut s'arrêter pour déposer une offrande aux divinités de la route et demander leur protection contre les trinitaires, et Parker n'eut pas d'autre choix que d'obtempérer. Ils se mêlèrent aux pèlerins et découvrirent l'affiche annonçant la fête annuelle du village. Parker l'observa un instant, incrédule, il ferma les yeux, se prit la tête dans les mains et se mit à proférer une bordée d'insultes destinées à une seule et même personne : ce putain de journaliste qui lui avait sournoisement suggéré de venir ici. Devant eux, des personnes juchées sur des échelles finissaient de monter un panneau affichant en grosses lettres gothiques “Bienvenue à la fête nationale du sous-marin allemand”. De retour au camion il abattit son poing contre une aile en se demandant comment il avait pu écouter ce type. Maytén ne comprit pas tout de suite ce qui se passait.

À l'entrée de Barranca Los Monos ils découvrirent un monument de briques noires représentant la silhouette d'un sous-marin, avec tourelle et périscope, à l'abri duquel des bergers s'affairaient devant une grosse marmite posée sur le feu. Autour d'eux des moutons s'agitaient, nerveux, attendant qu'on les conduise quelque part. Parker gara son camion. Face à eux s'étendait un village de maisons basses et blanches, et des rues en terre battue décorées de guirlandes, de rubans multicolores, de lumières et d'étals.

– C'est mieux que rien, se résigna Maytén.

Contrairement à Parker, elle avait envie de rester, de voir ce qui se passait, de rencontrer des gens, d'écouter un orchestre, de manger quelque chose de différent au restaurant et de participer aux jeux. En fin de compte elle se sentait bien dans ce village, l'ambiance agréable et joviale contrastait avec la fête foraine de Bruno, triste, languissante. Elle insista pour rester et Parker fut obligé d'accepter, malgré son déplaisir et une légère inquiétude : il était en proie à un étrange vertige, il sentait dans tout son corps la présence oppressante des falaises. Habitué à la plaine, où le regard ne rencontrait aucun obstacle, le mur immense des falaises était plus qu'une menace : la possibilité qu'à tout moment il s'écroule sur eux et les ensevelisse. Il était angoissé à l'idée que dans quelques heures, au soleil couchant, la masse de la falaise cacherait les derniers rayons, les condamnant à la pénombre. La ligne d'ombre commencerait à filer au-dessus d'eux, balayant implacablement les dernières lueurs, et cette muraille l'empêcherait de trouver le sommeil, comme une obscure prémonition. Il suggéra à Maytén de revenir en haut de la falaise, même si cela leur prenait du temps, et de se reposer sur un terrain plat hors de ce trou sablonneux. Elle le laissa parler, en hochant la tête, elle avait du mal à comprendre cette étrange angoisse que l'endroit provoquait en lui, pensant que c'était encore un de ses caprices d'ermite. Elle le supplia de bien vouloir rester à la fête ce soir-là et le lendemain, après quoi ils pourraient reprendre la route où il voudrait.

– Les montagnes ne tombent pas sur les gens, c'est plutôt les gens qui tombent des montagnes, dit-elle. Et Parker dut céder, incapable d'objecter quoi que ce soit à une logique aussi accablante. Il verrait plus tard comment supporter le poids de la falaise sur ses épaules.

La fête annuelle du sous-marin était un événement unique à Barranca Los Monos et aux environs, le reste de l'année peu de gens s'arrêtaient dans ce petit port de pêche, dont la plupart des habitants avaient émigré, le transformant en un village fantôme qui subsistait avec persévérance, accroché aux rochers pour ne pas être emporté par la marée.

Peu après, Parker et Maytén se promenaient dans les rues en fête. Lui marchait silencieux et pensif, en jetant des coups d'œil à droite et à gauche, comme redoutant une embuscade. Maytén, ravie, observait chaque détail des festivités. Ils ressemblaient à un couple de villageois endimanchés, bras dessus bras dessous, saluant les passants d'un hochement de tête. La rue principale, décorée de drapeaux allemands, était occupée par des étals d'artisanat et de souvenirs, où les vendeurs, en tenue de marin, proposaient des sous-marins et des torpilles en chocolat, des tourtes ornées de motifs nautiques, des tableaux de scènes de batailles navales, des pièces, des médailles, des uniformes, des ouvrages historiques et de prétendues antiquités de guerre. Ils croisaient des visiteurs des villages voisins et quelques touristes européens, puis ils passèrent devant des étals de nourriture offrant spécialités tyroliennes et pâtisseries d'origine incertaine, et atteignirent la grand-place de Barranca Los Monos. Le socle du monument central portait les marques rectangulaires des plaques commémoratives, régulièrement volées, jusqu'à priver de son identité la statue du personnage illustre et le village de sa mémoire et de son histoire. Au pied du mât du drapeau national, ils rencontrèrent deux couples d'aventuriers en voyage sur le continent, jeunes et blonds, en casque et tenue de cycliste, surpris d'être l'objet de toutes les attentions. D'une main ils tenaient leurs vélos chargés de sacs, de tentes et de sacs de couchage, et de l'autre ils signaient des autographes aux gamins du village, qui se disputaient pour être les premiers. De temps en temps, ils s'interrompaient pour se prendre en photo, mais devaient reprendre promptement les signatures car ceux qui faisaient la queue commençaient à s'impatienter, convaincus que ce couple exotique faisait partie des attractions de la fête. Curieux, Parker voulut les interroger sur leur périple, mais on lui fit savoir fermement qu'il devait attendre son tour.

– Eh, le Portègne, à la queue comme tout le monde! s'écriaient-ils.

Parker observa cette petite foule excitée qui attendait en agitant un bout de papier. Cet instant d'inattention suffit pour qu'il perde de vue sa compagne. Il partit à sa recherche, sans succès. Il retourna dans la rue principale et l'aperçut à un carrefour, devant un stand d'artisanat tenu par un couple de vieux hippies. Elle tenait à la main un petit sous-marin en mie de pain colorée et les vieux parlaient un anglais que Maytén ne comprenait pas. Ils finirent par saisir que c'étaient des Suisses qui voyageaient depuis des années en caravane dans cette partie du monde. Maytén semblait intéressée par cette rencontre qui se conclut par une invitation à dîner le soir même dans la caravane des hippies, mais Parker déclina poliment, au grand dépit de Maytén.

– On allait se retrouver bouclés dans une roulotte merdique sans savoir quoi dire ni faire, se justifia-t-il.

Maytén se planta devant lui :

– On dirait que tu as peur des autres.

– Et si c'était des assassins ? Il y a plein de gens louches qui rôdent dans ces parages, il faut se méfier, dit Parker.

Mais Maytén, imperturbable, répliqua :

– Moi, j'avais envie de parler avec eux.

– Dans quelle langue ? dit Parker en lui opposant un argument qu'il croyait raisonnable.

– On aurait pu communiquer par gestes.

– Mon vocabulaire en gestes est plus pauvre qu'en mots. Je peux en faire cinq ou six, mais après c'est des singeries.

– C'est comme ça que se distraient les gens normaux. Toi, tu as peur des gens, tu dois avoir un complexe d'infériorité, conclut-elle offusquée en se remettant en marche.

Parker ne répondit rien et repartit d'un pas plus rapide, obligeant Maytén à presser l'allure. Ses paroles l'avaient profondément blessé et pour qu'elles cessent de l'affecter il devait effacer ce qu'elles contenaient de vérité.

– Et toi, tu dois avoir un complexe de supériorité. Qu'est-ce que tu sais de moi ? dit-il sans la regarder, en pensant qu'elle avait été mal éduquée, elle avait passé sa vie hors du monde, dans ces solitudes, influencée par des feuilletons télévisés débiles et les chansons médiocres qu'elle aimait écouter, elle ne connaissait à peu près rien de la nature humaine. Il voulut lui dire le fond de sa pensée, chercha la forme et les mots appropriés pour lui prouver sa supériorité, mais elle avait déjà lu dans son esprit et le devança :

– Pour connaître la nature humaine, il n'y a pas besoin d'être très savant, il suffit d'observer. Tu ne veux pas affronter les autres, c'est pour ça que tu vis enfermé dans ton camion et que tu fuis le monde. Ton passé est une bonne excuse, mais en fait tu as toujours été comme ça. Tu as perdu quelque chose, tu ne sais même pas quoi et tu passes ta vie à le chercher, dit-elle en se plantant de nouveau devant lui. Des passants les observaient et commentaient la scène.

– Je suis libre et je fais ce que je veux, les autres je m'en fous, dit Parker, plus pour lui-même que pour elle, en tentant d'éviter non seulement son corps mais aussi sa présence qui commençait à le déranger. Elle lui parlait avec une tranquillité qui transformait ses certitudes en phrases creuses, prononcées par un autre. Ses paroles habituelles étaient réduites à de simples prétextes et il regretta ses longues conversations avec le rétroviseur de la cabine, où ce qu'il disait paraissait de solides arguments qui définissaient parfaitement le monde, des vérités que personne ne pouvait réfuter. Il avait besoin de regagner le camion le plus vite possible et d'empoigner le volant, de sentir la pression de son pied qui accélérait ou ralentissait une masse des milliers de fois plus grande que sa propre personne. Mais il y avait maintenant cette femme acharnée à lui compliquer l'existence, et il se mit à maudire le moment où il l'avait rencontrée. Il savait qu'il pouvait l'abandonner dans ce village le soir même, mais il ignorait que sa présence, installée dans la cabine, entre lui et l'image complaisante du miroir, ne se laisserait pas abandonner facilement.

– Tes manies, tes caprices ? C'est ça pour toi la liberté ? Écouter la radio comme un Martien, te promener en rond comme les prisonniers ?

– Assez ! J'en ai marre de vous tous ! Les gens d'ici parlent pour parler, ils préfèrent les conneries au silence ! réagit-il, indigné.

Maytén fut attristée de le voir ainsi, mais la situation lui parut tellement absurde qu'elle se mit à rire.

– Et vous, les Portègnes, vous préférez le silence à la vérité !

– Je t'ai déjà dit que je ne suis pas...

Mais il s'interrompit en voyant que Maytén riait de plus belle.

– Tu es marrant quand tu te mets en colère. Ça rachète un peu tes extravagances. Sinon, tu ressemblerais à tes deux copains camionneurs...

– C'est pas mes copains ! protesta Parker.

Il faillit lui demander qu'elle lui foute la paix, mais à cet instant il sentit un engrenage grincer dans son mécanisme mental. En observant le visage lumineux et pur de Maytén, le sourire qu'elle s'efforçait de réprimer, il envisagea la possibilité que cette étrange créature surgie du néant ait un peu, juste un peu, raison. Il soupira, déplorant que les convictions, comme tant d'autres choses dans cette terre maudite, soient aussi changeantes que le climat et vite emportées par le vent.

– Qu'est-ce que je pouvais rencontrer dans un Train fantôme ? Un fantôme !... feignit de se lamenter Maytén, qui se mit de nouveau à rire de cette situation ridicule.

– Non, deux fantômes ! corrigea Parker un peu vexé, tandis qu'elle lui prenait le bras et posait sa chevelure opulente sur son épaule. Il sentit contre lui la chaleur de son corps. Il était envahi de sentiments qu'il ne parvenait pas à définir et qu'il n'avait jamais éprouvés avant. Il se trouva un peu bête pendant qu'ils marchaient enlacés. Au bout de la rue, devant des chaises, ils virent un écran sur lequel commençait à être projeté un film sur les sous-marins, mais Maytén l'entraîna plus loin avant qu'une de ses idées bizarres lui passe par la tête.

– Où est le bal ? demanda-t-elle en scrutant les alentours.

Parker haussa les épaules et fit semblant de le chercher. La dernière chose qui l'intéressait en ce moment était d'aller danser, mais il s'en voulait de son comportement puéril. Il alla se renseigner et revint vers elle.

– Il n'y a pas de bal, mais on a droit à une pièce de théâtre.

Maytén savait déjà que, dans cet endroit, elle ne trouverait pas ce qu'elle cherchait, mais l'idée d'assister à une pièce de théâtre l'attirait.

– C'est une pièce sur quoi ?

– Sur la vie d'un équipage à bord d'un sous-marin.

– Cherchons plutôt quelque chose à grignoter, dit-elle. Elle avait envie de manger, ou de faire des achats, elle ne savait pas très bien, pourvu que ça ne ressemble pas à un bateau.

Ils marchèrent en silence, plongés dans leurs pensées, jusqu'à ce qu'ils se rendent compte que rien dans ce village ne justifiait leur présence. Ils achetèrent des torpilles en chocolat et des provisions pour la route, après quoi, Maytén satisfaite d'avoir eu un peu de distraction, ils décidèrent de regagner le camion et longèrent de nouveau les maisons basses et les terrains vagues. Parker marchait en sifflotant, mains dans les poches et regard dans le vague, comme si de rien n'était. Il devait prendre une décision, mais la seule idée de se séparer de Maytén lui faisait mal.

Elle aussi semblait avoir oublié leur discussion, elle pensait à elle, serrée contre lui, tête baissée, triste, en se demandant comment elle avait pu vivre tout ce temps dans des endroits pareils, à gâcher pour rien les meilleures années de sa vie. Son visage s'était assombri, ces derniers mois aux côtés de Parker elle avait commencé à faire le bilan de ce qu'avait été sa propre vie et surtout de ce qu'elle n'avait pas été. Aussi loin que remontait sa mémoire, peu de choix s'étaient présentés à elle, tous sans importance. Tout lui était arrivé par une sorte de décantation à force de se laisser emporter par les choses quotidiennes, qui dans ces régions n'offraient pas beaucoup de variantes.

Quitter son mari et son existence précédente n'avait pas été non plus une vraie décision : tout s'était passé dans la précipitation, comme une surprise ou une facétie du destin. Quelque chose d'elle était mort dans ces tunnels, dans cette triste fête foraine, qu'elle se représentait comme les peaux desséchées que les serpents laissent dans les rochers à chaque mue. Elle avait beau penser que c'était trop tard pour une nouvelle vie, elle aussi était en train de changer de peau, une nouvelle existence naissait autour d'elle. C'était maintenant tellement clair et évident, tandis qu'elle traversait ce village absurde et anonyme, que toute sa vie passée lui parut une fiction médiocre, ressemblant à ce qu'elle voyait enfant quand une troupe de théâtre ambulant passait près de chez elle.

– Ce pays te tue à petit feu et, lorsque tu t'en rends compte, il n'y a plus rien à faire, pensa-t-elle à voix haute.

Il répondit sur le même ton.

– Le soir tombe et, à cette heure, le monde entier devient triste.

– Mes rêves sont morts jour après jour, je ne m'en souviens même plus, poursuivit-elle en s'écartant de Parker.

– Tu as encore beaucoup de vies devant toi. En tout cas, plus que moi.

Malgré les yeux gonflés de Maytén et son maquillage défait, Parker remarqua un léger sourire sur son visage. Ils restèrent un instant silencieux, se sentant plus proches l'un de l'autre, lorsque soudain une scène les arracha à leurs pensées. Cette terre le plus souvent aride et mesquine pouvait brusquement offrir des surprises : quatre énormes individus, crâne rasé, visage tatoué, portant des blousons de cuir noir cloutés et des chaînes, vociféraient en se poussant. Ils arboraient des croix de fer, des crânes et des motifs sataniques sur la poitrine. En voyant Parker et Maytén ils s'approchèrent, l'air menaçant. Parker serra les poings et voulut sortir son couteau, mais il n'en eut pas le temps : un des types se planta devant lui une bouteille à la main, dégageant une odeur d'alcool qui imprégnait ses vêtements et ses gestes. Les parties visibles de sa peau étaient tatouées de dragons, d'aigles et de symboles nazis. Il se mit à parler de telle manière qu'on ne savait s'il bredouillait ou s'exprimait dans une langue étrangère, et il sortit de son blouson une carte froissée, tandis que ses compagnons, sans cesser de s'invectiver, montaient dans une fourgonnette garée à proximité. Voyant le véhicule démarrer, l'homme se mit à courir, craignant d'être abandonné, et parvint à ouvrir une porte et à monter à l'intérieur. En quelques secondes la fourgonnette s'éloigna sur la route en zigzaguant, conduite par un fou. Maytén et Parker en restèrent bouche bée.

– Il est temps de filer, cet endroit me rend de plus en plus nerveux, dit-il à voix basse lorsque, la frayeur passée, il se rappela le souffle lugubre de la falaise omniprésente derrière lui. Il voulait s'éloigner de la côte et retrouver l'espace plat et sans limites pour se libérer des cauchemars qui le poursuivaient même éveillé.

– Tu sais, je ne regrette pas ce que je t'ai dit. Et si tu veux, je peux rester dans ce village, dit Maytén avant de monter dans le camion.

– Tu es folle, ou quoi ?

Un moment plus tard, le camion passa devant la plage où les gamins continuaient à jouer au ballon, à présent plus près du rivage, à la limite marquée par la marée haute, tandis que le cimetière des épaves était englouti sous les eaux à des kilomètres au large. Leurs silhouettes se découpaient à contre-jour tandis que le camion gravissait la pente qui le ramenait sur les hauteurs, où brillaient les derniers feux du soleil.

Les journées de route s'écoulaient pour Maytén de manière insolite, et le temps passé dans le camion s'imprimait sur les choses vécues avec une plus grande intensité. Dans ce déplacement constant, la réalité changeait à tout moment et les heures semblaient prendre appui sur une surface instable. Elle apprenait à percevoir des détails insignifiants : les odeurs portées par le vent, les bruits différents selon leur provenance, les variations d'une couleur sur la steppe monochrome, l'âpreté de la terre et la vitesse à laquelle les nuages s'effilochaient. Si cette vie était au début une promesse d'ennui quotidien, à présent un monde nouveau se révélait, qu'elle observait attentivement pendant les heures de route. Elle avait besoin du silence de ce temps suspendu où, la tête appuyée contre la vitre, elle laissait son regard se perdre au loin et voyager là où son corps ne le pouvait pas. Elle s'était habituée à tous les aspects de l'existence routinière de son compagnon, sauf un : l'écoute de cette radio brouillée par les sauts de fréquence. Cette manie l'arrachait à sa contemplation paisible et elle avait l'impression qu'on lui tirait les cheveux. Elle avait même fini par tolérer les sons horripilants du saxophone, sans aller jusqu'à les apprécier. Mais le plus important était d'avoir évoqué des moments heureux de l'enfance cachés dans sa mémoire pour les préserver de la vie qu'elle avait eue après. Au fil des journées placides sur la route, le danger s'était éloigné et ces souvenirs de petite fille lui revenaient en mémoire. Elle se revoyait en train de jouer avec ses sœurs et en éprouvait une espèce de bonheur rétroactif mais préférait ne pas savoir si ces scènes étaient réelles ou imaginaires. Elle avait sauvé une partie de sa vie et ne la laisserait pas s'échapper. Grâce à Parker elle avait appris à se méfier des illusions de la réalité. Quand ils s'arrêtaient pour installer le campement et que le temps le permettait, ils jouaient à cache-cache et à colin-maillard. Maytén s'enfuyait en courant dans la plaine et il la poursuivait comme un fauve guettant le bruit de ses pas, le frôlement de ses habits, sa respiration haletante jusqu'à ce qu'il puisse capturer sa proie d'un bond agile. Il la prenait alors dans ses bras, l'emportait sur le lit, et ils se glissaient sous les couvertures et les peaux de mouton, pressés par l'urgence des corps.

Cette nuit-là, les phares éclairaient la ligne jaune de la route qui paraissait un ruban lumineux surgi de l'obscurité, où ils croisaient de rares véhicules. Après de longs moments de silence, il se tournait vers elle pour s'assurer qu'elle était toujours là. Les coudes sur les genoux et les mains sur ses joues, elle fixait le bitume. Pour une raison quelconque, elle n'était pas de bonne humeur ce soir-là, peut-être la longueur du trajet, ou l'influence de la lune, il ne savait pas. Lorsque la musique assommante que Parker écoutait depuis des heures s'arrêta, elle poussa un soupir de soulagement, mais il rembobina la cassette et la remit dans le lecteur. Maytén attendit un peu et baissa le volume.

– On va écouter ça encore longtemps ? Cette trompette me perce les oreilles, se plaignit-elle.

– Cette trompette s'appelle un saxophone, dit-il en retirant la cassette et laissant la radio chercher des fréquences, mais Maytén n'était pas satisfaite.

– On ne peut pas rester sur une seule émission ?

– Pas la peine, c'est toutes des conneries.

Pendant qu'ils parlaient, la radio s'interposait dans leurs échanges comme un passager clandestin, et sautait des publicités locales aux bulletins météorologiques. C'était une suite ininterrompue de grésillements, de conversations entrecoupées et d'une sempiternelle musique. Ce brouhaha accroché dans l'éther était un défi au silence primordial de l'univers. Ce qui pour lui n'était que blasphème signifiait pour elle des formes de vie dans une galaxie lointaine.

– Ce ne serait pas pire si on les écoutait toutes en même temps, dit-elle, ironique.

– À un moment, il y en aura bien une qui vaut la peine.

– Je connais les radios de cette région, c'est toutes les mêmes. Il vaut mieux en choisir une et s'en contenter.

Parker se tourna vers elle, mais elle regardait ailleurs. Il laissa défiler trois ou quatre stations jusqu'à celle qu'il considérait acceptable et pressa le bouton. Un rythme tropical envahit la cabine comme un parfum bon marché, et Parker s'efforça de changer sa grimace en sourire discret. En vain, car elle continuait de regarder dehors, contrariée, les sourcils froncés.

– C'est mieux, non ? demanda-t-il d'une voix conciliante. La réponse, positive, arriva une heure plus tard pendant qu'ils traversaient une zone de longs virages successifs qui imprimèrent un léger balancement au camion, puis la route redevint rectiligne, mais Maytén, bercée par le roulis, continuait de bouger au rythme de la musique. Une demi-heure plus tard apparut un premier sourire, presque par accident, au moment où il l'épiait dans le rétroviseur : il aimait l'observer quand elle dormait ou s'absorbait dans ses pensées. Deux heures après ils ouvrirent une bouteille de vin et posèrent sur le tableau de bord les provisions achetées à Barranca Los Monos. Ils voyagèrent insouciants le reste de la nuit, la musique à fond, en chantant et dansant sur leurs sièges.

Le lendemain ils s'arrêtèrent à la première station-service, qui allait être la seule de la journée, saturée de camions et de clients. Ravie de ces retrouvailles avec la civilisation, Maytén se changea et enfila une robe plus élégante, elle se repeigna et se maquilla. En attendant qu'une table se libère, elle se mêla aux gens et acheta des cigarettes et des magazines. Parker faisait la queue devant la cabine de téléphone avec son vieil agenda à la main, sans perdre de vue sa compagne et en observant qui entrait et sortait de l'établissement. Il tournait les pages noircies de noms et de numéros de téléphone écrits en désordre, raturés, corrigés, superposés comme un palimpseste. Il passa plusieurs appels, dont certains numéros étaient erronés et d'autres n'existaient plus. Il composa le dernier numéro de sa liste, tandis que derrière lui une file de personnes s'impatientaient. Il laissa sonner plusieurs fois et, miracle, une voix non seulement répondit mais reconnut aussi son nom. Assise à une table près de la fenêtre, Maytén l'observait, intriguée par cette conversation qu'elle ne pouvait comprendre. Parker revint à la table et écarta les magazines, Maytén attendit une explication mais n'osa pas la demander. Ils déjeunèrent dans le brouhaha et le vacarme des téléviseurs qui diffusaient les informations à plein volume. Parker observait attentivement la salle en évitant les regards appuyés et ne tarda pas à se sentir mal à l'aise dans ce tumulte, d'autant plus qu'il venait de découvrir un groupe de camionneurs qu'il connaissait attablés non loin de lui. L'un d'eux le salua d'un geste, mais il baissa les yeux en faisant semblant de ne pas l'avoir vu. Curieuse, Maytén lui demanda s'il avait appelé le vieux Constanzo.

– Non, juste une connaissance, répondit-il, réticent, sans se soucier de paraître crédible.

Elle voulut en savoir plus, mais Parker l'interrompit.

– Je n'aime pas ces gens, on s'en va ? proposa-t-il.

Elle regarda autour d'elle et fut sur le point de protester, mais elle se ravisa en souriant.

– J'aimerais bien rester encore un moment, tu n'as qu'à m'attendre dans le camion, suggéra-t-elle avec gentillesse.

Elle n'avait pas envie de se faire des amis ni de rencontrer des gens, mais simplement de sentir un peu de compagnie, un peu de bruit en musique de fond pour compenser les journées où elle ne voyait que des nandous et des guanacos. Parker accepta, peu convaincu, et se dirigea vers la porte, mais en passant devant les camionneurs il remarqua qu'ils regardaient Maytén avec insistance et parlaient d'elle à voix haute. Il revint alors sur ses pas et se rassit à côté d'elle, bien décidé à ne pas la laisser seule dans cet endroit.

– Tu vois ? Tu ne peux pas vivre sans moi, plaisanta-t-elle en se levant pour aller se resservir du café. Parker détourna son regard vers la fenêtre, soucieux, cherchant quelque chose d'imprécis : un moment plus tôt il avait cru reconnaître un camion et lorsqu'il aperçut les deux types qu'il avait enfermés dans les toilettes de la station-service de Teniente Primero López, son appréhension fut confirmée. Le premier à entrer était le gros Juan, avec son éternel gilet de cuir râpé à franges qui lui donnait une vague allure de cow-boy, les doigts et le cou couverts de chaînes et de bagues, les cheveux en catogan. Il était suivi de son copain Julio, maigre, tatoué, lugubre, le visage barré d'une cicatrice. Ils saluèrent les autres camionneurs et cherchèrent une table libre. Parker prit un magazine et fit semblant de lire en cachant son visage, ce qui le rendit encore plus visible. Le gros Juan le découvrit tout de suite, il s'approcha tout surpris et lui tapota l'épaule.

– Ici, il y a de la place ! lança-t-il à Julio, si bien que la plupart des clients les regardèrent avec curiosité.

Parker lui tendit la main et le salua avec cordialité. L'autre la lui serra si fortement que Parker ne put se dégager.

– Regarde un peu qui est là, Julio ! Tu vas pas en revenir ! dit le gros Juan en pointant un index menaçant. Et lorsqu'il retira enfin sa main, il partit d'un grand éclat de rire qui s'acheva en quinte de toux.

Julio le rejoignit et salua d'un hochement de tête en regardant Parker avec défi.

– Notre copain, le marrant ! Le Sud est petit, non ? dit-il avec un large sourire qui découvrit une bouche édentée. Ils s'assirent tous les deux sans attendre que Parker les y invite.

– Personne ne sert ici ? On a faim ! s'exclama, impatient, le gros Juan en se tournant vers le comptoir à la recherche d'une serveuse.

– Tu te crois très malin, hein ? dit-il en pointant l'index vers Parker.

Parker posa le magazine sur la table et le regarda fixement, l'air impassible. Julio, qui paraissait moins rancunier, s'interposa pour éviter que la situation ne dégénère, mais en vain.

– Je sais que c'est toi, ta petite farce dans les toilettes ne nous a pas fait rire du tout, poursuivit Juan l'index pointé.

– C'était juste une blague entre amis, dit Parker en souriant.

– Ça va pas en rester là, prévint Juan de plus en plus échauffé, en penchant son corps volumineux vers Parker.

Plus conciliant, Julio intervint pour changer de sujet.

– Juan va chercher du charbon à Río Turbio, Fleuve Trouble, et moi j'ai chargé du poisson avant-hier à Puerto Chico, Petit Port. Tu continues à transporter des fruits ? C'est mal payé, il vaut mieux transporter des marchandises, ajouta-t-il, et l'ambiance se calma un peu.

Juan, de plus en plus impatient, continuait de chercher une serveuse et réclamait à voix haute qu'on s'occupe enfin d'eux.

– Alors comme ça, tu aimes lire ces trucs de bonnes femmes ? Ça doit être vrai ce qu'on raconte, que t'es un peu zarbi, dit Julio en voyant les magazines sur la table.

Et il se mit à rire, mais passa aussitôt à autre chose. Ça va comment le boulot ? Il paraît que tu passes ton temps sur les routes et que tu évites les villes.

– Je fais des longs trajets.

– Tu dois tremper dans des trucs louches, à éviter comme ça la gendarmerie et à transporter des chargements non déclarés, dit Juan, provocateur, en lui assénant une bourrade dans le dos.

– Ça, c'est mes oignons… répliqua Parker, qui s'interrompit en voyant Maytén revenir avec un plateau et deux tasses de café. Les clients la regardaient de la tête aux pieds en faisant des remarques. Elle déposa le plateau à côté de Parker et les deux camionneurs applaudirent.

– Ah ! Enfin tu es là, poupée. Il y a un moment qu'on t'attendait. Qu'est-ce qu'il y a à manger ? demanda Julio qui la déshabillait des yeux en pensant que c'était la serveuse.

– Quelque chose me dit que la viande est bonne ici, dit le gros Juan en faisant du coude à son copain.

Parker intervint sèchement.

– C'est une amie, elle est assise ici avec moi.

Julio et le gros Juan en eurent la chique coupée, ils se levèrent et saluèrent Maytén en l'embrassant chaleureusement. Julio lui céda sa chaise, en prit une autre à une table voisine et dévisagea la jeune femme.

– Il me semble que je t'ai déjà vue quelque part.

– C'est possible, dit-elle sans le regarder.

– T'aurais dû nous dire que t'étais accompagné, et en plus par une fille aussi jolie. Muet comme une tombe, hein ? Tu nous avais caché ta petite amie, dit le gros Juan en faisant un clin d'œil à Maytén.

Parker but son café d'un trait et regarda sa montre.

– C'est l'heure de partir, dit-il à sa compagne.

– Vous partez déjà ? Restez donc manger avec nous, on vous invite, offrit Julio.

– Convainquez-le de rester, dit le gros Juan à Maytén. Toi, il t'écoute pas, dit-il à Julio avec un regard lourd de sens.

Pendant qu'ils parlaient, Julio observait Maytén qui restait silencieuse, en essayant de se rappeler où il avait vu cette femme. Parker rassembla ses affaires, prit Maytén par le bras et ils se levèrent, saluèrent brièvement et se dirigèrent vers la sortie, sous les sifflements et les insinuations d'une tablée de clients. Julio et le gros Juan, qui avaient du mal à associer l'image de cette femme à celle de Parker, restèrent un moment silencieux. Puis, le regard envieux, Juan dit :

– Je serais étonné que ça dure longtemps, ce genre de nana, elle te largue à tout moment sur la route, comme un chien.

Julio s'efforçait encore de se souvenir. Il fit défiler son visage parmi les femmes des bars et des cabarets de la route, des villages et des stations-services où il s'était arrêté ces derniers mois, mais en vain. Il n'avait même pas pu lui poser la question, ce futé de Parker l'avait emmenée à l'instant où il allait le faire.

– Qui c'est, cette nana ? répétait-il, les yeux fermés.

– Elle ne travaillait pas à la fête foraine de Teniente Primero ? demanda le gros Juan.

Alors, Julio se tapa du poing sur la paume de la main.

– Oui, c'est ça ! Le guichet ! C'est la femme du patron de la foire.

– On va se renseigner, ici tout se sait, dit le gros Juan en lisant le menu.

– Il nous en devait une, maintenant il nous en doit deux, déclara Julio en observant par la fenêtre la silhouette gracieuse qui se perdait au milieu des camions. Et il se mit à consulter le menu, sans pouvoir imaginer que bientôt Parker leur en devrait trois.

Peu après, Maytén monta dans la cabine et Parker lui demanda de l'attendre pendant qu'il cherchait discrètement le camion du gros Juan, garé à côté de celui de Julio. Il ouvrit le réservoir d'eau potable et pissa dedans en regardant à droite et à gauche. Il revissa le bouchon et rejoignit Maytén qui l'attendait pour partir.

Ce matin-là, Parker s'était réveillé de très bonne humeur, la veille ils avaient préparé un repas copieux et fait des plans pour profiter de la vie qu'ils avaient devant eux. Pour l'occasion, ils débouchèrent une bouteille de champagne, mise au frais dans une rivière au bord de laquelle ils s'étaient arrêtés. Puis ils firent l'amour sous les étoiles, jusqu'à ce que les premières lueurs du jour apparaissent sur les collines. Un soleil paresseux étendait sa lumière orangée au-dessus du campement et créait une ombre allongée qui rapetissait à mesure que la matinée avançait. Parker profita du sommeil profond de Maytén, sous une grosse couche de couvertures et de peaux de mouton, pour faire quelque chose qu'il différait depuis longtemps. Il se leva, nu, et sentit l'air froid du matin sur son torse comme une lame de couteau. Il fit quelques pas hésitants sur le sol dur, plein de cailloux et d'épines. Il atteignit le bitume en sautillant, les bras croisés et, sur la ligne jaune centrale il se mit à courir de plus en plus vite. L'ombre allongée qui le suivait ressemblait à une marionnette disloquée. Il courait à vive allure en agitant les bras et se gorgeant du soleil matinal et de la brise. L'énergie qu'il sentait à travers ses pieds nus était comme une prise de terre dans laquelle il déchargeait ses démons. Il criait comme un désespéré pour renouveler l'oxygène, bondissait, hurlait au ciel. Puis il faisait des flexions, s'allongeait sur le dos et roulait sur l'asphalte, comme possédé par la lymphe invisible de la planète. La ligne sur laquelle il se déplaçait était l'orbite qui le transférait le long de l'univers. Une heure plus tard, il regagna le campement, aphone et épuisé, où une Maytén inquiète l'attendait enveloppée dans les couvertures. Elle pensait que quelque chose d'horrible était arrivé à son compagnon, mais lorsqu'elle découvrit qu'il était nu, elle imagina plus horrible encore: qu'il était devenu fou ou qu'on l'avait ensorcelé. Parker vint vers elle, calme et souriant, libéré des tensions des heures de route.

– C'était mon heure de gymnastique expliqua-t-il, mais elle ne releva pas. Contrairement à Parker, elle s'était réveillée l'esprit tourmenté, perturbée par le vent. Chaque fois qu'elle buvait un peu trop, elle sentait sa tête sur le point d'exploser, son estomac rongé par une étrange acidité qui gagnait ses yeux et ses tempes. Sa méthode pour retrouver moral et bonne humeur était de ranger, de nettoyer, et ainsi, tout ce qui clochait dans sa vie s'effaçait rapidement.

– Le feu est éteint, il n'y a plus de bois, la cabine est pleine de poussière et toi tu cours comme un cinglé, dit-elle, sarcastique.

– Pas besoin de nettoyer, la poussière s'en va comme elle est entrée. Dans la nature rien n'est permanent ni définitif.

Maytén le regarda, perplexe et légèrement irritée.

– Cette poussière passe par notre camion et poursuit son chemin, elle ne reste pas. Et nous non plus: tôt ou tard on s'en va, dit-il, grisé par l'air froid du matin.

– Et les odeurs, elles partent toutes seules?

– Non, les odeurs changent, elles ne disparaissent pas.

Maytén l'observa quelques secondes et, ne trouvant pas de lien entre ce qu'ils disaient, elle dut répéter. Comme Parker ne semblait pas comprendre, elle rassembla les vêtements éparpillés dans la cabine, les couvertures et les draps et en fit un tas.

– Il faut laver tout ça.

Puis, armée d'un balai et d'une brosse, elle entreprit de nettoyer jusqu'au dernier recoin de la cabine.

– Tu dis que la poussière s'en va toute seule? Et les serviettes, elles se lavent aussi toutes seules? insista-t-elle pendant qu'il inspirait de grandes bouffées d'air frais.

– Une serviette sert à essuyer ce qu'on vient de laver, qui techniquement est déjà propre.

Maytén le foudroya du regard et lui demanda si c'était ce qu'il pensait ou s'il l'avait lu quelque part. Elle ne comprenait pas cette manière de voir, pour elle il n'y avait pas de demi-mesure, les choses étaient propres ou sales, les gens étaient gentils ou méchants, les policiers étaient des policiers et les voleurs, des voleurs.

– À la foire tu te plaignais du travail et maintenant aussi. Chacun a ses manies, le nettoyage en est une, dit-il en marchant entre les tas de linge sale.

– C'est préférable à la manie de la saleté.

– Je ne perds pas de temps à salir les choses, je les laisse se salir toutes seules.

– Tu perds pas non plus ton temps à donner raison à personne.

Contrarié, Parker alluma une cigarette avec une braise, s'éloigna du camion et pissa à l'air libre, cigarette à la bouche et regard perdu dans le vague.

– Tu es un sauvage et tu t'en rends même pas compte.

Il revint et s'arrêta devant le chaos d'objets et de vêtements éparpillés par terre. Il réfléchit un instant: pour lui tout cela était tellement normal que les paroles de Maytén étaient dépourvues de sens. Désordre? Il pouvait y avoir du désordre dans une maison, dans un endroit avec un toit et des murs, pas au milieu de plaine, où les objets avaient la liberté absolue d'être n'importe où, sans paraître déplacés.

Un moment plus tard, quand ils eurent fini de palabrer, il pensa à la nuit qu'ils venaient de passer, leur repas à la lueur des flammes crépitantes et l'amour avec Maytén.

– Tu trouves qu'on vit comme des sauvages? Il y a une harmonie dans ce qu'on est en train de vivre, je ne comprends pas pourquoi tu râles, cette manie de l'ordre et du désordre.

– L'idée d'avoir des toilettes est si difficile à comprendre, par exemple ?

– En ville, non, mais ici c'est différent, dit-il en traçant un vaste cercle de la main.

Elle baissa la tête, résignée.

– C'est vrai, ici c'est ta maison et ta vie, et moi je t'envahis.

Parker la prit par les épaules et lui parla doucement.

– Non, ce n'est pas ma maison, ce n'est même pas une maison. Ici, c'est la route.

– Je ne veux pas envahir ta maison ni ta route, mais le problème est que je suis là, dit-elle en s'écartant de Parker.

Il laissa passer un peu de temps, se lava à l'eau froide du réservoir, enfila des vêtements propres et commença à ramasser du bois, puis il lava la vaisselle et fit du rangement, avec la seule idée de complaire à Maytén. Elle se joignit à la tâche, tout en sachant que c'était absurde : dans une maison sans murs il n'y avait pas une distinction très claire entre ce qu'il fallait ou non nettoyer. De plus, son idée de la propreté depuis l'enfance s'associait à des seaux d'eau savonneuse déversés sur le carrelage de la maison. Elle se laissa choir sur le canapé, vaincue. Elle parcourut des yeux l'endroit indéfini où elle vivait depuis des semaines, qui paraissaient des siècles, et se demanda combien de temps elle allait pouvoir rester avec Parker. Et quand viendrait l'hiver ? Elle n'avait jamais été autant découragée depuis qu'elle s'était libérée de Bruno. Son ancienne vie dans la fête foraine n'était-elle pas préférable ? Elle mit fin à ces sombres réflexions, craignant de leur céder le moindre espace dans son esprit, où elles s'installeraient, se reproduiraient, s'enkysteraient de manière incontrôlable. Elle s'efforça d'oublier tous ces désagréments qui ne dureraient pas, même si elle avait de plus en plus de mal à les supporter. Elle se demanda si elle devait prendre son mal en patience avant de décider quoi que ce soit, les choses pouvaient encore changer avec les saisons, et il restait encore possible de pouvoir mener une existence normale. D'avoir une vie telle qu'elle devait être. Pendant ce temps, Parker s'était éloigné du camion, une pelle sur l'épaule, et creusait un trou dans la terre caillouteuse. Elle se mit à laver le linge en silence, courbée sur une bassine, et l'observait de temps en temps.

– Qu'est-ce que tu en dis ? demanda Parker tout fier après une dernière pelletée. Maytén termina de suspendre les vêtements et s'approcha pour observer le travail.

– On dirait un trou dans la terre. Si on trouve du pétrole, on pourrait ouvrir une station-service et s'installer, dit-elle en observant le trou comme si elle assistait à l'enterrement d'un parent. Parker ignora sa remarque et construisit autour du trou une structure de trois côtés avec des piquets et des arbustes, fixée au terrain par des tendeurs et fermée par une couverture en guise de rideau. Maytén avait tenté en vain de le dissuader : Parker s'activait avec une détermination aveugle, indifférent à toute objection. Les soupçons de Maytén se confirmèrent.

– C'est des W-C, je suppose. Génial ! dit-elle d'un ton acerbe.

Concentré sur son œuvre, Parker ne saisit pas l'ironie de Maytén. Cette fosse signifiait pour lui un engagement avec le paysage, une nouvelle manière de se lier à la terre qu'il parcourait tous les jours sans laisser d'autres traces que les cendres et les pierres du foyer, noircies par les flammes.

– Mais oui, des W-C ! annonça-t-il, tout fier.

Maytén observa accablée cette espèce de cahute couverte de branchages, qui ressemblait plutôt à un abri de camouflage anti-aérien. À moitié nu et pelle à l'épaule, Parker tentait de la convaincre que son œuvre était un des grands progrès de l'humanité, que les gens de la route en crèveraient d'envie s'ils pouvaient la voir, et plus elle l'écoutait plus l'envie d'éclater en larmes montait en elle devant le ridicule de la situation. Parker posa la pelle et voulut la consoler, la libérer de cette angoisse absurde, maintenant qu'ils avaient des W-C comme tout le monde. Maytén le remercia d'un geste affectueux et baissa les yeux pour ne pas voir l'étreinte fatale avec laquelle la steppe infinie commençait à l'étrangler.

– Qu'est-ce que je vais devenir ? dit-elle, l'air sombre, et elle s'interrompit. Elle ne voulait pas ressembler à ces bonnes femmes qui passaient leur temps à soupirer et à pleurnicher. Elle s'était endurcie dans la steppe, en affrontant la solitude, la neige et le vent, mais elle éprouvait maintenant quelque chose d'étrange. Elle avait rarement pu dans sa vie confier ses sentiments à quelqu'un, ni à son père, le peu de temps qu'elle avait passé avec lui, ni à sa mère, une femme dure qui se consacrait entièrement à la survie des siens. Avec ses sœurs seulement elle avait pu nouer des liens que le temps et l'éloignement avaient effacés. Elle détestait les soirées depuis toujours, quand la nuit tombait quelque chose mourait en elle, une blessure dans la poitrine s'ouvrait à mesure que le monde disparaissait et que l'obscurité avalait les choses autour d'elle. Dès que soufflait le vent du soir, qui pouvait durer des semaines, le désarroi lui serrait le cœur. Son enfance n'avait été qu'allers et retours dans des villages, des fermes, des lieux anonymes où les gens se déplaçaient en troupeaux, selon les mêmes cycles de survie que les animaux de la plaine. Le seul refuge qui calmait sa tristesse avait toujours été les quatre murs d'une chambre provisoire, ce qui ressemblait le plus à une maison qu'elle avait connue, avec une odeur de cheminée et de cuisine, où elle jouait avec ses sœurs sur le lit tandis que dehors il y avait la pluie, le froid et un monde sans limite. Aussi, quand elle se trouvait avec des gens, tout était plus agréable, plus confortable, elle aimait côtoyer des personnes nouvelles venant d'endroits lointains, qui parlaient, faisaient des achats, racontaient des histoires, elle aimait les bars bondés, les commerces éclairés, elle s'y sentait protégée, accompagnée, persuadée que rien de mal ne pouvait lui arriver.

Parker l'écoutait en silence, craignant que ces confidences ne créent des liens de plus en plus forts entre eux, alors que ce n'était plus nécessaire. Maintenant il pouvait comprendre clairement ce qu'elle ressentait, mais c'était plus par opposition que par empathie : pour lui c'était exactement l'inverse. Maytén et lui étaient deux formes qui s'emboitaient l'une dans l'autre presque à la perfection, bien que l'une fût le négatif de l'autre, son ombre, son envers. Maytén laissa leurs visages finir de combler les derniers silences, tandis que lui, immobile, regardait ailleurs.

– Tout ça ne nous mène nulle part, il vaut mieux que je m'en aille dans la première voiture qui passera. Le plus vite sera le mieux pour nous deux, conclut-elle d'un ton ferme, mais avec une tristesse mal dissimulée. Parker ne put trouver un seul point du paysage où fixer son attention en dehors d'elle, qui se dirigeait maintenant vers la cabine où elle rassembla ses affaires. En quelques minutes son bagage était prêt, deux sacs suspendus à l'épaule comme des besaces, et elle s'éloigna sur la route. Parker la rejoignit en maudissant sa propre bêtise, regrettant le triste spectacle que ses paroles avaient provoqué et qui lui paraissaient plus absurdes que jamais. Pour s'excuser, il lui expliqua que dans ces régions reculées il n'y avait pas d'autre manière de combattre la solitude, on s'habituait à vivre de façon machinale, en se pliant à des rituels et des manies. Elle l'observait avec un mélange d'ennui et de résignation, sans s'arrêter, bien qu'elle ne sache pas où pouvaient la conduire ses pas. Elle n'avait que deux possibilités, marcher droit devant elle ou prendre la direction opposée. Parker la suppplia d'attendre avant de prendre la décision de se séparer, il lui promit de ne plus se livrer à ces excentricités. Mais Maytén n'était pas disposée à céder. Elle s'arrêtait, puis repartait en direction contraire avec un air de fauve en cage. Au-dessus d'eux, de lourds nuages se pressaient, cessant de filer comme un troupeau affolé. Les arbustes secoués par le vent s'immobilisèrent comme pour observer ce qui se passait.

– C'est de quel côté le village le plus proche ? demanda-t-elle soudain, en indiquant les deux extrémités de la route qui se perdait dans les courbes et les collines. Parker se prit la tête dans les mains et regarda plusieurs fois les alentours pour s'orienter.

– Ici, on est loin de tout.

– Par ici ou par là-bas ? insista Maytén.

– C'est pareil, en marchant on n'arrive nulle part. Demain, on peut s'arrêter à une gare, suggéra-t-il, et jamais ses paroles ne lui avaient paru aussi irréelles.

– Il vaut mieux en finir une fois pour toutes, dit-elle en sentant un déchirement dans tout son corps. Elle posa son bagage et s'assit par terre dans l'attente qu'il se passe quelque chose, et de préférence l'arrivée d'un véhicule. Parker fit de même sur le bas-côté opposé, les mains sur la nuque. Quelque chose commençait à se briser en lui, mais il ne s'en rendait pas compte. Quand il comprit qu'il était en train de perdre Maytén, il sentit un nœud dans sa gorge.

Deux heures plus tard, ils étaient à la même place, immobiles, ils n'avaient aperçu qu'un vol d'oiseaux et une bande de nandous. Parker ne disait rien, il savait que personne ne passerait par là. Il se leva et voulut s'asseoir à côté d'elle, mais elle l'arrêta d'un geste.

– Je voudrais qu'on parle, dit-il.

– Parlons, mais tu restes de ton côté et moi du mien.

Ils se répétèrent ce qu'ils s'étaient dit ce jour-là, tandis que le soleil passait indifférent au-dessus de leurs têtes et que leur ombre se projetait sur la chaussée. Le paysage paraissait figé, à l'exception de ces deux formes assises au bord de la route. Parker, vaincu en constatant que les mots ne servaient à rien sinon à compliquer la situation, se mit à regarder le ciel. Le vent du soir déclina en brise jusqu'à s'effacer complètement, les oiseaux disparurent et un calme irréel s'abattit sur eux deux. Il ferma les yeux un moment et, lorsqu'il les rouvrit, Maytén était encore assise dans la même position. Le léger crachin qui se mit à tomber les fit ressembler à des statues.

– C'est difficile de se séparer dans des endroits pareils, dit Parker.

– On essaie encore, répondit-elle en bâillant et en souhaitant qu'une main de géant descende du ciel et les place chacun du bon côté du chemin. Ils étaient enlisés dans une espèce de mare du temps. Chaque infime mouvement exigeait une grande concentration et leurs pensées restaient collées dans leur tête. Rien ne bougeait, rien ne respirait, seul le paysage palpitait imperceptiblement comme une mer au repos. Ils restaient silencieux, éblouis par le soleil de la steppe qui arrachait des craquements à la terre chaude, jusqu'à ce que Maytén rassemble ses forces, se lève, ramasse ses sacs et se dirige vers le camion.

– S'il te plaît, demain on va à cette gare, supplia-t-elle enfin convaincue que prolonger cette agonie était trop douloureux. Parker la suivit sans répondre et ils montèrent dans le camion qui démarra.

Cette gare n'était en réalité qu'une vieille bâtisse de pierre posée sur la steppe pelée, construite au siècle dernier par les Anglais, et un long quai en bois flanqué de hangars déglingués devant des aiguillages rouillés où mouraient de mort lente quelques wagons et des locomotives abandonnées. La barrière du passage à niveau était dressée vers le ciel et les rails s'enfuyaient à l'horizon. Un poteau penché soutenait une clochette d'alarme, un fanal rouge et un panneau indiquant "Passage de trains. Arrêtez-vous, regardez et écoutez". Pas un seul animal ou être humain n'était en vie dans ce paysage fantomatique, le sifflement du vent était le seul indice que tout cela n'était pas un décor mais un pan de la vie réelle.

Parker s'arrêta devant la gare et, tandis que Maytén attendait dans la cabine, il parcourut les lieux pour savoir quand passerait le prochain train. Il appela plusieurs fois le chef de gare, frappa aux portes, tapa dans les mains sans obtenir de réponse. Un vieux panneau branlant, qui devait dater de quelques années, annonçait la suspension des trains jusqu'à nouvel ordre. Il continua à explorer les bureaux vides et rencontra dans la salle de contrôle un homme âgé qui somnolait dans un fauteuil à bascule.

– Vous êtes le chef de gare ?

– Non, je suis le Petit Chaperon rouge, répondit le vieux machinalement, le regard ensommeillé.

– Vous n'avez pas entendu que j'appelais ? demanda Parker qui commençait à s'énerver.

– Je vous ai très bien entendu, mais à cette heure la gare est fermée.

– Et pourquoi vous n'avez pas répondu ?

– Pourquoi ? Vous alliez bien finir par me trouver.

Parker compta jusqu'à dix avant de poursuivre.

– Quand passe le prochain train ?

– Je vous ai dit que la gare est fermée, on ne s'occupe pas du public. Dehors, il y a un panneau avec les horaires.

– Il annonce que les trains sont suspendus jusqu'à nouvel ordre.

– Ben alors, pourquoi vous demandez ? Vous, les Portègnes, vous croyez que tout le monde est à votre disposition.

Parker voulut de nouveau compter jusqu'à dix, mais n'arriva qu'à trois.

– Bordel, mais qui vous a dit que j'étais portègne !

– Et vous, qui vous a dit que j'étais chef de gare ?

Parker sortit de la pièce sans saluer, en grommelant. Mais la joie de savoir qu'il n'y avait pas de train pour que Maytén s'en aille supplantait le déplaisir de devoir palabrer avec ce genre de type.

– Attendez ! Revenez ! Avant-hier j'ai reçu un télégramme avec un nouvel avis, si ça vous intéresse, le rappela le bonhomme en prenant un papier sur la table.

Parker fit demi-tour, dépité par cette nouvelle possibilité d'une séparation.

– Et ça dit quoi ? demanda-t-il, anxieux.

– Que le service des trains est suspendu.

– Vous êtes tous aussi stupides par ici ? explosa-t-il, profondément offusqué.

– Je pourrais pas vous dire, je ne suis pas d'ici, répondit l'homme en bâillant.

– Et on peut savoir d'où vous êtes ? demanda Parker pour préparer une réplique cinglante, mais l'homme n'était pas disposé à le satisfaire.

Il étira les jambes, croisa les bras sur sa poitrine et ferma les yeux. Il répondit d'un vague hochement de tête indiquant une direction au-delà des voies désaffectées et de l'horizon.

– Je suis de par là-bas.

– Attention au loup, Petit Chaperon rouge, prévint Parker, mais le bonhomme ronflait déjà. Il revint au camion avec des sentiments mêlés, où prédominait le soulagement de ne pas devoir se séparer de sa compagne.

– Il n'y a pas de train, la ligne est suspendue depuis des années, dit-il à Maytén qui patientait, nerveuse.

– C'est sûr ?

– Il va falloir qu'on reste ensemble, en tout cas pour le moment, ironisa Parker.

Quelques heures plus tard, alors qu'il attendait dans la cabine immobile qu'une idée ou un incident les sorte de cette espèce de paralysie, la cloche du passage à niveau se mit à tinter et une lumière rouge à clignoter.

– Un train ! s'exclama Maytén.

Incrédule, Parker regarda fixement la barrière qui s'abaissait lentement avec un grincement sinistre.

– Tu veux me retenir en racontant des bobards ? dit-elle, méfiante.

– Je te jure que non ! répondit-il, puis il descendit de la cabine, courut vers le passage à niveau et se planta au milieu des voies en regardant plusieurs fois des deux côtés. À part la cloche et le sifflement du vent, tout restait silencieux et immobile à des kilomètres à la ronde, le train se faisait attendre. Maytén reprit ses sacs et gagna le quai où elle s'assit sur un banc, tandis que Parker se rendait à la salle de contrôle pour demander une explication. Le chef de gare dormait encore sur sa chaise, bras croisés, les pieds sur le bureau.

– Pourquoi vous ne m'avez pas dit qu'il y avait quand même des trains ? Il y en a un qui arrive ! lança Parker en entrant en trombe dans la pièce.

Le bonhomme se redressa lentement, regarda sa montre, s'étira et se leva. Il alla en bâillant au tableau des aiguillages, actionna un levier et aussitôt la cloche du passage à niveau se tut.

– Non, il n'y a pas de train, dit-il.

Parker alla sur le quai, regarda de nouveau de chaque côté de la voie, tandis que la barrière se relevait en grinçant vers le ciel avec une légère vibration. Le paysage fut de nouveau plongé dans un silence encore plus dense. Il retourna dans la salle sans trop savoir pourquoi, mais il ne put s'en empêcher. Coiffé maintenant d'une casquette de chef de gare, l'homme était assis à son bureau où il consultait un tableau d'horaires. Il devança toutes les questions de Parker.

– C'était pas un train, si c'est ce que vous voulez savoir. C'était mon réveil, la sieste est terminée et c'est l'heure d'ouvrir la gare.

"Son réveil…" pensa Parker, bouche bée.

– En quoi je peux vous aider, l'ami ? demanda l'autre avec un sourire cordial.

– S'il n'y a pas de train, qu'est-ce que vous faites ici ?

– Qu'est-ce que ça peut bien vous faire ? Moi, je me mêle pas de votre vie.

– Vous ne trouvez pas que c'est un travail inutile ? demanda Parker pour le provoquer.

– Ici, on sait jamais ce qui peut se passer. Il peut toujours se pointer un Portègne pour demander s'il y a des trains.

Parker tourna les talons et rejoignit Maytén, accablé.

Tous deux comprirent que la seule alternative était de reprendre la route, en profitant du faible élan qui restait de leur fuite. Cette barrière qui leur ouvrait le chemin était un message, comme Maytén l'interpréta. Ils devaient continuer, la seule issue était devant eux. Ils décidèrent donc de poursuivre en essayant de trouver un modus vivendi, et les jours suivants il s'établit entre eux une espèce de trêve, comme si de rien n'était. Le changement d'attitude de Parker améliora la situation. Maytén oublia momentanément ses angoisses, et l'inconfort du voyage et des campements, qu'ils alternaient maintenant avec des arrêts à l'hôtel, passa au second plan.

Un soir, intriguée par les fréquents et mystérieux appels téléphoniques de Parker, Maytén voulut savoir avec qui il parlait. Il répondait toujours évasivement, donnant l'impression de cacher quelque chose, mais cette fois elle insista. Renonçant à la surprise, Parker lui révéla qu'il appelait un ami de Buenos Aires qui pourrait leur prêter un appartement au centre pour y passer quelques jours. Émue, Maytén se redressa soudain sur son siège et le remercia d'une longue étreinte. Elle voulut en savoir plus, mais comprenant qu'il devait encore régler quelques détails, elle préféra attendre. Tous deux furent d'accord pour dire que cela ne modifierait pas leur situation, mais ils pouvaient prendre un peu de bon temps comme s'ils étaient en vacances, après ils verraient bien.

– On va trouver une solution, c'est pas grave, assura Parker d'une voix qui se voulait ferme, tout en pensant le contraire. Il y pensait depuis des jours sans trouver la moindre issue. Il n'était pas disposé à troquer sa vie et sa liberté contre une existence dans une grande ville, en faisant un travail qu'il détestait. Mais il ne pouvait pas non plus renoncer à Maytén ni à l'homme nouveau qu'il était devenu à ses yeux. Mais cela n'avait plus de sens de penser à ça. S'il obtenait qu'un vieil ami, le seul qui lui restait, lui prête quelques jours son appartement à Buenos Aires, ce serait un cadeau magnifique pour Maytén. Certes il détestait la vie urbaine étouffante, la foule dans les rues, les commerces et les transports publics bondés, mais un changement d'air ne lui ferait pas de mal. Ne serait-ce que pour confirmer son rejet de la ville et valoriser ces régions dépeuplées qui lui appartenaient, du moindre caillou ou arbuste jusqu'au plus lointain des nuages à l'horizon.

Maytén s'imprégna rapidement de la proposition de Parker et, dès lors, sa bonne humeur se manifesta dans chaque geste. Cette perspective, tant rêvée, avait éloigné les nuées noires qui assombrissaient ses journées, et elle se réjouissait à la pensée des moments à venir. Le soir suivant, assis devant le feu, ils sentirent que la chaleur des flammes invitait aux confidences. Parker déboucha une bouteille de vin et se mit à lui raconter un autre chapitre de son passé. Le regard fixé sur les braises, il lui expliqua comment ce bar à musique qu'il avait ouvert avec les membres de son groupe avait commencé à péricliter à cause d'une gestion négligente. Les pertes s'étaient accumulées si rapidement que lorsqu'ils voulurent redresser la situation c'était trop tard. Ils durent recourir à des prêts louches qui les laissèrent à la merci de personnages sinistres qui rôdaient comme des vautours autour des établissements nocturnes, offrant des aides qui se transformaient ensuite en sociétés forcées et signature de documents. Parker et son groupe s'étaient retrouvés pieds et poings liés face à des individus sans scrupules qui utilisaient le bar comme couverture du trafic de drogue, plus rentable que la musique. Ils étaient tombés en marge de la loi, mais l'argent coulait à flots et les conflits paraissaient résolus. Une bande de malfrats, associée à des musiciens qui donnaient un certain lustre à l'établissement, garantissait de bonnes affaires, tellement bonnes qu'un soir, le batteur du groupe en profita pour s'éclipser avec une grosse somme d'argent, exécutant ainsi une de ses plus remarquables prestations. Comme le responsable de cet argent était Parker, les malfrats lui avaient demandé des comptes dès le lendemain matin, de manière abrupte.

Effrayée, Maytén écoutait cette incroyable histoire comme si elle regardait un film, ses grands yeux noirs écarquillés. Elle comprenait mal les détails de l'affaire mais était consciente de sa gravité.

– Pourquoi tu n'as pas appelé la police ? demanda-t-elle.

– Inutile, la police c'était eux.

Maytén le regarda quelques secondes, dans l'attente d'une explication. Si elle ne pouvait pas distinguer clairement les bons des méchants, l'intrigue lui échappait, et pis encore si c'étaient les mêmes.

C'était la première fois, et peut-être la dernière, que Parker racontait cette affaire qui lui faisait honte. Il poursuivit dans les moindres détails, en sentant que quelque chose en lui bougeait : c'était aussi la première fois qu'il se racontait, pour lui-même, des événements qu'il avait, après sa fuite, enfouis dans l'éloignement et l'oubli. Il avait dû vendre précipitamment sa maison, et cette somme, très inférieure à ce qu'elle aurait dû être, avait servi à sa femme et à son fils pour se mettre à l'abri et commencer une nouvelle vie ailleurs. Il fut dénoncé et sa photo publiée dans plusieurs journaux. Après quoi, il fut obligé de disparaître.

– J'ai eu mon quart d'heure de célébrité, et maintenant je suis là, à me cacher sur les routes. Je n'ai pas triomphé, mais il me reste au moins la consolation de ne pas avoir persévéré dans cette voie, conclut-il.

Entendre sa propre voix qui rappelait ces événements après tout ce temps le libérait d'un poids qui pesait sur sa conscience. À présent, après avoir partagé un moment de sa vie avec Maytén, ses souvenirs avaient pris comme une couleur sépia.

– Ne sois pas nostalgique, Parker. C'est pas impossible qu'on continue à te poursuivre.

– Ici, ils ne me trouveront pas…

– Je parlais de mon mari.

– Eh oui, on dirait que c'est mon destin. Lui non plus ne peut pas nous retrouver, ici personne ne trouve jamais ce qu'il cherche. C'est le pays de l'inattendu.

Après le repas, ils firent la sieste et, l'après-midi, Parker fit chauffer de l'eau avec du savon dans laquelle il plongea des vêtements, des serviettes et des draps jaunâtres. Ils lavèrent les rideaux de la cabine, nettoyèrent le tableau de bord et les vitres, secouèrent le tapis de sol et vidèrent les tiroirs. Le chaos primitif de Parker cédait sous les mains de Maytén, qui pliait, parfumait, rangeait tout ce qui passait sous son regard, et bientôt le monde devint aux yeux de Parker plus clair et lumineux. Grâce à ce simple prodige, le paysage, les nuages et l'air même de la plaine se firent si nets et si proches qu'on avait l'impression de pouvoir les toucher. Parker conduisait maintenant animé d'une sensation inédite de liberté qui le remplissait d'optimisme et de volonté, d'envie de faire des projets. Il avait retrouvé quelque chose qui s'apparentait à l'enthousiasme.

À l'arrêt suivant, une pauvre station-service avec deux vieilles pompes qui évoquaient une femme les mains sur les hanches, Parker alla au bar en évitant les flaques de boue et d'huile. L'employé, un Indien minuscule à l'air résolu, le regarda intrigué ouvrir la porte aux vitres rayées et sales.

– Le téléphone fonctionne ? demanda-t-il en indiquant une cabine avec une chaise et un annuaire qui devait être ouvert à la même page depuis des lustres. L'Indien le regarda avec une moue.

– Il fonctionnait, répondit-il sèchement.

Parker décrocha le téléphone, mais il n'y avait pas de tonalité.

– Il fonctionne ou non ?

– Il fonctionnait le mois dernier, plus maintenant.

Parker murmura un juron, il devait passer deux appels, l'un au vieux Constanzo, l'autre à son ami de Buenos Aires.

– Le téléphone le plus proche, c'est à Puesto La Chueca, Poste de la Tordue ? demanda-t-il à l'homme, qui nia catégoriquement.

– Comment ça, non ? La Chueca est la prochaine station-service vers le nord.

– Oui, mais le téléphone le plus proche c'est celui-là, monsieur, répondit l'autre en sortant d'un tiroir un téléphone noirci de crasse par l'usage. Parker retourna à la cabine, brancha le téléphone et composa le numéro de son ami, mais personne ne répondit. Puis il appela son patron, il savait qu'il serait dans son bureau, un verre de whisky dans sa main tremblante, au milieu de bouteilles vides, de seaux de glace fondue et de calendriers de femmes nues. Lorsque Parker entendit sa voix pâteuse, il lui débita d'un trait tout ce qu'il devait lui dire : salaires impayés, augmentation, conditions de travail jamais respectées et demande de congés. Il lui dit en plus que le camion avait besoin d'une révision et exigea un remboursement des frais de carburant.

– Qui est à l'appareil ? redemanda le vieux.

Parker lança un chapelet d'insultes qui résonnèrent dans l'étroite cabine. Il répéta ses revendications en insistant sur chacune pour traverser les effluves d'alcool qui entouraient son patron comme une muraille. Le vieux Constanzo leva son verre et le posa brutalement en répandant des éclaboussures sur la table.

– Quoi ! C'est toi, enfin ! Il y a des mois qu'on t'attend à Colonia Prometida, Colonie Promise ! s'écria-t-il, furieux.

Ils discutèrent un moment sans qu'aucun n'écoute l'autre. Avant de raccrocher, Parker lui conseilla de chercher un remplaçant, sinon il abandonnerait le camion et prendrait de toute façon des vacances.

– D'accord, d'accord, dit enfin le vieux, qui promit de le remplacer lui-même. Ce qui calma un peu Parker, qui sortit de la cabine satisfait.

Maytén prenait un café et feuilletait avec curiosité des magazines pleins de photos en couleur et de publicités qui lui donnaient l'impression d'appartenir encore à l'espèce humaine.

– Du nouveau ? demanda-t-elle.

Mais Parker ne répondit pas, ruminant ses pensées. Il se rappelait les conseils du journaliste, il devait distraire Maytén s'il voulait la garder.

– On pourrait aller à la mer pour se baigner, proposa-t-il en voyant que les choses tournaient mal ce jour-là.

Maytén le regarda avec méfiance, mais imagina tout de suite une journée à la plage, allongée au soleil sur le sable chaud, bercée par la rumeur des vagues.

– Il faut qu'on aille décharger à Puerto Médanos, mais avant d'y arriver il y a une plage.

– Demain, bain de mer ! s'exclama-t-elle.

– Pas demain, la semaine prochaine, corrigea-t-il, ajoutant comme s'il avait eu une vision : Je sais où on pourrait aller aussi ! En ce moment commence la Fête nationale du dinosaure de Patagonie.

– Une fête de dinosaures ? Ça existe ?

– Et on y mange de la très bonne viande, conclut Parker l'air convaincu.

Le camion se gara lentement à la limite du sable. Un peu plus loin l'océan Atlantique rugissait. Des embruns et de l'écume passaient au-dessus des dunes, emportés par le vent. Parker et Maytén marchèrent courbés pour lutter contre les bourrasques, tandis qu'une rivière de sable serpentait sous leurs pieds, se changeant en filaments qui se collaient aux rochers et aux roues du camion. Parker voulait parler mais le vent emportait ses paroles. Ils évitèrent les buissons d'épineux, grimpèrent les dunes en portant un panier de provisions, deux chaises pliables et un parasol que Parker plantait dans le sable pour soulager ses efforts. Arrivés au sommet de la dune, ils descendirent vers la plage et s'abritèrent contre un promontoire où ils purent enfin se parler distinctement. Ils étendirent des couvertures qu'ils fixèrent avec des cailloux, mais ne purent s'allonger car le sable leur fouettait le visage. Parker ouvrit le parasol qui leur servit d'écran et tous deux se blottirent derrière en riant. Ils restèrent enlacés un long moment, profitant de l'énergie puissante qui se dégageait de la mer. La plage était une vaste étendue envahie par les embruns, les vagues rugissaient en éclatant contre les rochers. Parmi les débris charriés par la marée on voyait des ossements de lions de mer éparpillés sur le sable, des bandes de mouettes flottaient immobiles au gré de la houle. Ils avaient fait le plus difficile, il ne leur restait plus qu'à rassembler leur courage, ôter leurs vêtements et courir vers la mer pour plonger dans l'écume. Main dans la main, ils s'avancèrent dans l'eau jusqu'aux genoux, mais avant qu'ils puissent nager une vague les renvoya violemment sur le rivage. Ils recommencèrent et, lorsqu'ils purent enfin flotter dans le bouillonnement mousseux qui les retournait et les poussait l'un contre l'autre, ils sentirent que le courant les entraînait dans toutes les directions pour finalement les renvoyer au bord, comme pour les punir de leur audace à vouloir pénétrer dans les flots. Familière de cette mer tempétueuse, Maytén tira Parker par la main vers le large, profitant des brèches qui s'ouvraient entre les rouleaux. Une fois la barre franchie, ils purent flotter dans un calme relatif, soulevés à la crête des vagues sans se lâcher la main. Ils n'avaient pas besoin de nager, l'océan se chargeait de les porter au-dessus de l'écume et de les déposer sur le lit marin. Maytén connaissait aussi bien la plaine balayée par les bourrasques que cette mer où les courants s'annulaient en formant des espaces d'un calme total. Une demi-heure fila ainsi jusqu'à ce que, fatigués de lutter contre les éléments, ils concluent que le meilleur endroit pour passer la journée restait la cabine vitrée du camion. Ils ramassèrent leurs affaires et, enveloppés dans les couvertures, ils retournèrent au camion. Fouettés par des tourbillons de sable et les broussailles projetées sur la carrosserie, ils entrèrent dans la cabine en grelottant. Parker fit chauffer de l'eau pour le thé tandis que Maytén séchait énergiquement ses cheveux noirs pleins de sable, puis elle alluma la radio et chercha une émission musicale. La voix d'un animateur annonça les événements du week-end, mais lorsqu'elle tenta de stabiliser une fréquence, la radio sauta à la station suivante.

– Parker, je vais devenir folle ! Cette radio est impossible ! s'écria-t-elle en pressant nerveusement le bouton jusqu'à retrouver la voix du speaker : "… la meilleure musique du Sud avec le Cuarteto La Puñalada, Quartet Le Coup de Poignard, vendredi et samedi prochain à Pueblo Seco, Village Sec, dimanche à Barranca Los Monos…" mais la voix se perdit de nouveau dans un concert de rumeurs et de grésillements. Maytén continua d'appuyer sur le bouton, faisant surgir des ondes d'autres voix et d'autres musiques, jusqu'à ce que la voix revienne : "… grande fête tropicale avec bal demain à Puerto Médanos, ambiance idéale pour fêter l'été de la Caraïbe avec l'orchestre La Pedregosa, La Pierreuse, au restaurant Los Médanos, où vous serez accueillis par ses patrons, devant la place, demain à vingt et une heures, ne ratez pas ce rendez-vous…"

Parker servit le thé fumant dans deux tasses qu'ils burent entre deux éternuements. Elle, qui attendait une fête tropicale depuis des années, lui parla de ce qu'elle venait d'entendre. Parker lui confirma que le soir même ils pouvaient dormir à Puerto Médanos et elle se sentit envahie par une immense joie. Ils n'avaient pas fini de s'habiller et retirèrent ce qu'ils portaient encore pour se glisser sous les couvertures qui sentaient maintenant le propre et le frais, et y batifolèrent pendant un long moment.

Pour entrer dans Puerto Médanos, ils durent prendre une déviation et s'engager dans une longue avenue balayée par le vent qui longeait les falaises. Le village consistait en une place rectangulaire, au centre de laquelle s'était formée une dune qui enterrait à moitié un monument dédié au marin. Le torse de la statue émergeait du sable comme une créature du désert, une main tenait la barre d'un gouvernail, l'autre un mât où ondoyait un drapeau aux couleurs fanées. Autour de la place, une station-service, un bar, un hôtel et deux restaurants, où se retrouvaient le soir dockers, douaniers, marins et camionneurs. Il y avait aussi un banc, l'église, la mairie et quelques petits commerces. Le village était devenu prospère grâce au port, où accostaient des navires toutes les semaines. Une rue partait de la place vers le quai, construit le long d'une large bande de ciment qui servait de promenade, et finissait par disparaître dans les dunes. Des hangars s'alignaient devant les bassins, où les grues s'élevaient au-dessus du bourg. Le dimanche, des familles y montaient et s'installaient dans les cabines, s'il y avait du vent, pour contempler le paysage, ou sur les plateformes si le temps s'y prêtait, et elles y passaient l'après-midi en buvant du maté et écoutant la radio.

Le lendemain, Parker déposa Maytén dans une boutique de vêtements, sur la place, et continua jusqu'au quai où il prit la longue file des camions qui attendaient leur tour pour livrer leurs marchandises qui étaient embarquées sur les navires. Il fallait décharger des caisses de poires et de pommes et charger les camions de fruits tropicaux transportés par les bateaux. Parker laissa les dockers faire leur travail, ferma le camion et se dirigea vers la boutique où Maytén l'attendait. Il la trouva plus souriante et gaie que jamais, en train d'essayer des robes aux couleurs vives devant le miroir d'une cabine où une employée lui tendait des modèles.

– Qu'est-ce que tu penses de celle-là, ça fait tropical, non ? demanda-t-elle à Parker en tournant sur elle-même.

– Il vaudrait mieux quelque chose d'encore plus exotique, avec des palmiers, des fleurs, une mer bleue et une ou deux bananes, plaisanta-t-il.

Lorsque la vendeuse lui apporta le dernier modèle, elle comprit qu'elle devait s'en tenir à un style plutôt subtropical qui, de toute façon, serait très exotique dans la steppe patagonienne. Elle passa le reste de l'après-midi dans la cabine du camion, à se poser des bigoudis et à essayer dans le rétroviseur le maquillage le plus approprié pour la soirée, avec la trousse de cosmétiques que Parker lui avait offerte à la fête foraine. Parker, de son côté, avait retrouvé la valise égarée, avec des vêtements de ville provenant de sa vie antérieure. Sa garde-robe consistait en un costume usé qu'il portait quand il jouait avec son groupe, deux ou trois chemises et une cravate dont le nœud n'avait pas été défait. Il avait mis un certain temps à trouver cette valise, car le nouvel ordre qui régnait dans le camion, imposé par Maytén, était pour lui une forme de désordre qui le désorientait. Enfin il la trouva, couverte de poussière, reléguée dans un coin du véhicule, et commença à en sortir les vêtements comme on exhume un cadavre. Le costume, raidi par le temps, conservait encore une forme humaine, il reprit vie à mesure qu'il le dépliait sur le tableau de bord. Il le tapota pour le dépoussiérer et le tirer de son long sommeil, craignant à tout instant qu'il ne tombe en lambeaux.

Le moment tant attendu arriva et tous deux, impeccables, prirent le chemin de la place. Elle, radieuse, maquillée, marchait non sans mal sur des talons hauts, au bras de Parker, en se protégeant du vent pour ne pas être dépeignée. Une jupe courte et moulante contenait à peine les courbes de ses hanches, découvrant ses formes et ses jambes. À ses côtés, Parker paraissait engoncé dans son vieux costume. Il avait eu du mal à l'enfiler. Son visage rasé de près émergeait hautain du col de sa chemise blanche cravatée. Il avait réussi à faire disparaître les plis des poignets en retroussant les manches. Arrivés sur la place, ils entrèrent dans le restaurant et traversèrent la piste de danse où quelques couples, à peine éclairés par des lampes colorées, évoluaient sur une musique triste sortant des haut-parleurs. À mesure qu'ils s'habituaient à la pénombre, ils découvraient sur les murs d'absurdes décorations de guirlandes, de fleurs et de palmes en plastique. Un serveur les accompagna jusqu'à une table éclairée de bougies, dont les flammes tremblaient en projetant sur les murs des ombres inquiètes. Cette fête parut à Parker une veillée gothique plus qu'une soirée tropicale. Mais Maytén était contente, enjouée, l'endroit comblait ses attentes, et plus encore lorsque des projecteurs éclairèrent une scène décorée de soleils et de ciels éclatants sur une mer brillante. Un animateur en bermuda et chemise à fleurs souhaita la bienvenue à la "clientèle distinguée" et ouvrit les réjouissances par des blagues et des imitations. L'orchestre La Pedregosa entama une série d'airs populaires que le public salua par des applaudissements et des sifflements approbateurs. Certains musiciens portaient des tenues de sauveteurs, d'autres de baigneurs, et des ensembles colorés où se mêlaient motifs mapuches et hawaïens.

Maytén et Parker commandèrent du mousseux et dînèrent à la lueur des bougies. Lorsque La Pedregosa entama laborieusement les accords d'un boléro, des couples se levèrent pour danser. Parker prit Maytén par la main et l'entraîna sur la piste, où ils dansèrent étroitement collés l'un contre l'autre. Maytén posa sa tête sur l'épaule de Parker et ferma les yeux.

– Je te remercie, mais ne tombe pas amoureux de moi, lui dit-elle.

Parker dansait en ne mobilisant que deux ou trois muscles. Il dut se servir d'un autre pour lui répondre.

– C'est trop tard.

– N'allons pas à Buenos Aires, c'est risqué.

Parker lui assura que ça se passerait bien, il avait déjà tout prévu. Elle pressa la tête sur son épaule, sourit, et son regard triste se perdit parmi les autres couples. Ils continuèrent à danser, les yeux fermés, isolés dans leur propre univers, jusqu'à ce que le rythme change et qu'une vague de couples bruyants et frénétiques envahissent la piste, prêts à se déhancher jusqu'à l'aube. Parker voulut quitter cet endroit, mais c'était trop tard, la seule échappatoire était une fuite en avant. Résigné, il prit Maytén par la taille et commença à danser avec de lents mouvements des hanches. Peu après ils furent enveloppés par des guirlandes colorées, des serpentins, des confettis qui ressemblaient à des flocons de neige. Ils passèrent toute la nuit au rythme des cumbias et des merengues, qui alternaient avec d'autres musiques indéfinissables. Maytén dansa jusqu'à épuiser Parker et dut le guider, titubant, entre les tables. À la fin de la fête, on tira au sort des bouteilles de mousseux, deux maracas et des congas. Une musique lente et sirupeuse s'éleva dans la salle en signal de fin et la plupart des clients commencèrent à se retirer. Marker et Maytén dansèrent encore en compagnie de quelques couples d'irréductibles, en se laissant porter par ces accords paresseux qui donnaient envie de bâiller. Lorsque la lumière du jour commença à filtrer par les fenêtres, les derniers clients sortirent avec les musiciens, et ils restèrent seuls sur la piste désertée, évoluant à un rythme qui n'était plus celui de l'orchestre, mais de leurs corps entraînés par la force d'inertie. Les serveurs entreprirent de balayer la piste, d'empiler chaises et tables, et l'un d'eux tapota l'épaule de Parker.

– La fête est finie, monsieur, dit-il, s'excusant de cette interruption abrupte. Maytén et Parker rouvrirent soudain les yeux et se séparèrent comme surpris dans un acte indécent. Ils observèrent la salle vide, faiblement éclairée par les premières lueurs du jour. À la porte, musiciens et employés attendaient le moment de pouvoir rentrer chez eux. Ils regagnèrent leur table, prirent leurs affaires et sortirent dans la rue où le soleil commençait à dessiner le contour des maisons. Ils marchèrent vers le port l'un contre l'autre, d'un pas mal assuré, en essayant de s'orienter entre toutes ces maisons qui se ressemblaient. Maytén comprit aussitôt qu'elle devait prendre les choses en main et saisit si doucement la bouteille que Parker tenait à la main qu'il ne s'en rendit pas compte, et la posa sur le trottoir. Ils eurent un peu de mal à atteindre les quais et à trouver le camion, caché par des murailles de caisses de fruits. Dans la cabine, tandis qu'elle aidait Parker à se déshabiller, un docker s'approcha avec une chemise pleine de papiers à la main. Parker descendit torse nu.

– Il y a un problème, dit l'homme, on ne peut pas décharger votre camion.

Parker regarda fixement son interlocuteur en tentant de comprendre le sens de la phrase, en vain. L'homme répéta plusieurs fois.

– Pourquoi ? Vous n'avez pas envie de travailler ? parvint à demander Parker d'une voix pâteuse.

– Votre bateau a appareillé il y a déjà un mois, monsieur.

– Il y en aura d'autres, non ? L'océan est plein de bateaux... dit-il en titubant.

– En plus, il manque les documents du chargement, la déclaration et les permis, poursuivit l'employé.

– Déchargez-moi ce camion une bonne fois pour toutes, que je puisse aller dormir, insista Parker, contrarié, les mots se mélangeant dans sa bouche. L'homme alla dans un bureau, consulta factures et commandes, et revint avec de mauvaises nouvelles, mais Parker était déjà remonté dans le camion et dormait affalé sur le lit de la cabine. Maytén chercha l'argent rangé dans ses affaires et prit une liasse de billets qu'elle tendit à l'employé en le priant de résoudre le problème et lui assurant que tout cela resterait entre eux.

– Très bien, mais c'est vous qui prenez le risque, prévint l'homme en acceptant les billets.

Maytén retourna dans la cabine, couvrit Parker d'une peau de mouton, se démaquilla devant le rétroviseur et s'allongea à côté de lui, puis ferma les rideaux. Peu après un groupe de dockers commencèrent à décharger le camion et, quelques heures plus tard, l'avaient de nouveau rempli de caisses de fruits tropicaux.

Une semaine plus tard, Parker et Maytén avaient laissé l'océan derrière eux et se dirigeaient vers l'intérieur des terres par un trajet sinueux de routes secondaires. Ils traversèrent des plateaux arides et redescendirent vers les douces ondulations de la plaine. Après la fête à Puerto Médanos, ils ne parlèrent plus de l'avenir pendant plusieurs jours. Leurs discussions houleuses connurent une trêve.

– Qu'est-ce qu'on va faire du chargement ? Il n'est pas déclaré, demanda Maytén.

Très sûr de lui, Parker répondit sur le ton d'une bonne nouvelle.

– On peut le brader, je connais des gens pour ça, et garder l'argent. En garantie pour ce que me doit Constanzo.

Maytén n'était pas très convaincue, mais elle n'insista pas. Un climat de bien-être régnait dans la cabine, ils observaient en silence le paysage qui défilait du lever de soleil jusqu'au soir. Cet après-midi-là, Parker conduisait en souriant et suivait le rythme de la musique en pianotant sur le volant. Pensive, Maytén regardait fixement la route. Parfois elle se serrait contre lui en lui prenant le bras, à d'autres moments elle se réfugiait près de la porte, le front contre la vitre. Elle se demandait si l'avenir n'était pas cette traversée des paysages, cette espèce de suspension au-dessus de la réalité. Mais elle ne pouvait pas se résoudre à échanger ses rêves et ses aspirations contre si peu, et elle ne se laissait pas leurrer par ce calme artificiel. Ses pensées intimes, angoissées, avaient fini par créer une ride imperceptible entre ses sourcils.

Pourquoi ne se laissait-elle pas simplement bercer par le mouvement de la route, par les oscillations de son corps qui épousait les virages et les côtes ? Quelque chose en elle se rebellait, rongeant la quiétude des journées. Non, c'était impossible, elle ne pouvait pas continuer ainsi, lui suggérait une voix inconnue. Mal à l'aise, elle changea de position sur son siège et eut envie que Parker s'arrête pour sortir de la cabine et faire quelques pas, sentir la terre ferme sous ses pieds, la consistance de la planète, sentir de toutes les fibres de son corps le sol, les pierres. Elle fut sur le point de le lui demander, mais quelque chose s'interposa entre eux, le sentiment soudain que tout cela n'avait aucun sens, que c'était la faute de Parker, de sa passivité, de sa léthargie, de son calme plat, qui observait avec complaisance ses fantômes apaisés, comme de dociles moutons enfermés dans un enclos. Tout le contraire des démons de Maytén qui ne cessaient de s'agiter en elle, la perturbaient, et qu'elle devait sans cesse pacifier.

Les jours suivants, elle choisit la musique qu'elle avait envie d'écouter et Parker dut accepter en silence, alors que ces accords sirupeux l'exaspéraient. La rencontre inattendue d'un croisement de routes les plaça devant un dilemme qui pouvait être décisif sous ces latitudes : poursuivre jusqu'à Sierra Cantera, Mont Cantera, en passant par Cuchilla del Señor, Couteau du Seigneur, où ils n'étaient pas sûrs de trouver du carburant, ou aller à Vuelta del Sapo Norte, Tournant du Crapaud Nord, où ils n'étaient pas non plus assurés d'en trouver, mais au moins le trajet était plus court et permettait d'éviter les contrôles et des gendarmes sans indulgence pour les petits arrangements. Ils choisirent Vuelta del Sapo, où au moins il y aurait un téléphone pour appeler la capitale.

Parker se sentait responsable de ces conditions de vie précaires qu'il imposait à sa compagne, de plus en plus lassée de cette existence marginale et solitaire, et il pensa que des vacances aideraient à trouver une solution. Il leur fallait quitter la route pour un temps, ils aviseraient après. Le lendemain matin, ils arrivèrent à Vuelta del Sapo Norte, une autre gare ferroviaire abandonnée, où ne subsistaient que des hangars, un réservoir d'eau, des maisons d'un jaune terreux, un magasin et une station-service. Le camion tourna sur lui-même, comme un chien avant de se coucher, et s'arrêta devant une pompe à essence.

– Pas question que je descende, prévint Maytén.

Parker sortit de la cabine et demanda à l'employé, un garçon en poncho sur son bleu de travail, de faire le plein de carburant, et se dirigea vers une cabine de téléphone. Une demi-heure plus tard, lorsqu'il en ressortit, l'employé l'attendait avec la pompe du distributeur à la main et le bouchon du réservoir dans l'autre.

– Combien je vous dois ? demanda Parker en sortant son portefeuille.

L'employé le regarda, l'air perplexe. Parker répéta la question.

– Rien, répondit l'autre.

– Vous avez fait le plein ?

– Non.

Parker tenta en vain d'obtenir une explication. L'employé l'observait impavide.

– Il n'y a plus de carburant, finit par répondre le garçon.

Énervé, Parker lui arracha la pompe des mains.

– Et où on peut trouver du carburant dans ce village de merde ? s'écria-t-il.

– Là, répondit l'employé avec un calme minéral, en indiquant une autre pompe à quelques mètres.

La présence de Maytén empêcha Parker de l'insulter.

– Tu as pu téléphoner ? demanda-t-elle.

– Mon ami nous prête son appartement, on va à Buenos Aires !

Et aussitôt l'optimisme refleurit entre eux. Maytén était folle de joie. Ils déjeunèrent et fêtèrent la nouvelle, firent de nouveaux projets, puis ils déplièrent une carte sur la table et tracèrent l'itinéraire. Parker indiqua du doigt certains points, choisissant les routes les moins fréquentées.

– Là, ce sera la partie la plus compliquée, mais on roulera de nuit, quand il n'y a personne.

Maytén nota sur son agenda tout ce qu'elle voulait voir à Buenos Aires, jour après jour. Elle étudiait sur le guide les endroits à visiter. Les journées à venir prenaient forme, les noms de lieux noircissaient les lignes. Plus sa joie grandissait, plus Parker s'inquiétait à la pensée de familles entières déambulant comme du bétail, mastiquant des aliments le regard dans le vague. La foule dominicale en rang d'oignons pour entrer dans les sites touristiques, les queues pour se déplacer en ville, tout cela l'angoissait déjà. Il s'efforça de penser à autre chose pour ne pas assombrir la joie de sa compagne, mais il ne put se débarrasser d'une sensation soudaine de panique. Il préféra se taire, dissimuler son état d'esprit et se concentrer sur la musique, seule capable de le distraire de ce début de cauchemar.

Peu après, Maytén rangea son agenda d'un air satisfait, se mit à regarder le mufle du camion qui avalait la route avec voracité et s'endormit sur son siège. Ils roulèrent toute la nuit jusqu'à ce que la lumière pure du matin fasse apparaître la ligne d'horizon. Ils déjeunèrent rapidement, la journée allait être épuisante, et ils reprirent la route, anxieux : elle, parce qu'une partie de ses désirs allait être exaucée ; lui, parce qu'il se demandait déjà quand il allait pouvoir retourner à sa vie errante. Cependant la joie de Maytén avait, à son insu, un peu déteint sur lui, et sa phobie de l'univers urbain, après des années d'exil intérieur, était passée au second plan, mais il ne doutait pas qu'une fois Maytén comblée par les plaisirs de la ville, ils repartiraient ensemble vers les paysages et les routes solitaires. Il pensa même qu'ils pourraient s'installer quelque part, mais ces idées-là étaient prématurées, ils devaient d'abord résoudre un présent compliqué. Vers la mi-journée, Maytén bondit sur son siège et poussa un cri d'alarme. Parker, qui conduisait à moitié somnolent, sursauta, pensant qu'elle avait vu un démon, et donna un coup de volant qui fit tanguer le camion. À une centaine de mètres il y avait un poste de contrôle : deux véhicules en mauvais état, couverts de boue, et des policiers à l'allure négligée. Maytén restait muette, tandis que Parker souriait, amusé. Un policier se planta au milieu de la route en leur faisant signe de s'arrêter.

– Je savais qu'on allait se faire coincer, par ma faute, murmura Maytén accablée, les mains sur la tête. Parker sortit le bras par la fenêtre, s'arrêta et salua en faisant des gestes qui lui parurent déplacés.

– Parker ! Depuis le temps ! Qu'est-ce que tu deviens ? Tu prends un maté avec nous ? dit le policier. À quelques mètres de là, ses collègues faisaient chauffer une bouilloire noircie suspendue au canon d'un fusil au-dessus des flammes d'un foyer.

– Pas le temps, je vais à Buenos Aires.

Dire qu'on allait à la capitale donnait un certain prestige et le policier, intrigué, grimpa sur le marchepied pour mieux voir l'intérieur de la cabine.

– Ah ! Je comprends, dit-il en découvrant Maytén qui répondit en saluant d'une voix hésitante. Vous voulez pas descendre boire un maté, mademoiselle ?

Mais elle garda le silence, ne sachant pas si la situation était grave ou non.

– La prochaine fois, préparez un barbecue et on s'arrête, répondit Parker.

Le policier prit congé en lui serrant la main et en lui faisant un clin d'œil.

– J'ai quelques tonnes de mangues et d'ananas en promotion, vous connaissez quelqu'un qui serait intéressé ? demanda Parker.

Les policiers se consultèrent.

– C'est quoi des mangues ? demanda celui qui tenait la bouilloire au bout du canon.

– C'est comme des pommes, mais complètement différent, expliqua Parker très sérieux.

Et le policier lui fit un geste du doigt.

– Compliqué, ici personne ne mange ces trucs bizarres, ils ont pas confiance. Même les bananes c'est un problème, dit l'autre sans quitter Maytén des yeux.

– Tu vas bouffer des fruits pendant des années, Parker. Au moins tu as quelqu'un pour t'aider, lui crièrent-ils pendant qu'il s'éloignait.

– C'est des amis, expliqua Parker à une Maytén intriguée.

– Pourquoi on s'est pas arrêtés ?

– Ici, il vaut mieux être l'ami de tous et de personne, mais sans exagérer.

– L'amitié, c'est autre chose.

– Sur la route, c'est comme ça, les règles sont différentes de la vie sédentaire. Ici, on est toujours seul et de passage, et à tout moment on peut avoir besoin de quelqu'un.

– Ça veut dire se servir des personnes.

– Exactement, tu finis par piger comment on vit dans ces régions, dit-il, satisfait, mais Maytén n'apprécia pas le ton de Parker.

– Je sais mieux que toi comment on vit par ici, les gens deviennent amis, même s'ils n'ont besoin de rien.

Parker la regarda avec une moue d'incrédulité, et elle poursuivit :

– Je parle des gens normaux, pas de ceux qui vivent hors du monde, toujours par monts et par vaux, parce qu'ils ne savent pas où aller.

– Tu remets ça? Mais c'est mon monde! réagit Parker irrité en indiquant le paysage. Et dans ce monde j'y suis beaucoup plus que dans le tien, du moins si tu sais lequel c'est.

– Mon monde c'est aussi les autres, dont je fais partie.

– Ça, c'est du baratin. Et des amis, tu en as?

– Non, mais j'ai envie de m'en faire et de rencontrer des gens.

– Ces trucs-là, pour moi c'est trop tard.

– C'est pas trop tard, c'est que tu es trop vieux. Tu as déjà eu un véritable ami?

Parker ne sut quoi répondre, pour lui c'étaient des arguments de mauvais feuilletons.

– Je sais pas, peut-être que oui.

– Les amis, on en a ou on n'en a pas. Des vrais amis, pas des gens qu'on voit de temps en temps pour manger, chanter, se soûler, et le lendemain tchao!

– Alors, non.

– Pourquoi semer et récolter si on ne fait que passer? Les gens comme ça se dessèchent, comme la plaine.

– Et tu crois que c'est mieux à Buenos Aires?

– Rien ne peut être pire qu'ici, la solitude écrase les sentiments.

– Ici, tout est plus simple, essentiel, les sentiments, c'est ce qu'on voit. Là où les gens vivent entassés, les meilleurs et les pires sentiments poussent comme les broussailles, ils se mélangent, se confondent, affirma sentencieusement Parker. Mais il s'interrompit, car un autre croisement sans indications l'obligea à ralentir. Il chercha à s'orienter en observant la crête des montagnes, puis demanda à Maytén à quelle distance ils se trouvaient de la route nationale. Elle prit une grande carte qu'elle déplia avec difficulté, la tourna plusieurs fois et chercha avec le doigt. Parker tendit la main, prit la carte et la remit à l'endroit. Maytén chercha le numéro de la route en passant le doigt sur une extrémité de la carte.

– Là, il y a marqué Paraguay.

– En bas, le sud est en bas, expliqua patiemment Parker, pendant que son regard passait du papier au paysage, en espérant trouver une piste.

– Cette carte est fausse. On est dans quelle province ?

– La même depuis une semaine, dit-il.

Puis il se mit à chercher lui-même leur position. Il posa le doigt sur un point et rendit la carte à Maytén pour qu'elle puisse s'orienter, mais elle ne s'intéressait qu'à des données concrètes : quand et où ils allaient arriver, pas comment. Ça, c'était un truc d'hommes.

– On va vers l'est, au prochain croisement on continue tout droit, puis on prend par là et on rejoint la route secondaire par ce raccourci qu'on voit ici, à droite des montagnes, avant d'arriver au pont, juste avant cette courbe, expliqua-t-il.

– Et dans quatre jours, Buenos Aires ! s'exclama Maytén en tapant dans ses mains.

Parker passa le reste du trajet à réfléchir à ce qu'allait être son retour, après tant d'années, dans cette ville où il avait vécu les pires moments de sa vie. Une partie de son existence endormie dans sa mémoire commençait à se réveiller. Son ex-femme et son fils devaient être quelque part dans Buenos Aires. Devrait-il l'appeler et parler avec elle ? Pour lui dire quoi ? Il y avait peu de possibilités qu'il la retrouve, leurs liens s'étaient rompus abruptement et il n'avait jamais eu de leurs nouvelles. Il pouvait demander à sa famille, à des connaissances, mais la seule perspective de la chercher lui parut aussi difficile que de l'avoir devant lui. Tous les détails de sa fuite lui revinrent comme une avalanche de mauvais souvenirs qui le suffoquèrent. L'image de son ancien associé, ce traître de batteur, lui revint, avec celle du chef de la bande de malfrats à qui il devait de l'argent, un tueur sans pitié, qui continuait peut-être à le traquer. Le moment était peut-être venu de régler ses comptes avec le batteur, il n'aurait pas de mal à le retrouver dans le milieu des boîtes de nuit, où il devait encore jouer dans un orchestre. À l'époque, il n'avait pas eu le courage de suivre ses traces pour lui faire payer sa trahison, une longue amitié vendue pour du fric. Il pourrait se renseigner auprès de vieilles connaissances, il surgirait un soir par surprise et lui dirait tout ce qu'il n'avait pu lui dire sur le moment. Parker s'imaginait entrant dans un cabaret bondé de clients et découvrant sa proie derrière tambours et cymbales. Il se jetterait sur lui et le cognerait de toutes ses forces. Ces pensées de vengeance réveillèrent ses vieux démons assoupis et il sentit monter en lui une étrange frénésie. Il se vit bourrant de coups de pied le traître devant un public médusé. Puis, quand le batteur tout ensanglanté lui demanderait pardon, il lui dirait de garder son pognon, il n'était venu que pour lui rappeler sa saloperie. Et le tueur? Avec lui, c'était plus difficile, mais il trouverait un moyen.

– À quoi tu penses? demanda Maytén en voyant ses traits tendus.

Les mains crispées sur le volant, Parker ne répondit pas. Il savait très bien qu'il ne ferait rien de tel, cette époque-là était morte et enterrée. Tout cela n'avait plus d'importance, il n'y avait plus grand-chose à dire et beaucoup à taire. Après plusieurs minutes de silence, Parker se tourna vers Maytén, qui l'observait, étrangère à ses émotions.

– Je pensais aux bons moments qu'on allait passer là-bas, dit-il avec un grand sourire. Et il se mit à imaginer leur nouvelle vie ensemble: ils pourraient demander un crédit, racheter l'entreprise du vieux Constanzo, vivre tantôt sur la route, tantôt dans une ville, mais pas trop grande, au moins avec des rues goudronnées, des immeubles, un centre avec des commerces, des gens sur les trottoirs et une gare routière où arrivent des autobus de tout le pays. Maytén l'écoutait captivée, pleine de joie, bien qu'elle eût appris depuis longtemps à se méfier des promesses et des belles paroles.

Le camion filait sur la route et traversait des hameaux tandis que le soleil se cachait derrière les nuages à l'horizon. Le soir commençait à tomber et, à la sortie d'un virage, Parker sursauta. D'étranges lumières clignotantes et des silhouettes qui émettaient des lueurs phosphorescentes apparurent devant eux. Il pensa d'abord qu'un vaisseau d'une autre galaxie venait d'atterrir, mais il n'eut pas le temps d'imaginer des paroles de bienvenue aux extraterrestres : la sombre réalité se révéla en quelques instants. Il cacha hâtivement la bouteille de vin sous le siège, demanda à Maytén d'enlever les assiettes et les restes de repas du tableau de bord, baissa le volume de la musique, se carra sur son siège et posa ses deux mains sur le volant. À moins de cent mètres ils reconnurent un contrôle routier avec deux gendarmes debout au milieu de la route, avec des gilets fluorescents, éclairés par les reflets bleutés des gyrophares, faisant signe au camion de se ranger sur le bas-côté.

– Eux aussi c'est des copains à toi ? demanda Maytén.

– Je ne crois pas, répondit Parker la mine grave.

Pendant tout ce temps, la fête foraine avait pris des allures de bateau fantôme, entraîné au gré du vent. Elle avait dérivé d'un village à l'autre et ses débris s'étaient échoués en haut d'une colline, à l'entrée d'un hameau qui n'avait même pas de nom. Quand le soleil se couchait et que ses rayons couraient sur le sol, les squelettes branlants de la Grande Roue, maintenant couchée sur le côté, et des Montagnes russes formaient une arabesque sur la ligne d'horizon. Le chemin d'accès au village, une trace sèche et jaunâtre, passait à côté jusqu'aux premières maisons pour finir devant un mur délabré. Au sommet de cette colline, exposée au vent et à la pluie, ce qui restait de la fête foraine s'amalgamait au paysage. Ferrailles rouillées, autos tamponneuses retournées, petits chevaux de bois, tanks et carrosses s'entassaient les uns sur les autres. À côté du Train fantôme, un Fredy nerveux regardait de temps en temps vers le village et montait la garde devant l'entrée du tunnel, un trou noir sous le soleil de midi. À un moment, il s'approcha prudemment de l'entrée en brandissant une pelle. Il tendit le cou pour scruter l'obscurité, mais le rideau en lambeaux ne laissait rien voir. Il n'entendit que ce bruit incessant de tôles qui s'entrechoquaient depuis des mois. Il eut la chair de poule, comme si une haleine fétide sortait des entrailles du labyrinthe, dont les parois présentaient des fissures où filtrait la puissante lumière de la plaine. Soudain, une violente rafale de vent secoua toute l'armature avec la force d'un séisme. Fredy se réfugia à reculons sous l'arche qui, à son époque faste, indiquait l'entrée de la foire. Une heure plus tard apparut sur le sentier la silhouette d'Eber, un sac à l'épaule et deux poules suspendues par les pattes à un bâton. En arrivant, il se dirigea vers la cabine qui avait servi de guichet du Train fantôme et y enferma les volatiles.

Fredy regardait fixement le sac.

– Qu'est-ce que tu as trouvé d'autre ? demanda-t-il, tandis qu'Eber lui montrait de maigres provisions d'où émergeaient des bouteilles de soda colorées.

– C'est tout ce qu'on t'a donné pour la cape de Dracula ?

– Elle était toute mitée, c'est déjà pas mal ce qu'on m'a donné pour tous ces trous.

Il se mit à raviver les braises d'un feu mourant entre des tôles tordues. Il ajouta les débris d'une vieille chaise et souffla jusqu'à obtenir des flammes, sur lesquelles il posa un gros faitout. Puis les deux hommes s'assirent sur des caisses pour jouer aux cartes. De temps en temps ils buvaient une longue gorgée de soda de l'énorme bouteille que chacun tenait entre les genoux et s'essuyaient la bouche d'un revers de manche de leurs manteaux et se concentraient sur les cartes, bloquées par des cailloux pour qu'elles ne s'envolent pas.

Éparpillés tout autour, les pantins sinistres du Train fantôme paraissaient les cadavres d'une bataille, avec leurs tenues poussiéreuses effilochées. Des têtes décapitées fixaient le ciel de leurs yeux exorbités, rappelant la gloire d'un autre temps. Le monstre de Frankenstein gisait au milieu des sacs poubelles et des décombres, le regard incrédule, tandis que Dracula, entortillé de câbles, reposait sans sa cape, crocs cassés, regrettant la pénombre du labyrinthe.

– Et voilà, j'ai gagné ! C'est à toi d'aller réveiller le patron, s'exclama Eber en abattant sa dernière carte sur la caisse. Sa voix se mêlait au sifflement du vent qui passait à travers la ferraille en entraînant des broussailles, des bouts de plastique et des gravillons.

– Je l'ai fait la semaine dernière, maintenant c'est ton tour, contesta Fredy.

– Non, c'est à toi, moi je peux pas, je suis en train de cuisiner, dit Eber en prenant un paquet de riz qu'il versa dans le faitout.

– Pas question, mon frère.

– Mais si, mais si, compère, poursuivit Eber en sortant du sac des légumes et un morceau de viande sanguinolente enveloppé dans du papier journal qu'il jeta dans le faitout, qu'il se mit à touiller avec un pied de chaise. Résigné, Fredy se leva paresseusement et observa un instant les bruyantes bulles qui gonflaient à la surface du ragoût bouillant.

– C'est bon, j'y vais.

Il y avait quelques jours qu'ils n'avaient presque rien mangé et le seul spectacle de la cuisson stimulait l'estomac comme un apéritif. Fredy ramassa sa pelle et se dirigea vers l'entrée du Train fantôme, une main serrée sur son crucifix pendu autour du cou, et entrouvrit le rideau avec la pelle. Il fit quelques pas et cria, prêt à faire face à tout événement diabolique surgissant de la pénombre.

– Eh ! Patron ! lança-t-il à plusieurs reprises. Le repas est bientôt prêt ! Patron !

Eber arrêta de touiller et rejoignit son compagnon.

– Tu vas devoir entrer.

– T'es malade, ou quoi ? Moi, j'entre pas là-dedans, vas-y si tu veux.

– Tu as perdu, c'est ton tour, compère.

Ils restèrent quelques minutes devant le tunnel, espérant que quelque chose leur éviterait de s'engager dans cette inquiétante obscurité.

– Patron, le repas est prêt ! s'écrièrent-ils, mais seul le silence leur répondit.

Fredy alla à la cabine du guichet et ouvrit la porte. Les plumes voltigèrent et les deux poules battirent désespérément des ailes. Il prit dans un tiroir la clé de l'interrupteur et alla jusqu'au panneau où l'on mettait en marche les wagonnets du Train fantôme.

– Qu'est-ce que tu fais, ducon ? demanda Eber qui l'observait.

Fredy actionna plusieurs fois les leviers et tendit l'oreille vers l'intérieur du tunnel qui restait plongé dans un silence troublé par les rafales de vent.

– Il n'y a plus d'électricité depuis des mois, t'imagines que ça va marcher ou quoi ?

– On sait jamais, Notre Sauveur fait parfois des miracles, répondit l'autre impassible, en continuant d'actionner les leviers.

– Il va falloir qu'on entre tous les deux, finit-il par dire, résigné.

– Bon, mais tu passes devant, accepta Eber à contrecœur en prenant la faux d'un squelette écroulé sur le côté.

Après s'être préparés pour la bataille comme deux chevaliers médiévaux, ils écartèrent lentement le rideau et pénétrèrent dans le tunnel en tremblant de peur, même si leurs visages burinés par les intempéries ne trahissaient aucune hésitation. Ils suivirent les rails jusqu'à ce que l'obscurité les enveloppe, en jetant des coups d'œil aux personnages qui subsistaient à l'intérieur comme les derniers gardiens de l'antre. Bientôt apparurent les wagonnets, les uns renversés sur le côté, d'autres encore sur les rails, les flancs décorés, comme prêts à redémarrer. Ils atteignirent une zone dans la pénombre, précisément l'endroit où Maytén et Parker s'étaient retrouvés la première fois. Ils n'eurent pas de mal à reconnaître le wagonnet qu'ils cherchaient, dans lequel l'énorme masse de Bruno endormi était vautrée, une bouteille de whisky près de lui, et les bras ballants de chaque côté. Rassurés par la présence de leur patron, ils s'approchèrent à pas de loup, heurtant au passage les bouteilles éparpillées par terre. Eber tendit la main, lui tapota l'épaule en lui répétant que le repas était prêt, mais Bruno ne donnait aucun signe de vie. Fredy débarrassa des rails des débris de maçonnerie et de mannequins démantibulés, puis il se plaça derrière le wagonnet pour le pousser lentement, craignant encore que les créatures qui gardaient les lieux se rendent compte qu'ils étaient en train de libérer leur prisonnier. La faux brandie, Eber couvrait la retraite, prêt à décapiter le premier monstre qu'il croiserait. À mesure qu'ils s'éloignaient, le grincement des rails était de plus en plus strident et la panique s'emparait des deux Boliviens qui poussaient le wagonnet l'air épouvanté. Leurs cris se mêlaient aux craquements de l'armature ébranlée par les bourrasques et la progression du wagonnet, créant une ambiance de Pandémonium délirant. Le corps massif de Bruno oscillait à chaque virage, menaçant de faire dérailler le véhicule. Chaque fois qu'ils passaient à côté d'un spectre encore en place qui semblait vouloir leur barrer le chemin, Fredy se ruait sur lui à coups de pied et de poing qui n'atteignaient que le vide.

Réveillé par le vacarme, Bruno s'arracha peu à peu des brumes de l'alcool où il vivait depuis des semaines. Il plissa les yeux pour voir plus nettement ce qui se passait et découvrit avec stupeur les rais de lumière qui dardaient à travers les fentes, tandis que le wagonnet se rapprochait de la sortie. Quelques secondes après l'énorme bouche vomissait les intrus qui sortirent comme accouchés par les entrailles du tunnel. Aveuglé, Bruno se tourna plusieurs fois sur son siège pour se rendormir, maintenant que le cauchemar était fini, et en entrouvrant l'œil droit, il comprit la situation. Il se redressa pesamment en proférant des jurons et réclamant à cor et à cri qu'on le ramène dans la pénombre où il s'abritait des malheurs que la vie lui avait infligés.

– Patron, le repas refroidit, dirent en chœur Eber et Fredy, soulagés d'être sortis indemnes de cet endroit maléfique, mais le cœur encore battant.

Bruno ouvrit complètement l'œil droit et fit face à la réalité, il observa un moment ses deux employés et sa mémoire commença à reconstituer les derniers jours, semaines et mois. Il comprit alors que cet endroit désolé, jonché de carcasses et de ferrailles rouillées, était tout ce qui restait de sa fête foraine, et cette masse humaine, éblouie et blafarde, ce qui restait de sa propre personne. Il se retourna et exigea d'un ton menaçant qu'on le ramène dans le tunnel. Il ne voulait rien savoir de tout ça et criait qu'on le laisse crever en paix. Fredy et Eber poussèrent de nouveau le wagonnet vers l'entrée, dont la tête monstrueuse les regardait avec gourmandise, mais juste avant de rejoindre les ombres, Bruno entrouvrit l'œil gauche et ses narines perçurent le fumet du ragoût qui mijotait sur le feu.

– Stop ! s'écria-t-il, et les deux hommes freinèrent le wagonnet. Qu'est-ce que vous avez fait à manger ? rugit-il, les deux yeux bien ouverts.

– Patates au riz, répondit Fredy, tandis qu'Eber prenait Bruno par le bras pour l'aider à s'extirper du wagonnet.

– Encore ? réagit Bruno en étirant ses membres engourdis dont les os craquèrent. Il préférait mourir de faim plutôt que d'ingurgiter une fois de plus la tambouille des Boliviens.

– Non, patron, la dernière fois c'était riz aux patates, mais aujourd'hui il y a un peu de viande qu'on a dégotée au village.

Le mot viande réveilla son appétit et, peu après, tous les trois mangeaient bruyamment avec entrain, assis sur des caisses, en protégeant d'une main leur assiette des tourbillons de poussière.

– Qu'est-ce qu'on va faire maintenant, patron ? Plus personne ne vient ici, dit Eber.

– Qui voudrait venir ? Tout est mort et abandonné. Et vous passez la journée à rien foutre.

– Qu'est-ce qu'on devrait faire ? On n'a même plus de courant, ni d'argent, ni de nourriture, ni rien, patron, se lamenta Fredy.

– Partez si vous voulez, maintenant je m'en fiche. Au diable tout ça !

– On sait pas où aller, patron, ici au moins on a un toit, dit Eber en indiquant les caravanes qui avaient survécu au désastre.

– On va pas vous laisser tout seul ici. Les fantômes vont finir par vous avaler là-dedans.

– Vous vivez dans les ténèbres, patron, mais si vous vous rapprochez de Dieu, vous verrez la lumière, conseilla Eber.

– Arrêtez vos conneries ! La seule lumière dont j'ai besoin c'est celle qui fait tourner les manèges, les autres ne m'intéressent pas.

– C'est la seule qu'il n'y a pas.

– Vous deux, vous n'avez pas l'air très lumineux, dit Bruno.

– Vous devez chercher la lumière du Sauveur, patron, on peut pas la voir comme ça. Elle est en nous.

– Où est mon jeu d'échecs ? demanda-t-il en dévorant les dernières bouchées.

Eber alla à la caravane et revint avec une boîte couverte de poussière. Bruno la prit dans ses mains comme un objet fragile, c'était tout ce qui lui restait de Maytén, la seule trace matérielle de son existence après les années qu'ils avaient partagées. Il l'ouvrit et eut l'impression que quelque chose de sa présence demeurait sur les pièces brillantes, qu'il prit une par une comme y cherchant un souvenir. Il y avait sur chacune la trace de ses doigts quand elle les déplaçait d'une case à l'autre. Il débarrassa de la caisse assiettes et bouteilles et posa les pièces sur le plateau selon son caprice : les tours au centre, les pions en lignes verticales et celles que Maytén s'obstinait à appeler roi et dame, entre les cavaliers et les fous. C'était le moment du jeu qu'il préférait : poser les pièces où bon lui semblait et les déplacer au mépris des règles. Les règles, toutes les règles, il s'en moquait, les siennes étaient les seules qu'il respectait. En l'absence de Maytén, il pouvait jouer sans avoir à expliquer ses coups, mais il avait besoin de quelqu'un en face de lui et les seuls partenaires possibles étaient les Boliviens.

– Jouer aux statuettes ? Bien sûr qu'on sait, patron, affirma Eber.

– Qhapaq Chunkanase ça s'appelle, on dirait un jeu de gringos, mais non. Les statuettes sont pas au bon endroit, là tu mets Inka et son Warmi, là les deux Pukara, là les Kawallu et là Piyun, expliqua Fredy, mais il ne put poursuivre.

– Je me fous de savoir comment jouent les Incas, ici c'est le Sud et ici on joue comme on veut.

– Ça va être difficile de se mettre d'accord si on se met pas d'accord avant : Kawallu avance de deux cases en avant et une sur le côté, Pukara toujours sur un côté ou l'autre, mais jamais tordu, insista Eber.

– Vous êtes pires que la Maytén, vous vous mettez d'accord pour gagner contre moi, protesta Bruno énervé, mais après une longue négociation, il finit par céder. Ils jouèrent selon les règles officielles, mais parfois Eber et Fredy le laissaient faire à sa guise tellement ils avaient de respect pour leur patron. Et plus encore depuis que le pauvre avait été trahi par une femme. La partie dura ainsi toute la journée, juste pour lui faire plaisir et voir sur son visage un peu d'espoir revenir. Mais Bruno paraissait toujours insatisfait, par moments il se déconcentrait et son regard se perdait dans le vague. Puis, lassé par ce jeu dont il ne tirait plus aucun plaisir, il se dirigea vers la cabine qui gisait contre l'épave d'un manège et ouvrit la porte. Les deux poules jaillirent de l'intérieur en un tourbillon de plumes, Bruno les chassa à coups de pied et chercha dans ses affaires en désordre une bouteille de whisky. Peu après, il ressortit les mains vide en maudissant la terre entière. Fredy ouvrit le sac qu'il avait rapporté du village et en sortit une bouteille qu'il lui tendit.

– Allez, buvez un coup, patron, mais réfléchissez à ce qu'on pourrait faire maintenant, sinon les démons du Train fantôme vont vous dévorer le cœur, lui dit Eber dont la petite taille paraissait l'ombre du corpulent Bruno. Celui-ci le remercia par un grognement et but la moitié de la bouteille d'un seul trait.

– Si vous cherchiez la lumière de notre Sauveur, ce serait plus facile. Avant que l'hiver arrive et que la neige nous avale, ajouta Fredy.

Bruno but une autre longue gorgée et regarda les deux hommes avec mépris.

– Moi, je n'ai plus beaucoup d'idées. Une seule, la dernière, dit Bruno qui se mit à arpenter les environs. Il s'arrêtait tous les deux ou trois pas, regardait au loin, puis changeait de direction et se remettait en marche, suivi par les deux Boliviens qui paraissaient ses gardes du corps. Tous trois se déplaçaient à une allure de procession parmi les vestiges de la foire.

– Et ma moto ? demanda subitement Bruno comme s'il se réveillait.

– Elle ne doit plus marcher maintenant. Pourquoi vous la voulez, patron ?

– Allez me la chercher et faites-la redémarrer, je vais partir quelques jours, vous, vous restez ici à surveiller jusqu'à mon retour, ordonna-t-il sans donner de détails, et il regagna la caravane. Fredy et Eber échangèrent un regard et le suivirent.

– Vous allez où ? demandèrent-ils en chœur sur un ton geignard. Mais Bruno s'enferma dans sa caravane où il passa la nuit.

Le lendemain il déjeuna des restes de la veille, jeta son assiette par terre et se dirigea vers les Boliviens qui astiquaient la moto qu'ils avaient retrouvée au milieu des autos tamponneuses.

– Elle est comme neuve, patron, mais ça m'étonnerait qu'elle puisse marcher, dit Fredy.

Bruno observa la moto en hochant la tête.

– C'est pas la mienne, crétins ! C'est la moto du manège, avec l'ambulance, le tank et les chevaux de bois ! expliqua Bruno avec une patience inhabituelle. Trouvez ma moto et remettez-la en état avant midi, ordonna-t-il. Et il retourna dans sa caravane où il remplit deux sacs de ses maigres affaires.

Après avoir cherché toute la matinée, Eber et Fredy trouvèrent la moto au milieu des manèges, couverte d'une bâche et de plastiques. Il y avait encore un peu de carburant dans le réservoir, et lorsque Bruno réapparut quelques heures plus tard, il trouva l'engin prêt à démarrer.

– Vous allez pas nous dire où vous partez, patron ? demanda Eber sur un ton suppliant. Mais Bruno attachait ses sacs sans prononcer un mot.

– Laissez tomber la Maytén, ça vaut mieux, elle doit être loin maintenant, n'allez pas vous fourrer dans les emmerdements, conseilla Fredy.

Mais Bruno, obsédé, ne pouvait écouter personne et surtout pas Fredy.

– Qu'est-ce qu'on fait de tout ça si vous revenez pas ?

– Si je ne suis pas de retour dans un mois, vous en faites ce que vous voulez, je vous donne tout, et tirez-vous là où il n'y a pas de vent, dit Bruno en sortant des billets de sa poche. Prenez, moi j'en ai juste besoin pour une semaine de route, conclut-il.

Il actionna énergiquement plusieurs fois la pédale de démarrage, sans résultat comme il fallait s'y attendre. Ils durent le pousser vers une pente, où Bruno s'élança jusqu'à ce que le moteur finisse par réagir en toussant.

– Attendez ! cria Eber qui alla chercher la faux de la Mort avec laquelle il se défendait contre les vampires et les loups-garous. Prenez-la, au cas où, et faites gaffe, lui dirent les deux hommes émus, tandis que Bruno attachait la faux et fixait la courroie de son casque au menton. Puis il démarra à toute vitesse en soulevant un nuage de poussière sur ses deux employés affligés.

Parker ralentit et se rangea sur le bas-côté, devant les signaux et les lumières clignotantes des voitures de gendarmerie qui, dans l'obscurité, donnaient à la scène une allure de vieux film de science-fiction. Le camion fut aussitôt entouré de silhouettes aux gilets fluorescents, tandis que des faisceaux de torches électriques inspectaient les recoins du véhicule.

– C'est des policiers ? demanda Maytén.

– J'espère que c'est des extraterrestres déguisés en gendarmes, répondit Parker tandis que les torches fouillaient l'obscurité de la cabine.

Parker se pencha à la fenêtre, un gendarme le salua d'un geste martial et commença à lui poser des questions sur un ton sévère mais mesuré, tout en continuant d'éclairer la cabine. Maytén et son compagnon se sentirent humiliés par ces yeux indiscrets qui scrutaient leur espace privé et leurs objets personnels.

– Où allez-vous ?

Parker voulut sourire, mais n'y parvint pas. Son visage mal rasé aux yeux cernés et ses rides que soulignait la lumière impitoyable lui donnaient l'aspect d'un homme recherché par la police.

– À Buenos Aires, on va y passer quelques jours et…

– Vous transportez quelque chose ? l'interrompit le gendarme d'un ton sec, sans quitter des yeux l'intérieur de la cabine.

Hésitant, Parker répondit d'abord oui, puis non, et finalement plus ou moins, mais ils ne le laissèrent pas repartir.

– Permis de conduire, carte d'identité, assurance, papiers de transporteur et papiers du chargement, s'il vous plaît.

Parker acquiesça avec un léger bredouillis et fit semblant de chercher les documents demandés, alors qu'il ne cherchait désespérément qu'un prétexte pour se sortir de ce pétrin.

– Combien de personnes voyagent avec vous ? continua d'interroger le gendarme, tandis que Parker fouillait une enveloppe d'une main tremblante, sans qu'aucune idée ne lui vienne à l'esprit, et encore moins un document valide.

– Comme vous voyez, elle et moi, répondit-il en lui tendant l'enveloppe.

Le faisceau de la lampe abandonna la pénombre de la cabine et se braqua sur les documents et les visages.

– C'est tout ce que vous avez ? demanda le policier après avoir examiné le contenu de l'enveloppe.

– J'ai aussi d'autres petits papiers là-dedans, dit Parker d'un ton distrait en ouvrant son portefeuille, mais le gendarme se renfrogna et lui conseilla de ne pas aggraver son cas.

– Avec ces papiers, on ne peut pas conduire un camion, dit-il avec défi, en tenant d'une main un vieux permis de conduire froissé, et dans l'autre des papiers jaunis à peine lisibles.

Maytén se pencha au-dessus de Parker et tendit sa propre carte d'identité en souriant, mais le policier ne lui accorda aucun regard.

– Je constate plusieurs irrégularités. D'où venez-vous ?

Parker ne sut pas davantage quoi répondre. D'où il venait ? Depuis des années il tournait en rond dans ces confins du continent, d'un endroit à l'autre, sans point fixe de départ ou d'arrivée. C'était devenu un périple absurde et incompréhensible.

– Dis-lui quelque chose, n'importe quoi, murmura Maytén, mais il restait muet, incapable de raisonner dans le langage précis de l'homme qui l'interrogeait. Comment pouvait répondre à cette question quelqu'un qui conduisait en se guidant avec les étoiles, au gré des caprices de la nature ? Réponds-lui ! insistait-elle, tandis qu'un Parker tétanisé regardait le gendarme sans qu'un seul mot lui vienne en aide.

– Je ne sais pas d'où je viens, je ne sais pas quoi vous dire, parvint-il à articuler dans un filet de voix.

Le gendarme le regarda avec une froideur professionnelle et fit signe à ses collègues.

– Descendez et suivez-moi jusqu'au poste, s'il vous plaît.

Le poste consistait en quelques fourgons et caravanes qui fonctionnaient comme bureau et centre de communications, surmontés d'antennes et de radars. Sur un côté il y avait une zone de stationnement couverte où des douaniers contrôlaient des véhicules. Parker et Maytén marchèrent sur la chaussée, éclairés par les lumières intermittentes bleues et rouges.

– D'où sortent ces types ? C'est la première fois que je vois un truc pareil, dit-il.

– J'ai peur, dit-elle en se pressant contre lui. Ça m'étonnerait qu'ils nous invitent à un barbecue.

Elle lui redemanda d'inventer une histoire crédible, mais Parker savait qu'il n'y avait pas grand-chose à faire.

– On transporte de la marchandise illégale ? dit-elle.

– Je crois pas…

Un officier les invita à s'asseoir devant une table, tandis qu'un opérateur transmettait les données du camion et de son conducteur. Les sons de la transmission et l'interférence des ondes créaient une ambiance inquiétante, Parker avait les nerfs d'autant plus tendus qu'il entendit ses données personnelles entrer et sortir de l'appareil avec des voix métalliques de robot. Dehors, les gendarmes inspectaient le chargement et ouvraient les caisses au hasard. Parker frémit en voyant les chiens flairer avidement chaque recoin du camion. La situation empirait et il comprit qu'il n'en sortirait pas indemne. Il observait avec tristesse ces hommes en uniforme qui examinaient leurs affaires, les meubles, avec leurs mains gantées qui fouillaient dans les tiroirs, les placards, entre les draps, ouvraient les livres, lisaient les écrits, regardaient les photos. Les faisceaux des lampes se braquaient sur ses notes et l'espace tiède et doux de la cabine, qu'il avait amoureusement partagé avec Maytén, s'écroula. Humilié comme jamais, Parker était abattu, sans force, fût-ce pour tenter une explication. En observant sa défaite, Maytén décida d'intervenir, elle se leva, exposa leur situation dans tous ses détails, d'un air calme et docile. L'officier concentré sur sa tâche, qui paraissait inébranlable, se montra peu à peu plus compréhensif. Maytén sentait sur ses épaules le poids des événements et résolut de faire son possible pour sortir Parker de ce chemin de croix. Ses manières aimables adoucirent la sévérité bureaucratique de l'homme, qui finit par promettre d'essayer de les aider.

Silencieux, ils attendirent assis en fumant, jusqu'à ce que le gendarme revienne avec une chemise à la main. Il énuméra les infractions comme une litanie et expliqua que, pour le moment, ils ne pouvaient pas reprendre la route. Parker insulta en silence toutes les générations de ce militaire et de ses collègues, mais il l'écoutait tête baissée, regard humble, en lui donnant raison à chaque fois comme s'il écoutait le verdict d'un jury. Leur destin dépendait de la compassion qu'ils pourraient inspirer au bourreau, et Parker, feignant le calme, expliqua que s'ils les laissaient partir, son patron pourrait régler la situation le lendemain. Le gendarme leva la chemise qu'il tenait à la main et la brandit en disant que c'était impossible parce qu'ils n'avaient trouvé aucune information sur cette prétendue entreprise de transport et encore moins sur son patron. Ni le véhicule ni son chargement ne pouvaient circuler et seraient saisis.

– Mon chef est un peu négligent, dit Parker pour se justifier.

– Pas que votre chef, vous aussi : votre permis de conduire n'est pas valable pour les camions, en plus il est périmé depuis des années. Et je préfère m'arrêter là, dit le gendarme en refermant la chemise.

Maytén intervint alors en s'exprimant avec sincérité :

– C'est ma faute, ce monsieur m'a aidée à sortir d'une situation difficile.

Le gendarme la regarda avec curiosité et rapprocha du visage de Maytén la photo de sa carte d'identité.

– On dirait que vous vous êtes fourrée dans bien pire. Si ça ne tenait qu'à moi, je vous laisserais partir, mais je ne peux pas, le camion restera immobilisé jusqu'à ce qu'un procès-verbal soit dressé et que vous passiez en jugement. Appelez votre patron et dites-lui de se présenter à nos services pour expliquer la situation de l'entreprise, conseilla le gendarme qui se retira. Mais, avant d'ouvrir la porte, il revint vers Parker et lui demanda s'il transportait aussi un déménagement.

– Non, c'est ma maison, c'est là que je vis.

Le gendarme les regarda étonné et, après un instant d'hésitation, il ajouta que, exceptionnellement, ils pouvaient rester dans le camion.

Parker et Maytén regagnèrent la cabine et s'endormirent en silence, enveloppés dans une couverture.

Ils se réveillèrent au moment où la lumière du matin dorait l'étrange ensemble formé par le camion et les installations mobiles des gendarmes, qui buvaient du maté et se réchauffaient autour d'un feu. Alors ils entreprirent d'installer le campement sur le côté donnant sur la plaine. Ils amarrèrent la bâche, puis descendirent les meubles sous le regard curieux des gendarmes. Certains s'approchèrent en souriant et posant des questions que Parker ignora sans même se retourner, puis ils s'éloignèrent en hochant la tête, en tirant Dieu sait quelles conclusions. Indifférents, Parker et Maytén terminèrent de monter le campement avec tout le confort possible, dans la perspective d'un long séjour sur place, et préparèrent un petit-déjeuner copieux. Parker mangeait indifférent, le regard fixé sur l'immensité de la steppe comme s'il en attendait une réponse. Maytén reposait de temps en temps les couverts et secouait la tête.

– C'est moi qui t'ai fourré dans ces ennuis, je dois t'en sortir, répétait-elle.

– Tu ne peux rien faire. Le seul coupable, c'est cet enfoiré de Constanzo. Si je le retrouve, il va m'entendre.

– Mais non, tu connaissais très bien la situation, il y a des années que tu vis comme ça, tôt ou tard ça devait arriver. Et tu as eu de la chance parce que tu aurais pu te faire pincer en transportant de la contrebande. Tu aurais été une fois de plus le dindon de la farce et tu aurais payé pour les autres. Ton histoire ne fait que se répéter.

Parker mangeait en silence, mastiquant lentement, tête baissée.

– Peut-être, peut-être…

Elle tenta de trouver quelques mots de consolation, mais il l'interrompit. Après son indécision de la veille, il avait retrouvé sa capacité d'agir, il se leva et fit les cent pas à la recherche de l'inspiration.

– Il faut que tu continues à tout prix jusqu'à Buenos Aires. Moi, je vais rester ici.

– Non, pas question de t'abandonner, il n'y a rien à discuter.

– En plus, ton mari est peut-être en train de te chercher. Rester ici, c'est dangereux.

– Bruno ne doit même plus se souvenir de moi, il a dû s'en trouver une autre. Il faut décider ensemble de la manière de sortir de ce pétrin.

Elle vint derrière Parker, lui caressa les cheveux et proposa d'aller se promener pour s'éclaircir les idées. Ils marchèrent quelques kilomètres le long de la route, mais ne tardèrent pas à s'ennuyer : marcher dans la steppe n'avait maintenant plus aucun sens. L'après-midi ils s'allongèrent sous des couvertures sans avoir trouvé la moindre idée. Le vent se faisait de plus en plus froid à mesure que le soleil déclinait. Ils restèrent ainsi le reste de la journée, excitant la curiosité des gendarmes qui, de loin, se moquaient d'eux.

Le lendemain matin, Parker n'eut pas besoin de se réveiller, il n'avait pas fermé l'œil de la nuit. Enveloppé dans plusieurs couvertures en guise de poncho, d'où ne sortait qu'une main tenant une cigarette, il avait marché en rond sous la lueur blafarde de la lune. De temps en temps il s'arrêtait au poste de gendarmerie pour se réchauffer devant le feu, où les hommes s'étaient déjà habitués à sa présence. Il accepta le maté qu'ils lui offraient et leurs conseils, s'informa du temps et de l'état des routes, et se joignit à leur conversation pour gagner leur confiance : ces hommes pouvaient se révéler utiles, il valait mieux ne pas se les mettre à dos.

Il attendit que le soleil se lève à l'horizon, prépara le petit-déjeuner et se glissa dans le lit contre Maytén pour réchauffer son corps grelottant de froid. Il lui demanda de l'attendre pendant qu'il chercherait à joindre le vieux Constanzo pour qu'il parle aux gendarmes. Maytén le regarda et lui répéta qu'elle le suivrait où qu'il aille, même s'ils devaient marcher jusqu'à la nuit et revenir à n'importe quelle heure, sous n'importe quel temps. Ils préparèrent rapidement un sac, vérifièrent le campement et demandèrent aux gendarmes si une voiture pouvait les emmener au village le plus proche.

Une heure plus tard, ils arrivèrent à Llanura de los Muertos, Plaine des Morts, où étaient ouverts un bar et un magasin. Des clients conversaient à voix basse et buvaient du genièvre au comptoir. L'un d'eux, un vieil homme coiffé d'un béret sur le côté, lui indiqua un téléphone caché entre les sacs de riz et de maté. Constanzo, cette fois, paraissait sobre et lucide.

– Je n'ai pas trouvé de remplaçant et je n'ai pas le temps de prendre la route, alors, pour tes vacances, tu vas devoir attendre un peu, dit-il d'un ton tranchant lorsqu'il entendit la voix de son employé.

Parker l'interrompit avant qu'il se lance dans des récriminations qui pouvaient durer des heures.

– On a un autre problème, j'ai été arrêté par la gendarmerie, dit Parker.

Et le récit des événements déclencha chez son interlocuteur une quinte de toux et des exclamations. Le vieux Constanzo continua de tousser, manifestement pour gagner du temps. Parker répéta son récit en exagérant les causes et les effets, craignant que l'ivresse ne brouille la compréhension du vieux. Mais, mystérieusement, il était sobre et parlait d'une voix claire.

– Je crois pas un seul mot de ce que tu racontes. La dernière fois tu as inventé un problème mécanique pour aller je ne sais où, avec une bonne femme que tu as dû ramasser sur la route, alors tes problèmes, c'est juste un prétexte pour ne pas travailler, conclut le vieux avec une nouvelle quinte de toux et de raclements de gorge. Lorsque Parker commença à lui hurler des insultes, les clients du bar se turent brusquement, effarés, et le patron s'approcha pour voir ce qui se passait. Maytén tenta de calmer Parker, mais il la repoussa. Ses cris se poursuivirent quelques minutes et il termina par un coup de poing qui fit trembler l'étagère.

– T'es qu'un fils de pute! hurla-t-il, et il raccrocha violemment, l'air hagard. Les conversations reprirent et le bar retrouva sa normalité. Parker commanda un verre de genièvre qu'il but cul sec et en demanda un autre. Ils décidèrent de rentrer au campement pour ne pas être surpris par la nuit, réglèrent les consommations et sortirent. Un vent violent soufflait entre leurs jambes, les faisant trébucher, et ils attendirent le passage d'une voiture qui les ramènerait au camion.

– Je veux rentrer à la maison, murmura Maytén.

Parker la dévisagea tout surpris.

– On n'a plus de maison ! s'exclama-t-il.

Elle fit quelques pas et se planta devant lui.

– Si, on en a encore une.

– Mais on est cloués ici, on ne peut pas bouger.

– Normalement les maisons ne bougent pas.

– On va pas rester vivre ici, avec les extraterrestres comme voisins !

– La maison, c'est toi et moi, pas un camion. Ça s'appelle un foyer.

Perplexe, Parker regarda Maytén.

– Un foyer, jamais je ne prononce ce mot.

Elle riva ses yeux dans les siens, affirmant ainsi sa présence non seulement sur ces routes mais dans sa vie.

– Tu finiras par t'y habituer.

Ils marchèrent sur l'asphalte jusqu'à ce que le relais disparaisse au loin. Après une heure d'attente, Parker entendit le bruit d'un moteur derrière eux et il se plaça au milieu de la route en levant les bras. Une voiture qui roulait à toute allure l'esquiva en klaxonnant et disparut à l'horizon. Une heure après ils continuaient à marcher, elle tout droit d'un pas fatigué, la tête coiffée d'un foulard, lui en se tournant de temps à autre, une cigarette à la bouche et le col de son manteau relevé.

– Je n'ai jamais autant marché pour trouver un téléphone, dit Maytén, juste pour parler, sans nulle envie de plaisanter.

– À cette heure, on devrait être en train de se promener dans la rue Florida, soupira Parker.

– Oublions Buenos Aires et pensons plutôt à ce qu'on va faire demain, dit-elle sans relever la tête, en marchant en équilibre sur la corde raide qu'était devenue la ligne jaune de la route.

– Oublions demain et retournons au camion avant la nuit, répliqua-t-il.

Bruno traversait la plaine avec la détermination d'une flèche, les mains serrées sur le guidon de la moto, en luttant contre le vent qui le frappait de face en étirant tellement sa peau qu'il paraissait rajeuni. Il roulait sans but précis, à l'instinct, comme un animal à la poursuite de sa proie. Il ignorait les panneaux, le sud, le nord, les déviations, les raccourcis, les lacs, les déserts. Le moteur émettait un râle d'agonie lorsqu'il gravissait les pentes ou se heurtait à la muraille invisible du vent. La moto transportait deux bidons de carburant suspendus de chaque côté, une grosse bouteille d'eau potable, un sac et des couvertures roulées sur le siège. Bruno portait une veste en cuir râpé munie d'anneaux où étaient accrochées une boussole et une longue-vue, une musette en bandoulière et enfin la faux de la Mort. Dans cette course aveugle, il ne s'arrêtait que pour faire des provisions ou demander des informations. Chaque fois qu'il voyait des camions stationnés dans un relais, il quittait la route, parcourait l'endroit et cherchait avec un flair de limier les traces de la proie qu'il traquait. Il décrivait des cercles concentriques de plus en plus resserrés, comme un vautour, en scrutant discrètement les cabines. Si les conducteurs se montraient hostiles et lui lançaient pierres et menaces, il rejoignait l'asphalte, impassible, et reprenait la route ; en revanche, s'ils étaient hospitaliers, il arrêtait la moto, il dessellait pour se reposer, comme s'il se croyait à cheval. Il faisait quelques pas pour se dégourdir les jambes, se joignait aux groupes rassemblés autour d'un feu et demandait si quelqu'un avait vu sa Maytén. Les hommes le regardaient avec curiosité, en imaginant les histoires que dissimulaient ces questions, mais son allure inquiétante, bourrue et solitaire, inspirait le respect. Il recueillait ainsi des informations, les unes fiables, d'autres fausses, mais toutes de bonne foi, livrées dans le seul but de l'aider et de semer un peu d'espoir chez cet homme égaré qui portait la tristesse gravée sur son visage. Un matin, il s'arrêta dans un campement de Gitans dont le nomadisme leur permettait de savoir tout ce qui se passait dans la steppe. Il apprit qu'un camion, avec une belle femme, avait été vu à Sierra Turbia, Montagne Trouble, roulant en direction de la côte, et qu'ils campaient à Confluencia, Confluence, depuis plusieurs jours. Bruno pensa que la destination des fugitifs pouvait être la capitale et qu'il ne devait pas perdre de temps s'il voulait les atteindre avant qu'ils se perdent dans le labyrinthe des routes. Les Gitans lui indiquèrent qu'il devait aller d'abord à Salina Desolación, Saline de la Désolation, à deux jours de moto, puis longer le lac salé pendant une autre journée, traverser la rivière, monter par Sierra Turbia depuis le sud jusqu'à Pampa del Infierno, Pampa de l'Enfer, et enfin descendre vers la côte. Bruno compta sur ses doigts les jours de route et en conclut qu'il n'avait pas assez de temps.

– Sauf si j'y vais en volant, dit-il, résigné.

Les Gitans remarquèrent son dépit et, sans se montrer trop curieux, parce qu'ils avaient déjà tout compris, ils lui expliquèrent qu'il y avait un moyen d'arriver là-bas en volant. Bruno les dévisagea et les crut.

– Il suffit de traverser les salines, mais moi je ne le ferais pas, c'est très dangereux, dit un vieux Gitan qui se mit à tracer une carte sur le sol avec sa canne.

– Je suis déjà mort, dit Bruno, et les autres le crurent. Sans perdre de temps ils lui révélèrent des pistes secrètes pour traverser l'immense lac salé, qu'ils empruntaient depuis plusieurs générations pour se livrer à leurs trafics à l'époque où il n'y avait pas de routes. Ce lac était une vaste étendue plate et blanche, trompeuse, où le ciel et la terre se touchaient, où il n'y avait ni repères ni sentiers, ni aucune autre forme de vie que celles créées par l'eau salée. Le vieux Gitan prit la parole et traça l'itinéraire sur le sol, en indiquant les zones asséchées et celles qui étaient inondées, les croisements et les passages entre les îlots, les dépressions où l'air stagnant était nocif, provoquant vertiges et mirages.

– Si tu traverses par là, tu évites la partie mouillée, mais tu passes par la zone maudite et tu arrives en quelques heures ; si tu prends par l'autre côté, tu évites la zone maudite, mais tu mettras beaucoup plus longtemps ; si tu te perds, tu n'arriveras ni ne reviendras jamais parce que je n'irai pas te chercher, dit le vieux en pointant sa canne vers Bruno, plus décidé que jamais à affronter n'importe quel danger, maintenant que quelques heures le séparaient de Maytén.

– Et c'est quoi cette zone maudite ? demanda-t-il, mais les hommes se regardèrent un instant et s'éloignèrent. Seul le vieux Gitan se décida à parler.

– Les Indiens racontent une légende, mais il vaudrait mieux pas que je te la dise, parce que tu n'irais pas. Ils disent que des gens un peu tordus vivent dans cette partie du lac et que, lorsqu'ils voient passer un étranger, ça leur met l'eau à la bouche. Et que ce n'est pas un effet du sel.

– Les trinitaires ? demanda Bruno qui connaissait toutes les légendes de la Patagonie. Mais le vieux leva le menton et hocha la tête avec indifférence.

– Je sais pas de quoi tu parles, je te dis seulement d'éviter la vieille saline et, si tu vois quelqu'un marcher sur le lac, tu pars en courant.

“Foutaises”, pensa Bruno qui ne voulut pas en écouter davantage. Il reproduisit sur un papier la carte dessinée par le vieux, fit des provisions de vivres et d'eau, puis il enfourcha sa moto et partit. En suivant une piste de terre, il atteignit le rivage de cette mer morte, porte d'entrée dans l'immense blancheur qu'on devinait de loin car elle pâlissait le bleu intense du ciel. La piste grise sur laquelle il roulait disparut tout à coup et Bruno sur sa moto ne fut plus qu'un minuscule point noir cloué sur le néant. Il consulta sa boussole et l'orienta avec le plan du vieux Gitan, chercha le sud/sud-ouest et s'enfonça dans le vide. Il devait rouler en ligne droite à vitesse constante sans perdre la direction, le moindre écart pouvait être fatal car rien dans les étendues de Salina Desolación ne pouvait servir de repère. Après la première heure de route devait apparaître sur la ligne d'horizon une petite tache grise qui se transformerait peu à peu en sommet d'un lointain promontoire : la Sierra Turbia. Il fallait suivre ce repère, même si la boussole, les nuages ou l'instinct indiquaient autre chose. Dans la vieille saline, sur la rive opposée, le lac se terminait et réapparaissait la piste conduisant à Pampa del Infierno, alors seulement on pouvait être certain d'avoir eu de la chance. Plus tard, enfin, ce serait Confluencia, avec une Maytén séquestrée dans un donjon.

Bruno chaussa ses lunettes noires et s'enveloppa le corps de façon à ne pas laisser le moindre centimètre de peau exposé à un soleil dont les rayons étaient des flèches. Il roula sans difficulté pendant une demi-heure, jusqu'à ce que survienne le premier problème : il eut un instant l'impression que la moto volait à travers les nuages. La ligne d'horizon avait disparu, remplacée par un amas confus de gros nuages qui se reflétaient sur le sol. En haut, en bas, sur les côtés, ce n'était plus que ciel et nuages, comme dans les légendes qui parlaient de mirages prodigieux et trompeurs. Bruno s'arrêta, étourdi, troublé, la dague du vertige planté dans la poitrine, et ce fut sa première erreur. Il découvrit à ce moment-là qu'il se trouvait au milieu d'une eau profonde de quelques centimètres. Le haut et le bas du monde n'étaient plus qu'une seule et même chose, et de chaque côté c'était pareil. Il descendit de la moto, eut l'impression d'être tête en bas et fit quelques pas sur ce miroir déformé. Entouré d'eau et de ciel, dans la saumure jusqu'aux chevilles, il regagna sa moto, effrayé, et s'assit pour retrouver l'équilibre. Le monde parut se stabiliser et il se sentit soulagé, la moto était le seul repère dans cette immensité sans forme ni horizon qui l'enveloppait et l'étouffait. Il avait beau avoir vécu toute sa vie dans la plaine infinie, cette étendue aveugle l'écrasait comme un insecte et désarmait toutes ses certitudes. Il poursuivit à très faible allure, bien qu'il ne soit pas sûr de la direction, jusqu'à ce que la profondeur de l'eau l'oblige à se déporter vers un sol plus élevé. Ce fut sa deuxième erreur. Peu après, il comprit qu'il tournait en rond, ou selon un autre caprice de la géométrie, et au bout de quelques heures il constata que ce n'étaient plus des cercles mais des sphères : dans cet enfer sans haut ni bas, tout ce qui était circulaire devenait sphérique et les caprices de la géométrie, des lois. Il consulta de nouveau sa boussole, mais la tache grise qui annonçait Sierra Turbia n'apparaissait nulle part. Il reprit ce qu'il croyait être la direction initiale, toujours avec de l'eau jusqu'aux chevilles, sous un soleil à la verticale, mais l'horizon restait ligne morte. À un moment, comme la lumière d'un phare dans la nuit, ou plutôt le contraire, apparut une tache sombre au milieu de la clarté absolue. "Sierra Turbia, enfin !" pensa-t-il, soulagé, et il se dirigea vers ce point salvateur qui venait d'apparaître à l'horizon. Après l'avoir poursuivi un long moment, il comprit que quelque chose clochait : cette faible tache tardait trop à se changer en montagne. Il s'arrêta de nouveau et scruta de ses yeux aveuglés chaque pouce de la sphère. Rien n'apparut alors, ni plus tard ; la masse sombre de Sierra Turbia restait une simple tache. Après un laps de temps indéfini, il comprit soudain que la tache rapetissait dans sa partie basse, s'arrondissait et se décollait de l'horizon pour s'élever comme une bulle. Sierra Turbia, son seul point fixe, son seul repère sur trois cent soixante degrés, montait au ciel! Il frémit en découvrant que ce promontoire sur lequel il s'orientait depuis des heures n'était qu'un simple nuage, un amas de gaz volatiles qui prenait maintenant d'étranges formes, s'agglutinait à d'autres nuages et s'éloignait, le laissant complètement seul. Il posa la tête sur le guidon de la moto et, pour la première fois de sa vie, il pleura, accablé, et l'eau dans laquelle il pataugeait paraissait douce à côté de ses larmes. "C'était un nuage! Un putain de nuage!" se disait-il en se frappant le front sur le guidon. Il pensa alors à la chaude obscurité du Train fantôme, à la protection des tunnels, à la présence amicale de ses fantômes, ses Dracula, ses Frankenstein, et même aux deux Boliviens. Il se maudit de les avoir abandonnés et sentit le poids de l'univers infini qui écrasait son être sur le néant. "Et si j'étais mort?" pensa-t-il de plus en plus accablé et, sans cesser de pleurer, il ôta son poncho et tous ses vêtements que la saline emporta lentement. Nu sous le soleil implacable il marcha à l'aveugle jusqu'à atteindre une partie asséchée, s'étendit sur le sol rugueux et attendit que son corps se dissolve dans le sel. Une lueur surnaturelle l'enveloppa.

– Les Boliviens avaient raison! La lumière! murmura-t-il à bout de forces. Je vois la lumière! répéta-t-il en pleurant et riant, dans un filet de voix qui disparut dans un silence définitif.

Pendant que Bruno se liquéfiait dans la lumière du lac salé, dans un hameau sans nom à de nombreux kilomètres de là, au milieu des vestiges de la fête foraine Eber et Fredy jouaient aux cartes dans la caravane inclinée où ils passaient leurs jours et leurs nuits.

– Ça fait un mois que le patron est parti. Qu'est-ce qu'on va faire maintenant? se lamentait Eber.

Fredy sortit de la caravane et marcha entre les mannequins qui gisaient par terre, il passa devant la bouche du tunnel sans lui tourner le dos et se dirigea vers la cabine du guichet transformée en poulailler. D'une main, il prit deux œufs fraîchement pondus et, de l'autre, il actionna le levier de l'interrupteur qui naguère mettait en marche le Train fantôme. Il avait beau savoir que cela ne servait à rien, il s'obstinait à faire ce geste tous les jours en espérant une intervention divine.

– Aujourd'hui non plus, Notre Seigneur ne veut pas nous donner la lumière, déplora-t-il.

– Toi, t'es vraiment con, dit son compagnon, comme chaque fois qu'il le voyait faire ce geste absurde.

– On n'a même plus de quoi manger, deux œufs, pas plus, pour toute la journée. Il faut qu'on fasse quelque chose.

Fredy s'éloigna des manèges jusqu'au sentier menant au hameau et disparut entre les maisons qui donnaient sur la plaine. Immobile, Eber le suivit du regard, puis s'assit dans un des wagonnets disséminés à flanc de colline, comme des chaloupes de sauvetage détachées avant le naufrage, et contempla le paysage.

Trois jours plus tard, pendant qu'il somnolait sur un cheval de bois du manège, une étrange forme allongée se dessina sur les collines. Eber écarquilla les yeux et, instinctivement, talonna le cheval : une caravane de Gitans, formée d'un vieux camion des années 50, de camionnettes bringuebalantes et de chariots tirés par des bœufs, s'approchait du village et gravissait la colline où la fête foraine était échouée. Fredy était sur un chariot à côté du chef de ce clan, un parmi les nombreux clans de Gitans qui sillonnaient la plaine.

Un essaim d'hommes de tous âges, armés d'outils, entreprirent de démonter les manèges, pièce par pièce. Ils travaillaient à un rythme lent et constant, chargeant dans les camions tout ce qui pouvait leur servir, et même ce qui ne leur servirait à rien. En quelques heures, la Grande Roue, le Jeu de massacre et le Train fantôme ne furent plus que des tas de poutrelles et de planches. Les monstres, les momies, les mannequins furent alignés sur le sol comme des soldats sans nom ni patrie tombés au combat. Eber et Fredy se chargèrent de les transporter sur les chariots après leur avoir rendu les honneurs. Ils avaient partagé avec eux une partie de leur vie dans le Train fantôme, depuis l'apogée de la fête foraine jusqu'à son naufrage. Les ambulances, camions de pompier, tanks, attelages de chevaux, soucoupes volantes, voitures de course et de police, et tracteurs du manège furent attachés et traînés en bas de la colline. Puis, Eber et Fredy, les mains serrant des liasses de billets, observèrent en silence la caravane s'éloigner dans la plaine. Ils rassemblèrent leurs maigres affaires dans le seul wagonnet qu'ils avaient gardé et descendirent la colline jusqu'à la route, où ils se mirent en marche, sans savoir où aller, en tirant le wagonnet comme des bêtes de somme.

– Qu'est-ce qu'on va faire de cet argent ? demanda Eber en indiquant les billets qui gonflaient leurs poches.

– Le donner au patron. On va le retrouver, avec l'aide de Dieu, répondit Fredy haletant, en tirant le wagonnet sur le flanc duquel s'étalait un Frankenstein écaillé au regard résigné.

Des jours durant ils marchèrent ainsi dans la plaine sans échanger un mot. Leurs ombres sous le soleil les devançaient et les suivaient du matin au soir.

– On retourne au bar et on leur demande un endroit pour passer la nuit, dit Parker à Maytén en pensant qu'aucun véhicule ne passerait sur cette route jusqu'au lendemain. Ils s'assirent en silence sur le bas-côté, ils n'avaient plus rien à dire après cette journée et n'espérait qu'une chose : qu'elle se termine d'une manière ou d'une autre. Parker caressa les cheveux de Maytén, immobile, les yeux fermés, et la regarda un long moment.

– Quelqu'un va nous aider, les gens bien attirent les gens bien, dit-elle avec candeur, et l'instant d'après ils entendirent un bruit de moteur. La forme d'une voiture venant dans leur direction apparut entre les collines pour disparaître quelques secondes après.

– Personne ne va s'arrêter, ne perdons pas de temps, dit-il.

Maytén se leva et se mit à faire des signes au milieu de la route. Un fourgon de couleur sombre, couvert de dessins et d'étranges symboles, passa lentement devant eux comme un vaisseau fantôme et s'arrêta.

– Je t'ai dit qu'il y avait encore des gens bien ! s'exclama Maytén en sautant de joie.

Le fourgon s'était immobilisé quelques mètres plus loin, ils tentèrent de distinguer les occupants du mystérieux véhicule, mais des rideaux obstruaient les fenêtres. Une porte s'ouvrit et une main robuste et tatouée leur fit signe de monter. Ils ramassèrent leurs affaires et s'installèrent sur la banquette du milieu. Les forts relents d'alcool et de nourriture mal digérée qui imprégnaient l'espace les saisirent à la gorge. Devant étaient assis deux types énormes, d'aspect patibulaire, et derrière deux autres du même acabit, qui auraient été blonds s'ils ne s'étaient pas rasé le crâne.

– Je les ai déjà vus quelque part, murmura Parker à une Maytén muette.

Le fourgon repartit aussitôt et, à mesure qu'ils découvraient leurs compagnons de voyage, les sourires de gratitude s'effaçaient sur leurs visages. À leur salut répondirent des grognements et des phrases qui ressemblaient à des aboiements. Le conducteur, boudiné dans un T-shirt noir frappé d'un *Deutschland uber alles* entre les griffes d'un aigle à deux têtes, se tourna vers eux et les dévisagea avec un rictus. Un rot aigre se fraya un chemin entre ses dents jaunâtres et se mêla aux autres relents. Son voisin, tout aussi énorme, aux oreilles duquel pendaient des croix celtiques, l'imita peu après, et Parker se dit que, si c'était un salut de bienvenue dans la langue de ces barbares, il devait leur répondre d'une façon ou d'une autre pour ne pas passer pour un type mal élevé.

– J'espère me tromper, murmura Parker à l'oreille de Maytén, mais j'ai l'impression qu'on n'est pas très bien tombés.

Elle le fit taire d'un coup de coude et s'efforça de masquer sa peur. Les quatre individus en blousons de cuir décorés de croix de fer, de clous pointus et de crânes, oublièrent leurs passagers et se mirent à parler dans une langue qui devait être de l'allemand, ou quelque chose d'approchant. Ils se passaient de main en main une carte chiffonnée. Chacun d'eux s'arrêtait sur un point qu'il signalait, un autre la lui arrachait brutalement des mains et indiquait un autre point, ainsi de suite. Maytén et Parker voyaient la carte passer sous leur nez et se regardaient perplexes, en réfléchissant déjà au moyen de leur fausser compagnie sans devoir sauter par la fenêtre.

– Je sais où on les a vus, murmura Parker, partiellement soulagé.

– Dans cet horrible village des sous-marins ? demanda-t-elle incrédule à l'idée que quelqu'un puisse venir de si loin dans un endroit aussi insignifiant.

– Oui, à Barranca Los Monos. Ils avaient l'air paumés, maintenant on dirait que c'est pire. Quand je vais raconter ça au journaliste, il ne va pas me croire, dit Parker en recevant un autre coup de coude.

En vociférant ce qui devait être des jurons, le conducteur fit une boule de la carte et la jeta par la fenêtre. Les quatre continuèrent à se disputer un bon moment, probablement sur la direction à prendre, les endroits, le temps de trajet. Le passager de devant se tourna brusquement vers Parker et, en clouant sur lui un regard incendiaire, prononça quelques mots dans un espagnol incompréhensible. Parker ne voulut pas se montrer impoli et signifia par gestes qu'il ne comprenait pas. L'autre, offusqué, répéta plusieurs fois sa phrase, d'une voix de plus en plus forte.

– Ils se sont perdus et veulent savoir où ils sont, traduisit Maytén en se fiant à son bon sens plus qu'à son ouïe. Ses paroles se mêlèrent à un autre échange de cris lorsqu'un des passagers de derrière interpella violemment les autres. Son front était tatoué d'un *Sieg Heil* qui ondulait comme un drapeau.

– *Verstanden, verstanden* ? s'écria alors le type.

– Qu'est-ce que ça veut dire ? demanda Maytén inquiète.

– Ils veulent aller à Verstanden, ça doit être une de ces colonies allemandes de la cordillère, répondit Parker très sûr de lui. J'ai une idée, on va guider ces types jusqu'à Verstanden.

Parker s'adressa aux deux de devant en répétant "*verstanden, verstanden*", puis indiqua par gestes qu'ils devaient d'abord aller à Comandante Sagastume, prendre à droite et rouler pendant deux jours et demi jusqu'à arriver à Verstanden. C'était une fausse indication même si Verstanden existait, mais il les obligeait ainsi à passer près du camion immobilisé. Lorsque les néonazis comprirent que le trajet serait plus long, ils recommencèrent à échanger des cris et des menaces. Parker voulut calmer les esprits, mais le type de derrière, qui s'appelait apparemment Dietrich, le remit à sa place par une bourrade sur l'épaule.

– La cordillère c'est de l'autre côté, affirma Maytén en se fiant à son sens de l'orientation. Tu les fais passer par là pour qu'ils nous rapprochent du camion, même si tu sais que ça peut nous coûter la vie ?

– Il y a des semaines qu'ils sont perdus, ça m'étonnerait qu'ils puissent s'orienter maintenant.

Devant la possibilité que son mensonge soit découvert, il prévint Maytén de se tenir prête à fuir, mais dans cet étrange fourgon les esprits s'échauffaient et s'apaisaient sans aucune logique, et bientôt le calme revint. Le fourgon parcourut la steppe jusqu'à la tombée de la nuit.

– Encore quelques kilomètres et on est sauvés, dit Parker en comprenant que les deux de devant commentaient ses indications d'un air soupçonneux, mais privés de la carte ils ne pouvaient pas se repérer ni découvrir le bobard. Lorsqu'ils arrivèrent enfin à proximité du poste de gendarmerie, les discussions reprirent, mais accompagnées cette fois de regards torves qui passaient de la route à Parker. À un moment, le passager de devant se tourna vers lui, furieux, menaçant, mais derrière le supposé Dietrich lui lança une canette de bière qui éclata sur le pare-brise en éclaboussant la cabine. Le conducteur freina brutalement, projetant tous les passagers en avant. Maytén et Parker bondirent alors hors du véhicule comme des parachutistes d'un avion en flammes et, à bonne distance, observèrent la bagarre sans en comprendre le motif. Les coups pleuvaient en désordre, mais semblaient se concentrer sur l'un des passagers.

– Celui qui a un tatouage sur le front nous défend, les trois autres veulent nous tuer, devina Maytén.

Il allait être très vite réduit au silence, aussi se mirent-ils à courir vers le camion qui se trouvait encore à quelques kilomètres. Ils couraient en regardant de temps en temps derrière eux, au cas où il leur faudrait presser l'allure ou éviter un projectile. Puis les cris cessèrent, le fourgon redémarra, s'éloigna et bientôt les ombres de la nuit surgirent comme des tentacules, avalant le véhicule et ses occupants.

– Notre maison, enfin ! soupira Maytén en arrivant au poste de gendarmerie. Ils reprirent leur souffle devant le camion.

– C'est le peu qui nous reste, grogna-t-il.

– Notre maison, c'est là où on est, et comme les maisons ne bougent pas, c'est plus que jamais notre maison.

Et elle se mit à préparer le repas.

Le lendemain matin, après une nuit d'insomnie, Parker se leva très tôt et s'assit dans son fauteuil pour contempler le jour naissant, pendant que Maytén dormait sous plusieurs couches de couvertures. Il fumait, absorbé dans ses pensées qui ne lui avaient pas accordé la moindre trêve pendant la nuit. Il alla se recoucher en réfléchissant au moyen de se libérer de ce filet qui les emprisonnait. Lui venaient à l'esprit d'innombrables images, vues pendant ses voyages, d'animaux accrochés dans les barbelés où ils mouraient et dont la steppe desséchait les cadavres, dont il ne restait que la peau. Il se leva de nouveau et marcha autour du campement pour se débarrasser des funestes présages, remettre en place les choses déplacées par les rafales nocturnes, puis il prépara le petit-déjeuner et réveilla sa compagne. Pendant qu'ils parlaient assis à la table, distraits, ils ne purent remarquer une forme humaine qui rampait sous le camion. Mais entre deux gorgées de café, Parker perçut du coin de l'œil cette masse inhabituelle et, sans un mot à Maytén, il chercha près lui une arme dont il pourrait se servir. Il pensa au pistolet, en espérant que les gendarmes ne l'avaient pas confisqué, mais il était trop loin, de même que la batte de baseball, et il ne trouva à portée de main qu'un gros caillou. Il posa sa tasse, ramassa calmement la pierre et s'approcha du camion, prêt à abattre son arme sur l'intrus. Maytén le vit dans cette étrange position et se leva alarmée. Parker lui fit signe de ne pas bouger. "Ton mari", lui dit-il du bout des lèvres. Elle porta la main à sa bouche, terrorisée, tandis qu'il levait le bras, prêt à frapper. Mais rien ne bougeait sous le camion. Il attendit quelques secondes et se pencha, découvrant un corps humain endormi dans un sac de couchage.

– Qui va là? répéta Parker plusieurs fois. La forme se traîna comme un gros ver et un énorme crâne rasé tatoué d'un *Sig Heil* sur le front émergea avec un visage endormi. Parker baissa le bras, tandis que Maytén se demandait si elle préférait l'apparition de cet individu extravagant ou celle de Bruno.

– Fais gaffe, ce type n'aime pas qu'on le réveille, dit-elle.

L'Allemand ouvrit les yeux et, lorsqu'il eut accoutumé son regard à la lumière du jour, il les observa l'un après l'autre et esquissa un geste d'amabilité qui contrastait avec son aspect guerrier. C'est alors qu'ils découvrirent son visage tuméfié par les coups.

– *Schlaffen*, dit-il, allongé, entre deux bâillements qui déformaient son front, transformant les lettres gothiques du tatouage en calligraphie arabe.

"Maintenant il veut aller à Schlaffen?" pensa Parker en lui faisant signe, sans lâcher la pierre, de sortir de sous le camion. L'Allemand émergea laborieusement, entraînant un sac à dos vert, et se leva en secouant la poussière de ses vêtements. Parker l'invita à s'asseoir à la table et à se servir des restes du petit-déjeuner. Maytén observait la scène avec méfiance en se demandant à quoi jouait son compagnon: ce n'était pas dangereux de s'attabler avec cet individu?

– C'est un pauvre gars qui a besoin d'affection, dit-il comme on caresse un chien.

– S'il a besoin d'affection, tu t'en charges, dit-elle en préparant plus de café.

Parker fit les présentations, tandis que l'Allemand affamé dévorait à pleines mains les tranches de pain qu'elle servait.

– Dietrich, d'Allemagne, dit le néonazi la bouche pleine, il se mit debout et fit claquer ses talons en levant le bras droit.

– J'ai une autre idée, dit Parker.

Elle le regarda méfiante.

– J'espère que c'est pas la même que la précédente.

– Je crois qu'on va adopter cet énergumène, il tombe à pic, dit Parker en lui serrant la main.

– Comme mascotte, je préférerais un chien, dit-elle très sérieuse.

Dietrich expliqua son histoire avec des gestes maladroits et un mélange d'anglais et d'espagnol. D'après ce qu'ils purent comprendre, ses amis et lui venaient d'Allemagne de l'Est et avaient perdu leurs emplois d'ouvriers dans une entreprise métallurgique. Avec leurs indemnités de licenciement, ils avaient décidé d'acheter un fourgon et de partir en Patagonie. Depuis des semaines ils descendaient vers le détroit de Magellan, mais la gestion douteuse de l'argent avec lequel ils payaient leurs dépenses avait créé des problèmes. Ses camarades l'avaient floué et voulaient se débarrasser de lui, ils l'avaient donc largué sous un prétexte quelconque après l'avoir tabassé et abandonné sans argent ni rien. Parker voulut savoir si lui et Maytén avaient été la cause de leur dernière dispute, mais le vocabulaire de Dietrich n'était pas suffisant pour des explications aussi complexes. Il lui dit qu'il pouvait rester avec eux pour les aider en échange d'un toit et des repas. Le visage de Dietrich s'éclaira et il scella le pacte par trois tapes brutales sur l'épaule de Parker et un sourire qui découvrit une bouche édentée par les bagarres.

– Maison où ? demanda le néonazi en regardant autour de lui.

– C'est ça, la maison, répondit Parker en indiquant le camion. Dietrich observa le campement d'un air dépité, sans pouvoir l'associer avec le mot maison, et pensa que c'était un malentendu.

– Tu vois, je ne suis pas la seule, fit remarquer Maytén.

Elle n'était pas convaincue par cet arrangement, partager la table avec ce type ne l'emballait pas, mais elle décida de lui donner des leçons d'espagnol, persuadée que parler rapproche les êtres humains.

– Il est plus intelligent qu'il n'en a l'air, dit-elle après la première leçon. Parker installa son nouvel adjoint dans la partie arrière du véhicule, avec un lit supplémentaire et un placard couvert de bâches et de plastiques. Plus tard, il l'envoya ramasser du bois et allumer du feu pour que Maytén prépare le repas. Puis il lui indiqua une caisse d'outils et tous deux travaillèrent le reste de la matinée perchés sur le camion, sous le regard curieux des gendarmes. Ils démontèrent les panneaux de bois et d'autres parties de la remorque, avec lesquels ils construisirent un abri, une table en guise de comptoir ainsi que des étagères, et bientôt apparut une espèce de stand de vente au bord de la route. Un gendarme s'approcha d'un pas lent, le regard inquisiteur. Parker s'y était préparé, il savait qu'à tout moment le chef de poste voudrait savoir ce qu'ils mijotaient. Les pouces dans le ceinturon, il fit le tour du campement, en claquant des talons chaque fois qu'un détail l'arrêtait.

Parker l'invita à s'asseoir à la table.

– Je vous rappelle que le véhicule et la cargaison sont saisis, dit l'homme sèchement en déclinant l'invitation.

Parker l'emmena un peu plus loin et ils marchèrent autour du cabanon, loin des regards.

– C'est des fruits tropicaux, chef, des mangues et des ananas.

– Des mangues ? Ça se mange ?

– Elles ne vont pas se conserver très longtemps.

– Ce serait dommage qu'elles pourrissent, dit l'autre en prenant une cigarette et regardant autour de lui. Parker la lui alluma en faisant écran de sa main. Tout en marchant, ils parlèrent chiffres. Maytén les observait de loin et se rendait compte qu'ils échangeaient plus de chiffres que de mots. En quelques minutes ils s'accordèrent sur une somme et conclurent par une poignée de main.

– On peut commencer, dit peu après Parker à sa compagne, pendant qu'il mangeait un plat que l'Allemand dévorait avec plaisir. Dès l'après-midi, profitant de l'augmentation du trafic routier du week-end, Parker et son nouvel adjoint déchargèrent les caisses de fruits, qu'ils posèrent en bon ordre sur le comptoir du cabanon, puis placèrent des écriteaux bien visibles, indiquant prix et produits, bloqués par des sacs de sable pour qu'ils ne s'envolent pas. Maytén coupait en deux mangues et ananas, en vidait la pulpe qu'elle débitait en morceaux dont elle remplissait les fruits à la manière d'un plat tropical. Le soir venu, le stand de vente était prêt à fonctionner. Les trois premiers véhicules s'arrêtèrent et les passagers descendirent, intrigués par ce spectacle inhabituel en plein désert. Le lendemain les ventes se multiplièrent grâce aux camionneurs et aux familles qui allaient sur la côte passer la fin de semaine. Dès lors, le petit commerce prospéra à des niveaux impensables, le bruit s'étant répandu dans les villages et les hameaux où les gens n'avaient vu une mangue ou un ananas qu'à la télévision. Tous les soirs, au moment où les ombres s'allongeaient sur le poste de gendarmerie et le camion, Maytén, Parker et Dietrich, épuisés, trinquaient autour d'un grand feu. Après minuit, les gendarmes les rejoignaient avec des guitares et des bonbonnes de vin, et tout le monde mangeait et chantait jusqu'à l'aube. Dietrich observait ces étranges rituels assis sur une caisse, un peu l'écart, en essayant de comprendre sons et gestes. Stimulé par la nourriture copieuse et l'alcool, il ne tarda pas à se joindre au chœur, en imitant les chants avec les quelques mots qu'il saisissait.

Par un autre mystérieux caprice des chemins qu'empruntaient les hommes et les bêtes, le trafic routier augmenta, obligeant les gendarmes à multiplier les tours de garde et les contrôles. Des dizaines de voitures et de camions se garaient des deux côtés de la route en attendant de pouvoir repartir. Ils contrôlaient papiers et marchandises comme à une frontière, bien que celle-ci ne soit qu'intérieure et arbitraire, une frontière qui ne séparait rien, un point de transition entre deux espaces parfaitement identiques. Cette limite absurde obéissait à un caprice de la nature qui poussait la faune humaine de part de d'autre.

Une semaine après, Parker, Maytén et Dietrich avaient vendu toutes les caisses de fruits. Un nouvel officier responsable du poste mit un terme aux petites fêtes pour préserver une apparence de sérieux, même si Parker continuait de verser le pourcentage négocié, qui était ensuite réparti entre les gendarmes. Les réjouissances nocturnes s'espacèrent, finissant par disparaître. Après les fruits tropicaux, Parker commença à vendre tout ce qu'il avait accumulé dans le camion pendant ces années de route, de vieilles choses pour la plupart, des antiquités, des objets tombés en désuétude. La nouvelle se répandit et en peu de temps la réputation de ces ventes dépassa les limites de la plaine. En quelques semaines, le vieux camion agonisant était devenu un marché de babioles et de curiosités qui attirait touristes et collectionneurs venus de toutes parts. Parker et Maytén travaillaient du matin au soir, avec Dietrich qui retirait la terre et le sable menaçant d'ensevelir le campement, maintenant que redoublaient les vents d'automne et que le temps devenait de plus en plus rude. Parker savait que cette manne inespérée ne durerait pas longtemps et qu'il devait en profiter. Il savait aussi que cette notoriété pouvait tôt ou tard leur valoir de mauvaises surprises, ce n'était pas un endroit sûr pour Maytén, malgré la présence des gendarmes.

Tout ce qui bougeait dans ces parages obéissait à un rythme déterminé, une force tellurique impossible à contrôler. Les animaux de la steppe, les oiseaux et la police suivaient leurs propres voies migratoires, comme les péons, les Gitans, les voyageurs de commerce. Certaines routes cessaient mystérieusement d'être fréquentées, du jour au lendemain, les flux humains et animaux changeaient de direction, s'orientaient vers d'autres latitudes. C'était facile à constater, mais impossible à prévoir : quand ces mutations survenaient, c'était un fait accompli, point final. Les vents étaient affolants, celui du nord, chargé de terre et de poussière chaude, bousculait le *pampero* glacial, qui défendait son territoire en générant des champs de basse pression qui altéraient l'humeur de quiconque se déplaçait dans la plaine. Puis arrivaient de la haute mer les ouragans et leur rage océanique, tournoyant sur eux-mêmes, en formant des tornades d'eau qui s'abattaient de tout leur poids sur la terre desséchée. Bientôt, plus rien ni personne ne s'aventurerait dans ces régions, une nuit glacée tomberait avec la légèreté du givre et même le poste de gendarmerie serait transféré dans d'autres districts. Mais il était encore impossible d'imaginer ce que deviendraient le couple et l'Allemand.

Le campement de Parker se changea peu à peu en un bivouac précaire, couvert de bâches, de plastiques secoués par le vent et de panneaux branlants. Le sable s'était accumulé contre les flancs du camion et les caisses de fruits vides qui n'avaient pas encore fini dans les flammes étaient éparpillées alentour. Par une de ces matinées de vents implacables, des camions étaient à l'arrêt devant le poste de gendarmerie, leurs feux clignotants allumés. Pendant que les gendarmes réglaient la circulation, Dietrich et Parker fixaient à coups de marteau les panneaux qui menaçaient de s'envoler. Ils protégeaient leurs yeux avec des lunettes improvisées faites de morceaux de plastique, ou la tête enfoncée dans des sacs de toile. Une silhouette floue émergeant d'un nuage de poussière traversa la route, fit le tour du camion et se dirigea lentement vers eux, en tenant un sac lourd sur l'épaule. Maytén fut la première à la remarquer et se figea sur place. C'était peut-être Bruno, elle avait souvent imaginé une situation semblable et, de toutes les réactions qu'elle avait préparées au cas où, un cri d'alarme était la seule à sa portée. Mais, cette fois, le cri s'étrangla dans sa gorge à mesure que la silhouette se rapprochait de Parker par-derrière. Lorsqu'elle s'arracha à sa stupeur et put lancer le premier cri, c'était trop tard, l'inconnu avait atteint Parker qui ne put que faire volte-face. Les bras ouverts, la silhouette se jeta sur lui. Parker fit un pas rapide en arrière et ses mains cherchèrent à l'aveuglette une pelle qu'il avait vue peu avant, mais en vain. Il bondit sur l'agresseur pour le neutraliser et tous deux tombèrent à terre à l'instant où Maytén poussait un deuxième cri.

– Mais qu'est-ce qui vous prend, animal ! Vous êtes dingue ou quoi ? dit la silhouette, le souffle coupé, pendant qu'ils se débattaient sur les gravillons.

Parker reconnut aussitôt la voix du journaliste, l'aida à se relever et s'excusa.

– C'est pas des manières de se pointer ! Je vous ai confondu avec quelqu'un d'autre, c'est la deuxième fois, dit-il pour se justifier. L'autre répondit en maugréant et secouant la poussière de son manteau.

– Je voulais juste vous faire une surprise. J'allais vous demander comment vous allez, mais c'est tout vu.

Maytén était pétrifiée, mains sur la bouche, prête à un troisième cri. Lorsqu'elle découvrit que c'était le journaliste, soulagée, elle lui souhaita la bienvenue, et un moment après ils parlaient tous les trois assis sur le canapé.

– Je vois que les affaires marchent bien, reprit le journaliste. Cette fois, c'était facile de vous trouver, on parle partout de cet endroit, mais personne ne parle de vous, plutôt de votre femme, dit-il en levant son verre. Parker servit une tournée de vin et laissa passer quelques minutes avant de poursuivre, désignant les gendarmes d'un hochement de tête.

– Je crois qu'on va devoir rester un certain temps ici, dit Parker.

– Faites pas l'idiot, vous allez laisser cette fleur se faner dans ce désert cruel ? dit l'autre en rivant ses yeux sur Maytén.

– Ces types ne me laissent pas repartir.

– Eux ? Je les connais tous, si vous voulez, je vais parler au chef.

Dietrich les rejoignit en portant un plateau avec des œufs frits et de la viande grillée, qu'il posa maladroitement sur la table. Le journaliste l'observa avec curiosité.

– C'est Dietrich, mon adjoint. Je crois qu'il peut vous intéresser.

– Vous avez embauché un majordome ? s'exclama-t-il pendant que Dietrich mettait le couvert.

– Bonjour, articula le néonazi avec difficulté.

Le journaliste lui serra fortement la main en se demandant comment un tel individu était arrivé jusqu'ici. Il se leva et examina attentivement son tatouage en lettres gothiques sur le front.

– Un vrai nazi, comme ceux que vous cherchez, dit Parker avec fierté.

Le journaliste se rassit, déçu, et commença à manger.

– Mais non, eux c'est les nouveaux nazis, quelle décadence ! Ils s'habillent comme ça juste pour effrayer les Noirs. Vous l'avez acheté comme souvenir à la fête du sous-marin ?

– Non, on l'a trouvé abandonné sur la route. Vous avez là une bonne histoire, je vous la prête pour un reportage. En échange vous allez m'aider.

Le journaliste posa son verre de vin et observa de nouveau attentivement l'Allemand, qui engloutissait une bouchée après l'autre, assis sur un cageot vide.

– Les sous-marins ne m'intéressent plus, c'est des racontars de gens qui s'ennuient, dit le journaliste avec une moue de mépris, en sortant de son sac des chemises contenant des manuscrits. Des années de recherches jetées à la poubelle, tout ça pour que le premier venu se pointe et fasse un film ou un roman absurde sur des nazis en Patagonie, poursuivit-il, énervé, en jetant en l'air les chemises dont les feuilles furent emportées par le vent. Avant, personne ne venait dans le Sud, maintenant c'est plein de touristes. Les sous-marins allemands, tu parles ! Faut vraiment être con !

– Qu'est-ce que vous allez faire maintenant ? demanda Maytén en se mettant un foulard sur la tête pour se protéger de la poussière qui entrait dans le campement comme un chien cherchant un abri.

– L'écriture est une maladie compliquée. Vous savez quel est son seul remède ?

Maytén et Parker restèrent silencieux dans l'attente de la réponse, mais le journaliste faisait durer le plaisir.

– Le seul remède, dit-il enfin, c'est de continuer à écrire.

– Ça y est, il recommence avec ses petits jeux de mots qui ne signifient rien ! Vous devriez essayer les Martiens, conseilla Parker.

– Ça, c'est pour les couillons. Vous avez entendu parler du monstre marin qui vit dans un lac de la cordillère ? murmura-t-il en s'assurant que personne d'autre ne l'écoutait.

– Un monstre marin ? s'exclama Maytén excitée, en se rapprochant pour mieux entendre le récit. Parker soupira en voyant sa naïve compagne à ce point attirée par des histoires délirantes. Il voulut changer de sujet, mais elle insista : Qu'est-ce que vous avez découvert ?

– Que vous êtes chaque jour plus belle.

– Eh, ça va comme ça, réagit Parker. Mais Maytén le fit taire.

– Je ne peux pas encore parler de mes recherches, mais dès que le livre sera publié, je vous offrirai un exemplaire dédicacé et signé.

Elle fit une moue de déception, mais l'idée que quelqu'un allait lui offrir un livre dédicacé la consola.

– Au fait… dit subitement le journaliste en sortant de son sac une liasse de papiers et de pièces d'identité qu'il tendit à Parker.

– C'est trop tard, je n'en ai plus besoin.

– Peut-être pas pour cette vie, mais pour la prochaine qui peut commencer demain.

Parker prit les papiers et les déplia en éventail. Maytén voulut savoir où allait le journaliste.

– Je ne sais jamais où je vais aller, mais il est probable que je me débarrasse de toute cette poussière dans la capitale. Pas exactement cette poussière, mais celle qui se colle à l'intérieur. Si vous voulez venir avec moi, ce sera un plaisir.

– Je vous ai dit d'arrêter, le prévint de nouveau Parker.

Maytén s'appuya contre le dossier du fauteuil et murmura sur un ton mélancolique :

– Sans Parker, je ne vais nulle part.

– Ça s'appelle l'amour, c'est la meilleure maladie qu'on puisse attraper.

– L'amour ça peut pas être une maladie, répliqua-t-elle l'air sérieux, en défiant l'autre par un regard glaçant.

Le journaliste parla sans cesser de manger.

– Si ce n'est pas une maladie, ce n'est pas de l'amour. Et vous savez quel est le seul remède ? Continuer à aimer.

– Et maintenant il commence son numéro de poète, ne l'écoute pas, dit Parker en chassant de la main une mouche.

– La poésie est le pire de tous les maux.

– On vous paie pour écrire ces banalités, ou vous le faites gratis ?

– Arrêtez de vous disputer ! ordonna-t-elle d'un ton ferme en se levant pour préparer du café.

Parker en profita pour parler à son ami à voix basse.

– J'ai besoin que vous me rendiez un service, en échange je vous donne le nazi. Il peut pousser la voiture si vous tombez en panne.

– Cet épouvantail ? Non merci, il ne m'inspire pas confiance.

– Il est docile et ne mord pas, en plus il sait pêcher et peut vous aider à capturer le monstre que vous cherchez.

– Je vais vous aider de toute façon, mais lui, je vous le laisse, vous avez besoin d'un garde du corps. On raconte sur la route que le mari de la fille rôde par ici.

Parker allait lui expliquer de quoi il avait besoin, mais le bruit des pas de Maytén l'obligea à s'interrompre.

– C'est quoi ces messes basses ? demanda-t-elle.

– On parlait de votre beauté, répondit promptement le journaliste.

Maytén les regarda d'un air soupçonneux. Mais elle préféra ne pas demander d'explications car elle venait de voir une colonne de véhicules qui s'approchait. La circulation avait augmenté ce jour-là, ils ne pouvaient pas laisser passer l'occasion. Et aussitôt ils reprirent la vente des quelques objets qui leur restaient. Le journaliste s'éclipsa pour aller parler au chef des gendarmes, une vieille connaissance, afin de savoir quelle était la situation de Parker. Il revint peu après et entraîna son ami à l'écart du camion, où ils purent causer tranquillement. Le grondement lointain du tonnerre au-delà de l'horizon ressemblait à une rumeur de bataille. Ils observèrent un moment les nuages noirs qui filaient dans le ciel comme pour un assaut, annonçant un déluge imminent.

– Le chef de poste m'a dit qu'il ne pouvait rien faire. Le problème n'est pas seulement le camion, mais vous. Il a reçu un mandat d'arrêt.

– Tout ça devient intéressant, dit Parker, pensif, qui s'attendait tôt ou tard à cette nouvelle. La silhouette immobile du camion apparaissait et disparaissait sous les rafales tourbillonnantes de poussière et de broussailles. Pendant qu'ils parlaient, les feuilles des chemises emportées par le vent passaient comme des papillons blancs pour se perdre en battant désespérément des ailes. Au lieu d'en être affecté, le journaliste paraissait s'en réjouir.

– Je ne peux même pas m'enfuir dans un de vos sous-marins.

– Les gendarmes me doivent quelques services, je me suis arrangé avec eux. Ils diront qu'ils ne vous ont pas vus, mais vous devez décamper, le poste va déménager sous peu et dans quelques semaines tout sera sous la neige.

– Je dois encore disparaître…

– C'est comme ça qu'on garde la forme ! s'exclama le journaliste, énervé par le vent qui ne charriait plus de poussière, mais de froides volutes qui se glissaient dans le corps. Vous m'autorisez à écrire votre histoire ?

– Mon histoire, c'est moi seul qui l'écris.

– Je ne crois pas que vous aurez le temps d'écrire, du moins si vous savez écrire. Vous devez échapper au mari, le type est dangereux.

– Encore un autre qui a besoin d'affection, dit Parker.

– Votre camion et les étalages de fruits ont attiré l'attention.

– La steppe est grande.

– La steppe est peut-être grande, mais les gens peu nombreux, tôt ou tard le vent les pousse vers les endroits les moins attendus.

– Vous allez m'aider, oui ou non ?

– Mes seules armes, c'est les mots, mais le mari doit avoir une bonne cuirasse contre ce type d'armes.

– C'est pour ça que j'ai un garde du corps. Mais c'est pour elle que j'ai besoin de vous, je ne veux pas qu'elle continue à vivre comme ça.

– Vous me l'offrez ? Ce serait mieux que le nazi.

Parker et le journaliste continuèrent de parler ainsi, pendant que des nuages nerveux s'amoncelaient au-dessus des collines. Ils ponctuaient leurs accords ou leurs désaccords par des gestes et des signes, et lorsque le plan fut prêt dans tous ses détails, ils regagnèrent le campement où Maytén les attendait, anxieuse.

– Vous continuez à comploter ? dit-elle, méfiante. Et, sans attendre de réponse, elle sortit de son manteau une poignée de billets qu'elle tendit à Parker. Il prit l'argent et y ajouta ce qui restait de la recette des derniers jours, un tas de billets mélangés qu'il gardait dans une boîte en carton. Sur un geste de Parker, le journaliste s'éloigna pour les laisser seuls, face à face.

– Je ne peux plus retourner à Buenos Aires, et je n'ai plus le peu que j'avais à t'offrir. Tu devrais partir seule, tu n'es pas obligée de rester avec moi, dit Parker en essayant de refermer le couvercle de la boîte. Elle le regarda sans comprendre ni prendre au sérieux ses paroles.

– On a qu'à tout abandonner et partir quelque part, dit-elle. Il n'y a pas que la vie ici, il y en a beaucoup d'autres ailleurs.

– Je crois que je les ai toutes vécues.

– Alors on reste. On transforme le camion en buvette et on vend de quoi manger, ça a très bien marché jusque-là, dit-elle en indiquant la boîte contenant la recette. Parker se sentit alors à cette croisée des chemins où on n'a pas le choix. Il était sûr d'une seule chose : jamais il ne deviendrait la cause de la frustration de Maytén, il ne sacrifierait pas ses aspirations pour le peu qu'il pouvait lui donner.

– Regarde autour de toi, tu ne mérites pas cette misère. Ça, c'est mon territoire, mais pour toi c'est la mort à petit feu, c'est absurde de gâcher ta jeunesse ici, tu pourrais aller à Buenos Aires et m'y attendre un certain temps.

– Je n'ai pas besoin de ça. Je n'irai nulle part en te laissant seul. Ce genre de choses ne finit jamais bien. On aura le temps d'aller à la capitale, si ce n'est pas cet hiver, ce sera le prochain, quand la situation se sera tassée.

La tempête se rapprochait, les rayons de soleil disparaissaient derrière les nuages. Parker regarda Maytén longuement, il ne pouvait plus attendre, ils devaient prendre une décision tout de suite. Il ne pouvait pas non plus être sincère à ce moment-là : toute forme de sincérité serait une tromperie. Maytén risquait de gâcher son propre avenir par cette conviction aveugle et, pour lui éviter ce sort, il devait lui mentir, fût-ce pour s'en repentir jusqu'à la fin de ses jours. Il devait faire un effort pour la regarder dans les yeux pendant qu'il parlait. Il comprit qu'à cet instant se terminait cette étape de sa vie, c'était presque une chance qu'on les ait arrêtés à cet endroit et empêchés de repartir. Le bonheur illusoire qu'ils avaient vécu n'avait servi qu'à leur faire oublier l'absence d'horizon hors de la cabine du camion. Et ce camion immobilisé au milieu de la plaine, assiégé par le sable que le vent accumulait sur ses flancs, était déjà une ligne de partage.

Parker rassembla son courage et lui proposa de profiter de la voiture du journaliste qui partait à Buenos Aires, il avait confiance en lui, il pourrait la déposer chez ses amis, qui les attendaient encore, et y rester le temps nécessaire jusqu'à ce qu'ils puissent se retrouver et partir ensemble quelque part. Sa gorge se serra en la voyant si muette, soumise, seule, dans ce paysage maudit qui avalait les personnes et les changeait en coquilles vides. Désemparée, Maytén avait le regard dans le vague et écoutait résignée les paroles de son amoureux qui paraissaient une sentence. Parker indiqua le ciel plombé et les nuages qui filaient comme un troupeau affolé, dans peu de temps, poursuivit-il, le froid et la neige rendraient ces parages inhabitables, l'air deviendrait irrespirable, tranchant comme une lame. La moitié des routes seraient submergées par les rivières en crue, la terre se changerait en une boue craquante sous le gel, les jours allaient raccourcir et des mois durant on vivrait dans la nuit. Maytén connaissait tout cela mieux que personne, elle était née et avait grandi ici. Elle ne craignait pas le climat, ni la solitude, ni les pénuries de ces moments implacables, et moins encore de renoncer à ce qu'elle avait désiré toute sa vie, son rêve de petite fille, vivre dans une vraie ville : la seule chose qui lui déchirait le cœur était l'idée de ne plus jamais revoir Parker. Elle finit cependant par accepter l'idée d'une séparation provisoire, elle dit qu'elle avait confiance en lui, qu'elle chercherait un travail et qu'elle l'attendrait le temps qu'il faudrait. Parker constata que son mensonge avait atteint son but et il ressentit une autre douleur dans la poitrine. Il fit une liasse des billets contenus dans la boîte et la lui tendit, mais elle la refusa aussitôt.

– Tu vas en avoir besoin plus que moi. Elle connaissait le caractère de son compagnon, en acceptant cet argent elle courrait le risque de ne plus le revoir.

Une violente averse s'abattit soudainement sur eux et la priorité fut de consolider les fixations des bâches, des plastiques et des panneaux, qui ressemblaient à une voilure affolée. Dietrich et le journaliste bloquèrent avec de grosses pierres la structure du campement sous des cascades d'eau qui tombaient de toutes les directions, formant des gouttières et des flaques. Protégée sous un manteau de Parker, Maytén grelottait de froid, tandis que le journaliste mettait des manuscrits à l'abri et en jetait d'autres à la pluie.

– Je dois partir avant qu'on se noie dans la boue et que les routes soient coupées, cette pluie ne présage rien de bon pour les jours à venir, dit-il en rassemblant ses affaires. Puis il regarda Parker, comme attendant un ordre.

– Vous pouvez emmener Maytén à la capitale ? dit Parker en posant une question préparée depuis un long moment.

Silencieuse, Maytén masqua ses larmes par un sourire et gagna la cabine pour préparer son sac. Elle devait de nouveau ranger toute sa vie dans ce maigre espace. Lorsqu'elle fut prête, elle échangea avec Parker une longue étreinte et sentit son tremblement dans son propre corps. Au moment de se séparer, ils n'étaient déjà plus les mêmes personnes, ni elle ni lui ne pouvaient imaginer ce qui allait arriver l'instant d'après. Quoi que ce fût, cela ne dépendait plus d'eux, l'ombre du destin s'était installée entre eux. Ce qui arriva ensuite prit seulement quelques minutes qui parurent des heures : Parker et le journaliste se séparèrent par une poignée de main et la vague promesse d'un rendez-vous dans un endroit situé entre deux points de la carte. Serrés l'un contre l'autre, Maytén et Parker s'avancèrent vers la voiture, pendant que l'autre chargeait les bagages. Elle s'installa sur le siège avant avec un pauvre sourire, puis la voiture s'éloigna sur le ruban brillant de l'asphalte et disparut derrière les rideaux de pluie. Parker observa la scène finale immobile au milieu de la route, les cheveux dégoulinants d'eau, en espérant malgré tout un événement de dernière minute, mais les dés étaient jetés, il n'y avait plus rien à attendre. Il se mit à marcher autour du camion en cercles concentriques de plus en plus grands. Trempé jusqu'aux os, une sorte de spirale croissante le poussait vers l'extérieur, vers le cœur obscur de l'orage. Il pensa qu'il pleurait, mais ne savait pas si c'étaient des larmes ou l'eau qui dégoulinait sur son front. Mais il était sûr d'une chose : il n'aurait plus besoin de recourir au bidon d'eau salée dont il se servait quand il voulait pleurer.

Bruno perçut des voix autour de lui, qu'il prit pour des anges ou des créatures célestes. Son existence entière était prise dans des faisceaux lumineux qui aveuglaient sa conscience. Il voulut ouvrir les yeux, mais une peur soudaine l'en dissuada. Où se trouvait-il ? Était-ce la fameuse mort, sans monstres, ni squelettes, ni faux ? Dans son délire il ne se souvenait que d'un nuage blanc qui l'avait avalé et dissous dans un calme qu'il n'avait jamais éprouvé avant. Il craignait de se trouver dans le royaume surnaturel d'où provenaient les créatures du Train fantôme. Quand il put enfin ouvrir les yeux, il vit l'étendue du lac salé, cet océan de lumière brillante où il s'était perdu à cause des Gitans. Les voix étaient de plus en plus distinctes, mais il ne comprenait pas ce qu'elles disaient. "La lumière !" se rappela-t-il subitement. Quoi que ce soit, cela avait à voir avec Dieu, peut-être que les Boliviens ne se trompaient pas. Enfin, il avait rencontré la lumière ! Toute sa vie il avait vécu dans les ténèbres ! Il palpa son corps pour s'assurer qu'il était encore là et se vit allongé sur un lit de camp sous un toit de paille, observé par deux étranges personnages en lunettes noires, la tête et le corps enveloppés dans des haillons.

– Qui êtes-vous et que faites-vous ici, monsieur l'étranger ? dit l'un des deux avec un accent que Bruno n'avait jamais entendu. C'était comme une autre langue, mais prononcée de telle façon qu'il la comprenait. Il se redressa, émerveillé, seul Dieu pouvait s'exprimer ainsi.

– C'est moi, Seigneur. Bruno, ton fils. Enfin je peux te voir ! s'exclama-t-il avec humilité et les larmes aux yeux, tandis que les insolites personnages tournaient autour de lui en l'observant avec curiosité.

– Sachez que vous avez échappé à la mort par miracle, nous vous avons recueilli et ramené dans le royaume des vivants, lui dit l'un d'eux, d'une voix salivante en examinant les parties les plus charnues de son corps.

– Merci, Seigneur ! dit Bruno en joignant les paumes de ses mains.

Le deuxième individu, qui faisait chauffer de l'eau dans une énorme marmite, au moyen d'un jeu de miroirs qui décuplait l'effet des rayons de soleil, dit au premier :

– Cet homme est fou, votre grâce. Le soleil lui a fait perdre la tête.

– Offrez-lui un maté, nous allons voir s'il recouvre la raison pendant que l'eau bout, ordonna l'autre, qui se mit à adresser des prières au ciel avant d'ajouter : La providence s'est souvenue de nous et nous a envoyé notre pain de chaque jour. Bénis soient nos ancêtres !

Ils lui tendirent des galettes frites et un maté avec sa pipette, que Bruno, assoiffé, aspira avidement, et une nausée secoua tout son corps. Il cracha plusieurs fois sans pouvoir apaiser sa bouche de la brûlure répugnante de la saumure : le maté était préparé avec de l'eau salée.

– Je suis navré que ce ne soit pas à votre goût, mais c'est tout ce que nous avons ici, s'excusa l'homme, qui l'aida à se lever. Bruno s'avança vers la porte d'une maison aux murs de sel et au toit de paille fixé par des bâtons. D'un côté, des monticules de sacs et de blocs de sel, de l'autre, des alignements symétriques de bassins d'une eau bleue cristalline. Il comprit qu'il se trouvait sur une rive du Salar Desesperación, Saline du Désespoir, dans un abri des travailleurs de la vieille saline, qui l'avaient recueilli à moitié mort, évanoui depuis plusieurs jours.

Bruno commença à se rappeler qui il était et pourquoi il était là, et, plus important, ce qu'il voulait faire.

Sa moto et ses bagages étaient appuyés contre un mur, intacts. Il se précipita sur son sac et chercha en tremblant le bidon d'eau douce, qu'il but sans respirer, sous le regard stupéfait des deux hommes. L'image de Maytén lui apparut comme un éclair, un peu floue cependant, sans le contraste avec lequel il se la rappelait depuis qu'elle l'avait abandonné. Devant lui émergeait enfin de la lumière aveugle la forme obscure de Sierra Turbia. Le souvenir de sa mission et sa rage pour l'humiliation subie lui rendirent la lucidité et les forces nécessaires pour repartir. Il fit démarrer la moto et remercia ses sauveurs, qui le regardaient déçus.

– Restez donc avec nous, votre grâce, nous sommes gens de bien et vous tiendrons compagnie, vous pouvez avoir confiance en vos serviteurs, insista l'un, mais Bruno n'écoutait déjà plus.

– À la bonne heure, et que la chance soit avec vous, dit l'autre avec résignation, le regard triste, en le saluant de la main. Puis il retourna à la marmite où l'eau commençait à bouillir et la renversa par terre où elle se mêla au sel. Ils n'en auraient plus besoin.

– Que la Providence vous accompagne dans l'accomplissement de vos desseins, dit l'autre. Et tous deux suivirent des yeux la moto qui se décomposait en reflets et se perdait dans le vide immaculé du lac salé.

– Dieu nous a permis d'épargner une proie, j'en avais pourtant l'eau à la bouche, dit l'un d'un ton mélancolique.

– Votre grâce croit que nous avons bien fait ? Nous ne sommes plus comme ceux d'autrefois, nous aurions dû le retenir de force.

– Seul le ciel sait quand nous reverrons de la chair humaine…

– Avec ces manières chevaleresques, nous sommes condamnés à jeûner pendant des siècles, soupira l'autre en terminant le maté que Bruno n'avait pas bu.

Faible, amaigri, les yeux cernés, la peau tannée par le soleil, Bruno était reparti à la poursuite de Maytén. Il parvint à sortir de Salar Desesperación et ainsi à gagner du temps. En se fiant à son instinct de limier il continua à chercher des traces tout au long de la route. Le lendemain soir, apercevant deux camions garés sur le bas-côté, il ralentit et fit plusieurs tours pour étudier la situation. Julio et le gros Juan le virent passer, étonnés, et finirent par reconnaître le patron de la fête foraine, dont l'histoire était déjà connue dans la région. Ils n'eurent pas besoin d'explications pour comprendre ce que cherchait ce spectre à l'air absent et au regard mort. Bruno arrêta la moto, les deux camionneurs échangèrent un coup d'œil complice et l'invitèrent à manger : le moment était venu de régler les comptes avec Parker. Ils pouvaient lui pardonner de s'être moqué d'eux en les enfermant dans les toilettes d'un relais ou d'avoir pissé dans le réservoir d'eau potable, mais pas l'insupportable audace d'avoir séduit Maytén. Ils savaient par d'autres où se trouvait exactement Parker avec son camion, immobilisé aux environs de Confluencia ou de Cerro Caido, Mont Effondré, la nouvelle avait circulé dans la moitié de la Patagonie, et il ne leur restait plus qu'à indiquer à ce pauvre type le plus court trajet pour y arriver. Pour le stimuler, en faisant semblant d'ignorer son histoire, ils lui racontèrent que Parker vivait avec une femme superbe, une des plus belles du Sud, appelée Maytén, et attendirent que l'écume lui vienne à la bouche. Mais Bruno avait perdu la foi qui galvanisait son désir de vengeance, et il acquiesçait d'un air absent à leurs paroles et à leurs conseils. Entre deux bouchées, il émettait un grognement, la mâchoire légèrement pendante, indifférent à leur harangue et leurs sous-entendus. Il termina de manger, remit casquette et lunettes, et sa moto disparut au loin.

Après des journées de route sous la pluie, la vue brouillée derrière ses lunettes qui ne lui laissaient distinguer que des lignes et des points à l'horizon, Bruno croisa la voiture à bord de laquelle Maytén et le journaliste se dirigeaient vers la capitale. L'air absent, affaissée sur son siège, les yeux fermés, elle était abattue par sa séparation déchirante que la promesse de retrouvailles ne parvenait pas à calmer. Le journaliste n'avait jamais vu ce motocycliste mais, à la direction qu'il prenait et à son allure résolue, il pensa que ce projectile implacable qui semblait savoir où aller pouvait bien être le mari de Maytén. Il calcula qu'il lui faudrait un jour pour atteindre sa cible et voulut prévenir Maytén, mais il se ravisa. Elle avait ouvert les yeux et perçut sa frayeur dans sa façon de scruter le rétroviseur.

– Qu'est-ce qui se passe ? demanda-t-elle en se redressant, agitée par un pressentiment.

– Rien, rien, rendormez-vous.

Pendant ce temps, à une journée de là, Parker et Dietrich travaillaient sans répit pour vendre tout ce qui avait encore un peu de valeur. Après le départ de Maytén, Parker avait marché toute la nuit en rond jusqu'à l'aube, plongé dans ses pensées, en fumant et buvant du whisky, protégé d'un vieil imperméable qui lui donnait l'allure d'un détective de film en noir et blanc. Le poste de gendarmerie avait été démantelé jour après jour et il n'en restait que quelques hommes chargés de le fermer définitivement quand ils en recevraient l'ordre. La radio annonçait l'imminence des pluies, cette année plus violentes, imposant de prévoir de vastes opérations d'évacuation et d'aide aux communautés touchées.

Pendant que Dietrich, fidèle mascotte, dormait au pied du lit enveloppé dans des couvertures et des bâches, Parker vérifia les cordes et les poids qui fixaient les toiles tendues contre les trombes d'eau, et se coucha dans son lit, indifférent aux ronflements du majordome. Enfoncé dans son sac de couchage, il prit un des livres abandonnés dans les recoins de la cabine et tenta de lire. Peine perdue : la vision de Maytén, les yeux tristes, qui lui faisait un dernier geste de la main, s'imposait à tout, il sentait encore son corps tremblant après leur dernière étreinte. Lorsque les ronflements de Dietrich devinrent insupportables, malgré les coups de pied qu'il donnait à la masse informe gisant près du lit, à la tristesse de la séparation s'ajouta la mauvaise humeur.

Plus tard, tandis que l'Allemand luttait contre les flaques et les ruisseaux qui envahissaient le campement, Parker chercha dans le camion ses dernières affaires personnelles et les objets qu'il avait pu récupérer de sa vie en ville. Il ne voulait plus rien savoir de ces reliques. Dietrich l'aida à les porter sur le comptoir, déjà quasiment vide, il y posa le saxophone, le pistolet que lui avait donné le journaliste pour se défendre, le sextant, une collection de pipes dont Parker avait oublié l'existence et tous les livres qu'il put trouver. À un moment, Parker prit le pistolet, l'observa pour évaluer son utilité et le retira du comptoir. L'ancien étal de fruits s'était transformé en marché aux puces : valises avec vêtements, tableaux, couvertures, outils, la tête de cerf en plastique encore sous cellophane qu'il avait gagnée sur le stand de Maytén, autant de miettes d'une vie perdue qui paraissait maintenant celle d'un autre. Dietrich aussi avait mis en vente sa collection de breloques nazies, épaulettes galonnées, répliques de croix de fer, son passeport et des cartes d'adhérent à des organisations fascistes. Ce petit marché eut encore plus de succès que le précédent : devant les inondations imminentes, les évacuations se multipliaient. De longues files de véhicules s'arrêtaient pour demander des informations sur l'état des routes et les passagers curieux parcouraient le petit marché. Dietrich claironnait dans sa langue les objets exposés, ce qui donnait à l'endroit, bien inutilement, un côté exotique.

En quelques jours, Parker se débarrassa de presque tout son mobilier, y compris de la grue qui lui servait à le décharger, et de ses outils. Enfin, il rassembla ce que plus personne n'achèterait et jeta le tout dans un fût en tôle où brûlaient déjà des bouts de bois, des papiers et des chiffons.

À ce moment précis, à quelques kilomètres de là, Bruno roulait courbé sur sa moto, affrontant le vent avec ses sacs en bandoulière et sa faux dans le dos. Un peu avant la tombée de la nuit, il aperçut le poste de gendarmerie et reconnut le camion de Parker, à peine éclairé par les flammes d'un foyer. Il sentit ses jambes trembler devant la rencontre imminente avec Maytén, mais avant de faire irruption à l'aveugle, il accéléra, monta au sommet d'un butte voisine et observa les mouvements avec sa longue-vue. Ce camion qu'il avait cherché si longtemps, à présent sans roues, à moitié démonté, portes et capot ouverts, lui donna l'impression d'une carcasse d'animal dévorée par les fourmis. Lorsque les voitures arrêtées reprirent la route et que les deux ou trois gendarmes se réfugièrent dans leurs caravanes, Bruno se débarrassa de ses sacs, empoigna la faux et descendit la colline d'un pas ferme, protégé par les ombres. Il ne ressentait aucune émotion, mais pensait à ce qu'il venait accomplir, il l'avait déjà accompli plusieurs fois en imagination, passer à l'acte n'était plus qu'une formalité. Tandis qu'il se rapprochait, tapi comme un fauve, Parker et Dietrich comptaient et liaient des poignées de billets défraîchis à la lueur des flammes. Ils entendirent des craquements sur le gravillon, mais le flamboiement du foyer les empêcha de voir s'il s'agissait d'un gendarme ivre qui cherchait son chemin ou d'un animal nocturne en quête de restes de nourriture. “Qui va là ?” demanda plusieurs fois Parker en braquant une lampe électrique vers les bruits de pas. Il ne distingua d'abord qu'une forme courbée qui avançait lentement, puis il découvrit le visage émacié de Bruno, creusé par les rides et la rigueur du climat.

– Où est ma femme ? demanda Bruno en brandissant sa faux.

Parker le laissa s'approcher et fit signe à Dietrich de ne pas intervenir.

– Vous arrivez trop tard, l'ami, il ne reste plus rien, répondit-il calmement, touché par cet homme vaincu et seul. Puis il se détourna de lui pour alimenter le feu du bidon.

Bruno scrutait l'endroit à la recherche d'une trace de la présence de Maytén, et pendant quelques minutes ils restèrent tous les trois figés dans la nuit immense de la Patagonie. Dietrich, qui ne comprenait pas bien la situation mais devinait la menace, bombait le torse, bras croisés, défendant son maître avec le zèle d'un chien de garde.

– Qu'est-ce que tu as fait de Maytén, ordure ? C'est ma femme, tu me l'as volée !

– Maytén est partie, elle ne reviendra pas.

– Tout ça c'est ta faute, gémit Bruno, et ses larmes se mêlèrent à la poussière de son visage.

– Elle n'était pas heureuse de mener cette vie. Maytén est partie, que ça te plaise ou pas, répéta Parker en jetant des objets dans le feu.

– Tu dois être vraiment con pour laisser échapper une femme pareille ! s'écria Bruno.

Et lorsqu'il vit Parker sur le point de jeter dans le feu un ours en peluche souillé de boue, la fureur s'empara de lui. Il parvint à frapper Parker en plein visage sans que ni lui ni Dietrich n'aient le temps de réagir. L'ours en peluche sauta en l'air, Bruno tendit les bras pour l'attraper, mais ne put l'empêcher de tomber dans le feu où il disparut en quelques secondes. Le bras musclé et tatoué de lettres gothiques de Dietrich saisit Bruno par le cou et le renversa en vociférant dans une langue qui lui parut la voix du démon. Après une brève empoignade, Dietrich désarma et maîtrisa un Bruno halluciné, mais ne put l'empêcher, en une seconde de négligence, de s'emparer du pistolet de Parker. Bruno jeta un coup d'œil à l'arme, convaincu que la providence l'avait déposée dans sa main, et braqua le canon sur la tête de Parker. Tous trois restèrent de nouveau pétrifiés sous la voûte étoilée.

– J'aurais dû te tuer avant, maintenant ça n'a plus de sens, dit Bruno en levant le pistolet au ciel et pressant la détente. Il y eut d'abord une détonation sèche et, quelques secondes après, un énorme halo de lumière se forma au-dessus d'eux, dissipant les ténèbres, et le terrain fut subitement éclairé par une lueur bleutée qui descendait lentement comme une force surnaturelle, en projetant d'étranges ombres sur la steppe. Parker se rappela alors avec soulagement que l'arme à feu du journaliste était un pistolet d'alarme tirant des fusées éclairantes, tandis que Bruno, extasié, observait le ciel.

– La lumière! Je vois de nouveau la lumière! s'écria-t-il en tombant à genoux. C'était la deuxième fois que cela lui arrivait en moins d'une semaine, après une vie entière vécue dans les ténèbres de l'indifférence, et il se dit que cette lumière divine lui transmettait un autre message du ciel qu'il ne pouvait plus ignorer. Il oublia aussitôt son humiliation et l'effondrement de sa vie, il bénit les Boliviens et leur demanda pardon de n'avoir pas su les écouter quand il le fallait, et une onde d'espoir se propagea dans son corps. Une joie nouvelle illuminait les recoins de sa ténébreuse conscience et, en plein délire mystique, il perdit connaissance.

Parker et Dietrich attachèrent solidement Bruno avec des cordes et l'appuyèrent contre le camion.

L'aube les trouva en train de réchauffer sur le feu des morceaux de viande accrochés à un fil de fer et de se passer une bonbonne de vin. Parker détacha Bruno, convaincu qu'il ne représentait plus aucun danger, et peu après tous trois mangeaient et buvaient en silence. Lorsqu'il ne resta plus rien à manger ni à boire, Parker entra dans la cabine avec son sac de couchage, tandis que Dietrich et Bruno s'allongeaient près du feu enveloppés dans des couvertures et des bâches pour se protéger de la pluie qui tombait de nouveau. Le lendemain, ils apprirent par la radio que les rivières de la région avaient débordé, inondant la plupart des routes. Le poste de gendarmerie avait disparu, les derniers gendarmes étaient partis avec leurs caravanes, et il ne restait que la trace sombre et fumante des foyers éteints. Au milieu de la route, fermée par des pierres, des troncs et des balises, des panneaux prévenaient les automobilistes qu'ils ne pouvaient pas poursuivre leur route vers le nord. La région entière était coupée en deux, d'est en ouest, par une faille géante. Les rares conducteurs qui arrivaient jusque-là descendaient de voiture avec des gestes d'impuissance et, après une brève inspection, faisaient demi-tour.

Maytén ouvrit lentement les yeux et la première chose qu'elle vit fut la vitre embuée, éclaboussée de gouttes tenaces. Elle rajusta ses cheveux en désordre et essuya la vitre avec la main pour savoir où elle se trouvait. Elle dut baisser la fenêtre, et l'eau qui entrait créa d'étranges formes en se mêlant aux couches de poussière qui couvraient le siège, comme provenant d'époques géologiques différentes. Dehors, le paysage gorgé de pluie s'étendait à l'infini. Elle remua sur son siège, soulevant la poussière à chaque mouvement comme un nuage d'insectes. À côté, le journaliste fredonnait un tango en suivant la cadence des essuie-glaces. Maytén bâilla et se dégagea des couvertures qui l'enveloppaient, le journaliste lui dit bonjour, ses yeux rougis trahissaient des heures de route nocturne. Maytén le regarda sans comprendre ce qu'elle faisait dans cette voiture avec cet individu, elle lui demanda l'heure et dans combien de temps ils arriveraient, mais l'autre ne répondit pas. Maytén ne pensait qu'à atteindre le plus vite possible la capitale pour commencer à compter les jours qui la séparaient des retrouvailles avec Parker. Les jours, les semaines ou les mois. Pourtant, ce matin-là, elle s'était réveillée en se disant que ce qu'elle faisait était absurde. Il était possible que Parker tienne sa promesse et la rejoigne dès qu'il aurait réglé ses affaires, mais aussi qu'il l'ait tout simplement quittée le moins douloureusement possible. À certains moments, elle avait pleinement confiance en lui, à d'autres, elle n'y croyait plus. Et si c'était un jeu auquel ils s'étaient livrés, une comédie qu'ils avaient l'un et l'autre acceptée pour en finir avec une situation impossible ? Les lignes de leurs destins s'étaient rejointes à un moment, mais elles avaient divergé. Les mots d'amour et les promesses n'avaient plus d'importance, leurs vies s'éloignaient à chaque minute. Maytén redemanda plusieurs fois où ils se trouvaient, mais les réponses évasives du journaliste ne lui indiquaient rien, ses commentaires sur l'itinéraire avec lesquels il s'efforçait de la distraire la fatiguaient. Elle apprit néanmoins qu'ils pourraient arriver dans quelques jours, selon l'état des routes, la radio annonçait des inondations partout et ils étaient obligés de faire de longs détours et d'emprunter des déviations. Elle l'écoutait avec attention, mais envisageait d'autres possibilités.

– Quel est le prochain village ? demanda-t-elle en regardant les vitres éclaboussées de taches marron. Elle ne supportait plus la voix et la présence du journaliste.

– Peut-être Salto Viejo, Vieille Chute, peut-être Mont Colonia, ou peut-être qu'il n'y a aucun village dans ces parages ni non plus aucune certitude.

– Vos petites blagues ne m'intéressent pas, déposez-moi au prochain village.

– Qui vous a dit que c'était une blague ?

– Je vais pas continuer le voyage avec vous.

– Je vous le déconseille, il n'y a pas de retour en arrière possible ; si on ne traverse pas à temps le Río Grande, on risque d'être bloqués, expliqua le journaliste en se rapprochant du pare-brise pour mieux voir la route.

– Je ne veux traverser aucune rivière, je veux revenir au camion de Parker, insista-t-elle. Le journaliste la regarda, l'air grave.

– Pour y revenir, vous devrez traverser le Río Salado, qui a débordé. Et quand il est en colère, le Salado est pire que le Grande.

Maytén rassembla ses affaires et resta silencieuse, son sac à la main, prête à descendre à tout moment. À la sortie d'un petit hameau, elle baissa la vitre pour observer les lieux, mais une rafale de pluie l'obligea à la remonter.

– Laissez-moi ici. Il doit y avoir un autobus.
– Ici, il n'y a rien.
– Au moins un endroit pour manger.
– Je vous dis qu'il n'y a rien. Plus loin, je vais devoir faire le plein d'essence et là, peut-être, on pourra casser la croûte, dit le journaliste en donnant un coup de volant pour éviter une flaque. De temps en temps la voiture était freinée par ces flaques d'eau, elle se décollait un instant du sol et glissait légèrement sur le côté avant de se stabiliser. Effrayée, Maytén posait les mains sur le tableau de bord le temps que le conducteur reprenne le contrôle de la voiture. Ils roulèrent encore quelques heures sur des routes où circulaient de plus en plus de véhicules dans la même direction.
– C'est pas pour rien que tous ces gens vont par là-bas. Dans ces cas-là, il faut suivre les autres, sinon on risque sa peau, dit le journaliste.
Maytén éprouvait un inexplicable ressentiment contre cet homme, elle craignait d'être tombée dans un piège. La manière abrupte avec laquelle elle avait dû se séparer de Parker lui faisait soupçonner maintenant un stratagème.
– Il y a des années que je parcours la région, il peut se passer des semaines avant que les rivières regagnent leur lit et des mois avant qu'on répare les routes.
– C'est pas la peine de jouer à l'expert, dit-elle, agacée, en se tournant vers la fenêtre. La température semblait baisser de minute en minute, un air froid envahissait la voiture, le journaliste grelottait en essayant de régler le bouton du chauffage, mais une vapeur poussiéreuse sortit des grilles en leur déclenchant des quintes de toux. Elle se tourna vers la banquette arrière pour s'y réfugier et, en déplaçant les chemises, les papiers, les tas de vêtements et de couvertures qui l'encombraient, elle découvrit la boîte où Parker rangeait l'argent de la recette. Que faisait cet argent dans la voiture du journaliste ? Maytén lui demanda de s'expliquer, mais l'homme, surprit, se mit à

bredouiller, incapable de trouver ses mots. Mais Maytén n'eut pas besoin d'attendre la réponse, elle venait de comprendre.

– Parker m'a demandé de vous remettre cette boîte dès qu'on arriverait à la capitale, pas avant. Mais comme vous l'avez découverte, prenez-la.

Maytén l'observa avec méfiance.

– Et pourquoi ?

– Ça, c'est pas mes oignons.

– Faites pas l'idiot, c'est une combine et vous êtes complice.

– Cet argent est pour vous.

– Cet argent n'est pas à moi, il appartient à un autre.

À mesure qu'elle parlait, Maytén sentait monter en elle une colère qui se changea en dépit. Parker lui avait menti, jamais il n'avait eu l'intention de la rejoindre à Buenos Aires. Cet argent en était la preuve.

– Il vous a demandé de le débarrasser de moi et de m'emmener le plus loin possible, c'est ça ?

– Je ne fais qu'obéir aux ordres.

– Je comprends maintenant toutes vos messes basses, soupira-t-elle, accablée par la trahison.

– C'était pour votre bien… avança timidement le journaliste.

– Mon bien, c'est moi qui en décide ! Parker me doit une explication ! l'interrompit-elle, furieuse, les larmes aux yeux.

Les contours flous d'une station-service apparurent au bord de la route et le journaliste fut obligé de s'arrêter.

Ils découvrirent avec surprise une véritable scène d'exode d'hommes et de véhicules, aux allures d'événement biblique. Il y avait des camions de l'armée, des voitures, des camionnettes d'entreprises minières et pétrolières, des fourgons, des autobus bondés, et des péons, des mineurs, des familles entières avec leurs sacs à l'épaule, qui tentaient d'atteindre les premières villes du nord, tournant le dos à la muraille d'eau que les rivières étaient en train de dresser. Maytén eut l'impression que cette marée humaine fuyait un événement catastrophique et, tandis que le journaliste tournait en rond à la recherche d'un endroit où se garer, elle observait stupéfaite la foule en mouvement, les gens qui chargeaient et déchargeaient des ballots et des bagages sous les rafales horizontales de pluie. Elle n'avait jamais rien vu de semblable, pas même lorsque le volcan Las Tres Bocas, Les Trois Bouches, avait craché des nuages de cendres pendant tout un hiver. Des files de soldats couverts de ponchos en plastique se passaient de main en main des caisses de vivres pour les villages isolés.

– Maintenant, on a un autre problème, dit le journaliste inquiet.

Une queue interminable et chaotique de véhicules attendait de pouvoir faire le plein de carburant, des conducteurs énervés vociféraient pour défendre leur place dans la file, tandis que circulaient les pires rumeurs alarmistes que chacun épiçait de ses propres peurs et fantasmes.

– Alors, vous voulez encore retourner au camion ? Remerciez Dieu si on peut continuer le voyage, dit le journaliste alarmé, en tentant de s'imposer dans la longue file de véhicules et en priant pour qu'il reste encore du carburant lorsqu'il arriverait à une pompe.

Maytén n'avait plus confiance en lui. Sur ses gardes, elle le croyait capable d'autres ruses, allant jusqu'à imaginer que ce qui se passait était aussi prévu et qu'elle n'était qu'un objet qu'il fallait transporter ailleurs. Elle eut un irrépressible sentiment de révolte et de revanche.

– Je vais chercher de quoi manger, dit-elle en colère.

Elle sortit de la voiture et se perdit dans la foule. En passant devant les toilettes, elle faillit y entrer, mais une main se posa sur son épaule : une employée lui indiqua la file de femmes qui attendaient sous la pluie. Lorsque ce fut enfin son tour, Maytén découvrit dans le miroir son visage lavé par la pluie et fatigué par les heures de route. Elle frotta ses yeux rougis, se recoiffa et essaya de se refaire un visage normal, sans tenir compte des voix et des coups sur la porte des femmes qui se plaignaient d'attendre. Dans le restaurant, elle dut de nouveau prendre place dans une longue file, mais au moment de choisir elle sentit qu'elle n'avait pas faim et qu'elle ne pourrait rien manger avant d'avoir réglé sa situation. Elle sortit plus triste et découragée que jamais. Une soudaine obscurité, provoquée par la couche de nuages, déclencha l'allumage des lumières et des néons. Cette nuit en plein jour et cette ambiance artificielle, comme de fausse joie, que créait l'éclairage coloré, la fit tressaillir. En tout cas elle venait de prendre une décision : elle partirait à contre-courant rejoindre son compagnon et un moment de vie auquel elle ne voulait pas renoncer. Il lui fallait à tout prix parler avec Parker, alors seulement elle pourrait reprendre son chemin et poursuivre sa vie, où que ce soit. Le moment était crucial, chaque heure qui passait les confinait dans des territoires différents, d'autres rivières débordaient et coupaient les routes, des torrents se formaient contre lesquels on ne pouvait rien faire. Pour que sa voix s'impose au vacarme de la tempête, elle dut demander en criant à chaque conducteur qui arrivait ou partait s'il pouvait l'emmener, mais leurs réponses concordaient avec les affirmations du journaliste : personne ne repartait en arrière, tous fuyaient. Maytén aperçut alors les camions de l'armée, hauts sur roues, capables de passer partout, eau, neige, sable, et il lui vint une idée. Elle traversa la station-service, esquiva les torrents d'eau qui glissaient sur les dalles brillantes et s'adressa à un groupe de militaires qui surveillaient un convoi.

– Je dois aller à Confluencia, au kilomètre 560 de la route 203, près de Pampa del Infierno, dit-elle à celui qui semblait le plus haut gradé. L'homme, un jeune officier couvert d'un poncho en plastique qui lui donnait l'allure d'un guerrier d'un autre âge, invita Maytén à monter dans un camion. Là, il sortit une carte sur laquelle il chercha l'endroit dont elle avait parlé.

– On vient de nous informer que la route est coupée. Pourquoi voulez-vous aller là-bas ? demanda-t-il. Maytén n'eut pas le courage de répondre. Elle inventa une vague obligation et regarda fixement le point sur la carte.

– De toute façon, on doit partir dans cette direction pour évacuer des villages. Si on ne peut pas traverser à Río Muerto, Fleuve Mort, on devra chercher ailleurs, poursuivit l'officier. Le visage attristé de Maytén parut légèrement s'éclairer.

– Vous pouvez m'emmener ?

– La région centrale est à déconseiller, les gens cherchent à se réfugier sur la côte ou dans la cordillère.

Maytén adressa au militaire un regard éloquent. Il hésita un instant, se leva et interpella des collèges qui inspectaient les chargements. Les officiers se consultèrent et leurs regards convergèrent en même temps vers elle. Il se rassit.

– Je vous préviens tout de suite que nous ne pourrons pas nous retarder un seul jour, et je ne peux pas non plus vous garantir que nous arriverons là-bas.

– Peu importe, répondit-elle. L'officier la regarda, étonné par son air déterminé. Maytén se sentit enfin soulagée, comme si elle avait accompli une partie de sa mission. Une femme en uniforme se présenta un peu plus tard, elle lui serra la main et lui remit un imperméable, des vêtements chauds, et lui demanda de se tenir prête à partir à tout moment. Maytén retrouva la voiture du journaliste au milieu de la file chaotique de véhicules.

– Où étiez-vous passée ? Il y a plus d'une heure que je vous attends, dit-il sur un ton de reproche. Elle ne l'avait jamais vu aussi en colère. À cet instant, la file de voitures se mit en mouvement. Maytén entra dans l'auto et récupéra ses affaires avec une hâte que rien ne justifiait.

– Qu'est-ce que vous faites ? s'écria-t-il.

Après avoir fait quelques pas, Maytén revint à la voiture, prit la boîte contenant l'argent et la mit sous son bras.

– Je vais rendre ça à son propriétaire légitime.

Le journaliste voulut répondre mais fut interrompu, à l'instant où la file avançait de nouveau, par les coups de klaxon qui l'obligèrent à suivre le mouvement. Maytén se perdit dans la foule, le journaliste tenta de la suivre malgré les vociférations des automobilistes qui le dépassaient. Il courut après elle, mais dut revenir à la voiture pour ne pas perdre définitivement sa place dans la file. Qu'il puisse ou non faire le plein de carburant était une question de quelques mètres.

– Attendez, ne partez pas encore, j'ai quelque chose à vous donner ! s'écriait-il, désespéré, mais elle ne pouvait plus l'entendre. Il s'arrangea avec un conducteur pour qu'il déplace sa voiture à mesure que la file avançait, puis prit des pages manuscrites au milieu de ses documents. C'était la lettre que Parker avait écrite pour elle et qu'il devait lui remettre quand ils seraient arrivés à Buenos Aires. Les feuilles à la main, il parcourut la station-service en criant son nom, mais il ne retrouva pas Maytén.

– J'ai quelque chose à vous donner ! criait-il en espérant encore qu'elle puisse l'entendre.

Tout le monde le regardait comme un fou. Certains vinrent vers lui en lui disant leurs noms pour savoir s'il n'avait pas aussi une lettre pour eux, d'autres lui demandaient des nouvelles de leurs amis ou de leur famille, quelques-uns lui tendaient des enveloppes et des messages à remettre dans des villages de la région. Une petite foule se forma autour du journaliste épuisé, des hommes et des femmes hystériques vociféraient leurs noms ou tentaient de lui donner des lettres ou des paquets. Il dut leur échapper en jouant des coudes et des épaules et il parvint à regagner sa voiture. Lorsqu'il eut enfin fait le plein d'essence, il se gara dans un endroit sûr et recommença à parcourir la station-service dans tous les sens, les papiers à la main, en appelant Maytén. Avec la tombée de la nuit, l'endroit se vida lentement, une longue caravane de lumières rouges se perdit dans l'obscurité de la plaine, et les pompes à sec, avec leurs longs tuyaux suspendus sur le côté, paraissaient des sentinelles d'un film de science-fiction.

– Maytén ! Maytén ! répéta-t-il encore un moment dans le vide, aphone, trempé jusqu'aux os, grelottant de froid, jusqu'à ce que la station-service soit déserte. Dépité, il regagna sa voiture, où flottait encore un peu le parfum de sa compagne de voyage, et il posa la lettre de Parker sur le tableau de bord. Dehors, les derniers employés protégeaient les installations avec des planches et dressaient des digues avec des sacs de sable contre les eaux qui allaient inonder l'endroit dans quelques jours. Il démarra et brancha le chauffage, donna quelques coups sur le tableau de bord jusqu'à obtenir de l'air tiède et partit. Avant de rejoindre la route, il longea une longue file de camions militaires qui attendaient docilement l'ordre du départ, moteurs en marche et phares allumés qui perforaient l'obscurité. Il baissa la vitre pour voir si Maytén n'était pas à bord de l'un d'eux et ne put empêcher une rafale de vent de balayer le tableau de bord, emportant la lettre de Parker, dont les pages s'éparpillèrent sur l'asphalte. Il s'arrêta pour les ramasser, mais l'eau avait dilué l'encre et les mots de Parker n'étaient plus que des taches que la boue avala. Le journaliste s'engagea sur la route et ses lumières rouges se joignirent à toutes celles qui la décoraient comme un arbre de Noël.

Jour après jour, heure après heure, tout le temps que les pluies durèrent, Parker, Dietrich et Bruno restèrent sous les tentes et les bâches amarrées à la carcasse du camion. Ils avaient entassé beaucoup de bois pour se chauffer et préparer le peu de provisions qui leur restait, pour la plupart des rations de l'armée et des bonbonnes de vin qu'ils avaient négociées avec les gendarmes : des boîtes en carton vert contenant des cigarettes, du chocolat, des biscuits, du lait en poudre, des conserves, des allumettes et de petites bouteilles d'alcool. Connaissant le climat de la région, Parker avait stocké des vivres pour les jours difficiles à venir, non seulement jusqu'à la fin des pluies, mais aussi en prévision du moment où ils pourraient abandonner l'épave du camion et partir ailleurs. Grâce à ces rations et aux bonbonnes de vin, ils avaient tenu pendant les semaines de pluie, comme des animaux de la montagne réfugiés dans leurs terriers. Ils tuaient le temps en jouant aux cartes, en renforçant le campement qui se déglinguait sous l'assaut de l'eau qui leur arrivait de tous côtés. Empestant la fumée et l'alcool, dépenaillés, boueux, ils partageaient cet espace restreint en silence, en s'abstenant de toute parole inutile, échangeant les gestes minimaux et les grognements qui servaient à coordonner une action, se passer une bouteille ou un morceau de bois. La nuit, ils s'enveloppaient dans des couvertures et des toiles, si elles n'étaient pas mouillées, et parfois leur rythme s'inversait, ils dormaient le jour et passaient des nuits blanches autour du foyer. Les flammes intensifiaient leurs visages hallucinés et barbus, aux yeux rougis et aux cheveux broussailleux, comme des naufragés échoués sur une île déserte. Ils finirent par perdre la notion du temps. Ils espéraient confusément que quelque chose arriverait, sans savoir quoi.

Un matin, qui aurait pu tout aussi bien être pour eux le soir ou l'après-midi, Parker se réveilla et perçut quelque chose d'inhabituel. Il n'y avait eu aucune chute de neige extraordinaire, ni de cendres crachées par un volcan sur les vallées, et les bancs d'un brouillard épais qui flottaient jour après jour étaient absents. Le crépitement des gouttes sur les bâches avait mystérieusement cessé. Un silence spectral s'était détaché du firmament et abattu sur le campement, et la lumière du soleil pénétrait par les fentes. S'il avait existé un seul arbre à cinq cents kilomètres à la ronde on aurait entendu le chant des oiseaux. Les trois têtes émergèrent lentement des couvertures, comme des triplés hors de l'utérus, éclairés par les rayons d'un soleil timide. Ils devaient profiter de cette trêve du climat.

Ils se mirent à explorer les alentours, avec la prudence de ceux qui viennent de débarquer sur un rivage étranger, lorsqu'une rafale glacée leur fouetta le corps, histoire qu'ils ne se fassent pas d'illusions sur ce mirage de printemps, et ils furent tous trois secoués de frissons. Ils firent sécher leurs vêtements au grand air, rassemblèrent leurs affaires et se préparèrent à quitter les lieux. Dietrich les imitait sans pouvoir deviner leur future destination, il avait appris comment était la vie sous ces latitudes et se laissait entraîner par ce qui se présentait. Pendant cet enfermement forcé, où un geste suffisait pour s'exprimer, il avait oublié les quelques mots d'espagnol qu'il avait retenus. Parker distribua les rations à parts égales et prépara la bicyclette qu'il avait négociée avec les gendarmes. À force de nettoyer les tuyaux, de frotter les câbles et de régler les valves, Bruno remit sa moto en état. Ne disposant que de ses deux jambes, Dietrich les observait, désemparé, les yeux humides, le regard angoissé, ce que ses compagnons ne pouvaient voir, occupés qu'ils étaient à préparer leur départ. Il s'approchait de l'un et de l'autre, timide, docile, espérant un signe lui indiquant qu'ils l'emmenaient, comme un chien en quête de maître, mais rien : Bruno et Parker allaient partir sans même le saluer et il resterait seul, abandonné pour toujours au milieu de la plaine. Résigné à son destin solitaire, Dietrich se traîna lentement vers le néant et s'assit sur une pierre en leur tournant le dos, le regard perdu dans le lointain. Son désarroi et son air mélancolique contrastaient avec la phrase tatouée en lettres gothiques sur son front baissé, ne saluant plus la victoire mais la défaite.

Lorsque la moto démarra et que le moteur tourna normalement, Bruno, qui ressemblait à un astronaute sur la rampe de lancement, dans sa tenue de motard et la faux en bandoulière dans le dos, s'adressa à Parker :

– Donnez-le-moi, il ne vous sert plus à rien.

Parker le regarda sans comprendre.

– Le gringo, je veux dire. Vous m'avez volé Maytén, alors donnez-moi le gringo et nous sommes quittes.

Parker n'avait pas encore décidé où aller, et encore moins pensé au sort de son serviteur. Il supposait qu'il suivrait son chemin, maintenant qu'il avait un peu d'argent, mais l'idée de l'abandonner comme ça ne lui plaisait pas, et encore moins celle de le donner à Bruno.

– Pourquoi vous le voulez ? demanda-t-il en fronçant les sourcils.

– J'ai une idée, mais je n'ai pas envie de vous la dire.

Parker réfléchit un instant, il regarda Dietrich qui restait silencieux, tête baissée, comme s'il comprenait qu'entre ces deux hommes se décidait leur destin.

– Bon, d'accord, on est quittes, accepta Parker. D'un grognement, Bruno indiqua à l'Allemand de monter sur la moto. Celui-ci bredouilla une phrase incompréhensible, prit ses affaires et obéit. Peu après, tous deux regagnèrent l'asphalte et s'éloignèrent sur la route en direction du sud. Par moments, la moto paraissait clouée sur le paysage, Parker les observa un moment lutter contre les assauts du vent, jusqu'à ce qu'ils disparaissent dans les ondulations des collines.

Sans perdre de temps, Parker récupéra des piquets qui tenaient la bâche et les attacha au vélo avec du fil de fer pour qu'ils lui servent de mâts, puis il confectionna deux voiles avec la bâche et les fixa au grand mât. Ce travail lui prit deux heures, mais il fut satisfait du résultat. La voilure ainsi tendue, il chargea ses bagages. Lestée de sacs en guise de besaces, la bicyclette était prête au départ. Il étudia la direction du vent, la position du soleil et le mouvement des nuages, puis il regarda une dernière fois le camion, qui gisait, l'avant enterré dans le sol, vide, à moitié démantelé, sans pneus, les portes et le capot ouverts. Il poussa lentement la lourde bicyclette jusqu'à l'asphalte et attendit un signal pour partir, le front courbé sur le guidon et les pieds posés par terre. Lorsqu'il estima le moment opportun, il tira fortement et les deux grandes voiles se déplièrent avec un bruit sec et se gonflèrent comme une tache sombre dans l'air cristallin. Il n'eut pas le temps de jeter un dernier coup d'œil à ce qui avait été sa maison pendant des années : la bicyclette bondit en avant et il faillit tomber. Parker se penchait d'un côté et de l'autre pour compenser les assauts capricieux du vent et, par de légers coups de guidon, il corrigeait les zigzags qui l'entraînaient vers le bas-côté. Il luttait au corps à corps contre le vent pour maintenir la direction et la bicyclette finit par se stabiliser sur le bitume. En peu de temps il se perdit à l'horizon, filant comme une flèche sur le sombre ruban de la route, et roula ainsi toute la journée, les muscles raidis par l'effort. Il eut plusieurs fois envie de s'arrêter pour se reposer, mais craignait la manœuvre de remise en route et préféra profiter au maximum de l'aide du vent. Il traversa sans difficulté des ruisseaux dont les eaux n'avaient pas débordé et des ponts qui venaient de se libérer. Ainsi, toutes voiles dehors pendant la journée et les repliant le soir, Parker voyagea durant plusieurs jours. À chaque arrêt il enroulait les toiles autour des mâts, lestait le vélo de poids pour qu'il ne soit pas emporté par le vent, il se nourrissait des rations militaires, puis se glissait dans son sac de couchage. Il réchauffait les conserves avec des tablettes d'alcool solidifié et consommait ce qui restait de la ration, sans oublier la petite bouteille de whisky et les cigarettes. Il ne savait pas très bien où il se dirigeait et ne tenait pas à le savoir, c'était mieux ainsi, sans options ni préférences, le dilemme du choix lui était épargné. Il arriva plusieurs fois à des croisements, mais n'eut même pas le temps de lire les panneaux, alors qu'il aurait peut-être dû changer de direction. Il voulait profiter de ce vent favorable qui le poussait et pouvait tourner à tout moment. Il avait néanmoins une vague notion de sa dérive qui lui laissait penser qu'il allait bientôt croiser une ligne de chemin de fer, ce qui ne promettait aucun train, mais au moins un hameau pour demander un abri et reprendre des forces. Un après-midi, les muscles traversés de coups d'aiguille, il se laissait porter par un vent croisé de tribord, lorsqu'il aperçut une sorte d'éclair fendant les herbes jaunâtres d'une vallée : un long train de marchandises avançait lentement dans sa direction. Grelottant de froid, souffrant de crampes et de plaies, il ne pouvait pas laisser passer l'occasion. Il orienta la voilure pour prendre plus de vent et atteindre le passage à niveau avant le train qui disparaissait entre les collines. À la sortie d'un virage il entendit soudain le grondement du convoi qui traversait lentement le passage à niveau à une centaine de mètres. Il calcula qu'il lui restait quelques minutes pour grimper à bord et n'eut pas d'autre choix que de prendre ses sacs à l'épaule et de sauter avec la détermination de celui qui abandonne un navire en perdition. Dès que ses pieds touchèrent terre, il se sentit poussé en avant, la bicyclette vira de bord et tomba avec sa voilure, frappée par un éclair, hors de la route. Parker trébucha, se redressa et se mit à courir à une vitesse qui dépassait ce que ses jambes pouvaient supporter. Lorsque son corps absorba enfin la force d'inertie, il avait atteint les voies où passaient les derniers wagons. Alors il courut tout le long, parvint à saisir une poignée et sauta d'un bond dans un wagon à ciel ouvert qui transportait du minerai. Il s'écroula à bout de forces et resta allongé jusqu'à ce qu'il pût reprendre son souffle, puis il observa les environs pour savoir où se dirigeait le convoi, mais cela ne lui servit à rien. Il était égaré, mais ce n'était plus un problème, il remettait son sort entre les mains de ceux qui, vingt ou trente wagons plus loin, conduisaient ce train. Il se rallongea sur le dos, le regard fixé sur la voûte immense du ciel, et se laissa bercer par le bruit régulier des roues. Une nouvelle sensation de liberté s'empara de lui à mesure qu'il traversait la steppe et il eut l'impression qu'un flux, auquel il ne résista pas, l'entraînait dans les zones les plus profondes de son être.

Le vieil autobus bringuebalant, au toit couvert de sacs, de valises et de caisses, grimpait et descendait les pentes blanchies par le gel, le moteur moribond toussait et dégageait des nuages de fumée noire à chaque changement de vitesse. À l'intérieur, dans les bouffées malodorantes du chauffage, se pressaient des familles de péons et de mineurs qui revenaient chez elles après les inondations, maintenant que les rivières avaient lentement regagné leurs lits. La plupart des routes restaient coupées, mais des corridors avaient été ouverts grâce à l'intervention des ingénieurs militaires. Les passagers étaient des hommes et des femmes aux mains et aux visages tannés par les intempéries, mais souriants et aux corps robustes. Taciturnes, enveloppés dans des ponchos et des manteaux, ils voyageaient en regardant par les fenêtres embuées et couvertes de poussière. Ils partageaient leurs provisions en silence, comme si les paroles n'avaient plus de sens et que la véritable communication passait par le simple partage d'une gorgée de vin ou de maté, d'un morceau de pain, et du silence monotone de la route. C'étaient les règles implicites de la coexistence qui prévalaient dans la vie hasardeuse de la steppe.

Maytén était assise sur le dernier siège, entourée d'enfants avec lesquels elle avait joué pendant le voyage. Une petite communauté s'était ainsi créée entre les passagers, qui l'avaient adoptée depuis qu'ils avaient quitté un campement d'évacués. Cette jeune femme aimable, qui voyageait seule et cherchait quelque chose qu'elle ne savait pas très bien expliquer, avait éveillé un sentiment de solidarité.

Maytén se leva et observa le paysage pour tenter de s'orienter, mais la géographie de la région avait été modifiée par les pluies. Elle demanda des renseignements à ses compagnons de voyage, mais ils lui faisaient des réponses évasives, comme à contrecœur. Elle remarqua quelque chose d'étrange, subitement tous paraissaient inquiets, partageant un même souci, ils regardaient souvent leurs montres et se demandaient l'heure toutes les cinq minutes. Arriva un moment où tous acquiescèrent d'un hochement de tête, alors une femme, la plus âgée de toutes, se leva de son siège et se dirigea vers le chauffeur qui conduisait avec des yeux somnolents. Elle lui tapota l'épaule et regagna sa place. Le chauffeur alluma la radio d'un geste nonchalant et aussitôt la voix du speaker qui annonçait le début du feuilleton envahit le véhicule. Les passagers s'installèrent plus confortablement sur leurs sièges et se préparèrent à écouter la suite de l'histoire. Maytén eut l'impression d'être au cinéma et que les lumières allaient s'éteindre. Une heure durant, elle fut captivée par les voix des gentils et des méchants, de ceux qui se sacrifiaient et de ceux qui perdaient leurs illusions, les amants dépités, les traîtres, les héros et les lâches, les passionnés et les tièdes. Chaque passager suivait avec une attention maniaque l'intrigue de ce feuilleton qui, deux fois par jour, l'après-midi et le soir, était diffusé jusqu'aux confins du territoire, emplissant le vide désolé de la steppe. Chaque fois que la fréquence faiblissait, dans un virage ou une descente, interrompant le récit, un vif débat s'instaurait entre les auditeurs pour compléter les dialogues et les péripéties enfuies dans l'éther, avec leur propre fantaisie, jusqu'à ce que la fréquence revienne quelques kilomètres plus loin et que le feuilleton reprenne son cours normal.

Maytén ne savait plus combien de temps avait passé depuis qu'elle s'était séparée de Parker, ni combien de semaines elle avait parcouru des routes pour arriver là où elle voulait aller, avant que le temps et les eaux emportent une partie de sa vie. Elle savait que son obstination était absurde, mais elle avait besoin, coûte que coûte, d'arriver à cet endroit, elle se l'était juré le lendemain même de leur séparation. Elle sentait que ce point de la carte où ils s'étaient quittés était le seul d'où elle pourrait repartir vers sa vie future, le dernier hémisphère, une blessure qui devait cicatriser pour la lancer au vent de l'oubli avec son passé. Elle n'avait pas eu beaucoup de temps pour gémir et pleurnicher dans le chaos qui régnait dans ces régions, où une humanité déboussolée se déplaçait à l'aveugle dans un labyrinthe de routes coupées et de villages isolés. Parker devait encore y être, lui non plus n'avait pas pu partir avant le reflux des eaux, ce n'était plus qu'une question de jours. À mesure que le temps passait, l'éloignement augmentait et l'absence, chaque journée passée à atteindre un hameau, traverser une rivière, arriver à un croisement de routes, était une journée de plus que le destin plaçait entre eux. Elle devait continuer à tout prix, même s'il lui fallait des mois pour retrouver leur campement sous ce ciel de fin du monde. Parker représentait le peu qu'elle avait obtenu de la vie, la seule et brève amorce de quelque chose ressemblant à l'amour, avant que la plaine ne les avale. La vie ne lui accorderait pas une seconde chance : la Patagonie était tellement immense et illimitée qu'ils risquaient de ne jamais se retrouver, mais par un paradoxe de la géographie, il arrivait que cette immensité rapproche les personnes et que leurs chemins se croisent de nouveau. Mais ces pensées ne lui servaient à rien, elle devait retrouver Parker et le regarder dans les yeux quelques secondes, en silence. S'il avait voulu se débarrasser d'elle pour reprendre sa vie et sa liberté, Maytén serait la première à le comprendre, mais avant elle avait besoin de le revoir pour mettre un point final à leur histoire et que chacun poursuive son chemin de son côté.

C'était tout ce qu'elle désirait, elle n'était pas mue par l'espoir de reprendre une vie abandonnée sur le bas-côté de la route, mais de déchiffrer dans son regard quelque chose qui n'avait pas été clair. Après quoi elle s'en irait pour toujours, si capricieux et imprévisibles que soient les chemins dans ce bout du monde.

Dans l'autobus le feuilleton se termina et ses compagnons de voyage se lancèrent dans des commentaires passionnés. Maytén regarda par la fenêtre. Elle avait du mal à s'orienter dans ce paysage monotone qui pouvait avoir le même aspect sur des centaines de kilomètres. Elle cherchait le moindre repère capable de lui donner une indication, un panneau, un détail particulier, et elle demanda au chauffeur de s'arrêter, pensant que debout au milieu de la route elle pourrait découvrir une piste. L'air glacial la fit trembler. Pendant qu'elle faisait quelques pas en scrutant le paysage, les passagers la regardaient aux fenêtres.

– Vous voulez aller où, *exactement,* mademoiselle ? demanda le chauffeur.

– Je dois aller à Confluencia.

– C'est où Confluencia ?

– Près de Pampa del Infierno, kilomètre 560 de la route 203.

Le chauffeur hocha la tête, il n'avait jamais entendu ces noms et ces chiffres. Il consulta quelques passagers, convaincu que cet endroit n'existait pas.

– Et pourquoi vous voulez y aller ? Il n'y a rien là-bas.

Mais comme Maytén ne répondait pas, il haussa les épaules et n'insista pas.

– Je cherche un camion stationné près d'un poste de gendarmerie, finit-elle par expliquer. Aussitôt les passagers formèrent une espèce de conciliabule et échangèrent des avis. La plupart indiquaient des endroits différents, les uns au nord, d'autres au sud ou ailleurs. Personne n'étant d'accord, l'endroit qu'elle cherchait devint pour eux une sorte de chimère, jusqu'à ce qu'une femme se rappelle subitement "ce camion où ils vendaient des choses". Maytén avait confié à quelques femmes curieuses une partie de son histoire avec Parker, qui avait rapidement circulé parmi les autres passagers, lesquels, solidaires, se mirent à émettre des conseils, des opinions et des pronostics sur le dénouement de cette histoire, comme ils le faisaient avec les feuilletons.

Exaspéré, le chauffeur klaxonna pour rassembler le troupeau et, lorsqu'ils eurent tous regagné leurs sièges, il leur demanda s'ils étaient d'accord pour faire un détour de quelques heures et emmener Maytén à ce "camion où ils vendaient des choses". Tous votèrent oui en levant la main. L'autobus fit alors demi-tour et revint jusqu'à un croisement pour prendre la direction de Sauce Muerto, Saule Mort, d'où partait un raccourci menant à Confluencia.

Le panneau en bois aux lettres à moitié effacées annonçant "Attention, route fermée" apparut sur le bas-côté, entouré de bidons renversés, de restes de foyers et de profondes traces de roues dans la boue, comme des cicatrices. Maytén sut tout de suite qu'elle était arrivée, alors que c'était tout ce qui restait du poste de gendarmerie. Le chauffeur s'arrêta, Maytén descendit et marcha sur la route couverte de givre, tandis que des dizaines de visages curieux suivaient la scène en silence derrière les vitres embuées. Le chauffeur manœuvra et remit l'autobus dans la bonne direction. Maytén avait du mal à reconnaître l'endroit, mais découvrit le camion dans la même position, transformé en un squelette de ferraille à moitié couvert de sable et de broussailles, démantelé, entouré de pièces rouillées. Elle traversa les restes de bois, de cageots brisés, de bouteilles vides, de cordes et de toiles, et atteignit ce qui avait été le centre du campement. Elle resta un moment absorbée par ce spectacle qui n'éveillait étrangement aucun souvenir.

Subitement elle sentit une présence dans son dos et un bruit de pas lui indiquant qu'elle n'était pas seule. Instinctivement elle eut envie de courir vers l'autobus qui attendait, immobile, mais elle voulut savoir l'origine de ce bruit. Elle marcha vers l'arrière de la carcasse du camion et découvrit deux immenses yeux qui la regardaient avec curiosité et méfiance : un jeune guanaco qui avait perdu son troupeau. Maytén tressaillit, mais il y avait dans ce regard quelque chose de paisible qui la rassura. La femme et l'animal restèrent immobiles, le seul mouvement qui donnait vie à la scène était la vapeur qu'exhalait le museau du guanaco. L'image de chacun se reflétait dans leurs pupilles, jusqu'à ce que l'animal tourne la tête vers la steppe à la recherche de ses congénères. Il se mit à marcher avec une grâce surprenante, puis à courir de plus en plus vite en faisant de petits bonds. Maytén aperçut la clôture de barbelés qui s'étendait devant eux et eut la chair de poule. Elle ferma fortement les yeux, tandis que le guanaco se préparait à sauter l'obstacle, mais elle les rouvrit aussitôt. L'animal parut hésiter à l'instant de l'élan final, mais les jeunes muscles de ses pattes de derrière le propulsèrent au-dessus des barbelés avec une élégance sauvage. Maytén observa l'échine ocre du guanaco qui ondulait entre les arbustes en direction des siens. Dès que le petit troupeau eut disparu à l'horizon, Maytén se mit à marcher vers la route sans se retourner, jusqu'à que la carcasse du camion ne soit plus qu'une tache sur la plaine. D'un pas ferme et décidé, elle suivit la double ligne jaune jusqu'à l'autobus qui l'attendait, moteur en marche. À l'intérieur, les passagers attendaient sur leurs sièges, immobiles, avec une expression circonspecte et une indifférence feinte. Maytén monta à bord, sans dire un mot, le chauffeur actionna une manette pour fermer la porte, démarra avec quelques secousses et l'autobus repartit par où il était venu, en dégageant une fumée noire.

– Vous avez dit or, ou j'ai mal entendu ? demanda Parker incrédule.

– J'ai dit or et vous avez bien entendu, répondit le journaliste en tirant nerveusement sur sa cigarette, dont la fumée tourbillonnait dans la voiture avant de s'enfuir par la fenêtre. Couverte de poussière, la voiture traversait un des plateaux sur lesquels s'appuyait la Patagonie pour contempler l'océan. De pâles petites fleurs de printemps pointaient timidement entre les arbustes. Parker était assis sur le siège du passager, lunettes noires, cheveux clairsemés et longs secoués par le vent chaud. Le soleil de midi écrasait les choses sur le bitume sans leur concéder plus d'ombre qu'un mince contour obscur.

– J'ai toujours pensé que vous étiez fou, mais maintenant j'hésite : les fous ne persistent pas autant dans leur folie, il arrive un moment où ils doutent, dit Parker en observant sur la banquette arrière un chargement de pelles, de pioches, de tamis et d'autres outils qui, supposa-t-il sans gros efforts d'imagination, servaient à creuser. Puis il but une dernière gorgée de bière et jeta la bouteille par la fenêtre. Le seul or que j'aie eu, c'est une dent, et je l'ai perdue. J'ai dû l'avaler.

– Vous allez avoir l'occasion de le récupérer.

– Que vous vouliez chercher de l'or Dieu sait où, ça m'est complètement égal. Ce qui me tracasse, c'est que je suis là, à côté de vous.

– Faites-moi confiance, j'ai un tuyau qui va nous rendre célèbres. Vous avez entendu parler de La Podrida, La Pourrie, et de Santo Diablo, Saint Diable ?

– C'est pas des noms très engageants.

– Ce sont des mines abandonnées depuis des décennies, peu de gens connaissent leur existence et aucun être vivant le lieu où elles se trouvent. Il y a là-bas un trésor qui nous attend, j'ai trouvé les coordonnées dans de vieux documents que j'ai étudiés à Buenos Aires.

– J'imagine déjà comment ça va se terminer : des papiers jetés au vent.

Le journaliste regarda Parker sans lui répondre. Ils roulèrent plusieurs heures en direction de la côte, poussés par une brise chaude qui se traînait sur la plaine. Parker somnolait, profitant de la caresse du soleil sur chaque pore de ses joues pâles, lorsqu'un brusque coup de volant du conducteur le fit sursauter.

– Qu'est-ce qui se passe encore ? demanda-t-il, plus dérangé qu'intrigué, tandis que l'autre faisait demi-tour sans regarder dans le rétroviseur.

– Par ce chemin on arrive à Salar Desesperación en trois ou quatre jours, expliqua-t-il, en indiquant une déviation à peine visible.

Ce nom disait quelque chose à Parker, mais il ne savait quoi, puis il se rappela le récit des cannibales trinitaires et tressaillit.

– Arrêtez une bonne fois pour toutes avec ces conneries ! s'écria-t-il en empoignant le volant et donnant des coups de coude au journaliste pour le forcer à faire de nouveau demi-tour. Ils se débattirent en criant pour prendre le contrôle du véhicule qui zigzaguait sur la route déserte.

– J'en ai marre de vos lubies ! On va chercher de l'or si ça vous chante, mais l'histoire des Indiens possédés par l'âme des marins espagnols, je ne veux plus en entendre parler !

– Calmez-vous, on va se tuer ! s'écria le journaliste en freinant brutalement.

– Moi, je reste ici, menaça Parker en ouvrant la portière.

– Très bien, restez là, je ne pensais pas que vous puissiez être aussi buté, dit l'autre, résigné.

– Et ce truc de l'or, j'y crois pas non plus.

– Ne vous dégonflez pas, Parker. Dans une semaine on traverse le détroit de Magellan et, en quelques jours, on est à La Podrida, le dégel aura laissé les eaux des rivières limpides, insista le journaliste. Mais Parker s'était de nouveau rencogné sur son siège, visage au soleil, et faisait semblant de dormir.

Le vent continuait de pousser la voiture à des vitesses impensables pour le vieux moteur, qui vibrait avec des craquements inquiétants, peu habitué à de tels prodiges. Ils atteignirent rapidement l'extrémité du plateau, le journaliste se gara de telle façon que les portes en s'ouvrant ne soient pas arrachées par une rafale de vent, et ils marchèrent jusqu'au bord du précipice pour contempler la masse d'un bleu vif de l'océan bouillonnant de vagues qui s'étendait en bas. Ils restèrent bouche bée en voyant que la mer s'était retirée si loin qu'ils n'apercevaient qu'une frange lumineuse au bord de l'horizon, précédée d'une vaste étendue sombre de sable mouillé. La marée basse et le vent des terres avaient de nouveau repoussé les eaux vers le large, en créant une plaine illimitée parsemée de ruisseaux et de flaques. En bas, on apercevait un petit village de pêcheurs qui résistaient aux vents violents grâce à l'abri de la falaise. Parker reconnut tout de suite l'endroit, c'était là qu'il s'était aventuré avec Maytén et qu'ils avaient été piégés par la marée montante.

– Il se passe un truc bizarre dans ce village, dit le journaliste en remarquant une activité inhabituelle, comme une assemblée ou un spectacle. Il braqua ses jumelles et découvrit des véhicules de tous types, voitures, charrettes, chevaux, camionnettes et camions, garés à proximité d'une grande estrade autour de laquelle se pressait une petite foule.

– Vous n'allez pas en croire vos yeux ! s'exclama-t-il.

Parker tendit la main pour prendre les jumelles, mais l'autre les rangea dans leur étui.

– Il faut voir ça de près, dit-il. Ils retournèrent à la voiture et descendirent par la route jusqu'au centre du village. Ils longèrent à pied les premières maisons, guidés par une musique stridente. Ils aperçurent bientôt une haute estrade où se jouait une pièce de théâtre à peine visible derrière les gens qui levaient la tête pour assister au spectacle. Parker et le journaliste découvrirent alors une sorte de ring de boxe, décoré de dessins de monstres que Parker reconnut. Un immense panneau annonçait en lettres phosphorescentes "Le Nouveau Cirque International de Catch".

Au centre du ring, Bruno, en tenue de cérémonie ornée d'épaulettes à franges, ressemblant à un général d'opérette, annonçait, micro à la main, d'une voix tonitruante :

– ... pour la première fois en Patagonie et ses environs, venus directement du Japon, vont combattre les frères Hiroshima et Nagasaki, champions d'arts martiaux...

Eber et Fredy bondirent sur le ring vêtus de kimonos, en imitant des coups de karaté et poussant des cris de guerre, le visage maquillé de blanc et les yeux ombrés, qui faisaient ressortir leurs traits andins. Une timide ovation s'éleva, pour exploser en applaudissements et sifflets qui résonnèrent dans les ruelles du village pendant quelques minutes. Puis Bruno demanda le silence par des gestes exagérés, adressés à la foule de plus en plus excitée.

– Ils vont combattre contre le terrible assassin récemment arrivé d'Allemagne, Adolf Killer... conclut Bruno tandis qu'une nouvelle vague d'applaudissements, de cris et de sifflets accueillait un Dietrich méconnaissable dans un vague uniforme de SS, qui sauta sur le ring en vociférant des ordres en allemand et regardant fixement le public. Acclamé, il retira sa veste, découvrant les aigles, les svastikas et les croix celtiques de son corps tatoué. Les deux Boliviens s'approchèrent lentement derrière lui, prêts à se battre, tandis que Bruno se débarrassait du micro et de sa tenue et prenait place avec les lutteurs. Commença alors un féroce affrontement, avec menaces, coups de poing et de pied, bonds et chutes, qui poussa le public fasciné au bord du délire.

Submergés par les hurlements, Parker et le journaliste partirent avant la fin du combat et rejoignirent la voiture sans échanger un mot.

– On devrait reprendre la route avant la nuit, dit Parker d'un ton distrait. Le journaliste acquiesça d'un hochement de tête, mais s'arrêta subitement.

– Vous ne voulez pas rester ? Je suis sûr qu'ils vous embaucheraient.

Parker saisit le journaliste par les épaules et le poussa dans la voiture. Ils prirent la direction du sud en longeant la côte, plusieurs semaines de route les attendaient. La voiture traversa les dunes, la vaste baie à sec créée par la marée basse, les traces de véhicules qui s'aventuraient sur le sable jusqu'à la zone des naufrages. Le journaliste réduisit la vitesse et chercha une piste à suivre pour retrouver la route.

– Vous n'avez pas envie qu'on aille jusqu'à la mer ? C'est marée basse, il y a des épaves de galions, on pourrait trouver un trésor.

Parker empoigna le volant et fit dévier la voiture en direction de la route, et ils luttèrent de nouveau un instant.

– Arrêtez vos délires, bordel ! Mettez un pied dans la réalité, grandissez, il est temps ! Vous pensez continuer comme ça jusqu'à quand ?

Le journaliste le regarda, comme frappé par les mots de Parker, et lui donna raison. Sans protester il se dirigea vers la route en accélérant autant que le pouvait le moteur. Et, peu après, la voiture disparut au loin. Au même moment, dans la baie, près des écueils, des familles cassaient la croûte à l'abri des voitures, tandis que les jeunes jouaient au football sur un terrain tracé sur le sable. Une des cages était formée de tuyaux de métal rouillés et de débris d'un naufrage qui affleuraient à la surface. La partie terminée, un groupe d'enfants qui construisaient des châteaux de sable se mirent à creuser autour des tuyaux. Avec des pelles, des seaux ou à mains nues, ils retiraient le sable jusqu'à former un grand trou circulaire. Comme une ligne de fourmis disciplinées, ils transportaient ce sable pour bâtir un château avant que la marée monte et qu'ils doivent regagner le rivage.

L'un d'eux s'immobilisa tout à coup en montrant quelque chose dans le trou, et aussitôt tous les autres s'approchèrent pour voir. Lentement apparaissait une énorme carcasse métallique, d'où provenaient les tubes qu'ils avaient utilisés comme poteaux de but. Ils se remirent à creuser en retirant l'eau sans répit, sourds aux appels des adultes, jusqu'à ce qu'ils voient émerger une tourelle portant un numéro couvert de rouille, à peine lisible. La menace de la marée montante et les cris des adultes les obligèrent à regagner les véhicules. L'un des derniers à s'éloigner observa un instant l'énorme U qui était apparu sur un flanc de la tourelle, suivi des chiffres 7, 4, 5. Il regarda quelques secondes encore cette inscription, intrigué par ce qu'elle pouvait signifier. Puis il haussa les épaules, tourna le dos à l'étrange épave que la marée haute allait engloutir et courut vers ses compagnons en sautant par-dessus les flaques.

Buenos Aires, 2017

Cet ouvrage a été composé par
Atlant'Communication
au Bernard (Vendée)

Achevé d'imprimer en décembre 2022
par Normandie Roto Impression s.a.s.
61250 Lonrai
N° d'édition : 24217003 – N° d'impression : 2206285
Dépôt légal : mai 2022

Imprimé en France

À PROPOS DE L'AUTRICE

Faith Martin, également connue sous son véritable nom, Jacquie Walton, est l'autrice de nombreux romans policiers à succès. Née à Oxford et amoureuse de la campagne anglaise, elle situe nombre de ses romans dans le cadre bucolique de la région oxonienne.

Feu d'artifice mortel

DE LA MÊME AUTRICE

Série « Loveday & Ryder »

Le corbeau d'Oxford

Un pique-nique presque parfait

Meurtre en coulisse

Le secret de Briar's Hall

Couronnement fatal à Middle Fenton

FAITH MARTIN

Feu d'artifice mortel

Traduit de l'anglais (Royaume-Uni) par
BENJAMIN KUNTZER

Harper
Collins
POCHE

Titre original :
A FATAL TRUTH

Ce livre est publié avec l'aimable autorisation de HarperCollins Publishers, Limited, UK.

HARPERCOLLINS FRANCE

83-85, boulevard Vincent-Auriol, 75646 PARIS CEDEX 13
Tél. : 01 42 16 63 63

www.harpercollins.fr

ISBN 979-1-0339-1407-5

Pour tous ceux de mes lecteurs qui se rappellent les années 1960 avec tendresse. Et pour ceux qui sont trop jeunes pour s'en souvenir !

Prologue

Oxford, 1961

L'explosion que l'on accuserait plus tard d'avoir tué un homme était due à une fusée ordinaire, fabriquée par la Standard Company de Huddersfield. L'engin et d'autres explosifs semblables – les girandoles, les chandelles romaines, les éternels pétards, ainsi que d'autres beautés plus exotiques telles que les volcans Vésuve, les fontaines, les bombettes ou les comètes – avaient été achetés pour Bonfire Night[1], soirée commémorant l'échec de la conspiration des Poudres, le 5 novembre 1605. La fusée avait été conçue dans l'unique but de contribuer à la demi-heure de divertissement bruyant et coloré qui profiterait à tous.

Cette année-là, le 5 novembre tombait un dimanche, un jour que beaucoup trouvaient idéal pour ce genre de festivités. Cela signifiait que le chef de famille n'aurait pas à se soucier de rentrer en hâte du travail avant d'avaler son thé d'un trait, risquant ainsi l'indigestion. Au contraire, il pourrait prendre tout son temps pour accomplir son devoir et satisfaire ses enfants braillards et surexcités en allumant le feu de joie ; il n'aurait alors plus qu'à superviser le traditionnel feu d'artifice avant l'heure du coucher.

Hélas, cette année-là, le climat ne daigna pas coopérer et, au lieu d'offrir la belle soirée glaciale que tout le monde

1. « La nuit des feux de joie. » (*NdT*)

espérait, il convoqua des pluies torrentielles accompagnées de vents puissants.

Certains décidèrent sagement de repousser la cérémonie au lendemain soir. La plupart, en bons Britanniques, s'obstinèrent hardiment. Après tout, si une fusée égarée, capturée par le vent, virait de bord et allait briser la vitre du nouveau jardin d'hiver d'un quidam… eh bien, il n'y aurait pas mort d'homme, si ? Le mobilier en rotin, pour autant qu'il prît feu, était aisément remplaçable. Sauf qu'il y avait presque toujours une exception pour confirmer la règle.

Et à Headington, localité sise sur les hauteurs d'une colline dominant la magnifique ville d'Oxford, une fusée était vouée à se voir accusée d'un acte particulièrement odieux. En réalité, on lui reprocherait d'avoir mis un terme à l'existence d'un certain Mr Thomas Hughes, homme d'affaires en retraite jouissant d'un certain prestige au sein de sa communauté.

Non sans une certaine ironie, Guy Fawkes, l'un des responsables de la conspiration des Poudres, se serait probablement délecté des effets mortifères de ladite fusée. Après tout, l'attentat qu'il avait ourdi dans les sous-sols du Parlement visait à aider un certain nombre de personnes à gagner l'au-delà.

Cependant, la culpabilité de Guy Fawkes était indubitable.

Quant à celle de la fusée… eh bien, d'aucuns – lorsque tous les faits de cette soirée-là auraient été étudiés à la lumière froide du jour – nourriraient quelques doutes. Certaines personnes commenceraient même à se demander sérieusement si le feu d'artifice incriminé n'était pas tout bonnement innocent.

1

Le Dr Clement Ryder, coroner de la ville d'Oxford, contemplait sa salle d'audience avec une satisfaction manifeste. Les prémices d'une nouvelle affaire potentiellement intéressante suscitaient toujours chez lui une forme d'impatience. Non qu'enquêter sur les circonstances de la mort d'un pauvre malchanceux l'enthousiasmât. Cependant, superviser la reconstitution nécessaire d'un événement aussi triste et significatif n'était pas dépourvu d'attrait.

Le coroner, un bel homme qui approchait de la soixantaine, constata que le banc réservé à la presse était presque comble. Il reconnut divers reporters de l'*Oxford Times*, du *Mail* et du *Tribune*, et ne fut aucunement surpris de remarquer aussi des représentants d'autres journaux du comté. Ce n'était pas tous les jours que l'un des membres les plus éminents et fortunés de la ville brûlait vif dans sa cabane de jardin.

Ce lundi matin pâle et humide de novembre conférait à la salle une atmosphère grise et mélancolique, et les plus superstitieux de l'assistance estimaient que la date du jour, le 13, n'augurait rien de bon. L'huissier du coroner, cependant, ne fit preuve d'aucune gêne en appelant le premier témoin.

Mrs Alice Wilcox, née Hughes, fille aînée de la victime, se leva de son siège pour gagner la barre, et répondit aux formalités d'usage d'une voix ferme et basse, bien qu'heureusement assez puissante.

Clement la considéra d'un air pensif. Grâce à son rapport préliminaire, il la savait âgée de quarante-deux ans, mais elle en paraissait davantage. Elle mesurait environ un mètre soixante-huit et était un peu boulotte, mais l'élégant tailleur-jupe bleu pastel et le chemisier blanc uni dont elle était vêtue permettaient de dissimuler ses rondeurs. Ses cheveux qui avaient dû être auburn, à présent grisonnants, étaient ramassés en un chignon sévère et, lorsqu'elle se tourna vers lui, Clement devina à quel point elle devait être pâle sous son maquillage. Elle étreignait fermement son sac à main, révélant la blancheur de ses phalanges ; ses yeux noisette étaient agrandis par l'inquiétude.

Clement lui adressa un sourire affable. Elle redoutait à n'en pas douter cet instant depuis des jours, et il tenait à la mettre à l'aise sans tarder.

— Je vous remercie de votre présence, madame Wilcox, je comprends combien cela doit être difficile pour vous. Je m'efforcerai d'être aussi bref que possible. Si vous avez besoin d'un verre d'eau ou désirez faire une pause, n'hésitez pas à me le dire, l'informa-t-il avec bienveillance.

— Merci, murmura-t-elle.

— Bien, j'ai cru comprendre que votre père, Thomas Hughes, vivait avec vous dans votre maison familiale de Headington. Est-ce exact ?

— Oui. Mon père était veuf depuis quelque temps et souffrait de la solitude. Il a donc vendu sa maison pour acheter une propriété plus grande à Headington afin que mon mari, mes enfants et moi puissions venir vivre avec lui. Comme nous commencions à nous sentir à l'étroit dans notre précédent domicile, une location, cela arrangeait tout le monde. Et cela me permettait, bien sûr, de veiller sur mon père.

— Je vois. Tout cela semble fort raisonnable, commenta Clement. Vos enfants sont bien Olivia, quinze ans, et Lucas, dix ans ?

— Oui.

— Et le 5 de ce mois, pour Bonfire Night, vous avez organisé un feu de joie et un feu d'artifice dans votre jardin, avec toute votre famille ? poursuivit-il.

— Oui. Mon père aimait en faire tout un spectacle quand nous étions petits, et il a gardé cette habitude avec ses petits-enfants. Voilà pourquoi toute la famille était présente, et pas seulement nous cinq.

Clement opina et consulta ses notes.

— Les autres enfants étaient ceux de votre frère Matthew… Benjamin, Clarissa et Helen ?

— Oui. Ils sont plus jeunes que les miens, et étaient donc particulièrement excités par cette perspective. Les feux d'artifice de leur grand-père étaient toujours un grand événement pour eux. Il en organisait un chaque année.

— Votre frère Godfrey et votre sœur, Caroline, étaient présents également ?

— Oui, c'était une véritable réunion de famille, convint Alice en serrant les lèvres.

Comme elle semblait déterminée à ne pas craquer, Clement estima qu'il pouvait désormais lui demander de raconter ce que les jurés et les journalistes présents tenaient tant à entendre.

— Madame Wilcox, pouvez-vous nous expliquer, avec vos propres mots, ce qui s'est déroulé ce fameux soir du 5 novembre ?

La fille du défunt prit une profonde inspiration et acquiesça. Elle pivota légèrement afin de s'adresser au jury plutôt qu'au coroner.

— Oui. C'était un dimanche, et le temps avait été mauvais toute la journée. Beaucoup de pluie et de vent, notamment. À 17 heures environ, alors qu'il commençait à faire très sombre, j'ai demandé à mon père s'il pensait que nous devions annuler. Même si la pluie s'était calmée, il y avait encore quelques averses, et le vent soufflait en rafales.

Comme pour souligner son propos, une gerbe de pluie fut soudain précipitée contre la vitre par l'une des nombreuses bourrasques nées dans la nuit, et Clement vit plusieurs membres de l'assemblée redresser la tête en frissonnant.

— Mais il n'a rien voulu entendre, reprit Alice d'une voix claire dans la salle autrement silencieuse. Il m'a affirmé qu'il avait déjà assisté à des feux de joie sous l'orage et qu'il… qu'il n'en était pas mort.

En prenant conscience du caractère déplacé de ses propos, elle chancela, toussa, et poursuivit courageusement.

— Il ne voulait pas décevoir les enfants, et a promis de veiller à trouver un endroit bien abrité depuis lequel allumer le feu d'artifice.

— Y en avait-il beaucoup ? s'enquit Clement, sachant que ce point devait être souligné pour le jury.

— Oh ! oui. Mon père était assez fortuné et, s'il n'a jamais été trop dépensier, il savait aussi à l'occasion faire de petites folies. Il en avait acheté des boîtes et des boîtes.

— Et celles-ci étaient entreposées dans la cabane en bois dans le fond du jardin ?

— Oui.

— Merci. Veuillez poursuivre.

Alice Wilcox prit une nouvelle inspiration.

— Quand mon père avait une idée en tête, il était impossible de le faire changer d'avis, expliqua-t-elle avant de se forcer à sourire, consciente qu'elle risquait de paraître déloyale envers lui. Il a toujours été très déterminé, et il aimait bien que les choses se passent comme il l'avait décidé.

— Je comprends, la rassura Clement.

Il percevait son trouble, sa crainte de dire ce qu'il ne fallait pas, et il choisit de lui venir en aide en lui posant une nouvelle question.

— Les autres membres de la famille ont-ils téléphoné pour savoir si la fête serait remise à plus tard ?

— Oh ! non, répondit Alice. Ils savaient que je les aurais appelés en cas de changement de programme.

— Je vois. Et à quelle heure le feu d'artifice devait-il avoir lieu ?

— 18 h 30. Joan – c'est l'épouse de mon frère Matthew – tenait à ce que ses petits derniers soient couchés à 19 h 30 au plus tard. Nous avons donc allumé le feu de joie vers 17 h 45, puis mon père est parti rassembler ses pièces d'artifice dans la cabane.

Une fois encore, la salle se retrouva plongée dans un profond silence ; pas un raclement de pied ni un bruissement de tissu ne venaient troubler le calme ambiant.

— Était-ce sa façon de faire habituelle ? demanda Clement en guise d'encouragement.

— Oui. Nous occupons la grande maison de Headington depuis 1958, nous avons donc fêté trois fois le 5 novembre à cet endroit, et mon père a toujours procédé de cette manière. Il refusait d'entreposer ses feux d'artifice dans la maison, estimant que ça n'était pas sûr. En cas… d'incendie.

Alice baissa le front et faiblit de nouveau sur ce dernier mot. Quelqu'un dans l'assistance laissa échapper un léger hoquet de compassion.

— Il semblait décidément très sensé, répondit Clement d'une voix à la fois claire et posée.

Il compulsa une fois de plus ses notes et dit :

— Votre père était un homme d'affaires à la retraite, c'est bien cela ?

Alice se redressa subitement. Elle observa tour à tour le jury et le coroner, et Clement constata qu'elle avait blêmi. Son regard était de surcroît clairement surpris – et inquiet.

— Eh bien… oui, c'est exact, c'était le cas, marmonna-t-elle après une hésitation manifeste.

Un charmant jeune homme sur le banc des journalistes eut un sourire quelque peu sinistre et se mit à griffonner sur son carnet avec frénésie, enfonçant profondément son crayon dans la page.

Clement, peinant à comprendre pourquoi une question aussi inoffensive – encore une fois posée pour aider son témoin à se tirer d'un moment délicat – avait pu provoquer une telle réaction, enchaîna sans attendre.

— Avez-vous rencontré des difficultés à allumer le feu de joie ? Le bois et les feuilles devaient être détrempés après les pluies de la journée…

— Oh oui, Godfrey et Kenneth ont eu beaucoup de mal à le faire prendre. Je crois qu'ils ont fini par se servir d'un peu de paraffine.

— Cette paraffine était-elle aussi entreposée dans la remise ? demanda doucement Clement.

— Il me semble que oui, répondit Alice d'un air malheureux.

— Et vous rappelez-vous si la paraffine a été rangée dans la cabane une fois le feu allumé ?

— Je crois bien. Oui, je suis à peu près sûre d'avoir vu mon frère la poser juste derrière la porte.

Une fois de plus, son témoin avait répondu avec tristesse, et Clement jeta un rapide coup d'œil aux jurés pour s'assurer qu'ils avaient bien saisi. La remise du jardin abritait non seulement des feux d'artifice, mais aussi d'autres matières très inflammables.

— Que s'est-il passé ensuite ?

Alice carra les épaules et redressa le menton.

— Une fois le feu allumé, je suis retournée dans la cuisine pour emballer des saucisses et des pommes de terre à mettre dans les braises. Mon père aimait se servir du feu de joie pour faire cuire les aliments, comme quand il était enfant. Caroline, ma sœur, m'a aidée.

— Et après ?

— J'ai empilé le tout sur un plateau, que j'ai posé sur une vieille table de jardin en métal qu'on laisse sous la fenêtre de la cuisine. Je comptais placer les patates dans les braises à l'aide d'une vieille pelle ou d'un ustensile quelconque. Je suis donc allée dans la cabane pour chercher l'outil adéquat, et, oui, je suis sûre d'avoir vu mon père venir dans ma direction alors que je ressortais de la remise avec un vieux râteau. J'ai supposé qu'il venait récupérer ses pièces d'artifice. Je lui ai souri en le croisant.

Elle marqua alors une pause, inspira longuement, et reprit.

— Je suis retournée près du feu… non, attendez, désolée. Je suis d'abord retournée dans la cuisine pour aller préparer le chocolat chaud des enfants. Voilà, c'est ça. Je venais de mettre le pot et les tasses sur la table de dehors quand j'ai entendu un grand boum derrière moi. Ça m'a fait sursauter. Bien sûr, j'ai tout de suite compris de quoi il s'agissait, ajouta-t-elle avec un sourire crispé. Le bruit d'un pétard. J'ai d'abord cru qu'il venait du jardin d'un des voisins. Les jeunes adorent les pétards, n'est-ce pas ?

Elle sourit de nouveau et jeta un coup d'œil aux jurés.

Un ou deux lui sourirent en retour, hochant la tête.

— Mais alors j'ai entendu quelqu'un – mon frère Matthew, me semble-t-il – crier quelque chose au sujet de la remise, et j'ai découvert en me retournant que des flammes sortaient par la porte ouverte.

— La porte était ouverte ? souligna Clement.

— Oui. Oui, j'en suis certaine. Des couleurs se sont mises à pétiller à l'intérieur – du bleu et du rouge –, et j'ai compris que le feu d'artifice était parti.

Clement embrassa la pièce d'un regard circulaire. Sa salle d'audience paraissait terne et froide, mais l'atmosphère y était plus tendue que jamais.

— Qu'avez-vous fait alors, madame Wilcox ? s'enquit-il posément.

— Rien. Je ne savais pas comment réagir. Je n'ai pas tout de suite saisi ce qu'il se passait. Je ne comprenais pas pourquoi mon père aurait tiré un feu d'artifice à l'intérieur de la cabane.

Elle contempla ses mains et haussa les épaules.

— Je crois que je me suis tournée vers Godfrey, qui se tenait non loin de moi, pour lui demander où était papa. Je ne le voyais nulle part, vous comprenez ? J'ai d'abord pensé qu'il se trouvait dans la pénombre, en dehors de la lueur projetée par le feu. Mais je me suis alors avisée que je ne le voyais pas non plus à la lumière de la fenêtre de la cuisine. Et soudain, il y a eu cette énorme explosion, des tas de détonations, de sifflements et d'étincelles colorées, on aurait dit que la remise était secouée de tremblements.

Ladite remise, Clement le savait grâce au rapport des pompiers, était une de ces cabanes en bois standard, de deux mètres par trois, dont on se servait dans tout le pays pour ranger les outils de jardin, les brouettes, les sacs de pommes de terre, les bûches pour l'hiver et autre bric-à-brac.

— Nous avons tous plus ou moins… crié, continua Alice, la gorge serrée. Puis le toit de la cabane s'est embrasé pour de bon. La fumée était très épaisse, et mon mari, Kenneth, a appelé mon père en se précipitant vers l'abri. C'est alors qu'une fusée a jailli par la porte et a viré de bord pour venir percuter la clôture des voisins. Kenneth n'a pas été touché, mais il s'en est fallu de peu. Je lui ai demandé de revenir. J'étais terrifiée… Vous comprenez, je ne voulais pas que… À ce moment-là, je ne savais pas que papa se trouvait dans la remise, et je ne comprenais pas pourquoi Kenneth courait de tels risques pour s'en approcher.

Ses mots saccadés résonnèrent dans la salle silencieuse pendant que chacun en digérait le sens, s'imprégnant de l'horreur de la scène.

— C'est quand mon frère Godfrey a fait remarquer que notre père n'émergeait pas de la cabane que j'ai compris… Mais alors la baraque était en flammes, et la chaleur, infernale. Les pièces d'artifice continuaient d'exploser l'une après l'autre… J'avais l'impression de revivre la guerre. Je me suis rendue à Londres une fois durant le Blitz, quand j'étais enfant, et je n'ai jamais oublié le raid aérien…

Sa voix mourut, et elle lança au coroner un regard implorant.

— Merci, madame Wilcox. Je crois que nous allons demander à votre époux de nous raconter la suite des événements.

— Oh ! merci, s'exclama Alice en quittant la barre avec un tel empressement que Clement n'eut même pas l'occasion de demander aux jurés s'ils avaient des questions à lui poser.

Le coroner considéra avec curiosité l'époux d'Alice, qui se leva pour lui saisir le coude et la raccompagner à sa place au premier rang. Il lui murmura alors des paroles apaisantes avant de venir lui succéder en tant que témoin.

Contrairement à sa femme, Kenneth Wilcox arborait un air sérieux et calme. S'il éprouvait la moindre nervosité à l'idée de prendre la parole, il n'en montra rien quand il prêta serment.

Clement savait qu'il avait cinquante ans, mais il avait mieux vieilli que son épouse et aurait aisément pu passer pour un quadragénaire. Il mesurait un peu moins d'un mètre quatre-vingts et était solidement charpenté. Son abondante masse de cheveux blond-roux ne grisonnait pas, et ses yeux d'un bleu presque électrique illuminaient son visage. Sa barbe et sa moustache soignées, pas encore poivre et sel, lui donnaient fière allure.

— Vous êtes monsieur Kenneth Wilcox, gendre de la victime ? l'interrogea Clement avec douceur.

— Oui, monsieur, c'est exact.

— Vous venez d'entendre le témoignage de votre épouse. Pourriez-vous à présent nous révéler ce que vous avez vu au soir de la mort de son père ?

— Je ferai mon possible. Comme l'a dit Alice, nous avons un peu peiné à allumer le feu de joie, nous avons donc dû nous résoudre à le saupoudrer de paraffine.

— Qui a suggéré cette idée ? intervint Clement.

Le témoin cilla avant de hausser les épaules.

— Je n'en suis pas tout à fait sûr. Je crois que c'était moi… ou peut-être Godfrey ?

— Poursuivez.

— Nous sommes parvenus à allumer le feu. Les enfants suppliaient leur grand-père de tirer le feu d'artifice, et je crois qu'il les taquinait en faisant mine de repousser cela à plus tard, ou quelque chose comme ça, mais je l'ai finalement vu se diriger vers la remise pour aller chercher le nécessaire. Généralement, il rapportait le tout dans une brouette.

— Les pièces d'artifice étaient-elles stockées dans des boîtes en fer, par mesure de sécurité ? l'interrompit brusquement Clement.

— Je n'en ai pas la moindre idée, mais j'en doute, répondit Kenneth, impassible. Autrement, je ne vois pas comment tant d'entre elles auraient pu partir quand la cabane s'est embrasée, ajouta-t-il non sans logique.

Clement griffonna une note en soupirant. Si seulement les gens pouvaient se montrer plus prudents !

— Et comment pensez-vous que la cabane ait pu s'embraser, monsieur Wilcox ? Avez-vous vu quelque chose l'atteindre – peut-être la fusée d'un autre feu d'artifice ?

— Non, je ne crois pas. À mon avis, un morceau de journal enflammé a dû s'envoler du feu de joie, être soufflé par la porte ouverte et atterrir sur l'une des mèches exposées. Comme je regrette, à présent, d'avoir utilisé cette maudite paraffine ! Remarquez, les brandons ne provenaient pas tous de chez nous – le vent soufflait fort, et je crois que les feux des voisins en produisaient aussi.

— Avez-vous effectivement *vu* un morceau de journal ou des brandons entrer dans la remise ?

— Non, monsieur, admit le témoin d'un ton sincère. D'un autre côté, je ne faisais pas tellement attention. Malheureusement, sur le moment, je ne me suis pas dit que cela pourrait être important. On agirait souvent différemment avec le recul, n'est-ce pas ?

Clement acquiesça, reconnaissant le bon sens du commentaire empreint d'ironie de son témoin. Il avait aussi appris, dans les rapports de police, qu'aucun membre de la famille présent le soir du drame ne savait avec certitude comment la remise avait pu s'enflammer. Il adopta une nouvelle approche :

— Je vois. Votre beau-père avait-il sa lampe électrique avec lui ? Il devait faire bien sombre à l'intérieur de cette cabane.

— Oui, une grosse lampe en caoutchouc noir. Il n'est certainement pas entré là-dedans avec une boîte d'allumettes, une bougie ou une flamme quelconque, si c'est ce que vous sous-entendez, répliqua Kenneth Wilcox du tac au tac. Le pauvre homme était loin d'être aussi idiot !

Du coin de l'œil, Clement vit quelqu'un, sur le banc de la presse, faire un geste brusque mais, lorsqu'il pivota la tête pour s'en assurer, il ne trouva que des fronts studieusement penchés sur les carnets où étaient consignés les propos du témoin.

— Je vois. Votre beau-père paraissait-il fidèle à lui-même, ce jour-là ? demanda le coroner.

— Comment cela ?

— Était-il en bonne santé ? Souffrait-il d'un rhume, avait-il le souffle court ?

— Oh ! vous voulez savoir s'il a pu subitement tomber malade et provoquer d'une manière ou d'une autre les événements ? Non, je ne le pense pas, répondit Kenneth Wilcox en fronçant pensivement les sourcils. Pour autant que je le sache, il était en excellente forme.

— Je vois. Quand avez-vous pris conscience qu'il y avait un problème ?

— Lorsque quelqu'un – je crois qu'il s'agissait de Godfrey – a crié quelque chose comme : « Ohé, attention, la remise est en feu ! » Je me suis retourné, et j'ai effectivement vu de la fumée en sortir. Puis le toit s'est embrasé, et tout a semblé exploser d'un coup – sifflets, pétards et que sais-je encore. Des fusées se sont mises à jaillir par la porte – c'était sacrément dangereux, vous pouvez me croire. Puis j'ai entendu ma femme demander si l'on avait vu son père, et j'ai tout de suite compris que, si celui-ci n'était pas dans les parages, il devait encore se trouver dans la cabane. Malheureusement, il était impossible de s'en approcher. J'ai hurlé à Caroline de rentrer prévenir les pompiers. Ils sont arrivés rapidement, on ne peut que le reconnaître, mais le temps qu'ils éteignent tout… eh bien, ils n'ont retrouvé que le corps calciné de mon beau-père à l'intérieur. C'était foutrement horrible, vous pouvez me croire.

Vu les circonstances, Clement ne voyait pas l'intérêt de réprimander l'homme pour son langage ordurier. Il se contenta donc de hocher la tête.

— Je crois qu'il convient, à présent, d'écouter la brigade des pompiers avant de nous intéresser aux preuves médico-légales, déclara-t-il.

2

Le capitaine des pompiers, âgé de cinquante-cinq ans environ, était calme, grand et svelte. Il avait déjà déposé de nombreuses fois devant Clement. Intelligent, il s'exprimait avec des mots simples afin que le jury puisse comprendre la nature des preuves les plus complexes, qui trahissaient parfois l'origine criminelle d'un sinistre.

Rien cependant ne laissait présager que cette affaire soit d'une telle nature, et cette évidence fut vite établie. De l'avis de l'officier, le gros de l'incendie s'était déclaré à peu près au milieu de la remise, mais les traces de brûlure indiquaient de multiples points de contact pouvant correspondre à des tirs d'artifice partant dans toutes les directions et provoquant de nouveaux départs de feu là où ils atterrissaient. Ces petits foyers avaient été rapidement exacerbés par des combustibles, comme la paraffine, des bouteilles d'alcool blanc, des sacs d'engrais ou des bûches, dont la famille avait confirmé la présence à l'intérieur de l'abri. Les murs, le sol, le toit et les étagères étant tous en bois, il n'y avait rien de surprenant dans le fait que la cabane ait été réduite à un tas de cendres et de planches carbonisées.

Quand on lui demanda comment, selon lui, le feu avait pu se déclarer, l'officier rechigna à formuler une opinion arrêtée. De son point de vue, il ne subsistait pas assez d'éléments matériels pour affirmer quoi que ce soit – mais rien n'allait contre l'hypothèse qu'une simple étincelle, un feu d'artifice voisin ou un brandon soufflé par le vent aient allumé une fusée et provoqué une réaction en chaîne, ainsi que le suggéraient de nombreux témoins.

Le coroner le remercia chaleureusement avant de convoquer la personne suivante à la barre.

Le Dr Marcus Borringer prit place et salua Clement d'un bref hochement de tête. Les deux hommes se connaissaient, bien sûr. Clement avait été chirurgien dans le même hôpital que Borringer avant que ses problèmes de santé (qu'il avait veillé à ne révéler à personne) ne le forcent à quitter le corps médical pour embrasser la profession de coroner. Depuis lors, le Dr Borringer avait été régulièrement appelé à livrer son expertise devant la cour. Sans être pour ainsi dire amis, les deux hommes respectaient chacun la réputation de professionnalisme dont l'autre jouissait.

— Merci, docteur Borringer, l'accueillit cordialement Clement. Vous avez pratiqué l'autopsie de Mr Thomas Hughes ? s'enquit-il de but en blanc, convaincu que le légiste avait effectué du bon travail.

— En effet – deux jours après son arrivée à la morgue.

— Pouvez-vous informer le jury de vos découvertes quant aux causes de la mort, je vous prie ?

Une fois sa question posée, Clement se renversa légèrement dans son fauteuil, prêt à intervenir pour demander des précisions si nécessaire, mais convaincu que rien n'interpellerait ni ne démonterait son jury.

— Oui. Mr Thomas Hughes était un homme bien nourri de soixante et onze ans, en relativement bonne santé, à savoir que je n'ai trouvé aucun signe de problème cardiaque ou hépatique avancé, ni rien de suffisamment important pour provoquer une douleur quelconque. Il montrait les signes de vieillissement habituels pour un homme de son âge – un début d'arthrite au poignet et au coude, par exemple, et il souffrait sans doute d'un peu de diabète, sans pour autant être traité pour cette maladie.

— Je vois. En d'autres termes, rien n'indique qu'il ait été victime d'une crise cardiaque, d'une attaque d'apoplexie, ni de quelque autre affliction susceptible d'avoir provoqué sa mort ? clarifia habilement Clement.

— En effet.

Clement lui fit signe de poursuivre.

— Naturellement, le corps a été très sévèrement brûlé – pour ne pas dire carbonisé – et avait adopté ce que nous appelons la « posture du pugiliste », c'est-à-dire que ses bras semblaient remontés et que ses poings étaient serrés, comme s'il s'apprêtait à entamer un combat de boxe. Comme vous le savez, cela est dû à la chaleur, qui a resserré les tendons de ses bras.

Clement opina du chef, et se tourna brièvement vers le jury pour lui mimer la posture en question.

— Et qu'avez-vous découvert d'autre à l'autopsie ?

— Nous avons trouvé des traces de brûlure et des preuves de lésions dues à la fumée tant dans la gorge que dans les poumons de Mr Hughes. Par ailleurs, ses échantillons sanguins…

S'ensuivit un rapport technique, quoique compréhensible, correspondant à celui d'un homme très vraisemblablement mort par inhalation de fumées toxiques.

— Vous pensez donc qu'il était inconscient avant même de ressentir les premières brûlures ? compléta Clement en observant du coin de l'œil la famille de la victime, dont tous les membres avaient blêmi.

Il soutint alors le regard du légiste, qui opina lentement. Si, en son for intérieur, le médecin n'était pas convaincu que Thomas Hughes n'ait rien senti, il ne tenait pas plus que Clement à plonger dans l'affliction les proches du défunt en s'appesantissant sur ce point.

— Autre chose a-t-il retenu votre attention ? l'interrogea ensuite le coroner.

— Oui. J'ai découvert une plaie sur le côté du crâne de Mr Hughes.

Conformément aux prévisions de Clement, un frisson parcourut l'assemblée lorsque cet élément d'information fut révélé. C'était l'un de ces prétendus « coups de théâtre » auxquels les gens étaient prompts à réagir, mais lui (qui avait déjà lu le rapport du médecin) n'en fut pas surpris.

— Pouvez-vous nous en dire plus sur cette blessure, je vous prie ? demanda-t-il d'un ton presque placide, son flegme contribuant beaucoup à apaiser l'humeur de la salle.

Il remarqua toutefois que l'un des journalistes semblait particulièrement fasciné par le témoignage du légiste et qu'il consignait sa déclaration mot pour mot, l'air profondément absorbé. C'était le charmant jeune homme qu'il avait repéré plus tôt. Il devait approcher de la trentaine, et était doté d'une tignasse noire et d'yeux clairs qui, sous une scrutation plus intense, apparaîtraient sans doute bleus ou gris. Peut-être était-il moins expérimenté que ses confrères grisonnants et blasés, songea Clement. Ou peut-être s'agissait-il de sa première grosse affaire et comptait-il faire sensation.

Le coroner reporta rapidement son attention sur le témoin quand le Dr Borringer reprit la parole.

— Oui, la blessure était assez allongée mais étroite, et formait un angle le long de sa tempe droite.

— Était-elle suffisante pour avoir causé la mort de la victime ?

— Oh ! non. Il n'y avait pas de fracture du crâne – ou, plus précisément, pas de fracture du crâne due à l'*impact*. Comme vous le savez, les conséquences d'un incendie peuvent parfois provoquer des fractures osseuses *après* la mort, précisa le légiste avec précaution. Je dirais que le coup l'a certainement sonné – le plongeant peut-être dans l'inconscience pendant un court moment.

— Je vois. Et avez-vous la moindre preuve de ce qui a pu causer cette plaie ?

— J'ai bien peur que non – les dégâts subis par le corps étaient bien trop importants.

Un soupir de déception parcourut alors le public, qui se sentait sans doute lésé. Les gens aimaient qu'on leur serve les faits sur un plateau d'argent, mais le coroner était trop expérimenté pour croire encore aux solutions faciles.

Clement fit un léger signe de tête, non sans compassion à l'égard du légiste, des enquêteurs de la police et de la brigade de pompiers. Entre la destruction quasi totale de la cabane et la combustion avancée de la dépouille, ils peinaient à faire émerger la moindre preuve tangible.

— Quelqu'un a émis l'hypothèse que le défunt se trouvait dans la remise au moment où les pièces d'artifice se sont déclenchées. Est-il possible que cette plaie longue et étroite que vous avez décrite ait été causée par une fusée, par exemple, qui lui aurait éraflé la tête ?

Le Dr Borringer réfléchit à la question avant d'y répondre. Il fronça un peu les sourcils.

— Eh bien, ce n'est pas impossible, admit-il. Je ne suis bien sûr pas expert en feux d'artifice, ni spécialement versé dans l'art de la propulsion. Toutefois, j'imagine qu'une fusée doit dégager une puissance considérable afin de décoller du sol pour s'élever dans les airs. Je présume donc qu'un impact à l'oblique pourrait être assez violent pour provoquer une blessure sérieuse, oui.

— Avez-vous trouvé des corps ou tissus étrangers dans la blessure ? s'enquit Clement.

— Non, je le crains – les brûlures étaient trop profondes. Nous avons cependant décelé de minuscules fragments de bois brûlé – mais l'homme étant mort dans une cabane en bois, cela n'est pas surprenant. J'ai cru comprendre qu'il n'y avait pas seulement des feux d'artifice emmagasinés à l'intérieur, mais aussi des étagères grossièrement taillées.

Clement savait reconnaître une perche quand on lui en tendait une. Il esquissa un sourire.

— Suggérez-vous que la victime ait pu s'infliger une telle blessure en tombant sur l'une de ces planches ?

— C'est fort possible, déclara le légiste, et à mon avis bien plus probable. Si le défunt a entendu un sifflement et vu un feu d'artifice éclater, il s'est très vraisemblablement reculé ou penché par réflexe, ce qui a pu lui valoir de s'assommer sur un objet en bois à l'intérieur de la cabane. Mais ce n'est là que pure spéculation de ma part.

— Je vois.

Clement jeta un coup d'œil aux jurés et en vit un ou deux opiner du chef. Le légiste fit part de ses dernières constatations, sans toutefois plus rien révéler de spectaculaire, et Clement lui donna congé avec quelques mots de remerciement.

Il convoqua ensuite l'officier de police local, sergent au commissariat de Headington, pour recueillir sa déposition. Mais comme celui-ci se contenta d'évoquer les aspects de routine de toute enquête diligentée après une mort suspecte, un sentiment de désintérêt évident envahit la cour.

L'officier annonça qu'une ambulance était venue chercher le corps et évoqua brièvement l'interrogatoire des témoins. Toutefois, comme aucun membre de la famille ne semblait avoir été particulièrement attentif aux faits et gestes de la victime, il n'y avait pas grand-chose à ajouter.

Au bout du compte, Clement n'eut plus qu'à résumer les débats en dispensant les avertissements habituels quant aux précautions à prendre avec les feux d'artifice, encourageant son auditoire à conserver des objets aussi dangereux dans des boîtes à l'épreuve des flammes. Puis il demanda aux jurés de se retirer pour délibérer.

Il ne leur fallut pas plus de cinq minutes pour rendre un verdict de mort par accident. La police semblait satisfaite, la famille soulagée, et l'huissier ravi de pouvoir mettre un terme aux procédures à temps pour rentrer chez lui pour le thé.

Clement adressa des condoléances brèves mais sincères à la famille Hughes, et l'affaire fut classée.

Du moins le pensait-il alors.

3

Deux jours plus tard, le capitaine Jennings découvrait à son bureau les gros titres de l'*Oxford Tribune*, le quotidien régional qui avait autrefois été son journal préféré parmi les trois de la ville. Il jura amèrement dans sa barbe.

Le commissaire Henry Malting, assis en face de lui, fit mine de ne rien entendre. En réalité, il s'était lui-même égaré de la sorte peu après son arrivée au commissariat, lorsque le directeur lui était tombé sur le râble.

Contrairement à son capitaine, Malting avait tendance à ne lire que l'*Oxford Times*, ignorant donc les « scoops » parus dans la presse de bas étage, très répandue, qui en appelait aux plus bas instincts de la population locale.

Il avait donc fallu que son supérieur hiérarchique lui signale l'événement, avant d'exiger son intervention. Et comme tout chef qui se respecte, Malting renvoyait à présent la balle à Jennings.

Tout en laissant son subordonné découvrir le contenu de l'article, il se demandait, non sans amusement, à qui Jennings déciderait ensuite de transmettre la patate chaude. Le malheureux qui en hériterait ne serait sans doute pas ravi.

L'affaire avait probablement été montée en épingle par quelque journaliste fonceur en mal de sensations, dans l'unique but d'attiser la curiosité et d'attirer de nouveaux lecteurs. Et peu importe que cela cause des ennuis à la police ! Ou que cela tracasse inutilement une famille déjà touchée par la tragédie.

Le capitaine Jennings se faisait peu ou prou les mêmes réflexions en lisant d'un air abattu la chronique incriminée. Entre le titre, racoleur et malveillant, et les sous-entendus narquois qui rythmaient le texte, il avait là affaire à l'un des reportages les plus exaspérants et inutiles qu'il eût jamais lus. Et il avait pourtant eu l'occasion d'en parcourir un monceau !

LA MORT DU « FINANCIER » LOCAL THOMAS HUGHES ÉTAIT-ELLE RÉELLEMENT ACCIDENTELLE ?

Nombre de nos lecteurs connaissent probablement déjà le nom de Thomas Hughes. Résident de longue date de notre bonne ville, il était le fils d'un commerçant local ayant peu à peu gagné en importance, jusqu'à bâtir un petit empire à partir de magasins de fournitures pour bateaux avant de se diversifier dans le charbon, l'aviation et le transport. Certains de nos lecteurs les plus âgés se souviendront avec tendresse de « l'âge d'or » de l'aviation, lorsque Hughes Aircraft offrait, durant l'entre-deux-guerres, un service de navettes pour les voyageurs les plus nantis.

Depuis lors, bien sûr – et les lecteurs s'en souviendront avec beaucoup moins de tendresse –, deux autres filiales de Hughes Enterprises ont vu le jour sans connaître le même destin : Hughes Radio et Hughes Premium Bonds Consortium, ayant respectivement mis la clé sous la porte au bout de six et huit ans d'activité, causant des pertes considérables à leurs investisseurs. Mais sans dommages pour les autres affaires ou la fortune personnelle de Mr Hughes, comme n'ont pas manqué de le souligner les autorités de l'époque.

Est-il donc plausible, ainsi que s'est interrogé l'auteur de ces lignes en assistant à l'enquête sur la mort de Mr Hughes, survenue la semaine dernière durant Bonfire Night, qu'un homme aussi impopulaire, pourtant prudent et soigneux, ait pu trouver la mort avec une telle apathie ?

Quel homme, me suis-je donc demandé, se retrouvant dans une cabane en proie aux flammes, confronté à un barrage de feux d'artifice, déciderait de ne pas fuir pour se mettre à l'abri ?

Comment la preuve médicale d'un « coup à la tête » a-t-elle pu être accueillie d'un simple haussement de sourcils ?

Alors que la famille entière de la victime était réunie au même endroit, comment personne ne peut-il savoir de quelle manière l'incendie s'est déclaré ? Ni n'a pu être en mesure de fournir aux autorités les hypothèses même les plus banales quant à son origine ? Et est-il crédible qu'aucun d'eux n'ait vu Mr Hughes entrer dans l'abri ou en ressortir avant qu'il soit trop tard pour lui porter secours ?

Des rumeurs de frictions au sein de la famille proche du défunt circulent depuis quelque temps déjà – cette même famille qui vient d'hériter d'une vaste fortune, accumulée au fil des années par cet homme d'affaires impitoyable.

Les journalistes du Tribune se demandent donc si la police ne serait pas allée trop vite en besogne pour classer cette affaire des plus suspectes, sans même se fendre d'une enquête approfondie. Des pressions discrètes auraient-elles pu être exercées auprès des bonnes personnes afin d'enterrer hâtivement ce tragique événement ? Si tel était le cas, nous, employés du Tribune, protesterions vigoureusement. En effet, la loi doit s'appliquer de la même manière pour tous, y compris pour les personnes ou les familles les plus éminentes.

Soyez cependant assurés que, même si les autorités se décident à fermer les yeux, nous, journalistes du Tribune, continuerons de poser des questions – si gênantes qu'elles puissent être. Ainsi, si vous, lecteurs, disposez de la moindre information concernant Mr Thomas Hughes (peut-être comptez-vous parmi ceux, nombreux, qui ont souffert de pertes financières après avoir investi dans l'une de ses funestes combines ?), nous serions ravis de vous entendre.

Nous aimerions aussi profiter de cette occasion pour suggérer humblement à notre police municipale de s'intéresser de plus près à la mort, particulièrement étrange et saugrenue, de l'une des personnalités les plus controversées de notre ville.

Jennings jeta un coup d'œil à la signature : un nom inconnu au bataillon – ce qui le conforta dans l'idée qu'il s'agissait d'un jeune reporter pressé de se faire une réputation.

— Je ne connais pas ce Duncan Gillingham, grommela-t-il. Mais il me semble jouer un jeu dangereux avec certaines de ces déclarations.

— En effet, mais il s'est abstenu de propos clairement diffamatoires, répliqua le commissaire avec un sourire cynique. Les as du barreau du journal ont dû s'en assurer avant l'impression. Tout n'est que sous-entendus, suggestions ou spéculations habiles.

Jennings poussa un profond soupir.

— Connaissez-vous le propriétaire de ce journal, monsieur ? s'enquit-il avec prudence.

Il savait d'expérience que la plupart des décideurs de la ville étaient des francs-maçons – tout comme l'étaient la majorité des hauts fonctionnaires de la police, d'ailleurs. Si l'on pouvait glisser un mot discret à l'oreille de ce gentleman, ces allégations désagréables disparaîtraient comme par enchantement.

Le commissaire Malting comprit où il voulait en venir et lui retourna un sourire las.

— Seulement vaguement, j'en ai peur. Il m'arrive de le croiser sur les terrains de golf, mais je n'ai jamais fait de parcours avec lui. À ce que je sais, cependant, il semble être assez sérieux. Ceci, ajouta-t-il en tapotant l'article avec un rictus dédaigneux, ne ressemble en rien à sa ligne éditoriale. Ce qui me fait m'interroger.

Jennings arrondit légèrement les yeux.

— Vous interroger, monsieur ? Pensez-vous qu'il... puisse savoir une chose que nous ignorons ? Vous n'imaginez tout de même pas qu'il y a un fond de vérité dans tout cela ? s'étonna-t-il un ton plus haut.

— Personnellement, non. J'ai bien sûr jeté un œil au dossier et, même d'un seul regard, la solution semble évidente. Mieux encore : l'affaire a été suivie par le Dr Ryder, ce qui nous aide énormément. Que vous appréciiez ou non ce vieux vautour, Jennings, force est de reconnaître qu'il n'est pas du genre à se laisser abuser.

Il s'interrompit alors pour observer son capitaine par en dessous.

— Il ne vous a rien signifié de particulier, n'est-ce pas ? ajouta-t-il sèchement.

Jusqu'à présent, chaque fois qu'il avait flairé quelque chose de louche, ce vieux grincheux de coroner n'avait jamais hésité à venir fourrer son nez dans des affaires classées. Et, au grand dam des policiers, son intuition s'était toujours révélée exacte.

Cependant, Jennings secouait la tête d'un air soulagé.

— Je n'ai pas entendu un mot de sa part, monsieur. Je présume donc que nous pouvons considérer que ce Gillingham cherche juste à remuer la fange pour vendre du papier.

Le commissaire eut un sourire sombre.

— Vous ne vous en tirerez pas à si bon compte, Jennings. Je crains fort que les autorités constituées supportent mal les insinuations selon lesquelles on nous aurait demandé de mettre l'affaire sous le boisseau. J'ai reçu l'ordre de rouvrir ce dossier – de façon tout à fait officielle. Cela ne donnera rien et s'avérera être une perte de temps absolue, j'en suis conscient. Mais à présent que l'opinion s'intéresse de près à la question, nous devons donner le change.

Comprenant où il voulait en venir, Jennings soupira.

— Vous voulez que notre commissariat s'en occupe, monsieur ? Techniquement, cela ne relève-t-il pas plutôt de la juridiction de Headington ?

Malting sourit de nouveau.

— Bien essayé, Jennings, ça a aussi été ma première réaction. Mais l'on nous demande une analyse « indépendante ». Et comme le poste de Headington est tout petit et qu'ils ont déjà effectué l'enquête préliminaire, c'est à nous de prendre le relais. Les huiles ne veulent pas que ce torchon ait la moindre raison de nous traîner une fois de plus dans la boue, ajouta-t-il en repoussant le journal avec dédain.

Jennings n'était cependant pas du genre à baisser les bras si facilement.

— C'est que nous sommes déjà bien occupés en ce moment, monsieur, se plaignit-il. Le sergent O'Grady se consacre au braquage du bureau de poste de St Ebbes, et mes autres officiers mènent toujours l'enquête sur Roddy Blackwood, et cette histoire sur Littlemore…

Le commissaire leva la main en signe d'apaisement.

— Bon sang, mon vieux, personne ne vous demande de mettre vos *meilleurs* éléments sur l'affaire. Vous devez bien avoir sous le coude un empoté dont vous ne savez trop quoi faire ? Pas forcément quelqu'un d'expérimenté, il suffit que l'on voie cette personne poser des questions et faire le nécessaire pour assurer aux citoyens que nous prenons notre travail au sérieux. Et c'est seulement l'affaire de quelques jours, une semaine tout au plus. Le temps que le journal passe à autre chose. Vous voyez ce que je veux dire ?

Le capitaine Jennings se mit à sourire. Un sourire si épanoui que, l'espace d'un instant, le commissaire ne put s'empêcher de sourire à son tour.

— Certes, il y a bien l'agent Loveday, monsieur, déclara platement Jennings.

— Loveday… Oh ! cette fille qui… Ah, oui, je vois de qui vous voulez parler, répondit le commissaire d'un air pensif. Ne vient-elle pas de finir son stage ?

— Tout à fait, monsieur, confirma Jennings d'un ton morose.

En vérité, il avait espéré que l'agent Trudy Loveday quitterait les forces de police avant le terme de ses deux années de période probatoire, mais il se résignait peu à peu à l'idée de l'avoir dans les pattes encore un long moment.

— Vous savez quoi, Jennings ? Il se pourrait bien que ce soit le choix idéal, dit Malting, soudain enthousiaste. Après tout, elle a récemment eu bonne presse avec l'affaire du fils du comte, affronter les journalistes devrait donc être dans ses cordes. Et puis, les lecteurs connaissent déjà son nom. Et ces satanés journaux ne pourront pas prétendre que nous ne les prenons pas au sérieux si nous lui confions l'enquête. Même si… ils n'auraient pas tort de le croire, s'esclaffa-t-il.

Jennings comprenait le point de vue de son supérieur. Peu de temps auparavant, l'agent Loveday, avec l'aide du Dr Ryder, avait contribué à résoudre une affaire d'homicide et déjoué ce faisant un attentat contre un pair du royaume. Le comte, père de celui-ci, avait alors insisté pour organiser un dîner en l'honneur de la jeune femme et lui avait remis une lettre de remerciements. Toute la presse (y compris le *Tribune*) avait suivi l'affaire de près et concouru à faire de Trudy Loveday une sorte d'héroïne locale, portant aux nues son courage et son professionnalisme. Les médias pourraient difficilement se récrier si on lui confiait l'affaire Hughes.

— Je l'appelle tout de suite pour l'informer de la bonne nouvelle, fit Jennings avec un rictus.

— En ce cas, je vous laisse vous charger de la suite, répondit Malting en se relevant.

Il se lavait mentalement les mains de cette histoire.

— À vos ordres, monsieur, lança Jennings avec flegme.

4

Deux heures plus tard, Trudy Loveday alla récupérer sa bicyclette de fonction dans la remise et la traîna à contrecœur jusqu'à la rue.

Cette jeune femme svelte d'un mètre soixante-dix-huit coiffait ses longues boucles brunes en un chignon serré, en bonne partie dissimulé sous sa casquette de policière. Elle jeta un coup d'œil à la circulation avant de s'engager, puis pédala énergiquement en direction de Carfax avec la nette impression d'avoir bien plus que ses vingt ans.

Sa dernière grosse affaire, au cours de laquelle elle avait pourchassé un tueur d'enfant avec l'aide du Dr Clement Ryder, l'avait profondément marquée – surtout mentalement. Elle n'était que trop consciente de ses récentes cicatrices quand elle bifurqua à gauche au fameux beffroi avant de descendre St Aldate's, longeant le magnifique Christ Church College et sa cathédrale pour rejoindre St Ebbe's et Floyds Row, où se situaient le bureau du coroner et la morgue.

Elle n'avait plus revu le Dr Ryder depuis plusieurs mois, et la perspective de ces retrouvailles lui procurait des sentiments contradictoires. Une telle ambivalence était presque choquante.

Lors de leur première rencontre, le Dr Ryder, contrarié par une ancienne affaire, ne cessait de harceler les officiers supérieurs de la jeune femme pour les convaincre de le laisser rouvrir l'enquête, avec le concours d'un agent de police pour rendre la chose officielle. Elle n'ignorait pas pourquoi son capitaine, Harry Jennings, l'avait alors choisie pour cette mission.

Elle n'était encore qu'une stagiaire de dix-huit ans, que tous ses collègues hommes considéraient comme une casse-pieds. Réduite à classer les dossiers, à préparer le thé et à patrouiller, elle n'était alors guère plus qu'une vulgaire employée. Elle avait donc sauté sur l'occasion d'effectuer un véritable travail d'investigation – même si le coroner semblait courir partout sans trop savoir où il allait.

Toutefois, le vieux Ryder s'était révélé aussi sage que rusé, et ils avaient fini par arrêter un assassin. Une expérience grisante et stimulante, qui l'avait confortée dans son choix de carrière.

Une deuxième affaire, toujours avec le Dr Ryder, avait à son tour été couronnée de succès. Tout comme la troisième, même si celle-ci ne s'était pas achevée comme prévu.

Puis était survenu l'incident, à Pâques dernier, avec la mort d'un jeune garçon. Même si le coroner et elle avaient une fois de plus réussi à élucider le crime, tous deux avaient failli y laisser la peau. Et Trudy subissait encore les conséquences de ce drame évité de justesse.

Depuis lors, elle craignait d'avoir perdu courage. Chaque journée consacrée à accomplir ses tâches quotidiennes sans anicroche lui avait permis de regagner confiance ; cependant, ses doutes étaient subitement revenus l'assaillir, ce qui l'agaçait – et l'effrayait.

En contournant un bus rouge aux flancs marqués d'une rayure vert-jaune familière, elle fut heureuse de constater qu'il n'était pas conduit par son père. L'itinéraire de Frank Loveday lui faisait habituellement parcourir le quartier de Cowley. Eût-il été au volant qu'il l'aurait très probablement rabrouée dès son retour à la maison pour sa manière quelque peu cavalière de se déplacer à vélo. Et peu importe les soucis qu'elle pouvait avoir en tête en roulant !

Elle soupira, tendit le bras droit pour prévenir d'un changement de direction et s'engouffra entre les vantaux de fer forgé noir qui donnaient sur la cour pavée de Floyds

Row. Comme une bonne partie de la ville, l'endroit existait probablement, sous une forme ou une autre, depuis le Moyen Âge. Elle descendit de selle et appuya soigneusement sa bicyclette contre l'un des murs de brique rouge du bâtiment qui s'élevait sur un niveau, avant de pénétrer d'un pas traînant dans les locaux.

Il lui semblait étrange de revenir dans le seul but de faire appel aux lumières du coroner en tant que témoin potentiel et, alors qu'elle se dirigeait tristement vers son étude, elle se surprit à regretter qu'un autre coroner ne se fût pas occupé de l'affaire Hughes. Les répercussions de leur dernière enquête commune lui pesaient encore, et elle se sentait un peu honteuse de rechigner ainsi à revoir le Dr Ryder.

Comme elle pouvait s'y attendre, la secrétaire parut étonnée de la voir. Celle-ci n'ignorait pas grand-chose des affaires officielles du Dr Ryder et, n'ayant pas eu vent d'une enquête nécessitant la participation de Trudy, elle parut contrariée de se sentir exclue.

— Bonjour, agent Loveday, l'accueillit-elle sèchement. Est-ce que le coroner vous attend ?

— Non, navrée, je n'ai pas de rendez-vous, admit Trudy, ce qui parut remettre en joie la secrétaire. Je passais à l'improviste dans l'espoir de lui parler. Pour une affaire de police, précisa-t-elle sans grande nécessité.

Même si elle considérait Clement Ryder comme un mentor, voire, dans une certaine mesure, comme un ami, elle avait parfaitement conscience que leur relation s'arrêtait là et s'était donc sentie contrainte de préciser à l'assistante du Dr Ryder qu'elle savait rester à sa place.

— Je comprends. Je vais lui demander s'il peut vous accorder quelques minutes, annonça la secrétaire, radoucie.

Trudy acquiesça et se mit à faire les cent pas. Ce serait la première fois que le coroner et elle se reverraient depuis Pâques, et elle ne pouvait s'empêcher de penser qu'il n'en sortirait rien de bon ; toutefois, une part d'elle plus optimiste lui reprochait cette réflexion.

— Le Dr Ryder peut vous recevoir dix minutes, agent Loveday, déclara la secrétaire en lui tenant la porte avec un sourire affable.

Elle plissa cependant les paupières en avisant le teint blafard et la mine pincée de la jeune policière et lui décocha un regard inquisiteur lorsque Trudy passa devant elle.

Inconsciente de cet examen minutieux, la jeune policière se força à lui sourire en pénétrant dans ce bureau qu'elle connaissait si bien.

— Docteur Ryder, merci de me recevoir, commença-t-elle d'un ton formel.

Peut-être un peu trop. Ou peut-être sa tension était-elle palpable, car elle remarqua que le sourire bienveillant sur le point d'éclairer le visage du coroner se figea avant de disparaître.

— Trudy, quel plaisir de vous revoir, dit-il prudemment. Je vous en prie, asseyez-vous.

Elle inspira un grand coup avant de tirer une chaise. Puis elle farfouilla un moment dans sa sacoche, en quête d'un carnet et d'un crayon.

— Merci, docteur Ryder. Je suis ici au sujet de l'affaire Thomas Hughes.

5

Clement se renversa dans son fauteuil en fronçant les sourcils. Il était vêtu d'un costume gris sombre orné de discrètes rayures bleu marine et d'une cravate rouge et bleu marine. Son épaisse tignasse blanc et gris scintillait dans la lumière blafarde qui filtrait au travers des rideaux. Un agréable feu de cheminée ronflait dans l'âtre.

— Souhaitez-vous une tasse de thé ? proposa-t-il.

Trudy secoua la tête.

— Non, merci. Cela ne devrait pas durer trop longtemps, précisa-t-elle avec un sourire forcé. Le commissaire a demandé au capitaine Jennings de se pencher plus en détail sur la mort de Mr Thomas Hughes. Il me semble que vous étiez chargé de l'affaire ?

Clement eut un sourire fugace. Un peu blessé par les manières brusques et froides de la jeune policière, il eut la sagesse de ne rien laisser paraître. À l'évidence, quelque chose tracassait sa petite protégée et, tant qu'il n'aurait pas découvert quoi, il s'efforcerait de marcher sur des œufs.

Dans l'espoir de détendre l'atmosphère, il considéra qu'un compliment ne pourrait pas faire de mal.

— Ne me dites pas que Jennings a finalement eu une révélation et décidé de vous octroyer davantage de responsabilités ? Trudy, c'est fantastique.

Elle se força une fois de plus à sourire.

— Merci.

Elle regretta le ton badin et informel du coroner. Elle voulait en finir, afin de prendre congé au plus vite.

— Quelque chose vous a-t-il paru étrange dans cette affaire, docteur Ryder ? demanda-t-elle en relevant pour la première fois les yeux de son carnet pour soutenir le regard de son interlocuteur.

Elle se sentit rougir en distinguant un mélange d'inquiétude et de confusion dans les prunelles du coroner. À l'évidence, il était conscient de sa réticence, et elle s'empressa de se détourner pour masquer son irritation. Ce n'était pas comme si elle avait réclamé à se retrouver dans cette situation !

— Je dois dire que non. Pas à l'époque, ajouta-t-il.

Cela la fit tiquer.

— Auriez-vous des regrets, monsieur ? s'enquit-elle, le crayon en équilibre.

Clement haussa les épaules.

— J'ai lu les journaux, comme tout le monde en ville. Je dois avouer que l'article du *Tribune* m'a surpris. J'ai presque eu le sentiment que le journaliste prenait les choses un peu trop personnellement. Mais vous connaissez le dicton : il n'y a pas de fumée sans feu. Alors je me suis à nouveau interrogé sur cette affaire. Je présume que ce sont les gros titres du *Tribune* qui ont également fait réagir votre hiérarchie ?

Trudy s'apprêta à nier, avant de se rendre compte que cela n'aurait guère d'intérêt.

— Comme vous le savez, lorsque certaines… accusations sont formulées, il convient de les prendre au sérieux.

— En effet, c'est d'ailleurs notre métier. Bon, il était temps que nous fassions à nouveau équipe, vous ne trouvez pas ?

Horrifiée, Trudy le vit décrocher son téléphone et appeler sa secrétaire.

— Oui, Jean. Je crains de ne pas être aussi disponible que je ne le pensais cette semaine, pourriez-vous annuler mes rendez-vous sans caractère d'urgence et réorganiser mon emploi du temps pour me libérer, disons… trois heures par jour jusqu'à nouvel ordre ?

Il raccrocha, rayonnant, tandis que Trudy le dévisageait, consternée.

— Quelque chose ne va pas, agent Loveday ? s'inquiéta Clement, ayant subitement décidé de prendre le taureau par les cornes.

Elle déglutit, sachant qu'elle allait devoir lui révéler qu'elle travaillerait seule sur cette affaire et n'aurait pas besoin de sa participation. Pourquoi, grands dieux, pourquoi avait-il fallu qu'il suppute qu'elle était venue solliciter son aide ?

En le voyant s'incliner en arrière avec un sourire satisfait, elle sentit son cœur se serrer davantage. Elle se redressa, cherchant la bonne formulation pour lui expliquer les choses sans lui faire de peine.

Clement, conscient du silence qui se prolongeait et de la bataille mentale qu'elle était manifestement en train de livrer, la considéra de ses yeux gris et impénétrables.

— Y a-t-il un problème ?

Trudy hocha la tête, soulagée de se voir ainsi offrir l'occasion de dissiper ce malentendu. Mais alors qu'elle ouvrait la bouche pour lui annoncer qu'elle n'aurait pas besoin de lui, elle sentit les mots mourir sur ses lèvres.

Tout compte fait, cela n'était pas tout à fait vrai. Elle était bien placée pour savoir à quel point Clement était intelligent, expérimenté et méthodique – autant de qualités qui pourraient lui être d'une grande utilité. Par ailleurs, nul ne connaissait l'affaire mieux que lui.

Alors pourquoi était-elle à ce point déterminée à travailler seule ? Cela n'avait pas de sens… jusqu'à ce que, subitement, dans une terrible prise de conscience, elle comprenne ce qui la mettait si mal à l'aise.

Depuis Pâques, elle avait effectué ses missions tout en combattant ses démons intérieurs. Elle avait trouvé le courage de recommencer à patrouiller seule, à pourchasser les voleurs à la tire, à interroger les témoins et à accomplir ces mille autres tâches de sa routine quotidienne qu'elle ne pensait plus pouvoir effectuer un jour. Chaque fois qu'elle atteignait et dépassait l'un des objectifs qu'elle s'était fixés, elle en venait à croire que la crise était derrière elle.

Sauf qu'à présent qu'elle se retrouvait assise dans cette pièce, force lui était de reconnaître qu'elle n'avait remporté qu'une demi-victoire. Car accomplir son devoir de policière ne représentait qu'une partie de sa vie professionnelle et de sa carrière. Les enquêtes qu'elle menait avec le Dr Clement Ryder en constituaient un tout autre pan.

Lors de la dernière en date, elle avait failli perdre la vie. Et tant qu'elle ne referait pas équipe avec lui, elle ne pourrait être certaine qu'elle avait bien, une fois pour toutes, vaincu ses peurs. L'heure était venue de s'en occuper. Rien d'étonnant à ce qu'elle ne sache plus où donner de la tête !

Sentant son cœur tambouriner dans sa cage thoracique, elle déglutit, prit une profonde inspiration et déclara – de manière pas tout à fait honnête :

— Aucun problème. Tout va très bien, docteur Ryder. Merci d'avoir accepté de m'aider.

Clement sentit ses épaules se détendre tout à coup. Pendant un instant, il s'était demandé si elle n'allait pas rejeter sa proposition. Même si la raison de sa réticence était évidente. L'agression qu'ils avaient tous deux subie au cours de leur enquête précédente l'avait ébranlé lui aussi, alors qu'il avait fait la guerre !

Au cours des derniers mois, il avait maintes fois songé à l'appeler pour prendre des nouvelles, mais l'instinct et l'expérience l'en avaient dissuadé. Parfois, les leçons les plus difficiles de l'existence doivent être apprises en solitaire – ou n'être jamais apprises du tout.

Toutefois, il avait toujours su Trudy dotée d'un courage rare, d'une tête bien faite et d'une ambition sans faille, et il avait foi en elle – une foi qu'elle venait de justifier.

Cependant, alors qu'il décrochait de nouveau son téléphone pour prier sa secrétaire de lui apporter le dossier Hughes, un autre point se mit à le tarabuster.

Et si c'était *autre chose* qui poussait l'agent Trudy Loveday à repousser une possible collaboration ? Avait-elle finalement deviné qu'il souffrait d'une affection grave ?

Il s'était déjà demandé une fois ou deux si elle n'avait pas remarqué chez lui certains des symptômes physiques associés à la maladie de Parkinson. Même s'il n'en était qu'à un stade précoce de l'évolution, il lui arrivait de trébucher, et ses mains tremblaient parfois de façon incontrôlable.

Or Trudy était fine observatrice.

Il s'était donc préparé à lui mentir effrontément en prétendant que tout allait bien, si elle se mettait à l'interroger ouvertement sur son état de santé.

Jusqu'alors, elle n'avait pas posé la question. Peut-être par respect pour lui, ou parce qu'elle manquait d'assurance quant à la fiabilité de ses observations. Cela ne signifiait pas pour autant qu'elle ne doutait pas secrètement. Craignait-elle qu'il ne soit pas en état de mener une nouvelle enquête ?

Cette idée lui faisait froid dans le dos.

Car si tel était le cas, il allait devoir s'assurer de ne lui donner aucune raison de regretter de l'avoir entraîné à bord.

Trudy, heureusement inconsciente de l'état d'esprit de son mentor, poussa un soupir résigné en voyant la secrétaire déposer le dossier Hughes sur le bureau du coroner.

Elle éprouvait effectivement une certaine agitation à la perspective de retravailler avec lui, mais c'était pure idiotie. Il n'y avait aucune raison rationnelle derrière cela. Elle avait effectué un certain nombre de recherches avant de quitter le poste de police, et elle savait que la probabilité qu'un acte malveillant soit survenu dans le jardin des Hughes pour Bonfire Night était presque nulle. Il s'agissait certes d'une horrible tragédie, mais rien ne laissait supposer qu'un crime ait pu être commis.

Bien sûr, chaque fois que le Dr Ryder et elle avaient uni leurs forces, l'enquête avait démontré une affaire d'homicide. Cela n'en faisait pas pour autant une règle immuable. Surtout pas avec des soupçons aussi peu convaincants que ceux-là ! Ainsi que le Dr Ryder venait de le souligner, les supérieurs de Trudy l'avaient simplement chargée de rouvrir l'enquête parce qu'un imbécile de journaliste s'était mis en tête de fouiller dans les poubelles.

Non, ils allaient sans doute se lancer dans une enquête rapide mais minutieuse, elle rédigerait un rapport pour le capitaine Jennings, et cela s'arrêterait là. Cela leur prendrait tout au plus quelques jours et se révélerait tout à fait barbant !

Duncan Gillingham relut son article avec un sourire sinistre. Même s'il était agréable de voir sa signature imprimée, de savoir qu'il avait fait un peu de bruit en jetant ce beau pavé dans la mare, ce n'était pour une fois pas l'assouvissement de sa vanité qui lui procurait satisfaction.

Il venait de raccrocher d'une conversation téléphonique avec un certain commissaire Malting, quelque peu mécontent d'avoir dû confirmer que l'affaire Hughes allait être réexaminée de plus près.

Ce qu'il souhaitait et prévoyait depuis longtemps. Car, même si tous l'ignoraient encore, il disposait d'un atout crucial que ne possédait pas la police au sujet de cette affaire.

Il savait déjà que le cercle familial comptait un assassin dans ses rangs.

Et il était déterminé à voir souffrir cette personne…

Avec cette ambition en tête, il attaqua la rédaction de l'éditorial du lendemain, dans lequel il confirmerait que la police s'était enfin rangée à l'avis du *Tribune* en acceptant de rouvrir l'affaire. Le journal et ses lecteurs attendaient désormais les résultats en retenant leur souffle, convaincus que les forces de l'ordre – à présent qu'elles s'attelaient sérieusement à la tâche – ne tarderaient pas à découvrir la vérité cachée derrière la mort de Thomas Hughes.

Le journaliste sourit devant sa fidèle Remington noir et or.

Quand une certaine personne découvrirait ce rebondissement inattendu en buvant son thé, cela lui passerait à coup sûr l'envie de petit-déjeuner.

Et cela ne s'arrêterait pas là. Car le limier du *Tribune* poursuivrait naturellement son enquête de terrain, interrogeant ses propres témoins. Le résultat de cette entreprise s'étalerait en une du journal pendant encore quelque temps !

Duncan Gillingham relut son article du lendemain avec un sourire carnassier.

Tôt ou tard, le sale petit vermisseau qui pensait pouvoir se tortiller sans risque dans le fruit se retrouverait bientôt sous le feu des projecteurs.

Et si cela lui permettait au passage de se faire un nom et de contraindre Sir Basil à reconnaître que son futur gendre était doué pour ce travail, ce serait la cerise sur le gâteau.

6

— Alors, avec qui voudriez-vous vous entretenir en premier ? demanda Trudy avec curiosité.

Voilà presque une heure qu'elle consultait attentivement le dossier dans le bureau du coroner, et elle avait découvert un ou deux points qu'elle souhaitait voir éclaircis. Ce que Clement Ryder avait naturellement réussi à faire.

Elle se sentait déjà bien mieux. Malgré les doutes qu'elle avait pu nourrir au sujet de leurs retrouvailles, ils avaient rapidement retrouvé leur ancienne routine en discutant à bâtons rompus, passant les faits en revue jusqu'à mettre au jour quelque élément intéressant. Force lui était de reconnaître qu'il était agréable de retrouver peu à peu de bonnes vieilles habitudes.

Déjà, leur collaboration leur offrait certaines pistes à suivre.

Tous deux trouvaient par exemple un peu étrange qu'aucun membre de la famille du défunt n'ait remarqué quand ou comment la remise avait pris feu.

Certes, il faisait sombre, et la plupart des femmes devaient surtout être attentives à leur progéniture. Malgré tout, cela semblait étonnant, et ils allaient devoir s'entretenir avec toutes les personnes présentes ce soir-là – y compris les enfants.

Il était par ailleurs intéressant de constater que le défunt souffrait d'une réputation pour le moins ambiguë en ce qui concernait ses affaires. Même si Trudy avait signalé qu'elle ne voyait pas en quoi cela pourrait se révéler pertinent.

Après tout, il était peu vraisemblable qu'un actionnaire mécontent de l'une des entreprises de Thomas Hughes ait pu s'introduire dans le jardin familial pour incendier la cabane sans que quiconque l'aperçoive. Le feu devait tout de même éclairer en partie les lieux, et un inconnu aurait sans doute fait tache.

Il apparaissait donc que la réponse à cette énigme – si toutefois le sort de la victime relevait d'une quelconque énigme – devait se trouver au sein de la famille proche.

D'où la question de Trudy.

— Eh bien, il y aurait peu d'intérêt à commencer par les deux membres de la famille ayant témoigné lors de l'enquête, répondit Clement. Pas alors que les autres pourraient nous ouvrir de nouvelles perspectives. Au besoin, nous pourrons toujours nous tourner vers les Wilcox plus tard. Adressons-nous donc d'abord à un autre des rejetons Hughes. Avez-vous une préférence ?

Trudy haussa les épaules.

— Pourquoi pas la benjamine, Caroline Benham ? C'est souvent la petite dernière qui est la plus proche de son père, non ?

Clement, lui-même père d'un garçon et d'une fille qui avaient depuis longtemps quitté le nid, sourit.

— Il paraît. Très bien, va pour Caroline. J'en déduis que vous avez déjà effectué certaines recherches préliminaires sur la famille ?

Trudy le lui confirma. Ils rejoignirent la Rover P4 du coroner, qui remonta vers le nord sur Banbury Road pour gagner le village de Kidlington, où vivait et travaillait Caroline. Trudy profita du trajet pour l'aviser de tout ce qu'elle avait appris jusqu'à présent.

— Caroline est une jeune divorcée de vingt et un ans, commença-t-elle en consultant ses notes afin de se rafraîchir la mémoire.

Clement grommela légèrement en donnant un coup de volant pour éviter un cycliste peu respectueux du code de la route. Il n'était pas très favorable au divorce, ni à la facilité grandissante avec laquelle ceux-ci étaient prononcés, considérant cette tendance comme l'un des maux de la société moderne. Les gens de sa génération s'évertuaient à sauver leur couple contre vents et marées. Même si sa propre épouse était morte depuis plusieurs années, il était convaincu qu'ils seraient encore ensemble si elle avait survécu.

— Elle n'a pas dû rester mariée longtemps, souligna-t-il avec une pointe d'agacement.

Trudy fronça les sourcils.

— Non. Mais elle a convolé jeune, ajouta-t-elle en vérifiant les dates sur son carnet. Elle n'avait que dix-huit ans. Ils sont donc restés ensemble trois ans environ.

Clement soupira.

— C'était peut-être le problème. Il n'est pas toujours bon de se marier trop tôt.

Trudy, qui, du haut de ses vingt ans, n'avait encore jamais réfléchi sérieusement à la question, haussa les épaules.

— Elle travaille comme secrétaire chez un notaire. Son ex-mari et elle ont dû vendre ou libérer la maison familiale, car elle semble vivre en colocation avec une autre femme. Je suppose que cela lui permet de partager le loyer.

Trudy consulta sa montre d'un air pensif.

— À cette heure-ci, nous avons plus de chances de la trouver au travail qu'à son domicile, n'est-ce pas ?

Clement acquiesça. Un quart d'heure plus tard environ, il trouva une place de stationnement derrière la bibliothèque, en face d'un immeuble à deux étages en brique jaunâtre où se situait le cabinet Brearley, Pierce, Pike & Brearley.

Avant qu'ils descendent de voiture, Clement demanda :

— Selon vous, à quel point la bile et les sous-entendus déversés dans cet article sont-ils fondés ?

— Eh bien, la partie qui concerne la réussite en dents de scie de Thomas Hughes est certainement vraie, répondit Trudy en contemplant les feuilles mortes détrempées empilées sur le bas-côté. C'est l'une des choses qui m'ont le plus frappée dans ce papier. Comme il s'agissait peut-être du point le plus facile à confirmer ou infirmer, j'ai effectué quelques recherches à ce sujet.

— Ah ? Notre capitaine d'industrie n'était donc pas aussi sensationnel qu'on le prétend ?

— Eh bien, oui et non.

— Voilà qui est clair comme de l'eau trouble ! s'exclama Clement.

Il se sentait soulagé que les doutes que son amie nourrissait manifestement à son endroit se soient assez taris pour que leur collaboration puisse reprendre comme avant. Plus le temps passait, plus l'atmosphère redevenait légère et amicale.

— Désolée. Mr Hughes a effectivement gagné beaucoup d'argent et rencontré une grande réussite avec ses entreprises pendant la majeure partie de sa vie. Néanmoins, quand il a eu soixante ans, il a revendu l'essentiel de ses biens – le socle de sa fortune – et est plus ou moins parti en préretraite. Il a monté plusieurs affaires, dont certaines ont fructifié et rapporté beaucoup à leurs investisseurs – mais une ou deux d'entre elles leur ont coûté énormément d'argent. Le problème est qu'il n'a lui-même jamais misé de trop grosses sommes dans ses entreprises les plus… hasardeuses.

— Mmmh. Eh bien, c'est sans doute une donnée à garder en mémoire, commenta Clement avant d'ouvrir sa portière pour se diriger vers l'office notarial.

La réceptionniste parut surprise de voir un agent de police franchir la porte, et Clement présuma que le cabinet était de ceux qui se cantonnaient aux testaments, divorces et autres spécialités non criminelles.

— Bonjour, j'aurais souhaité savoir si je pourrais m'entretenir avec Mrs Benham ? demanda Trudy avec un sourire. Il n'y a rien d'important – simple visite de routine.

— Oh ! serait-ce au sujet de son pauvre père ?

La réceptionniste, une quinquagénaire dont l'instinct maternel semblait très développé, se leva et observa tour à tour Clement et Trudy d'un air hésitant.

— Ça nous a fait un choc d'apprendre la nouvelle. Mais Caro... Mrs Benham a insisté pour revenir travailler sans tarder. Je vais l'informer de votre présence. Elle est en train de taper un document sous la dictée de Mr Pike, mais je suis sûre que cela ne le dérangera pas.

Ils patientèrent devant l'accueil tandis que la femme disparaissait vers l'arrière du bâtiment. Sur le rebord de fenêtre, une violette de Parme s'épanouissait avec l'enthousiasme d'une plante bien entretenue. Des classeurs en bois longeaient les murs couleur crème, et une ou deux scènes de chasse tentaient de conférer au vestibule une allure un peu moins solennelle.

On entendait depuis l'extérieur des enfants chantonner en sautant à la corde. « Chapeau de paille, temps d'amoureux, la fille est belle, je sais qui la veut... »

Trudy sourit en se rappelant cette chanson de sa tendre enfance.

Il y eut du mouvement dans l'embrasure de la porte, et la réceptionniste reparut avec une autre femme, dissipant rapidement le bref accès de nostalgie de Trudy.

La plus jeune fille du défunt était une femme assez quelconque d'un mètre soixante-quinze environ, à la chevelure châtain épaisse mais pas très soignée. Ses grands yeux noisette constituaient sans doute son trait le plus remarquable, mais ils considéraient actuellement Trudy et Clement avec méfiance.

— Je suis Mrs Benham. Celia m'a dit que vous souhaitiez discuter de mon père ?

Elle semblait dubitative, comme à moitié convaincue qu'ils lui mentaient.

Trudy lui montra sa carte de police, dont la femme se saisit pour l'examiner d'un air sceptique.

— Y a-t-il un endroit où nous pourrions converser en privé pendant quelques minutes, madame Benham ? lui demanda Trudy. Nous aimerions juste vous poser quelques questions au sujet du soir où votre père… Au sujet de Bonfire Night.

Caroline Benham poussa un lourd soupir.

— Je présume que c'est en rapport avec cet article de journal ridicule ? Un tel ramassis d'absurdités… Remarquez, je ne suis pas très étonnée…

Elle surprit l'air hypnotisé de la réceptionniste et redressa ses épaules osseuses.

— Bon, allons nous installer dans la salle de conférences – personne ne l'a réservée aujourd'hui. Par ici, s'il vous plaît.

Elle leur fit franchir une porte donnant sur un couloir mal éclairé, et s'arrêta à peu près au milieu pour ouvrir une autre porte, comme au hasard.

— Ce n'est pas aussi grandiose qu'on l'imagine, hein ? souligna-t-elle avec ironie en s'effaçant pour les laisser entrer.

En effet, la pièce était d'une exiguïté inattendue, et seule une petite fenêtre carrée mal adaptée laissait entrer une faible quantité de lumière. L'endroit était tout juste meublé d'une table ronde et de quatre chaises en bois à dos droit.

— Je vous en prie, asseyez-vous.

Trudy et Clement s'exécutèrent, et Caroline Benham prit place en face d'eux.

— Alors, en quoi puis-je vous aider ? s'enquit-elle en croisant les mains sur ses genoux dans un geste qui devait lui être habituel.

Elle ne paraissait ni obligeante ni réfractaire, et Trudy se demanda si cette démonstration d'indifférence calculée était causée par le deuil. Elle était dans la police depuis assez longtemps pour savoir que le chagrin et la stupeur pouvaient provoquer des réactions très variées en fonction des personnes.

— Vous étiez sur le point de nous dire quelque chose au sujet de l'article du *Tribune*, madame Benham – vous laissiez entendre que vous n'étiez pas particulièrement surprise par son contenu, lui rappela Trudy.

— Comment ? Ah, ça. Eh bien, non, en effet, confirma Caroline en plissant le front.

Ses sourcils assez fournis formèrent alors un grand V, ce qui lui conféra un air étrangement simiesque.

Trudy changea de position sur sa chaise.

— Je trouve cela assez curieux, madame Benham. Cela ne vous met-il pas en colère qu'un journal répande ainsi des sous-entendus peu flatteurs au sujet de votre père ?

Caroline eut un sourire sombre.

— À peine. Pour tout vous dire, j'ai l'habitude.

Cette fois, ce fut Clement qui remua légèrement, et Trudy se demanda s'il ne se sentait pas aussi perplexe qu'elle. Elle s'était préparée à marcher sur des œufs durant cet entretien, voire à laisser pleurer sur son épaule cette jeune femme endeuillée. Pourtant, elle avait l'impression de nager en eaux complètement inconnues.

— L'habitude ? répéta Trudy.

Caroline soupira.

— Ce que raconte cet article est vrai pour l'essentiel. Mon père était un homme cruel et impitoyable, et je ne doute pas que bien des personnes aient perdu les économies d'une vie à cause de lui. Cela ne l'aurait pas tracassé outre mesure ! Il n'avait pas de cœur, vous comprenez ? Pas d'âme. Pas de conscience. Ainsi, je ne suis guère surprise de ce retour de bâton.

— Oh ! fit Trudy, désarçonnée.

Pour une raison ou pour une autre, elle n'avait pas anticipé pareille franchise de la part de la fille de la victime.

— Euh… pardonnez-moi d'être si directe, mais vous ne semblez pas très… affectée par la disparition de votre père.

Caroline releva son menton carré et un peu trop large.

— Et pourquoi le serais-je ? rétorqua-t-elle d'un air belliqueux.

Trudy cilla, tâchant de ne pas se sentir offusquée.

— Vous n'aimiez pas votre père, madame Benham ? demanda-t-elle en s'efforçant de garder un ton neutre.

— Mais certainement pas ! Et je n'ai aucun mal à l'avouer franchement. En réalité, je serais surprise d'apprendre que quelqu'un le regrette. Il n'avait rien d'aimable, madame l'agent.

— Parce qu'il prenait certaines libertés avec l'argent des autres ? s'enquit Trudy, peinant à croire que cette raison puisse suffire à provoquer un tel dédain.

— Si ce n'était que ça. Honnêtement, je m'en ficherais complètement. Si certains ont eu la stupidité de se laisser berner par mon père, alors tant pis pour eux.

— Dans ce cas, qu'a-t-il donc pu faire pour que vous le haïssiez à ce point ?

Si elle s'attendait à ce que son témoin fasse machine arrière et se défende de *haïr* son propre père, laisse entendre qu'elle était fragile en ce moment et que ses nerfs étaient à rude épreuve, ou avance quelque autre circonstance atténuante, elle en fut pour ses frais.

Caroline Benham se contenta de la considérer de son regard dur et inexpressif qui semblait refléter la faible lumière de la pièce.

— Je le haïssais parce qu'il a assassiné ma mère.

7

Trudy s'aperçut tout à coup qu'elle béait de surprise. Elle s'empressa de refermer la bouche et jeta un rapide coup d'œil vers Clement, se demandant s'il voudrait prendre le relais, mais il se contentait d'étudier le témoin d'un air pensif.

Si cela avait été leur première enquête, il lui aurait peut-être fait signe qu'il valait mieux changer d'interlocuteur à présent que les choses devenaient sérieuses. Maintenant, au contraire, il paraissait heureux de lui laisser les rênes, et elle ne put s'empêcher d'éprouver une pointe de fierté à cette marque de confiance.

— C'est une grave accusation, madame Benham, commenta Trudy d'un ton prudent.

Elle ne voulait pas casser le rythme de l'interrogatoire en consultant ses notes pour vérifier des faits qu'elle était à peu près certaine d'avoir en mémoire.

— Il me semble que votre mère est morte en 1957, c'est bien cela ?

— Exactement, répondit Caroline en pinçant si fort les lèvres qu'elles blanchirent. J'avais tout juste dix-sept ans.

Trudy avala sa salive, éprouvant un instant ce curieux sentiment de désarroi que l'on ressent lorsqu'on est subitement pris au dépourvu.

— Cela a dû être une épreuve terrible, parvint-elle à articuler avec sincérité.

Trudy peinait à s'imaginer ce qu'elle aurait vécu si sa propre mère était morte trois ans plus tôt. Elle en aurait eu le cœur brisé.

Elle se sentit soudain honteuse d'avoir jugé cette femme. Car même si elle s'était efforcée de rester professionnelle, elle n'avait pu s'empêcher de trouver l'attitude de Caroline Benham face à la mort de son père profondément anormale et, d'une certaine manière… déplacée.

À présent, elle commençait à se demander s'il n'y avait pas d'autres raisons à cela que la nature froide et insensible de Caroline.

— Je suis vraiment désolée, ajouta-t-elle doucement. Vous aimiez profondément votre mère, n'est-ce pas ?

Comme en réaction à cette compassion inattendue – quoique sincère –, les yeux noisette de Caroline semblèrent s'humecter de larmes.

— Oui, fit-elle d'une voix un peu bourrue tout en contemplant ses mains jointes. Oui, en effet. Elle seule nous aimait. Quand elle est partie, j'ai… eh bien, j'ai su que je ne pourrais pas rester longtemps chez mon père. J'ai donc épousé Malcolm dès que j'ai eu dix-huit ans, et j'ai déménagé. Mon père a été ravi de me voir partir.

Elle renifla.

— Mais l'était-il vraiment ? s'étonna Trudy. J'ai du mal à y croire. Il venait de perdre sa femme, et…

— Oh ! il ne l'a pas seulement perdue, l'interrompit brusquement Caroline. Comme je vous l'ai dit : il l'a *tuée*. Nous le savions tous, mais j'étais la seule à oser lui tenir tête pour qu'il comprenne que je n'étais pas dupe. Et ça ne lui plaisait pas du tout, ça non.

Sa voix semblait désormais crispée et tendue, comme sous l'effet d'une colère et d'un chagrin trop longtemps réprimés.

— Il aimait que l'on se prosterne devant lui et qu'on le considère comme la huitième merveille du monde. Oui, monsieur, non, monsieur, tout de suite, monsieur. Il n'aimait pas me savoir dans ses pattes alors que je l'avais percé à jour et que j'étais là pour lui rappeler le crime qu'il avait commis. Alors, si, je vous assure qu'il était enchanté par mon départ.

Mrs Benham haletait presque désormais, penchée en avant sur sa chaise, les yeux écarquillés, et Trudy commença à avoir peur. Et si la benjamine du défunt souffrait de graves troubles psychiatriques ?

Elle jeta un nouveau coup d'œil au coroner. Elle n'ignorait pas qu'il avait été chirurgien avant de changer de carrière ; s'il n'avait pas dû rencontrer beaucoup de malades mentaux dans sa spécialité, il n'en demeurait pas moins médecin. Et elle ne voulait surtout pas causer une dépression nerveuse chez son témoin en raison de son manque d'expérience dans la façon de mener une audition.

Clement remarqua son regard interrogateur et en comprit aussitôt la signification. Il se pencha obligeamment sur la table et prit le relais.

— Pourriez-vous m'en dire plus sur la mort de votre mère, madame Benham ? Je suis docteur en médecine, vous pouvez donc vous fier à moi, promit-il, veillant à s'exprimer d'une manière calme et neutre.

Caroline Benham le dévisagea avec intensité.

— Vous êtes docteur en médecine ? Vous devez donc savoir ce qu'est une leucémie. Et en particulier…

Elle se lança alors dans une explication incompréhensible pour Trudy, qui ne parvint même pas à prendre des notes précises. Il y avait trop de syllabes complexes, et le seul mot qu'elle saisit fut « syndrome », prononcé vers la fin.

Clement Ryder n'eut en revanche aucun mal à traduire ce jargon.

— C'est une forme extrêmement rare de cancer du sang, madame Benham, déclara-t-il. Votre mère en souffrait-elle ?

— C'est ce qu'affirmaient les médecins.

— Un mal incurable, hélas. Si votre mère en était atteinte, je crains de ne pas comprendre comment vous pouvez tenir votre père pour responsable de son sort.

— Oh ! mais il l'était, pourtant. Ce n'est pas à cause de lui qu'elle est tombée malade, bien sûr, ajouta-t-elle d'un ton que Trudy jugea dédaigneux et assez brusque. Mais il a refusé de lui venir en aide lorsqu'on lui a proposé un traitement.

— Un traitement ? Je peux vous assurer qu'il n'existe aucun traitement connu pour ce genre de maladie. Même si la recherche dans ce domaine avance à grands pas du côté des États-Unis, et qu'ils ont effectué quelques essais cliniques prometteurs…

— Et voilà ! C'est précisément de cela que je parle.

Caroline Benham était penchée en avant, dans son empressement à faire valoir sa cause.

— Alors que les médecins avaient perdu tout espoir, l'un d'eux a évoqué certains protocoles expérimentaux, un à Seattle et l'autre en Californie, me semble-t-il. Il disait que maman ferait une excellente candidate pour l'un ou l'autre, et qu'il la recommanderait aux chercheurs concernés si nous le souhaitions.

— Mais…

Clement n'eut pas le temps de formuler son objection.

— Oh ! je sais, ils ne nous ont jamais promis de rémission totale ! admit Caroline comme si ce point crucial n'était pas si pertinent. D'un autre côté, les médecins ne prennent jamais le moindre engagement, n'est-ce pas ? Quoi qu'il en soit, ces soins auraient pu nous permettre de profiter d'elle plus longtemps et lui rendre la vie plus facile. Pensez-vous que mon père, ce sale grippe-sou, ce méprisable radin, aurait consenti à payer les billets d'avion, l'hospitalisation et la médication ?

Elle criait presque, à présent.

— Bien sûr que non !

Elle le fusilla d'abord du regard, puis se tourna vers Trudy avec une expression de haine et de désespoir confinant à la démence, au point que la jeune policière sentit un frisson glacial lui remonter la colonne vertébrale. Elle se savait confrontée à l'obsession profonde de Caroline Benham, enlaidie par la rage, et se demanda pour la première fois si cela avait pu la pousser à commettre un meurtre.

— Sa propre épouse, et il n'a pas levé le petit doigt pour l'aider ! Ce n'est pas comme s'il avait du mal à joindre les deux bouts, haleta Caroline en s'affalant sur sa chaise. Il ne pouvait même pas faire valoir cette excuse ! C'est juste qu'il ne voulait rien dépenser pour une cause perdue. Il appelait ça une perte de temps. Vous imaginez ?

La pièce se retrouva alors plongée dans un silence absolu tandis que l'horreur de ces dernières paroles imprégnait l'air en même temps que la conscience des deux enquêteurs.

Si tout ceci était vrai, songea Trudy, épouvantée, alors, non, elle ne pouvait l'imaginer. Le défunt avait vraiment été d'une insensibilité monstrueuse.

Mais les choses s'étaient-elles bel et bien déroulées ainsi ? Leur témoin ne semblait pas être particulièrement impartial ou fiable.

Caroline prit une grande inspiration tremblante et, pour la première fois, arbora un petit sourire débordant d'une amertume insupportable.

— Oh ! je sais ce que vous vous dites. Que je suis folle, que j'ai complètement perdu les pédales, que je souffre de démence, ou quelque chose dans le genre. Mais je peux vous assurer que ce n'est pas le cas. Et si vous connaissiez mon père aussi bien que moi – aussi bien que nous tous –, vous sauriez que je vous dis la vérité. De toute sa vie, il ne s'est intéressé qu'à l'argent et au pouvoir, se comportant comme un roi dans son empire. Maman lui a donné des enfants, ce qui était tout ce qu'il attendait d'elle, et lorsque, une fois malade, elle ne lui a plus été de la moindre utilité, il n'a pas voulu dilapider ses ressources pour la soutenir. C'est aussi simple que cela.

Le sourire de Caroline disparut peu à peu.

— Et donc, elle est morte. Et j'ai quitté la maison. Et maintenant, il est enfin mort à son tour.

Elle s'affaissa complètement, comme vidée de ses forces, ne s'exprimant plus que d'une voix terne et presque détachée.

— Et je ne le regrette pas du tout, affirma-t-elle en observant par la fenêtre les gouttes de pluie qui s'étaient mises à ruisseler sur le carreau.

— Est-ce pour cela que vous l'avez tué, Caroline ? osa demander Trudy.

Caroline Benham éclata de rire. Un son d'autant plus choquant qu'il semblait réellement contenir une forme d'humour – noir et tordu, mais bel et bien présent.

— Non, je ne l'ai pas tué. Je pense que la Providence s'en est chargée. Je crois en la Providence, vous savez ? Je crois qu'elle le guettait en attendant le bon moment pour frapper, ainsi qu'elle le fait avec chacun d'entre nous. Et qu'elle a finalement décidé qu'il était l'heure pour Thomas Hughes d'expier ses péchés. Ainsi donc, les étincelles ont volé, la remise s'est embrasée et ce vieux fou avec.

Le regard de Caroline, jusqu'alors dans le vague, sembla se recentrer. En un retour fulgurant à la normalité, elle se redressa, posa fermement les mains sur la table et se leva.

— Je suppose que vous vous demandez pourquoi je persistais à me rendre aux réunions de famille malgré tout ça ?

Elle étira les lèvres en une parodie de sourire.

— C'est assez simple, en réalité : voyez-vous, je pouvais percevoir son irritation chaque fois qu'il se retrouvait en ma présence. En outre, je ne voulais pas lui accorder la satisfaction de croire qu'il m'avait éloignée du reste de la famille. Y avait-il autre chose ? s'enquit-elle avec froideur.

Il s'agissait plus d'une déclaration ou d'un défi que d'une véritable question, et Trudy se surprit à admettre que c'était tout pour le moment. Elle savait au fond d'elle-même que pousser le témoin dans ses retranchements se révélerait pour l'heure tout à fait inutile.

Caroline les raccompagna en silence, passant devant la réceptionniste intriguée sans lui accorder un regard.

*

Une fois dehors, Clement et Trudy restèrent sous l'abri précaire du porche de l'immeuble pour observer la pluie.

— Pfiou, finit par siffler le coroner.

La policière sourit malgré elle.

— C'était assez intense, pas vrai ?

— Ça, on peut le dire.

— Pensez-vous qu'elle soit… vous savez… dérangée ?

Clement y réfléchit un instant avant de hausser les épaules.

— Les maladies mentales n'entrent pas dans mon domaine d'expertise, mais je ne le crois pas. Je pense en revanche que la perte de sa mère a été un véritable traumatisme, et qu'elle a décidé de la reprocher à son père. Malgré tout, elle semble relativement rationnelle, et cela ne l'a pas empêchée de vivre une vie normale ces dernières années.

— Vous la croyez donc ? Même quand elle affirme n'avoir pas tué son père ?

— Eh bien, si elle l'avait fait, pourquoi maintenant ? Pourquoi pas à l'époque où elle a perdu sa mère ? Elle devait être d'autant plus perturbée alors. Pourquoi attendre ?

Trudy opina, même si elle doutait. Elle s'imaginait Caroline comme une poudrière susceptible d'exploser à tout moment.

— En tout cas, s'il s'avère que Mr Hughes a effectivement été éliminé, je crois que je placerai Caroline tout en haut de la liste des suspects.

Clement ne la contredit pas.

— Il sera intéressant de voir ce qu'a à dire le reste de la famille, non ? se contenta-t-il de déclarer.

Il inspira alors l'air froid et humide, coiffa son trilby et haussa les épaules comme pour se délester de ces dix dernières minutes dramatiques.

— Bon, je crois que je vais retourner au bureau pour essayer de découvrir qui a soigné la maladie de Mrs Hughes. Le moins que je puisse faire est de confirmer si Caroline ne s'est pas trompée dans ses explications.

— Quant à moi, je vais faire mon rapport au capitaine Jennings et poursuivre mes recherches sur la famille

Hughes, déclara Trudy d'un air contrit. S'ils sont tous aussi intéressants que Caroline, je pense que nous avons intérêt à mieux maîtriser notre dossier.

— Vous avez sans doute raison. Il serait peut-être bon de retourner voir les Wilcox pour obtenir leur point de vue plus détaillé. Après tout, on ne peut pas non plus tout demander à la cour.

Trudy regretta de n'avoir pu participer à l'enquête préliminaire, mais il n'y avait eu à l'époque aucune raison de la solliciter.

— Avez-vous le sentiment qu'ils vous ont caché quelque chose ?

Clement haussa les épaules.

— Pas nécessairement. Mais, de toute façon, nous devons découvrir comment le reste de la famille du défunt le percevait, et s'ils partagent l'opinion de leur jeune sœur quant à sa responsabilité dans la mort de leur mère. J'ai le sentiment que nous sommes loin de tout savoir de la famille Hughes, et Alice et son mari étaient les plus proches de Thomas puisqu'ils vivaient sous le même toit.

Clement déposa Trudy non loin du commissariat et repartit aussitôt. Sa jambe se mit alors à trembler, et la boîte de vitesses craqua quand il embraya sèchement. Il s'empressa de jeter un coup d'œil dans son rétroviseur, mais Trudy ne semblait pas le regarder s'éloigner.

Avec un soupir de soulagement, il regagna son bureau sans autre incident. Il ne put toutefois s'empêcher de se poser la question : combien de temps encore serait-il en mesure de prendre le volant sans risque ?

Cela lui rappela d'ailleurs qu'il avait promis à Trudy de lui enseigner la conduite. Il faudrait qu'il pense à lui demander si elle avait déjà obtenu son permis d'apprentie conductrice afin qu'ils conviennent d'un moment pour entamer les leçons.

Tant qu'il en était encore capable.

8

Le matin suivant, Godfrey Hughes alla récupérer son lait et ses journaux à la porte commune de la maison édouardienne, devenue un immeuble de rapport, où il occupait un petit appartement confortable. Une fois de retour à l'étage, avec sa tasse de café noir et son toast habituels, il s'empara de l'*Oxford Tribune* et découvrit avec horreur que sa famille figurait encore une fois en première page.

Sentant la nausée menacer, il s'empressa de lire l'article expliquant que la police avait été contrainte de rouvrir l'enquête concernant la mort de son père et espérait obtenir de nouveaux résultats rapidement.

Cet éternel célibataire était aussi grand que l'avait été Thomas : plus d'un mètre quatre-vingts, et assez élancé. Doté d'yeux marron et de cheveux auburn abondants, il paraissait particulièrement pâle et mal en point ce matin-là.

Il jeta le journal à terre avec une exclamation de détresse et de désarroi, puis consulta sa montre. Comme il s'y attendait, il avait encore largement le temps de se rendre au St Swithin's College, un établissement d'éducation supérieure indépendant au sein duquel il enseignait la langue et la culture anglaises à des étudiants étrangers.

Il avait prévu un cours sur la dernière « pépite » du cinéma britannique, qui ne susciterait guère d'enthousiasme.

Son esprit vagabonda à la place vers son père, ou plus précisément vers le testament de celui-ci.

Oh ! il savait ce qu'il renfermait. Ou plutôt, il savait ce que son père en avait dit mais, ainsi que tous les enfants de

Thomas l'avaient appris à leurs dépens, il était impossible de se fier à ses paroles. Il mentait souvent lorsque cela lui facilitait la vie ou s'il pensait que les conséquences d'une contrevérité pouvaient être divertissantes.

Il était donc *possible* que le défunt ait, en réalité, légué à son fils aîné davantage que la modeste pension dont il avait clamé l'existence. Mais, au fond de lui, Godfrey n'y croyait guère.

Après tout, le vieux ne s'était jamais privé de faire savoir ce qu'il pensait de l'incapacité de Godfrey à se marier et à lui donner des petits-enfants. Qui plus est, il avait toujours traité avec condescendance la seule véritable passion de son fils aîné, ricanant de le voir consacrer presque tout son salaire à son « petit passe-temps ridicule », selon ses propres termes, arguant que « le bon argent des Hughes ne devrait jamais être dépensé pour des âneries pareilles ». D'où l'annonce d'une simple pension, au lieu d'une somme versée en une seule fois.

Incapable de tenir en place, Godfrey se dirigea vers la fenêtre et contempla sans les voir les rues et la circulation.

Il aimerait avoir de l'argent à dépenser – et il ne voyait aucune raison de ne pas être exaucé. Après tout, il était l'aîné, et, traditionnellement, l'aîné était censé hériter, non ?

Bien sûr, Alice méritait aussi sa part, songea-t-il pour ne pas se sentir égoïste. Elle avait été contrainte de vivre avec le vieil homme, subi un chantage pour veiller sur lui, avec la promesse d'hériter de cette grande et belle demeure verdoyante de Headington.

Une petite somme ne serait certainement pas du luxe pour Matt non plus, avec ses trois enfants.

Concernant Caroline… Eh bien, elle s'était déjà assurée d'être déshéritée grâce à son attitude militante et au mépris qu'elle affichait ouvertement envers leur père ; ce dernier détestait profondément qu'on s'oppose à lui. À dire vrai, quelques-unes de leurs disputes après le trépas de leur mère avaient été farouches et magnifiques à regarder, se rappela Godfrey en esquissant un sourire amusé. D'une certaine manière, il admirait sa sœur pour son acharnement, bien qu'il dédaignât sa sottise.

Toutefois, l'éviction de Caroline permettrait aux autres de se partager une plus grosse part du gâteau – du moins, avec un peu de chance.

Godfrey soupira. Il faudrait attendre de voir ce que le vieil avoué de la famille annoncerait à l'ouverture du testament.

S'il n'obtenait comme prévu qu'une modeste pension… Eh bien, il faudrait trouver une solution, voilà tout. Et Godfrey, qui se targuait d'être le plus intelligent de tous les enfants de Thomas Hughes, avait une idée très précise concernant la nature de cette solution.

9

Kenneth Wilcox travaillait à Cowley, où il possédait et gérait un grand magasin d'électroménager, parfaitement situé sur une grosse artère. Même s'il était loin d'être aussi riche qu'avait pu l'être feu son beau-père, il avait malgré tout réussi dans les affaires ; toutefois, Clement ne pouvait s'empêcher de se demander ce que le défunt pensait du maigre empire de son gendre.

Il supposait que le patriarche n'était pas plus impressionné que cela – et qu'il n'avait sans doute jamais cherché à cacher son opinion au principal intéressé.

En s'avançant dans le magasin, Trudy s'arrêta pour admirer les nouveaux dispositifs sans fil. Parviendrait-elle un jour à économiser assez d'argent pour s'offrir son propre tourne-disque ? Celui du salon était généralement réquisitionné par ses parents et, si leur musique ne la dérangeait pas (beaucoup de Glenn Miller et autres enregistrements datant de la guerre), elle n'avait pas toujours envie de l'écouter. Pour l'heure, son morceau préféré était le dernier tube d'Elvis Presley – « His Latest Flame ». Avec une platine dans sa chambre, elle pourrait entamer sa propre collection de 33 et 45 tours.

Mais d'abord, elle allait devoir se payer son permis de conduire.

— Y a-t-il un problème, madame l'agent ?

Trudy sursauta, un peu honteuse d'avoir été surprise à rêvasser, et se retourna face au vendeur qui les avait approchés sans bruit. Il les contemplait avec méfiance, son compagnon et elle, ne sachant clairement pas comment les aborder.

Clement lui adressa un sourire affable.

— Nous nous demandions si le propriétaire était présent. Mr Wilcox ?

— Oh ! oui, répondit le vendeur avec un soulagement manifeste. Par ici. J'espère que tout va bien ?

Grand, âgé d'une petite trentaine d'années, l'air un peu inquiet, l'homme était élégamment vêtu d'un costume cravate, mais arborait la mine de ceux qui redoutent perpétuellement les ennuis ou les dérangements.

— Il y a eu plusieurs cambriolages près du garage automobile récemment – mais surtout chez des marchands de journaux ou de spiritueux. De jeunes vandales en quête de cigarettes et d'alcool, j'imagine. Ils ne s'attaquent tout de même pas aux autres commerces, si ?

— Oh non, monsieur, rassurez-vous. C'est une affaire privée qui concerne Mr Wilcox, intervint Trudy. Je suppose que c'est un bon patron ? ajouta-t-elle.

— Oh ! oui. Très bon. Il aime que son magasin soit bien ordonné, précisa-t-il d'un air satisfait.

— Vous travaillez pour lui depuis longtemps, monsieur ?

— Depuis que j'ai quitté l'école. Ma parole, cela doit désormais faire plus de douze ans.

Le vendeur semblait ne pas y croire lui-même. Trudy hocha la tête.

— Et les affaires tournent bien ?

— Oh ! oui. Tout va très bien chez Wilcox Electrical, affirma-t-il avec raideur, comme si la policière l'avait insulté personnellement en l'interrogeant sur la rentabilité du magasin. Le bureau est par ici.

Il les guida vers un couloir étroit, dans lequel il ouvrit la dernière d'une série de trois portes. Celle-ci donnait sur une petite antichambre pleine de classeurs de rangement, avec juste assez d'espace pour un bureau et une chaise, actuellement inoccupée.

— Oh ! il semble que la secrétaire de Mr Wilcox vienne de sortir, commenta-t-il comme s'il s'agissait là d'un crime capital.

Il traversa la pièce jusqu'à une porte en bois uni, coincée entre deux classeurs. Il frappa, puis ouvrit sans attendre de réponse et lança par l'embrasure :

— Monsieur Wilcox, une policière et un gentleman souhaiteraient vous voir.

Il s'effaça alors pour les laisser entrer, puis referma la porte derrière eux sans demander son reste, sans doute pour regagner la boutique au plus vite. Trudy avait l'impression qu'il ne se le pardonnerait pas s'il laissait filer un client ou l'occasion de réaliser une vente.

— Veuillez excuser Albert, déclara Kenneth Wilcox en se levant pour les accueillir, il peut se montrer un peu abrupt.

Son regard s'appesantit sur Trudy dans son bel uniforme, avant de se porter à contrecœur sur Clement.

Il dut alors reconnaître le coroner, car un air un peu contrit passa sur son visage.

— Je vous en prie, asseyez-vous.

Trudy remarqua que Kenneth Wilcox contemplait ses jambes tandis qu'elle prenait place en croisant scrupuleusement les chevilles. Elle ne savait pas si elle devait se sentir amusée, flattée ou irritée.

L'homme lui semblait assez beau : malgré sa cinquantaine d'années, il conservait une belle stature, plus en muscles qu'en gras. Il avait probablement joué au rugby dans sa jeunesse, et avec ses cheveux couleur sable et ses yeux bleu vif, Trudy supposait que la plupart des femmes devaient le trouver charmant. À en juger par la manière dont il avait détaillé sa silhouette dès l'instant où elle avait franchi le seuil de son bureau, il n'était pas non plus insensible aux attraits du sexe opposé.

Elle se demanda ce qu'en pensait Alice Wilcox. Elle toussota et eut la satisfaction de le voir sursauter dans son fauteuil. Il s'empressa de reporter son regard sur le coroner.

— Je présume que c'est encore au sujet de mon beau-père ? demanda Kenneth en matière de préliminaires.

Trudy trouva la formulation quelque peu étrange, comme s'il reprochait au défunt de causer tant de tracas à tout le monde.

— Je viens de découvrir ces balivernes dans le journal, poursuivit-il froidement. Je dois dire que le *Tribune* a baissé en gamme depuis quelques années. Ils en appellent maintenant à ce qu'il y a de plus vil dans la nature humaine, quitte à délaisser les véritables informations, si vous voulez mon avis.

— Oui, monsieur, répondit Trudy, pas forcément pour signifier son assentiment, son père ayant toujours lu le *Tribune*. Et vous avez raison, nous avons effectivement été chargés de nous repencher sur les circonstances de la mort de votre beau-père. Lorsque des questions sont soulevées, si… nébuleuses soient-elles, la police a l'obligation de s'y intéresser. Mais je suis sûre que nous aurons bientôt éclairci l'affaire, ajouta-t-elle avec un sourire radieux.

Sa tactique fonctionnait, car elle sentit l'homme se détendre, tant grâce à son sourire qu'à l'affirmation tacite qu'ils se trouvaient dans le même bateau, même si personne ne prenait la chose trop au sérieux. Trudy avait découvert que les gens s'ouvraient souvent plus facilement quand ils vous pensaient de leur côté.

— Bon, je suppose que ce n'est que justice, concéda Kenneth avec un soupir. Même si nous, sa famille, n'avons vraiment pas besoin de ces complications ! C'est déjà bien assez douloureux sans que… Bref. Que puis-je pour vous, exactement ?

Il regardait Trudy en parlant, et Clement, conscient que Kenneth Wilcox mangeait désormais dans la main de sa jeune amie, s'appuya contre son dossier, ravi d'assister au spectacle.

— Eh bien, si vous le voulez bien, prenons dans l'ordre les allégations du journal, répondit-elle d'une voix volontairement lasse, comme pour lui signifier que tout cela était sans fondement, mais qu'il fallait qu'elle prouve qu'elle faisait son travail. Je dois avouer que je me suis intéressée aux affaires de votre défunt beau-père et que je n'ai rien vu qui laisse supposer un quelconque acte criminel.

— Je ne le pense pas non plus, répliqua laconiquement Kenneth.

— Toutefois, il me semble avoir remarqué une certaine... réticence, dirons-nous, de la part de Mr Hughes à risquer son argent dans certains de ses projets les plus hasardeux. Mais je présume qu'il s'agit là d'une preuve de son sens des affaires.

Trudy veillait à conserver un ton admiratif plutôt qu'accusateur, mais elle voulait offrir à Kenneth la possibilité de dire du mal du défunt s'il le désirait.

— Eh bien, oui, répondit Kenneth en s'agitant sur son siège. Entre vous et moi, le vieux pouvait parfois se montrer assez retors. Oh ! je ne sous-entends pas qu'il ait participé à quoi que ce soit d'illégal, évidemment, mais il a consacré sa vie à gagner de l'argent et la fin lui importait davantage que les moyens. Euh, bien sûr, je n'en dirais pas autant devant ma femme, vous comprenez ?

— Naturellement, monsieur. Je suis certaine que votre épouse aimait beaucoup son père.

— Oh oui. Oui, beaucoup.

Kenneth Wilcox avait un peu trop insisté au goût de Trudy. D'après son expérience, lorsqu'un témoin lançait des affirmations avec véhémence, cela trahissait souvent un manque de certitude de sa part.

Elle se promit mentalement d'essayer d'interroger Alice au sujet de ses véritables sentiments à l'égard de son père.

— Alors peut-être que le *Tribune* tient un petit quelque chose en suggérant que certaines personnes auraient pu en vouloir à Mr Hughes ? reprit-elle. Celles qui ont investi dans ses derniers projets et y ont laissé toutes leurs économies, peut-être ?

— Peut-être bien. Je ne me suis plus trop intéressé à ses transactions après qu'il a vendu ses entreprises pour entrer en semi-retraite.

— Avez-vous investi dans certains de ces derniers projets, monsieur ? s'enquit-elle candidement.

— Certainement pas, ricana Kenneth. Malgré toute son…

Il s'interrompit, semblant subitement prendre conscience qu'il manquait de discrétion. Toutefois, Trudy le scrutait de près et le vit se tortiller, mal à l'aise, sous son regard inquisiteur.

— En fait, j'ai récemment touché un petit héritage, que je prévois d'utiliser pour ouvrir un autre magasin sur Cornmarket Street.

Il marqua une nouvelle pause après avoir évoqué la principale rue commerçante d'Oxford.

— Et Thomas… mon beau-père essayait de me convaincre de lui confier ces fonds. Il voulait s'en servir comme capital de départ pour je ne sais quelle affaire. Au bout du compte, j'ai dû me montrer assez ferme avec lui.

— Oh ! mince. Cela a dû générer un certain nombre de tensions, dit-elle compatissante. D'autant que votre femme et vous viviez sous le même toit que lui. La situation devait être un peu gênante. Vous en a-t-il voulu ?

Kenneth cligna des yeux, et Clement put presque distinguer l'instant précis où l'homme commença enfin à comprendre qu'il était en train de subir un interrogatoire.

Wilcox déglutit bruyamment avant de se redresser dans son fauteuil.

— Eh bien, à l'évidence, la situation n'était pas idéale. Mais n'allez pas vous imaginer que notre famille, mademoiselle…

— Agent Loveday, monsieur, compléta Trudy en prenant soudain conscience qu'elle ne s'était pas présentée en arrivant.

— Ah oui, agent, euh, Loveday, répéta Kenneth, ayant toutefois quelque gêne à articuler ce patronyme peu commun.

Clement (qui n'avait pas manqué de remarquer le regard baladeur du témoin) dut dissimuler le sourire qui lui étira les lèvres.

— Vous étiez en train de parler de votre famille, monsieur, lui rappela obligeamment la jeune femme.

— Comment ? Ah, oui. Eh bien, il est inutile de nier que Thomas pouvait parfois se révéler difficile à supporter. Mais je peux vous assurer que nous étions tous habitués à ses petites manies.

— Oui, monsieur, je n'en doute pas, répondit Trudy avec flegme.

Pour la première fois, cependant, elle ne chercha pas à masquer son incrédulité.

— Mais serait-il juste de déclarer qu'au moment de sa mort Mr Hughes et vous n'étiez pas dans les meilleurs termes ?

Se sentant acculé, Kenneth rougit.

— Écoutez, j'espère que vous n'insinuez pas que… eh bien, que j'aie pu jouer le moindre rôle dans ce funeste incendie ?

— Bien sûr que non, monsieur.

— Tant mieux. Parce que je peux vous garantir que ça n'est pas le cas. C'était un regrettable accident, voilà tout. Je ne savais même pas qu'il se trouvait dans la remise jusqu'à ce que nous prenions tous conscience qu'il n'était pas près du feu. Il faisait sombre dans les coins les plus reculés du jardin, et nous étions si nombreux qu'il était impossible de remarquer les allées et venues de chacun. Les enfants couraient partout en produisant un raffut de tous les diables ! En outre, ajouta-t-il avec une pointe de soulagement quand l'idée lui vint, je n'étais pas le seul à être brouillé avec lui à l'époque. Si vous souhaitez vous entretenir avec une personne qui avait de vraies raisons d'être en colère, allez donc trouver Mary.

Trudy battit des paupières, totalement désarçonnée. Elle pensait connaître tous les protagonistes de l'affaire Hughes, mais, à moins que sa mémoire ne lui jouât des tours, elle ne voyait pas à qui il faisait référence.

Elle jeta un coup d'œil désespéré à Clement, qui intervint d'un ton affable :

— Pourriez-vous nous rappeler de qui il s'agit, monsieur Wilcox ?

— Mary Everly-Hughes, la sœur de mon beau-père. Elle était aussi présente ce soir-là, vous savez ? Je crois que c'est Alice qui l'avait invitée, puisque son père avait oublié de s'en charger, ajouta-t-il en insistant lourdement sur le terme « oublié ».

— La tante de votre épouse participait-elle habituellement aux réunions de famille, monsieur ? s'enquit Trudy, soulagée d'être remise sur la voie.

— Oh ! oui. Thomas et Mary assistaient, enfants, aux feux de joie organisés par leurs parents, et Thomas était profondément attaché aux vieilles traditions. Il y a sans doute eu quelques années sans célébrations – pendant la guerre, par exemple – mais, en règle générale, tout le monde était invité. Y compris Mary lorsqu'elle ne séjournait pas à l'étranger.

Kenneth inspira un grand coup avant de poursuivre.

— Sauf qu'il y a quelques semaines, j'ai surpris entre eux une violente prise de bec, et je me rappelle avoir entendu Alice se plaindre plus tard d'avoir à prévenir sa tante à la dernière minute parce qu'elle pensait que son père avait oublié de l'inviter. Si vous voulez mon avis, le vieux lui en voulait encore.

— Cette dispute devait être assez sérieuse pour que Mr Hugues fasse preuve d'une telle froideur à son encontre. Savez-vous de quoi il s'agissait, au juste ?

Kenneth dut cette fois reconnaître son ignorance.

— Non, pas vraiment. Comme je vous l'ai dit, j'ai juste surpris une conversation houleuse, rien de plus. J'étais à la maison un après-midi où Mary est venue prendre le thé. Alice se trouvait à la cuisine, et je suis passé devant la porte ouverte. J'ai entendu Thomas crier. Enfin, pas tout à fait crier, corrigea-t-il de mauvaise grâce, mais il avait une très grosse voix quand il était contrarié.

Il releva le menton, l'air sombre, et Trudy ne put s'empêcher de se demander à quelle fréquence cet homme avait lui-même subi le courroux de son beau-père.

— Vous avez bien dû distinguer quelques paroles, non ?

— J'ai eu la vague impression qu'il la menaçait, ou menaçait de faire une chose qui lui déplairait. Je l'ai clairement entendu dire qu'il allait « mettre un terme à cette histoire » et qu'il ne soutenait pas sa démarche. Il l'a ensuite traitée de vieille imbécile qui devrait avoir plus de jugeote. Ce qui, vous l'aurez compris, n'a pas été très bien accueilli.

— Rien d'autre, monsieur ? insista Trudy avec espoir.

Son témoin la contempla d'un air penaud.

— Non, je suis désolé. Mon beau-père a alors remarqué que la porte était ouverte, et il est allé la claquer. Naturellement, j'ai repris mon chemin et suis allé rejoindre ma femme à la cuisine.

— Naturellement.

À l'évidence, le défunt l'avait surpris à écouter aux portes, ce qui ne lui avait pas plu. Trudy se sentait presque aussi déçue que son témoin de n'avoir eu l'occasion d'entendre la fin de la querelle entre le frère et la sœur.

— Écoutez, si vous n'y voyez pas d'inconvénient, j'ai un rendez-vous dans…

Kenneth consulta ostensiblement sa montre.

— Eh bien, d'un instant à l'autre, en réalité. Alors si vous voulez bien m'excuser… ? fit-il en se levant.

— Mais bien sûr, monsieur. Merci de nous avoir accordé de votre temps.

Même si Trudy avait la certitude que son rendez-vous était fictif, elle savait avoir glané plus d'informations que nécessaire pour poursuivre son enquête.

Clement hocha silencieusement la tête pour la conforter dans sa décision. Le coroner était d'ailleurs sur le point d'atteindre la porte quand celle-ci s'ouvrit devant lui, le faisant sursauter légèrement. Une jeune et jolie blonde qui devait avoir l'âge de Trudy hoqueta de surprise. Elle ne s'attendait clairement pas à trouver quelqu'un derrière la porte.

Elle était vêtue d'une jupe bleu pastel et d'un cardigan assorti, par-dessus un chemisier en soie crème et un collier de perles de culture. Elle braqua ses grands yeux bleus sur Kenneth, sans lâcher le petit cartable qu'elle tenait à la main.

— Pardonnez-moi, monsieur Wilcox, j'ignorais que vous aviez de la visite. Je me suis occupée de votre affaire à la banque, monsieur.

— Merci, Susan, répondit Kenneth avec raideur. Ma secrétaire, Miss Royal, précisa-t-il à l'intention des enquêteurs.

Susan alla s'asseoir dans le petit bureau faisant office d'antichambre et les observa avec curiosité tandis que son employeur les raccompagnait.

Une fois de retour dans la rue, Trudy sourit.

— Eh bien, c'était instructif, n'est-ce pas ?

— À bien des niveaux, confirma Clement d'un ton satisfait. Cette affaire regorge finalement de possibilités. Avez-vous eu l'impression que Mr Wilcox et son beau-père ne s'entendaient pas ? l'interrogea-t-il, pince-sans-rire.

— On peut dire ça. Quel vieux pervers. Avez-vous remarqué comme il me reluquait ?

Clement sourit.

— Certaines femmes trouvent flatteur d'être admirées si ostensiblement.

— Eh bien, pas moi. Et je suis navrée pour sa pauvre épouse. Allons-nous nous entretenir avec elle, à présent ?

— Non. Je crois que j'aimerais mieux parler d'abord à cette Mary, qu'en pensez-vous ? Cette dispute a attisé ma curiosité. Avez-vous la moindre idée de l'endroit où elle pourrait vivre ? demanda Clement.

— Je dois avoir ça dans mes notes.

Trudy farfouilla dans sa sacoche en quête de son carnet.

— Les voilà… Ah, oui, Mary Everly – son nom a été évoqué par les autres témoins. Elle habite à Wolvercote.

10

Tandis que Trudy et Clement remontaient dans la Rover pour gagner l'agréable village de Wolvercote, qui dominait la jolie prairie de Port Meadow, Alice Wilcox ne se doutait nullement que son propre entretien avec la police venait d'être repoussé.

Elle était occupée à faire le tri dans les affaires de son père. Celui-ci s'était approprié un bureau et un salon au rez-de-chaussée, ainsi que la plus grande des chambres à l'étage. À présent, ses vêtements formaient des piles bien nettes, prêts à être distribués à une vente de charité, et ses livres et autres biens sans grande valeur emplissaient des cartons destinés à Oxfam.

Tout en s'affairant, elle éprouvait un certain sentiment de satisfaction. À présent que la maison était tout à eux, ils allaient pouvoir s'étaler un peu et profiter de l'espace. Fini les repas préparés exprès pour *lui*. Ils allaient pouvoir manger ce qui *leur* plaisait et choisir eux-mêmes quel programme regarder à la télévision. Ils pourraient aussi enfin partir en vacances et… oh, toutes sortes de choses, se réjouissait-elle. Leur vie serait tellement plus belle, maintenant – pour tout le monde. Mais surtout pour elle. Plus d'économies de bouts de chandelle à réaliser, plus de pincettes à prendre en permanence pour s'assurer que *lui* était bien installé, sans raison de se plaindre.

Lorsque le notaire de la famille aurait fait lecture du testament, confirmant que la maison leur appartenait désormais pleinement, peut-être même qu'ils pourraient envisager de la vendre pour aller s'installer ailleurs ? Il faudrait qu'elle en parle à Kenneth, mais elle ne pensait pas qu'il y verrait la moindre objection.

Elle fredonnait joyeusement en poursuivant sa tâche. Ses frères et sa sœur devaient être aussi impatients qu'elle d'en finir avec cette histoire de testament. Matthew serait le plus satisfait d'entre tous lorsqu'il aurait enfin mis la main sur sa part d'héritage. Et Godfrey pourrait s'adonner tout son soûl à son étrange occupation. Quant à Caroline… Alice soupira. Si Caroline avait effectivement été déshéritée, Alice était certaine de pouvoir convaincre Kenneth de lui céder un petit quelque chose. Après tout, lui-même avait récemment bénéficié d'un legs : ils ne manqueraient plus de rien.

Alice s'interrompit en pleine séance d'époussetage de cette vieille scène de chasse que son père avait toujours admirée (et qu'elle avait toujours détestée) et fronça légèrement les sourcils.

Oui. Le legs – celui-ci aussi était en sécurité, à présent. Elle n'avait cessé de s'en inquiéter depuis le jour où elle avait découvert que son père tentait de convaincre Kenneth de le lui confier pour réaliser Dieu sait quel placement.

Mais Kenneth n'avait pas cédé.

Alice sourit, avant de jeter joyeusement la peinture dans un carton destiné aux bonnes œuvres. Oui, elle admirait réellement son mari d'avoir tenu tête à son père. Tout le monde n'aurait pas eu ce cran.

Sans plus un souci en tête, Alice nettoya les lunettes et le kit de rasage paternels, s'évertuant à effacer toute trace de la présence du défunt dans cette maison.

Rupert Burrows entra dans Wolvercote au volant de son Austin-Healey, et donna un coup de klaxon avant de traverser le très haut pont en arc à l'extrémité du village. Il était presque impossible de voir si une voiture arrivait en face, tout le monde savait donc qu'il fallait signaler son approche ; n'entendant aucune réponse, il s'engagea et, quelques mètres après le pont, clignota aussitôt à gauche pour emprunter une étroite allée envahie par l'herbe.

Il connaissait bien le charmant cottage de Mary Everly, un peu à l'écart de ce chemin, au milieu d'un vaste domaine jalonné de saules pleureurs et souvent parcouru de lapins de garenne, qui envahissaient régulièrement son terrain depuis les champs environnants.

En se rapprochant, il vit une Rover inconnue garée devant le portillon du petit jardin, et poursuivit instinctivement sa route sans s'arrêter.

Même s'il n'y avait rien de mal dans le fait de rendre visite à Mary, après toutes les histoires qu'avait faites son frère, il se doutait que leurs récentes fiançailles constituaient encore un sujet sensible et qu'elle préférerait éviter qu'il se montre alors qu'elle recevait des visiteurs inattendus.

Ce grand blond à la moustache claire et aux yeux bleu pâle avisa son reflet dans le rétroviseur et fronça les sourcils. Il comprenait son point de vue, bien sûr, et n'était pas très bien placé pour s'y opposer, mais bon sang, ce n'était pas rien de faire profil bas quand on était sur le point d'aller voir sa propre fiancée. Ce n'était pas comme s'il était tout jeune homme et avait encore besoin de la permission de papa !

En exhalant un soupir, Rupert continua néanmoins de rouler. Il se garerait quelque part pour se promener le long de la rivière, maintenant que la pluie avait enfin cessé. Ce n'était peut-être pas le temps idéal pour une balade, mais il se consola en se disant que les visiteurs ne resteraient sans doute pas longtemps. Mary savait qu'il devait venir, et elle ferait en sorte de se débarrasser d'eux au plus vite.

Quoi qu'il en soit, sa contrariété serait de courte durée. Après tout, maintenant que Thomas Hughes était mort, tous leurs soucis s'étaient envolés.

11

Trudy entendit passer une voiture sur l'étroit chemin, mais ne se donna pas la peine de se retourner tandis qu'elle descendait l'allée irrégulière du jardin de Mary Everly.

Elle devinait aux rosiers soigneusement taillés, aux haies régulières et à la glycine dépourvue de feuilles qui grimpait sur la façade du cottage que la propriétaire était passionnée de jardinage – ou employait quelqu'un qui l'était. Cet endroit devait être magnifique au printemps ou en été.

Derrière la maison, une noue d'allure grise et humide s'étendait, plate et délaissée ; au loin, entre les saules dénudés, on apercevait l'éclat argenté d'un cours d'eau – sans doute la Cherwell, peut-être même la Tamise. Pour quelqu'un qui était né et avait grandi à Oxford, Trudy maîtrisait remarquablement mal la géographie des environs !

Le cottage était typique : porte d'entrée solidement ménagée en plein milieu sous un porche en V renversé, flanquée de deux croisées. À l'étage, deux fenêtres étaient installées à l'aplomb de celles du rez-de-chaussée ; une cheminée émergeait d'un côté du toit, et la fumée grise qui s'en élevait de façon régulière trahissait la présence d'un feu dans l'âtre.

— Belle construction, dans un bel endroit, commenta Clement, faisant ainsi écho à ses propres réflexions.

À l'abri sous une remise à charbon, un bouquet de marguerites de la Saint-Michel florissait toujours ; elles étaient d'un lilas si pâle qu'elles paraissaient presque grises. Trudy les admirait encore lorsque Clement souleva le heurtoir en laiton poli et frappa à coups secs.

Après un court instant de silence, la porte s'ouvrit brusquement. La grande femme mince au port altier qui se tenait devant eux semblait avoir environ soixante ans. Son air enthousiaste disparut dès qu'elle découvrit les inconnus en face d'elle.

— Oh ! bonjour. Je suis désolée, j'attendais quelqu'un d'autre. Puis-je vous aider ?

Elle cligna rapidement ses yeux bleu pâle en avisant l'uniforme de Trudy.

— Bonjour, madame Everly. Je suis l'agent Loveday, et voici le Dr Clement Ryder, coroner à Oxford.

Trudy lui montra sa pièce d'identité, que l'autre femme étudia brièvement.

— C'est au sujet de mon frère, n'est-ce pas ? demanda-t-elle avec un soupir patient. Dans ce cas, vous feriez mieux d'entrer.

Et elle fit un pas de côté pour leur laisser franchir le seuil.

Elle portait un pantalon de laine bleu marine ajusté et un jacquard Fair Isle bleu, blanc et gris. Sa chevelure était de la couleur du vieil or et coiffée à la dernière mode. Un discret maquillage la rajeunissait sans doute et, à l'exception d'une montre en or, elle ne portait d'autres bijoux qu'une paire de jolies boucles d'oreilles en perle.

Elle donnait l'impression d'une personne habituée à l'opulence et à toujours faire bonne figure.

— Je vous en prie, venez au salon, les invita Mary Everly en quittant le vestibule, où une horloge de parquet égrenait pesamment les secondes dans un coin ténébreux.

Ils gagnèrent une pièce, petite mais agréable, donnant sur le jardin de devant. La décoration pomme et abricot contribuait beaucoup à illuminer la grisaille de cette journée de novembre qui cherchait à s'engouffrer à l'intérieur.

— Mr Everly n'est pas là ? demanda Trudy.

L'entretien risquait de se révéler pénible, alors la présence réconfortante d'un conjoint pouvait parfois constituer un avantage.

— Mon mari est mort depuis plusieurs années maintenant, répondit Mary Everly avec un sourire empreint d'ironie, et Trudy se sentit rougir jusqu'à la racine des cheveux.

— Oh ! je suis navrée. Je l'ignorais !

— Ne vous en faites pas. Je vous en prie, asseyez-vous.

Mary leur désigna deux fauteuils ainsi qu'un petit canapé regroupés autour d'une table basse en noyer.

— Il est mort à l'étranger. Il était diplomate, voyez-vous, et nous voyagions souvent sous les tropiques. Il a fini par attraper l'une de ces fièvres terribles qui ont parfois raison des Européens. Bref…

Elle balaya son veuvage d'un geste de sa main osseuse.

— Que puis-je pour vous, exactement ?

Trudy sortit son carnet et l'ouvrit à une page blanche.

— Je suppose que vous avez pris connaissance des articles concernant le… trépas de votre frère, récemment parus dans l'*Oxford Tribune*, commença-t-elle d'un ton prudent.

Mary Everly, assise dans l'un des fauteuils, croisa élégamment les mains sur ses genoux.

— Oui, Godfrey m'a téléphoné pour m'en informer. Il était dans tous ses états, comme d'habitude. De tous mes neveux et nièces, il est celui qui se plaint le plus, ajouta-t-elle d'un air sardonique.

— Eh bien, en conséquence des questions soulevées par le journal, mon supérieur, le capitaine Jennings, m'a demandé de vérifier quelques détails. Vous vous trouviez au domicile de votre frère lorsque la cabane a pris feu, c'est bien cela ?

— Oui, en effet. Je suis arrivée à Headington autour de… voyons voir. Il devait être dans les 18 heures. J'ai d'abord aidé Alice en cuisine – pour préparer la nourriture notamment. Puis je suis sortie assister au feu de joie. Mais il faisait un temps atroce – humide et venteux, comme vous le savez sans doute. Et ils ont eu du mal à l'allumer.

Trudy opina du chef.

— Vous rappelez-vous qui a suggéré d'utiliser de la paraffine ?

— Je crois que c'était Kenneth, répondit Mary après un instant de réflexion. Mais je n'ai pas vraiment fait attention, ajouta-t-elle. Bref, ils ont fini par réussir à le faire prendre, et les enfants se sont mis à réclamer les feux d'artifice. Alors mon frère est allé les chercher dans la remise.

— L'avez-vous effectivement vu pénétrer dans la cabane, madame Everly ?

— À bien y réfléchir, non, je ne pense pas. Je l'ai vu s'éloigner et je me suis dit que c'était ce qu'il allait faire. Pour être honnête, j'avais un peu l'esprit ailleurs. À mon âge, les feux d'artifice, vous savez… En outre, la cabane se trouvait quelque part au fond du jardin, là où il faisait le plus sombre. Et j'avais les yeux rivés sur le feu, pour m'assurer qu'il ne devienne pas incontrôlable. C'était un peu idiot de l'avoir allumé par un vent pareil, même s'il était installé dans le coin le mieux protégé du jardin. Je l'ai d'ailleurs dit à… à qui l'ai-je dit, au juste ? Je crois que c'était Matthew. Mais mon frère a insisté pour que les choses se déroulent comme prévu. Thomas n'aimait pas voir ses plans contrecarrés, même par Dame Nature.

Elle semblait à la fois triste et amusée, et Trudy la considéra pensivement.

— Ça avait l'air d'être un sacré personnage. A-t-il toujours été aussi têtu ?

— Oh ! oui, toujours. Quand nous étions enfants, nos parents étaient au désespoir. Mon frère faisait partie de ces gens qui croient toujours tout savoir et sont prêts à remuer ciel et terre pour prouver qu'ils ont raison, même lorsqu'ils ont tort. Voire *surtout* quand ils ont tort et qu'ils le savent secrètement !

Elle haussa les épaules et écarta les mains en un geste d'impuissance.

— Mais bon, ils ont fini par lui pardonner quand il a réussi.

— Je vois. Il a hérité de l'entreprise familiale, c'est bien cela ? l'encouragea Trudy.

— Pas tout à fait. Nos parents possédaient deux boutiques et, quand il a eu vingt et un ans, Thomas les a harcelés jusqu'à ce qu'ils acceptent de le laisser en gérer une comme il l'entendait. Il soutenait que l'époque avait changé et qu'il fallait adopter un nouveau fonctionnement pour faire du « bon » argent, comme il disait. Papa, qui était assez vieux jeu et s'inquiétait de voir Thomas à ce point attiré par l'argent, s'est d'abord montré réticent mais, au bout d'un an, le magasin de mon frère produisait deux fois plus de bénéfices que celui de notre père. Quand celui-ci a pris sa retraite, Thomas a naturellement hérité du deuxième établissement ; il les a revendus tous les deux, a diversifié son activité et, en moins d'une décennie, a créé Hughes Enterprises. Vous connaissez la suite.

— N'avez-vous pas été surprise par tout ceci ? s'informa Trudy.

Avoir un témoin aussi disponible et honnête était toujours appréciable, et elle entendait en tirer le meilleur profit avant de mettre la femme sur ses gardes en lui posant des questions plus personnelles.

— Pas du tout, affirma Mary. J'étais plus jeune que Thomas de quelques années, mais même à l'époque je voyais combien il était motivé. Il était intelligent, prêt à prendre des risques, et il faut bien reconnaître qu'il a travaillé comme une bête, pendant des années et des années, afin de devenir quelqu'un.

— Il semblait très ambitieux.

— Oh ! oui.

— Diriez-vous que l'argent comptait beaucoup pour lui ?

— Grands dieux, oui ! C'était son but ultime, si vous voulez mon avis. Je n'ai jamais trouvé cela très sain – mais, bien sûr, ses amis et associés avaient une haute idée de lui.

— Et qu'en pensait sa femme ?

— Mildred ? Oh ! peu lui importait. Pourquoi s'en serait-elle souciée ? Elle avait une jolie demeure, des fourrures, des vacances à l'étranger... Et ses enfants étaient inscrits dans les meilleures écoles.

— Ne pensez-vous pas qu'elle en voulait à son mari de travailler autant ?

Mary afficha un autre de ses sourires sardoniques.

— J'en doute fort, madame l'agent. J'imagine qu'elle était au contraire soulagée d'avoir la maison pour elle toute seule aussi souvent. Mon frère avait tendance à... comment dire ? À prendre toute la place, partout où il allait.

— Nous nous sommes entretenus avec votre nièce Caroline, expliqua Trudy. Elle s'est montrée plutôt... catégorique au sujet de sa mère. Notamment au sujet du mal qui l'a emportée.

Le visage fin de Mary Everly se crispa sensiblement.

— Oui, ça ne m'étonne pas, déclara-t-elle.

— Elle nous a dit que son père avait refusé de payer pour un traitement qui lui aurait permis de vivre plus longtemps.

— Oui.

— Oui, c'est ce que pense Caroline, ou oui, vous le pensez également ?

— Les deux.

Cette assertion plate et laconique fit ciller Trudy. Elle se tortilla sur son siège, ne sachant trop comment aborder ce témoin. La femme ne se montrait pas tout à fait hostile (du moins, pas encore !), mais ne faisait pas non plus dans la douceur ou la légèreté.

Clement observait lui aussi la veuve avec intérêt. Trudy coula un rapide regard dans sa direction, lui proposant silencieusement de prendre le relais, et il accepta l'invitation tacite en se penchant légèrement en avant.

— Comment vous entendiez-vous avec votre belle-sœur, madame Everly ? s'enquit-il.

— Avec Mildred ? Raisonnablement bien. N'oubliez pas qu'en tant que femme de diplomate j'ai passé de nombreuses années loin de l'Angleterre, sans beaucoup voir ma famille.

Je ne peux donc me targuer d'une quelconque expertise quant à la vie personnelle de mon frère. Mais chaque fois que nous nous rencontrions, tout se passait bien avec elle.

— Étiez-vous présente lors des derniers stades de sa maladie ?

— Non… enfin, je n'étais pas là au moment de sa mort, admit Mary. Nous avons passé quelques mois ici entre l'affectation à Singapour et celle en Malaisie. La pauvre femme venait d'être diagnostiquée et son état se dégradait rapidement. Ce fut assez soudain et le changement physique, choquant. Elle était squelettique. Bien sûr, Caroline étant la plus jeune, et la seule à vivre encore à la maison, elle l'a ressenti le plus durement.

— Elle doit donc être la mieux placée pour savoir l'attitude qu'a eue son père vis-à-vis de la maladie de son épouse, commenta Clement, presque pour lui-même.

Puis il hocha la tête. Oui, voilà qui expliquerait pourquoi, de toute la fratrie, Caroline était celle qui haïssait le plus son père.

— Oui, répondit Mary d'un ton maussade. Je ne doute pas qu'elle ait vu et entendu de nombreuses choses qui ont dû la contrarier. Et à dix-sept ans, on est encore jeune pour apprendre l'une des leçons de vie les plus brutales qui soient, n'est-ce pas ? On n'est plus tout à fait enfant, mais pas encore adulte non plus. Pour être honnête, je suis désolée pour elle. Mais le fait d'avoir tant vécu à l'étranger…, ajouta-t-elle avec un haussement d'épaules impuissant. Je ne pouvais pas faire grand-chose pour la soutenir.

— L'avez-vous crue quand elle a affirmé que son père refusait de financer le traitement de sa mère aux États-Unis ? la questionna Clement en scrutant sa réaction.

— Oh ! oui, répondit Mary sans l'ombre d'une hésitation. Cela ressemblait malheureusement beaucoup à Thomas. De refuser de dépenser son argent pour une cause perdue. Je l'entends presque le dire. « C'est jeter l'argent par les fenêtres ! »

Elle s'interrompit, consciente de l'expression stupéfaite qu'avait adoptée ses interlocuteurs.

— Navrée, mais je n'ai jamais été du genre à me voiler la face, reprit-elle. Mon frère, voyez-vous, a toujours été d'une bonne santé insolente et, à l'instar de nombreuses personnes n'ayant jamais eu à connaître la maladie, il avait tendance à dédaigner l'ampleur du drame que subissent ceux qui souffrent. Ce qui ne faisait qu'empirer les choses. Quand Milly a dû être alitée, il a refusé d'admettre la réalité et s'est réfugié dans son monde – et son monde a toujours été de gagner de l'argent.

— Je plains sa pauvre femme, dit Clement avec compassion, un sentiment que Trudy partageait pleinement.

— Moi aussi, répondit Mary. Nous la plaignions tous– pas seulement Caroline. Mais mon frère avait une calculatrice à la place du cœur, et ses enfants – *tous ses enfants* – le savaient mieux que quiconque. Il ne se contentait pas de réussir dans les affaires : il avait besoin de réussir plus que n'importe qui d'autre. Il était habité d'une sorte de… de jubilation chaque fois qu'il remportait un gros coup. Vous voyez ce que je veux dire ?

— Je pense que oui, fit Clement. C'était le genre d'homme à aimer le pouvoir.

— Oui. L'argent, les acquisitions, le pouvoir, l'influence, être considéré comme important… il se nourrissait de tout ça.

— Et il ne devait pas avoir beaucoup de temps à consacrer à une épouse subitement malade, impotente et fragile, devina Clement. Ni à une fille effrayée et endeuillée. Rien d'étonnant à ce que Caroline se soit mariée si jeune et ait quitté le foyer familial dès qu'elle en a eu l'occasion.

Mary écarta une nouvelle fois les mains en signe d'impuissance.

— Je dois avouer que j'ai été plutôt soulagée d'apprendre qu'elle s'était mariée et avait déménagé. C'était sans doute la meilleure chose qui pouvait leur arriver à tous les deux. Je n'imagine pas à quel point l'ambiance devait être tendue à la maison, après la mort de Mildred !

— Un homme pareil a dû tôt ou tard se fâcher avec chacun des membres de sa famille, non ? suggéra habilement Clement.

Trudy, qui s'adonnait à une prise de notes consciencieuse, veilla à bien dissimuler son sourire approbateur face à cette stratégie.

— Oh ! oui. Il se montrait particulièrement méprisant envers Godfrey, bien sûr.

Mary soupira et, en avisant le sourcil interrogateur qu'avait dressé Clement, elle s'empressa de s'expliquer.

— C'était le fils aîné, vous comprenez ? Alice était plus âgée mais, aux yeux de son père, elle n'était qu'une fille, je le crains. Et il a eu le tort de ne jamais se marier, et donc de ne pas produire l'héritier tant espéré. En outre, j'ai peur que Godfrey ne soit... Eh bien, disons qu'il n'est pas très énergique. C'est un intellectuel, un rat de bibliothèque – le genre de personne adapté à la vie à Oxford. Rien à voir avec le fonceur ambitieux que Thomas avait toujours voulu avoir comme fils. Je suppose donc qu'il était inévitable que mon frère et mon neveu ne parviennent jamais à s'entendre. Matthew était sans doute son préféré – même si le terme n'est pas forcément approprié.

Mary se tut un instant, se fendant d'un nouveau sourire chargé d'amertume.

— À vrai dire, après que Caroline s'est retournée contre lui – c'était, à n'en pas douter, la façon dont il voyait les choses –, c'est peut-être Alice qui est devenue son enfant préféré.

— Mais il se disputait aussi avec elle ?

— Oh ! oui. Comme vous le disiez, il a fini par se brouiller avec tout le monde.

— Avec vous aussi ? glissa adroitement le coroner.

S'il s'attendait à la voir se placer sur la défensive ou à la déstabiliser, il en fut pour ses frais.

— Oh ! oui, avec moi aussi, répondit-elle sans détour.

— En fait, j'ai cru comprendre que votre frère et vous vous étiez querellés peu de temps avant sa mort, souligna Clement d'un ton tout aussi pragmatique que celui du témoin.

— Ça alors, vous êtes vraiment allés fouiner dans les affaires des Hughes, n'est-ce pas ? riposta la femme d'un ton logiquement plus acerbe. Je me demande bien à qui vous avez parlé, même si ça n'a sans doute pas grande importance. Mais, oui, nous nous étions querellés.

— Puis-je savoir de quoi il retournait ?

— Vous le pouvez, mais je n'ai pas l'intention de vous répondre. C'était une affaire tout à fait personnelle, n'ayant absolument aucun lien avec l'accident tragique de mon frère, je peux vous l'assurer.

— Je vois.

Clement n'insista pas, et Trudy était de toute façon convaincue que cela n'aboutirait nulle part. Mary Everly était de ces dames qui pensent ce qu'elles disent et qu'on ne peut plus faire changer d'avis.

— Pourriez-vous nous indiquer où vous vous trouviez quand vous vous êtes rendu compte que la cabane était en feu ? s'enquit Trudy, reprenant la direction de l'interrogatoire.

— J'étais… Oui, j'étais en train de discuter avec l'un des enfants de Matthew. L'aîné, Benny. Il me harcelait pour que je lui donne des cierges magiques, alors que je n'en avais évidemment aucun. J'ai entendu quelqu'un crier quelque chose comme : « Regardez, la cabane est en flammes ! » Ce qui était effectivement le cas. Je me rappelle m'être surtout sentie très agacée. J'avais fait remarquer que je trouvais déraisonnable d'allumer un feu de joie avec un vent pareil. Et que les faits me donnent raison si vite… Mais, bien sûr, j'ignorais à ce moment-là que Thomas se trouvait à l'intérieur.

Elle s'exprimait désormais d'une voix plus étouffée, comme accablée par l'horreur de ce souvenir.

— C'est quand nous avons réalisé qu'il n'était pas parmi nous et que nous ne l'avons trouvé nulle part que nous nous sommes demandé… Et, bien sûr, il était trop tard. L'un des garçons – pas Godfrey, plutôt Matthew ou Kenneth, je pense – a essayé de s'approcher de la cabane, mais la chaleur était insupportable.

Sa voix n'était désormais qu'un soupir amer.

— Malgré tous ses défauts, je suis bien triste que mon frère soit mort, commenta-t-elle alors.

Trudy eut l'impression que Mary était surprise par son propre aveu.

12

— Par où continuer ? s'enquit Trudy quelques minutes après qu'ils eurent pris congé de Mary Everly tandis qu'ils remontaient l'allée en direction de la Rover.

Clement y réfléchit un instant.

— Je crois que nous devrions nous entretenir avec le notaire de la famille, non ? Lorsqu'un homme riche meurt, il est toujours utile d'apprendre à qui bénéficie l'héritage.

Trudy acquiesça. C'était dans son intention, et elle avait déjà tous les renseignements nécessaires sous la main.

— Il s'agit d'un cabinet nommé Bowen, Bough & Bowen. Leurs bureaux se trouvent à Summertown. J'ai consulté la carte, et il me semble qu'ils sont situés tout près de la bibliothèque.

Clement s'arrêta en route à une cabine téléphonique, afin de convier l'un de ses anciens collègues à déjeuner le lendemain. Après une rapide enquête, il avait découvert que celui-ci faisait partie des médecins ayant soigné Mildred Hughes quand elle était en phase terminale.

Comme il s'y attendait, le Dr Willoughby ne vit aucune objection à lui faire part de ses lumières en échange d'une invitation au Mitre – d'autant que Clement était prêt à offrir une bouteille d'un succulent bordeaux.

Après avoir redémarré, Clement et Trudy ne mirent qu'une dizaine de minutes pour rejoindre la banlieue chic et verdoyante de Summertown. Ils trouvèrent l'office du notaire des Hughes, discrètement implanté entre des maisons attenantes d'époque victorienne ou édouardienne, au milieu d'une allée bordée de cerisiers.

Alors qu'ils descendaient de voiture, Clement se rappela qu'il s'était promis d'interroger sa jeune amie sur ses leçons de conduite. Il se tourna alors vers elle et dit :

— À propos, vous êtes-vous déjà inscrite au permis de conduire ?

Trudy secoua la tête.

— Non, mais j'ai presque rassemblé l'argent nécessaire. Je pourrai en obtenir un dès l'année prochaine.

L'espoir illuminait ses prunelles, et Clement lui adressa un sourire ironique.

— Pensiez-vous que j'avais oublié ma proposition de vous donner des leçons ? Nous pourrions commencer dès janvier ?

Trudy retint son souffle et sourit jusqu'aux oreilles. Puis elle se crispa. Parviendrait-elle à apprendre ? L'angoisse la tenaillait tandis qu'elle considérait la Rover d'un air pensif. Être au volant d'un véhicule représentait une telle responsabilité. Et si elle ne se révélait pas assez douée ? Ce serait tellement gênant. Elle se redressa. Si l'agent Rodney Broadstairs en était capable, il n'y avait pas de raison qu'elle n'y parvienne pas ! Il s'agirait d'une grande réussite personnelle, qui lui octroierait une liberté et une indépendance considérables. À condition toutefois qu'elle puisse s'offrir le luxe de s'acheter une voiture.

— C'est d'accord, répondit-elle hardiment avant d'avoir eu le temps de changer d'avis.

Clement lui sourit.

— À la bonne heure ! s'exclama-t-il.

Alors qu'ils traversaient le petit parking, Trudy sautillait presque d'impatience.

La dame entre deux âges qui travaillait à la réception ne réserva pas un accueil très chaleureux à ces visiteurs qui s'étaient présentés sans rendez-vous ; même l'uniforme de Trudy ne parut pas l'amadouer.

Après quelques reniflements réprobateurs, elle daigna aller voir si « l'un des plus jeunes associés » était disponible ; elle disparut un long moment, avant de revenir les informer avec raideur que Mr Bough pourrait les recevoir quelques minutes.

Trudy ravala son envie d'éclater de rire alors que la femme les escortait d'un air pincé jusqu'à un étroit escalier, au sommet duquel elle les fit pénétrer dans un bureau. Elle les annonça d'un ton cassant, puis ressortit en claquant la porte.

La pièce était dotée d'une grande fenêtre à guillotine, de nombreuses rangées de classeurs et d'un majestueux aspidistra dans un grand pot bleu vernissé. Un jeune homme à l'air intrigué se leva de son bureau croulant sous les dossiers.

Derrière une mer de chemises cartonnées beiges, ornées des rubans rose et rouge spécifiques à son métier, Mr Bough les dévisagea avec intérêt. Trudy n'aurait jamais qualifié ce trentenaire de « jeune » – puis elle faillit pouffer en imaginant que les autres associés devaient être gâteux, ce qui ferait de lui le bambin du cabinet.

— Merci de nous recevoir, monsieur Bough, déclara-t-elle avant d'effectuer les présentations. Nous sommes ici au sujet des dernières volontés de Mr Thomas Hughes. Nous espérions que vous pourriez nous aider.

— Je vous en prie, asseyez-vous, répondit le notaire.

Son visage, laid mais arborant une expression aimable, était cerné d'une abondance de cheveux bruns, impitoyablement domptés par une coupe sévère. De grosses lunettes rondes à monture en écaille devançaient des yeux marron foncé, profondément logés dans leurs orbites.

— Mr Hughes… Ah, oui, commença-t-il avec un air qui n'inspira aucune confiance à ses deux visiteurs. Le, euh… malheureux gentleman mort dans un incendie pendant Bonfire Night, c'est bien cela ? À vrai dire, je dois faire la lecture du testament à la famille à la première heure demain matin.

Il marqua une pause et considéra ses interlocuteurs tout en fronçant ses épais sourcils.

— Euh… Il n'est pas très habituel d'aller, euh… plus vite que la musique.

Il les observa tour à tour, semblant chercher une forme d'encouragement de leur part.

— J'en déduis que vous ne lisez pas le *Tribune*, monsieur ? répliqua Trudy.

— Cette feuille de chou ? Jamais de la vie ! Je suis fidèle à l'*Oxford Times*.

Trudy hocha la tête avant de lui détailler brièvement la situation, ses attributions et sa requête.

— Ainsi, si vous pouviez nous donner une idée de la répartition de la fortune de Mr Hughes, vous nous aideriez grandement dans notre enquête, conclut-elle.

— Mmmh. Je ne suis pas certain que mes associés seraient d'accord.

Le cœur de la policière se serra, mais le jeune homme sembla se raviser.

— Mais bon, je ne vois pas où est le mal. Tant que vous me garantissez d'être discrets. N'allez pas dire à la famille que vous aurez eu la primeur de ces révélations, d'accord ?

— Je vous promets que personne n'aura vent de votre obligeance, monsieur Bough.

Trudy observa alors, avec un mélange de satisfaction et d'impatience, le notaire farfouiller fébrilement dans ses classeurs en quête du document tant convoité.

Il maugréa pendant deux ou trois bonnes minutes avant de mettre enfin la main dessus. Trudy supposait que ce genre de tâche simple mais essentielle incombait habituellement à sa secrétaire.

Une fois son trophée en main, le notaire retourna à son fauteuil pour en prendre connaissance.

— Ah, oui, nous y sommes. Mr Thomas Hughes. Mmmh, un document assez long, mais Mr Hughes était un homme au patrimoine considérable. Je crois que Mr Reginald Bowen s'est chargé de rédiger le testament d'origine, et il a un classement des plus… voyons voir, cela remonte à près de cinq ans. Mmmh. Très bien, laissez-moi juste consulter rapidement…

Il cessa brusquement de marmonner et releva les yeux vers Trudy, pour lui adresser un sourire d'une douceur inattendue.

— De toute façon, j'allais justement le sortir pour m'informer des principales dispositions. Comme je vous l'ai dit, je reçois la famille demain matin, et j'aimerais connaître par avance les points principaux… Malheureusement, Mr Reginald n'étant plus parmi nous, il ne peut pas…

Il se replongea dans le document.

— Mmmh, oui, en y regardant de plus près, ça ne semble pas si compliqué pour un homme aussi riche. Oh ! là, là, pas le moindre legs à une œuvre d'intérêt public, grommela-t-il dans sa barbe avant de se fendre d'un sifflement réprobateur. Mes associés n'apprécieraient pas du tout. On s'attend à ce que les hommes fortunés se montrent charitables, vous ne trouvez pas ? Noblesse oblige, comme on dit. Cependant, Mr Hughes semble avoir été plutôt… Mmmh.

Il scruta de plus près les pages qu'il étudiait, et Trudy se demanda s'il ne devrait pas faire corriger ses lunettes.

Il finit par relever la tête et cilla, comme stupéfié de les trouver encore là.

— Ah, oui. Bien. Que vouliez-vous savoir, exactement ? Je ne peux pas vous faire une lecture intégrale du testament, bien sûr, nous basculerions dans l'illégalité. Mais répondre à une ou deux questions réellement pertinentes ne constituerait pas une faute impardonnable.

Trudy s'efforça de conserver son sourire, désormais quelque peu figé.

— Merci, monsieur Bough. J'aimerais seulement découvrir qui sont les principaux bénéficiaires, et dans quelles proportions. Je sais, par exemple, que Mr Hughes avait quatre enfants – Godfrey, Matthew, Alice et Caroline.

— Ah, oui. Eh bien, voyons voir…

Il fit la moue, tourna quelques pages, branla du chef, marmotta encore un peu, et la considéra soudain d'un air étonnamment enthousiaste.

— Eh bien, malheureusement, la plus jeune, Caroline, n'est même pas mentionnée.

Trudy jeta un rapide coup d'œil à Clement avant de reporter son attention sur l'homme de loi.

— Je vois.

Cela n'aurait pas dû véritablement la surprendre, et pourtant si. Elle aurait cru que, quelle que soit l'ampleur des différends familiaux, un père veillerait au bout du compte à pourvoir aux besoins de tous ses enfants.

— La fille aînée, Alice, hérite de la maison de Headington, mais pas du capital du défunt ni d'aucun autre bien.

— Pas d'argent du tout ? s'étonna Trudy en griffonnant les détails dans son carnet.

— J'ai bien peur que non. Il a laissé en revanche un… euh… commentaire précisant que les femmes doivent être entretenues par leur mari, y compris financièrement. Mais je ne pourrais certainement pas lire un message de nature aussi… euh… privée ici et maintenant. Naturellement, demain, durant la lecture officielle en présence de la famille, il sera de mon devoir de transmettre toutes les… euh… réflexions du défunt. Mais certaines d'entre elles sont assez extraordinairement… abruptes.

Il secoua la tête en consultant une page en particulier, frémit et s'empressa de la tourner.

— Certaines personnes disent de ces choses…

Il secoua la tête à regret avant de poursuivre.

— Voyons voir… Ses fils… Oui, le plus âgé, Godfrey, hérite d'une pension confortable pour le restant de ses jours, sans toucher de capital forfaitaire. Grands dieux… Oui, le défunt a également laissé un certain nombre d'hypothèses quelque peu désobligeantes quant à la probabilité qu'il dépense cette somme en… Sapristi.

Les yeux du « jeune » Mr Bough s'écarquillèrent derrière ses lunettes.

— C'est extraordinaire. Je ne peux pas dire que cela m'attire moi-même, mais…

Il s'interrompit, rougit légèrement et tourna une nouvelle fois la page précipitamment.

— Voyons, le gros de l'héritage revient à… ah oui, nous y voilà, Matthew Hughes.

Trudy darda un nouveau regard sur Clement.

— Le plus jeune obtient le plus d'argent, monsieur ? Est-ce bien ce que vous me dites ?

— Hein ? Oh ! oui, c'est bien cela.

Le notaire s'arracha à la contemplation des pages pour la dévisager une fois de plus.

— Le gros de l'héritage consiste essentiellement en investissements, en économies, ainsi qu'en un nombre considérable de valeurs et d'actions. Il y a aussi d'autres bénéficiaires au sein de la famille…

Il en fit l'énumération avant de se taire de nouveau.

— Pourriez-vous me donner une estimation des montants dont il est question, monsieur Bough ? demanda Trudy.

— Oh ! eh bien, ce n'est pas facile à dire. Cela dépend notamment du prix de l'or au moment de la vente. Mr Hughes conservait environ vingt pour cent de ses économies sous forme de lingots. Et, naturellement, les actions fluctuent selon le cours de la Bourse. Mais tout bien considéré… euh… et avec la vente de certains biens immobiliers… en tenant compte des droits de succession… Mince alors, je n'ai jamais été très doué en calcul mental… Je dirais que Mr Matthew Hughes devrait hériter de sept cent cinquante mille à un million de livres, conclut-il brusquement.

Trudy en resta abasourdie. Elle ne parvenait pas à imaginer une telle somme.

— Oh ! s'entendit-elle seulement répondre.

Une fois dehors, Trudy regarda Clement déverrouiller sa voiture, sentant croître en elle une vive excitation. Lorsqu'elle se fut glissée sur le siège passager, elle attendit impatiemment que son ami mette le contact. Ce faisant, il actionna par mégarde le petit levier du clignotant et, avec un « ah » d'agacement, le remit vite en place. Trudy remarqua que sa main tremblait légèrement quand il la plongea dans la poche de sa veste pour en sortir un rouleau de pastilles à la menthe. Il en fourra une dans sa bouche et la suçota pensivement.

Trudy s'inquiétait pour le Dr Ryder quand il affichait ces signes occasionnels de stress ou de fatigue. Elle savait que si quelque chose devait arriver à son mentor, elle se retrouverait cantonnée dans des tâches de bureau au commissariat – le seul espoir qu'elle avait de continuer d'enquêter sur des affaires intéressantes était de le faire à ses côtés. Elle se reprocha alors son égoïsme. Se sentant coupable, elle se demanda si elle se répétait que tout allait bien uniquement parce qu'elle ne voulait pas que quelque chose aille mal. D'un autre côté, le Dr Ryder était un médecin expérimenté – bon sang, il avait exercé pendant des années en tant que chirurgien de renommée mondiale ! S'il était vraiment souffrant, il serait bien placé pour le savoir, n'est-ce pas ? Et elle n'avait jamais été témoin de quoi que ce soit d'inquiétant, si ? Il ne semblait pas souffrir, ne paraissait même pas malade. Non, elle ne pouvait pas se tromper en estimant qu'il était simplement victime de coups de fatigue passagers.

— Ces informations placent Matthew Hughes en haut de notre liste de suspects, non ? déclara-t-elle, impatiente d'envisager toutes les éventualités avec lui.

— Cela fait en tout cas de lui une personne à surveiller, admit Clement un peu plus calmement. Mais n'oubliez pas que tout le monde, à part Caroline, y a trouvé son compte. Même la sœur du défunt, Mary, a hérité de vingt mille livres. Et une pension à vie n'est pas rien pour quelqu'un comme Godfrey, sans parler des bénéfices d'une grande maison à Headington pour Alice. J'irais jusqu'à mentionner les fonds en fidéicommis pour les petits-enfants…

— D'accord, mais un million de livres…, souffla Trudy.

— Seriez-vous prête à tuer votre père pour un million de livres ? l'interrogea-t-il.

Soudain, Trudy se sentit redescendre sur terre.

— Non, bien sûr que non, admit-elle dans un soupir. Vous avez raison. Je ne dois pas tirer de conclusions hâtives.

Mais alors que son mentor prenait la route en cette fin d'après-midi pour la déposer devant le commissariat, elle ne put s'empêcher d'éprouver une profonde excitation.

Pour la première fois depuis qu'on lui avait assigné cette mission, elle commençait à croire que les allégations du journal n'étaient pas dénuées de fondement. Peut-être la mort de Thomas Hughes ne relevait-elle pas d'un banal accident. Et s'il avait effectivement été tué, son assassin devait pour l'heure être convaincu de s'en être tiré sans dommages.

C'était compter sans elle-même et le Dr Ryder, songea-t-elle avec une pointe de satisfaction. Ils n'auraient de cesse qu'ils n'arrêtent le tueur.

Et pour couronner le tout, s'avisa-t-elle dans un accès de joie et de fierté, cette perspective ne l'effrayait ni ne l'inquiétait le moins du monde.

13

Le matin suivant, Duncan Gillingham descendit lentement Broad Street, sans jamais quitter sa proie des yeux, mais en veillant à se fondre dans la foule habituelle d'acheteurs, d'étudiants et de touristes qui encombrait toujours les rues de la ville. Il ne pouvait pas se permettre d'être repéré et interpellé. Pas alors que les enjeux commençaient à devenir réellement intéressants.

Depuis que la police avait admis à contrecœur « se pencher » désormais sur l'affaire Thomas Hughes, il avait le vent en poupe (au moins provisoirement), et était résolu à en tirer profit tant que cela durerait.

Surtout que cela lui offrait l'occasion inespérée d'obtenir de bons points au travail, tout en lui permettant d'assouvir sa petite vendetta.

Bien sûr, Sir Basil Fletcher n'était pas son plus grand admirateur, mais au moins se consolait-il en se disant que cela n'avait rien à voir avec ses capacités d'écriture. Tout en cheminant, Duncan ne parvenait pas à s'empêcher de sourire. Parfois, voir le vieil homme tenter de dissimuler sa contrariété pouvait se révéler très divertissant – surtout lorsqu'il était contraint d'accueillir Duncan chez lui en tant qu'invité. Même s'il n'aspirait qu'à le jeter dehors et à le maintenir à sa place – tout en bas de l'échelle.

Au moins, le rédacteur en chef actuel du *Tribune*, Bill Niven, était un vrai journaliste dans l'âme, et le propriétaire du journal lui faisait suffisamment confiance pour le laisser gérer l'affaire. Bill savait reconnaître un bon sujet quand il en tenait un – il était prompt à suivre son intuition et (dans une certaine mesure) celle de ses reporters. Surtout quand ils lui promettaient de plus gros titres à venir.

Naturellement, Bill ne serait pas ravi d'apprendre que Duncan esquivait une corvée à l'hôtel de ville pour couvrir une histoire qui servirait mieux ses propres intérêts. Le jeune homme était convaincu qu'il ne lui était pas nécessaire d'assister à une réunion du conseil municipal, où était débattue une proposition controversée, pour pondre un bon article. Par ailleurs, s'il manquait une information croustillante, il pourrait toujours se rattraper plus tard au pub, où ses collègues journalistes se réunissaient systématiquement pour boire un coup et tailler une bavette.

Pour l'heure, il avait mieux à faire de son temps. En surveillant un membre bien précis de la famille Hughes, par exemple.

En réalité, rien ne garantissait à Duncan que la mort de Thomas Hughes n'ait pas été accidentelle, même s'il avait promis à Bill qu'il tenait une piste sérieuse démontrant le contraire. Toutefois, telle qu'il connaissait la personnalité de l'un des individus au cœur de ce mystère, le décès du patriarche lui paraissait extrêmement suspect. Mais il ne pouvait pas compter sur la police pour dénicher des preuves et aboutir à une condamnation avec si peu de grain à moudre. Non, c'était à lui qu'il incombait de détecter les indices nécessaires et, pour le moment, lui seul savait où les chercher.

La personne qu'il suivait s'arrêta subitement et fit mine de se retourner. Sans changer d'allure, Duncan pénétra rapidement dans la boutique la plus proche – une maison de la presse. Il se retrouva aussitôt enveloppé d'un air plus chaud portant des effluves de tabac et de bonbons à la menthe. Sa cible s'était manifestement souvenue au dernier moment d'une course urgente à accomplir au bureau de poste voisin, et Duncan profita de cette halte inopinée dans son entreprise de surveillance pour acheter un paquet de cigarettes. Il préférait les Woodbine sans filtre aux Players N° 6 ou aux

Benson & Hedges. Tant qu'il y était, il fit aussi l'acquisition d'une boîte de tabac à pipe pour son père et d'un sachet de chocolats pour sa petite amie, puis se souvint de ranger soigneusement les timbres de fidélité obtenus avec sa monnaie. Sa mère les collectionnait dans le but d'obtenir un jeu de couverts qu'elle avait repéré pour Noël, et réclamait sans cesse à ses enfants ces fichues preuves d'achat.

Il n'aurait toutefois plus à se soucier de ces économies de bouts de chandelle très longtemps – pas après qu'il aurait épousé Glenda, la fille unique de Sir Basil Fletcher.

Duncan alluma pensivement une cigarette sur le seuil de la boutique en attendant que sa proie ressorte de la poste.

Glenda était assez jolie, pas très brillante mais gentille, et il avait déjà choisi une bague de fiançailles. D'ici quelques mois, il aurait suffisamment économisé pour la lui offrir, et il ne doutait pas qu'elle l'accepterait quand il lui ferait sa demande. Tout le monde savait qu'elle était folle de lui. Et tout le monde savait que son père ne l'était pas.

Bref, songea Duncan en souriant de nouveau pour lui-même, dommage que le vieux s'imagine que sa précieuse fille unique mérite mieux que l'un de ses jeunes reporters. Cela dit, Duncan pouvait comprendre le point de vue de Sir Basil. Il n'appartenait même pas à la classe moyenne. Son père avait travaillé à la chaîne chez Morris Minor pendant des années – ce qui devait donner des sueurs froides à Sir Basil.

Toutefois Glenda, grâce lui en soit rendue, n'en avait cure. Depuis leur rencontre à la soirée de Noël du *Tribune* de l'année précédente, leur histoire était écrite. Glenda avait aussitôt remarqué ce beau jeune homme bien bâti, avec son épaisse chevelure brune et ses fascinants yeux verts. Et Duncan s'était assuré d'être présenté à l'héritière du *Tribune*.

Il ne l'avait pas regretté un seul instant. Sa cour avait été assez directe, en dépit des écueils évidents causés par la désapprobation essentiellement silencieuse, mais palpable, de Sir Basil. En revanche, à la surprise générale, ses propres parents et Glenda s'entendaient comme larrons en foire. Bien qu'ayant fait ses études au Cheltenham Ladies' College, une école privée pour jeunes femmes, puis dans une pension suisse, Glenda n'avait rien d'une snob. Peu lui importait qu'il ait grandi dans un logement social de Cowley ou qu'il réside désormais sur une péniche du canal d'Oxford dans le quartier plutôt mal famé de Jericho. En réalité, Duncan la soupçonnait même de trouver cela « romantique ».

Bien sûr, ayant grandi sans le sou, Duncan ne voyait absolument rien de romantique dans le fait de vivre sur un bateau exigu, et il lui tardait de pouvoir emménager dans un bel appartement quelque part. Peut-être dans le nord de la ville – pourquoi pas dans l'un de ces hôtels particuliers chaulés sur Woodstock Road. Il avait en effet la conviction que Sir Basil ne tolérerait pas de voir sa princesse s'installer dans un taudis et qu'il lui ferait don d'une belle résidence lorsque les liens du mariage auraient officiellement fait de Duncan son gendre. Peut-être même irait-il jusqu'à leur offrir un cottage à Osney Mead ?

Son agréable rêverie fut brusquement interrompue quand une silhouette familière émergea du bureau de poste pour s'enfoncer dans l'obscurité froide et humide de ce matin de novembre.

Duncan plissa les paupières avec hostilité avant de reprendre sa filature. Il ne caressait pas véritablement l'espoir de voir sa surveillance aboutir, mais qui sait. Il lui suffirait d'attraper un petit fil pour démêler la pelote, de mettre au jour un secret bien juteux, de flairer une odeur de scandale ; il n'hésiterait alors pas à répandre la nouvelle à la une du *Tribune*.

Il savait qu'il ne pouvait, se reposer uniquement sur son projet de mettre un coup de projecteur sur la mort atroce de Thomas Hughes pour recueillir les bénéfices escomptés. Surtout si son instinct lui faisait défaut et qu'il ne s'agissait réellement que d'un regrettable accident. Pour autant, il pourrait retourner cela à son avantage, s'il faisait montre de prudence et abattait ses cartes au bon moment.

Il lui faudrait découvrir quel flic menait l'enquête, organiser une rencontre fortuite et s'assurer de l'orienter dans la bonne direction. Quelques indices bien sentis, une légère manipulation devant une pinte ou deux au Eagle & Child, et qui sait ce qu'il en sortirait ? Il avait compris très jeune qu'il avait le don de se faire apprécier ; tisser de nouvelles amitiés et influencer les autres n'avaient jamais représenté pour lui de problèmes majeurs.

Toutefois, s'il lui était agréable d'imaginer une certaine personne incarcérée pour l'assassinat de Hughes (et la stupeur, la douleur et la terreur ainsi engendrées), Duncan demeurait réaliste et savait que cela n'avait que très peu de chances d'aboutir. Non, s'assurer que la police s'intéresse de près à sa proie n'était depuis le départ qu'une étape supplémentaire dans sa guerre d'usure – une façon d'accroître la pression et de lui rendre la vie en général plus difficile et misérable.

Mais pour obtenir cette revanche qu'il convoitait tant, il avait besoin d'un plan de secours. N'importe lequel. Tant qu'il obtenait vengeance, peu importait. Ce qui impliquait pour l'heure de guetter le bon moment. Tôt ou tard, une occasion se présenterait, et il n'hésiterait alors pas à porter le coup fatal.

14

Tandis que le reporter poursuivait sa vendetta en centre-ville, Alice Wilcox entreprenait avec angoisse de rendre son salon de Headington aussi accueillant que possible. Mrs Greaves était arrivée une heure plus tôt que d'habitude et lui avait « rendu service » en aspirant et en époussetant chaque surface, et à présent Alice s'affairait à arranger dans un gros vase en verre placé au milieu de la table basse les chrysanthèmes orange achetés ce matin-là.

D'ici une heure, le notaire – ce bon Mr Bough – viendrait faire lecture du testament, et elle sentait des frissons d'excitation la parcourir. Godfrey, Matthew et sa famille et tante Mary commenceraient sans doute à arriver d'ici trente minutes, et elle voulait que tout soit parfait. Caroline, quant à elle, avait refusé de venir.

Alice se mit à faire les cent pas, se rendant régulièrement à la fenêtre pour voir si Kenneth était rentré du magasin. Elle aurait préféré qu'il n'insiste pas pour y aller. Cela ne valait pas le coup, avec la visite du notaire prévue pour 10 h 30.

Elle tournait en rond, redressant un paysage encadré au mur, s'assurant que les têtières soient bien droites sur le dossier des fauteuils et du sofa.

Sa nervosité était à son comble. D'accord elle savait ce que son père avait *déclaré* inscrire dans son testament. Mais son père n'était-il pas un menteur-né ?

*

Au poste de police, Trudy vaquait à ses tâches habituelles, l'œil rivé à la pendule. Le Dr Ryder devait retrouver son ancien collègue pour déjeuner afin d'en apprendre davantage sur la maladie qui avait coûté la vie à Mildred Hughes, puis ils iraient interroger Godfrey, et peut-être Matthew Hughes si leur emploi du temps le permettait. Les minutes s'étiraient de façon interminable. Elle s'attira à plusieurs reprises les foudres du sergent O'Grady, qui lui reprochait de ne pas assez décrocher le téléphone.

Trudy peinait à se concentrer sur la rédaction de ses rapports de vols à l'étalage. À l'heure qu'il était, la famille Hughes devait entendre les termes du testament du patriarche, et elle avait hâte de découvrir comment les deux fils surtout avaient pris la nouvelle. L'un d'eux se retrouvait désormais à la tête d'une véritable fortune, qu'il était libre de dépenser comme il lui semblait bon ; l'autre, bien que titulaire d'une rente, demeurerait tributaire d'une somme fixe que lui verseraient jusqu'à la fin de ses jours des exécuteurs testamentaires en vertu des consignes précises du défunt.

Quand elle surprit l'agent Rodney Broadstairs à lui sourire d'un air effronté, elle se résolut à s'intéresser à sa machine à écrire et au témoignage d'une femme dont le sac à main avait été volé à l'arraché sur New Inn Hall Street.

Puis son esprit dériva de nouveau vers Headington. Quelle serait la réaction d'Alice, qui héritait de la maison ? Caroline demeurerait-elle réellement insensible au fait de ne pas avoir été citée… ?

Une heure et demie plus tard, le Dr Ryder signa les dernières lettres dans sa corbeille « Arrivée » et s'appuya contre son dossier avec un soupir. Il massa avec impatience sa main et son poignet un peu endoloris, considérant ses doigts d'un air renfrogné. Sans doute une simple crampe de l'écrivain – ou peut-être une pointe d'arthrite.

Toutefois, le moindre signe de faiblesse dans ses mains ou ses pieds l'inquiétait désormais.

Il fouilla dans le tiroir inférieur droit de son bureau pour en extraire un rouleau de pastilles de menthe. Il en fit sauter une dans sa bouche puis la suçota par automatisme. La mauvaise haleine était l'un des symptômes de la maladie de Parkinson, et se rafraîchir la bouche avant toute rencontre lui était devenu une seconde nature.

Il était impatient de revoir son vieil ami et d'en apprendre plus sur le cas de Mildred Hughes. À l'instar de tous les médecins, il éprouvait une sorte de fascination pour les maladies rares.

Il était cependant parfaitement conscient que son ex-confrère exerçait toujours et possédait l'œil affûté du praticien. Il allait donc devoir se montrer vigilant pendant le repas. Cacher des symptômes à des personnes dépourvues de connaissance, ou d'expérience médicales était assez aisé. Y parvenir avec d'anciens collègues était une autre paire de manches.

Un sourire triste aux lèvres, il coiffa son trilby, enfila son imperméable, informa joyeusement sa secrétaire qu'il serait absent pour l'essentiel de la journée et sortit rejoindre le pub situé non loin de son bureau, sur High Street.

Par chance, il ne pleuvait pas, mais les rues étaient encore humides de l'averse précédente, et il glissa une fois ou deux sur le revêtement lisse des trottoirs.

Il se répéta que cela ne voulait rien dire, pourtant il dut se concentrer pour s'assurer de bien lever les pieds à chaque pas. Une démarche traînante était un autre signe révélateur de sa maladie.

15

— Ainsi donc, Caroline avait raison, commenta Trudy d'un ton dégoûté quelques heures plus tard.

Le coroner et elle se rendaient à l'appartement de Godfrey Hughes à bord de la fidèle Rover de Clement.

— Plus ou moins, oui, répondit son compagnon. Selon James, Mildred Hughes aurait tout à fait pu voir son espérance de vie prolongée si elle était partie suivre ce traitement expérimental aux États-Unis. Cependant, cela n'avait rien de *garanti*, précisa Clement avant de doubler un chargement de charbon qui se traînait bien en deçà de la limitation de vitesse. Le principe des essais cliniques est que personne ne peut en prédire le résultat. Par ailleurs, certains patients réagiront toujours mieux que d'autres à leur traitement.

— Mais si elle avait été *votre* patiente, lui auriez-vous recommandé ces essais ? s'enquit Trudy prudemment.

— Oh ! oui. Les bénéfices potentiels dépassaient très largement les risques d'effets secondaires, pour autant que je le sache. Toutefois, j'étais chirurgien, pas spécialiste du sang.

— Et ses médecins ont-ils expliqué tout cela à la famille ?

— Selon James, oui.

— Mais elle n'est pas partie ? Aux États-Unis, j'entends.

— Non.

Trudy pivota légèrement sur son siège pour l'observer de plus près.

— Cela a-t-il semblé surprendre votre ami ? Enfin, étant donné les circonstances et sachant que la famille pouvait s'autoriser les dépenses nécessaires, il devait s'attendre à ce qu'ils choisissent d'y aller, non ?

Clement poussa un profond soupir.

— Je sais. Et après quelques verres de bordeaux, James est devenu bien plus loquace. Il a confirmé dans les grandes lignes le compte rendu de Caroline. Au fil du temps, il lui est devenu évident que Thomas Hughes était le véritable moteur de la famille et que sa parole faisait loi. De son point de vue, Mrs Hughes était une dame placide et plutôt effacée, habituée à se plier aux volontés de son mari.

— Oui, mais sûrement pas au point d'accepter sans se plaindre de ne pas recevoir les meilleurs soins médicaux ! s'écria Trudy avec passion.

Clement eut un sourire triste. Durant sa longue expérience de médecin, il avait soigné des patients souffrant de toutes sortes de problèmes, tant physiques que psychologiques. Il n'avait donc aucun mal à se représenter une femme trop intimidée pour défendre ses intérêts.

— N'oubliez pas qu'elle était malade, Trudy, tenta-t-il d'expliquer avec douceur. Les personnes souffrant d'affections graves sont souvent fatiguées. Trop fatiguées pour supporter la moindre pression supplémentaire. Elles perdent leurs facultés de concentration. Elles se mettent à déprimer et deviennent indifférentes. Au point même, parfois, de ne plus se soucier de savoir si elles vont vivre ou mourir.

Il indiqua l'endroit de la rue où se trouvait le modeste appartement de Godfrey Hughes et chercha une place de stationnement.

— James a eu l'impression que, vers la fin de sa vie, Mrs Hughes en avait tout simplement assez. Qu'elle était lasse des traitements, des aiguilles, des médicaments qui lui donnaient des nausées, des vertiges, et la rendaient parfois encore plus malade. Elle n'aspirait qu'à rester tranquillement chez elle pour y mourir en paix. C'est du moins ce qu'elle lui affirmait.

Trudy perçut la question sous-jacente dans cette dernière phrase et le dévisagea.

— Pensez-vous que ce soit *réellement* ce qu'elle pensait ou désirait ? Ou est-ce plutôt ce que *son mari* prétendait qu'elle pensait ou désirait ? Au point de le répéter assez souvent pour qu'elle en soit convaincue ?

Clement haussa les épaules d'un air impuissant. Il comprenait sa colère bien sûr, et que sa jeunesse lui permette de se sentir aussi outrée par une telle injustice lui donnait envie de l'applaudir. Par contraste, lui-même ressentait le poids de chacun de ses cinquante-huit ans. En écoutant son ami lui décrire le désespoir de sa patiente, il avait presque été heureux de ne plus pratiquer la médecine.

— Thomas Hughes a-t-il jamais déclaré ouvertement qu'il refusait de financer le traitement de sa femme ? s'enquit Trudy.

— Pas devant James ni les autres médecins, non. D'un autre côté, personne ne ferait une chose pareille, si ?

Trudy secoua la tête et contempla un moment les environs par le pare-brise alors que Clement s'affairait à garer la voiture.

— Vous savez, dit-elle enfin en voûtant légèrement les épaules, je n'arrive pas à comprendre ce genre de personne. Enfin… s'il avait été pauvre – quelqu'un comme mon père par exemple, qui n'aurait pas eu les moyens nécessaires –, d'accord. Mais être aussi riche et refuser malgré tout ? C'était vraiment un *salaud* de première !

En s'entendant prononcer ce juron, Trudy tressaillit intérieurement. Elle n'aurait jamais osé employer ce terme à la maison. Mais ici, dans la voiture du coroner, elle éprouvait la liberté d'exprimer sa colère sans restriction.

Comme pour confirmer cette impression, Clement Ryder lui répondit d'un ton posé, sans une trace de reproche ni de critique :

— Oui. On peut le dire.

Trudy se laissa retomber contre son dossier.

— Plus on en apprend sur son compte, plus il semble évident que ce Thomas Hughes n'avait rien d'un chic type, souffla-t-elle. Il a laissé mourir sa femme au lieu de lui venir en aide. Il se souciait comme d'une guigne de voir les autres perdre leurs économies en investissant dans ses projets mal ficelés tant que lui-même ne risquait rien et que son argent était en sécurité. Il traitait sa famille comme… eh bien, je ne sais même pas comme quoi. J'ai presque l'impression que cet incendie…

Elle s'interrompit, incapable d'avouer le fond de sa pensée.

Clement, qui ne s'encombrait pas de tels scrupules, eut un sourire sardonique.

— … est un coup de Némésis ?

— De qui ? s'étonna-t-elle.

— La déesse grecque de la vengeance divine, expliqua Clement. Vous trouvez qu'il l'a bien mérité, n'est-ce pas ?

Elle acquiesça. Bien sûr, elle n'irait pas jusqu'à souhaiter la mort de quelqu'un. Mais tout de même.

— Pensez-vous que si une personne l'avait effectivement assommé avant de mettre le feu à la cabane et de le laisser volontairement périr dans l'incendie, elle mériterait de s'en sortir ? Sous prétexte que le défunt n'était pas quelqu'un de bien ? demanda doucement Clement.

Trudy se sentit rougir.

— Non. Bien sûr que non.

— Très bien. Dans ce cas, allons nous entretenir avec un autre des participants à cette soirée. Quelqu'un qui vient de découvrir qu'il n'obtiendra pas sa juste part de l'héritage paternel. Il devrait avoir des choses intéressantes à nous apprendre, non ?

Trudy ne se le fit pas dire deux fois.

16

Godfrey Hughes était un grand homme maigre, aux cheveux bruns grisonnant sur les tempes et aux yeux marron clair. Trudy remarqua tout de suite son élégant costume bleu nuit et sa cravate rouge sang quand il ouvrit la porte après qu'ils eurent frappé ; elle se demanda s'il avait choisi cette tenue en l'honneur de la lecture du testament de son père ou s'il comptait retourner travailler dans l'après-midi.

Les recherches préliminaires menées à son sujet lui avaient appris qu'il était professeur à St Swithin ; elle se rappelait également que plusieurs membres de la famille avaient souligné qu'il ne s'était jamais marié.

Il avait des allures de chat trop bien léché et quelque peu renfrogné, et Trudy imaginait sans mal sa vieille grand-mère le qualifier d'éternel célibataire.

— Monsieur Hughes ? Je suis l'agent de police Loveday, et voici le Dr Clement Ryder. Il a conduit les investigations relatives au… euh… trépas de votre père. Pourriez-vous nous accorder quelques minutes de votre temps, je vous prie ? demanda-t-elle d'un ton aimable.

Elle vit les yeux de son interlocuteur s'écarquiller tandis qu'il marquait une hésitation manifeste. Il l'observa un instant avant de se tourner vers Clement, puis de revenir sur elle, et Trudy craignit qu'il ne finisse par décliner et leur interdire l'accès à son domicile. Il haussa finalement les épaules et recula d'un pas.

— Si vous voulez, mais je dois être à l'école à 15 heures, je n'ai donc pas beaucoup de temps. J'étais sur le point de me préparer un sandwich.

Il paraissait à la fois las et irrité, et elle lui retourna un sourire compatissant.

— Je suis navrée, monsieur, nous ne serons pas longs, promit-elle sans grande honnêteté. Comme vous le savez peut-être, un journal local a publié un certain nombre d'allégations relatives à la mort de votre père, et il nous incombe désormais d'enquêter de plus près sur l'affaire.

Elle se surprit à adopter un langage un peu plus formel, sans doute influencée par le métier d'enseignant de son interlocuteur.

— Ce torchon ! cracha Godfrey avec dédain. Mon bureau est par ici.

Ils se tenaient pour le moment dans un petit vestibule encombré d'un portemanteau et d'une minuscule console sur laquelle reposait un téléphone.

Il ouvrit la première porte sur sa gauche et Trudy entra, avant de s'immobiliser si subitement que Clement, qui lui avait emboîté le pas, la percuta dans le dos. Il marmonna des excuses et ouvrit à son tour de grands yeux ronds en découvrant le contenu de la pièce.

Trudy, qui entendait encore les mots « mon bureau » résonner dans son esprit, avait pénétré dans la pièce en s'imaginant y découvrir des bibliothèques croulant sous les ouvrages, peut-être une élégante table de travail ainsi que ces fauteuils de cuir vert au dossier à boutons qui semblaient indissociables des bibliothèques et en épouser les contours.

Au lieu de quoi, elle se retrouvait dans une pièce carrée aux murs d'un blanc immaculé et au parquet de bois clair. Il n'y avait pas un seul livre en vue. Les étagères ne manquaient pas en revanche, mais celles-ci étaient couvertes de…

Son regard, qui avait dérivé vers la gauche, se posa sur l'objet le plus proche d'elle : une petite statue de bois, d'une cinquantaine de centimètres de hauteur. La tête était presque abstraite, tout en surfaces planes et en facettes anguleuses pour constituer les pommettes, le ventre rond et lisse formant un contraste étrange avec le reste. Puis, s'étirant à l'horizontale sur une longueur comparable à la hauteur de la sculpture, se dressait un énorme… euh… attribut masculin.

Trudy cilla, peinant à en croire ses yeux. Manifestement une œuvre d'art, d'apparence tribale. Elle s'empressa de s'en détourner, mais ne trouva de répit nulle part ailleurs.

Sur une autre étagère, derrière un bureau tout à fait ordinaire, reposait un vase orné de deux silhouettes en plâtre. L'origine de cette pièce semblait être hellénique, avec ces personnages sans doute mythologiques affairés à danser d'une curieuse manière. Leur position était…

Non. Ils ne dansaient pas. Trudy déglutit. Clairement, ils ne dansaient pas.

Elle sentit le sang lui monter aux joues et essaya désespérément d'adopter une expression désinvolte.

Godfrey Hughes, qui n'avait pas l'air de se rendre compte du trouble de sa visiteuse, s'approcha du bureau et tira une vieille chaise en bois qu'il semblait avoir dérobée dans l'une de ses salles de classe.

— Je vous en prie, installez-vous, dit-il en leur désignant deux sièges dépareillés placés de l'autre côté. J'étais en train de corriger des copies en retard.

Il se pencha sur une pile de cahiers bleus formée à un angle de son bureau.

Clement s'assit à son tour, attentif à ne pas croiser le regard de Trudy. Une sculpture sur bois de femme extrêmement enceinte, aux longs seins pendants, s'offrit alors à ses yeux, et il songea, amusé, qu'elle devait être originaire du Congo – ou peut-être d'une île polynésienne.

Trudy, ayant finalement réussi à intercepter son regard, lui opposa une superbe indifférence. Sans un mot, elle sortit son carnet et décida fort généreusement de laisser Clement diriger l'interrogatoire.

Confronté à son silence, le coroner chercha tant bien que mal un moyen de briser la glace.

— Aimez-vous enseigner, monsieur Hughes ? finit-il par demander avec un sourire falot.

Godfrey soupira.

— L'éducation est une noble cause, bien sûr. J'ai été moi-même un élève assidu qui appréciait l'école. Comme il me fallait un métier et que je n'ai pas hérité de la capacité qu'avait mon père à amasser des fortunes – ni de son amour pour l'argent –, le travail de professeur m'est apparu aussi bon qu'un autre.

Il s'exprimait avec soin, choisissant bien ses mots, comme s'il se trouvait face à une classe. Toutefois, Trudy, qui refusait de relever les yeux de son carnet, n'osait imaginer ce qu'il enseignait, avec une pièce jonchée d'objets pareils.

— Votre père a-t-il été déçu par votre choix de carrière ? lui demanda Clement en songeant que Mary Everly avait sans doute vu juste en décrivant l'attitude de son défunt frère vis-à-vis de son fils aîné. Je présume qu'il aurait préféré vous voir suivre ses traces ?

— Oh ! oui, et il ne se lassait jamais de me le rappeler, répliqua Godfrey d'une voix froide mais parfaitement maîtrisée.

Il observait le coroner sans signe apparent de curiosité ou d'impatience, ce que Trudy remarqua avec étonnement. La plupart des autres membres de la famille avaient au moins fait mine de paraître indignés d'avoir à répondre à leurs questions. Les uns devaient être en colère, les autres, inquiets. Cependant, aucun d'eux n'avait montré un tel détachement.

— Bien sûr, Matthew compensait quelque peu la déception que je lui inspirais, reprit Godfrey Hughes. Cela étant, que mon frère n'ait jamais embrassé plus qu'un simple poste de gérant de magasin – sans même en être le propriétaire – ne faisait pas non plus de lui un jeune prodige.

Même si son ton n'avait pas varié d'un iota, Trudy et Clement avaient la nette impression qu'il s'agissait là d'une véritable source de satisfaction pour leur interlocuteur.

— Je vois. Oui, nous avons entendu beaucoup de choses au sujet de… l'ardeur avec laquelle votre père a amassé sa fortune, monsieur Hughes, répondit Clement en décidant qu'il était temps d'en venir aux choses sérieuses. J'espère que vous ne m'en voudrez pas de parler aussi crûment ?

— Pas le moins du monde, répliqua Godfrey avec aplomb. Pour vous répondre sur le même registre, j'ai parfaitement conscience que mon père était aussi vorace qu'une troupe de Wisigoths lorsqu'il était question de ses affaires, docteur Ryder. Il a consacré sa vie entière à accumuler argent et pouvoir. Il n'avait assurément pas de temps à perdre avec les futilités de l'existence, comme l'art.

Il embrassa d'un geste de la main les objets qui les entouraient, et Trudy ne put s'empêcher de jeter un nouveau coup d'œil aux étagères, remarquant alors un morceau de jade d'une magnifique couleur verte. Elle crut tout d'abord qu'il s'agissait d'un ensemble de bosses et de creux curieusement taillés, et son esprit perplexe mit plusieurs secondes à identifier au moins quatre corps distincts, tous masculins, tous nus, tous accomplissant des choses sans doute physiquement impossibles.

Elle reporta aussitôt les yeux sur son carnet.

— En effet, vous possédez une remarquable collection d'œuvres érotiques, déclara Clement. Vous êtes à l'évidence un collectionneur chevronné. S'agit-il là d'une poterie d'époque précolombienne ?

Trudy eut cette fois la sagesse de ne pas regarder.

— Oui. J'ai un contact à Panama, répondit Godfrey avec une modestie feinte.

Clement, qui trouvait que la réplique n'aurait pas déparé dans un mauvais roman d'espionnage, réprima le sourire qu'il sentait poindre.

— Une telle collection doit vous prendre un temps considérable, commenta-t-il avec désinvolture.

— Oh ! oui. J'y consacre tout mon temps libre – je passe les congés scolaires à l'étranger, en quête de mes trésors, admit Godfrey.

— J'imagine que votre père ne s'intéressait pas à votre collection.

— Du tout ! C'était un béotien.

Mais, une fois encore, Godfrey avait répondu sans signe d'emportement. Comme si l'indifférence paternelle avait depuis longtemps cessé de l'affecter.

— Des gens de l'Ashmolean Museum viennent régulièrement jeter un œil à l'une ou l'autre de mes pièces babyloniennes. Je possède par exemple une sculpture d'obsidienne extrêmement rare, qui me vaut la visite de professeurs du monde entier.

— Voilà qui doit être gratifiant. Et maintenant que votre père n'est plus, je présume que vous n'aurez aucun mal à acquérir de nouvelles œuvres ? Elles ne doivent pas être bon marché, ajouta Clement habilement.

Un éclair d'émotion sincère sembla traverser le visage de Godfrey Hughes, mais il disparut trop vite pour que Trudy ou Clement parviennent à déterminer s'il s'agissait de haine, de colère ou d'une espèce d'ironie amère.

— Je n'ai jamais dépensé l'argent de mon père pour compléter ma collection, affirma-t-il. Et je ne le ferai jamais.

Bien sûr, Trudy et Clement savaient qu'il n'en aurait pas l'occasion. Ils comprenaient désormais parfaitement pourquoi le défunt avait veillé à ce que son aîné ne touche pas son héritage sous forme d'un versement unique qu'il aurait pu dilapider d'un coup. Thomas Hughes avait voulu s'assurer que son fils ne dépense pas son bon argent en œuvres d'art pornographiques.

— Pourrions-nous passer en revue un certain nombre de points concernant le soir de la mort de votre père, monsieur Hughes ? demanda doucement Clement. Par exemple, l'avez-vous vu pénétrer dans la remise ?

— Je ne crois pas, non.

— Mais c'est bien vous et votre beau-frère Kenneth, le mari d'Alice, qui avez allumé le feu de joie ?

— Oui. Le bois était humide et nous avons dû aller chercher de la paraffine dans la cabane pour l'allumer.

— Y êtes-vous allé vous-même ?

— Non, je crois que c'est Kenneth. Ou peut-être a-t-il chargé Matthew de le faire ? Je n'ai pas fait attention.

Trudy laissa échapper un soupir, le nez dans son carnet. N'était-il pas extraordinaire qu'aucune des personnes présentes ce soir-là ne semble avoir remarqué quoi que ce soit d'utile ? Elle s'autorisa un instant à retourner dans sa tête la délicieuse idée d'un complot familial. Et s'ils étaient *tous* de mèche ? Et si, à un moment ou un autre, tous les enfants du défunt s'étaient réunis pour décider de le tuer, et d'une manière telle que toutes les preuves partent en fumée et qu'ils puissent mutuellement se servir d'alibi ?

Elle savait toutefois ce que le capitaine Jennings lui rétorquerait si elle avait la hardiesse de lui faire part d'une telle théorie. *Des preuves, agent Loveday*, l'entendait-elle tonner. *Apportez-moi des preuves !*

Clement continuait obstinément à faire l'inventaire des événements de la soirée, du premier signe d'incendie jusqu'au départ des pompiers, alors que la remise n'était plus qu'un tas de cendres fumantes. Mais si Godfrey Hughes avait vu ou entendu quoi que ce soit de suspect, il le garda pour lui.

Quand enfin sa voix, étonnamment dépourvue d'émotion pendant toute la durée de l'entretien, s'éteignit, Trudy le remercia et se leva avec empressement. Elle sortit du bureau sans relever la tête, abandonnant là les sculptures en pleine copulation, et regagna la sécurité relative du vestibule avec un soupir de soulagement.

Godfrey Hughes claqua la porte derrière eux.

Après avoir descendu l'escalier en bois des parties communes, Trudy marqua une pause sur le pas de la porte d'entrée pour observer le ciel froid, humide et sombre de ce milieu d'après-midi, peinant à trouver quoi dire à son compagnon.

Clement, devinant sa gêne, déclara tout bas :

— Voilà qui était intéressant.

Trudy éclata de rire.

17

Le temps était si triste qu'il faisait presque déjà nuit ; ils décidèrent donc d'attendre le lundi pour s'entretenir avec Matthew Hughes.

La grisaille dominait encore quand, en milieu de matinée, Clement les conduisit sur High Street et se gara dans l'une des nombreuses ruelles médiévales, étroites et sinueuses qui la croisaient.

Implantée sur un site exceptionnel, tout près du pont qui enjambait le fleuve, la maison Blewitt & Sons, fondée en 1821, vendait quantité d'articles à ses clients exigeants. Occupant trois étages, le magasin proposait divers objets, allant des jouets à la lingerie féminine, en passant par la robinetterie, les tapis et les tondeuses – le tout sur différents rayons, fort heureusement.

Il ne leur fallut pas longtemps pour découvrir que Mr Hughes gérait le département quincaillerie, au niveau supérieur. L'ascenseur vétuste ne leur inspirant aucune confiance, Clement et Trudy optèrent tous deux pour l'escalier.

Ils retrouvèrent le jeune millionnaire dans le rayon des équipements de jardin. Matthew s'assurait que le dernier assortiment de râteaux et de bêches était correctement exposé. En s'approchant de lui, Trudy se demanda s'il avait déjà rédigé sa lettre de démission, car elle imaginait mal cet homme, qui pesait désormais près d'un million de livres, conserver son emploi modeste dans un grand magasin.

— Monsieur Hughes ?

Trudy l'avait reconnu, car il ressemblait beaucoup à son père, dont la photographie ornait le dossier de Clement Ryder. À l'instar de Thomas, Matthew était grand et mince ; ils partageaient en outre les mêmes cheveux châtains et la même mâchoire carrée. Le seul trait distinctif dont il n'avait pas hérité était le nez assez imposant du défunt. Des yeux noisette, rappelant ceux de sa sœur Alice, se tournèrent vers eux. Il les plissa légèrement quand Trudy se chargea des présentations.

Après avoir glissé un mot à la vendeuse s'occupant du rayon, il tourna les talons et les guida vers le fond du long étage décloisonné, où une rangée de bureaux dominait un décor fade constitué de conduits d'aération, de garages et de bennes à ordures.

Il leur sourit vaguement en les invitant à s'asseoir avant de s'emparer du siège situé derrière la petite table, les laissant investir les deux seules autres chaises de la pièce.

— Alice et Godfrey m'ont tous deux parlé de cette enquête plus… poussée concernant l'accident de mon père, annonça Matthew. Je m'attendais à votre visite.

Trudy avait vu dans ses notes que l'homme était âgé de trente-sept ans, mais il en paraissait plus. Les cernes gris-bleu qui soulignaient ses yeux témoignaient de son manque de sommeil, et son costume, quoique convenable, tombait bizarrement, comme si son propriétaire avait récemment perdu du poids.

Se pouvait-il qu'ils aient enfin trouvé une personne pleurant avec sincérité la perte du défunt ?

— Je suis navrée de vous déranger dans de telles circonstances, monsieur Hughes, s'entendit dire Trudy avec compassion. Nous allons essayer de faire vite. Mais vous le comprenez bien, dès lors que des allégations sérieuses sont formulées, nous devons y donner suite.

Matthew l'écouta patiemment et, quand elle eut fini son petit préambule, lui adressa un faible sourire.

— Même si ces allégations émanent d'un journaliste de bas étage cherchant à se faire un nom à nos dépens, tout ça pour vendre quelques exemplaires supplémentaires de son horrible torchon ? contra-t-il.

— Vous ne pensez donc pas qu'il peut y avoir une once de vérité dans ces sous-entendus, monsieur ? répliqua Trudy en décidant de prendre le taureau par les cornes. Il n'est pourtant pas tout à fait faux de prétendre, comme le fait le *Tribune*, que votre père n'était pas apprécié de tous. J'ai effectué quelques recherches au sujet de ses affaires moins... conventionnelles, et il semble qu'il ait fait perdre des sommes considérables à beaucoup de monde.

Cette remarque fit grimacer Matthew, qui ne prit pourtant pas directement la défense de son père.

— Nous n'avons jamais été en affaires ensemble, répondit-il. En conséquence, je ne suis pas très bien placé pour commenter, si ?

Il écarta les mains avec lassitude, dans un geste qui rappela quelqu'un à Trudy.

— Pourquoi cela, monsieur ? s'enquit-elle. Je viens de m'entretenir avec votre frère Godfrey, et je comprends pourquoi *lui* n'a jamais voulu le faire...

Cela arracha un sourire à Matthew.

— Mais vous, vous êtes dans le commerce, ajouta-t-elle en désignant les locaux alentour. Alors pourquoi ne pas avoir rejoint Hughes Enterprises ?

Trudy était sincèrement curieuse d'entendre sa réponse, car si cet homme était brouillé avec son père – et ce depuis un bon moment –, ils devaient en apprendre plus à ce sujet.

Matthew prit une longue et lente inspiration. Il sembla hésiter un instant, et Clement eut la conviction qu'il cherchait un mensonge à leur servir. Puis il parut se raviser.

— Disons simplement que, quand j'ai eu dix-huit ans, j'ai compris que travailler pour mon père serait infernal, et restons-en là. Et avant que vous me posiez la question, non, je n'ai jamais regretté cette décision. Mon poste ici n'est sans doute pas aussi prestigieux qu'il aurait pu l'être si j'avais fait un choix différent, mais il me permet de subvenir à nos besoins.

— Cela a tout de même dû le décevoir, non ? insista Trudy. Alice étant mariée, Caroline brouillée avec lui et Godfrey… ayant embrassé la carrière universitaire, il devait compter sur vous pour marcher sur ses traces ?

Matthew haussa les épaules.

— Mon père avait l'habitude d'être déçu par ses enfants, madame l'agent. Nous le savons, parce qu'il nous le répétait souvent. Par exemple, il me disait que je ne parviendrais pas à monter en grade ici alors que, chez lui, je ferais déjà partie des cadres dirigeants. Cependant, il n'arrivait pas à comprendre pourquoi je ne voulais pas de toute la pression qu'aurait impliquée un poste au sein de Hughes Enterprises. Ni comment je pouvais préférer passer du temps avec ma femme et mes enfants plutôt que de consacrer mes journées et mes nuits à gagner de l'argent. Ce n'est certainement pas le genre de choses qui l'intéressait, lui, conclut Matthew.

Trudy acquiesça.

— Je ne voudrais pas paraître insultante, monsieur Hughes, mais je me suis désormais entretenue avec la plupart des membres de votre famille, et il semble qu'aucun d'eux n'ait été très… proche de votre père. Êtes-vous d'accord avec ce constat ?

— Absolument, répondit Matthew avec un nouveau sourire.

— Caroline lui reproche la mort de votre mère. Et vous ?

— Sans l'ombre d'un doute, déclara-t-il. Papa la traitait de façon horrible.

— Voulait-elle se rendre aux États-Unis pour voir un spécialiste ? questionna Trudy. Nous avons reçu des informations contradictoires à ce sujet. Ses médecins semblent penser qu'elle n'était pas très emballée par cette perspective.

Matthew se tourna vers la fenêtre pour regarder dans le vague.

— Ma mère avait perdu courage, admit-il. Au bout du compte, je crois que la mort a été pour elle un soulagement. Est-ce que cela répond à votre question ? demanda-t-il d'un ton sévère.

Ce fut au tour de Trudy de faire la grimace. Elle l'avait manifestement blessé et se le reprochait. D'un autre côté, elle ne pouvait pas faire comme si de rien n'était.

— Mr Bough nous a appris que votre famille venait d'avoir lecture du testament de votre père.

— En effet, répliqua Matthew avec une pointe de méfiance qui lui fit reporter le regard sur elle.

Ce soudain regain d'intérêt ne surprit pas Trudy. Après tout, son héritage et le nouveau statut qu'il lui conférait ne devaient pas le laisser indifférent. Mais c'était humain et ne signifiait pas nécessairement qu'il était plus avide ou avare que son prochain. Il serait néanmoins intéressant de découvrir à quel point il avait convoité la fortune paternelle.

— Et j'ai cru comprendre que vous en étiez le principal bénéficiaire, ajouta-t-elle en s'efforçant de conserver un ton neutre.

— Oui.

— Cela vous a-t-il surpris ? insista-t-elle en s'attendant à une nouvelle réponse monosyllabique.

Au lieu de cela, Matthew eut un autre sourire ironique.

— Oui et non. En un sens, il semblait assez logique qu'il me choisisse. Les filles étaient toutes les deux hors jeu – Alice parce qu'elle était mariée et que notre père considérait qu'il incombait à son époux de pourvoir à ses besoins, et Caroline parce qu'elle avait eu le cran de lui tenir tête et de le traiter avec mépris. Quant à Godfrey… eh bien, soyons réalistes, nous comprenons tous pourquoi papa ne l'aurait jamais laissé s'emparer de la fortune familiale. Il ne restait donc plus que moi. Pourtant…

Il marqua une pause, soupira, et se retourna vers la fenêtre.

— Je n'aurais pas non plus été surpris, à la lecture du testament, de découvrir qu'il ne m'avait rien laissé.

Il demeura alors silencieux si longtemps, les sourcils froncés, que Trudy se vit contrainte de le relancer.

— Et pourquoi cela, monsieur ?

Matthew pivota face à eux, puis répondit :

— Je ne voudrais pas que vous partiez d'ici avec l'impression que j'étais son chouchou, répondit-il. Ça n'était pas le cas, croyez-moi. Je me disputais avec lui tout autant que mes frère et sœurs. Enfin, pas autant que Caroline, bien sûr. Il est arrivé… Oh ! laissez tomber.

Trudy fut tentée d'insister, car elle pensait savoir ce qu'il avait failli admettre : qu'à plusieurs reprises, la haine viscérale de Caroline à l'encontre de son père avait donné lieu à de sacrées empoignades. Au point de sombrer dans la violence ? Elle devinait toutefois que cet homme n'était pas du genre à dénoncer ses proches.

— Pouvez-vous me dire quels étaient les sujets de vos disputes ? essaya-t-elle plutôt.

— Oh ! à quel sujet ne nous disputions-nous pas ? Vous devez comprendre que mon père aurait pu faire cracher un saint. Il pouvait débattre d'« art » avec Godfrey jusqu'à ce qu'ils soient tous deux rouges de colère. Il pouvait se mêler de la manière dont Alice gérait la maison ou élevait ses enfants, de la note d'épicerie ou de n'importe quoi d'autre, au point de la faire fondre en larmes. Pareil avec moi. Et pourquoi n'avais-je pas été promu depuis plus de deux ans ? Pourquoi partais-je en vacances au lieu de me coller au boulot, pourquoi portais-je un costume noir et pas gris ou bleu ? Il avait des remarques à faire sur tout et son contraire.

Matthew s'interrompit le temps d'un éclat de rire.

— Papa s'attendait à ce que le monde s'adapte à lui, et non l'inverse. Il était impossible de discuter avec lui de façon rationnelle.

Trudy hocha la tête.

— Cela devait être très éprouvant. Avez-vous vu votre père pénétrer dans la remise, le 5 novembre ?

Son brusque changement de tactique fonctionna, car son témoin en fut d'abord désarçonné. Malheureusement, sa version des événements de la soirée concordait peu ou prou avec celle de tous les autres.

Lorsqu'il eut achevé son récit, il demanda dans un sourire :

— Y avait-il autre chose ?

— Non, monsieur, répondit Trudy à contrecœur. Je crois que ce sera tout pour le moment. Merci encore de nous avoir accordé un peu de votre temps.

Matthew les regarda se lever pour partir. Il paraissait songeur. Il trouvait étrange que le coroner ayant supervisé l'enquête n'ait pas prononcé le moindre mot de tout l'entretien.

18

Une fois dehors, Trudy consulta sa montre. Il était presque l'heure du déjeuner et il lui restait encore un peu de temps avant de devoir retourner au commissariat pour effectuer du « vrai travail de police », ainsi que le disait le capitaine Jennings avec une bonne dose de sarcasme.

— Alors, qu'avez-vous pensé de lui ? demanda-t-elle au coroner tandis qu'ils remontaient l'étroite allée en direction de la voiture. Je vous ai trouvé bien silencieux, là-haut.

— Mmmh. J'étais occupé à l'observer – et puis, vous vous en sortiez très bien toute seule.

— Et qu'avez-vous constaté ?

— Je l'ai trouvé fatigué. Et pas seulement à cause des poches qu'il avait sous les yeux ni de son teint blafard. Son comportement tout entier évoquait la lassitude. Comme si tout nécessitait un trop gros effort. Il n'a même pas réussi à se mettre en colère.

— Je vois ce que vous voulez dire, répondit Trudy d'un air songeur. Je me suis d'abord demandé s'il pouvait être le seul membre de la famille à regretter son père… Mais plus la conversation avançait, plus il est apparu évident que ça n'était pas le cas, ajouta-t-elle après une courte pause. Alors, qu'avez-vous pensé de son histoire ?

Clement haussa les épaules.

— Difficile à dire. Il m'a semblé relativement franc et honnête.

— Je suis d'accord. Je crois que, si nous découvrons qu'il ne s'agissait pas d'un accident, nous devrons réellement nous concentrer sur la famille. Voulez-vous rendre visite à Alice maintenant ? C'est la seule que nous n'ayons pas encore interrogée.

Ils avaient à présent rejoint la Rover, et Trudy patienta pendant que Clement fouillait ses poches en quête de ses clés. Il finit par les trouver mais, en tentant d'isoler celle qui déverrouillait les portières de celle qui permettait de mettre le contact, il laissa échapper son trousseau. Il pesta à mi-voix avant de se pencher pour le ramasser.

Comme chaque fois qu'elle constatait sa maladresse inhabituelle, Trudy fit mine de n'avoir rien remarqué. Si elle avait cru l'alcool responsable de son manque de coordination, elle se serait sans doute inquiétée davantage – notamment parce qu'il conduisait beaucoup. Toutefois, aucune odeur suspecte n'émanait jamais de lui, et elle était désormais à peu près sûre de pouvoir déterminer quand un homme était sobre et quand il avait bu. Ses faiblesses passagères étaient plus vraisemblablement à mettre sur le compte de l'âge. Et il ne semblait ni très poli ni très adroit (ni très gentil) de formuler le moindre commentaire sur un sujet forcément sensible. Elle était certaine que, à l'instar de la plupart des hommes « d'un certain âge », le Dr Clement Ryder se sentait aussi capable et actif que vingt ans plus tôt !

Non, fermer les yeux et feindre l'ignorance paraissait être, de loin, la meilleure réaction à adopter.

— Je crois plus urgent d'interroger d'abord d'autres personnes, s'empressa-t-il de déclarer en ouvrant enfin sa portière. Des témoins souvent plus attentifs et intelligents qu'on ne le présume, mais trop fréquemment négligés, ajouta-t-il en se glissant derrière le volant.

Il se pencha pour ouvrir la portière à Trudy, espérant que celle-ci ne s'était pas fait une montagne de la chute des clés. Il fut cependant conscient du léger tremblement qui agitait sa main lorsqu'il actionna la poignée.

Trudy ne comprit d'abord pas à qui il faisait allusion mais, après avoir refermé sa portière, elle sut de quoi il retournait.

— Vous parlez des enfants présents au feu de joie ?

— Oui. Je crois que nous devrions nous entretenir avec certains d'entre eux. Gentiment, hein, et en présence de leur mère. Mais les enfants sont souvent plus résilients qu'on ne l'imagine, et peuvent se montrer assez observateurs.

Ne voulant pas démarrer tout de suite – pas avant que la faiblesse passagère de ses mains disparaisse –, il devait pousser sa partenaire à parler.

— Avez-vous remarqué combien chacun des témoins se montre vague quant aux faits et gestes des uns et des autres ?

— Oh ! oui, répondit aussitôt Trudy. « C'était *peut-être* Kenneth qui a suggéré la paraffine, à moins que ce ne soit Godfrey ? » « Je *crois* que c'est tante Mary qui a fait ceci, ou *peut-être* était-ce Alice ? »

Trudy imitait la manière dont les héritiers avaient répondu à leurs questions, sans chercher à dissimuler son exaspération.

— Ce serait bien d'obtenir des réponses claires et directes, pour une fois. Voulez-vous commencer par les enfants d'Alice et Kenneth Wilcox, alors ?

Clement se frotta discrètement les mains sur sa cuisse.

— Eh bien, nous pourrons leur parler quand nous irons la voir. Allons d'abord interroger ceux de Matthew. Ils doivent être rentrés de l'école, à présent.

— D'accord, dit Trudy.

Clement porta prudemment la clé au contact, soulagé de parvenir à l'introduire dans le démarreur sans plus d'anicroche.

La pluie ayant recommencé à tomber, il activa tant ses phares que ses essuie-glaces et quitta précautionneusement sa place de stationnement.

19

Matthew et son épouse, Joan, occupaient une jolie mais modeste maison en périphérie d'Osney Mead. Comme celle de Mary, l'habitation avait vue sur la noue ; il s'agissait cependant du seul point commun entre les deux logis. Celui de Matthew avait été construit juste après la guerre et ne possédait rien du charme désuet du cottage du XIXe siècle dans lequel vivait Mary Everly à Wolvercote. Gris, crépi, doté d'un garage moderne et d'un appentis attenant, il était fonctionnel et bien bâti, mais quelconque. Il appartenait à un groupe de quatorze maisons mitoyennes identiques, érigées dans une voie sans issue.

— Numéro 12, je crois que nous y sommes, murmura Trudy en jetant un rapide coup d'œil à ses notes pour s'en assurer. Non, numéro 9, se corrigea-t-elle avant de regarder autour d'elle. C'est celle-ci.

Trudy et Clement remontèrent la petite allée de jardin à la hâte sous la pluie battante, soulagés de trouver abri sous le porche généreux.

Joan Hughes vint rapidement ouvrir après leur coup de sonnette. Un joli petit bout de femme doté d'une épaisse chevelure blonde bouclée et d'iris bleu pâle. Elle parut troublée par l'uniforme de Trudy et l'écouta faire les présentations et lui expliquer le but de leur visite d'un air préoccupé.

— Vous dites que vous venez de parler à mon mari ? s'étonna-t-elle en scrutant la rue, comme si elle redoutait que des voisins l'observent et s'interrogent sur cette visite de la police.

Malgré tout, elle ne semblait pas pressée de les inviter à entrer.

— C'est exact. Nous voudrions simplement recueillir votre version des événements concernant le soir où votre beau-père a trouvé la mort, expliqua Trudy avec un sourire délicat.

— Eh bien, je ne sais pas trop…

— Nous ne vous dérangerons pas très longtemps, madame Hughes.

Naturellement, si la femme refusait de les faire entrer ou de répondre à leurs questions, ils n'auraient d'autre choix que de repartir. Cependant, c'était bien la première fois qu'ils rencontraient la moindre résistance de la part de la famille du défunt, et cela attisa sa curiosité.

Elle sentait de surcroît que Clement était tout aussi intrigué.

— Bon, très bien, entrez, capitula Joan en s'effaçant pour les laisser pénétrer dans le vestibule. Je vous en prie, installez-vous au salon, c'est la deuxième porte à gauche. Je monte juste à l'étage pour aller voir Helen, ma petite dernière. Elle est souffrante.

— Oh ! j'en suis navrée, répondit Trudy, qui se trouva un peu idiote. Rien de grave, j'espère ?

Elle s'était imaginé toutes sortes de raisons suspectes pour expliquer la réticence de leur hôte, alors que celle-ci se faisait simplement du souci pour son enfant malade.

— Les deux autres sont sûrement déjà en train de jouer au salon, fit Joan. J'allais les faire manger avant de les renvoyer à l'école. S'ils font trop de bruit ou deviennent trop pénibles, dites-leur juste de se calmer. Je reviens dans une minute.

Elle grimpa alors les marches deux à deux, l'air inquiet.

Quand elle eut disparu, Clement chuchota :

— On ne pouvait pas rêver mieux. C'est une occasion en or de discuter avec ces enfants sans que « maman » soit là pour leur demander de surveiller leurs manières.

Trudy sourit. Ses recherches liminaires lui avaient appris que la plus jeune n'avait que quatre ans et que son témoignage ne leur aurait probablement été d'aucune utilité. Mais l'aîné, un garçon nommé Benjamin, avait neuf ans, et Clarissa, sa sœur cadette, en avait sept.

Quand ils pénétrèrent dans le salon, les deux enfants étaient allongés par terre, tentant de reconstituer un puzzle. Le garçon deviendrait certainement grand et mince comme son père ; la fillette, qui possédait une masse d'anglaises couleur de miel, était manifestement bien partie pour être aussi belle que sa mère.

Tous deux levèrent la tête en constatant l'intrusion de ces deux inconnus et contemplèrent Trudy avec stupéfaction.

— Mince alors, vous êtes un policier ? lui demanda timidement la fillette.

— Oui, répondit Trudy sans s'offusquer de la confusion des genres. Et tu dois être Clarissa. Et lui, c'est ton frère, Benjamin ?

— Benny, la corrigea aussitôt le garçon en se redressant pour se mettre à genoux. Vous êtes qui ? Vous êtes là pour m'arrêter ? s'enquit-il d'un ton suffisant.

— Pourquoi, tu as fait quelque chose de mal ? rétorqua Trudy, mais son sourire était si large que le gamin se détendit aussitôt.

— Ah, ah, pas du tout ! Alors vous pouvez pas me mettre en prison ! triompha-t-il.

Il jeta ensuite un coup d'œil vers Clement et fut clairement impressionné par ce qu'il vit.

— Et vous, monsieur, qui êtes-vous ? demanda-t-il bien plus poliment, mais avec la ferme intention d'éprouver l'honnêteté de cet inconnu.

En l'absence de son père, il comptait bien faire savoir qu'il était l'homme de la maison et qu'il prenait son rôle très au sérieux.

— Je suis le Dr Ryder. Je suis coroner. Sais-tu ce que cela signifie ?

Clement observait l'agréable pièce dans les tons beige, s'attardant un instant sur les fauteuils taupe et le sofa assorti, tapissés d'un tissu grumeleux.

— Pouvons-nous nous asseoir ?

— Bien sûr, répondit Benny d'un ton magnanime.

Clement le remercia d'un sourire et jeta son dévolu sur un fauteuil tandis que Trudy se dirigeait vers le second. Un assortiment de magazines féminins et une boîte à biscuits en fer-blanc à l'effigie de la reine trônaient sur la table basse en pin devant eux.

— C'est un sacré dragon, commenta Trudy en constatant que l'illustration du puzzle représentait saint George aux prises avec la créature légendaire.

— Oui, c'est pas mal, admit Benjamin alors que sa sœur, toujours étendue sur le sol, semblait se satisfaire d'écouter sans rien dire, la bouche entrouverte.

Trudy supposait cependant que cela changerait lorsqu'elle aurait surmonté sa timidité initiale.

Souhaitant obtenir des réponses avant le retour de Joan Hughes, elle se tourna vers Benny et lui expliqua doucement :

— Nous sommes venus discuter de votre grand-père et de ce qui lui est arrivé. Est-ce que cela vous ferait peur de nous en parler ?

Benny jeta un coup d'œil à sa sœur, dont les grands yeux bleus s'arrondirent légèrement, sans pour autant s'emplir de larmes.

— Non, ça nous fait rien. Grand-père est mort dans la cabane quand elle a brûlé. Mais ça lui a pas fait mal, parce que papa a dit qu'il s'était cogné la tête en tombant et qu'il dormait quand ça lui est arrivé.

— C'est exact, confirma Clement. Je suis médecin, et je te promets que ton papy n'a rien senti.

— Est-ce que tu l'as vu aller chercher les feux d'artifice dans la remise ? s'enquit Trudy.

Son cœur s'emballa quand elle vit le garçonnet opiner d'un air solennel.

— Oui. Lukey a dit qu'il avait vraiment hâte de voir voler les fusées, et grand-père lui a répondu qu'il allait les chercher.

Trudy hocha la tête. « Lukey » devait désigner Lucas Wilcox, le fils d'Alice, un garçon de dix ans.

— Tu l'as regardé jusqu'à ce qu'il entre dans la cabane ? voulut se faire préciser Trudy.

— Oui, et Lukey aussi. On avait vraiment hâte que ça commence, expliqua Benny avec sérieux. On en avait un peu marre du feu de joie, même si c'était rigolo de regarder oncle Godfrey et oncle Kenny essayer de l'allumer.

— As-tu vu quelqu'un d'autre entrer dans la cabane après ton grand-père ? s'empressa de demander Trudy, qui avait entendu le bruit des pas de Joan dans l'escalier.

— Non, parce que tante Alice est allée chercher le chocolat chaud et qu'on voulait tous être servis en premier.

Trudy fut un peu déçue, même si elle savait qu'elle ne devait pas s'attendre à des miracles. Alors que la porte du salon commençait à s'ouvrir, elle se dépêcha de poser une dernière question :

— Te rappelles-tu qui a suggéré d'utiliser de la paraffine pour allumer le feu ?

— Que se passe-t-il ? intervint Joan d'un ton cassant en considérant tour à tour son fils et la policière.

Elle était manifestement mécontente qu'ils aient évoqué cette soirée avec les enfants en son absence ; Trudy, se sachant en dehors des clous, se mordilla la lèvre d'un air coupable.

— Non, désolé, répondit Benny en baissant les yeux au sol.

Il s'allongea alors avec une désinvolture étudiée pour aider sa sœur à compléter le souffle de feu qui s'élevait des naseaux du dragon.

— Tiens, Clarrie, un morceau avec des flammes, dit-il en tendant obligeamment la pièce à la petite.

Trudy vit cependant son regard faire un aller-retour entre sa mère et ses visiteurs, avant de revenir se fixer sur la première.

Joan, en entendant parler de flammes, frissonna ostensiblement.

— Cette histoire est un vrai cauchemar, murmura-t-elle en se laissant tomber sur le sofa. J'ai hâte que tout soit terminé.

Trudy la considéra d'un air pensif. Peu de temps auparavant, Joan avait appris que son mari venait d'hériter d'une véritable fortune. Pourtant, elle ne semblait pas spécialement guillerette. À vrai dire, aucune joie n'émanait d'elle. N'était-ce pas étrange ? Certes, personne ne doit aimer s'enrichir par la perte d'un membre de sa famille, songea Trudy. Cependant, avec tout ce qu'elle avait appris sur le compte de Thomas Hughes, elle ne pensait pas que ce dernier ait été plus proche de sa bru que de n'importe qui d'autre. Joan ne devait donc pas être accablée par le chagrin, et il aurait été humain de vouloir célébrer un événement qui allait changer leur vie de façon aussi radicale.

Trudy essaya d'imaginer ce qu'elle ferait avec un million de livres. Des images de vacances à l'étranger, des dernières robes parisiennes à la mode, de parures de bijoux étincelantes ou d'elle au volant d'une grosse automobile flambant neuve lui traversèrent l'esprit.

— Alors, en quoi puis-je vous être utile ? s'enquit Joan, interrompant sa rêverie.

Il fut toutefois vite évident que leur hôte ne leur apprendrait rien de bien nouveau. Elle pensait que c'était Godfrey qui avait le premier suggéré l'emploi de la paraffine, et que c'était son mari qui avait appelé les pompiers. Elle n'avait pas particulièrement prêté attention aux faits et gestes de son beau-père, étant allée aider Alice à la cuisine. À deux reprises au cours de l'entretien, elle remonta voir sa petite dernière, et même si Trudy en profita pour interroger de nouveau Benny au sujet du soir de la tragédie, le garçon n'avait plus rien de pertinent à leur révéler.

*

— Eh bien, encore une perte de temps, grommela Trudy tandis qu'ils reprenaient la route de la ville.

Elle allait devoir subir un après-midi de travail de bureau, mais la nuit ne tarderait plus à tomber – surtout par une journée aussi couverte que celle-ci. Avec l'approche de l'hiver, elle savait que les boutiques exhiberaient bientôt leurs vitrines de Noël. Cela n'était pas pour lui déplaire – elle aimait bien cette période, avec les décorations et les jolies illuminations.

— Vraiment ? répondit Clement.

Il lui semblait avoir décelé une certaine réticence chez le jeune Benny dès que sa mère était entrée dans la pièce. Il ne s'était en tout cas plus montré aussi bavard. Mais cela pouvait aussi bien être dû au fait qu'on lui avait fait comprendre en grandissant que les enfants devaient rester à leur place.

D'un autre côté, il ne serait pas surpris que le garçon se soit souvenu de quelque chose au sujet de ce soir-là et qu'il ait décidé de ne pas en parler pour des raisons qui lui appartenaient.

Le cas échéant, il se promit d'essayer de rediscuter seul à seul avec le jeune Benjamin Hugues.

— Voulez-vous que nous allions rendre visite à Alice demain ? demanda Trudy tandis qu'ils approchaient des vestiges du château d'Oxford.

Clement donna son assentiment avant de la déposer devant le commissariat et de regagner son propre bureau.

Ce faisant, il sentit les tremblements assaillir une fois de plus sa main droite.

Ce soir-là, dans l'agréable maison victorienne avec vue sur le parc qu'il occupait près de Keble College, Clement mangea le souper que sa femme de ménage lui avait préparé, puis il gagna le confortable salon, où le feu se mit bientôt à crépiter gaiement.

Avec un soupir, il se servit une larme de son cognac préféré dans un verre ballon et alla s'asseoir dans son fauteuil, le temps de le laisser s'oxygéner. Fidèle à son rituel nocturne, il se saisit d'un crayon pour remplir les mots croisés de son journal habituel. Il ramassa le carnet posé sur un buffet à la portée de sa main, consulta les aiguilles de l'horloge de parquet qui tictaquait dans un coin avec contentement et nota l'heure dans une colonne avant de s'attaquer aux mots croisés.

Quand il eut résolu la dernière énigme – une anagramme –, il observa l'heure avec le sentiment du devoir accompli et la consigna dans une deuxième colonne. Cette procédure était l'une des nombreuses dispositions qu'il avait prises pour s'efforcer de mesurer son acuité mentale.

Après avoir étudié ses temps sur les trois derniers mois, il fut rassuré de constater qu'il n'était pas ralenti outre mesure. Jusqu'à présent, sa satanée maladie semblait se contenter de lui infliger des symptômes mineurs.

Cela finirait toutefois par empirer tôt ou tard, il le savait pertinemment.

Il s'occuperait de ce problème-là en temps voulu. Réprimant impitoyablement tout sentiment d'angoisse ou de dépression, il avala sa gorgée de cognac et s'approcha de la TSF en quête d'un concert à écouter avant d'aller dormir.

Beethoven, Bach, Haydn ou Chopin (à petites doses) suffisaient généralement à lui mettre du baume au cœur.

20

Tôt le matin suivant, Duncan alla se mettre à l'abri sous l'avancée d'une boutique donnant sur le commissariat, maudissant le temps. Il ne pleuvait pas réellement, mais l'air n'était pas tout à fait sec. Comme l'aurait formulé son père, le climat était « humectant ». Un miasme grisâtre, pas tout à fait aussi épais que du brouillard ni aussi fin que de la brume, semblait s'être déposé sur la ville, recouvrant chaque surface d'une humidité froide et poisseuse. Cela rendait les trottoirs glissants, imprégnait peu à peu les vêtements de façon très inconfortable. Par chance, il n'y avait pour ainsi dire pas de vent froid, sans quoi il aurait peut-être repoussé sa surveillance à un autre jour.

Toutefois, à présent qu'il avait découvert le nom de l'agent de police chargé de l'affaire Thomas Hughes, il lui tardait de s'atteler à la tâche. Cela lui avait coûté quelques pintes au Dog and Duck, mais il n'avait eu aucun mal à tirer gentiment les vers du nez à l'agent Rodney Broadstairs. La tâche s'était avérée d'autant plus aisée que le pauvre garçon était contrarié par le fait que sa jeune collègue – une femme ! – se soit vu confier cette mission plutôt que lui.

Cela avait aussi surpris Duncan – en plus de l'agacer prodigieusement. Comme il le redoutait, cela prouvait simplement que la police d'Oxford ne prenait pas la campagne du *Tribune* très au sérieux. En fouillant rapidement dans les archives de cet agent Loveday – un curieux nom –, il avait découvert que, en dépit de certaines réussites inespérées depuis son entrée dans les forces de l'ordre, elle venait à peine de terminer sa période d'essai. Âgée d'à peine vingt ans, on pouvait difficilement la qualifier d'enquêtrice aguerrie et chevronnée.

Elle avait probablement reçu l'ordre de vérifier les détails et de poser des questions de principe pour la galerie, mais d'ici quelques jours, une semaine tout au plus, l'affaire serait de nouveau classée.

Duncan veillerait à ce que cela ne se produise pas.

Il sourit et se ragaillardit considérablement quand un troupeau de policiers en uniforme émergea du commissariat pour vaquer à ses occupations quotidiennes. Tous ou presque partirent à pied, même si certains enfourcheraient sans doute une bicyclette pour se rendre là où leur ronde commençait. Il n'y avait qu'une seule femme dans le groupe et, par chance, elle ne semblait pas être en quête d'un véhicule à deux roues.

Il garda ses distances pour la suivre, soulagé de voir ses compagnons s'éloigner peu à peu, se dispersant dans la ville avec divers degrés d'enthousiasme ou d'ennui. Il comprit qu'il était vraiment en veine quand elle se dirigea vers un arrêt de bus par ailleurs désert et se mit à patienter.

Plus il s'approchait, plus son regard se faisait appréciateur. Il avait été difficile de voir à quoi elle ressemblait de loin, et l'uniforme assez terne ne la mettait guère en valeur, mais, lorsqu'il se retrouva près d'elle, il put mesurer à quel point elle était belle. Sa peau était pâle et sans défauts, sa silhouette pleine et non dénuée de formes. Et même s'ils disparaissaient sous sa casquette, il devina qu'elle possédait de longs cheveux bruns, bouclés et magnifiques.

Quand, sentant sa présence, elle se retourna vers lui, il fut saisi par son visage en forme de cœur et ses grands yeux de velours marron foncé, proprement stupéfiants. Il sentit son rythme cardiaque s'accélérer, comme chaque fois qu'il se trouvait en présence d'une belle femme, et ne put réprimer un sourire.

Trudy, qui s'en allait interroger le témoin d'un vol à l'arraché survenu la veille au soir, s'attendait à la présence d'une ménagère partie faire des commissions plus loin dans la rue, ou d'un ouvrier automobile en route pour l'usine, ce bus ayant pour terminus Cowley, où Morris et les autres principaux constructeurs possédaient leurs lignes de fabrication.

Au lieu de quoi, elle croisa une paire d'yeux verts comme ceux d'un chat, sertis dans un très beau visage triangulaire. L'homme, qui la dominait de quelques centimètres, possédait une masse de cheveux presque noirs et était vêtu d'un élégant costume dissimulé par un pardessus de laine noire humide. Trudy ne lui donnait pas trente ans. Son sourire révélait des dents d'une blancheur presque parfaite, et elle se contracta en réaction à son regard scrutateur.

Elle savait qu'il allait essayer de lui faire du gringue et, pour une raison ou une autre, cela la précipita dans une espèce de panique. Face à lui, elle fut surprise de sentir son visage adopter l'expression crispée qu'elle réservait aux inconnus susceptibles de lui causer des ennuis. Elle ne comprenait pas pourquoi elle se mettait sur la défensive pour une attitude qu'elle aurait d'ordinaire laissé couler sans autre forme de procès.

Que les garçons cherchent à attirer son attention n'était pas une nouveauté. Souvent, ils l'asticotaient au sujet de son uniforme, et elle les taquinait en retour, menaçant de les coffrer pour leur impertinence.

Elle n'avait jamais eu qu'un petit ami, Brian, qu'elle connaissait depuis toujours. D'ailleurs, elle n'était pas certaine qu'on pût réellement le qualifier de petit ami, puisque leur « relation » avait essentiellement consisté en ceci : elle l'avait ou bien regardé jouer au rugby, ou bien accompagné à des sorties bizarres au cinéma. Ça, plus quelques *fish and chips* partagés au café du coin.

Toutefois, depuis qu'elle se trouvait de nouveau « libre », elle n'avait jamais souhaité que d'autres soupirants prennent la place. Jusqu'à présent, cela ne l'avait pas intéressée. Elle était bien trop prise par son travail, et ne s'était pas encore tout à fait remise de la fois où elle avait frôlé la mort.

Mais maintenant, à la vue de ce très bel homme légèrement plus âgé qu'elle, elle sentit son cœur palpiter d'une manière qui lui coupa le souffle – une sensation à la fois agréable et inquiétante.

— Bonjour. Vous êtes l'agent Loveday, n'est-ce pas ? l'interrogea Duncan.

Trudy le considéra avec une inquiétude grandissante.

— Oui. Je ne vous connais pas, si ?

Duncan fut tour à tour amusé, intrigué et agacé par la réaction de la jeune femme. Agacé parce qu'il ne voulait surtout pas se la mettre à dos, étant donné qu'il aurait besoin de sa collaboration. Il devait gagner sa confiance, et éveiller ses instincts de petite dame suspicieuse était la dernière chose dont il avait besoin.

D'un autre côté, elle était si manifestement jeune et inexpérimentée – et séduite par son allure – qu'il ne pouvait s'empêcher d'éprouver un certain plaisir. Cela ouvrait tant de perspectives intéressantes.

Il n'était pas imbu de sa personne au point de s'imaginer que toutes les filles tombaient à ses pieds, mais il avait conscience de ne pas laisser insensible le sexe opposé. Il avait badiné avec assez de femmes depuis l'âge de seize ans pour savoir quand elles étaient éblouies.

Même si Glenda aimait à le croire monogame, il n'avait jamais formulé une telle promesse. Ce qui autorisait des issues fascinantes à des situations comme celle-ci.

Durant ce premier instant de découverte et d'attirance mutuelle, Duncan dut reconnaître que, si l'agent Loveday avait été quelqu'un d'autre, ses propres pensées auraient galopé vers d'autres contrées.

Ce qui risquait encore d'arriver s'il ne fournissait pas un gros effort de concentration. Car, se rappela-t-il à contrecœur, il avait d'autres priorités à l'heure actuelle.

Il sourit donc derechef, cette fois-ci de manière tout à fait platonique, et lui tendit la main.

— Non, nous ne nous sommes pas encore rencontrés, mais je pense qu'il est temps d'y remédier. Je m'appelle Duncan Gillingham.

Trudy ne songea d'abord qu'à l'originalité de son prénom. Elle n'avait encore jamais croisé de Duncan. Cela lui allait à merveille, un choix à la fois légèrement exotique et viril.

Elle eut alors un déclic et se rappela où elle l'avait entendu récemment.

— Vous êtes le reporter du *Tribune*, déclara-t-elle d'un ton clairement accusateur.

Une fois de plus, Duncan éprouva un petit emballement, réaction purement instinctive de mâle confronté à la désapprobation d'une belle femme.

— Je plaide coupable, répondit-il sans se départir de son sourire. Mais je vous en prie, ne m'en tenez pas rigueur. Il faut bien des gens pour poser des questions et fouiner un peu. Et nous n'avons pas tous la chance de disposer d'un insigne de police pour nous y aider.

Trudy cilla. Elle n'en était pas certaine, mais il lui semblait qu'il la taquinait – ou la remettait à sa place. En plus de lui notifier quelque chose – une chose qu'elle n'était pas sûre de comprendre. À son grand agacement, son rythme cardiaque s'accéléra encore.

— Y a-t-il quelque chose que je puisse faire pour votre service, monsieur…

Pendant un horrible instant, son nom lui échappa. Par bonheur, elle finit par se le rappeler.

— Gillingham, c'est bien ça ?

— Eh bien, en réalité, je me disais que c'est *moi* qui pourrais vous rendre service, agent Loveday.

Celle-ci était décidément un petit chat bien effarouché, qui ne lui offrait pour le moment que coups de griffes et chuintements menaçants.

— Je possède quelques informations pertinentes relatives à votre enquête sur l'affaire Thomas Hughes, ajouta-t-il, peut-être pourraient-elles vous intéresser ?

Il savait qu'un tel appât serait irrésistible aux yeux de la policière, dont il vit les prunelles s'illuminer.

— Je vois. Malheureusement, je n'ai pas le temps, lâcha Trudy.

L'aplomb avec lequel elle lui avait répondu le désarçonna. Elle avait les yeux rivés au-dessus de son épaule, où elle distinguait le bus à l'approche. Elle espéra fugacement que son père était au volant, puis fut inexplicablement soulagée que cela ne soit pas le cas.

— Que faites-vous plus tard dans l'après-midi ? s'enquit-elle d'un ton sec.

Duncan, qui n'avait pas l'habitude d'être éconduit par des femmes, éprouva un accès de colère aussitôt suivi d'un éclair de convoitise. Elle voulait jouer le jeu de la surenchère ? Parfait. Il allait la dévorer toute crue. Puis il se rappela qu'il avait besoin d'elle et lui retourna un sourire affable.

— Pour vous, je trouverai le moyen de me libérer, agent Loveday, répondit-il d'un ton faussement suggestif. Dites-moi juste où et quand.

Ravie d'avoir réussi à reprendre la main après un départ quelque peu chaotique, Trudy haussa les épaules.

— Connaissez-vous le café en face du Christ Church College ? Celui avec l'auvent vert et blanc ?

— Oui. Quelle heure ?

L'autobus se rangea, et Trudy pivota face aux portes.

— Autour de 15 heures. Je ne peux pas être plus précise. Je serai peut-être en retard.

— Je vous attendrai jusqu'à la fin des temps, promit Duncan avec un soupir théâtral tandis qu'elle montait à bord.

Il resta sur le trottoir à la fixer du regard, convaincu qu'elle allait lui jeter un dernier coup d'œil par-dessus son épaule. Elle ne pourrait résister à la tentation, il le savait.

Trudy chercha des pièces dans son sac pour payer son ticket. Il lui fallut fournir un incroyable effort de volonté pour aller s'asseoir à la première place libre sans se retourner vers le beau reporter si sûr de lui.

Mais elle y parvint.

De justesse.

21

Sir Basil Fletcher consulta sa montre au moment où le Dr Clement Ryder pénétra dans la salle à manger de l'hôtel où ils étaient convenus de se retrouver, et constata qu'il était à peine midi. Un peu tôt pour déjeuner, mais Sir Basil avait un autre rendez-vous à 14 heures et n'était pas le genre d'homme à expédier ses repas. À cinquante-six ans, son système digestif était parfois capricieux.

Quand le coroner lui avait téléphoné pour lui proposer une conversation amicale, son instinct de journaliste s'était éveillé. Même s'il possédait plusieurs journaux régionaux et si l'époque où il était jeune reporter était révolue depuis longtemps, il éprouvait toujours la même excitation lorsque l'éventualité d'une bonne histoire se profilait à l'horizon.

Certes, des rédacteurs en chef tout à fait compétents supervisaient la gestion quotidienne de chacune de ses publications, et eux-mêmes disposaient d'une flopée de journalistes et de correspondants pour rapporter les nouvelles les plus récentes et les derniers scandales, mais tout de même. De temps à autre, il aimait mettre les mains dans le cambouis.

Il reconnut le Dr Ryder dès que celui-ci eut franchi la porte, son hôte du jour étant une célébrité locale. Cet ancien chirurgien ne manquait pas d'influence auprès d'amis puissants, dans la fonction tant publique que privée. Dans une ville universitaire telle qu'Oxford, le Dr Ryder faisait souvent office d'invité d'honneur au sein de divers collèges. Il bénéficiait en outre de ses entrées dans la police (quoique celle-ci les lui accordât à contrecœur, disait-on).

Naturellement, surtout au cours des dernières années, le *Tribune* avait suivi de près certaines des enquêtes qu'il avait menées. Réputé pour sa rigueur et son intolérance envers les imbéciles heureux – ou malheureux, d'ailleurs –, le coroner était un sacré personnage. Autrement dit, quelqu'un que l'on n'avait pas intérêt à négliger.

Il était par ailleurs grand, bel homme, doté d'une épaisse chevelure blanche et impeccablement vêtu d'un costume portant la griffe d'un grand couturier de Savile Row, aussi Sir Basil ne fut-il pas surpris le moins du monde que le maître d'hôtel daigne quitter sa place attitrée pour s'occuper du Dr Ryder en personne.

Sir Basil ne se faisait aucune illusion quant à sa propre capacité à commander ainsi une salle par sa simple présence. Il n'avait ni l'allure ni l'air assuré grâce auxquels les maîtres d'hôtel remarquaient certains clients. Seul le fait qu'il soit devenu célèbre dans sa ville natale (et qu'il ait été décoré officiellement pour services rendus au journalisme une décennie plus tôt) lui permettait de prétendre aux meilleures tables et au meilleur accueil.

Il observa avec une forme d'amusement contrarié le maître d'hôtel (un véritable snob affublé du prénom improbable de Cedric) conduire Clement à sa table, et sourit amicalement à l'arrivée du coroner.

— Clement, quel plaisir de vous revoir.

Oxford était une ville trop petite pour que ses habitants les plus éminents ne se croisent pas régulièrement. Surtout lorsqu'il s'agissait de deux francs-maçons membres du même club de golf.

— Basil, vous avez bonne mine, répondit Clement sur le même ton enjoué.

Ils se laissèrent absorber un moment par le rituel consistant à choisir le vin (exercice pour lequel Cedric manda impérieusement le sommelier) et à parcourir le menu avant de commander.

— Alors, comment va la vie, Basil ? demanda Clement dès qu'ils furent seuls.

— Bien, je n'ai pas trop à me plaindre, répondit son compagnon, qui affichait néanmoins un surpoids évident et le teint rubicond des personnes souffrant d'hypertension.

Sir Basil scrutait sa vieille connaissance de ses petits yeux noirs pétillant de malice.

Clement, percevant sans doute l'amusement de l'homme de presse, se fendit à son tour d'un sourire. *Assez de civilités*, songea-t-il. Il aurait dû savoir qu'il ne servait à rien de faire usage de subtilité avec un homme ayant bâti sa fortune en vendant des journaux.

— Je voulais vous parler de cette affaire Thomas Hughes que vous et votre atroce torchon vous employez à relancer, annonça-t-il d'un ton jovial.

Sir Basil, nullement offensé (lui-même concédait que l'*Oxford Tribune* était effectivement un torchon – un torchon extrêmement rentable, toutefois), sourit largement.

— Je m'en doutais un peu. Il s'agissait de l'une de vos enquêtes, peut-être ?

Dès l'instant où le Dr Ryder lui avait téléphoné pour déjeuner, il s'était creusé la cervelle pour tâcher de deviner ce que le coroner pouvait bien lui vouloir. Et pour un homme aussi malin que Sir Basil, qui se targuait de savoir prendre le pouls de la société, cela s'était révélé être un jeu d'enfants.

— Oui, et j'imagine que ce n'était pas un secret pour vous, répondit Clement avec un sourire à l'avenant. Écoutez, Basil, venons-en droit au fait, d'accord ? Vous êtes un homme qui gagne sa vie en sachant de quoi il parle. Savez-vous – vous ou votre reporter, Gillingham – quoi que ce soit sur l'affaire Thomas Hughes que la police ignore ? Ou s'agit-il uniquement de promesses en l'air visant à vendre plus de journaux aux lecteurs les plus crédules ?

Sir Basil poussa un soupir las.

— Personnellement, je ne sais rien de cette histoire. Cela fait des années que je ne me suis pas assis derrière une machine à écrire pour couvrir moi-même un sujet. Je ne dispose plus des mêmes contacts. Mais il est de notoriété publique que, en sa qualité de financier, Mr Hughes a parfois flirté avec l'irrégularité. Je connais certaines personnes – et je suis sûr que vous aussi – qui se sont une fois ou deux brûlé les ailes en investissant de façon déraisonnable dans certaines de ses entreprises les plus... imaginatives, dirons-nous.

Clement acquiesça. Il marqua une pause quand le serveur leur apporta le premier plat – pâté de campagne pour Sir Basil, soupe au curry pour lui. Dès qu'ils se retrouvèrent seuls, il reprit :

— Certes, mais le *Tribune* semble plutôt pointer du doigt la famille proche. Ce reporter, Gillingham – j'ai de plus en plus le sentiment qu'il est engagé dans une sorte de croisade personnelle. Certains de ses articles post-enquête ont été rédigés dans le but évident de contrarier la famille Hughes.

Sir Basil déchira un gros morceau de pain et entreprit de le beurrer avec soin. Il y étala ensuite une bonne portion de pâté, étudia sa tartine avec une moue vaguement désapprobatrice et la reposa dans son assiette sans y avoir touché.

Clement, qui savait son compagnon doté d'un solide appétit, l'observa faire avec intérêt.

— D'accord, juste entre vous et moi, Clement, répondit Sir Basil en considérant avec gêne la salle à manger encore presque vide. Pouvez-vous m'assurer que cela ne sortira pas de cette pièce ?

Le coroner sourit, conscient que l'un des plus grands pourvoyeurs de ragots du pays était en train de lui demander sa discrétion. Voilà qui ne manquait pas de piquant.

— Je peux vous assurer que ce que vous allez m'apprendre ne se retrouvera pas en une d'un journal concurrent des vôtres, promit-il d'un ton pince-sans-rire.

— Touché ! s'esclaffa Sir Basil. Bon. Pour être honnête, j'ignore ce que mijote Gillingham, mais j'ai l'intention de le laisser suivre son instinct.

— Vous lui faites donc confiance ?

Sir Basil ricana de manière peu élégante.

— Certainement pas ! s'offusqua-t-il en s'empourprant davantage. Cette petite punaise est un vrai casse…-pieds. Il est effronté, intelligent, et mériterait qu'on lui rabatte son caquet. J'applaudirais pour ma part en coulisse.

Voyant Clement surpris par une telle véhémence, il se laissa aller à soupirer longuement.

— Désolé, désolé, mais le simple fait de penser à cette… cette… crapule me fait bouillir.

L'homme de presse se saisit de son verre et but une longue lampée de vin, qu'il avala comme de l'eau. Le traitement si cavalier d'un aussi bon millésime aurait à n'en pas douter fait pleurer le sommelier et Cedric, eussent-ils assisté à la scène.

— Si c'est ce que vous ressentez, je suis étonné que vous lui laissiez autant de place dans vos colonnes, déclara Clement, qui cherchait à en savoir plus.

— Oh ! bien sûr, c'est un bon journaliste, admit Sir Basil à contrecœur. Sans doute l'un de nos meilleurs. Et Bill Niven, le rédacteur en chef du *Tribune*, le pense aussi, malheureusement, et c'est un homme bien. Je me fierais à son jugement les yeux fermés. Mais entre vous et moi, j'espère en dépit de tout que Mr Duncan Gillingham se fourvoiera tôt ou tard. Le plus tôt sera le mieux. C'est sans doute pour ça que je lui lâche la bride dans l'affaire Hughes. Avec un peu de chance, il se pendra avec.

Clement faisait distraitement tourner sa cuillère dans sa soupe tout en étudiant son compagnon. Quelque chose contrariait clairement ce pauvre vieux Basil, mais il ne parvenait pas à deviner quoi.

— Accepteriez-vous de me révéler pourquoi vous tenez tant à voir votre propre reporter se couvrir de ridicule ?

— Parce que ce salopard est fiancé à ma Glenda, voilà pourquoi ! rétorqua Sir Basil d'un ton sinistre.

— Ah, commenta Clement.

Il savait que Sir Basil tenait à sa fille unique comme à la prunelle de ses yeux. Étant lui-même père, il comprenait désormais parfaitement ce qui chagrinait cet homme.

— J'en déduis que vous n'êtes pas favorable à leur union ? Il n'est pas issu d'une grande famille, c'est ça ? Il se gratte le nez et ne sait pas différencier une fourchette à poisson d'une cuillère à cornichon ?

Sir Basil ne put se retenir de rire.

— Si seulement... Non, ce n'est pas du snobisme de ma part, affirma-t-il. Simplement, il ne m'inspire pas confiance, Clement, c'est un fait. Il est trop parfait, trop bel homme, trop *intelligent.* Vous voyez le genre ?

Clement voyait parfaitement.

— Et ambitieux, hein ? demanda-t-il laconiquement.

— Oui. Il se sert de ma Glenda pour gravir les échelons, grommela Sir Basil. Le problème est qu'elle ne s'en rend pas compte. Elle est trop éprise – vous savez ce que c'est qu'un premier amour.

Clement souriait désormais avec une compassion sincère.

— Oh ! oui. Il ne pourrait rien faire de mal à ses yeux.

— Exactement ! s'exclama Sir Basil. Mais je sais que cet animal ne l'aime pas vraiment. Il la considère juste comme un moyen de mettre la main sur sa fortune. J'espère et je prie pour qu'elle le perce à jour avant de l'épouser. En tout cas, je vais insister pour que leurs fiançailles se prolongent le plus longtemps possible.

Sur ce, Sir Basil vida son vin d'un trait avant de fixer son verre vide avec morosité.

Clement soupira. Même s'il éprouvait de la peine pour son compagnon, il n'était pas venu écouter ses complaintes.

— Alors, les allégations de Gillingham concernant l'accident pas si accidentel de Hughes sont-elles fondées ou non ?

— Navré, j'ignore ce que sait Gillingham, ce qu'il peut avoir deviné ou ce qu'il présume seulement, répondit Sir Basil en attrapant la bouteille pour se resservir.

En le regardant faire, Clement se demanda s'il avait déjà commencé à boire plus tôt dans la journée.

— Mais il doit sans doute tenir son rédacteur en chef informé de ses travaux ?

Le coroner n'était pas homme à lâcher l'affaire. Sir Basil soupira à nouveau en se resservant en vin.

— Non, j'ai bien peur que non. Comme nombre de ses confrères, il craint toujours, s'il en dit trop, de se faire couper l'herbe sous le pied. Et je le comprends ! Quand j'étais jeune reporter, je n'aimais pas non plus dévoiler mon jeu. Ne faire confiance à personne, telle est notre devise ! Ça devient une habitude. Mais encore une fois, Bill le tient en haute estime, et il compte le laisser avancer comme il l'entend pendant un certain temps, pour voir ce qu'il en ressort.

Sir Basil fit tourner son vin d'un air pensif.

— Nul doute qu'il travaille sans relâche sur cette affaire, je dois bien lui accorder ça. Il cherche clairement à ternir la réputation de cette famille. Et même si j'espère qu'il ira trop loin un jour et se cassera les dents de façon spectaculaire, ce qui fera réfléchir Glenda, je n'y compte pas trop non plus. Dieu m'est témoin que je ne supporte pas ce type, mais je dois bien avouer qu'il a la sale habitude d'avoir toujours raison. Il a donc sûrement flairé quelque chose sur cette affaire. Mais quoi… ?

Sir Basil haussa les épaules.

Et Clement fut contraint de s'en contenter.

22

— Ainsi nous nous rendons enfin sur la scène du crime, commenta Trudy d'un ton pensif alors que la Rover P4 de Clement gravissait Headington Hill en direction de l'adresse où tout avait commencé. Dans une enquête traditionnelle, n'importe quel policier aurait commencé par la maison des Wilcox.

Même si contempler un tas de cendres ne les avancerait sans doute pas à grand-chose, songea-t-elle avec philosophie. En outre, elle avait vu les photographies de la cabane et des jardins attenants juste après l'incident, lorsqu'elle avait compulsé le dossier du coroner en reprenant l'affaire.

Néanmoins, rien ne valait une visite en personne.

Quand ils se garèrent devant la grande et belle demeure, Trudy fut étonnée de constater à quel point tout paraissait banal. La maison des Wilcox et ses voisines longeaient une large avenue bordée d'arbres. On peinait à croire que, peu de temps auparavant, le quartier avait été illuminé par les gyrophares de plusieurs voitures de police, d'une ambulance et d'un camion de pompiers.

À présent, les feuilles mortes tourbillonnaient dans le vent froid et joueur, mais, pour Bonfire Night, les bourrasques avaient soufflé bien plus violemment.

En descendant de voiture, Trudy se surprit à humer l'air, sauf qu'il ne restait plus aucun effluve de bois carbonisé, surtout avec l'humidité ambiante. D'ailleurs, le feu ayant pris derrière la maison et s'y étant cantonné, il ne subsistait aucune cicatrice visible du drame.

Trudy ne s'était rendue qu'une seule fois sur le site d'un incendie domestique – on avait d'abord soupçonné un acte criminel, avant qu'un défaut électrique ait été prouvé. Néanmoins, elle visualisait encore les vestiges noircis d'une maison familiale où, par chance, personne n'avait succombé, et n'oublierait jamais l'odeur âcre de la fumée.

Maintenant, elle considérait avec intérêt l'agréable avenue verdoyante. Ils se trouvaient juste à la limite du quartier de Headington, dont la position élevée octroyait une vue magnifique sur la campagne environnante et sur Oxford, qui se déployait en contrebas dans toute sa splendeur. Elle se demanda vaguement combien de clochers, rêveurs[1] ou non, il pouvait y avoir, mais renonça à les compter.

— Joli quartier, commenta Clement comme s'il lisait dans ses pensées.

Cela ne lui aurait pas déplu d'habiter là.

— Eh bien, notre Mr Hughes était très fortuné, non ? déclara Trudy d'un ton pragmatique. À votre avis, comment Mrs Wilcox a-t-elle accueilli la lecture du testament ? Le fait de n'avoir hérité que de la maison et d'un fonds en fidéicommis pour son fils, mais pas d'argent pour elle-même ?

— Nous allons le découvrir bientôt, répondit Clement avec un sourire. Mais rappelez-vous : nous devons aussi nous entretenir avec les enfants. J'imagine qu'ils sont tous deux rentrés de l'école pour déjeuner ?

Trudy acquiesça. Après avoir rejoint le coroner devant l'hôtel où il avait rendez-vous avec Sir Basil Fletcher, elle avait rapidement consulté ses notes sur la famille.

— Oui, leur aînée, Olivia, vient d'avoir quinze ans, et elle est inscrite au lycée pour filles au bout de la rue. Leur deuxième, Lucas, a dix ans et fréquente encore l'école primaire du quartier, à environ une centaine de mètres dans cette direction, précisa-t-elle en agitant vaguement le bras derrière elle.

1. Oxford a été surnommé « The city of dreaming spires », littéralement « la ville aux flèches rêveuses », par le poète Matthew Arnold.

Après avoir remonté l'allée au dallage irrégulier tracée au cœur d'un grand jardin bien entretenu, ils décidèrent par un accord tacite de faire le tour de la maison au lieu de frapper à la porte d'entrée, et découvrirent à l'arrière un vaste terrain plutôt envahi par la végétation. De gros buissons, des lilas et un ou deux massifs mal taillés conféraient à l'ensemble des allures romantiques ou gothiques, surtout par un pâle après-midi de novembre comme celui-ci.

Clement supposa que la famille n'engageait un jardinier que pour l'été, et que le terrain devait rester livré à lui-même de l'automne jusqu'au printemps, quand l'activité végétale reprenait.

Il constata aussitôt que la parcelle s'étendait jusqu'à un large champ, où des terres agricoles marquaient la fin de la ville. Il contempla l'agréable paysage où trônait un orme majestueux ; deux freux bruyants étaient actuellement perchés sur les branches nues, qui se dessinaient de façon magnifique sur le ciel. Il n'était pas photographe mais, dans le cas contraire, il aurait sans doute immortalisé la vue de ce squelette solitaire. Il avait toujours aimé les ormes – son essence d'arbres préférée, sans laquelle il ne pouvait imaginer la campagne anglaise.

— Ça semble très isolé, commenta Trudy en observant la terre nue et sillonnée, qui, à l'évidence, avait été récemment labourée. Il n'y a pas beaucoup d'endroits d'où aurait pu arriver un brandon égaré. Seulement des jardins voisins, conclut-elle en regardant à gauche et à droite.

De part et d'autre, une clôture en bois de deux mètres de hauteur fournissait un peu d'intimité.

— Cela dit, même avec beaucoup de vent, je ne pense pas que les braises du feu de joie des Wilcox aient pu suffire à embraser la cabane. J'imagine que cela doit les réconforter, ajouta-t-elle.

— Si le feu était d'origine accidentelle, oui, lui rappela Clement d'un ton morne.

Trudy lui jeta un regard affûté.

— Vous pensez donc qu'il était volontaire ?

Clement ne put que hausser les épaules avec impuissance.

— Comment le savoir ? Aucune preuve scientifique ou médicale ne l'affirme ni ne l'infirme.

Trudy en convint d'un air abattu.

— Dans ce cas, vous pensez que nous perdons notre temps ?

— Je n'irais pas jusque-là – pas encore, en tout cas. Allons écouter ce que la maîtresse de maison a à nous apprendre. En espérant qu'Olivia ou Lucas auront été plus attentifs que les adultes présents ce soir-là.

Alice Wilcox était fidèle au souvenir qu'en conservait Clement depuis le jour où elle était venue témoigner à la barre. Jolie et replète, ses cheveux auburn un peu ébouriffés, elle les considérait de ses grands yeux noisette depuis le pas de la porte. Elle était rapidement venue ouvrir après qu'ils eurent frappé, et sa confusion momentanée s'était envolée aussitôt qu'elle avait reconnu Clement.

— Oh ! docteur Ryder. Je vous en prie, entrez. Godfrey m'a appris que vous étiez passé le voir et que vous viendriez sans doute à la maison. Et puis, bien sûr, vous vous êtes déjà entretenu avec mon mari, ajouta-t-elle avec un temps de retard. Voulez-vous passer au salon ? Les enfants sont en train de manger dans la cuisine.

— En réalité, madame Wilcox, nous espérions nous entretenir aussi avec eux, intervint Trudy alors que leur hôte se comportait comme si elle ne l'avait pas remarquée.

Il lui semblait qu'Alice Wilcox était le genre de femme à s'en remettre complètement aux hommes, il lui fallait donc rapidement imposer sa présence et son autorité.

— Et je suis sûre que vous préféreriez être présente durant notre entrevue ? ajouta-t-elle.

— Oh oui, bien sûr, répondit Alice, clairement troublée. Eh bien, je vous en prie, entrez. Nous avons bien sûr une salle à manger mais, pour le déjeuner des enfants, nous avons tendance à nous contenter de la petite table de la cuisine.

Sans doute consciente de parler pour ne rien dire, elle se tut brusquement.

La cuisine était bien plus vaste que ne l'avait imaginé Trudy, avec une porte donnant sur le cellier sur le mur opposé. Trônaient dans la pièce un congélateur-bahut et l'une de ces imposantes machines à laver blanches que l'on produisait désormais, deux appareils dont rêvait sa mère. Une longue table rectangulaire était plaquée contre un autre mur. Les deux enfants, dans leurs uniformes scolaires, y étaient installés devant leurs assiettes déjà vides. Quelques miettes de pain avaient été repoussées vers le milieu de la table.

— Maman, on peut avoir du gâteau maintenant ? demanda le garçon, les yeux pourtant rivés sur Trudy.

Lucas Wilcox était un garçonnet charmant qui ressemblait beaucoup à sa mère. Sa sœur aînée semblait tenir davantage du père. Cela aurait dû être le contraire, songea Trudy de façon tout à fait inconséquente.

— Oui, bien sûr. Voici le Dr Ryder et…

Alice resta un instant muette, n'ayant ni demandé ni entendu le nom de Trudy.

— Je suis l'agent Loveday, intervint celle-ci avec un sourire. Nous sommes ici pour parler de votre grand-père. Cela ne vous dérange pas ?

Le regard d'Olivia dériva aussitôt vers la mère. Son frère fronça légèrement les sourcils, mais ne répondit rien.

— Je ne sais pas trop ce que nous pourrions vous dire que vous ne sachiez déjà, commença Alice avec une pointe de nervosité. Mais je vous en prie, asseyez-vous. Où sont passées mes bonnes manières ? Voudriez-vous une tasse de thé et un peu de gâteau ? Il est à la cerise, je l'ai fait hier.

— Je prendrai volontiers du thé, répondit Clement, mais je sors de table, alors je ferai l'impasse sur le gâteau, même si je ne doute pas qu'il soit délicieux.

Son sourire se voulait apaisant et eut apparemment l'effet escompté, car ils se retrouvèrent bientôt tous attablés, Lucas s'attaquant gaiement à sa part de clafoutis. Olivia coupa soigneusement la sienne en quatre, mais ne fit pas mine d'y toucher.

— Alors, vous souvenez-vous de Bonfire Night ? demanda Trudy d'un ton guilleret en s'adressant d'abord au petit garçon, qui semblait fasciné par son uniforme.

— Oh ! ça avait super bien commencé, lui répondit-il la bouche pleine, ce qui lui valut une réprimande de sa mère.

Il déglutit soigneusement avant d'adresser un grand sourire impénitent à la policière.

— Oncle Godfrey et papa ont dû utiliser de la paraffine pour allumer le feu, puis il s'est allumé d'un coup avec un grand « pfou », pas vrai, Ollie ?

— N'appelle pas ta sœur « Ollie », Lucas, le reprit machinalement sa mère.

— Pardon, dit Lucas. Benny et moi, on attendait les fusées – c'est ce qu'on préfère avec les pétards. Alors grand-père est parti les chercher dans la cabane.

— Tu l'as vu y aller ? l'interrompit Trudy, sentant que le garçon s'apprêtait à poursuivre son récit à toute allure.

— Ben oui, bien sûr, répliqua-t-il, surpris par la question.

— Te rappelles-tu si la porte de la cabane était déjà ouverte ou si ton papy a dû l'ouvrir ? insista la policière pour tester les facultés d'observation – et la crédibilité – de son témoin.

— Elle était ouverte, affirma Lucas. Maman venait d'en sortir avec quelque chose sans refermer derrière elle.

Il paraissait très sûr de lui, mais Trudy savait que les enfants avaient parfois du mal à faire la différence entre un souvenir réel ou imaginaire.

— D'accord. Et que s'est-il passé ensuite ?

— Maman est allée dans la cuisine un moment et est ressortie avec la nourriture, puis papa est parti chercher une pelle ou un truc dans le genre pour pousser les patates dans les braises.

— Une pelle ? Était-elle dans la remise ? s'empressa de suggérer Trudy, se demandant si Kenneth Wilcox avait pu se trouver dans la cabane en même temps que son beau-père – et, si oui, pourquoi il n'en avait jamais parlé.

Toutefois, alors que Lucas commençait à secouer la tête avec emphase, Alice prit la parole :

— Non, comme je l'ai dit durant l'enquête, je venais d'aller voir dans la cabane si je trouvais un outil quelconque pour pousser la nourriture dans le feu, et j'en suis ressortie avec le vieux râteau. C'est celui qu'on utilise chaque année – un vieux machin qui ne sert plus au jardinage. Je l'ai posé devant la porte de derrière, celle qui donne sur la cuisine. Kenneth a dû le récupérer là.

— Je vois, c'est très clair, répondit Trudy.

Elle se tourna alors vers Olivia.

— Et toi, as-tu vu ton papy entrer dans la réserve ?

— Non. Je discutais avec tante Caroline.

C'était la première fois qu'ils entendaient le son de la voix de la jeune fille. Elle prit alors un morceau de clafoutis.

— Ta tante Caroline ne s'entendait pas très bien avec son père, hein ? glissa Trudy d'un ton égal.

Elle sentit Alice Wilcox remuer sur sa chaise sans toutefois intervenir.

Après avoir avalé sa bouchée, Olivia secoua la tête.

— Non. Elle a toujours dit qu'il avait tué grand-mère.

Cette allégation fit pâlir sa mère.

— Je ne pense sincèrement pas…, commença Alice, et Trudy changea de stratégie.

— As-tu vu quelqu'un d'autre traîner près de la cabane ce soir-là, Olivia ?

— Pas vraiment. On regardait tous le feu de joie, vous comprenez. De temps à autre, une bourrasque faisait s'envoler un morceau de journal ou de bois, et un adulte s'empressait de le repousser dans le feu du bout du pied. Sauf tonton Godfrey, qui ne voulait pas abîmer ses chaussures en cuir verni.

— C'est quoi du cuir verni ? intervint Lucas, mais personne ne le lui expliqua.

— Avez-vous vu votre tante Mary discuter avec votre grand-père au cours de la soirée ? demanda alors Trudy aux deux enfants, qui secouèrent la tête.

Clement, qui surveillait les échanges avec attention, estimait que tout cela sonnait juste. Si le frère et la sœur avaient eu une brouille récemment, ils s'étaient sans doute donné du mal pour s'éviter.

— Et est-ce que l'un d'entre vous a vu comment la cabane s'est embrasée ? s'enquit alors Trudy, mais sans surprise les enfants hochèrent encore la tête négativement.

— Et vos cousins, Benny et Clarissa ? essaya alors la policière. Vous ont-ils raconté des secrets sur cette soirée ?

Elle savait que, souvent, les enfants qui avaient été témoins de quelque chose préféraient se confier à des jeunes de leur âge plutôt qu'à des adultes.

— Parce que, s'ils vous ont parlé de Bonfire Night en vous faisant jurer de ne rien répéter, vous avez quand même le droit de le dire à la police, précisa-t-elle.

Lucas, impressionné par cette possibilité, parut déçu.

— Non. Benny m'a rien dit. Quel veinard !

Trudy le considéra d'un air pensif.

— Pourquoi est-il veinard ?

— Parce que lui, Clarry et Helen auront tous de super vacances. J'ai entendu maman et tonton Matthew en discuter hier.

— Lucas ! s'écria sa mère, rouge d'embarras. Qu'est-ce que je t'ai déjà dit sur le fait d'écouter aux portes ?

— J'ai pas écouté, je te jure ! J'étais juste assis ici à manger mon goûter. J'y suis pour rien si vous parlez trop fort, non ? ajouta-t-il en cherchant du regard le soutien de Clement, qui lui sourit en secouant la tête pour le rasséréner.

— Ce devait être après la lecture du testament de votre père, n'est-ce pas ? intervint le coroner avec douceur en souriant à une Alice dans tous ses états.

— Oui. Je ne pensais pas que nos voix portaient jusque dans la cuisine. Mais il n'y a rien de secret : Matthew m'a juste déclaré que, étant donné les circonstances, il allait emmener toute sa famille aux États-Unis.

— Veinard, répéta Lucas. Moi aussi, j'aurais bien aimé qu'on me donne une tonne d'argent pour que je puisse partir en vacances quand je veux. Je parie qu'ils vont voir le Grand Canyon. Mais papa m'a dit que je dois attendre d'être grand pour avoir mon argent. C'est pas juste.

Il chercha encore du regard l'assentiment de Clement, qui, avec sagesse, fit cette fois mine de ne rien remarquer.

— Je crois que ça suffit, maintenant, déclara Alice en se levant.

Discuter des finances familiales devant des inconnus la mettait clairement mal à l'aise.

— Lucas, finis ton gâteau. Je vous raccompagne ? proposa-t-elle à ses visiteurs.

Ne pouvant décemment pas poursuivre son interrogatoire, Trudy la suivit docilement jusqu'au vestibule.

Clement, cependant, n'en avait pas tout à fait terminé. Alors qu'ils approchaient de la porte d'entrée, il demanda doucement :

— J'ai cru comprendre que votre père voulait voir votre mari investir dans certaines de ses affaires, madame Wilcox ?

— Comment… ? Oh ! oui, je crois qu'il l'avait évoqué. Kenneth a touché un héritage familial il y a quelque temps, mais ça ne l'intéressait pas de se lancer dans quelque chose avec mon père. Il prévoit plutôt d'ouvrir un nouveau magasin en centre-ville.

— Votre père ne devait pas en être ravi, commenta Clement avec compassion. D'après ce qu'on a entendu dire de lui, il aimait bien que les choses se déroulent selon sa volonté.

Alice rougit.

— Oui, c'est vrai, il pouvait parfois être un peu difficile.

— La situation ne devait pas être très confortable pour votre mari, j'imagine. Vivre dans la maison de son beau-père, sans être dans les meilleurs termes avec lui…

— Oh ! Kenneth s'entend bien avec tout le monde, répliqua Alice d'un air malheureux avant d'ouvrir la porte de façon explicite.

— Eh bien, merci pour votre temps, madame Wilcox, dit Clement.

Trudy murmura une formule de politesse et, quand elle passa devant Alice pour sortir, celle-ci la salua d'un signe de tête et d'un sourire. Mais elle ferma alors la porte si brusquement que la policière crut en sentir le bois sur ses talons.

Comme ils se dirigeaient pensivement vers la voiture, Trudy déclara d'un ton pince-sans-rire :

— Comme quoi, les enfants ne sont pas toujours plus observateurs que les adultes.

Toutefois, elle ne s'inquiétait déjà plus de ce dernier entretien écourté, car son cœur commençait à s'emballer à la perspective de retrouver Duncan Gillingham au café.

Bien sûr, leur rencontre serait purement professionnelle – ils allaient évoquer ce qu'il savait ou avait découvert de suspicieux au sujet de l'incendie, se rappela-t-elle. Mais faire une pause dans un endroit agréable en pleine journée de travail – surtout avec un aussi beau jeune homme – constituait une récompense peu ordinaire.

Clement, à son côté, secouait la tête.

— Avez-vous remarqué combien la fille était silencieuse ? demanda-t-il.

— Olivia ? Oui, elle n'était pas très avenante, en effet. Mais peut-être a-t-elle simplement l'habitude que son petit frère monopolise la parole à la maison.

Elle se demandait si elle aurait le temps de rentrer chez elle pour se mettre un peu de rouge à lèvres. Puis elle mesura à quel point cette idée était idiote. Même si le capitaine Jennings ne risquait pas de découvrir qu'elle avait couru chez elle pendant le service, sa mère s'interrogerait sûrement sur la raison de sa présence.

Et puis, pourquoi aurait-elle besoin de rouge à lèvres ? Duncan Gillingham pourrait s'enfler d'orgueil s'il s'imaginait qu'elle faisait des efforts pour lui plaire. Ce qui n'était très certainement pas le cas !

— Trudy ?

La voix de Clement, un décibel plus fort qu'à l'accoutumée, la fit sursauter en même temps qu'elle comprit que ce n'était pas la première fois qu'il l'appelait.

— Désolée, je réfléchissais.

C'était effectivement le cas, même si elle ne pensait pas à l'affaire en cours. Elle fut tout heureuse de devoir se pencher à cet instant pour s'asseoir sur le siège passager de la Rover, car Clement aurait autrement pu remarquer une pointe de culpabilité sur son visage.

Le coroner mit le contact et jeta un dernier coup d'œil à la jolie maison sur la colline. Aucun doute : les Wilcox n'avaient pas perdu au change en héritant de cette demeure. Mais à quel prix ? Il était certain que Thomas Hughes avait mené la vie dure à sa fille pendant des années. Et que pouvait ressentir Kenneth Wilcox en sachant qu'il n'était pas le véritable maître de maison ?

Il fronça pensivement les sourcils en regardant dans son rétroviseur avant de quitter sa place de stationnement. Si son instinct ne lui faisait pas défaut, les enfants étaient bel et bien informés d'une chose qu'il ignorait. La réticence ne figurait généralement pas au répertoire des émotions du gamin ordinaire, mais il en avait eu deux contre-exemples récents : à l'instant, avec Olivia Wilcox ; et un peu avant, avec Benjamin Hughes.

Il était prêt à parier gros qu'ils avaient tous deux été témoins de quelque chose d'important ce soir-là, mais qu'ils refusaient d'en parler. Peut-être avaient-ils conclu un de ces pactes solennels si chers aux enfants, qui promettaient l'enfer à ceux qui les rompaient. Auquel cas, il ne parviendrait sans doute jamais à les faire avouer.

— Alors, où voulez-vous aller ensuite ? demanda-t-il.

Il fut surpris par l'expression paniquée qui traversa le visage de sa partenaire.

Trudy se pencha aussitôt sur son carnet pour compulser ses notes.

— Je crois que je vais faire quelques recherches à la bibliothèque. Vous pourriez me déposer à votre bureau, ce serait le plus simple, marmonna-t-elle.

En effet, le coroner travaillait non loin du café où elle avait rendez-vous et, si la pluie se remettait à tomber, au moins n'arriverait-elle pas trempée comme une soupe.

Même si elle savait que Clement voudrait se joindre à elle s'il apprenait qu'elle devait rencontrer le journaliste – surtout après s'être lui-même entretenu avec le propriétaire du journal –, elle ne souhaitait pas cette fois que son mentor l'accompagne. Elle avait le sentiment que le courant ne passerait pas entre le Dr Ryder et le reporter, et ne voulait pas que la moindre hostilité vienne compromettre une entrevue prometteuse. Après tout, il était fort possible que les révélations de Duncan donnent un coup d'accélérateur à l'enquête. Elle espérait au moins comprendre pour quelle raison il avait à ce point insisté pour obtenir la réouverture du dossier Hughes.

— Au fait, qu'avait à dire Sir Basil au sujet des articles du *Tribune* ? demanda-t-elle.

Clement, qui se demandait ce qui la turlupinait, soupira.

— Mmm ? Oh ! Sir Basil n'est que le propriétaire. Même s'il était lui-même reporter au temps jadis, il ne se mêle aujourd'hui plus trop du quotidien des journaux, et encore moins des dossiers qu'ils publient. Il laisse carte blanche à ses rédacteurs en chef.

— Oh. Il ignore donc ce que cela cache ? résuma-t-elle, déçue. Il doit pourtant savoir ce que trame Dun… Mr Gillingham ?

Clement l'étudia du coin de l'œil et constata qu'elle regardait fixement par la fenêtre du côté passager.

— J'ai bien peur que non, dit-il lentement. Je crois cependant qu'il serait raisonnable d'affirmer que Sir Basil n'est pas le plus fervent admirateur de ce jeune homme.

Il sourit en se remémorant le dégoût qu'éprouvait le patron de presse à l'encontre de son futur gendre.

— Il est sans doute un peu jaloux, conjectura Trudy.

Le vieil homme devait regretter la lointaine époque où il chassait les exclusivités au lieu de rester assis derrière un bureau.

Ils effectuèrent le reste du trajet en silence, et Trudy laissa échapper un soupir de soulagement quand elle descendit enfin de la voiture. Elle n'aimait pas cacher son jeu au coroner ; afin d'apaiser sa conscience, elle se rendit donc bel et bien à la bibliothèque pour y effectuer quelques recherches, sans toutefois s'y attarder.

Elle tenait à arriver assez tôt au café. Mais uniquement parce qu'il était mal élevé de faire attendre les autres, se persuada-t-elle.

23

Pendant que l'agent Loveday passait quelques minutes à la bibliothèque, Rupert Burrows emprunta le chemin de Wolvercote, qu'il connaissait par cœur, et se gara sous un saule pleureur près du joli cottage de Mary Everly.

Par chance, les visiteurs inopportuns présents quelques jours plus tôt n'étaient pas revenus. Mary lui avait parlé d'eux, bien sûr, lorsqu'il l'avait finalement rejointe, et tous deux étaient convenus qu'il était malheureux que les autorités viennent fourrer leur nez dans les affaires familiales.

Il récupéra un bouquet d'asters – les dernières de la saison – sur la banquette arrière, sachant combien Mary aimait les fleurs, puis il rajusta sa cravate avant d'aller frapper à la porte.

Il ne serait pas convenable de se présenter tout miteux.

Comme toujours, Mary apparut calme et élégante, et il lui sourit avec soulagement quand elle le remercia sincèrement pour le bouquet et l'invita à entrer dans le salon. Elle s'empressa de disposer les asters dans un vase et, moins de cinq minutes plus tard, s'emparait du passe-thé pour leur servir à chacun une tasse parfumée d'earl grey devant le feu de bois qui couvait.

Une scène très agréable, qui rappela à Rupert combien il avait hâte de s'installer ici lui aussi. Bien que confortable, son appartement de Kidlington était petit et assez morne. Hélas, entre l'entretien de sa voiture, les adhésions à ses différents clubs et autres dépenses venant plomber son porte-monnaie, il avait dû s'en contenter pendant les années de vache maigre. La perspective de vieillir sans éclaircie à l'horizon planait sur lui, jusqu'à sa rencontre avec Mary environ un an plus tôt.

Il l'avait croisée pour la première fois en venant étudier à Oxford, et ils fréquentaient le même cercle d'amis depuis des années. Il avait même joué au golf avec son défunt mari à une ou deux reprises, avant que celui-ci rejoigne le ministère des Affaires étrangères. Bien sûr, dès qu'il avait été nommé ambassadeur, lui et Mary avaient passé des années à l'étranger, et ils avaient inévitablement fini par se perdre de vue.

Toutefois, il avait reconnu Mary dès qu'il l'avait aperçue, un soir, devant le théâtre, et tout avait commencé là.

— La pauvre Alice est dans tous ses états, déclara Mary d'un air absent, arrachant Rupert à ses réminiscences. Elle m'a téléphoné tout à l'heure. Apparemment, vous-savez-qui était chez elle, pour parler aux enfants cette fois ! Vous imaginez, un peu ? s'exclama-t-elle sur un ton de reproche. Franchement, pour qui se prend la police, de nos jours ?! Enfin, je dis la police, mais c'est surtout une gamine en particulier, je ne devrais pas généraliser.

Rupert fronça les sourcils.

— J'ai hâte que toute cette histoire autour de Thomas se soit tassée, déclara-t-il d'un ton irrité.

— Moi aussi, répliqua Mary avec mordant. Il ne faudrait pas que des inconnus viennent fouiner dans nos affaires. Qui sait les dégâts qu'ils pourraient causer ?

Elle jeta à son prétendant un regard mi-tendre, mi-exaspéré, sachant pertinemment qu'il n'était pas le prince charmant dont les petites filles rêvaient. Mais quelle importance ? Elle n'était plus une petite fille depuis longtemps. En outre, elle connaissait Rupert depuis des années maintenant, et ne regrettait pas réellement son choix de compagnon.

À la mort de son mari, elle avait pensé affronter le veuvage sans trop d'amertume, et cela avait été le cas pendant un an ou deux. Après cela, en revanche, le silence et la solitude avaient commencé à lui peser. Ce n'était pas non plus comme si elle était vraiment vieille. Il lui restait encore de belles années à vivre, et elle avait de plus en plus de mal à s'imaginer les traverser seule. Il y avait tant d'occasions pour lesquelles avoir un homme dans sa vie simplifiait les choses.

Elle avait par exemple découvert que partir en vacances était moins amusant toute seule. Les vieilles bonnes femmes qui fréquentaient les hôtels de luxe sur la côte tendaient à être si compatissantes ! Ou encore lors d'une coupure électrique, en pleine tempête hivernale : le fait d'avoir quelqu'un avec qui partager sa bougie ou auprès de qui se plaindre ne serait pas désagréable. Quelqu'un pour lui préparer une boisson chaude en cas de fièvre, pour réparer un robinet qui fuit ou nettoyer les gouttières pleines de feuilles…

Ainsi, peu à peu, la perspective d'un remariage lui avait semblé de plus en plus plaisante. Bien sûr, le problème restait le même que celui qui accablait les dames d'un certain âge depuis l'époque où Jane Austen avait écrit ses romans pleins d'esprit, et sans doute bien avant cela : la pénurie d'hommes acceptables et disponibles.

C'était là que le bât blessait, se disait Mary avec une pointe d'impatience.

Aussi, quand elle croisa à nouveau la route de Rupert Burrows, et trouva en lui la réponse à tous ses problèmes, il fut pour le moins agaçant de découvrir que son exécrable frère estimait son ancien compagnon d'armes indigne de l'épouser.

Il était certes plus jeune qu'elle, songea Mary en regardant avec tendresse Rupert siroter son thé. Mais de six ans à peine, on ne pouvait donc pas lui reprocher de les choisir au berceau ! Toutefois, le physique avantageux de son fiancé (qui avait contribué à la séduire) faisait nettement partie des griefs que son frère avait retenus contre lui. Selon Thomas, les grands et beaux hommes blonds aux yeux bleus et à la moustache bien fournie étaient presque toujours des vauriens. Surtout quand ils en étaient réduits à vivre d'une maigre pension de l'armée.

Comme si elle avait eu besoin de lui pour le deviner ! Mary s'était toujours doutée que Rupert était en partie attiré par la sécurité financière. Après tout, elle n'était plus une jeunette rêveuse et innocente, ignorant tout du monde et de ses travers. Cependant, Rupert n'était pas non plus un gigolo, et elle-même pas une riche héritière. Et si elle ne voyait pas d'objection au fait de se dégoter un charmant mari pour ses vieux jours, quitte à devoir l'entretenir, en quoi cela pouvait-il concerner Thomas ?

Elle considéra une fois de plus son fiancé avec affection, se demandant à quoi il pensait. Vêtu de son plus beau costume de tweed Harris, avec sa vieille cravate régimentaire impeccablement nouée, il incarnait la quintessence de l'homme respectable, quoique quelconque, et elle peinait à comprendre pourquoi son frère s'était à ce point obstiné à empêcher leur union.

Il ne pouvait pas reprocher ses origines au pauvre Rupert. Né dans le Sussex d'un gentleman-farmer tout à fait honnête et de la fille d'un évêque, il avait fréquenté de bonnes écoles (pour ne pas dire les meilleures) et mérité sa place à Oxford, où ils s'étaient rencontrés. Architecte de formation, il ne s'était jamais marié. Sans doute parce que la guerre avait éclaté au moment où il devait envisager de s'installer.

Mary Everly laissa échapper un léger soupir. Oui, c'était évidemment là le vrai problème : ce regrettable incident survenu durant la guerre.

Elle se rappelait encore la jubilation sur le visage de son frère quand il lui en avait parlé dans l'espoir de la choquer et de la pousser à renier Rupert sur-le-champ. Et elle se souvenait encore (avec une intense satisfaction) de sa réaction quand elle l'avait envoyé sur les roses.

Après tout, lui avait-elle signalé avec un mélange de plaisir et de colère froide, Thomas pouvait difficilement prétendre avoir vécu lui-même une guerre « spectaculaire ». Grâce à son poste au ministère, lui n'avait jamais vu le champ de bataille et ne s'était jamais retrouvé sur la ligne de front. Et pourquoi devrait-elle renoncer à Rupert pour des faits aussi anciens ? Tout le monde commet des erreurs. De surcroît, chacun sait que les conflits engendrent des horreurs. Par tous les saints, il s'agissait d'une guerre *mondiale* !

Une violente querelle s'était ensuivie, et Thomas avait juré qu'il faudrait lui passer sur le corps avant que sa sœur soit autorisée à épouser Rupert ; le gouffre que cela avait creusé entre eux n'avait jamais été comblé. Et maintenant qu'il était mort, songea Mary avec pragmatisme, cela n'arriverait plus.

— Voulez-vous un biscuit, Rupert ? reprit-elle d'une voix douce. J'ai préparé des sablés hier – vos préférés.

— Délicieuse attention, ma chère ! s'exclama Rupert.

Mais son sourire mourut dès qu'elle eut quitté la pièce ; lorsqu'elle revint avec le plateau à biscuits, elle le trouva perdu dans la contemplation des flammes.

— Les choses vont finir par se tasser, n'est-ce pas, Mary ? lui demanda-t-il anxieusement. Ce journaliste de malheur finira par s'en prendre à quelqu'un d'autre, et tout ira bien entre nous, n'est-ce pas ?

Mary plongea son regard dans ses grands yeux bleus inquiets et lui sourit faiblement.

— Bien sûr que oui, Rupert. Ces choses ont tendance à se régler d'elles-mêmes. À part ça, que diriez-vous d'un mariage de printemps ?

24

Trudy le repéra dès l'instant où elle entra dans le café. Il avait changé de costume depuis leur rencontre à l'arrêt de bus, et elle ne put s'empêcher de se demander s'il était rentré chez lui pour en choisir un plus élégant afin de l'impressionner.

Puis elle se dit, de façon plus pragmatique, qu'il avait dû interviewer quelqu'un d'important en début d'après-midi et que son rédacteur en chef lui avait imposé de se montrer sous son meilleur jour.

Elle surprit l'instant où il la vit s'approcher et constata que son visage s'illuminait. Elle n'aurait pas été normale si ce compliment silencieux ne l'avait pas ravie, et elle en eut brièvement le souffle coupé. Puis elle lui sourit poliment et s'entendit lui déclarer avec froideur :

— Monsieur Gillingham, merci de m'avoir attendue.

— Vous n'êtes pas en retard, répondit Duncan en se levant à demi comme elle prenait place en face de lui.

Le café était presque désert, l'heure du déjeuner étant largement dépassée et celle du thé pas encore arrivée ; toutefois, Duncan dissimula un sourire en constatant que les quelques clients lorgnaient en douce son invitée. Cela ne le surprit pas : une belle jeune femme en uniforme de police devait fatalement attirer l'attention, où qu'elle se rende.

À son intense satisfaction, Trudy ôta sa casquette, révélant des cheveux bouclés presque noirs, qu'elle avait ramassés en un chignon haut seyant. Quelques mèches s'en étaient échappées au cours de la journée, et il dut résister à la tentation d'en repousser une derrière son oreille.

Elle n'alla en revanche pas jusqu'à retirer sa veste. Un minimum de formalisme devait être nécessaire pour un premier rendez-vous.

Car Duncan comptait faire son possible pour s'assurer qu'il s'agissait seulement d'un *premier* rendez-vous.

— Tout d'abord, merci d'avoir accepté une rencontre, commença-t-il en levant les yeux à l'approche de la serveuse.

Celle-ci, une jolie blonde aux grands yeux marron, semblait légèrement plus âgée que Trudy ; la policière ne put s'empêcher de remarquer le sourire qu'elle décocha au journaliste en se dirigeant vers lui.

— Je vous offre un goûter, lança Duncan à Trudy, qui secoua la tête avec un faible sourire.

— Juste une tasse de thé pour moi, s'il vous plaît, déclara-t-elle à la serveuse, qui la gratifia à peine d'un regard.

Certes, quelques biscuits ou pâtisseries auraient difficilement pu passer pour de la corruption, mais on lui avait martelé durant toute sa formation qu'un agent de police devait toujours se méfier des « cadeaux » émanant de civils, de témoins, et surtout de suspects. Même si, bien sûr, le reporter pouvait difficilement être rangé dans la dernière catégorie, songea Trudy avec soulagement.

— Et pour monsieur ? s'enquit la fille dont le sourire s'élargit quand Duncan la regarda.

— Oh ! la même chose, merci.

Il lui retourna un sourire résolument fade. Il avait remarqué que la policière s'était rendu compte de l'effet qu'il produisait sur la blonde, et tenait à ce que Trudy Loveday comprenne que l'intérêt n'était pas réciproque.

La serveuse partit de mauvaise grâce, et Trudy veilla à conserver un air impassible en observant le journaliste.

Les cheveux noirs de Duncan brillaient à la lumière du jour qui filtrait par la fenêtre ; elle le trouvait décidément charmant. Un genre de Cary Grant, mais en plus sombre, avec un petit quelque chose de plus menaçant, peut-être dû à ses iris d'un vert inhabituel.

— Racontez-moi, monsieur Gillingham..., commença-t-elle, tendue, en se rappelant de conserver à cet entretien un caractère strictement professionnel.

— Je vous en prie, appelez-moi Duncan, l'interrompit-il. J'espère que nous apprendrons à nous connaître avec cette affaire Hughes, et je trouve tellement protocolaire les « monsieur Machin » ou « agent Truc », pas vous ?

Il semblait si sûr de son charme qu'elle ne put s'empêcher de lui rétorquer avec froideur :

— Non, je ne trouve pas, monsieur Gillingham.

Elle sortit son carnet de sa sacoche et l'ouvrit à une nouvelle page d'un geste ostentatoire.

Quand elle leva de nouveau les yeux vers lui, il souriait toujours, feignant mal la confusion.

— Pardonnez-moi, mais dois-je vraiment continuer à vous appeler « agent Loveday » ?

— Oui, monsieur Gillingham, répliqua Trudy en résistant à l'envie de lui sourire. Je suis en service.

— Et si ça n'était pas le cas ? Pourrais-je alors vous appeler par votre prénom ? Quel est-il, d'ailleurs ? ajouta-t-il effrontément.

Trudy, qui n'utilisait que son diminutif (qu'est-ce qui avait bien pu passer par la tête de ses parents quand ils avaient décidé de lui donner le nom de sa vieille tante, Gertrude ?), soupira patiemment.

— Ce matin, vous m'avez affirmé détenir des informations concernant la mort de Mr Thomas Hughes.

Elle tapota son carnet à l'aide de son stylo-bille.

À l'école, ses camarades et elle avaient appris à se servir d'une bonne vieille plume et d'un encrier, et elle ne remercierait jamais assez Mr Biro pour sa merveilleuse invention. Malgré tout, certains de ses collègues les plus âgés ne juraient encore que par les crayons de bois, considérant avec suspicion ces stylos « ultra-modernes ».

— Dans les articles que vous avez publiés ces derniers jours, vous laissiez entendre que la mort de Mr Hughes n'était pas accidentelle, enchaîna Trudy. Pourriez-vous m'expliquer ce qui vous fait croire qu'un crime ait pu être commis ce soir-là ? Il me semble que vous avez assisté à l'enquête judiciaire ?

— En effet. Et j'ai bien écouté les débats, consignant les dires de chacun des membres de la famille du défunt, ajouta Duncan, l'œil pétillant.

La policière était particulièrement charmante lorsqu'elle arborait sa mine sévère et professionnelle. Cependant, le rosissement de ses joues et sa respiration plus rapide que la normale l'informèrent que l'agent Loveday n'était pas aussi indifférente à ses charmes qu'elle ne le laissait croire.

— Vous pensez qu'ils mentaient ? l'interrogea-t-elle avec brusquerie, sans sortir de son rôle.

Duncan poussa un léger soupir et s'efforça de ne pas oublier ses priorités. C'était une chose de flirter avec la policière chargée de l'enquête, c'en était une autre de l'appâter pour la conduire où il le désirait.

— Oh ! je n'irais pas jusqu'à dire qu'ils mentaient, commença-t-il prudemment, mais je pense qu'ils ne se sont pas donné beaucoup de mal pour être parfaitement fidèles à la vérité.

— Qu'entendez-vous par là, monsieur Gillingham ?

— J'imagine que vous êtes désormais informée des manœuvres douteuses du vieil homme ?

Il lui fallait préparer le terrain avant de l'orienter dans la bonne direction, sans qu'elle se doute qu'elle était manipulée.

— J'ai effectué des recherches, monsieur Gillingham. Aucune des affaires financières de Mr Hughes n'était illégale, rétorqua-t-elle d'un ton cassant.

— Non, mais de nombreuses personnes ont perdu beaucoup d'argent à cause de lui. Et vous aurez remarqué qu'il n'a jamais investi le moindre penny dans ses entreprises les plus risquées. Pas étonnant qu'il ait accumulé une fortune.

— Si vous n'avez rien de plus…

Trudy rassembla ses affaires pour partir, et Duncan éclata de rire en tendant les mains d'un geste apaisant.

— D'accord, d'accord, ce n'est évidemment pas tout.

Trudy poussa un soupir exagéré avant de se renverser dans sa chaise, l'air las et contrarié – même si, en vérité, elle s'amusait énormément.

La serveuse reparut alors avec son plateau et prit tout son temps pour disposer la théière, le pichet de lait, le bol de sucre, les tasses et les soucoupes.

— Vous êtes certain de ne rien vouloir d'autre, monsieur ? demanda-t-elle avec une fausse timidité.

Une fois de plus, Duncan secoua la tête, et elle s'éclipsa en soupirant discrètement.

— Alors, de quels autres éléments disposez-vous ? insista Trudy.

— Vous savez que la plus jeune fille du défunt le détestait, n'est-ce pas ? Caroline Hughes. Elle lui reprochait la mort de sa mère.

Trudy n'en laissa rien paraître, mais il était manifeste que l'homme avait effectué un gros travail d'investigation et déterré nombre de secrets de famille. Se pouvait-il qu'il ait exhumé une chose qui leur aurait jusqu'à présent échappé, à Clement et elle ?

— Et qu'il a fait de la vie de son aînée, Alice, un véritable enfer ? poursuivit Duncan. Je me suis entretenu avec l'aide-ménagère et l'ancien jardinier des Wilcox, et tous deux m'ont affirmé que le vieux la traitait comme une esclave. Au point, parfois, de la faire fondre en larmes.

Duncan sirota une gorgée de thé en scrutant la policière. À son grand agacement, il était incapable de déterminer si elle était oui ou non impressionnée.

Trudy ne fit pas de commentaire. Elle ne possédait pas cette dernière information mais, en y réfléchissant bien, cela ne la surprenait pas.

— Et saviez-vous que son fils aîné n'avait reçu qu'une maigre pension en guise d'héritage ? continua Duncan, dont le regard pétillant la mettait au défi de nier ses déclarations.

Trudy, malgré elle de plus en plus impressionnée par l'ampleur des connaissances de son interlocuteur, se demanda avec amertume qui il avait pu charmer à l'office notarial pour obtenir de telles informations. Sans doute la secrétaire de l'un des associés…

— Ce n'est donc pas comme s'ils étaient nombreux à le regretter, souligna Duncan. J'imagine que vous avez désormais recueilli la preuve que le coup qu'il a reçu à la tête n'était pas la conséquence de l'explosion des feux d'artifice. Vous deviez bien vous demander comment une fusée aurait pu l'assommer net, hein ? N'est-il pas mentionné dans l'enquête qu'il a pu se cogner la tête contre une étagère en bois ? Donc, il aurait tout aussi bien pu être frappé avec n'importe quel *objet* en bois, non ? N'importe quel adulte aurait réussi à ramper hors de la cabane quand elle a pris feu, à moins d'être sérieusement handicapé.

Trudy battit des paupières.

— Monsieur Gillingham, j'espère que vous ne m'avez pas fait venir ici dans l'espoir de me soutirer des informations ? s'indigna-t-elle. Car, dans le cas contraire, je peux vous assurer que vous perdez votre temps. Si la police voulait communiquer quoi que ce soit à la presse, notre…

— D'accord, d'accord, pouce ! l'interrompit Duncan avec un sourire. Comme si j'allais *oser* vous cuisiner, agent Loveday !

Trudy piocha deux morceaux de sucre pour les lâcher dans son thé fumant avant d'y plonger la cuillère.

— Avez-vous quoi que ce soit de pertinent à m'apprendre, monsieur Gillingham, ou cherchez-vous uniquement à me faire perdre mon temps – vous n'ignorez pas que c'est un délit, n'est-ce pas ? ajouta-t-elle avec une esquisse de sourire.

— Vous comptez m'arrêter, agent Loveday ?

— Ne me tentez pas ! répliqua Trudy, et l'espace d'un instant Duncan ressentit un élancement caractéristique dans le bas-ventre en imaginant cette femme lui passer les menottes.

Puis il se mit à rire avant de recouvrer son sérieux.

— D'accord, assez tergiversé, fit-il en se penchant légèrement vers elle après avoir jeté un rapide coup d'œil alentour. Avez-vous déjà cerné la nature véritable de cette crapule de Wilcox ? demanda-t-il avec le plus grand sérieux.

Trudy sentit sa poitrine se comprimer.

— Continuez, l'encouragea-t-elle prudemment.

Elle n'était pas idiote et savait que, quand un journaliste vous invitait dans un café, vous pouviez parier n'importe quel plat sur la carte qu'il allait essayer de vous extorquer une citation pour son prochain article. Et elle s'était juré de ne pas offrir à ce charmant jeune homme la moindre miette à se mettre sous la dent, afin qu'il ne puisse rien écrire sur le compte d'une « source policière ».

Cependant, elle était désormais tout à fait consciente que, si Duncan avait effectivement découvert quelque chose d'important, il ne lui livrerait certainement pas l'information sans contrepartie.

Elle se crispa un peu en comprenant qu'elle allait devoir redoubler de prudence – en ne trahissant ni par un regard ni par un geste le fait qu'elle ignorait totalement où il voulait en venir.

— Mr Kenneth Wilcox – le mari d'Alice, et l'un des protagonistes les plus influents de cette fameuse soirée, précisa Duncan en veillant à conserver un timbre neutre et léger. De toutes les personnes présentes ce soir-là, qui pouvait savoir mieux que lui ce que renfermait la réserve ? D'autant qu'il a eu tout le temps du monde de partir en reconnaissance avant l'arrivée des invités. Et qui sait ce qu'il aurait pu mijoter pendant qu'il se trouvait à l'intérieur ?

Trudy s'autorisa un sourire sceptique.

— Quoi, vous imaginez qu'il ait pu y tendre un piège destiné à son beau-père ?

Duncan haussa les épaules.

— Vous pouvez vous moquer, mais avez-vous une preuve du contraire ? Toute la remise s'est embrasée très rapidement, non ? Il a très bien pu y répandre un peu de cette paraffine pour précipiter le sinistre. Admettons qu'il ait bel et bien concocté quelque chose – suspendu à une corde un outil prêt à s'abattre sur la tête de celui qui se prendrait le pied dedans ou je ne sais quoi... eh bien, toutes les preuves auraient été détruites par les flammes, non ? Et dans le pire des cas, si les pompiers découvraient des restes de corde, de masse ou d'autre chose, cela n'aurait rien eu de surprenant au sein d'une cabane de jardin.

Il guetta sa réaction tout en sirotant son thé. Bien sûr, il ignorait si ses suppositions étaient plausibles. Mais tant que cela l'amenait à considérer Kenneth Wilcox comme un suspect potentiel, quelle importance ?

Trudy y réfléchit un moment. Bien sûr, tout ceci ressemblait beaucoup à une invention à la Heath Robinson[1], mais les événements pouvaient-ils s'être déroulés ainsi ? Clement et elle étaient toujours partis du principe que, si Thomas Hughes avait vraiment été assassiné, le meurtre s'était déroulé de façon simple et directe, à savoir que quelqu'un avait suivi la victime dans la cabane avant d'y mettre le feu.

Mais si un piège y avait été tendu ? C'était une possibilité, non ? Quiconque avait déjà assisté à un feu de joie à Headington savait que Thomas se chargerait de tirer le feu d'artifice. Une telle embûche aurait fourni à l'assassin un alibi – et pouvait expliquer que personne n'ait vu quiconque pénétrer dans la remise à la suite de la victime.

Puis elle se rappela qu'Alice Wilcox y était entrée peu avant son père. S'il y avait eu le moindre dispositif, elle l'aurait sans doute déclenché à ce moment-là. À moins qu'elle ne l'ait installé elle-même ? Mais une femme pouvait-elle posséder le savoir-faire nécessaire à une telle réalisation ? Elle fronça les sourcils.

1. Illustrateur et inventeur anglais, dont le nom est synonyme aujourd'hui, dans les pays anglo-saxons, d'« usine à gaz » en raison de ses inventions extrêmement et inutilement complexes. (*NdT*)

— Je n'en sais rien. Tout cela me paraît un peu complexe et tiré par les cheveux, grommela-t-elle.

Duncan haussa nonchalamment les épaules.

— Oh ! je n'affirme pas que les choses se sont déroulées ainsi, je dis juste que c'est une possibilité, et que Kenneth Wilcox se trouvait dans une situation idéale pour le faire. Par ailleurs, tous ceux avec qui j'ai pu m'entretenir m'ont confirmé qu'il ne supportait pas son beau-père.

Trudy griffonna quelques notes avant de relever brusquement la tête.

— Mais n'importe quel membre de la famille aurait pu en faire autant. Ses fils se rendaient régulièrement dans la maison – et au jardin. Ils ont bien dû entrer dans cette remise à un moment ou un autre.

— Même l'affreux Godfrey ? demanda Duncan avec un sourire. Oui, j'en ai conscience. Mais aucun d'eux n'est aussi retors que notre Kenneth.

Trudy hocha lentement la tête.

— C'est la deuxième fois que vous dites quelque chose dans ce genre. Pourriez-vous développer, monsieur Gillingham ?

— Duncan !

— Monsieur Gillingham, répéta Trudy, implacable. Qu'avez-vous au juste contre Mr Wilcox ?

Mais Duncan était trop malin pour tout lui déballer. Elle risquerait de lui chercher la petite bête. Et puis, à moins qu'il ne se trompe dans les grandes largeurs, Trudy Loveday correspondait au genre de filles qui préféraient se forger leur propre opinion.

Il se contenta donc d'un large sourire.

— Ah, pour cela, vous allez devoir attendre un prochain numéro du *Tribune*, agent Loveday, la taquina-t-il.

Et comme elle s'apprêtait à ouvrir la bouche pour protester, il joua la carte du charme.

— Oh ! allons, vous n'êtes tout de même pas insensible au point de priver un reporter de son scoop ?

— Dissimuler des preuves dans une enquête de police est un délit, faut-il vous le rappeler ? rétorqua Trudy, réellement en colère pour la première fois.

Semblant le percevoir, Duncan s'empressa de faire machine arrière.

— D'accord, d'accord. C'est juste que je viens d'apprendre des choses vraiment répugnantes au sujet de Kenneth. Malheureusement, elles ne sont pas en lien direct avec la mort de son beau-père. Je vous jure de ne détenir aucune *preuve* à proprement parler à ce sujet. Vous ne pouvez donc pas me reprocher de vous cacher quoi que ce soit. Vous voyez, je suis en train de tout vous dire.

Il écarta grand les bras en témoignage de sa générosité.

— Ça m'étonnerait, répliqua Trudy en essayant de ne pas sourire. Que reprochez-vous exactement à Mr Wilcox ?

— Rien qui puisse le conduire au tribunal. Du moins, pas encore, ajouta-t-il avec ironie. Disons seulement que, d'après ce que j'ai pu découvrir jusqu'à présent, ce n'est pas quelqu'un de bien. Je vous suggère juste de fouiller un peu dans son passé – vous ne serez pas déçue. Quoi qu'on puisse penser de lui, Thomas Hughes n'était pas homme à se laisser berner et, comme tous deux vivaient sous le même toit, il devait s'être fait une bonne idée de la véritable nature de son gendre. Et je ne pense pas qu'il l'aurait supporté très longtemps. Qui sait, peut-être l'a-t-il menacé de le chasser de la famille et que Kenneth l'a mal pris.

— C'est tout ? s'écria Trudy, dégoûtée. C'est pour ça que vous m'avez obligée à venir ici ?

Duncan sourit.

— Est-ce réellement ce que j'ai fait ?

Il observa le décor chaleureux de l'établissement qui les accueillait et fit la grimace.

— Oh ! quel sale type je fais. Permettez-moi de vous offrir une part de gâteau pour me faire pardonner.

Trudy dut retenir un éclat de rire et se détourna en hâte. Toutefois, cela n'avait pas échappé à Duncan, qui, après avoir semé la graine de la zizanie dans le cerveau de la policière au sujet de Kenneth, estimait qu'il pouvait se détendre et s'amuser un peu.

— Si vous êtes gentille, j'irai même jusqu'à y ajouter un peu de crème, lança-t-il avec un regard faussement concupiscent.

25

— Je crois que nous devrions retourner parler à Kenneth Wilcox, dit incidemment Trudy le lendemain matin.

Elle se trouvait dans le bureau du coroner, attendant que celui-ci finisse de rédiger quelques notes. Pour une fois, il ne pleuvait pas et, tout en regardant par la fenêtre, elle se demandait ce qu'elle allait pouvoir offrir à sa mère pour Noël.

Le choix était toujours facile à faire pour son père : un pot de sa crème capillaire préférée et une paire de chaussettes chaudes.

Peut-être trouverait-elle un de ces savons Pears que sa maman appréciait tant… ?

— Pourquoi Wilcox ?

La voix de Clement interrompit ses emplettes mentales, et elle haussa nonchalamment les épaules.

Puis, inspirant un grand coup, elle finit par lui parler de son rendez-vous avec Duncan – sans évoquer le thé ni le gâteau à la crème –, lui rapportant le fond de leur conversation avec le plus grand naturel.

— Il semble convaincu que Kenneth est une personne à surveiller, je me disais donc que nous pourrions l'interroger de nouveau pour voir s'il en sortait quelque chose, conclut-elle. Vous aviez une autre idée en tête ?

Clement, pas certain d'apprécier son ton désinvolte, l'observa par en dessous, mais lui sourit d'un air résigné quand elle daigna croiser son regard.

— Si vous voulez, pourquoi pas ? dit-il enfin.

Alors qu'ils prenaient leurs manteaux pour sortir, il se demanda toutefois pourquoi elle ne l'avait pas informé plus tôt de sa rencontre avec le journaliste. Et, surtout, pourquoi elle n'avait pas sollicité sa compagnie à cette occasion.

Jusqu'à présent, ils avaient toujours discuté de chaque aspect de leurs affaires pour élaborer une stratégie commune ; se retrouver subitement hors de la boucle n'était pas pour le ravir. Il allait devoir lui faire savoir, avec autant de tact que possible, qu'il n'appréciait pas qu'elle lui cache des choses.

En faisant route vers la boutique de Kenneth Wilcox, Clement repensa avec gêne à sa discussion avec Sir Basil. À l'évidence, l'homme avait une dent contre son reporter, mais, d'un autre côté, Clement n'était pas certain que quiconque puisse être assez bien pour la fille unique de Sir Basil. Étant lui-même père, il savait combien l'on pouvait devenir protecteur lorsqu'il était question du bonheur et du bien-être de son enfant. Ainsi, quand l'homme de presse avait énuméré la longue liste de défauts accablant Duncan Gillingham, l'avait-il écouté sans rien prendre pour argent comptant.

Il commençait néanmoins à se poser des questions. Sir Basil semblait convaincu que l'homme se souciait comme d'une guigne de sa fiancée et qu'il espérait l'épouser dans l'unique but de bénéficier des avantages inhérents au statut de gendre du patron. À l'en croire, non seulement Gillingham avait volontairement séduit sa fille dans cette optique, mais il était en plus d'un naturel obséquieux, manipulateur, sournois, retors et indigne de confiance.

En prenant congé d'un Sir Basil encore furibond, Clement avait éprouvé un mélange de compassion et d'amusement. Il était sincèrement désolé de le découvrir si préoccupé, mais n'avait pu s'empêcher de croire que les maux perçus étaient plus imaginaires que réels.

À présent, cependant, il se demandait si sa réaction cavalière vis-à-vis des ennuis de Sir Basil n'allait pas lui revenir en pleine figure. Il n'était pas impossible que

Trudy ait à son tour succombé aux charmes douteux de Gillingham, et il ne se sentait subitement plus si optimiste.

Il n'était certes pas exclu qu'il se fasse du mouron pour rien. Tout en naviguant dans les rues de Cowley, il jeta un regard compréhensif à sa coéquipière. Elle contemplait innocemment le décor, mais n'avait pas encore pipé mot.

— Alors, comment avez-vous rencontré ce reporter ? demanda-t-il. A-t-il téléphoné au commissariat ?

Trudy, désarçonnée, ne prit pas le temps de la réflexion avant de répondre :

— Oui, exactement.

Et elle regretta ce mensonge aussitôt qu'elle l'eut prononcé.

Le plus rageant était de ne pas comprendre pourquoi elle avait menti. Après tout, quel mal y aurait-il eu à lui révéler simplement la vérité ? Que Duncan l'avait croisée à l'arrêt de bus…

Soudain, le doute l'envahit, et elle se mit à réfléchir pour la première fois aux circonstances de cette première rencontre. Elle savait ce qu'elle-même faisait à cet arrêt de bus… mais lui ? La coïncidence paraissait un peu grosse.

Cette preuve de sa grande naïveté lui donna envie de se gifler. Bien sûr qu'il savait qui elle était : après tout, il était lui-même en train de mener sa propre enquête. L'une de ses principales priorités avait dû être de découvrir quel agent de police s'occupait du dossier Hughes, puis de… quoi ? Faire le pied de grue devant le commissariat ? Se tapir quelque part en attendant qu'elle…

Elle exhala lentement, se sentant de plus en plus ridicule.

Évidemment qu'il avait attendu qu'elle sorte du poste pour la suivre, avant de l'aborder quand elle s'était arrêtée pour prendre son bus. Et elle, esprit crédule, ne s'était pas posé de questions, acceptant même de le rejoindre plus tard pour poursuivre la conversation.

— Je suis surpris qu'il n'ait pas été refoulé par le standard ou l'officier de faction, commenta Clement, rendant sa situation un peu plus précaire. Je doute que le capitaine

Jennings apprécie que ses agents fraternisent avec la presse. Du moins, pas sans son accord ?

Trudy fut parcourue d'un frisson glacial quand elle se rendit compte que le Dr Ryder, si vif et intelligent, soupçonnait déjà une contrevérité de sa part. Cette idée lui serra la gorge.

Comment allait-elle pouvoir se sortir de ce guêpier, à présent ? Car il avait raison : en temps normal, les reporters en quête d'informations étaient rapidement éconduits par le personnel du commissariat.

Devait-elle s'enliser dans son mensonge en affirmant qu'il avait eu de la chance qu'on lui transmette l'appel, ou bien faire amende honorable ?

Plus le silence se prolongeait, plus sa gêne grandissait. Comment avouer, surtout au Dr Clement Ryder, qu'elle avait voulu rencontrer un témoin seule car... eh bien, force lui était de le reconnaître, car elle le trouvait plutôt à son goût !

C'était pitoyable. Et cela la ferait réellement passer pour une idiote. D'autant que le Dr Ryder se montrait toujours si compétent, capable, supérieur...

Elle s'agita sur son siège, se tortilla intérieurement, mais finit par admettre qu'elle allait devoir serrer les dents.

— Vous avez raison, il n'a pas téléphoné au commissariat. Il est venu me parler alors que je me trouvais à l'arrêt de bus et m'a affirmé détenir des informations sur l'affaire Hughes. Nous sommes donc convenus d'un rendez-vous pour en discuter.

Sa voix demeura froide et sèche, mais elle se savait rouge de honte et de rage. Ce Mr Duncan Gillingham ne perdait rien pour attendre. Elle allait lui rendre la monnaie de sa pièce ! La ridiculiser ainsi, la manipuler...

— J'ai l'impression qu'il aimerait pouvoir vous utiliser comme source policière, déclara Clement d'un ton égal.

Mais même s'il veilla à se maîtriser, il sentait la colère enfler au creux de son ventre.

— Vous devriez faire attention, ajouta-t-il avec moins d'émotion encore.

Elle lui cachait clairement quelque chose, et son teint écarlate trahissait un déluge de sentiments.

Il se doutait que la gêne et la fureur en faisaient partie, et espérait que cela s'arrêtait là. Mais, à l'évidence, Sir Basil avait eu raison de soupçonner son futur gendre de bien cacher son jeu, si celui-ci avait réussi à convaincre Trudy Loveday d'oublier sa formation de policière.

— Oh ! ne vous en faites pas, répondit Trudy d'un ton sévère. Je lui ai fait comprendre que je ne lui transmettrais aucune information sur une enquête en cours. Et je m'en suis bien gardée, ajouta-t-elle avec sincérité et une intense satisfaction.

Quel soulagement de pouvoir enfin faire valoir des circonstances atténuantes !

— Tant mieux, répondit cordialement Clement.

Toutefois, il avait les lèvres pincées quand il se mit à chercher une place de stationnement. À compter de ce jour, il tiendrait ce Duncan Gillingham à l'œil.

Car si ce freluquet pensait pouvoir tirer profit de sa jeune amie, le coroner ne manquerait pas de le détromper – et sans prendre de pincettes.

26

S'il est vrai que vos oreilles sifflent chaque fois que quelqu'un parle de vous, alors celles de Duncan Gillingham devaient être bourdonnantes ce matin-là. Pourtant, il se réveilla à une heure avancée, prit un petit déjeuner tardif et conduisit tranquillement sa Moggy Minor jusqu'au domicile de ses parents, dans le fin fond de Holywell, le tout sans éprouver la moindre gêne.

Son statut de reporter le dispensait d'arriver au bureau à 9 heures précises ou d'en repartir à 17 heures pile. Actuellement, si son rédacteur en chef lui demandait des comptes, il répondrait qu'il suivait une piste pour son article. Et d'une certaine manière, songea-t-il sombrement en se garant devant la petite maison en préfabriqué de ses parents, c'était effectivement le cas. Plus ou moins.

Il soupira en descendant de son tas de ferraille et considéra la voie étroite bordée de bâtisses identiques dans laquelle il avait grandi. Il lui semblait se souvenir de l'état d'excitation dans lequel se trouvaient ses parents quand ils avaient emménagé dans leur nouveau logement, érigé durant le boom immobilier qui avait suivi la guerre, lorsque les soldats rentrés du front avaient eu besoin d'un toit – et vite. À l'époque, tout le monde était ravi de sa petite terrasse et de ces rangées de maisons jumelles, et le quartier s'était toujours félicité de cette fierté tout ouvrière.

Encore aujourd'hui, les ferrures de porte en laiton rutilaient à force de polissage soigné, les marches des porches étaient scrupuleusement nettoyées et les jardins parfaitement taillés et entretenus. Nulle peinture ne devait s'écailler sur les montants de fenêtre, aucune mauvaise herbe n'était autorisée à pousser entre les pavés.

Néanmoins, cela le déprimait chaque fois qu'il allait « chez lui ». Et dans le froid austère de novembre, la vue de cette rue dénuée de charme lui donnait le frisson.

Jeune homme, il avait eu hâte de quitter ce lieu. Dès qu'il avait décroché son premier emploi, il avait économisé le moindre penny jusqu'à pouvoir s'offrir la péniche sur laquelle il vivait désormais. Ses parents étaient tellement fiers, car elle lui appartenait pour de bon, ce qui faisait de lui le premier propriétaire de la famille.

Désormais, son quotidien semblait se trouver à mille lieues de là. Certes, Jericho – la partie du canal d'Oxford où il était amarré – n'était pas un quartier très salubre, mais il ne s'agissait que d'une première pierre à l'édifice de son projet de vie.

Il vit remuer les rideaux en dentelle du salon de ses parents et sut que son arrivée avait été remarquée. Rien de surprenant : il était l'une des rares personnes issues du quartier à pouvoir encore s'autoriser le luxe de posséder et d'entretenir une voiture.

Il remonta à pas rapides l'allée de jardin soignée, entre les deux rangées de troènes taillés au cordeau, et sa mère ouvrit la porte d'entrée avec un sourire rayonnant pour lui souhaiter la bienvenue.

— Coucou, mon chéri ! Quelle belle surprise.

— Bonjour, maman, répondit-il laconiquement en lui déposant un baiser furtif sur la joue avant de pénétrer dans la maison. Papa est au travail ?

— Bien sûr, où d'autre ? répliqua Sandra Gillingham.

Duncan lui retourna un sourire aimable. Son père, Gordon, avait toujours bien subvenu aux besoins de ses enfants – Duncan et sa sœur, Lily – et, aux yeux de sa mère, il n'existait pas de plus grand mérite.

— Lily est à la maison ? Je voulais lui proposer de m'accompagner au cinéma ce soir. Il y a ce film avec Doris Day qu'elle avait envie de voir.

— Oui, elle est à l'étage. Je suis sûre que ça lui fera très plaisir ! Elle ne travaille pas avant midi, aujourd'hui. Monte, je parie qu'elle t'a entendu arriver.

Duncan l'embrassa de nouveau avant de gravir les marches quatre à quatre, comme quand il était enfant. Ses parents disaient qu'il galopait comme un troupeau d'éléphants, et il était sûr que sa mère souriait en secouant la tête derrière lui.

Cependant, une fois sur le palier, il s'immobilisa un instant, puis alla frapper doucement à la porte de sa sœur.

— Lil, tu es là ?

Un instant plus tard, la porte s'ouvrit. Lily, désormais âgée de vingt-deux ans, était passée du statut d'adolescente gauche à celui de rare beauté. Elle était dotée du même teint de *black Irish*[1] que son frère, sauf que ses yeux tiraient nettement plus sur le bleu. Elle portait une longue et ample robe en laine hivernale, mais aucun camouflage n'aurait permis de dissimuler sa jolie silhouette.

— Coucou, il me semblait bien avoir entendu la voiture, dit-elle en lui tenant la porte ouverte pour l'inviter à entrer.

Sa petite chambre était meublée d'un lit une place, d'une coiffeuse et d'une unique chaise. Il s'assit dessus aussi naturellement que sa sœur se jucha sur le lit.

Enfants, ils adoptaient souvent les mêmes positions pour discuter ou se disputer gentiment. Tous deux avaient toujours été assez proches, peut-être parce que, contrairement à la plupart de leurs voisins, les Gillingham n'avaient pas fondé une famille nombreuse. Cela pouvait expliquer l'absence de ces rivalités qui empoisonnaient la vie de nombre de leurs camarades.

1. Expression utilisée pour désigner les personnes d'origine irlandaise aux cheveux noirs et au teint foncé, par opposition au stéréotype qui veut que tous les Irlandais aient les cheveux roux et le teint clair. (*NdT*)

— Alors, comment se passe ton nouveau travail ? se renseigna-t-il.

Sa sœur s'était récemment réorientée vers la coiffure et était depuis peu employée à temps partiel dans un salon du coin. Avec sa belle allure et sa longue chevelure brune en guise de publicité gratuite, elle constituait un atout de poids pour l'établissement.

Elle haussa les épaules avec apathie.

— Ça va. Ça paie bien.

Duncan acquiesça tout en l'observant de près. Elle avait pris quelques kilos bien nécessaires au cours des derniers mois, et une partie des ombres qui creusaient ses yeux avait disparu. Ou alors, elle s'était maquillée.

— Tu te sens mieux, en ce moment ? demanda-t-il d'un ton prudent.

Sa sœur, qui regardait par la fenêtre d'un air absent, le considéra un instant avant de s'abandonner de nouveau à la contemplation de la maison d'en face. Duncan se rendit compte avec un pincement au cœur que son visage était totalement inexpressif.

— Ça va. Comme la semaine dernière et la semaine précédente, quand tu m'as posé la même question, répondit-elle platement. J'aimerais que tu arrêtes de te faire du souci pour moi.

Duncan hocha la tête pour lui faire plaisir, mais jamais il ne cesserait de s'inquiéter pour elle. Et il était évident qu'elle n'allait pas bien. Comment aurait-il pu en être autrement ?

Il voulut lui demander si elle avait vu un médecin récemment – un vrai médecin – et, le cas échéant, si elle l'avait autorisé à l'examiner complètement. Afin de s'assurer qu'il n'y avait pas eu de complications à cause de… de ce qui s'était passé.

Il savait toutefois que c'était hors de question. Il risquerait de la gêner et de la mettre en colère. Ou de la faire pleurer.

— Tu as lu les journaux, récemment ? s'enquit-il alors en se tournant à son tour vers la fenêtre.

— Tu sais bien qu'on a toujours le *Tribune* à la maison, maintenant.

Duncan opina du chef. Ses parents lisaient chaque article qu'il rédigeait. D'ailleurs, il était même convaincu que sa mère les découpait pour les conserver quelque part. Pour les gens du quartier, il était un modèle de réussite. Il ignorait comment ils réagiraient quand il leur annoncerait enfin ses fiançailles avec la fille de Sir Basil Fletcher. Pour une raison ou une autre, il préférait attendre que Glenda et lui rendent la nouvelle officielle en organisant une fête dans un endroit huppé. Peut-être au Randolph.

— Donc, tu es au courant pour la mort de ce Thomas Hughes ? reprit-il prudemment. Tu sais qui c'était, hein ?

Lily changea légèrement de position sur le bord du lit pour contempler les pantoufles à ses pieds.

— Ouais, je sais qui c'était, dit-elle tranquillement.

Duncan hocha la tête. Il laissa le silence s'installer quelques instants avant d'annoncer :

— Bon, je vais au bureau écrire mon article pour l'édition du soir. La police enquête sérieusement sur la famille, à présent. J'ai discuté avec l'officier en charge. Crois-moi si tu veux, mais c'est une femme, et elle est plus jeune que toi ! Qu'est-ce que tu dis de ça ?

Lily fit jouer lentement ses orteils et haussa les épaules.

— Tant mieux pour elle.

— Je vais la pousser à fouiner dans la bonne direction, sœurette, je te le promets.

Lily ne leva cette fois qu'une épaule.

Ils n'échangèrent plus un mot pendant une bonne minute, puis Duncan soupira.

— Je t'avais dit que je l'aurais, Lil. Et je l'aurai. Je te le jure.

Soudain, il la vit se crisper, redresser le menton, et le contempler avec une émotion véritable pour la première fois depuis qu'elle avait dû tuer ce bébé qui se formait en elle.

— Dunc.

Elle avait employé ce diminutif sans réfléchir, comme un vestige de leur enfance.

— Tu n'as rien fait de stupide, n'est-ce pas ?

Sa voix était tendue, ses grands yeux bleus brillants d'inquiétude.

— Bien sûr que non, la rassura son frère. Tu me connais, sœurette. Je ne fais jamais rien de stupide.

Ils se dévisagèrent silencieusement pendant quelques instants, puis Lily se détendit avant de se retourner vers la fenêtre.

— Sois prudent, Duncan, c'est tout ce que je te demande.

— Toujours, promit-il.

Il se leva, lui déposa un baiser sur le sommet du crâne et redescendit, le cœur lourd et battant à tout rompre dans sa poitrine. Il voulait retrouver sa sœur, dans toute la joie, l'insouciance et l'innocence de sa jeunesse. Il savait cependant qu'elle avait disparu à jamais.

— J'y vais, maman. J'ai un article à écrire, lança-t-il dans le couloir désert.

— D'accord, mon grand. Reviens quand tu veux, lui répondit-elle depuis la cuisine.

Duncan sortit, sachant pertinemment que les yeux de sa sœur étaient rivés sur lui. Il ne se retourna pas pour regarder la fenêtre, mais monta dans sa guimbarde et mit le contact.

Il avisa son reflet dans le rétroviseur et jugea son air parfaitement serein. Pourtant, une rage froide et impitoyable l'habitait.

L'essentiel de sa colère était tourné contre lui-même. Il aurait dû mieux veiller sur Lily. Toutefois, depuis qu'il avait quitté la maison, il était inévitable qu'il ne la voie plus autant qu'avant et ne sache donc plus ce qui se passait dans sa vie.

Il ne s'était pas douté que les choses allaient aussi mal jusqu'à ce qu'il soit trop tard. Jusqu'à ce qu'elle lui téléphone un soir, dans tous ses états, et qu'il la rejoigne dans le cimetière de leur quartier. C'était là, parmi les tombes, qu'elle lui avait avoué avoir consulté une faiseuse d'anges.

Que, après quelques jours, elle continuait de saigner un peu. Qu'elle se sentait si mal. Qu'elle commençait à avoir peur. Et, surtout, que personne d'autre ne devait l'apprendre.

Aller consulter leur médecin de famille était naturellement hors de question.

Il s'était donc renseigné autour de lui et avait découvert l'existence des « consultations du vendredi », le vendredi étant jour de paie. Certains hôpitaux avaient décidé de tenir de telles consultations afin de traiter les femmes atteintes de septicémie ou perdant du sang. Il avait bien sûr payé pour son traitement.

Et elle avait fini par s'en remettre physiquement. Toutefois, on ne discernait plus le moindre signe de vie dans ses prunelles.

Quand il reprit enfin la route, Duncan renouvela la promesse qu'il s'était faite : Kenneth Wilcox paierait pour le mal qu'il avait infligé à Lily. D'une manière ou d'une autre.

27

Kenneth Wilcox parut surpris de voir l'agent Loveday et le coroner Ryder revenir dans son magasin. Dissimulant son impatience, il les invita à venir s'asseoir dans son bureau. Sa secrétaire, qui patientait d'un air hésitant sur le seuil, attendait ses instructions, mais Kenneth n'était pas d'humeur à leur proposer de se mettre à l'aise. S'ils désiraient une tasse de thé, ils n'avaient qu'à se rendre dans un café. Il congédia la jolie blonde d'un sourire et d'un hochement de tête avant d'accorder son attention aux indésirables.

— Alors, du nouveau dans votre enquête, agent Loveday ? s'enquit-il effrontément. Je suis un peu surpris de vous revoir ici. Je pensais que vos supérieurs seraient désormais convaincus que la mort de mon beau-père n'était rien d'autre qu'un accident regrettable.

Trudy eut un pâle sourire.

— Nous nous demandions juste s'il vous était revenu quelque chose que nous devrions savoir, monsieur. Bien souvent, avec le recul, les gens se souviennent de détails qui leur ont échappé auparavant.

Kenneth la considéra avec scepticisme, et Trudy s'interrogea : pourquoi Duncan l'avait-il mise en garde à son sujet ? C'était, en apparence, un homme charmant d'âge moyen, à la carrière bien remplie et heureux en ménage. Son cahier judiciaire était vierge et, à ce jour, elle n'avait trouvé personne pour lui reprocher quoi que ce soit.

À présent qu'elle se retrouvait face à lui, elle soupçonnait un certain reporter de l'avoir une fois de plus menée en bateau. Il était très possible que Duncan lui ait livré une fausse information, même si elle peinait à comprendre quel bénéfice il en aurait tiré.

Toutefois, autant pousser un peu Kenneth dans ses retranchements pour voir ce qu'il adviendrait.

Aussi commença-t-elle ainsi :

— Il paraît que lecture a été faite du testament de votre beau-père, monsieur Wilcox. Je ne crois pas me tromper en disant que votre épouse a seulement hérité de la maison de Headington ?

Le visage de Kenneth se crispa légèrement, mais il parvint à hausser les épaules avec nonchalance.

— Nous ne nous attendions pas à un gros héritage. Thomas a toujours estimé qu'il incombait aux maris de ses filles de pourvoir à leurs besoins.

— Donc le fait que Matthew Hughes ait touché autant, et les autres presque rien, ne vous tracasse pas ?

— Mon fils a eu droit à un fonds en fidéicommis. Son avenir est assuré, c'est le principal. Et comme vous l'avez souligné, nous avons la maison. Et puis, j'avais déjà de l'argent – et le projet d'acquérir un nouveau magasin en ville. Dans l'ensemble, je n'ai pas à me plaindre de mon sort, croyez-moi.

— Appréciiez-vous Thomas Hughes, monsieur ? poursuivit-elle avec douceur. Car nous avons appris, de sources diverses, qu'il était particulièrement difficile avec votre épouse. Qu'il la considérait plus comme une servante que comme sa fille, exagéra-t-elle. Ce devait être une épreuve, non ? De vivre avec lui, je veux dire.

Les prunelles de Kenneth s'embrasèrent un peu, mais son espèce de sourire ne vacilla pas.

— Il n'était pas facile, en effet. Mais il faisait partie de la famille. On prend sur soi quand c'est la famille, non ?

Il se tourna vers Clement pour lui adresser un petit signe de connivence masculine.

Trudy comprit alors qu'ils perdaient leur temps. Rien ne pourrait pousser cet homme à déraper, et sûrement pas elle. Elle avait le sentiment que Mr Wilcox classait les femmes dans certaines catégories, et qu'aucune d'entre elles ne méritait d'être son égal.

Il lui semblait aussi que Duncan, si agaçant qu'il fût, tenait une piste.

Il émanait de cet homme un je-ne-sais-quoi de déplaisant. Quelque chose de froid et de calculateur – une chose qui démentait son charme affable et sa belle allure.

— Eh bien, merci, monsieur Wilcox, ce sera tout pour le moment, dit-elle à la grande surprise de l'intéressé et de Clement.

Elle se leva brusquement et, comme le coroner s'avançait pour serrer la main de Kenneth, elle tourna les talons en faisant mine de ne pas voir celle que Wilcox lui tendit ensuite.

Le bureau de la secrétaire était vide, et Trudy referma la porte derrière eux en soupirant.

— Je n'aime pas cet homme, déclara-t-elle à mi-voix. Et même s'il m'en coûte de l'admettre, je pense que Mr Gillingham a raison quand il le traite de crapule. Simplement, je crois que nous perdons notre temps en l'abordant de front.

— C'est aussi ce qu'il me semble, dit Clement. Les hommes comme lui ne se trahissent jamais. Ils sont bien trop intelligents pour cela. Heureusement qu'une autre option s'offre à nous.

— Ah bon ? s'étonna Trudy. Laquelle ?

Clement sourit en lui désignant le bureau déserté près d'eux. À côté de la machine à écrire et des dossiers, du téléphone et d'un vase accueillant des chrysanthèmes flétris, un bloc de bois servait de support à une plaque métallique indiquant le nom de la secrétaire.

— Interroger Miss Susan Royal. Personne ne vous a dit que, pour tout connaître d'un homme, il fallait se tourner vers sa femme, son valet ou sa secrétaire ?

Trudy eut un large sourire.

— Bonne idée ! Je me demande où elle se trouve. Peut-être serait-elle d'accord pour nous accompagner en pause café ?

Miss Royal fit alors son apparition. À en juger par la manière dont elle tapotait ses cheveux repeignés et par la patine parfaite de son rouge à lèvres, Trudy comprit qu'elle venait de se refaire une beauté. La jeune femme, qui devait n'avoir guère plus de vingt ans, se figea tel un lapin pris dans des phares en les voyant l'observer avec une telle intensité.

Sa gorge se serra.

Clement arbora alors son sourire le plus avunculaire et s'approcha d'elle.

— Ah, mademoiselle Royal. Justement, nous vous cherchions.

Il tendit la main vers le portemanteau près de lui et, sans lui laisser le temps de réagir, l'aida à enfiler son pardessus en laine.

— Mon amie et moi-même souhaiterions vous emmener boire un café.

— Oh ! mais…

Elle jeta un coup d'œil impuissant à la porte de son patron.

— Je ne pense pas que…

— Mr Wilcox n'y verra pas d'inconvénient, prétendit Clement d'un ton doucereux. Alors, dites-nous, où se trouve le meilleur café du quartier ?

Pendant que Trudy et Clement s'affairaient à découvrir ce qu'ils pouvaient sur Kenneth Wilcox, Duncan Gillingham, de retour dans les locaux du *Tribune*, pianotait furieusement sur sa Remington, le visage fermé et concentré. Il s'interrompait de temps à autre pour réfléchir. Autour de lui, ses collègues tapaient, fumaient, tapaient, discutaient et tapaient encore, sans toutefois le déranger.

Il avait l'air d'un homme qui n'était pas d'humeur à entendre la dernière blague ou le ragot le plus récent sur la femme infidèle d'untel.

« La police reconnaît que l'affaire Thomas Hughes est loin d'être résolue. » Il contempla sans enthousiasme le titre qu'il avait choisi (sûrement manquait-il un peu de mordant ?) et les quelques paragraphes rédigés jusqu'alors. Tout était solidement étayé mais, s'il voulait détourner l'attention de la mort d'une huile locale pour la focaliser sur son gendre, il allait devoir faire preuve de prudence.

Ce soir, il téléphonerait à Trudy Loveday pour s'enquérir de ses progrès. Et si elle n'avait encore rien déterré au sujet de Wilcox, il l'aiderait volontiers. Il ne manquait pas d'informations à partager, puisqu'il s'était fixé comme mission personnelle de tout savoir de lui.

Sans même parler de Lily, il possédait assez d'éléments sur sa vie privée pour ternir sérieusement la réputation de ce type. Il lui manquait simplement la tribune légitime, et une affaire de meurtre relatée dans les journaux était l'idéal. Plus qu'un dernier coup de collier à donner…

Un sourire sinistre aux lèvres, il se repencha sur sa machine, poursuivant ses sous-entendus, mais réduisant le faisceau non plus à toute la famille, mais à un individu en particulier. Ou peut-être qu'il serait plus prudent d'y introduire un autre suspect ? Par exemple, Godfrey ? Oui, ça ne serait pas illogique. En effectuant ses recherches sur la famille, il était tombé sur un certain nombre de rumeurs selon lesquelles Godfrey s'adonnait à un passe-temps un peu leste que son père n'appréciait guère. Il ne devait toutefois pas trop charger l'ardoise du fils, car il était vital que le gendre prenne plus cher que lui.

Duncan songea alors que la plume était effectivement plus forte que l'épée. Un fait que Kenneth Wilcox comprendrait bientôt mieux que quiconque.

28

— Oh ! Mr Wilcox est quelqu'un de bien. Je crois, ajouta Susan Royal avec une pointe de doute.

Ils étaient assis dans un minuscule salon de thé à l'arrière d'une pâtisserie voisine ; la pièce était mal aérée et surchauffée, mais l'odeur des petits pains frais et autres viennoiseries compensait largement cet inconvénient aux yeux de Clement.

— Vous n'en semblez pas certaine, commenta Trudy avec un sourire amical. Vous travaillez pour lui depuis longtemps ?

— Oh non. Seulement quelques semaines, en réalité. La fille précédente est partie sans respecter son préavis, mon agence d'intérim m'a envoyée pour la remplacer.

Susan les contemplait tour à tour, comme pour tenter de déterminer qui la fascinait le plus.

— C'est censé être temporaire, mais il n'a pas encore mis d'annonce pour un remplacement permanent. Je suppose que c'est plutôt bon signe, non ? En général, ça veut dire qu'on est content de vous et qu'on compte vous garder, ajouta-t-elle un peu naïvement.

Susan porta sa tasse à ses lèvres, sans les y plonger pour autant. Elle rechignait sans doute à abîmer son maquillage, pensa Trudy en réprimant un sourire. Même si la secrétaire devait avoir à peu près son âge, la policière ne pouvait s'empêcher de trouver son attitude très jeune et puérile. D'une certaine manière, cela lui donnait aussi envie de la protéger.

— Cela vous plairait, de devenir sa secrétaire de façon définitive ? s'enquit-elle doucement.

— Oh ! oui, répondit aussitôt Susan en s'illuminant. Ou peut-être… je n'en suis pas sûre, ajouta-t-elle d'un air confus.

— Tout va bien, la rassura Clement. Vous pouvez tout nous dire, nous vous écouterons et cela s'arrêtera là. Nous n'essayons pas de vous pousser à faire ou raconter ce que vous ne voulez pas.

Il tira alors vers lui sa tasse et sa soucoupe, et ajouta un sucre dans son thé fumant.

— Désolée, je sais que je ne suis pas toujours très claire. C'est comme pour le travail avec Mr Wilcox : parfois c'est bien, d'autres fois non.

Elle soupira avant de recommencer.

— C'est que travailler pour l'agence me convient bien, sauf qu'on ne sait jamais où on sera le lendemain, vous comprenez ?

Elle les observa d'un air anxieux et fut soulagée de constater qu'ils hochaient tous deux la tête pour l'encourager.

— On passe notre temps à apprendre à connaître de nouvelles personnes et leur mode de fonctionnement, ce genre de choses. Ça peut être difficile, et les gens se montrent parfois impatients quand on ne réussit pas tout du premier coup, vous voyez ? Et puis, au bout d'une semaine – ou parfois même de quelques jours seulement –, on recommence ailleurs avec quelqu'un d'autre…

Trudy acquiesça.

— Ça n'a pas l'air très confortable, en effet. Et donc, pour éviter tous ces changements, vous accepteriez le poste si Mr Wilcox vous le proposait ?

Une fois encore, la fille hésita. Trudy coula un regard vers Clement, qui observait Susan avec un sourire mi-amusé, mi-bienveillant. À l'évidence, il pensait la même chose que sa partenaire. Miss Royal n'était pas particulièrement brillante, et ne devait pas être une secrétaire très efficace. En revanche, elle était très jolie.

— Oh ! oui. Sans doute, marmonna Susan en reposant sa tasse avant de jouer nerveusement avec sa cuillère.

— Vous ne semblez pas très convaincue, insista Trudy avec délicatesse. Quelque chose ne se passe pas comme vous voulez ? Vous disiez que la secrétaire précédente était partie sans respecter son préavis. C'est assez inhabituel, non ? Savez-vous pourquoi ?

— Non, pas vraiment. Enfin, seulement par ouï-dire. Mais j'ai l'impression que cette Angela et Mr Wilcox ont eu une dispute.

— Ah bon ? Quel genre de dispute ?

Trudy veillait à conserver une voix douce et naturelle.

— Cela devait être sérieux, si Angela… quel est son nom de famille ?

— Euh… je ne suis pas sûre de m'en souvenir. Ah, Calver. Oui, je suis sûre que c'était Calver, répéta Susan, rayonnante.

— Bravo – j'ai moi aussi souvent du mal à me rappeler les noms, prétendit Trudy. Avez-vous su pour quelle raison ils s'étaient disputés ? Les employés des petites entreprises semblent toujours informés de tout, si vous voyez ce que je veux dire, l'encouragea Trudy avec un sourire. Mais je suppose que vous êtes mieux placée que quiconque pour le savoir, étant donné votre fonction.

Susan sourit.

— Oh ! oui. Vous avez raison, ça discute beaucoup. C'est même parfois un haut lieu de ragots ! Si vous saviez ce que j'ai pu apprendre dans certains bureaux…

Susan secoua la tête d'un air fasciné.

— Et que raconte-t-on sur Angela ?

Trudy but une gorgée de thé et, lorsque la secrétaire leva sur elle des yeux troublés, elle lui adressa un sourire affable.

— Tout va bien. Comme vous l'a dit le Dr Ryder, ça ne sortira pas d'ici, je vous le promets. La police ne fait pas dans les commérages, ajouta-t-elle en songeant que cela ne ferait pas de mal de rappeler à cette jeune femme qu'elle parlait aux autorités et devait faire preuve de concentration et de coopération.

Susan décocha un rapide coup d'œil à Clement avant de se détourner.

— En fait, il paraît que Mr Wilcox et Angela… eh bien, il paraît qu'ils étaient devenus amis. *Très bons* amis. Même si Mr Wilcox est un homme marié.

Elle contemplait sa tasse avec application.

— Ah, vraiment ? répondit Trudy en tentant de dissimuler sa stupéfaction. En réalité, ça ne me surprend pas. Après tout, il est plutôt charmant, n'est-ce pas ? Et certaines femmes aiment les hommes plus âgés.

Susan acquiesça, manifestement soulagée qu'ils réagissent tous trois de façon si mature et subtile.

— A-t-il essayé de se rapprocher de vous, Susan ? lui demanda Trudy doucement.

— Quoi ? Oh ! non… Oooh, ce serait horrible, non ?

La jeune femme fut prise d'un frisson théâtral.

— Enfin, il est gentil, mais il est tellement *vieux* ! Et puis, j'ai déjà un petit ami. Mon Tarquin joue au rugby et travaille pour une compagnie d'assurance. Il ne supporterait aucun geste déplacé de la part d'une personne comme Mr Wilcox, ajouta Susan avec une satisfaction évidente, rejetant ses cheveux en arrière pour faire bonne mesure. Non, s'il tentait quoi que ce soit, Tarquin lui règlerait son compte.

Trudy jeta un coup d'œil à Clement, qui parvenait magistralement à conserver un air neutre. Toutefois, la policière se doutait que, comme elle, il se sentait rassuré par l'existence d'un petit ami jaloux pour veiller sur cette jolie jeune femme.

— Vous savez, si j'étais vous, Susan, je demanderais à mon agence de me trouver un autre poste, reprit Trudy. Quand votre patron a une réputation d'homme à femmes, cela peut provoquer toutes sortes de problèmes. Croyez-moi, je sais de quoi je parle.

Susan acquiesça en soupirant.

— Ouais, fit-elle. Je me disais la même chose. Sauf que je repousse l'échéance, parce que Mr Wilcox paie bien et qu'il est toujours gentil avec moi.

Sans blague, songea Trudy avec aigreur en se rappelant la manière dont Kenneth Wilcox l'avait lorgnée lors de leur premier entretien.

— Mieux vaut ne pas courir le risque de contrarier Tarquin, vous ne croyez pas ? Et si Mr Wilcox tente effectivement sa chance avec vous, pensez à la gêne que vous éprouverez.

— Oh ! arrêtez, l'implora Susan en frémissant de nouveau. Vous avez raison. De toute façon, je ne pourrais pas continuer à travailler pour lui. Bon, je vais contacter l'agence, conclut-elle un peu consternée.

— Je pense que c'est une bonne idée, oui, répondit Trudy. J'imagine que vous ne savez pas où travaille Angela aujourd'hui ? ajouta-t-elle avec une nonchalance calculée.

Cette fois, cependant, la jolie Miss Susan Royal ne leur fut d'aucune aide.

— Cette fille m'inquiète, déclara Trudy quelques minutes plus tard tandis qu'ils discutaient sur le trottoir devant la pâtisserie en la regardant retourner travailler. J'ai l'impression qu'elle ferait une victime facile.

— Pas avec un Tarquin pour veiller sur elle, lui rappela Clement avec un sourire.

Il s'imaginait un imposant gaillard issu de la haute bourgeoisie, pas très brillant ni particulièrement bel homme, ravi de s'être dégoté une aussi jolie petite amie et déterminé à la protéger.

Trudy s'esclaffa, mais se rembrunit bientôt.

— Je dois retrouver cette Angela Calver pour l'interroger. Si j'interprète bien la situation, Mr Wilcox pioche dans ses jolies secrétaires comme la plupart des hommes dans une boîte de cigares.

— Mmm. Mais quel rapport avec notre affaire ? s'enquit Clement.

— Peut-être Thomas Hughes l'avait-il découvert et menaçait-il d'agir en conséquence ? répliqua Trudy promptement. Nous savons déjà qu'il aimait se mêler de tout, dans cette famille. Et si Kenneth, ne supportant plus de vivre avec cet homme depuis des années, avait simplement décidé de remédier à la situation ?

Clement opina. C'était plausible.

— D'accord. Je dois retourner au bureau pour faire du « vrai » travail. Tâchez de retrouver cette Angela et nous nous reverrons demain. Disons, 10 heures ?

— Parfait. Mais je ne sais pas combien de temps encore le capitaine Jennings me laissera poursuivre nos recherches. Si nous n'avons rien déniché d'ici la fin de la semaine, je pense que nous devrons conclure l'enquête, prédit Trudy d'un air sombre.

Clement soupira.

— C'est possible. Nous tournons un peu en rond, n'est-ce pas ?

— Oui, j'en ai bien l'impression.

L'édition du soir du *Oxford Tribune* était disponible en kiosque et dans tous les points de vente dès 17 heures, le moment idéal pour l'acheter en rentrant du travail et le lire pendant le souper.

Bien installée dans son salon, Caroline Benham parcourait l'éditorial tout en écoutant distraitement sa colocataire se plaindre du désordre que les éboueurs avaient laissé devant la porte en ramassant les poubelles le matin même. L'article était une fois de plus l'œuvre de ce Gillingham, qui laissait entendre que l'enquête policière concernant la mort de son père prenait de l'ampleur.

Tout à sa lecture, Caroline se pencha quelque peu en avant sur sa chaise. Se faisait-elle des idées, ou Kenneth, voire Godfrey, étaient-ils plus directement soupçonnés ?

Elle eut un sourire amer. Quel imbécile devait être ce reporter. Godfrey n'avait pas le cran de commettre un meurtre, et Kenneth tenait beaucoup trop à son existence pour la mettre en péril.

Non, ni l'un ni l'autre n'aurait été capable d'éliminer quiconque. Pour cela, il faudrait une personne sachant tout ce qu'il y a à savoir sur la haine ou le désespoir.

Elle reposa le journal, un sourire aux lèvres. La police pouvait enquêter tant qu'elle voulait, elle ne déterrerait rien.

Entouré par les œuvres d'art érotiques de son bureau, Godfrey Hughes geignait et fulminait tour à tour. Dégoûté, il finit par balancer le *Tribune* sur le sofa avant de se mettre à faire les cent pas. Il les traînerait au tribunal – voilà ce qu'il ferait. Si l'on lisait entre les lignes, cette espèce de reporter à la manque était à deux doigts de l'accuser du meurtre de son propre père ! Lui ou Kenneth.

Les lois sur la diffamation n'existaient-elles pas pour empêcher ce genre de publications ? Il contacterait son avocat tout à l'heure pour obtenir son conseil…

D'un autre côté, intenter une action lui coûterait une fortune en frais de justice. Et ce n'était pas comme s'il pouvait se le permettre.

Il embrassa du regard ses œuvres bien-aimées et poussa un soupir, accablé. Peut-être n'irait-il pas au tribunal, finalement. Après tout, personne ne devait prendre ces allégations très au sérieux, si ? Et le journal reléguerait bientôt son père non regretté aux oubliettes, pour s'en prendre à quelqu'un d'autre.

Oui, mieux valait attendre que cela se tasse. Ce n'était pas comme s'il courait le moindre danger, se rassura-t-il. Et si la police commettait la bêtise de l'arrêter… Eh bien, il pourrait toujours les orienter dans la bonne direction si nécessaire. Même si tout le monde la bouclait par loyauté, personne ne lui reprocherait de cracher le morceau s'il n'avait d'autre choix.

Ce n'était pas comme si toute la famille n'avait pas deviné l'entière vérité dès l'apparition des premières étincelles dans la cabane de jardin…

29

En rentrant chez lui ce soir-là, Frank Loveday fut accueilli par l'odeur des saucisses cuites dans de la pâte, l'un de ses plats préférés. Il entendit aussi les deux femmes les plus importantes de sa vie en pleine conversation et suspendit son manteau dans l'entrée avant d'aller les rejoindre à la cuisine, un grand sourire aux lèvres.

Il lâcha le journal du soir sur la table et alla embrasser sa femme, qui égouttait les pommes de terre pour préparer la purée.

— Bonsoir, ma chérie, dit-il avant de se pencher vers sa fille. Pas trop trempée à patrouiller ?

Trudy secoua la tête. Elle ne les avait pas informés qu'elle travaillait de nouveau sur une affaire particulière avec le coroner, car elle savait à quel point ils s'inquiétaient pour elle.

— Le temps n'est pas si terrible quand on bouge sans arrêt, éluda-t-elle – après tout, elle accomplissait ses tâches habituelles une partie du temps. Comment va Bertha ? demanda-t-elle d'un ton taquin.

Son père baptisait ainsi tous les bus qu'il conduisait, et tous finissaient invariablement par lui déplaire d'une manière ou d'une autre.

— Elle boit de l'essence à tire-larigot, se plaignit-il sans surprise, mais son air amusé indiquait qu'il savait qu'elle se payait sa tête.

— Trudy, tu veux bien remuer la sauce, ma chérie ? lui demanda sa mère. Elle risque de faire des grumeaux pendant que je découpe les saucisses.

Trudy s'approcha de bonne grâce de la cuisinière et fit tourner la cuillère en bois dans la casserole pleine. Sa mère venait d'ouvrir la porte du four lorsque le téléphone sonna.

Ils l'avaient fait installer dans l'entrée tout juste un mois plus tôt, et c'était encore un petit événement que de l'entendre sonner. Lorsque Trudy leur avait fait savoir qu'elle entendait bien rester dans les forces de l'ordre après sa période probatoire, ses parents avaient en effet décidé que l'appareil s'imposerait de plus en plus comme une nécessité. Et puis, c'était toujours mieux que d'avoir à descendre chaque fois dans la rue pour appeler depuis une cabine – surtout sous la pluie !

— Je vais répondre, déclara Trudy en baissant le feu sous la sauce bouillonnante avant de se précipiter dans l'entrée. Allô ?

Elle savait que les convenances voulaient qu'elle récite son numéro, mais elle n'avait pas encore eu le temps de s'en souvenir qu'une voix familière l'interrompit :

— Ah, me voici en veine, c'est elle en personne ! Je craignais d'avoir à amadouer votre père pour vous parler.

Le timbre effronté de Duncan Gillingham lui emplissait l'oreille.

— Vous n'y seriez jamais parvenu, rétorqua Trudy d'un ton acerbe.

Elle avait un compte à régler avec cet homme mais, alors qu'elle sentait la colère la gagner, elle se souvint que ses parents se trouvaient de l'autre côté de la porte ouverte et qu'elle ne pouvait donc s'autoriser une dispute téléphonique à cet instant.

— Que puis-je faire pour vous, monsieur Gillingham ? se força-t-elle donc à demander poliment.

— Eh bien, pour commencer, vous pourriez accepter un deuxième rendez-vous pour un nouvel échange d'informations, répondit-il.

Trudy aurait juré l'entendre réprimer un rire. À l'évidence, il trouvait très amusant qu'elle se comporte de façon aussi guindée et protocolaire avec lui.

— Malheureusement, c'est hors de question, répliqua-t-elle.

Cette fois, elle laissa un grand sourire s'épanouir sur ses lèvres. Si cet insolent pensait la voir tomber deux fois de suite dans le même panneau, il en serait pour ses frais.

Duncan soupira. Il ignorait ce qui lui valait un tel accueil, mais il ne figurait clairement plus dans les petits papiers de la policière. Or, il avait absolument besoin du soutien de cette représentante de la loi en particulier.

Il changea d'approche.

— Oh ? Je pensais que nous formions une bonne équipe. Ne me dites pas que vous ne vous êtes pas servie de mon tuyau sur Kenneth Wilcox ?

— J'ai peur de ne pas pouvoir vous livrer d'informations confidentielles au téléphone, monsieur Gillingham, répondit Trudy sans cesser de sourire.

Contrecarrer chacune de ses tentatives se révélait des plus amusant.

— Ah, vous êtes donc bien retournée le voir ! en déduisit Duncan, et Trudy se rembrunit. Ne me dites pas qu'une fille aussi raisonnable et sensible que vous n'a rien perçu d'étrange chez lui, car je ne vous croirais pas. Je sais des choses à son sujet qui vous feraient cailler le sang – encore une bonne raison de nous revoir bientôt autour d'une tasse de thé.

Il attendit patiemment, mais n'obtint pour toute réponse qu'un silence éloquent.

— D'accord, d'accord, comme vous voudrez, soupira-t-il.

Il chercha une manière de retourner dans ses bonnes grâces. Il n'avait pas envie de recourir à cette extrémité, car il souhaitait la voir concentrer ses efforts sur le tueur de bébé, mais, comme le disait sa grand-mère, parfois nécessité fait loi.

— J'en déduis que vous ne voulez pas savoir pourquoi Thomas Hugues en voulait à ce point à sa petite sœur ?

Il avait choisi sa victime au hasard.

Trudy se contracta.

— Vous faites allusion à Mary Everly ? demanda-t-elle prudemment.

— Oui, c'est bien cela – la veuve guillerette, confirma Duncan.

En réalité, il avait fait des recherches sur chaque membre de la famille Hughes dans l'unique but de trouver de nouveaux cadavres dans le placard de Kenneth. Ce faisant, il avait découvert toutes sortes de choses.

— Eh bien ? l'interrogea Trudy.

Duncan eut un sourire triomphant. Il n'était pas totalement sorti du jeu. Il n'y avait rien d'étonnant à ce qu'elle n'ait pas déniché l'existence du nouveau fiancé de Mary Everly. Les gens s'ouvraient souvent beaucoup plus librement aux reporters qu'à la flicaille, surtout lorsqu'on leur graissait la patte.

— Rencontrons-nous demain, et je vous le dirai, fit-il d'un ton enjôleur.

— Et pourquoi ne me le diriez-vous pas maintenant ?

— Sur une ligne publique ? Allons, agent Loveday, vous n'êtes tout de même pas aussi naïve.

— Très bien, répondit-elle en soupirant. Demain matin, à la première heure. Au même endroit. Vous m'offrirez le petit déjeuner, ajouta-t-elle avec insolence, et elle raccrocha avant qu'il puisse répliquer.

Ce fut en découvrant l'air inquisiteur de ses parents, une fois revenue dans la cuisine, qu'elle comprit que des explications s'imposaient.

En remarquant les joues rougies et l'œil qui frisait de sa fille, Barbara Loveday se sentit à la fois ravie et inquiète.

— Qui était à l'appareil, ma chérie ? demanda-t-elle.

— Oh ! personne, le travail, tenta Trudy sans grand espoir.

— Ça n'avait pas l'air d'être un coup de téléphone professionnel, insista Barbara en commençant à servir le repas.

— Pourtant, si.

Puis, sachant pertinemment que sa mère ne lâcherait pas l'affaire avant d'être pleinement satisfaite, Trudy soupira.

— C'est un journaliste, voilà tout. C'est celui qui écrit ces articles dans le *Tribune* sur le drame survenu à Headington. Je m'intéresse à l'affaire, et il essaie de me soutirer des informations.

Son père, qui était justement en train de lire le *Tribune*, se retourna en tapotant le gros titre du jour.

— C'est ce type-là ? demanda-t-il en désignant la signature de Duncan.

Trudy, qui n'avait pas pris connaissance de la dernière parution, se saisit du journal et commença à lire l'article. Ce faisant, elle sentit la colère l'envahir de nouveau.

LA POLICE SUR LE POINT DE PROCÉDER
À UNE ARRESTATION ?

Sous ce titre en gras (et tout à fait mensonger) figurait le nom de Duncan Gillingham, ainsi qu'un méli-mélo d'hypothèses et de sous-entendus incitant le lecteur à lire entre les lignes pour en déduire que le gendre de Thomas Hughes allait probablement passer un sale quart d'heure entre les mains de la police. Et le reporter ne visait pas l'ex-mari de Caroline Benham.

— Quel empaffé ! s'exclama Trudy, outrée.

À quel jeu jouait-il ?

— Trudy ! la rabroua sa mère. Surveille ton langage !

Trudy déglutit.

— Pardon, maman, marmonna-t-elle. Mais, honnêtement, il me fait bouillir, parfois. Si l'inspecteur Jennings lit ceci, il va me tomber dessus pour me demander des comptes, et je ne saurai pas lui expliquer ce qui se passe !

— Tu sembles bien connaître ce reporter, commenta son père avec un drôle d'air.

— Non, s'écria aussitôt Trudy. Qu'est-ce qui te fait dire ça ? ajouta-t-elle, consciente des regards entendus qu'échangeaient ses parents.

— Eh bien, les inconnus ne te portent habituellement pas sur les nerfs comme paraît le faire ce Duncan Gillingham, expliqua Frank Loveday avec un sourire narquois.

— Je ne l'ai rencontré qu'une seule fois. Enfin, deux, techniquement, se corrigea-t-elle à contrecœur.

— À quoi ressemble-t-il ? s'empressa de demander Barbara, tout en tendant distraitement la main vers la bouteille de sauce brune pour en agrémenter ses saucisses.

Trudy haussa les épaules.

— À n'importe quel reporter, j'imagine, affirma-t-elle nonchalamment – comme si elle en connaissait à la pelle ! Il est bien trop sûr de lui, et semble déterminé à se mettre dans mes pattes.

— Ah. Et quel âge a-t-il ? s'enquit Barbara d'un air détaché.

— Je ne sais pas. Vingt-cinq ou vingt-six ans, peut-être.

— Il est bel homme ? insista sa mère.

Cette fois, Trudy lui jeta un regard lourd de sens.

— Je n'ai pas fait attention, déclara-t-elle platement en tâchant d'ignorer l'image de ce beau brun aux yeux verts si fascinants.

— Mmmh, fit Barbara pensivement.

Son père eut la jugeote de se replier derrière son journal.

Trudy venait de s'emparer de la casserole de sauce pour en verser sur sa purée lorsque sa mère reprit :

— Et si tu l'invitais pour le thé, un de ces jours ?

— Maman ! gémit Trudy.

30

Le lendemain, Duncan se présenta au café de bon matin, impatient de revoir Trudy Loveday. Il se demanda si elle retirerait sa casquette cette fois et si elle porterait le même parfum aux senteurs d'agrume.

Avant de s'endormir la veille au soir, il s'était interrogé sur la façon de procéder, et notamment s'il devait l'inviter à sortir. Un vrai rendez-vous, sans ce côté professionnel pour gâcher l'ambiance. Force lui était de constater que quelque chose en elle le titillait de façon très agréable. Elle était décidément surprenante. L'innocence incarnée, mais une flic. Une beauté naturelle qui semblait sincèrement s'ignorer. Un tantinet soupe au lait, avec un côté pudibond qui lui donnait envie de la secouer un peu.

Bien sûr, il devrait veiller à ne pas l'emmener dans un lieu que les amies de Glenda étaient susceptibles de fréquenter, mais…

Son agréable rêverie s'interrompit brusquement quand Trudy franchit la porte – aussitôt suivie par un homme plus âgé. Duncan mit quelques secondes à se rappeler où il l'avait déjà vu : durant l'enquête judiciaire concernant la mort de Thomas Hughes. Un instant plus tard, sa formidable mémoire fit resurgir son nom.

— Agent Loveday, docteur Ryder, merci d'avoir accepté de me rencontrer, déclara-t-il d'un ton cérémonieux en se levant de sa chaise pour leur serrer la main – il avait volontairement choisi la table la plus éloignée de la baie vitrée.

Il ne laissa rien transparaître de son dépit ou de son déplaisir à voir Trudy accompagnée.

Clement hocha la tête en le dévisageant avec curiosité.

Lorsque Trudy s'était présentée à son bureau pour lui annoncer qu'ils devaient se rendre quelque part avant d'aller interroger Angela Calver (dont elle avait remonté la trace jusqu'à son lieu de travail, un magasin de disques sur Little Clarendon Street), il s'était laissé convaincre. Et lorsqu'elle lui avait parlé du coup de téléphone de Duncan Gillingham reçu chez elle la veille au soir, il avait même fait montre d'impatience.

Il comptait de toute façon rencontrer ce jeune homme aussitôt que possible, et n'aurait ainsi même pas à se chercher d'excuses.

Trudy, qui avait scruté Duncan depuis l'instant où elle avait pénétré dans le café, fut certaine de percevoir une lueur de colère et de déception dans ses prunelles à son arrivée, et éprouva une malveillance toute féminine à l'idée de lui avoir mis des bâtons dans les roues.

À son réveil, ce matin-là, elle n'avait pas voulu mentir de nouveau à son ami et mentor. Par ailleurs, il lui semblait qu'elle commettrait une erreur en revoyant le journaliste seule. Elle avait agi par pur instinct. Un instinct qu'elle ne parvenait pas à expliquer, mais qui lui assurait que cet homme représentait un danger pour elle.

— Nous aurions difficilement pu décliner une invitation aussi aimable, répliqua Clement avec un sourire protocolaire en prenant place à la table. Après tout, rares sont les journalistes prêts à partager le fruit de leurs recherches, ajouta-t-il avec douceur, conscient du regard perçant du jeune homme. Et si nous prenions un petit déjeuner complet ? dit-il platement après un rapide coup d'œil à la carte.

— Juste des toasts et des œufs brouillés pour moi, s'empressa de répondre Trudy.

— Oui, pourquoi pas ? répliqua Duncan en soutenant le regard du coroner. Ça semble adapté à une journée d'hiver aussi froide et humide.

La même serveuse qu'à leur rendez-vous précédent s'approcha pour prendre la commande, laissant une nouvelle fois son regard s'appesantir sur le reporter. Tous trois s'en rendirent compte. Trudy pinça les lèvres, Clement tressaillit légèrement et Duncan soupira à peine.

— Alors, que savez-vous de la dispute entre Thomas Hughes et sa sœur ? s'enquit Trudy sans tergiverser.

Duncan, comprenant qu'il devait mettre en suspens son ambition de faire de cette réunion un rendez-vous personnel et amical, changea son fusil d'épaule.

— Apparemment, il n'aimait pas l'homme que sa sœur a choisi pour se remarier. Vous saviez qu'elle était veuve depuis un certain nombre d'années ?

Trudy acquiesça, griffonnant quelques notes dans son carnet.

— Eh bien, l'année dernière, elle a renoué avec un vieil ami, un certain capitaine Rupert Burrows. Un grade purement honorifique, puisqu'il n'est plus dans l'armée. Mary et son premier époux fréquentaient les mêmes cercles que lui quand ils étudiaient à Oxford. Bref, une fois veuve, Mary est rentrée au pays après plusieurs années d'expatriation, elle a retrouvé ce Burrows et ils se sont mis ensemble. Je crois qu'ils sont officieusement fiancés.

— Pourquoi officieusement ? s'étonna Clement.

— C'est le problème, répondit Duncan. Apparemment, le frère de Mary n'était pas favorable à cette union.

— Pourquoi pas ? demanda Trudy. Qu'est-ce qui cloche chez ce Burrows ?

— Eh bien, rien d'évident, dit Duncan avant d'interrompre la conversation et de se renverser dans sa chaise quand la serveuse vint déposer deux assiettes sur la table.

Trudy remarqua qu'elle servit d'abord Duncan – naturellement – puis Clement.

Elle-même dut patienter une minute supplémentaire avant d'obtenir son petit déjeuner.

Lorsque la serveuse les laissa enfin seuls, Duncan reprit où il en était resté.

— Oh ! il est plus jeune que sa promise de quelques années, mais pas de quoi tiquer non plus. Et il est plutôt bel homme – vous voyez, ce genre de types blonds aux yeux bleus qui semblent avoir les faveurs de ces dames, précisa-t-il avec un sourire, tout en coupant une tranche de bacon.

— Et c'est pour cela que Thomas ne l'aimait pas ? demanda Trudy d'un ton sceptique.

— Oh ! non. Pas uniquement. J'ai interrogé quelques personnes bien informées, et il semblerait que le capitaine Burrows ne se soit pour ainsi dire pas couvert de gloire durant la guerre.

Clement attaqua un rognon et un demi-champignon en haussant légèrement les épaules.

— Comme beaucoup de monde. J'en déduis que Burrows a dû faire quelque chose de particulier pour que Hughes en ait à ce point après lui ?

Duncan hocha la tête. Cet homme n'était pas né de la dernière pluie, songea-t-il. Dorénavant, il allait devoir surveiller le Dr Ryder de très près.

— Oh ! oui. Il aurait pris une mauvaise décision sous la pression. Certains de ses hommes sont morts, alors qu'ils auraient pu être épargnés.

— De quoi lui valoir la cour martiale ? demanda Clement d'un ton brusque.

— Non, pas à ce point. Il n'est pas question de lâcheté. Plutôt d'une erreur de jugement ou d'un manque de compétences, à mon avis. Il n'est pas toujours facile de découvrir la vérité, avec l'armée, précisa-t-il avec une grimace ironique. Disons seulement qu'il a été mis au placard et a fini sa carrière dans un bureau pour ne plus nuire à personne.

Trudy compulsa rapidement ses notes précédentes. Oui, c'était bien ce qu'il lui semblait.

— En effectuant mes recherches sur Thomas Hughes, j'ai découvert qu'il avait travaillé pour le ministère de la Guerre à Londres, dit-elle. J'imagine qu'il n'a dû avoir aucun mal à déterrer le scandale en cherchant à en savoir plus sur le petit ami de sa sœur. Ou il a pu avoir vent de l'histoire à l'époque, et il se sera souvenu du nom quand Mary lui en a parlé.

— Quoi qu'il en soit, il était fermement opposé à ce mariage, affirma Duncan. C'est fou tout ce que les voisins peuvent savoir et vouloir partager.

Telle était donc la nature de cette fameuse dispute entre le frère et la sœur, songea Trudy en se tournant vers Clement.

— A-t-il beaucoup d'argent ? demanda-t-elle alors.

— Vous êtes une fille brillante, la complimenta Duncan. Et vous mettez le doigt dessus. Il vit sur sa pension et quelques maigres économies. C'est Mrs Everly qui a les plus gros revenus, grâce à l'assurance-vie de son défunt mari.

Tous trois prirent un moment pour digérer ces informations.

— Mais Thomas n'avait aucun moyen de l'empêcher d'épouser ce capitaine Burrows, n'est-ce pas ? fit remarquer Trudy fort rationnellement. Enfin, légalement, rien ne s'y opposait, si ? Ce n'est pas comme si ce capitaine était déjà marié et ne pouvait pas divorcer parce qu'il est catholique, ou quelque chose de ce genre ?

Duncan marqua une pause, une tomate plantée sur sa fourchette juste devant ses lèvres.

— Oh non, rien de si romantique, la taquina-t-il.

Trudy lui retourna un regard furibond.

— Donc, même si Mr Hughes s'y opposait, il ne pouvait pas vraiment l'empêcher s'ils étaient déterminés à aller de l'avant ?

— Pas en apparence, en tout cas, devina Clement. Mais d'après tout ce que nous avons pu apprendre jusqu'à présent, j'ai le sentiment que Thomas Hughes aimait que les choses se déroulent à sa manière. Et qu'il avait la sale habitude d'obtenir gain de cause.

Trudy hocha la tête.

— Oui, mais j'ai eu la même impression avec Mrs Everly : qu'elle aussi aimait que ça tourne à sa façon, précisa-t-elle quand les deux hommes la dévisagèrent d'un air interrogateur. Et je ne crois pas qu'elle se serait laissé marcher sur les pieds par son frère.

— Vous pensez qu'elle pourrait l'avoir tué pour s'assurer qu'il ne s'en mêle plus ? demanda Clement, surpris.

— Non, absolument pas. Tout ce que je dis, c'est qu'elle épousera qui elle voudra, avec ou sans l'accord de sa famille. Elle m'a paru être une femme sûre d'elle et résolue.

— Je suis d'accord, déclara joyeusement Duncan. Et puis, je me suis toujours dit que ce crime avait été commis par un homme.

— Ah oui ? fit Trudy. Et à en juger par l'article d'hier soir, vous avez l'air de cibler Godfrey ou Kenneth Wilcox.

Clement, qui avait lui aussi lu l'article, considéra Duncan Gillingham d'un air pensif.

— Vous paraissez avoir quelqu'un dans votre viseur, observa-t-il.

Duncan sentit qu'il se crispait d'inquiétude et dut se forcer à sourire pour retrouver l'air détendu. Il était de plus en plus manifeste qu'il n'arriverait pas à manipuler ce vieux singe.

— Je pense simplement que nous ne savons pas tout ce qui se trame au sein de cette famille. Alors, qu'allez-vous faire ensuite ?

Il saisit sa tasse de thé et les observa d'un air candide.

— Comme si nous allions vous le révéler, rétorqua Trudy.

Duncan sembla confus.

— Oh ! allons ! J'ai fait ma part : je vous ai mâché le travail en vous tuyautant sur le capitaine Burrows et la petite sœur. Soyez bonne joueuse !

Trudy finit ses œufs avant de repousser son assiette.

— Je suis officier de police, monsieur Gillingham, déclara-t-elle avec morgue. Je n'ai pas à être bonne joueuse.

Une chute parfaite, songea Clement. Dommage qu'il n'ait pas encore achevé son déjeuner, la contraignant ainsi de rester à sa place.

Avisant les yeux rieurs de Duncan, le coroner comprit que la repartie ne l'avait pas laissé indifférent, et quelque chose dans la suffisance du journaliste le piqua au vif. Il n'aimait pas la façon dont il traitait Trudy – la taquinant, la complimentant, flirtant avec elle. Se rappelant à quel point Sir Basil semblait convaincu que cet homme ne souhaitait épouser Glenda Fletcher que pour assouvir son ambition, Clement ne put s'empêcher de se demander s'il en faisait autant avec Trudy.

Après tout, il était évident (au moins à ses yeux) que ce jeune homme impudent et effronté avait son propre objectif en tête et qu'il était prêt à tout pour l'atteindre, y compris à piétiner les autres. Clement ne voulait pas que la carrière de Trudy en pâtisse, alors que tant d'obstacles se dressaient déjà sur sa route.

Il enfonça une tranche de pain grillé dans son œuf au plat et demanda d'un ton désinvolte :

— Alors, que pense votre fiancée de votre dernier scoop ?

31

Tandis que Clement descendait lentement St Giles Street en quête d'une place de stationnement, il veillait à ne pas observer sa partenaire de trop près.

Elle n'avait pas ouvert la bouche depuis qu'elle était montée en voiture et n'était manifestement pas d'humeur à bavarder.

Il soupira, se sentant un peu coupable – cela ne lui arrivait pas souvent, et il n'aimait pas passer pour le méchant. Il se doutait que Trudy ignorait tout des fiançailles de Duncan Gillingham, ce qui ne lui avait laissé d'autre choix que de l'en aviser ; mais il se demandait avec gêne s'il ne s'était pas montré trop brutal. Il finit par trouver une place et lâcha :

— Je suis désolé.

Des mots qu'il prononçait si peu souvent que nombre de ses amis ne les avaient sans doute jamais entendus sortir de sa bouche.

Trudy, qui regardait dehors en fronçant les sourcils, se retourna vers lui avec stupéfaction.

— Pour quoi ?

— D'avoir laissé échapper ça comme ça, répondit Clement. Au sujet des fiançailles de Mr Gillingham avec la fille de Sir Basil. J'ai bien vu que cela vous avait contrariée.

— Pas du tout, prétendit Trudy, effarée de constater que le Dr Ryder l'avait percée à jour si facilement. Pourquoi serais-je contrariée ? Je viens tout juste de le rencontrer.

En vérité, les paroles du coroner l'avaient sonnée, la laissant sans voix quelques instants. Et lorsqu'elle s'était tournée vers Duncan pour étudier sa réaction, son air furieux et gêné lui avait donné la nausée.

Ce qui était absurde : après tout, quelle importance ? Pourquoi lui aurait-il parlé de Glenda Fletcher ?

— C'est juste un informateur, docteur Ryder, affirma-t-elle d'un ton ferme.

Et à compter de ce jour, elle s'assurerait de ne jamais l'oublier.

— Ah, d'accord, dans ce cas tout va bien, répondit Clement d'une voix faible.

La dernière fois qu'il avait eu affaire aux émotions d'une jeune femme remontait au jour où sa propre fille, Julia, avait eu le cœur brisé par un ingénieur en téléphonie, peu avant son départ pour l'université. Et si ses souvenirs étaient bons, il n'avait pas non plus été d'une grande utilité à l'époque !

— Bien, allons voir ce que cette Angela Calver peut nous apprendre, ajouta-t-il, soulagé.

Tandis qu'ils descendaient de voiture pour poursuivre sur Little Clarendon Street, aucun d'eux ne vit Duncan Gillingham se garer au bord d'un trottoir pour les observer.

Si le reporter en croyait le ton guindé de la conversation au café après que ce vieux grigou eut vendu la mèche au sujet de Glenda, les deux enquêteurs s'apprêtaient à rendre visite à un témoin capital. Aussi voulait-il découvrir qui, pour savoir s'il aurait quelque chose à en tirer.

Il fut plutôt surpris de les voir entrer chez un marchand de disques, mais il s'installa pour guetter leur sortie.

Angela Calver était l'une des deux femmes du magasin, une belle brune élancée dont le regard gris était terni par une dureté et un cynisme manifestes. Clement lui donnait vingt-trois ou vingt-quatre ans, plus qu'à l'autre vendeuse, une adolescente qui semblait aux anges d'avoir décroché son premier boulot dans un endroit pareil. Trudy, elle, devina aussitôt que la plus jeune devait passer davantage de temps à écouter les dernières nouveautés qu'à travailler réellement.

Elle ne fut donc pas surprise de se voir abordée par Angela, qui lui confirma son nom avec méfiance.

— De quoi s'agit-il ? demanda-t-elle en dévisageant la policière d'un air nerveux.

— Oh ! rien de grave, mademoiselle Calver, la rassura aussitôt Trudy. Nous menons juste une enquête de routine. Pouvez-vous me confirmer que vous avez bien travaillé pour un dénommé Kenneth Wilcox ?

La vendeuse parut blêmir en entendant ce nom, puis elle décocha un coup d'œil acéré à Clement. Elle jeta ensuite un regard alentour mais, à l'exception d'un groupe de garçons dans le fond, qui passaient bruyamment en revue les albums les plus récents, l'endroit était désert.

— Oui, dit-elle laconiquement.

— Puis-je vous demander la raison de votre départ ? poursuivit Trudy. Un poste de vendeuse ne semble pas être une grande avancée par rapport à votre emploi de secrétaire.

Encore contrariée de savoir que Duncan Gillingham s'était servi d'elle, elle était trop en colère pour prendre des pincettes avec Angela. Elle désirait des réponses simples et directes à ses questions qui l'étaient tout autant, et elle les obtiendrait.

Leur témoin dut flairer son humeur intransigeante, car elle s'avoua aussitôt vaincue.

— Je suis partie parce que je me sentais mal à l'aise là-bas.

Trudy hocha la tête.

— Sa secrétaire actuelle a laissé entendre que Mr Wilcox avait la vilaine habitude de nouer des rapports, disons très… cordiaux, avec son personnel féminin ?

Angela rougit violemment.

— Je suis bien placée pour le savoir. Il se prend pour une espèce de Casanova, vous voyez le genre ? Sous prétexte qu'il a un peu d'argent et qu'il est plutôt bel homme, il s'imagine qu'il peut…

Elle s'interrompit brutalement et haussa les épaules.

Quelque chose dans sa colère poussa Trudy à s'interroger sur la nature du problème. Angela avait-elle trouvé les avances de Kenneth Wilcox importunes et avait-elle démissionné pour fuir ce harcèlement ? Ou les avait-elle acceptées de bonne grâce – en plus d'autre chose – avant de se mettre en colère lorsque l'intérêt de son employeur s'était tari ? Cela l'aurait alors certainement blessée dans son orgueil, rendant son témoignage suspect.

Trudy se dit finalement que cela n'avait guère d'importance. À moins que son beau-père n'ait eu connaissance des agissements de Kenneth, c'était hors de propos. Elle eut alors un sourire aimable.

— Pensez-vous que la pauvre femme de cet homme ait été au courant de ses aventures ?

Angela lui retourna une moue amère.

— Si oui, elle faisait semblant de ne rien voir. Mais je pense qu'elle le savait.

— Vous parlait-il parfois de son beau-père ?

— Seulement pour s'en plaindre.

— Avait-il des griefs en particulier ?

— Non. Enfin, c'était souvent des questions d'argent, se ravisa-t-elle en fronçant les sourcils. Il voulait voir Kenneth investir dans l'une ou l'autre de ses affaires, mais Kenneth n'en avait pas envie. Ce qui ne me surprend pas : il avait d'autres *dépenses* à assumer, ajouta-t-elle d'un ton si mauvais que Clement en fut choqué.

Trudy se crispa, elle aussi, tel un chien de chasse repérant un faisan abattu.

— Ah ? Quel genre de dépenses ?

Angela pâlit un peu et haussa les épaules, battant clairement en retraite.

— Je ne sais pas. Laissez tomber, faites comme si je n'avais rien dit, marmonna-t-elle avec gêne.

— S'il vous plaît, mademoiselle Calver, dois-je vous rappeler qu'il s'agit d'une enquête de police ? insista Trudy d'une voix sévère. Il est de votre devoir de citoyenne de nous aider dans nos recherches. À présent, que signifiait au juste cette remarque ?

Angela lança un nouveau regard alentour avant de se pencher vers elle en baissant la voix.

— Je sais qu'il a dû payer pour qu'une pauvre gosse se fasse... avorter.

Elle prononça ce dernier mot dans un murmure.

Trudy prit une grande inspiration.

— Savez-vous qui ?

— Honnêtement, non, je l'ignore. Mais je pense qu'il s'agit de sa secrétaire précédente – ou d'une autre fille qui travaillait dans le magasin. Il y a eu des rumeurs, mais personne ne voulait... vous voyez... en parler ouvertement. À ce que je sais, la pauvre ne voulait pas en arriver là, mais ce salo... mais Mr Wilcox l'a forcée à le faire. Il lui a dit qu'il nierait tout et qu'il ferait savoir qu'elle... vous savez, qu'elle ne valait pas mieux qu'une... enfin bref, vous avez compris. Et qu'elle ne retrouverait jamais plus de travail, car il refuserait de lui écrire une lettre de recommandation, ce genre de menaces, vous voyez. Il paraît qu'elle a fini par céder, mais qu'elle ne s'en est jamais remise.

— La pauvre, hoqueta Trudy. Vous êtes sûre de ne pas savoir de qui il s'agit ?

— Certaine.

Clement songea non sans cynisme que le ton d'Angela recelait une pointe de ressentiment.

— Mais je crois qu'elle a un nom de fleur : genre Violette ou Rose, ou quelque chose comme ça, reprit Angela.

Trudy réfléchissait à toute allure. Si Thomas Hughes avait découvert cette sinistre histoire et confronté Kenneth à ce sujet, ils tenaient peut-être enfin un mobile digne de ce nom. Alice aurait pu demander le divorce et obtenir la garde des enfants si elle l'avait appris. Le gendre aurait été chassé de la maison, sa réputation ruinée – il serait devenu un véritable paria, et la clientèle aurait sans doute déserté son magasin. Une perspective susceptible de pousser un homme à passer à l'acte.

Se pouvait-il que Duncan ait deviné juste depuis le début ?

— Je vois. Eh bien, merci pour votre aide, mademoiselle Calver, lui lança Trudy d'un ton sec.

Angela parut à la fois surprise et un peu chagrinée de se voir si brusquement congédiée.

Clement estimait que, si on lui en avait laissé l'occasion, la demoiselle aurait volontiers sali encore plus l'image de son ancien patron, mais il partageait l'avis de Trudy : ils en avaient appris plus qu'assez pour avancer.

De retour dans la Rover, le coroner enfourna une nouvelle pastille de menthe dans sa bouche avant de déclarer :

— Je pense que nous devrions retourner voir Alice, pas vous ?

Trudy lui lança un coup d'œil interrogateur.

— Alice ? Pas Kenneth ?

Clement haussa les épaules.

— Ça ne me paraît pas utile, il se contentera de nier. Et même si on insistait, il pourrait toujours prétendre avoir eu une aventure avec Angela et affirmer qu'elle cherchait à ternir sa réputation par pure amertume. Une femme blessée, et tout le tintouin. Non, je sais d'expérience que les épouses en savent souvent plus sur leur mari que ceux-ci ne l'imaginent.

Trudy hocha lentement la tête.

— Et si on y réfléchit bien, Alice avait presque autant à perdre que Kenneth en cas de scandale, renchérit-elle. Elle ne serait pas la première à tolérer les égarements de son conjoint tant que celui-ci reste discret. Ou à avoir à réparer les pots cassés dans le cas contraire.

Clement grommela son assentiment avant de démarrer et de se glisser dans la circulation.

À ce moment, Duncan descendit de voiture pour se diriger vers la boutique de disques.

32

Caroline Benham regarda sa sœur s'affaisser sur son siège et fronça légèrement les sourcils. Surprise qu'Alice l'appelle et lui demande de la rejoindre à Headington pour déjeuner, elle avait d'abord rechigné à demander à son patron de lui accorder la demi-heure supplémentaire pour répondre à cette invitation, mais elle ne regrettait pas de l'avoir fait. Alice semblait avoir pris dix ans en dix jours ; quelque chose la minait manifestement.

— Tu as une sale tête, déclara Caroline avec son manque de délicatesse habituel.

— Oh ! Caro, c'est ce fichu journal ! lâcha Alice. Tu as lu la nouvelle attaque à notre encontre ? Ils accusent carrément Godfrey ou Kenneth d'avoir tué papa !

Elle fixa sur sa sœur ses grands yeux indignés et inquiets.

— Et alors ? Tu penses que l'un d'eux est coupable ? répliqua Caroline sans ménagement.

Le visage de sa sœur se tordit de stupéfaction. Caroline n'avait jamais supporté la dévotion servile qu'entretenait Alice pour les conventions, mais elle était curieuse de savoir ce que son aînée pensait de l'affaire. Car, malgré tout, Alice avait la tête bien faite. Quand elle décidait de s'en servir.

— Caroline, ne commence pas, geignit-elle. Tu es insupportable quand tu es de cette humeur.

— Quelle humeur ? voulut savoir sa cadette, qui ignorait sincèrement ce que cette remarque signifiait.

— Tu sais… quand tu racontes des horreurs. J'ai toujours dit que tu faisais ça pour te rendre intéressante.

— Oh ! c'est mon honnêteté qui te dérange ?

Puis, voyant sa sœur grimacer, Caroline soupira et se radoucit.

— D'accord, d'accord, je vais faire un effort et continuer de prétendre que tout va bien, promit-elle.

Alice se passa la main sur le front en se demandant un peu tard ce qui avait pu la pousser à la contacter pour obtenir aide et soutien. Elle aurait dû se douter que cela se passerait ainsi. Sauf que la matinée lui avait paru interminable, que la maison était trop calme avec les enfants à l'école et Kenneth au travail, et que ses nerfs étaient plus tendus que des cordes de piano en plein accordage. Elle serait devenue folle si elle n'avait trouvé personne à qui parler.

Et Kenneth faisait une bien piètre table d'harmonie. La veille au soir, il avait simplement lu le journal dans un silence sinistre et, quand elle s'était offusquée de le voir maltraité de la sorte, il lui avait juste conseillé de laisser courir. De *laisser courir* ! Comme si cela suffisait pour que tout disparaisse !

— J'imagine que Godfrey doit être en panique à l'heure actuelle, ne put s'empêcher de commenter Caroline en se fendant d'un sourire qui aurait fait pâlir d'envie le chat du Cheshire.

Alice eut presque envie de sourire à son tour.

Puis elle secoua la tête, n'ayant aucunement l'intention de s'autoriser à se sentir mieux.

— Oh ! Godfrey, déclara-t-elle avec insouciance, chassant l'image de son frère d'un geste vague de la main. Ce n'est pas lui qui m'inquiète, mais Kenneth. Je sais que cela ne l'affecte pas, mais les voisins commencent à jaser. Et ça risque de nuire à ses affaires. Crois-moi, les clients vont bientôt cesser de se rendre au magasin. Tu sais ce qu'on dit : « Il n'y a pas de fumée sans feu », et tout ça. Tôt ou tard, ce fichu reporter aura convaincu tout le monde qu'il s'est passé quelque chose de… mal… ce soir-là.

Caroline ouvrit la bouche pour répondre « Eh bien, n'est-ce pas le cas ? », mais – dans un rare accès de compassion – elle s'abstint d'enfoncer une porte ouverte, et épia sa sœur tel un merle curieux. Était-il possible qu'Alice n'ait *réellement* aucune idée de ce qui s'était passé la nuit où le monstre avait eu ce qu'il méritait ?

À la réflexion, elle estima que c'était tout à fait envisageable. Après tout, Alice semblait ignorer que son mari était un véritable coureur de jupons, et ce presque depuis leur lune de miel. Caroline ne comprenait même pas comment sa sœur pouvait être aussi aveugle. Tout le monde dans la famille le savait et, à une ou deux reprises, ce tombeur de Kenneth avait joué un jeu plus que dangereux.

D'un autre côté, Caroline songea qu'Alice faisait peut-être semblant de rien. Sa sœur aînée avait toujours eu cette faculté de ne voir que ce qu'elle voulait voir en faisant fi du reste. Comme l'enfer qu'avait traversé leur mère, par exemple.

— J'envisage de vendre la maison et de déménager, annonça brusquement Alice, interrompant les pensées amères de sa cadette, qui la scruta avec davantage d'attention.

— Qu'en pense Kenneth ?

— Oh ! je ne lui en ai pas encore parlé.

Caroline fut stupéfiée par cette réponse. Constatant son étonnement, sa sœur ajouta avec humeur :

— Eh bien, je ne vois pas ce qui s'y opposerait. La maison est à moi, à mon nom. Je peux la vendre si je le désire.

Caroline, si surprise qu'elle fût par cet accès d'indépendance chez le paillasson qu'était habituellement Alice, partageait tout à fait son avis.

— Et où envisages-tu d'aller ? s'enquit-elle par curiosité. Tu penses rester dans le coin ou… ?

— Oh ! non, l'interrompit Alice. J'aimerais découvrir un tout autre endroit. Peut-être le Dorset, ou le Devon. J'ai toujours aimé le Sud-Ouest. Depuis qu'on allait à Torquay pour les vacances, quand on était petits. Tu te rappelles ?

Caroline s'en souvenait. Toutefois, comme l'évocation de cette époque lointaine faisait resurgir des images de leur mère encore en bonne santé, elle s'empêchait d'y repenser.

— À propos de vacances, j'ai croisé Joan avant-hier, annonça Caroline pour changer de sujet. Ils partent en Amérique après-demain. J'espère que tout se passera bien pour eux, ajouta-t-elle d'un air pensif.

Une ombre d'angoisse parcourut fugacement le visage d'Alice quand soudain la sonnette retentit.

— Mince alors, qui ça peut bien être ? grommela-t-elle en se levant pour quitter la pièce.

Quelques instants plus tard, Caroline entendit de nouvelles voix et redressa la tête comme la porte du salon se rouvrait sur sa sœur et ses visiteurs.

La première chose qu'elle remarqua fut le visage livide d'Alice et son air effrayé. Puis le Dr Clement Ryder et la jolie policière qu'elle avait rencontrée apparurent, et Alice déclara nerveusement :

— Je pense que vous connaissez déjà ma sœur, Caroline, docteur Ryder et… euh…

— Je suis l'agent Loveday, madame Wilcox, compléta Trudy avec un sourire. Oui, nous nous connaissons. Bonjour, madame Benham.

Caroline hocha la tête avant de se tourner vers sa sœur. Préférait-elle qu'elle s'en aille ? La lueur implorante dans les prunelles d'Alice lui fit toutefois comprendre que son aînée avait encore besoin d'elle.

— Désirez-vous une tasse de thé ? proposa Alice, qui fut de toute évidence soulagée de voir Clement et Trudy accepter.

Elle se précipita alors dans la cuisine, laissant Caroline seule avec les nouveaux venus.

— Eh bien, ne restez pas plantés là, leur lança la fille Hughes. Asseyez-vous donc. Vous enquêtez encore sur la mort de notre père ?

— J'ai bien peur que oui, répondit Trudy. Et plus nous nous y intéressons de près, plus nos découvertes nous inquiètent.

Avant d'arriver chez les Wilcox, Clement et elle s'étaient mis d'accord pour la laisser prendre les rênes, mais le coroner devait intervenir s'il entendait ou voyait quelque chose nécessitant d'être clarifié. Ils ne s'étaient toutefois pas attendus à trouver deux sœurs pour le prix d'une, ce qui ne perturba pas Trudy. Caroline Benham avait un côté brusque et provocant qui pourrait jouer en leur faveur. La policière avait déjà rencontré des gens comme elle, des gens qui semblaient dépourvus de tout sens de la discrétion ou de la dissimulation. Ils disaient simplement ce qui leur passait par la tête, ce qui pouvait s'avérer atrocement gênant dans certaines situations, mais se révélait providentiel dans le cadre d'une enquête.

— Oh ? Comme quoi ? s'enquit courageusement Caroline.

— Eh bien, par exemple, que Mr Hughes semblait être à couteaux tirés avec tous les invités au feu d'artifice, répondit Trudy. Nous connaissons bien sûr vos griefs à son encontre, puisque vous avez eu la gentillesse de nous en parler, mais nous disposons désormais de bonnes raisons de croire qu'il s'était querellé ou brouillé avec presque tous les autres – à l'exception peut-être de ses petits-enfants.

— Concernant les adultes, j'aurais pu vous le dire moi-même, répliqua Caroline d'un ton cinglant. Quant à mes neveux et nièces, n'allez pas imaginer qu'il était en bons termes avec eux, ce n'était sans doute pas le cas. Pas avec les plus grands en tout cas. Ne vous y trompez pas : personne ne l'aimait.

— *Caroline !* s'écria Alice, qui venait d'arriver avec un plateau à thé qu'elle déposa sur la table basse devant le sofa. Je peux vous assurer, euh, madame l'agent, que mes enfants étaient en bons termes avec leur grand-père !

Elle darda sur sa sœur un regard furieux, puis sourit et se transforma en parfaite femme d'intérieur. En quelques instants, le sucre et le lait furent ajoutés, les tasses remplies et distribuées.

Quand elle finit par s'asseoir, Alice soupira discrètement.

— J'étais justement en train d'expliquer à Caroline combien les articles du *Tribune* ont pu me contrarier, reprit-elle en guise d'ouverture. Je me demandais même si Kenneth et moi ne devrions pas porter plainte. Cet ignoble Mr Gillingham nous accuse ni plus ni moins de… eh bien, je ne sais pas ce qu'il nous reproche exactement. Pensez-vous que nous pourrions l'attaquer pour diffamation, docteur Ryder ?

— Oh ! je ne suis pas avocat, répondit l'intéressé avec un sourire réservé. Mais j'imagine que le journal engage des juristes pour s'assurer que rien de ce qui est publié n'est passible de poursuites.

Alice soupira rageusement.

— Oui, sans doute. Ce ne sont que sous-entendus narquois ou remarques perfides, qui tournent lâchement autour du pot. Ce n'est pas fair-play, car ça laisse entendre que nous sommes tous soupçonnés d'avoir commis un crime épouvantable. Comme je l'expliquais à Caroline, les voisins commencent à jaser.

— Oui, nous avons dû interroger votre époux à plusieurs reprises, déclara Trudy.

Elle remarqua le soubresaut nerveux d'Alice, qui manqua renverser du thé dans sa soucoupe.

— Ah ? Kenneth ne m'en a rien dit, fit-elle d'une voix chevrotante.

Caroline pouffa.

— Tu m'étonnes, marmonna-t-elle.

Tous les regards convergèrent alors vers elle. Elle soutint d'abord celui, implorant, de sa sœur, puis ajouta sans grande conviction :

— Il est du genre taiseux.

Trudy aurait juré qu'elle avait autre chose en tête, et était prête à parier une bonne partie de son salaire que les affaires extra-conjugales de son beau-frère n'étaient pas un mystère pour Caroline. Le reste de la famille avait-il également connaissance de ses frasques ?

— Votre père s'entendait-il bien avec Kenneth ? demanda Trudy.

— Oh ! oui, répondit Alice.

— Arrête un peu, ne put s'empêcher de lancer la cadette, exaspérée par l'hypocrisie de sa sœur. Il se disputait avec tout le monde, et ton Kenneth ne faisait pas exception. Il traitait Godfrey comme une traînée de boue sous sa chaussure et il me détestait presque autant que je le détestais. Le seul qui, pendant longtemps, a trouvé grâce à ses yeux était Matthew, mais ces derniers temps…

Elle blêmit et s'interrompit brusquement, avant de décocher un regard mauvais à Trudy.

— Ne pensez-vous pas qu'il serait temps de laisser tomber ? S'il y avait eu la moindre preuve d'un crime commis ce soir-là, vous l'auriez sans doute déjà découverte, non ?

La policière, tout à fait consciente que le manque de données matérielles dû à la nature destructrice du feu était leur maillon faible, s'efforça de conserver un air impassible.

— Reste la question du mobile, madame Benham, répliqua-t-elle tout en gardant les yeux braqués sur Alice, qui se mit à se tortiller avec gêne. Il me semble que votre père était un homme très intelligent par bien des aspects, le genre d'homme à qui rien n'échappe. Et il paraissait particulièrement intéressé par les agissements de sa famille proche. Ceux de sa sœur, par exemple.

Sur ce, Caroline et Alice échangèrent un bref coup d'œil, et Trudy sentit aussitôt les tensions de la pièce s'apaiser. Ce qui inquiétait les deux sœurs, la source de leur angoisse, ne provenait pas de cette direction.

— Tante Mary ? s'étonna Alice.

— Mais elle n'était pas la seule, si ? s'empressa d'ajouter Trudy, consciente que cette piste la mènerait à une impasse. Votre frère Godfrey n'a pas été gâté par le testament, n'est-ce pas ?

Une fois encore, les deux femmes semblèrent communiquer silencieusement, mais il apparaissait évident qu'aucune des deux ne prenait Godfrey très au sérieux. C'était même sans doute l'histoire de la vie de ce pauvre homme.

— Et puis, il y a votre mari, madame Wilcox, ajouta Trudy prudemment.

Elle fut toutefois surprise de ne pas déceler la moindre trace de tension supplémentaire, alors qu'elle s'attendait à la réaction opposée.

— Oh ! Kenneth était habitué au comportement de mon père, affirma Alice d'un ton neutre et sans gêne manifeste. On le supportait parce qu'il ne regardait pas à la dépense ici, précisa-t-elle en embrassant d'un coup d'œil circulaire sa demeure spacieuse. Et qu'il subvenait aux besoins de Lucas, bien sûr.

— Mais votre père n'aimait pas la façon dont votre époux menait sa vie privée, n'est-ce pas ? insista Trudy, qui décida de ne plus marcher sur des œufs.

Ils étaient venus ici dans le but de découvrir si cette femme était informée des nombreuses infidélités de son mari et si, le cas échéant, cela avait pu leur fournir, à elle ou son mari, un mobile pour le meurtre.

Trudy se raidit, redoutant une explosion. Elle n'avait pas d'idée préconçue quant à la manière dont allait réagir Alice Wilcox. Allait-elle se montrer scandalisée et exiger de savoir de quel droit la policière osait lancer de telles calomnies ? Ou adopterait-elle un comportement nonchalant, pour expliquer d'un ton condescendant que dans tout mariage il fallait des compromis de part et d'autre ? En tout cas, elle ne s'était pas préparée à ce qu'Alice Wilcox la contemple d'un regard vide et un peu abasourdi.

— Sa vie privée ? Qu'entendez-vous par là ? demanda-t-elle.

Sa sœur se mit à tousser violemment. Quand Trudy se tourna vers elle, Caroline fit mine de se pencher en avant et de plaquer la main devant sa bouche, mais secoua la tête catégoriquement pour lui faire savoir qu'Alice ignorait tout des agissements de son mari.

La policière, hésitant sur la marche à suivre, adressa un regard interrogateur à Clement.

Celui-ci saisit aussitôt le signal et s'avança sur son siège.

— Votre mari nous a confié que son beau-père le harcelait pour qu'il investisse l'argent d'un legs dans l'une de ses entreprises. Et qu'il avait dû faire preuve de… fermeté pour refuser. Cela a pu les brouiller, non ?

— Ah, ça ? répondit Alice en se détendant quelque peu. Certes, papa n'en était pas ravi, mais il comprenait.

Caroline grogna, tout de même soulagée que la catastrophe ait été évitée.

— Je ne l'ai jamais vu ravi, commenta-t-elle d'un ton sinistre. Comme je vous l'ai déjà dit, il méritait ce qui s'est passé. On ne peut pas causer la misère et la désolation autour de soi éternellement, ajouta-t-elle en se laissant gagner par la colère. Il a tué notre mère et, au lieu de s'en vouloir ou d'essayer de se racheter, il était prêt à en faire aut…

— Caroline, non ! s'écria Alice.

Les yeux de sa cadette, devenus un peu vitreux, s'éclaircirent soudain, et elle prit une longue inspiration.

— Oui, qu'était-il prêt à faire ? l'encouragea Clement.

Mais il savait déjà qu'il était trop tard.

Caroline s'était rattrapée de justesse et se contenta de hausser les épaules.

— J'allais dire qu'il était prêt à faire bien pire, si cela pouvait lui permettre d'imposer sa volonté. Mais, ce soir-là, ses péchés l'ont rattrapé et il a dû en payer le prix. Voilà tout. Vous savez, vous perdez votre temps, ajouta-t-elle en consultant sa montre avant de se lever. Votre enquête n'aboutira à rien, car il n'y a rien à découvrir. À présent, je dois retourner travailler. Alice, merci pour le déjeuner. Docteur Ryder, agent Loveday.

Elle les salua brièvement et sortit d'un pas énergique, encore rouge de colère.

Lorsqu'elle eut claqué bruyamment la porte derrière elle, Alice laissa échapper un soupir.

— Veuillez excuser le comportement de ma sœur. Elle n'a toujours pas fait le deuil de notre mère.

— Ce n'est rien, la rassura Trudy en se tournant vers Clement pour voir s'il voulait ajouter quelque chose.

Mais celui-ci se leva, et tous deux prirent congé, au grand soulagement de leur hôtesse, pour reprendre la route de la ville.

33

Duncan Gillingham pianotait furieusement sur sa machine. Il était pour l'heure extrêmement satisfait.

Il ignorait à quoi s'attendre en pénétrant dans la boutique de disques de Little Clarendon Street, mais un rapide coup d'œil à la ronde lui avait suffi à comprendre que la candidate probable à l'interrogatoire du Dr Ryder et de Trudy était la jolie vendeuse.

Il n'avait eu aucun mal à engager une conversation amicale avec elle tandis qu'elle l'aidait à se repérer dans le rayon des nouveautés. Il n'exprima pas le moindre intérêt pour la version des Highwaymen de l'hymne religieux « Michael (Row the Boat Ashore) », mais avoua être un fervent admirateur de Helen Shapiro, qui venait de rencontrer un certain succès avec « Walkin' Back to Happiness ».

Bien sûr, il lui avait affirmé qu'elle était bien plus belle que Helen Shapiro, peut-être chantait-elle également ?

Hélas, la dame ne chantait pas.

Toutefois, dès l'instant où il avait réussi à lui extorquer son nom, il avait compris qu'il avait touché le gros lot.

Évidemment, pour préparer sa vendetta, il avait effectué des recherches approfondies sur les anciennes employées de Kenneth Wilcox, s'attardant surtout sur les belles femmes ayant constitué son secrétariat, et le nom d'Angela Calver ne lui était pas inconnu.

Il avait cependant eu de la peine à remonter sa piste. Pour commencer, elle avait déménagé sans laisser d'adresse tout de suite après avoir démissionné, et il ne l'avait pas retrouvée en écumant les agences de secrétaires. Il comprenait maintenant pourquoi : elle avait changé de carrière en même temps que de domicile.

Alors qu'ils flirtaient autour des 45 tours, il ne lui avait pas fallu longtemps pour en apprendre davantage sur elle, mais elle était futée et avait vite compris qu'il ne s'agissait pas d'une tentative de drague ordinaire. Lorsqu'elle lui avait brusquement demandé pourquoi il s'intéressait tant à son passé, il avait un instant hésité avant de lui révéler le véritable motif de sa visite.

En temps normal, quand il tentait de puiser ses informations chez un témoin potentiellement hostile, la dernière chose qu'il faisait était d'avouer être reporter. Toutefois, quelque chose dans l'œil vif et curieux d'Angela Calver lui avait fait comprendre qu'il n'avait pas affaire à quelqu'un de fragile.

Il avait donc couru le risque de se présenter. Et une fois de plus, cela avait été son jour de chance, car elle avait admis avoir lu tous ses articles sur l'affaire Thomas Hughes. Loin d'être contrariée par ses assauts à peine voilés à l'encontre de Kenneth Wilcox, elle s'était alors mise à sourire.

Depuis lors, deux choses étaient vite devenues évidentes. La première était qu'Angela faisait elle aussi partie des victimes de la libido de ce pervers, et qu'elle le méprisait profondément. En revanche, elle était loin d'être aussi innocente que la sœur de Duncan, qui avait succombé aux mensonges, au charme et aux promesses de ce type, avant de se retrouver dans une situation impossible.

Non, Angela Calver n'était pas faite du même bois. Il le comprit très vite quand, après l'avoir convaincue de boire un café en sa compagnie dans un établissement proche de son lieu de travail, elle lui avait fait savoir qu'elle s'attendait à être payée (et bien payée) pour ses informations.

Cela avait d'abord éveillé la méfiance de Duncan. Pour commencer, Sir Basil n'aimait pas acheter ses tuyaux, même si le rédacteur en chef du *Tribune* avait un point de vue beaucoup plus pragmatique sur ce genre de pratiques.

Ensuite se posait la question de la fiabilité et de la véracité d'un renseignement acquis contre rémunération. Il arrivait que des témoins potentiels s'empressent de raconter ce qu'ils s'imaginaient que le journaliste avide qu'ils avaient en face d'eux voulait entendre, aux dépens de la vérité.

Mais, une fois encore, la veine qui l'accompagnait depuis son entrée chez le disquaire avait continué. Si Angela ne souhaitait pas être présentée dans le journal comme une secrétaire victime d'un patron concupiscent (et comment le lui reprocher ?), elle avait encore mieux à lui offrir.

Quelque chose de bien plus substantiel qu'une liste d'accusations allant du harcèlement sexuel à l'abus de pouvoir, que Wilcox aurait pu essayer de mettre sur le compte de l'hystérie féminine.

Non, cette Angela, que Dieu la bénisse, possédait une information bien plus dévastatrice et, pour un certain prix, elle était prête à la partager.

Depuis le café, elle l'avait emmené pour une courte promenade le long de Walton Street, où elle vivait désormais. Une fois dans sa chambre donnant sur le Worcester College, elle avait sorti une enveloppe remplie de copies carbones de certaines transactions financières.

Il s'avérait que les ressources que Wilcox prétendait avoir héritées de sa défunte tante provenaient en réalité d'une accumulation stratégique et systématique d'argent illégalement caché aux services fiscaux de Sa Majesté.

Apparemment, Angela Calver avait commencé à soupçonner une arnaque peu après avoir pris son poste dans l'entreprise, et la curiosité l'avait poussée à fouiner dans le bureau de son patron après les heures d'ouverture. En tant qu'honnête citoyenne, elle n'approuvait évidemment pas ces méthodes et avait décidé d'effectuer des copies de toutes les irrégularités repérées dans les livres de comptes. Par chance, elle avait préalablement travaillé dans une agence comptable et avait compris de quoi il retournait.

Duncan était néanmoins convaincu qu'elle ne s'était mise à fouiller dans les tiroirs de son chef que lorsqu'il était devenu évident que leur idylle touchait à sa fin. Et, naturellement, une fille devait toujours protéger ses intérêts.

Il ignorait si Angela avait à l'origine prévu de faire chanter Wilcox – soit pour prolonger leur liaison, soit pour financer son train de vie une fois qu'il se serait lassé d'elle.

Mais le fait qu'elle semble prête à lui vendre les preuves semblait indiquer qu'elle avait finalement décidé de ne pas emprunter cette voie.

En poursuivant la rédaction de l'article qui ferait enfin voler en éclats le petit monde confortable et hypocrite de Kenneth Wilcox, il se demanda une fois de plus pourquoi Angela avait conservé si longtemps ces preuves au lieu de s'en servir.

Peut-être éprouvait-elle encore certains sentiments à son égard ? Peut-être espérait-elle qu'ils se remettraient ensemble ? Ou peut-être, plus vraisemblablement, n'avait-elle pas trouvé le courage de passer à l'acte. C'était une chose de se procurer des informations sur un amant infidèle et d'en tirer une certaine fierté. C'en était une autre de franchir ce pas irrévocable dans le rôle sordide du maître-chanteur.

Quoi qu'il en soit, elle avait volontiers accepté sa proposition de lui racheter les preuves moyennant un unique (et très généreux) paiement – pourquoi pas, après tout ? Non seulement elle en tirerait un profit financier de façon tout à fait légale, mais elle obtiendrait dans le même temps sa revanche sur cet imbécile de Wilcox, sans jamais se mettre en danger.

Une fois l'article terminé, Duncan se renversa dans son siège pour se relire, avant d'aller frapper allègrement à la porte de son rédacteur en chef. Que l'affaire Thomas Hughes ait relevé du crime ou de l'accident, il avait atteint son objectif : détruire la vie de l'homme qui avait ruiné celle de sa sœur.

Grâce à sa source et à la preuve documentaire pour l'étayer, le rédacteur en chef le félicita chaleureusement pour son scoop et accepta d'en faire la une du soir. L'article serait de la dynamite car, s'il y avait bien une chose que le lectorat d'ouvriers du *Tribune* appréciait, c'était d'apprendre que des patrons cupides et corrompus récoltaient ce qu'ils avaient semé.

Les inspecteurs des finances ne manqueraient pas non plus de tomber sur Wilcox tels des vautours affamés. Avec un peu de chance, songea Duncan, il écoperait d'une lourde amende qui le mettrait sur la paille, ainsi que de quelques années de prison.

Cela lui servirait de leçon, à ce maniaque sexuel infanticide ! Il avait hâte que Lily découvre l'édition du soir et apprenne que Wilcox paierait enfin pour ce qu'il lui avait infligé. D'ailleurs, il comptait partir tôt pour aller l'informer en personne des derniers rebondissements.

De retour à son bureau, un sourire de triomphe aux lèvres, il s'assit sur son siège pour jouir pleinement de ce moment. La seule ombre au tableau demeurait le souvenir du regard que Trudy Loveday lui avait décoché plus tôt, au café, et il sentit son sourire s'évanouir. Il se mit à remuer avec humeur.

Quel dommage de la perdre. Il avait sincèrement espéré passer de bons moments avec elle avant de la laisser tomber gentiment. Le défi consistant à découvrir la femme derrière l'uniforme ne manquait pas de piquant, mais cela ne s'arrêtait pas là. La perspective délicieuse de faire d'elle sa maîtresse avait peu à peu crû en lui depuis qu'il l'avait aperçue à l'arrêt de bus pour la première fois. Ce mélange d'innocence et de poigne était particulièrement savoureux. Cela l'ennuyait considérablement d'avoir à renoncer aux plaisirs de la chasse et de la récompense ultime.

Il maudit Clement Ryder de s'être mêlé de ses affaires.

Puis il commença à s'interroger. La situation était-elle définitivement compromise ? Cela lui demanderait certes certains efforts, mais était-il tout à fait impossible de la faire changer d'avis ? Oh ! il lui faudrait d'abord attendre un bon moment, le temps que la poussière retombe. Pour l'heure, elle était folle de rage. Mais le temps avait la faculté de guérir les blessures. Et il savait d'expérience que les femmes se laissaient parfois volontiers duper si elles le souhaitaient suffisamment. Il avait la certitude de lui plaire. Il ne lui restait plus qu'à semer la graine du doute dans son esprit et à la laisser germer.

Pour cela, plusieurs possibilités s'offraient à lui. Il pouvait toujours nier ses fiançailles – après tout, il n'y avait encore rien d'officiel. Il pouvait prétendre qu'on avait beaucoup exagéré la nature des sentiments qu'il portait à Glenda. Le problème était que Trudy pourrait avoir le cran de contacter Glenda pour l'interroger directement – ce qui était inenvisageable.

Il pouvait en appeler à son sens de la justice en inventant une longue histoire sur la manière dont Glenda s'était servie de son statut de fille de Sir Basil pour faire de sa vie un enfer. Il n'avait pas *voulu* commencer à la fréquenter, mais il se trouvait dans une situation inextricable. Cela ne se faisait pas de dire non à la fille du patron, si ? Glenda s'était mise à prendre leur relation trop au sérieux. *Lui* avait simplement espéré rester dans ses petits papiers, mais elle avait mal interprété la situation et il avait soudain découvert que tout le monde les considérait désormais comme un « couple ». Et à présent, il se retrouvait dans la position peu enviable d'avoir à rompre (et probablement à perdre son boulot) ou à continuer de jouer le jeu en espérant que Glenda se lasserait et trouverait une autre victime à laquelle s'accrocher.

Trudy se laisserait-elle convaincre ? Pas impossible, songea-t-il avec espoir. En dépit du choix de carrière difficile qu'elle avait effectué, il y avait quelque chose de tendre et vulnérable qui brillait dans ses grands yeux marron.

Oui, se convainquit Duncan, enhardi par sa période de chance et la victoire remportée contre son ennemi juré. Il allait tenter le coup.

Il n'était pas encore près de renoncer à une certaine policière.

Sur ce, il se leva pour aller rendre visite à sa sœur au salon de coiffure.

*

Lily était en train d'appliquer un rinçage bleu à une vieille dame lorsqu'elle vit la voiture de Duncan se garer juste devant la vitrine. Il en descendit pour venir jeter un coup d'œil à l'intérieur et lui adresser un petit signe.

Un simple regard à son visage radieux fit s'accélérer son cœur de peur et d'inquiétude – mais il y avait aussi autre chose.

— Il faut laisser reposer une dizaine de minutes, madame Wilkins. Je reviens tout de suite, murmura-t-elle à sa cliente, trop occupée à lire son magazine féminin pour s'en soucier.

Dehors, Duncan lui sourit et lui lança :

— Grimpe. Il fait meilleur dans la voiture.

Lily, dont les épaules étaient si contractées qu'elles lui faisaient mal, se glissa sur le siège passager et contempla craintivement son frère.

— Qu'est-ce qui s'est passé ? souffla-t-elle. Est-ce que tu vas bien ?

Duncan eut un sourire acerbe.

— Oh ! on ne peut mieux. Je viens d'écrire le meilleur article de ma vie.

Lily fronça les sourcils.

— C'est tout ? Quand j'ai vu ta tête, j'ai cru…

Elle s'interrompit quand ce même mélange de jubilation, de soulagement et de satisfaction illumina la figure de son frère.

— Oh ! Dunc, qu'est-ce que tu as fait ?

— J'ai réussi, sœurette. Pour toi. J'ai eu la peau de ce salopard !

Lily n'eut pas besoin de lui demander de qui il parlait. Elle se contenta de le dévisager, sous le choc.

— Mais comment ?

Kenneth Wilcox lui avait toujours paru intouchable. Un homme doté d'une certaine aisance financière et de bien plus de pouvoir qu'une simple fille de la classe ouvrière comme elle. Pendant des mois, elle s'était sentie impuissante et inutile, hantée par ses décisions et incapable d'aller de l'avant, ni même d'envisager un avenir quelconque.

Quelque chose en elle était mort lorsque Kenneth s'était montré brutal avec elle, lui faisant clairement comprendre que leur enfant à naître avait moins de valeur à ses yeux que sa réputation et la poursuite de sa petite vie confortable.

À cause de lui, elle s'était sentie minable pendant tout ce temps, sachant pertinemment qu'elle ne pouvait rien y faire, à moins de provoquer un scandale en donnant vie à un enfant né hors des liens du mariage et de s'attirer la ruine financière qui allait avec.

— Tu n'étais pas la première, Lily, lui annonça Duncan d'une voix douce. Il avait déjà fait le coup à d'autres filles. Mais l'une d'elles… disons simplement qu'elle était un peu plus pragmatique que la moyenne. Elle savait des choses sur lui. Et ce soir, tu découvriras tout dans le journal. Il maquillait ses comptes.

Lily cligna des paupières. Il maquillait ses comptes ? Quelque part, cela lui parut comique. Cet homme gâchait des vies, était prêt à se débarrasser de son propre enfant comme si cela n'avait pas la moindre importance, et il allait tomber pour avoir fraudé le fisc ?

Elle partit d'un rire frénétique. Puis elle se mit à pleurer sans plus de retenue.

Duncan Gillingham la prit dans ses bras.

— Tout va bien, sœurette, la réconforta-t-il d'une voix bourrue. C'est fini, maintenant. Ne pense plus à lui. Il a eu ce qu'il méritait. Tu vas pouvoir reprendre le cours de ta vie, à présent. D'accord ?

Lily acquiesça sans un mot. Mais elle doutait encore. Serait-ce aussi simple ? La vie l'était-elle jamais ?

34

— Vous avez vu comme elles ont communiqué silencieusement pendant toute la durée de l'entretien ? bougonna Trudy.

Ils avaient regagné le bureau confortable du coroner et étaient désormais installés devant le feu ronflant, à siroter du thé en grignotant des sablés.

— Oh ! oui, répliqua Clement. Souvent, les frères et les sœurs – parfois même les maris et les femmes – peuvent tenir des conversations entières sans prononcer un mot. Ils se connaissent si bien qu'un simple geste ou un unique regard suffisent.

Trudy soupira.

— Soyons réalistes, Caroline Benham n'a pas tort. Autant reconnaître notre défaite et classer l'affaire. Ça va faire une semaine, et nous n'avons toujours pas déterré d'élément solide. À moins que vous ne pensiez à une chose qui nous aurait échappée ?

Clement souffla.

— Comme vous, j'ai l'intuition qu'il y a un loup et que la famille Hughes – peut-être dans son ensemble – sait de quoi il s'agit, mais refuse de nous le dire.

Il songeait présentement à l'air entendu des enfants, se demandant ce qu'ils pouvaient garder pour eux.

— Bien sûr, la mort de Thomas Hughes peut très bien avoir été accidentelle, et ils ont simplement honte d'avouer qu'il n'était pas aimé et que personne ne le regrette.

— Oui, difficile d'admettre qu'on n'aime pas son propre père, n'est-ce pas ? commenta Trudy, qui peinait à l'imaginer tant ses propres parents faisaient partie intégrante de son existence.

— En tout cas, reprit Clement, s'il s'est effectivement passé quelque chose, ni Alice ni Caroline ne semblent croire que cela puisse avoir un lien avec Mary Everly.

— Ou avec le malheureux Godfrey, renchérit Trudy avec un sourire.

— Et je parierais jusqu'à mon dernier trilby qu'Alice Wilcox ignore totalement ce que son mari fabrique avec son personnel féminin.

Trudy frémit.

— Vous imaginez cette pauvre fille, forcée d'avorter ? Je regrette presque que nous n'ayons rien pour coincer Kenneth.

— Ne vous aventurez pas sur ce terrain-là, l'avertit Clement en secouant la tête.

Trudy soupira d'un air résigné.

Le seul membre de la famille que personne n'avait évoqué était Matthew, se dit-elle. Ce qui était pour le moins étrange, étant donné qu'il avait hérité de l'essentiel de la fortune familiale. On aurait pu imaginer une forme de ressentiment à son encontre, même si les frères et sœurs étaient proches les uns des autres et s'entendaient à merveille. Après tout, il est dans la nature humaine d'espérer un traitement équitable.

À moins que…

Trudy s'avança soudain sur sa chaise. Une phrase qu'une personne avait dite en passant essayait de remonter de toute urgence du fond de sa mémoire. Une chose sans grand intérêt, qui n'avait sans doute pas la moindre importance… Et pourtant…

Une histoire de vacances ? Non, pas du tout. Ou peut-être que si, quelque chose en rapport avec ça, mais pas directement… De quoi diable s'agissait-il ? Et pourquoi son cœur s'était-il emballé subitement ?

Pourquoi personne n'en voulait à Matthew, le fils favorisé… ?

Puis elle comprit.

En un clin d'œil, tout devint limpide. Comme le jour où, enfant, elle avait regardé dans un kaléidoscope et qu'une myriade de pièces colorées s'étaient soudain fondues en un motif distinct. Elle distinguait parfaitement la scène et son caractère inéluctable, terrible, tragique, implacable.

— Trudy, est-ce que tout va bien ? entendit-elle Clement demander, comme s'il se trouvait dans une autre pièce. Vous êtes toute pâle. Penchez-vous en avant, mettez la tête entre les genoux et inspirez profondément.

Trudy pivota pour lui faire face, n'envisageant pas un instant de suivre son conseil. Ses grands yeux de velours trahissaient cependant une telle expression d'horreur que Clement sentit à son tour son rythme cardiaque s'accélérer.

— Docteur Ryder, souffla-t-elle d'un ton pressant. Cette maladie, celle qui a tué la femme de Thomas Hughes… se pourrait-il qu'elle soit héréditaire ?

35

Il commençait à faire sombre quand ils arrivèrent chez Matthew Hughes, quand bien même il était à peine 16 heures. Ils étaient, par quelque accord tacite, demeurés silencieux tout au long du trajet, chacun perdu dans ses pensées, et ni l'un ni l'autre n'avait hâte de mener l'interrogatoire à venir.

Une fois encore, ce fut Joan, l'épouse de Matthew, qui vint leur ouvrir. Cette fois, elle paraissait agitée et distraite, et ne fut manifestement pas ravie de les retrouver devant sa porte.

— Oh ! bonsoir. Je suis navrée, mais ce n'est vraiment pas le bon moment pour une visite. Nous sommes en train de préparer nos bagages, c'est un désordre sans nom. Nous partons demain pour l'étranger, c'est une vraie gageure ! Puis je vais devoir préparer le goûter des enfants, et nous venons de recevoir la visite de Godfrey, encore venu se plaindre, ajouta-t-elle dans un soupir. Je crois qu'il cherche à convaincre Matthew de lui céder un peu plus d'argent issu de l'héritage, il ne se satisfait pas de la petite pension que Thomas lui a léguée. Il vient de repartir, et…

— Je suis navrée, madame Hughes, mais nous sommes venus nous entretenir avec votre mari, l'interrompit Trudy avec douceur mais fermeté. Nous sommes d'abord passés à son travail, mais on nous a informés qu'il ne comptait plus parmi les salariés.

— En effet, Matthew a remis sa démission, marmonna-t-elle.

Cela attisa la curiosité de Trudy, qui avait jusqu'alors supposé qu'il avait quitté son emploi sans rien dire à personne. Mais s'il avait effectué la semaine de préavis nécessaire, il avait dû prendre sa décision dès la mort de son père. Ce qui semblait indiquer que Matthew Hughes avait fait preuve d'une certaine prévoyance.

— Bon, entrez, dit Joan à contrecœur. Mon mari est dans son bureau. Suivez-moi, je vous prie.

Elle les guida à pas rapides jusqu'à une porte au fond d'un petit couloir. Elle donna un petit coup, puis passa la tête à l'intérieur pour annoncer avec nervosité :

— Matt, c'est la police.

Puis elle s'effaça pour les laisser entrer.

— Je dois m'occuper des enfants, lança-t-elle en les quittant sans demander son reste.

Trudy referma précautionneusement la porte derrière eux, troublée. Ils se trouvaient dans une pièce agréable mais exiguë, aux murs remplis de livres. Une unique fenêtre, dont les rideaux avaient déjà été tirés sur l'obscurité lugubre de novembre, dominait un petit bureau. Il y avait trois sièges dans la pièce, dont l'un derrière la table de travail. Et c'est depuis celle-ci que Matthew Hughes leva les yeux sur eux.

Il paraissait considérablement plus âgé que la dernière fois que Trudy l'avait vu ; sa frêle silhouette semblait s'être affaissée, comme si tout le poids du monde reposait sur ses épaules. Les traînées noires sous ses yeux ressortaient dans la lumière artificielle.

Il leur adressa un sourire poli.

— Agent Loveday, docteur Ryder. Je vous en prie, asseyez-vous.

Il leur désigna les deux bergères placées devant la cheminée, où un petit feu au gaz sifflait et crépitait occasionnellement.

— Que puis-je pour vous, cette fois ? Vous avez de la chance de nous trouver ici. Nous avons encore un tas de corvées à accomplir avant de coucher les enfants.

— Oui, votre épouse nous a dit que vous étiez en partance pour l'étranger, répondit Trudy en s'asseyant pour fouiller dans sa sacoche à la recherche de son carnet. J'ai cru comprendre que vous vous rendiez aux États-Unis ?

Elle l'observa opiner silencieusement, couler un regard vers Clement avant de reposer les yeux sur elle. Il semblait fatigué et étrangement détaché. Cela la surprit quelque peu, car elle était habituée à ce que les gens trouvent sa présence officielle alarmante, quand ils n'étaient pas amusés, voire (dans le cas des ivrognes ou des criminels notoires) agacés. Matthew, au contraire, donnait l'impression de ne ressentir absolument rien. Peut-être n'avait-il plus l'énergie nécessaire. Ce qui n'aurait rien de surprenant, étant donné ce qu'ils savaient désormais.

— Lors de notre dernière visite, j'ai eu l'occasion de m'entretenir avec votre épouse. Elle a dû nous laisser un instant pour aller s'occuper de votre petite dernière – Helen, c'est bien ça ? commença-t-elle, déterminée à conserver une voix calme et ferme.

— Oui, Helen. Elle aura cinq ans en février, répondit Matthew en posant brièvement les yeux sur le léger interstice entre les rideaux qui se rejoignaient devant la fenêtre.

Dehors, un réverbère projetait un halo jaunâtre dans la rue enténébrée.

Trudy déglutit avec peine. Se demandait-il si sa petite fille survivrait jusque-là ? Elle craignait que ce ne soit le cas.

Elle avisa le regard d'encouragement de Clement et prit une grande inspiration.

— Ce jour-là, j'ai cru que votre fille avait attrapé l'une de ces maladies infantiles habituelles. La varicelle, voire la rougeole. Mais, depuis, nous avons poursuivi notre enquête et découvert que son cas était beaucoup plus grave. Je me trompe ?

Le Dr Ryder avait en effet réussi à discuter de l'état de la fillette avec son médecin moins d'une heure plus tôt.

Lorsque Trudy lui avait demandé si la maladie qui avait emporté Mildred Hughes était héréditaire, il avait rapidement consulté certains de ses ouvrages de médecine et découvert que oui. Pour un homme doté de son carnet d'adresses, contacter le médecin de famille de Matthew Hughes avait dès lors été un jeu d'enfant.

Et leurs pires craintes avaient été confirmées.

Le père de l'enfant soupira et s'arracha à la contemplation de la lumière qui brûlait dehors pour la dévisager. Il eut un sourire las.

— Il semble que vous ayez été bien occupés, fit-il d'un ton moins accusateur qu'indifférent.

Trudy avait conscience de l'emballement de son rythme cardiaque. Pendant un instant, son cerveau sembla comme déconnecté, et elle fut incapable de penser à la question suivante. Que pouvait-on dire au père d'une fillette qui allait très probablement succomber bientôt ? À un âge aussi précoce, cela lui fendait le cœur.

Elle humecta ses lèvres sèches et contempla son carnet. Elle ne voulait pas poursuivre l'interrogatoire, mais elle n'avait pas le choix. Elle finit par laisser échapper un léger soupir.

— Votre père a-t-il refusé de vous donner l'argent pour le traitement, monsieur Hughes ?

Matthew se tourna une fois de plus vers les rideaux. Sa chevelure reflétait en partie la lumière venue de l'extérieur, paraissant presque blanche. Son visage était fixe, dépourvu d'expression. Il finit par reprendre la parole d'une voix si faible qu'ils durent tendre l'oreille pour l'entendre.

— Bien sûr que oui, dit-il avant de poursuivre d'un ton plus assuré. S'il n'était pas prêt à sacrifier la moitié de sa précieuse fortune pour sauver son épouse, pourquoi l'aurait-il fait pour l'une de ses petites-filles ?

Matthew se mit soudain à rire, pas très bruyamment, mais produisant tout de même un son horrible tant il était chargé de désespoir réprimé et de haine éventée.

— Helen n'était pas son seul petit-enfant, vous comprenez ? Il avait d'autres pièces de rechange. Et ce n'est même pas un garçon. Il aurait toujours eu Lucas, celui d'Alice, ou notre petit Ben.

Il marqua une pause et haussa les épaules.

— Pour mon père, agent Loveday, mon Helen ne valait simplement pas la peine qu'on essaie de la sauver.

Une fois de plus, Trudy eut du mal à avaler sa salive. Une boule lui obstruait la trachée, lui rendant la respiration laborieuse. Elle dut se racler la gorge.

Matthew continua de parler du même ton plat et distant, sans cesser d'observer l'extérieur.

— Vous voulez savoir ce qu'il m'a dit ? quand tous les examens possibles et les médecins nous ont confirmé nos pires craintes, à savoir qu'elle était atteinte de ce mal qui avait tué ma mère ?

Il se tourna brièvement vers elle, mais Trudy, sachant ce qu'elle allait avoir à faire, fut incapable de croiser son regard et garda les yeux rivés sur son carnet.

Les lèvres de Matthew s'étirèrent en un sourire sinistre.

— Il m'a dit que si les spécialistes américains pouvaient *garantir* l'efficacité du traitement, il me prêterait l'argent. Qu'il me le *prêterait*, hein, pas *donnerait*, précisa-t-il avec un petit rire. Mais bien sûr, rien n'est jamais certain. Vous êtes bien placé pour le savoir, docteur Ryder, puisque vous êtes de la partie, ajouta-t-il en se tournant vers l'intéressé.

Clement, le cœur serré, opina lentement.

— Je ne suis pas spécialiste des maladies rares, monsieur Hughes, mais après avoir consulté mes collègues, j'ai cru comprendre que, dans le cas de cette affection et pour un petit nombre d'enfants âgés de moins de sept ans, il était possible de prolonger l'espérance de vie d'une dizaine d'années. Moyennant de nombreux traitements et quantité de médicaments particulièrement onéreux.

Matthew acquiesça.

— Oui. C'est aussi ce qu'on nous a dit. Mais les chances sont infimes. La plupart des enfants meurent dans l'année qui suit le diagnostic. Voilà pourquoi la sécurité sociale refuse de financer le traitement. Voilà pourquoi mon père refusait de nous aider. Tout comme il avait refusé d'aider ma mère. Il m'a dit que nous devions regarder la réalité en face, ajouta-t-il avec un sourire amer. Que la vie était parfois difficile et qu'il fallait apprendre à courber l'échine pour surmonter les épreuves, ainsi qu'il l'avait toujours fait. Il nous a même déclaré que nous pourrions avoir d'autres enfants, si nous le souhaitions.

Matthew entendit Trudy hoqueter en entendant cette dernière remarque si cruelle. Il la contempla, trop las pour se sentir soutenu par cette réaction, et haussa simplement les épaules.

— C'était sa façon de voir les choses. Pour lui, la vie n'était qu'une feuille de comptes avec les pertes et les profits, et la seule chose qui importait était d'accumuler fortune et puissance. Et si la balance était négative…

Même la torpeur qui, par chance, l'enveloppait ne suffit pas à noyer cette idée-ci, et sa voix se brisa. Il haussa une fois encore les épaules.

— Je comprends. C'est pour cette raison que vous avez dû le tuer, conclut calmement Trudy, sans lever les yeux de la page vierge de son carnet.

Le temps d'un court instant oppressant, elle s'attendit à ce qu'il avoue. La pièce était si silencieuse que même Clement semblait retenir son souffle. Trudy attendit et attendit encore, jusqu'à oser enfin le contempler.

Et lorsque leurs regards se croisèrent, elle comprit qu'elle avait été stupide d'imaginer que cet homme passerait aux aveux. Ses yeux vides, distants, épuisés et presque amusés, restèrent braqués sur elle sans ciller.

— C'est ce que vous croyez ? fit-il doucement. Quelle étrange déduction. Je n'ai évidemment pas tué mon père.

Trudy se détourna de lui comme s'il n'avait pas ouvert la bouche et referma son carnet.

— Vous saviez qu'il était impossible de le faire changer d'avis dès lors qu'il avait pris sa décision.

Elle ouvrit le rabat de sa sacoche.

— Et vous saviez que votre petite fille n'avait plus beaucoup de temps devant elle, poursuivit-elle. Si elle devait commencer un traitement – et pour que celui-ci ait la moindre chance de fonctionner –, elle devait le faire sans tarder.

Elle rangea soigneusement le carnet dans son cartable en cuir.

— Et pour ça, il vous fallait de l'argent. De l'argent dont vous ne disposiez pas, mais que vous saviez devoir hériter à la mort de votre père.

Elle pressa les fermoirs en métal de part et d'autre de la sacoche, et le déclic ainsi produit sembla se répercuter dans toute la pièce avec une force phénoménale.

— Et donc, au soir du feu de joie, vous avez attendu qu'il se rende dans la cabane et vous l'y avez suivi.

Trudy retourna son cartable sur ses genoux, toujours incapable de regarder Matthew Hughes dans les yeux, elle aussi captivée par l'interstice des rideaux, par lequel une lumière incongrue continuait de filtrer.

— Ça n'a pas été très difficile, n'est-ce pas ? Il faisait sombre, et tout le monde contemplait le feu. Vous êtes simplement entré dans la remise et… quoi ? Vous avez ramassé un objet contondant, peut-être un outil de jardin, pour le frapper à la tête ?

Elle ne s'attendait pas à obtenir une réponse et ne fut donc pas déçue.

Pour une raison quelconque, elle constata à cet instant que les rideaux étaient en chintz, avec de grosses roses-thé rose et blanc imprimées dessus. Étrange qu'elle ne l'ait pas remarqué plus tôt.

— Il n'a sans doute même pas eu le temps de crier, poursuivit-elle pensivement. A-t-il pu se retourner ? Voir que c'était vous ? Cela dit, ça n'a aucune importance. De toute façon, ça ne vous aurait pas arrêté. C'était soit lui, soit votre fille, n'est-ce pas ? La décision était facile à prendre. Et tout était sa faute, c'est là le plus malheureux. S'il avait fait preuve d'un minimum de décence – d'un tout petit peu d'amour ou de compassion pour vous ou votre fille –, vous n'auriez pas recouru à une telle extrémité. Mais, en vérité, rien n'importait plus à ses yeux que sa petite personne et son argent. Cela s'est révélé fatal.

Elle se détourna lentement des rideaux pour planter les yeux dans ceux de l'homme assis en face d'elle.

— Vous n'aviez plus qu'à allumer la mèche d'une fusée et à l'abandonner là, en vous assurant de sortir avant que tout explose et attire l'attention.

Elle marqua une pause, secoua la tête.

— Ça ne vous aurait pas pris plus d'une minute, même si quelqu'un avait remarqué votre absence. Et dans le noir, qui s'en serait rendu compte ? Vous n'aviez plus qu'à attendre que la cabane s'embrase et lui règle son compte. Vous étiez alors déjà de retour devant le feu de joie, comme si de rien n'était. Y étiez-vous allé avant, pour répandre un peu de paraffine ? Sans doute que oui, sinon vous n'auriez pas été certain que les feux d'artifice suffiraient.

Il l'avait écoutée aussi attentivement qu'il l'avait observée et, lorsqu'elle eut terminé, il hocha la tête d'un air presque approbateur.

— Vous ne pourrez jamais rien prouver et vous le savez, répondit-il avec une forme de tristesse.

Et Trudy savait qu'il avait raison.

36

Matthew Hughes les raccompagna poliment à la porte quelques minutes plus tard. Clement remarqua qu'il la referma derrière eux dès l'instant où ils eurent quitté le perron, sans doute pressé d'aider sa femme à faire les valises.

Adoptant une nouvelle fois un silence tacite, la policière et le coroner regagnèrent la voiture. Une fois à l'intérieur, Clement ne mit pas aussitôt la clé dans le démarreur : contemplant la nuit, il repassa dans son esprit l'atrocité des dix dernières minutes.

— Aurais-je dû rester pour essayer de m'entretenir avec Mrs Hughes ? demanda Trudy. Il est possible qu'elle soit au courant des agissements de son mari. Et il serait peut-être moins compliqué de la faire craquer, elle.

Elle espérait cependant que Clement l'en dissuaderait, et laissa échapper un discret soupir de soulagement lorsqu'il le fit.

— Non, ça n'aurait servi à rien, déclara-t-il d'une voix accablée. Pour commencer, il est peu probable qu'il lui ait parlé de ce qu'il comptait faire. Il n'a sans doute pas voulu l'impliquer. Cela aurait fait d'elle sa complice, et il n'aurait jamais couru ce risque. Si les choses avaient mal tourné – s'il s'était fait prendre –, leurs enfants auraient eu besoin d'elle.

Trudy avala sa salive avec peine en mesurant l'importance des enjeux pour Matthew Hughes, le soir où les feux d'artifice s'étaient élevés dans la nuit.

— Sans compter qu'elle aurait pu tenter de l'en dissuader, poursuivit Clement. Non, il estimait forcément qu'il lui incombait de protéger sa famille et que l'affaire devait être réglée entre son père et lui, point final. Je ne pense pas non plus qu'il le lui ait avoué après coup. Dans quel but ? Elle aurait ensuite dû partager sa culpabilité et sa douleur, alors qu'il tient manifestement à tout assumer seul. N'est-ce pas l'impression que cela vous a faite ?

Trudy repensa à cet homme vieilli, voûté, au regard vide, et opina sans un mot. Si. Elle partageait l'avis du coroner.

— Elle a cependant pu le deviner seule, souligna mollement Trudy. Les femmes savent souvent ce que mijote leur mari, vous l'avez dit vous-même. Une fois dissipée la stupeur provoquée par l'incendie, et après avoir hérité de cette fortune bienvenue… eh bien, il aurait été bien naturel qu'elle se pose des questions, conjectura Trudy sans grand enthousiasme.

— Et même si c'était le cas ? répliqua Clement d'un ton à la fois calme et rassurant. Supposez que vous parveniez à lui faire admettre qu'elle soupçonne son mari d'avoir tué son père, quelle différence cela ferait-il ? Il n'existe aucune preuve matérielle de l'assassinat de Thomas Hughes, aucun témoin prêt à soutenir cette hypothèse, même si je ne serais pas surpris de découvrir que tous les membres de la famille, y compris les enfants, soupçonnent en partie la vérité – ou en sont convaincus. Et puis, Matthew lui-même n'avouera pas – pas maintenant, comment le pourrait-il ? Ne voyez-vous dans quelle situation il se trouve ? Sa famille a trop besoin de lui. Il *doit* partir en Amérique avec sa femme et ses enfants dans l'espoir que la petite Helen saisisse la chance sur mille dont elle dispose de bénéficier d'une guérison au moins partielle – de gagner quelques années d'espérance de vie, à défaut d'autre chose. Sans quoi, tout ce qu'il a fait pour Bonfire Night n'aura servi à rien. Imaginez les cauchemars que *cela* doit lui occasionner.

— Oh ! arrêtez, s'écria Trudy, dont la voix finit par se briser. La pauvre fillette. La pauvre mère. Et le pauvre père, ajouta-t-elle doucement.

Elle lutta un moment contre les larmes chaudes qui inondaient ses yeux et, quand elle perdit la bataille et les sentit rouler sur ses joues, elle se détourna légèrement pour regarder par la vitre, essayant de les essuyer discrètement d'un revers de main.

Clement lui tendit silencieusement le mouchoir en tissu blanc qui occupait la poche de sa veste.

Elle s'en saisit et renifla quelques instants, peinant à se maîtriser.

— Bien sûr, une autre raison l'empêcherait d'avouer ce qu'il a fait, même s'il le voulait, reprit Clement avec un pragmatisme forcé pour faire mine de ne pas avoir remarqué sa détresse. Car, vous êtes bien placée pour le savoir, la loi n'autorise personne à profiter des produits de son crime.

Trudy soupira en secouant la tête, frappée par l'inanité de toute cette histoire.

— Vous avez raison. S'il avoue, ils perdront tout l'argent.

— Ce qui signifie qu'il va devoir supporter sa vie durant ce qu'il a fait, sans jamais avoir l'occasion de soulager son âme en procédant à des aveux, conclut sobrement Clement.

Trudy frissonna dans l'habitacle froid et sombre. Si Matthew Hughes semblait intouchable aux yeux de la loi – et en tant que policière, cela la contrariait un peu –, on ne pouvait pas non plus prétendre qu'il s'en tirait à bon compte.

Au commissariat, le capitaine Jennings aboya un « Entrez » impatient lorsqu'il entendit frapper avec hésitation à la porte de son bureau. Un rapide coup d'œil à l'horloge lui indiqua qu'il était presque l'heure de ranger ses affaires mais, en voyant l'agent Loveday et le Dr Clement Ryder franchir le seuil, il eut soudain l'impression que son souper allait devoir attendre.

La pâleur de sa subordonnée lui signala qu'il y avait eu un problème et, lorsqu'il tourna les yeux vers le coroner, il vit la même espèce de tension occuper ses traits agréables. Il en fallait pourtant beaucoup pour ébranler le vieux vautour !

En dépit de la chaleur de son bureau, l'inspecteur sentit un frisson désagréable parcourir son échine. Il se redressa instinctivement sur son siège.

— Monsieur, nous sommes venus vous informer que notre enquête sur l'affaire Thomas Hughes est désormais terminée, déclara d'un ton sec une Trudy presque au garde-à-vous.

Jennings se rencogna lentement dans son fauteuil.

— Vraiment ? demanda-t-il. Et qu'avez-vous découvert ?

Trudy battit des cils, le regard rivé sur un point du mur quelque part derrière lui, et déclara d'un timbre dépourvu d'émotion :

— Nous pensons que l'affaire peut être classée de façon définitive, monsieur.

Ils avaient discuté de la situation en chemin et convenu qu'il serait inutile d'informer son supérieur de tous les détails. Même s'ils étaient convaincus qu'aucune preuve ne permettrait la tenue d'un procès, ils redoutaient tous deux que le capitaine Jennings et les services susceptibles d'empêcher les Hughes de quitter le pays ne s'y attellent le temps d'arrêter leur décision. Ce qui pourrait durer des semaines – voire des mois –, privant ainsi la petite Helen d'un temps précieux.

Et ni le coroner ni la policière ne voulaient de ce poids sur leur conscience.

Toutefois, s'ils avaient espéré que le capitaine accueillerait cette nouvelle avec enthousiasme et une forme de jubilation, ils en furent pour leurs frais.

— Ah, vraiment ? fit-il d'un air impassible – ce qui constituait un premier avertissement. Laissez-moi en juger par moi-même. Agent Loveday, martela-t-il en la scrutant de ses yeux de fouine. Votre rapport, je vous prie ?

— Monsieur ? tergiversa Trudy.

Clement soupira et se laissa tomber lourdement sur une chaise, la mine résignée. Même s'il n'appréciait pas cet homme, force était de reconnaître que Harry Jennings n'était pas un imbécile.

— Qu'avez-vous fait aujourd'hui, agent Loveday ? s'enquit le capitaine d'une voix suave.

— Nous avons fini d'interroger la famille, monsieur, et avons conclu que…

— Dites-moi tout, l'interrompit-il, contrarié par ses faux-fuyants manifestes. Me croyez-vous aveugle ? Ou me pensez-vous né de la dernière pluie ?

Il accorda un bref regard à la mine sinistre du coroner, regrettant de n'avoir pas l'autorité de lui mettre aussi la pression. Il savait qu'il allait devoir se contenter de tirer les vers du nez de sa subalterne.

— Vous avez clairement découvert quelque chose de louche. Alors, je vous écoute.

Trudy hésita encore un instant. Puis Clement intervint d'une voix lasse :

— Vous devez le lui dire, Trudy.

Puis il ajouta, à l'intention du capitaine :

— Mais vous allez regretter de ne pas l'avoir laissée conserver le silence. Croyez-moi, savoir ce que nous avons appris ne risque pas de vous réjouir.

Jennings roula des yeux furieux.

— Parfait, commenta-t-il. Vraiment parfait. Bon, allez-y, crachez le morceau, ajouta-t-il après un lourd soupir.

Alors Trudy lui révéla tout.

À une ou deux reprises, lors des passages les plus désolants, tristes ou atroces du récit, Jennings sembla sur le point de l'interrompre, mais il ne le fit jamais. Clement, qui vit le visage du capitaine passer d'une colère impatiente au dégoût et à l'horreur lorsqu'il eut compris les tenants et aboutissants de l'affaire, ne put s'empêcher de se sentir navré pour lui. Eux, au moins, avaient disposé d'un peu de temps pour s'accoutumer à cette malheureuse histoire, alors que Jennings découvrait tout d'un seul coup. Non seulement ça, mais à présent qu'il avait exigé la vérité, il allait devoir décider de la suite à y donner.

Clement ne pouvait qu'espérer qu'il ferait le bon choix.

Lorsque Trudy eut achevé son rapport, le silence s'éternisa.

Le capitaine Jennings s'agitait sur son siège.

— Et vous dites qu'il n'existe pas la moindre preuve scientifique ? s'enquit-il enfin.

— Non, répondit Clement. Comme vous le savez, le feu a tout détruit.

— Et vous pensez qu'aucun membre de la famille Hughes ne pourra être convaincu de dire la vérité ? Que personne n'avouera avoir vu Matthew pénétrer dans la cabane à la suite de son père ?

— Nous ne sommes même pas certains qu'il y ait eu des témoins, fit remarquer Trudy. Et même si c'était le cas, je les imagine mal faire une déposition à charge. Pas en pareilles circonstances. Et vous ?

Jennings opina brièvement.

— Vous êtes sûrs qu'il n'y a aucun espoir d'arracher des aveux à cet homme ?

Clement énonça une fois de plus avec lassitude les raisons pour lesquelles il était fort peu probable que l'assassin de Thomas Hughes finisse par admettre la vérité.

— Et la victime était réellement prête à laisser mourir sa petite-fille, juste pour ne pas avoir à dépenser quelques livres ? insista Jennings.

Il était toutefois évident, à l'incrédulité de son timbre, que cette dernière question était purement rhétorique.

— Bon, trancha-t-il finalement en secouant la tête pour chasser le souvenir du cauchemar subi par les Hughes. Puisque la partie civile n'aurait absolument rien à se mettre sous la dent, je pense qu'il vaut mieux clore discrètement cette affaire une bonne fois pour toutes, comme vous l'avez initialement suggéré. Les conclusions de l'enquête initiale restent donc valides.

Clement eut un sourire quelque peu cynique. Il se doutait que les supérieurs de Jennings ne l'auraient pas remercié de leur transmettre une telle patate chaude : en mettant l'histoire sous le boisseau, le capitaine s'épargnait surtout de nombreux tracas.

Mais peut-être se montrait-il injuste envers lui ?

Dans un soupir, il se leva et faillit trébucher comme son pied gauche se mettait à trembler violemment. Il maudit sa fatigue, sans doute responsable de cet accès de faiblesse, et se campa prudemment sur ses jambes jusqu'à se sentir assez stable pour s'éloigner sans risque de sa chaise.

— Eh bien, la journée a été longue, commenta-t-il.

Un redoutable euphémisme : il était éreinté.

— Je vous souhaite donc le bonsoir. Capitaine.

Il lança un regard entendu à Jennings, qui lui retourna un sourire pâle.

— Docteur Ryder.

Clement pivota alors vers Trudy pour la saluer.

— Trudy, ma chère, comme d'habitude, cela a été un immense plaisir de travailler avec vous. Alors, à la prochaine fois ?

Elle lui sourit en hochant la tête. Puis elle se rappela qu'au début de l'enquête elle s'était inquiétée de savoir si elle supporterait de retravailler avec cet homme un jour. Comme cela lui semblait loin, désormais ! Et comme son manque d'assurance d'alors lui paraissait absurde !

Si elle pouvait endurer la tristesse et l'horreur inhérentes à une affaire telle que celle-ci, elle était capable de survivre à n'importe quoi.

— Docteur Ryder, répondit-elle d'un ton chaleureux. Merci.

— Je n'ai pas fait grand-chose, cette fois, déclara-t-il le plus sincèrement du monde. Tout le mérite vous revient.

Et s'il était volontairement resté en retrait afin de lui laisser l'espace nécessaire pour briller, il était sûr qu'elle n'en soupçonnait rien.

Lorsque la porte se fut refermée derrière le coroner, Jennings considéra sa subalterne d'un air pensif. Il s'agissait clairement d'une vilaine affaire.

Pas étonnant qu'elle soit si pâle, avec les yeux si creusés – surtout si Ryder disait vrai en affirmant qu'elle en avait assumé seule l'essentiel de la responsabilité.

Il grommela légèrement avant d'inspirer un grand coup.

— Bon travail, agent Loveday, dit-il d'un ton bourru. C'était une sale histoire, et vous avez admirablement relevé le gant. Bravo.

Trudy le dévisagea, bouche bée. L'impensable venait-il de se produire ? Le capitaine Jennings l'avait-il réellement complimentée ?

Le regard de son supérieur se durcit.

— Eh bien, ne restez pas plantée là comme une andouille, agent Loveday. Vous n'avez pas du travail à finir ?

— Si, monsieur ! répondit aussitôt Trudy avant de tourner les talons et de se diriger avec raideur vers la sortie.

Mais lorsqu'elle se saisit de la poignée, elle arborait un sourire jusqu'aux oreilles.

Note de l'autrice

Le journal d'Oxford mentionné dans ce roman, l'*Oxford Tribune*, n'existe pas dans la réalité et ne doit pas être confondu avec un journal existant – ni à Oxford ni ailleurs !

Composé et édité par HarperCollins France.

Imprimé en mai 2023
par CPI Black Print (Barcelone)
en utilisant 100% d'électricité renouvelable.
Dépôt légal : juin 2023.

MIXTE
Papier issu de
sources responsables
FSC® C159065
FSC
www.fsc.org

Pour limiter l'empreinte environnementale de ses livres, HarperCollins France s'engage à n'utiliser que du papier fabriqué à partir de bois provenant de forêts gérées durablement et de manière responsable.

Imprimé en Espagne.